ERIC WALZ

Der schwarze Papst

Buch

Rom, Sommer 1552: Während der feierlichen Eröffnung des Collegium Germanicum, der Schule für die deutschen Jesuiten, bricht einer der Schüler zusammen. Er wurde vergiftet. Seltsam, denn der junge Mann traf erst vor wenigen Tagen aus Bayern kommend in Rom ein. Womit kann er sich in so kurzer Zeit einen Feind gemacht haben? War ein Mitschüler oder ein Lehrer der Täter? Die junge Glasmalerin Antonia Bender und der Jesuitenpater Sandro Carissimi stellen Fragen, doch die Ermittlungen sind heikel. Denn ausgerechnet Luis de Soto, Sandros ehemaliger Förderer, von dem er sich erst vor kurzem losgesagt hat, gehört zum Kreis der Verdächtigen. Die Fährten führen Sandro ins Armen-Milieu von Rom, wo er auf eine verwickelte Liebesgeschichte stößt und unliebsame Bekanntschaft mit einer Verbrecherbande macht. Als eines Morgens Luis erhängt aufgefunden wird, deutet manches auf einen Freitod hin. Der Papst erklärt die Untersuchung für beendet. Sandro ermittelt gegen den Willen seines päpstlichen Gönners weiter. Aber nicht nur das macht den Mordfall für Antonia und ihn zu einer lebensgefährlichen Prüfung …

Autor

Eric Walz wurde 1966 in Königstein im Taunus geboren. Im Jahr 2002 erfüllte er sich den Jugendtraum, Bücher zu schreiben. Sein Debütroman »Die Herrin der Päpste« wurde ein großer Erfolg, den er mit »Die Hure von Rom« wiederholen konnte. Eric Walz lebt heute als freier Autor in Berlin.

Von Eric Walz ist bereits erschienen

Die Herrin der Päpste (36493) · Die Schleier der Salome (36888) · Die Sternjägerin (37133)

Und die historischen Kriminalromane um die junge Glasmalerin Antonia Bender und Jesuitenpater Sandro Carissimi:

Die Glasmalerin (36718) · Die Hure von Rom (36719) · Der schwarze Papst (37269)

Eric Walz

Der schwarze Papst

Historischer Kriminalroman

blanvalet

FSC
Mix
Produktgruppe aus vorbildlich
bewirtschafteten Wäldern und
anderen kontrollierten Herkünften

Zert.-Nr. SGS-COC-1940
www.fsc.org

Verlagsgruppe Random House FSC-DEU-0100
Das für dieses Buch verwendete FSC-zertifizierte Papier
Super Snowbright liefert Hellefoss AS, Hokksund, Norwegen.

2. Auflage
Originalausgabe Oktober 2009 bei Blanvalet,
einem Unternehmen der Verlagsgruppe Random House GmbH,
München.

Redaktion: Ilse Wagner
Umschlaggestaltung: HildenDesign, München
Umschlagmotiv: © Rafael Valls Gallery, London,
UK / The Bridgeman Art Library
MD · Herstellung: RF
Satz: Uhl + Massopust, Aalen
Druck und Einband: GGP Media GmbH, Pößneck
Printed in Germany
ISBN: 978-3-442-37269-0

www.blanvalet.de

Für M.
Für die schönen Tage

Prolog

Rom, 16. Juni 1552

Das Kraut gedieh wenige Schritte vom Tiberufer entfernt, an einer einsamen Stelle außerhalb der Stadt. Eine mächtige Trauerweide spendete ihm Schatten, und vom Fluss stieg an jedem frühen Morgen Dunst auf, der das Ufer in Feuchtigkeit hüllte. Eine einzelne Pflanze zunächst – hergeweht vom Wind oder angespült vom Tiber, fallengelassen von der Hand Gottes oder des Teufels inmitten einer fast biblischen Landschaft –, die sich vermehrt hatte und von einer kleinen Schar Nachkommen umgeben war. Um die Weide und das Kraut herum breitete sich ein Meer von Geröll aus, das unter der Sonne glühte.

Nicht ein Vogel sang, nicht eine Grille zirpte. Sogar der Tiber, der in den Apenniner Bergen entsprang, sich durch das uralte, etruskische Land schlängelte, Rom durchquerte und die Stadt dabei gelegentlich das Fürchten lehrte, selbst dieser Strom wirkte hier, auf seiner letzten Etappe zum Meer, ohne Leben.

Eigentlich liebte das Kraut mit Namen Poleiminze die Gesellschaft von üppigem Grün und Tümpeln, wie es sie flussaufwärts zahlreich gab, und es hatte in dieser Einöde deswegen schwere Zeiten erlebt. Aber nun, wo es tapfer aufragte und zur blasslila Blüte ansetzte, schien es mit seiner Giftigkeit, die in seinen Säften steckte, wie geschaffen für eine Landschaft wie diese: eine Landschaft im ewigen Todeskampf.

An jenem Morgen fand sein und das seiner Familie Dasein im Schatten der Weide ein jähes Ende. Man rupfte es mit Stumpf und Stiel aus, beendete sein Leben, um mit seiner Hilfe schon bald das Leben eines Menschen zu beenden.

Erster Tag

1

Rom, 17. Juni 1552

Die Prunkbarke des Papstes trotzte den Naturgesetzen. Ein Dutzend Pferde am linken Ufer und ein Dutzend am rechten Ufer zogen das Schiff den Tiber hinauf quer durch Rom – zwei Dutzend tierische Apostel, die den Stellvertreter Christi gemächlich über die Wasser gleiten ließen. Julius III. saß unter einem Baldachin und stieß immer wieder Seufzer der Befriedigung aus, während er auf seine Stadt blickte und die leichte Brise und den kühlen Wein genoss. Ein Knabe, der auf dem Bug in Sonnenschein gehüllt war und schwitzte, sang Hirtenlieder. So sah in den Augen des Papstes ein gelungener Mittag aus.

Sandro Carissimi stand hinter seinem Sessel, der typische Platz für einen Privatsekretär. Genau wie der Papst auch, ließ er seinen Blick über die Ufer streifen, sah, wie die Wäscherinnen mit den ohnehin krummen Rücken sich mühsam verneigten und wie die jungen Fischer ihre Mützen abnahmen, sah die Kinder im Spiel innehalten und die Soldaten auf den Brücken salutieren. Auf den ersten Blick schien es, als würden nur die wenigen ungezähmten Wesen dem Herrn der Stadt und geistlichen Verwalter des Erdkreises ihren Respekt verweigern, die schreienden Möwen, quakenden Frösche, stechenden Insekten …

»Au!« Julius schlug sich auf seinen Nacken. »Biester«, schimpfte er – und trank weiter.

Doch der Respekt der gezähmten Wesen, der Römer, war nur äußerlich. Sandro wusste das, er kannte die Stadt schon sein ganzes achtundzwanzigjähriges Leben lang. Doch der Papst, der mehr als doppelt so alt war, bemerkte es nicht.

Unheimlich, dachte Sandro, wie es Menschen mit müheloser Leichtigkeit gelang, das, was sie nicht sehen wollten, zu übersehen. In diesem Fall lag die tatsächliche Respektlosigkeit in den leeren Augen der Wäscherinnen, in den zornig in die Mützen gekrallten Fischerhänden und in dem hinter vorgehaltener Hand versteckten Gekicher der Kinder, die diesen höchsten aller Geistlichen nur mit karnevalesken Festen von verschwenderischer Pracht in Verbindung brachten. In ihrem Alter fand man Verschwendung, vor allem, wenn sie mit unnützem Zeug zu tun hat, noch lustig. Die Erwachsenen und die Alten jedoch hielten nichts davon, da sie darunter litten. Für die Stadt und ihre Bürger war kein Geld da, und so konnte die Armut in aller Ruhe um sich greifen und sich zum Elend entwickeln.

Julius wusste davon nichts, oder besser gesagt, er wollte nichts wissen. Sandro hatte in den vergangenen Monaten mehrmals versucht, den Papst empfänglicher für die Bedürfnisse der Bürger zu machen, und vereinzelt war ihm dies auch gelungen. Aber Massa hatte seine Bemühungen stets untergraben.

Bruder Laurenzio Massa, der Kammerherr und damit höchste Beamte des Papstes, stand neben Sandro, die Hände wie üblich über dem kugelrunden Bauch gefaltet. Er war ein raffinierter Mann, der die Nöte des römischen Volkes sehr wohl kannte, sich jedoch nicht im Mindesten dafür interessierte. Massa war ein politischer Kopf. Er dachte strategisch und in Allianzen, die ihn weiterbrächten, und Sandro war überzeugt, dass Massa jeden Abend vor dem Einschlafen und jeden Morgen beim Aufstehen statt eines Gebets die Namen möglicher Bündnispartner vor sich hin murmelte. Was seinen, Sandros, Namen anging, so befand dieser sich zweifellos auf der Liste mit der Überschrift: »Meine Feinde«. Zu Recht, denn Sandro konnte Massa nicht ausstehen, war ihn mehrfach scharf angegangen und war überdies – ohne es zu wollen – zum Vertrauten des Heiligen Vaters geworden. Er hatte zuerst eine Mordserie an Bischöfen während des Konzils von Trient und später den Mord an der Geliebten des Papstes aufgeklärt, und sein Name wurde seitdem oft in den Fluren und Sälen des Vatikans geflüstert. Von manchen wurde er umschmeichelt, von anderen insgeheim zum Gegner erklärt, und mit keinem von ihnen wollte er etwas zu tun haben. Gegen seinen Willen befand er sich nun genau dort, wo er nie hatte hinkommen wollen: mitten in der Schlangengrube des Petrushügels, einzig beschützt vom zweihundertzwanzigsten Nachfolger des ersten Papstes.

»Sandro«, rief Julius und drehte seinen schweren Körper auf dem Sessel in dessen Richtung. »Was ziehst du wieder für ein Gesicht? Du siehst schon so verdrießlich aus wie Massa.«

Es passte Sandro gar nicht, in irgendeiner Form mit Massa gleichgesetzt zu werden, daher blickte er etwas freundlicher.

»Die Hitze ist schuld, Eure Heiligkeit.«

»Unsinn. Ich kenne deine Mienen und weiß, wann du ein Hitze-Gesicht machst. Heute hast du dieses Mir-passt-alles-nicht-Gesicht. Was passt dir nicht? Wir haben einen wunderbaren Tag, die Sonne scheint, der Fahrtwind weht uns ins Gesicht, der kühle Wein erfrischt … Hast du dir etwa noch keinen Wein genommen? Du musst doch nicht darum bitten, Sandro. *Du* nicht.«

Julius gab einem Lakai ein Zeichen, der daraufhin einen Becher füllte.

Sandro hätte gerne auf den Wein verzichtet. Seit Monaten versuchte er, davon loszukommen. Aber wie war das möglich, wenn Julius ihm immerzu einen gefüllten Becher in die Hand drückte und Ablehnung nicht gelten ließ? Und der Wein war dabei nur ein Symbol für alles Übrige, in das der Papst ihn nach und nach hineinzog: in die apostolische Politik, in den Prunk, in ein auf Karriere ausgerichtetes Denken, in dem die Mildtätigkeit eine immer geringere Rolle spielte, bis sie irgendwann vertrieben worden sein würde. Schon jetzt kam Sandro wegen der vielen Arbeit kaum noch dazu, in das Hospital seines Jesuitenordens zu gehen und dort die Armen und Kranken zu versorgen, wie er es sich vorgenommen hatte. Er durfte sich nichts vormachen. Er trank kühlen Wein und dachte an eine Frau, die er liebte und für sich gewinnen wollte – er war der Inbegriff eines päpstlichen Günstlings, ob es ihm nun passte oder nicht.

»Oh, jetzt weiß ich, was dich stört«, rief Julius. »Dass ich den Knaben dort vorn am Bug singend in der Sonne schmoren lasse, habe ich recht? Ja, so ist mein Sandro. Also bitte.«

Julius klatschte zweimal in die Hände und winkte den Knaben zu sich heran. »Du hast sehr hübsch gesungen, mein Sohn. Sehr hübsch. Deine Stimme ist formidabel. Willst du einmal Kirchenmusiker werden?«

Der Knabe schüttelte den Kopf. »Papst.«

Julius und Sandro lachten, und sogar Massa verzog kurz das Gesicht zu einem schmalen Grinsen.

»Du bist wenigstens ehrlich«, sagte Julius. »Ein Papst, der so schön singt wie du, wäre mal etwas anderes. Wenn ich die Hostie hebe und dabei meine Stimme zu Gott aufsteigen lasse, kommt bloß ein armseliges Gekrächze heraus.«

Massa wollte etwas sagen, aber Julius hob die Hand und gebot ihm Schweigen. »Verschone mich mit deinen Schmeicheleien, Massa. Ich weiß, dass ich krächze. Der Wein hat meine Stimme verändert.« Julius wurde kurz nachdenklich, dann erinnerte er sich der Anwesenheit des Knaben. »Ich habe dich zu lange in der Sonne stehen lassen. Nimmst du mir das übel?«

»Jetzt nicht mehr«, sagte der Junge.

Julius lächelte. »Sandro, gib dem Jungen einen Obolus nach deinem Ermessen. Wie ich dein Ermessen kenne, wird es reichlich sein. Aber lass mir noch ein paar Denare übrig, hörst du? Meine Schatzkammer ist weniger gut gefüllt, als die Leute glauben.«

Sandro entlohnte den Knaben großzügig, wies ihm einen Stuhl im Schatten zu und kehrte wieder auf seinen Platz zurück. Er fühlte sich jetzt etwas besser. Nicht nur, weil der Knabe sich ausruhen konnte, sondern auch, weil Julius von sich aus gehandelt und sich sogar indirekt entschuldigt hatte. Zwischen Julius' Vergnügungssucht und Ignoranz, die er überreich besaß, und seinen zahlreichen Sünden, von denen Sandro ein paar kannte, blitzte immer öfter auch der Charakter auf, den er in jungen Jahren gehabt hatte, bevor er seine geistliche Karriere begann. Julius war durchaus in der Lage, seine Fehler und Schwächen zu erkennen, und das waren die Voraussetzung und der erste Schritt, sich zu ändern.

Die Barke, die vor zwei Stunden außerhalb der Stadtmauer im Quartiere Ostiense abgelegt hatte, näherte sich ihrem Zielort am Castel Sant' Angelo. Der Ausflug ging seinem Ende entgegen, und Sandro freute sich schon auf seinen freien Nachmittag. Er hatte viel vor. Doch seine Freude währte nicht lange.

Je näher man dem Ufer kam, wo eine Delegation wartete, die den Papst in den Vatikan geleiten sollte, desto genauer konnte Sandro eines der Delegationsmitglieder erkennen. Sein Blick verfinsterte sich. War das etwa ... Hatte dieser Mann eine Ähnlichkeit mit ... Das war nicht möglich.

Doch. Luis. Luis de Soto. Er war es.

Sie fixierten einander wie zwei Amselmännchen, als sie sich in ihrer schwarzen Jesuitenkluft gegenüberstanden. Luis hatte sich in dem Dreivierteljahr, seit sie sich bei dem Konzil von Trient zuletzt gesehen hatten, nicht verändert: das hagere Gesicht, das arrogante Schmunzeln … Immer noch derselbe Hochmut, mit dem Unterschied, dass Sandro ihn heute erkannte. Damals hatte er zu Luis, dem begabten Rhetoriker, aufgesehen. Kaum zu fassen, dass er jahrelang einem aufgeblasenen Karrieristen, der beinahe über Leichen gegangen wäre, als Assistent gedient hatte. Erst die Geschehnisse in Trient hatten ihm die Augen geöffnet.

»Was tust du hier?«, fragte Sandro, kaum dass er den Landesteg verlassen hatte.

»Ist das die angemessene Begrüßung für deinen ehemaligen Lehrmeister?«

»Du hast mich nichts gelehrt, ausgenommen, vorsichtiger zu sein bei der Auswahl der Objekte meiner Bewunderung.«

»Dankbarkeit ist nicht gerade dein hervorstechendes Charaktermerkmal, Sandro Carissimi. Dass du Visitator und mit der Aufklärung von Verbrechen betraut wurdest, verdankst du meiner Fürsprache, schon vergessen? Und nur durch dieses Amt hast du das Vertrauen des Heiligen Vaters gewinnen können, weswegen du heute sein Privatsekretär bist. Du siehst, mein lieber Sandro, ich habe mehr mit deiner Karriere zu tun, als du wahrhaben willst.«

»Nenne mich nicht ›lieber Sandro‹, diese Zeiten sind ein für alle Mal vorbei.«

»Deine unterschwellige Aggression macht mich sehr traurig.«

»Schön, ich kann ja mal mit offener Aggression versuchen, deine Trauer in Ärger umzumünzen. Du bist ein …«

In diesem Moment verneigte sich Luis, und Sandro hielt inne, da Julius III. den Steg herunterkam. Luis küsste den Fischerring.

»Ich freue mich, Eure Heiligkeit wohlauf zu sehen.«

»Glaube ich, de Soto, glaube ich. Da du von meinem Leben profitierst …« Julius wandte sich an Sandro. »Ich habe deinen

Ordensgeneral Ignatius von Loyola gebeten, de Soto als Kandidaten für den Rektorenposten des Collegium Germanicum in Betracht zu ziehen, das heute Abend in der Via dell'Umilta eröffnet wird. Du hast sicher davon gehört.«

Sandro nickte. »Von dem neuen jesuitischen Collegium – ja, von Luis de Soto als Rektor – nein.«

»Möglicher Rektor«, korrigierte Julius. »Der hochgeschätzte Ignatius hat sich in seiner unnachahmlich eigensinnigen Art die endgültige Entscheidung darüber vorbehalten. Übrigens, de Soto, ist die Entscheidung schon gefallen?«

»Noch nicht, Eure Heiligkeit. Aber ich bin der einzig Geeignete.«

Julius nickte. »Ihr wärt nicht Luis de Soto, wenn Ihr das nicht glauben und hinausposaunen würdet.« Julius ging ein paar Schritte und wandte sich dann noch einmal um. »Sandro, ich erwarte dich morgen Vormittag zum Dienst. Und Ihr, de Soto, begleitet mich in den Vatikan.«

Mit diesen Worten stieg der Papst in die bereitstehende Sänfte, und Sandro musste zusehen, wie Luis, den er hasste wie niemanden sonst, sich zu seinem Gönner gesellte. Während er der Sänfte nachblickte, fragte er sich, wieso er sich dermaßen ärgerte. Luis war ein abgeschlossenes Kapitel, und er hatte nichts von ihm zu befürchten. Der Papst mochte Luis nicht besonders, aber er war viel zu sehr Machtpolitiker, um sich seine Fähigkeiten nicht zunutze zu machen, so wie damals, als Luis Verhandlungsführer des Heiligen Stuhls bei dem Konzil wurde. Was Julius wohl heute mit ihm zu besprechen hatte?

Ärgerlich war nur, dass es Menschen wie Luis immer wieder gelang, sich wichtig oder gar unentbehrlich zu machen. Es war ihm in den letzten Monaten gelungen, seine Position in der Ordenshierarchie weiter zu festigen. Luis als Rektor einer der bedeutendsten Jesuitenschulen war fast schon eine Anwartschaft auf das höchste Amt des Ordens, das des Pater General – ein Gedanke, der bei Sandro augenblicklich Übelkeit hervorrief.

Eine junge Stimme war von hinten zu hören. »Verzeiht, ehrwürdiger Vater.«

Sandro wandte sich einem Jesuiten zu, der wenig älter als zwanzig Jahre war. Er wirkte schüchtern, hatte aber wache Augen unter dichten Brauen. Die Kindheit war noch nicht ganz von ihm gewichen, was sich auch durch einige Pickel auf Wange und Stirn äußerte. Seine Bräune ließ auf einen Spanier oder Portugiesen schließen. Da er zu jung war, um die Priesterweihe schon zu besitzen, sprach er Sandro pflichtgemäß mit »Vater« an.

»Ich bin Miguel Rodrigues«, erklärte der junge Mann, »und Luis de Soto ist mein Mentor.«

Sandro übertrug augenblicklich seine Abneigung gegen Luis auf dessen Assistenten.

»Mein Beileid«, sagte er.

Miguel Rodrigues schien die Spitze gelassen zu nehmen und schmunzelte. »Ich habe schon viel von Euch gehört.«

»Das kann ich mir denken.«

»Oh, nicht von Bruder de Soto, falls Ihr darauf anspielt. Er spricht so gut wie nie über Euch. Aber Eure Erfolge als Visitator sind bis nach Portugal gedrungen, wo ich bis vor wenigen Monaten unserem Orden diente. Nun werde ich als Lehrer für Kirchengeschichte ins Collegium Germanicum berufen.«

»Ihr entschuldigt mich, Bruder Rodrigues, ich habe heute noch viel vor.«

»Einen Moment, bitte«, rief Miguel Rodrigues und eilte ihm nach.

Sandro verlangsamte seinen Schritt nur geringfügig. »Was gibt es denn noch?«

»Ich bin beauftragt worden, ehrwürdiger Vater, Euch zur Eröffnung des Collegiums heute Abend einzuladen.«

»Falls es Euer sogenannter Mentor ist, der mir diese freundliche Einladung zukommen lässt, könnt Ihr ihm ausrichten, dass er sie sich…«

»Nein, nein«, unterbrach ihn Miguel, bevor er sich in der Wortwahl vergreifen konnte. »Keineswegs, ehrwürdiger Vater. Es ist der ehrwürdige Pater General, der Euch bittet, zu erscheinen.«

Sandro blieb abrupt stehen – wofür ihm der keuchende Miguel, dessen körperliche Konstitution eher schwächlich war, einen dankbaren Blick zuwarf.

Der Pater General. Niemand Geringerer als Ignatius von Loyola selbst, der Gründer des Ordens, den man unter der Hand auch den »schwarzen Papst« nannte, erbat seine Anwesenheit. Wobei »bitten« im Jesuitenorden lediglich eine höfliche Umschreibung für »befehlen« war. Einer Bitte Loyolas nicht zu folgen, das war nahezu gleichbedeutend mit einem Ordensausschluss.

»Wann findet die Eröffnung statt?«, fragte Sandro, der seinen freien Nachmittag gekappt sah. Wegen seiner Arbeit hatte er in den letzten Wochen viel zu selten Gelegenheit gehabt, Antonia zu sehen, und nun sollte also die Eröffnung einer Schule die ohnehin knappe Zeit ihrer Begegnung noch verkürzen.

»Zur sechsten Stunde wird eine Messe in der Kapelle in der Via dell'Umilta gefeiert, und danach findet das gemeinsame Abendmahl statt«, antwortete Miguel. »Der ehrwürdige Pater General möchte im Anschluss daran noch ein wenig mit Euch diskutieren.«

»Worüber diskutieren?«

Miguel Rodrigues zuckte ahnungslos die Schultern. »Mehr weiß ich nicht, ehrwürdiger Vater. Vielleicht findet Ihr die Antwort in der schriftlichen Einladung.« Er überreichte Sandro einen Brief, in dem allerdings auch nicht mehr stand als das, was Miguel Rodrigues bereits erwähnt hatte.

»Gut, ich werde zur sechsten Stunde da sein. Bis dann, Bruder Rodrigues. Gott zum Gruß.«

»Gott zum Gruß.« Miguel zögerte noch einen Moment, so als halte etwas, das er noch nicht losgeworden war, ihn davor zurück, zu gehen. So war es Sandro, der ihm die Entscheidung abnahm und in Richtung Piazza del Popolo, in Richtung Antonia davonging. Dort erwartete ihn allerdings eine weitere missliebige Begegnung – die mit dem Liebhaber der Frau, die er liebte.

»Was machst du denn da?«, fragte sie lachend und versuchte mit gespielter Mühe, sich aus seiner Umarmung zu winden.

»Wonach sieht es denn aus?« Er küsste sie.

Es war ein Kuss, der nicht zaghaft und nicht heftig war, nicht zu kurz und nicht besitzergreifend. Milo, fand sie, konnte hervorragend küssen, vielleicht sogar am besten von allen Männern, mit denen sie je angebandelt hatte – und das waren nicht wenige gewesen. Sie wusste jedoch, dass ihr Urteilsvermögen bezüglich Milo getrübt war, denn sie hatte sich in ihn verliebt, so wie sie sich damals in Trient auch in Sandro verliebt hatte.

»Sandro«, flüsterte sie.

Er hatte es gehört. »Was sagst du?«

»Ich wollte sagen, dass Sandro jeden Moment hereinkommen kann.«

»Na und?«

»Er soll nicht glauben, dass wir beide hier wilde Liebe machen.«

»Er ist Geistlicher und sollte gegen die Wahrheit nichts einzuwenden haben.« Doch Milo war ein Mann, der ihre Wünsche respektierte, und er löste die Umarmung. »Am liebsten würde ich dich aus Rom entführen, Antonia, und irgendwohin bringen, wo uns keiner kennt, weißt du das? So wie Paris Helena entführt hat.«

Sie strich ihm zärtlich über das kurz geschnittene Haar. »Ein schlechter Vergleich. Paris war ein Schwächling, der immerzu irgendwelche Göttinnen brauchte, um seine Haut zu retten, und Helena war eine eingebildete Ziege, die den Untergang der Menschheit in Kauf genommen hätte, um den schönen Paris zu kriegen.«

Milo seufzte. »Siehst du, das kommt dabei heraus, wenn ein dummer römischer Ragazzo wie ich sich mit einer Glasmalerin unterhält, einer Künstlerin. Das ist der Grund, weswegen ich wenig rede und lieber Taten sprechen lasse.«

Antonia schmunzelte. »In den letzten Tagen haben wir jede Menge Taten vollbracht. Und man muss ja auch nicht immer reden. Schweigen wir doch ein bisschen. Ich finde schweigende Männer ausgesprochen anziehend.«

Sie standen sich im Abstand von fünf Schritten gegenüber, sie an die eine Zimmerwand gelehnt, Milo an die andere, zwischen ihnen nur das leere Zimmer, und sie sahen sich an, lächelten, kokettierten, setzten die Körpersprache ein, um Sehnsucht, Begehren oder Belustigung auszudrücken. Zwei Pantomimen der Liebe. Das war das Wunderbare, das Begeisternde an Milo, dass er jedes Spiel und jede Verrücktheit, die ihr einfiel, mitmachte, dass er mit erstaunlichem Feingefühl die Schwankungen ihres Temperaments erfasste und fast immer das Richtige tat. Nur jemand, der aufrichtig liebte, konnte diese Fähigkeit entwickeln, und dieser Gedanke bereitete Antonia ein plötzliches Hochgefühl. Sie wurde geliebt.

Und zwar auf eine lebendige Weise. Sandros Liebe war von den ersten Tagen in Trient an immer etwas gewesen, das er eingeschlossen hatte, so wie man eine verrückte Großmutter einschließt und die Schreie, die sie von sich gibt, geflissentlich überhört. Er hatte sich nie zu Antonia bekannt und war ihr lange Zeit aus dem Weg gegangen. Einen Winter und einen Frühling lang hatte Antonia die Hoffnung gehabt, dass Sandro sein Keuschheitsgelübde wie die meisten römischen Geistlichen nicht ernst nähme und dass der schöne Gigolo und reiche Kaufmannssohn, der er – nach allem, was sie wusste – vor acht Jahren, bevor er Jesuit wurde, gewesen war, wieder zum Vorschein käme. Vergeblich. Es war zum Eklat gekommen, und erst im Zuge ihrer gemeinsamen Ermittlungen im Fall der ermordeten Konkubine des Papstes hatten sie sich wieder versöhnt. Aber da war bereits Milo in Antonias Leben getreten. Und sie war froh darüber.

Plötzlich erschauerte Antonia.

»Was ist los?«, fragte der aufmerksame Milo, der selbst in den Momenten größter Entspannung und Harmonie einen inneren Späher zu haben schien.

»Ach, nichts. Es ist nur …«

»Dieses Zimmer?«

Sie blickte zu ihm auf. Er war fast einen Kopf größer.

Sie befanden sich nicht in irgendeinem Zimmer, sondern in dem ihrer kürzlich verstorbenen Freundin Carlotta, der fast mütterlichen Vertrauten, die gerade wegen ihres früheren Berufes als Hure so viele Facetten des Lebens gekannt und Antonia mehr als einmal klugen Rat und viel Trost gegeben hatte. Was blieb, waren Scherben der Erinnerung, kleine, leuchtende Teile gemeinsam verbrachter Stunden. Manche dieser gläsernen Juwelen waren Sätze, die Carlotta gesagt hatte: »Natürlich bist du eine unmoralische Frau. Ich würde dich nicht zur Freundin haben wollen, Antonia, wenn du moralisch wärst.« Mit ihr hatte Antonia, die sich sonst nur in der Liebe und in ihrer Glasmalerei mitteilen konnte, sprechen können wie mit keinem anderen Menschen. Carlotta, das war auch die Umarmung einer großen Schwester, das waren Herbstspaziergänge in klarer Luft, das waren Worte, die niemand sonst auszusprechen wagte, der warme Geruch von Puder, ein melancholischer Blick …

Das leere Zimmer, in dem sie standen, kam Antonia mit einem Mal wie eine Totenkammer vor. Sie öffnete das Fenster.

»Hier ist sie also in den Tod gesprungen«, flüsterte sie. »Es ist schon zwei Monate her, aber mir ist, als sei es heute Morgen passiert. Sie ist so – so gegenwärtig.«

»Quäl dich nicht«, bat Milo.

»Aber wir sind doch hier, um uns zu quälen. Wir wollen herausfinden, ob es tatsächlich Selbstmord war oder ob Sandros Verdacht stimmt, dass man sie …« Ihre Stimme versagte.

Sie blickten gemeinsam hinunter auf die Piazza del Popolo, standen ganz nah beieinander, spürten weder den Luftzug, noch vernahmen sie hinter sich ein Geräusch, obwohl sie nicht mehr allein im Zimmer waren.

Sandro sah sie dort stehen, zwei Liebende wie Schlingpflanzen verbunden. Eine Weile bewegte er sich nicht. Er schmeckte Salz auf den Lippen, denn es war heiß, und der Schweiß rann ihm über die Schläfen, hinunter bis zum Kinn. Sein Blick verriet nicht, was in ihm vorging, obwohl er sich keine Mühe hätte geben müssen, etwas zu verbergen, da Antonia und Milo ihn nicht bemerkten.

Sandro war nicht absichtlich leise eingetreten. Es war wohl so, dass man, wenn man am geöffneten Fenster oberhalb der Piazza del Popolo stand, einfach nicht hörte, wenn jemand zur Tür hereinkam.

Er machte einen Schritt vorwärts, der ihm seltsamerweise schwerfiel, so als trage er ein Gewicht in den Schuhen. Der nächste Schritt ging schon etwas leichter, und mit jeder Bewegung auf die ahnungslosen Liebenden zu gewann er an Entschlossenheit. Sein Blick streifte Antonias strohblondes, leicht rötlich schimmerndes Haar, das sie stets lose und unvollkommen aufsteckte, ihren schlanken Körper im schlichten Kleid; ihren Hals und die Ohren, die sie nie schmückte, ihre hellhäutige Hand, die auf Milos Rücken lag. Und dann glitt Sandros Blick über Milo, den fünfundzwanzigjährigen Sohn einer Bordellvorsteherin, wie üblich barfuß, mit lässigem Hemd und Fischerhosen bekleidet. Gegen einen solchen Mann sah Sandro in seiner schwarzen Kutte wie ein frühchristliches Relikt aus.

Sandro streckte seine Arme dem Paar entgegen. Er war fast bei ihnen. Über ihre Schultern hinweg sah er die Piazza, die Fuhrwerke, die Bettler …

Ein kräftiger Stoß würde genügen. Das Fenstersims war so niedrig, dass es unterhalb der Hüfte verlief. Es war das Einfachste von der Welt, hier jemanden umzubringen.

Er stand hinter ihnen. Seine Hände schwebten hinter ihren Nacken. Und dann …

»So muss es gewesen sein.«

Antonia und Milo fuhren erschrocken herum.

»So muss es gewesen sein«, wiederholte er und sah die beiden, die kein Wort herausbrachten, abwechselnd an.

»Tut mir leid, ich bin ein bisschen zu spät«, sagte er betont beiläufig. »Ich stelle mir vor, dass Carlotta am Fenster stand und auf den Platz hinunterschaute. Der Mörder trat unbemerkt ein, so wie ich eben, und gab der Ahnungslosen einen kräftigen Stoß. Arme Carlotta. Sie ist mit einer Plötzlichkeit aus dem Leben gerissen worden, die mich wütend macht.«

Milo erholte sich erwartungsgemäß als Erster von dem Schreck, den er ihnen versetzt hatte. »Vielleicht war es so«, räumte er ein. »Ihr wisst ja, ehrwürdiger Vater, dass ich Eure Theorie, Carlotta sei ermordet worden, für möglich halte.«

Milo hatte ihn wieder »ehrwürdiger Vater« genannt, obwohl er ihm schon mehrmals vorgeschlagen hatte, dass ein »Bruder Sandro« in Anbetracht des Altersunterschieds von drei Jahren und der Tatsache, dass sie sich privat kannten, durchaus genügen würde.

»Aber«, fuhr Milo fort, »sie kann auch von selbst gesprungen sein, aus Verzweiflung darüber, dass ihr Weg sie wieder zurück ins Hurenmilieu führte.«

Sandro wägte den Einwand ab. »Es spricht allerdings einiges gegen Selbstmord. Carlotta hätte im *Teatro*, dem Hurenhaus Eurer Mutter, angefangen, das sie kannte und wo sie sich verhältnismäßig wohlfühlte. Sie hätte dort nicht als Hure gearbeitet, sondern als Assistentin der Vorsteherin, Eurer Mutter.«

»Trotzdem ein Weg zurück ins Milieu, dem sie versucht hatte zu entkommen.«

»Weiterhin hat sie mir wenige Tage vor ihrem Tod gesagt, dass jemand in ihre Wohnung eingebrochen sei, in dieses Zimmer, und dass der Einbrecher mit aller Vorsicht und ohne etwas zu stehlen vorgegangen sei. Nur, weil er zwei Gegenstände nicht wieder genau an ihren Platz legte, hatte Carlotta den Einbruch überhaupt bemerkt. Nicht zu vergessen die Information Eurer Mutter, dass ein unbekannter Mann sich im Milieu der Huren ausführlich nach Carlotta erkundigt hatte. Das spricht dafür, dass sich jemand ...«

»Ein übliches Vorgehen im Milieu«, fiel Milo ihm ins Wort. »Als künftige Assistentin der Vorsteherin des angesehensten Hurenhauses der Stadt zog Carlotta die Aufmerksamkeit der anderen Hurenhausbesitzer auf sich.«

»Bis hin zum Einbruch?«, fragte Sandro skeptisch.

»Ich kenne das Milieu besser als Ihr, *ehrwürdiger Vater*, und ich sage Euch, so etwas ist nicht außergewöhnlich.«

Sandro grinste. »Wenn Ihr meint, *mein Sohn*.« Er wandte sich dem leeren Zimmer zu und breitete die Arme aus. »Und wie erklärt Ihr das hier?«

»Das leere Zimmer? Wir alle wissen doch, dass Carlotta ihre Habseligkeiten ins *Teatro* gebracht hatte.«

»Und Ihr meint, sie war noch ein letztes Mal hergekommen, um sich von dem Zimmer und dem Haus zu verabschieden, in dem sie eine ganze Weile gelebt hatte?«

»Richtig«, sagte Milo. »Ich denke, dass Carlotta in diesem Moment, in dem leeren Zimmer, als ihr klar wurde, dass das Leben nichts mehr für sie bereithielt, von der Verzweiflung besiegt wurde.«

Sandro zog die Augenbrauen hoch. »Von der Verzweiflung besiegt – was für eine monumentale Formulierung. Alle Achtung!«

»Meinetwegen nennt es, wie Ihr wollt. Dass sie erschöpft war, dass sie für kurze Zeit irre wurde, dass ihr nichts mehr etwas bedeutete. Könnte doch sein, oder? Ist zumindest genauso wahrscheinlich wie Eure Mordtheorie.«

Sandro nickte. Dass er sich mit seiner Erwiderung Zeit ließ, brachte Ruhe in die Diskussion, die bereits am Rande der Gereiztheit verlaufen war.

Er ging eine Weile in dem Zimmer auf und ab, dann sagte er: »Wenn ein gewisses Indiz nicht wäre, würde ich Euch recht geben.«

»Ein Indiz?«

Sandro zeigte auf einen ausgetrockneten Lappen, der in der Ecke neben der Zimmertür lag. »Am Tag nach Carlottas Tod, als wir alle hier waren, habe ich den Lappen angefasst. Er war feucht. Ich vermute, Carlotta hatte ihn in den Brunnen vor dem Haus getaucht, danach wischte sie hier den Boden. Wir alle wissen, wie gewissenhaft sie in Haushaltsdingen war.«

»Ich – verstehe nicht, worauf Ihr …«

Sandro strich seinen Zeigefinger über den Boden, dann hielt er ihn Milo vors Gesicht. »Kein Schmutz. Nur ein bisschen Staub, der sich in den letzten Wochen seit ihrem Tod hier angesammelt hat. Und seht Euch den Lumpen an: dreckig. Das heißt, sie hat hier am Tag ihres Todes, genauer gesagt eine Stunde vor ihrem Tod, geputzt. Verzeihung, aber ich kann einfach nicht glauben, dass ein Mensch ein Zimmer putzt, bevor er sich aus dem Fenster stürzt, weil er – wie Ihr es ausdrücktet – von der Verzweiflung besiegt wird.«

Sandro ließ einen Moment verstreichen, und als er weitersprach, hatte sich sein nachdenklicher Tonfall in einen tatkräftigen Tonfall verwandelt. »Das heißt, wir haben es mit einem Mörder zu tun, den es zu finden gilt. Ich schlage vor, wir befragen Leute, die sich gewöhnlich auf der Piazza herumtreiben, beispielsweise Händler und Bettler. Vielleicht hat ja doch jemand irgendetwas gesehen. Außerdem brauchen wir eine Personenbeschreibung des Mannes, der sich im Hurenmilieu nach Carlotta erkundigte.«

Er hatte, entgegen seiner sonstigen Art, in fast befehlsmäßigem Ton gesprochen und seine beiden Zuhörer damit ein weiteres Mal an diesem Tag überrascht. Er selbst war nicht minder verblüfft, als er sich reden hörte.

»Einverstanden«, sagte Antonia. Es war das Erste, was sie zur Diskussion beitrug, obwohl sie ihr aufmerksam gefolgt war.

Sandro lächelte sie an. »Danke«, sagte er erleichtert, korrigierte sich aber sofort. »Ich meine – das freut mich. Dann sind wir uns also einig?«

Sandro und Antonia warfen Milo einen Blick zu.

»Sicher.« Milo gab nach. »Wieso nicht? Suchen wir einen Mörder.«

Sandro wandte sich zur Tür und grinste zufrieden in sich hinein. Er hatte das Gefühl, zum ersten Mal, seit er sich mit Antonia versöhnt hatte, zum ersten Mal seit zwei Monaten, seit sie mit Milo zusammen war, einen Punkt gemacht zu haben.

»Dann also los«, sagte er.

Sie hatten beschlossen, sich aufzuteilen – leider nicht derart, wie Sandro es gerne gehabt hätte. Antonia würde die Huren im Trastevere befragen, bei denen der unbekannte Mann Erkundigungen über Carlotta eingezogen hatte, und Sandro und Milo nahmen sich vor, Passanten zu befragen, ob sie Carlottas Sturz beobachtet hatten. So schritten sie nebeneinander her, diese beiden, die dieselbe Frau liebten, ein Jesuit und der Sohn einer Bordellbetreiberin. Eigentlich ein Witz, aber nicht zum Lachen.

Die Piazza war an diesem Mittag nahezu unbelebt, denn die Sonne brannte vom Himmel herunter, und die Römer flohen zu dieser Stunde von den Plätzen in die schattigen Gassen. Die Steinmetze, die Reparaturarbeiten am Stadttor vornahmen, unterbrachen ihre laute Arbeit, herrenlose Fuhrwerke parkten unter Bäumen, zwei Soldaten der Stadtwache dösten vor der Pforte einer Taverne, ein Gemüsehändler schlief unter seinem Verkaufstisch, eine Bettlerin kauerte mit ihrem Kind neben einem Brunnen – es lag eine schwere Stille über der Piazza, so als habe die Stadt das Atmen eingestellt.

»Keine guten Voraussetzungen«, sagte Milo.

Sandro antwortete mit einer Stimme, der man anhörte, dass er sich darüber freute, widersprechen zu können. »Im Gegenteil. Als Carlotta starb, war die Piazza so leer wie heute.«

»Woher wollt Ihr das so genau wissen? Carlotta starb vormittags.«

»Stimmt. Aber auf dem Petersplatz zelebrierte der Papst eine große Messe anlässlich der Teilfertigstellung des Petersdoms. Ich selbst war dort und habe die Menschenmassen gesehen. Gewiss war auch die Piazza del Popolo leerer als an anderen Vormittagen.«

»Händler und Bettler scheren sich wenig um eine Papstmesse.«

»Carlotta starb sonntags, da dürfen Händler nicht arbeiten. Wir finden demnach ungefähr dieselben Bedingungen vor wie an jenem Vormittag.«

Mit diesen Worten ließ er Milo stehen und wandte sich der Bettlerin mit dem Kind zu. Sie war noch keine alte Frau, aber das Elend hatte ihre Züge wie eine entstellende Krankheit überzogen. Sandro kannte die Stadien des Elends. Seine Arbeit im Hospital der Jesuiten hatte ihn gelehrt, die Zeichen des nahenden Todes zu erkennen. Die Bettlerin, die nicht mehr die Kraft zum Betteln hatte, war fast verhungert und von Schädlingen befallen. Ungewiss, ob sie noch zu retten sein würde. Aber das Kind…

»Warst du im Hospital der Jesuiten?«, fragte er, erhielt jedoch keine Antwort. Er musste seine Frage noch zweimal wiederholen, bevor sie den Willen fand, ihn anzusehen und mit einer verneinenden Geste zu antworten.

»Wieso nicht?«, erkundigte er sich. »Das Hospital steht allen Bedürftigen offen.«

»Es – es liegt im dritten Bezirk«, sagte sie.

»Ja – und?«

Mit gequältem Unwillen sah sie ihn an und erklärte mit schwacher Stimme: »Um in den dritten Bezirk zu kommen, muss ich den vierten, fünften oder achten Bezirk durchqueren.«

»Mag sein, aber ich weiß noch immer nicht…«

»In diesen Bezirken ist Betteln nicht erlaubt, und die Stadtwachen schickten mich immer wieder zurück.«

Sandro erhob sich. Innerhalb eines Atemzuges wuchs eine gewaltige Empörung in ihm, die ihn trotz der Hitze wie auf Flügeln quer über den Platz zu den dösenden Wachen vor der Taverne trug.

»Du und du, ihr beide begleitet die Frau und das Kind zum Jesuitenhospital im dritten Bezirk, notfalls tragt ihr sie, und zwar sofort, verstanden?«

Die Wachen, unsanft aus süßem Nichtstun geholt, sahen sich an und lachten. »Befiehlt uns wer?«, fragte der eine den anderen, und der andere antwortete: »Befiehlt uns ein Mönch.« Daraufhin lachten sie erneut.

»Befiehlt euch Sandro Carissimi, der Privatsekretär und Visitator Seiner Heiligkeit«, korrigierte Sandro, woraufhin die beiden Männer Haltung annahmen und Entschuldigungen stammelten. Genau genommen hatte Sandro natürlich keinerlei Befugnis, Befehle zu erteilen, vor allem, da es sich nicht um die Schweizergarde handelte, sondern um die Stadtwache. Doch die Erwähnung des Papstes machte dieses Manko wieder wett.

»Sofort«, wiederholte Sandro.

Er folgte den beiden Wachleuten zum Brunnen und überwachte die Umsetzung seines Befehls. Die Frau stützte sich auf die Schulter des einen Wachmanns, der andere trug ihr Kind.

»Einen Moment noch«, sagte Sandro. »Vor ungefähr zwei Monaten, am Tag der großen Papstmesse vor dem Dom, stürzte eine Frau aus einem der oberen Stockwerke dieses Hauses dort. Hat einer von euch den Sturz beobachtet?«

Die beiden Wachen verneinten und erklärten, dass an jenem Tag fast alle Wachen rund um den Petersplatz postiert worden waren, um die Zugangsstraßen zu kontrollieren und im Gedränge nach Dieben Ausschau zu halten.

»Und du?«, fragte Sandro die Bettlerin.

Sie schüttelte den Kopf, aber sie warf ihm dabei einen Blick zu, als würde sie wünschen, ihm eine andere, eine hilfreiche Antwort geben zu können. Dann schien ihr etwas einzufallen. Sie wies mit dem Finger auf ein Gebäude auf der anderen Seite der Piazza, und als Sandro genauer hinsah, bemerkte er eine Greisin an einem offenen Fenster, die immer dort zu sitzen schien, ausdruckslos, reglos, mit gleichbleibendem Ausdruck, wie ein Porträt in Öl. Wenn sie wirklich den ganzen Tag dort am Fenster verbrachte, könnte sie etwas gesehen haben.

»Danke«, sagte er, und als die Frau sich in Begleitung der Wache entfernte, fügte er ein stilles »Alles Gute« hinzu.

Normalerweise setzte Milo alles daran, einem Rivalen immer einen Schritt voraus zu sein, auch im wahrsten Sinne des Wortes, wenn es zum Beispiel ums Treppensteigen in einem Mietshaus ging. An diesem Tag jedoch blieb er freiwillig eine Stufe hinter Carissimi, obwohl es ihm ein Leichtes gewesen wäre, die Geschwindigkeit zu diktieren. Er hatte nachzudenken, und er fand, dass ihm das im Rücken Sandro Carissimis leichter fiel.

Er hatte Carissimi von Anfang an nicht unterschätzt – berufsmäßige Mörder, wie Milo einer war, durften sich keine Arroganz erlauben, und diese Haltung, zu der sein heimlicher Beruf ihn zwang, hatte er auf sein ganzes Leben übertragen, auch auf die Liebe und den Kampf um diese Frau. Er wollte Antonia, und er erkannte, dass Sandro Carissimi sie ebenfalls wollte. Mehr musste er nicht wissen, um Carissimis Tod zu wünschen und vorzubereiten. Auch wenn er nicht von Massa, dem Kammerherrn des Papstes, beauftragt worden wäre, Carissimi zu töten und es wie einen Unfall aussehen zu lassen, würde er diesen Mord begehen. Denn so wie Massa fürchtete, dass Carissimi immer größeren Einfluss auf den Papst gewinnen und Massa am Ende aus dem Amt drängen könnte, so konnte Milo nicht ausschließen, dass Carissimi ihm gefährlich werden würde. Und zwar in zweierlei Hinsicht.

Zum einen spürte er, dass Antonia etwas für Carissimi empfand, das über Freundschaft oder die Hochgefühle wegen der erfolgreichen Partnerschaft bei der Aufklärung mehrerer Mordfälle hinausging. Sie hatte sich ein halbes Jahr lang erfolglos um Sandro Carissimi bemüht, als sie ihn, Milo, noch nicht gekannt hatte. Dass er in ihr Leben getreten war, hatte es ihr sehr viel leichter gemacht, mit Carissimi abzuschließen und eine Freundschaft zu ihm aufzubauen, aber sein Instinkt sagte Milo, dass es nun Carissimi war, der sich um Antonia bemühte, vielleicht weil er – wie viele römische Geistliche früher oder später – über seinen Schatten gesprungen war und das eine oder andere Gelübde nun nicht mehr so ernst nahm. Milo wäre Manns genug gewesen, diesen Kampf auf sportliche, anständige Weise zu führen, denn obwohl er seinen Rivalen nicht unterschätzte, war er sich auch seiner eigenen Stärken bewusst. Er war fähig, Antonia zu faszinieren, zur rechten Zeit Dinge zu sagen, die sie berührten, mit ihr Nächte zu verbringen, die sie glücklich machten, und er war auch in der Lage, seinen Körper und ein bisschen zur Schau gestellte Unmoral einzusetzen, an denen Antonia als Frau und Künstlerin großen Gefallen fand. All das war er bereit, in die Waagschale zu werfen, und er glaubte, Carissimi damit ausbooten zu können. Ja, er *wäre* Manns genug gewesen …

Aber Carissimi suchte Carlottas Mörder, und an diesem Punkt endete Milos sportlicher Anstand. Noch ahnte niemand, dass er der Mörder war, dass er in des Papstes Auftrag, überbracht durch Massa, Carlotta da Rimini aus dem Fenster gestoßen hatte. Doch dieses »noch« barg zu viele Risiken. Milo hatte selbst und hautnah miterlebt, mit welchem Scharfsinn Carissimi den Mord an der Geliebten des Papstes aufgeklärt hatte. Zwar wusste Milo, dass Massa und Julius III. kein Interesse daran hatten, dass Carissimi den Mordfall Carlotta da Rimini löste – wegen dem er sozusagen privat und in seiner Freizeit ermittelte –, aber Milo verließ sich ungern auf andere, und es wurde Zeit, dass er das Problem aus der Welt schaffte, indem er endlich Massas Geheimauftrag, der natürlich ohne Wissen des Papstes erfolgt war, erfüllte.

Wie dringend dies war, zeigte sich schon daran, dass Carissimi in diesem Moment an die Tür einer Greisin klopfte, die womöglich Zeugin des Verbrechens gewesen war. Milo bezweifelte, dass ihre Aussage ihn, selbst wenn sie etwas gesehen haben sollte, in Gefahr brächte. Aber am Anfang einer Ermittlung wiegte sich jeder Täter in Sicherheit, nur um irgendwann verdutzt festzustellen, dass eine Spur zur nächsten führte, bis vor die eigenen Füße.

Carissimi wandte sich zu ihm um. »Sie öffnet nicht. Ich weiß, sie ist da drin, ich habe sie von unten gesehen, sie saß am Fenster des obersten Stockwerks, und hier ist das oberste Stockwerk. Ihr habt sie doch auch gesehen?«

»Ja, ich habe sie gesehen«, antwortete Milo. »Vielleicht ist sie taub.«

»Wie auch immer, ich muss diese Frau sprechen.«

»In Ordnung. Tretet zur Seite.«

»Ihr habt doch nicht etwa vor, die Tür einzurammen?«

Milo grinste ihn schief an. »Ich weiß, Ihr haltet mich für einen hirnlosen Muskelprotz, aber ich sage Euch, dass außer meinen Armen und Beinen auch andere Körperteile sehr gut funktionieren, unter anderem mein Gehirn.« Er drängte sich an Carissimi vorbei zur Tür, tastete die Scharniere und das Schloss eine Weile ab und erkannte bald, wie und wo er sie zu packen hatte. Es war eine alte Tür, die dem Zustand des Hauses entsprach, und Milo hob sie einfach aus den Angeln.

»Bitte sehr«, sagte er und machte eine theatralische Verbeugung. »Der Weg für Seine Exzellenz, den Visitator des Papstes, ist frei.«

Carissimi nickte ebenso anerkennend wie widerstrebend. »Wo lernt man so etwas?«

»Na, wo wohl? Im Hurenhaus meiner Mutter. Was glaubt Ihr, wie viele verklemmte Türen ich da schon öffnen musste! Nach Euch, ehrwürdiger Vater.«

Sie traten ein. In der Wohnung roch es muffig und säuerlich, ein bisschen nach feuchter Wäsche und ein bisschen nach Nachttopf. Ein kurzer Korridor führte ohne Abzweigungen in das einzige Zimmer der Wohnung. Es war Schlafzimmer, Küche und Speisekammer in einem, mit einem sehr kleinen Kamin, in dem ein leerer Kupfertopf hing, einem Bett, dessen Laken zahlreiche blassgelbe Ringe aufwies, und einem Sammelsurium an ungespülten Schüsseln und Schalen, deren Inhalte mehr oder weniger vertrocknet waren. Irgendwo zwischen alledem, so als wäre sie nicht die Verursacherin, sondern ein Bestandteil des Durcheinanders, saß die korpulente Greisin am Fenster. Ihre grauen Haare standen in alle Richtungen ab, und es reichte aus, sie aus der Distanz anzusehen, um zu wissen, dass sie so roch wie die Wohnung.

»Was ist?«, fragte sie schroff. »Was fällt euch Lümmeln ein, hier hereinzukommen? Euch gebe ich…« Sie schwang die flache Hand und murrte; Überbleibsel einer lange vergangenen Zeit, in der ihre Gesten und Worte noch Eindruck auf Lümmel gemacht hatten.

»Ich grüße Euch«, sagte Carissimi in unnachahmlicher Höflichkeit. Er trat einen Schritt näher. »Verzeiht unser Eindringen, aber Ihr habt nicht auf mein Klopfen reagiert.«

»Wenn man auf Klopfen nicht reagiert, bedeutet das, dass man in Ruhe gelassen werden will. Hat deine Mutter dir das nicht beigebracht? Wer bist du?«

»Sandro Carissimi. Ich bin Jesuit.«

»Es gibt ein Sprichwort: Bringe deine Töchter vor den Dominikanern in Sicherheit, und dein Geld vor den Jesuiten. Scheint was dran zu sein. Dass sie sogar in Wohnungen einbrechen, hätte ich nicht gedacht.«

Milo musste lachen und ließ sich auch nicht von Carissimis missbilligendem Blick davon abbringen.

»Ich kläre den Tod einer Frau auf«, sagte Carissimi, wieder an die Greisin gewandt, die sich jedoch lieber den Flug der Schwalben ansah, so als stünden nicht zwei fremde Männer in ihrem Zimmer.

»Welcher Frau?«, fragte sie mürrisch.

»Sie wohnte auf der anderen Seite der Piazza, dort drüben, in dem Haus links von der Kirche.«

»Was geht mich das an?«

»Nun, Ihr wirkt, als würdet Ihr viel Zeit am Fenster verbringen, und da habe ich mir gedacht…«

Die Greisin warf blitzschnell ihren Kopf herum und funkelte Carissimi mit ihren grauen Augen an. »Ja«, stieß sie hervor. »Ja, ich sitze hier tagein und tagaus. Meine Beine machen nicht mehr mit, mein Rücken tut so weh, dass mir die Tränen kommen, und außer meinem Enkel, der einmal am Tag vorbeikommt, kümmert sich kein Aas um mich. Dir passt das natürlich gut in den Kram, was? Die Alte am Fenster hat vielleicht was gesehen, die ist ein solches Wrack, wo soll sie schon anders sein als am Fenster, die kommt mir gerade recht. Gut, dass sie so unbeweglich ist wie ein abgestorbener Rosenbusch, gut, dass ihre Beine nicht mehr mitmachen, wie? Hast du dir fein ausgedacht. Aber ich weiß nichts, habe nichts gesehen. Hörst du? Nichts, gar nichts, nicht das Geringste. Die Schwalben sehe ich, die Bäume, die Käfer, die über das Fensterbrett krabbeln, ich sehe das Leben … Den Tod sehe ich nicht, so weit habe ich es noch nicht gebracht. Mein Gatte hat mir genug Geld hinterlassen, so dass ich seit sechs Jahren an diesem Fenster sitzen kann, ohne was zu verdienen. Niemand muss mir was schenken, auch meine Kinder nicht, auch nicht mein Enkel. Der muss mir die Sachen bringen, die ich bezahle, fertig. Und das Geld reicht noch einmal für sechs Jahre. Dann bin ich tot. Und wenn nicht, ja dann … Eine Bettlerin wie die da unten werde ich nicht, darauf kannst du dich verlassen.« Sie schlug mit der flachen Hand auf das Fensterbrett. »Bevor es so weit kommt, werde ich den Tod aufsuchen. Ich wette, er breitet seine Arme aus, wenn er mich sieht. Da unten grinst er schon, auf dem Pflaster direkt unter meinem Fenster. Aber er muss warten. Vorerst hab ich nichts mit ihm zu schaffen. Also mach, dass du wegkommst, du und dein Tod!«

Carissimi schwieg eine Weile und sagte dann: »Wenn Eure Augen so gut sind, eine Bettlerin am Brunnen der Piazza zu sehen, sind sie auch gut genug, das Haus auf der anderen Seite zu sehen.«

Die Alte ignorierte ihn, sah den Schwalben bei ihren akrobatischen Flugmanövern zu.

»Die Frau, von der ich spreche«, insistierte Carissimi, »war eine gute Freundin von mir. Sie hatte viel Unglück im Leben. Ihr Mann und ihre Tochter starben vor Jahren unter traurigen Umständen, und vor kurzem starb auch der Mann, mit dem sie ihre zweite Ehe eingehen wollte, ein Glasmaler. Sie hatte schwere Zeiten erlebt, aber sie hat nie aufgegeben. Ich glaube nicht, dass sie in den Tod gesprungen ist. Sie hat es nicht verdient, dass ihr Mörder einfach so davonkommt. Damit verrät man ihr ganzes Leben, ihren Kampf ...«

»Ach, hör doch auf«, murrte die Alte, ohne ihn anzusehen. »Ihr seid doch alle gleich, ihr Pfaffen. So verlogen ... Verrat. Kampf. Hat es nicht verdient. Floskeln sind das, alles Floskeln. Die Bettlerin da unten, die Bettlerin mit dem Kind, die du von den Wachen hast abführen lassen, die du vom Platz vertrieben hast, die hat ihr Schicksal auch nicht verdient. Scher dich weg, sage ich.«

Carissimi seufzte. »Gut, ich werde gehen, wider besseres Wissen, denn ich glaube, Ihr habt etwas gesehen. Aber ich gehe nicht, ohne eines richtiggestellt zu haben. Die Bettlerin habe ich in das Jesuitenhospital bringen lassen, wo man ihr Leben und das Leben des Kindes retten kann. Sie hatte vorher vergeblich versucht, dorthin zu gelangen. Lebt wohl.«

Carissimi verließ das Zimmer, und Milo folgte ihm. Gerade, als er dabei war, die Tür wieder in die Angeln zu heben, rief die Frau: »Komm zurück. Komm wieder her. Nun mach schon.«

Sie kehrten in das Zimmer zurück.

Die Alte zog ein reuevolles Gesicht, aber nur sehr kurz, dann stellte sich die Schroffheit wieder ein.

»Ich habe gesehen, wie die Frau aus dem Fenster stürzte, ein paar Wochen ist das her, ich weiß nicht genau. Ein Tag ist wie der andere. Sie hat nicht geschrien, doch selbst wenn ...

Der Platz war leer, niemand hätte sie gehört. Überhaupt: Was bringt so ein Schrei? Er ändert ja nichts.«

Ihre Finger klopften nervös auf das Fensterbrett. »Weil sie nicht geschrien hat, habe ich geglaubt, dass sie ihren Tod wollte, dass sie darauf vorbereitet war, so wie ich einmal darauf vorbereitet sein werde … Aber in der Nacht träumte ich von ihr, ich sah ihren Sturz, und in der Nacht darauf wieder und wieder. Und wenn ich dann aufwachte und mich an den Augenblick erinnerte, als ich sie in die Tiefe fallen sah, ich meine den wirklichen Sturz, nicht den im Traum, dann glaubte ich plötzlich eine zweite Gestalt zu bemerken, einen im Dunkel des Zimmers verborgenen Schatten.«

»Einen Mann?«

»Hör doch zu, Pfaffe, ich sage dir, ich sah einen Schatten. Er stand einen Schritt hinter dem Fenster, von mir aus betrachtet. Vielleicht der Teufel selbst … Was weiß ich!«

»Aber Ihr habt ganz sicher jemanden gesehen?«

»Wenn ich's doch sage.«

»Wieso habt Ihr das nicht gemeldet?«

»Bist du verrückt? Weißt du, was sie mit einem machen, der drei Tage später ankommt und sagt, er habe einen Schatten gesehen? Sie holen dich aus deiner Wohnung, dann fragen sie dich aus. Wenn du an einen Halunken gerätst, dessen Sohn oder Neffe gerade eine günstige Wohnung sucht, dann sperrt er dich wegen Irreführung für ein paar Wochen in ein Verlies, und wenn du rauskommst, ist deine Bleibe weg. Oder er übergibt dich einem geistlichen Gericht, das dich maßregelt, weil du behauptet hast, den Teufel gesehen zu haben. Die drehen sich alles hin, wie sie's brauchen. Ich habe nichts gesehen, und dabei bleibt es. Dir sage ich es, weil du der Bettlerin geholfen hast, und dem da sage ich es …«

Milo sah sich mit einem Mal ihrem Blick ausgesetzt, einem Blick aus alten, aber scharfen Augen. Einen Moment lang kam es ihm vor, als sehe sie in ihn hinein, als erkenne sie in ihm jenen Schatten im Dunkel von Carlottas Zimmer.

Er riss sich zusammen und hielt ihrem Blick stand, auch wenn er sie am liebsten gepackt und über das Fensterbrett gestoßen hätte, jenem Tod entgegen, der schon mit offenen Armen grinsend auf sie wartete.

»Der da passt nicht zu dir«, sagte sie zu Carissimi. »Dem sind Bettlerinnen egal. Ich sage dir, der ist kalt wie Eisen im Winter.«

Carissimi konnte sich ein befriedigtes Schmunzeln nicht verkneifen, aber er war natürlich viel zu höflich, um einem Dritten gegenüber seine Befriedigung einzugestehen.

»Ich versichere Euch«, sagte Carissimi zu der Alten, »dass auch mein Begleiter ein liebendes Herz hat.«

Die Alte murrte: »Ein liebendes Herz mag er haben, eine Seele hat er nicht. Und ohne die wird auch die Liebe egoistisch.«

Eine Weile schwiegen sie, dann sagte Carissimi: »Ich danke Euch für die Offenheit und …«

»Schon gut, schon gut. Und jetzt raus. Dass Ihr mir aber ja die Tür wieder einhängt. Und dass du es dir nicht einfallen lässt, noch einmal herzukommen.«

»Vielleicht ein kurzer Besuch – irgendwann?«

»Nein. Verschwinde. Nun mach schon. Geh. Na, wird's bald.« Ihre Hand schlug auf das Fensterbrett, dann schluckte die Frau schwer, und abrupt wandte sie, seit Jahren eine Zuschauerin in der Theatervorstellung des Lebens, sich wieder den Schwalben und den Bäumen zu.

2

Das Collegium Germanicum war einem Gebet des jesuitischen Ordensgenerals Ignatius von Loyola entsprungen. Eines frühen Morgens, so hieß es, sei ihm mitten in einer tiefen Andacht die Idee gekommen, eine ganz besondere Schule zu gründen, eine Schule nämlich, deren Ziel es war, geistige Rekruten für den Kampf um das für den Katholizismus fast schon verlorene Deutsche Reich auszubilden. Wieder einmal sah Loyola, der einst Soldat gewesen war, seine Jesuiten als Speerspitze der Gegenreformation. Das Collegium sollte jedem jungen deutschen Mann offenstehen, egal, von welchem Stand er war, gleichgültig, aus welchem Teil des Landes er kam. Die Schulgebühren waren lächerlich niedrig. Man musste weder in den Orden eintreten noch überhaupt eine geistliche Laufbahn anstreben, denn aus der Schule sollten nicht nur die künftigen Prälaten des Reiches hervorgehen, sondern auch Kanzler, Sekretäre, Ärzte, Bankiers, kurz, Scharen grauer Eminenzen, die Herrscher beeinflussen und Völker dirigieren konnten. Auf dem Stundenplan standen deshalb nicht nur Fächer wie Schreiben, Rechnen, Theologie, Griechisch und Latein, sondern auch Buchhaltung, Rhetorik, Heilkunde, Astronomie, Völkerkunde und Handel.

Der Anfang war – wie jeder gute Anfang – bescheiden. Nur wenige Schüler hatten sich zum ersten Trimester eingefunden: ein bayrisches Brüderpaar aus gutem Hause, neunzehn und siebzehn Jahre alt, sowie der siebzehnjährige mittellose Sohn eines Tiroler Schultheißen. Und das Schulgebäude stellte sich, zu Sandros Erstaunen, als unscheinbares, ein bisschen enges Haus heraus. Zwar lebten alle Jesuiten statt in Klöstern in einfachen Häusern zusammen, denen manchmal ein Hospital oder eine Armenküche angeschlossen war, aber hier handelte es sich ja immerhin um eine Schule, die sich anschickte, Geschichte zu schreiben. Was pompös als »Collegium Germanicum« daherkam, war vorerst eine mit drei Schülern und vier Jesuiten belegte Unterkunft, mehr Obdach denn Lehranstalt.

Dass das Collegium dennoch sogleich für Furore sorgte, lag an dem Verbrechen, das am Abend der Eröffnung in seinen Mauern verübt wurde.

Sandro kam zu spät zum Eröffnungsgottesdienst in die Kapelle gegenüber dem Germanicum. Als er zusammen mit seinem Diener und Gehilfen Angelo eintraf, waren die Festreden diverser geistlicher Würdenträger schon beendet und die Messe halb gelesen.

»Ich habe Euch gesagt, dass wir uns beeilen müssen, Exzellenz«, sagte Angelo, der, mehr als Sandro selbst, um ein tadelloses Bild Sandros bemüht war. Angelo war, seit sie sich kannten, von übereifriger Fürsorge gewesen, sei es, weil er einfach nur seine Arbeit gut machen wollte, oder sei es, weil Übereifer und Fürsorglichkeit Wesenszüge seines Charakters waren. Aber seit Sandro den Mord an der »Hure von Rom«, Julius' Geliebter, aufgeklärt hatte und stadtbekannt geworden war, verhielt sein gleichaltriger Diener sich wie eine stolze Mutter und Glucke.

»Rom ist heiß wie ein Ofen, Angelo. Ich wollte mich frisch machen, bevor ich meinen Ordensgeneral treffe. Hätte ich ihm verschwitzt unter die Nase treten sollen? Außerdem sei froh, wäre ich nicht noch einmal in den Vatikan zurückgekehrt, würdest du jetzt nicht hier sein und die einmalige Gelegenheit haben, den General der Jesuiten kennenzulernen.«

»Den schwarzen Papst«, ergänzte Angelo bedeutungsvoll.

Sie hielten sich im Hintergrund, in der Nähe des Kirchenportals. Die schmucklose, kleine Kapelle war in ebenso schmucklose Düsternis getaucht, die nichts Geheimnisvolles und nichts Erhabenes hatte. In ihr roch es abgestanden, so als habe seit einem Jahrhundert kein menschliches Wesen mehr einen Fuß in sie hineingesetzt, aber es mochte sein, dass diese Wahrnehmung mit Sandros Besuch in der muffigen Wohnung der Greisin zusammenhing und eher eine Sinnestäuschung war.

Er blickte auf die Rücken und gebeugten Häupter der Schüler und vor allem seiner Mitbrüder und fragte sich, wer von ihnen wohl Ignatius von Loyola war. Denn er hatte den Mann, der vor rund zwölf Jahren die »Societas Jesu« gegründet und innerhalb dieser kurzen Zeit dem Orden einen sagenhaften Zulauf beschert hatte, noch nie gesehen. Alles, was er über ihn wusste, gründete sich auf offizielle Verlautbarungen und inoffizielle Gerüchte, und Sandro wusste, das Erstere stets zu einer idealisierten Darstellung und Letztere zu einer diffamierenden Darstellung neigten.

Plötzlich rannte einer der Messeteilnehmer an Sandro vorbei nach draußen, ein noch sehr junger Mann in einem roten Talar, offensichtlich also einer der künftigen Schüler des Collegiums. Er wirkte gehetzt. Sandro sah ihm hinterher …

»Den Kelch des Heiles will ich ergreifen und anrufen den Namen des Herrn«, ertönte es laut vom Altar her, und Sandros Aufmerksamkeit richtete sich gezwungenermaßen wieder in den Kirchenraum. Der Jesuit, der die Messe las und nun im Begriff war, die Heilige Kommunion zu spenden, war von imposanter Statur, groß und kräftig, mit einem besonders großen Kopf und einem energischen Zug im Gesicht, und an seinem Dialekt erkannte Sandro, dass es sich um einen Deutschen handelte, denn Antonia sprach im selben Dialekt. Er segnete jeden Einzelnen der Kommunikanten, die sich, ihrem Rang gemäß, vor ihm aufreihten. Sandro empfing die Kommunion als einer der Letzten.

»Der Leib unseres Herrn Jesus Christus bewahre deine Seele zum Ewigen Leben.«

»Amen«, sagte Sandro und der jesuitische Priester legte ihm das gebrochene Brot auf die Zunge. Nach ihm folgten nur noch Angelo sowie die beiden Schüler in ihren roten Talaren.

Statt mit der Liturgie fortzufahren, verharrte der jesuitische Priester, und Sandro fragte sich, worauf er wohl warte. Eine Weile verging, in der nichts geschah, bis der Schüler, der vorhin hinausgerannt war, zurückkehrte. Er schritt zum Altar, der Priester brach ein großes Stück Brot und übergab es dem Schüler, der halb andächtig, halb schuldbewusst den Kopf senkte.

»Amen.«

Nach dem Ende der Messe – es schlug die siebte Stunde – zog eine Gruppe von etwa zwanzig Menschen an Sandro vorbei durch das Portal ins Freie, um auf der anderen Seite der Gasse sofort wieder vom Collegium verschluckt zu werden. An der Spitze der Gruppe schritt ein in sich gekehrter, glatzköpfiger Mann mit kleinen Ohren, der Sandro nicht angesehen hatte, und doch hatte Sandro das Gefühl gehabt, von ihm bemerkt worden zu sein.

Und dieses – eher unangenehme – Gefühl blieb präsent, ja, verstärkte sich noch. Im Speisesaal angekommen, stellte jeder aus dem Zug sich hinter einen Stuhl. Die Tische waren in eirunder Form angeordnet, und Ignatius hatte den Platz an der oberen Krümmung inne. Er hielt, bevor man gemeinsam das Abendmahl einnehmen würde, eine kleine Ansprache. Es gingen weder Strenge noch Kälte von ihm aus. Seine Stimme war sanft, seine Miene und die zu Boden blickenden Augen waren von Gelassenheit erfüllt, trotzdem glaubte Sandro die ganze Zeit über, von Ignatius skeptisch beobachtet zu werden. Er hielt es allerdings für möglich, dass jeder in diesem Raum dasselbe Gefühl hatte.

»... und so wird es von unser aller Entschlossenheit und Verbundenheit abhängen, ob diese neue Lehranstalt den großen Ambitionen, die mit ihr verknüpft sind, Genüge tut.« Ignatius machte eine ziemlich lange Pause, in der die Stille im Saal nur von gelegentlichem Räuspern unterbrochen wurde. »Meine Brüder und meine Schüler des Collegium Germanicum. Morgen ist der erste Unterrichtstag. Am Anfang wird alles noch ein wenig ungeordnet vonstatten gehen, aber die familiäre Atmosphäre dieses Hauses wird es ermöglichen, schnell die Ordnung herzustellen. Eine kleine Schülerzahl hat den Vorteil, dass man sich besser auf steigende Schülerzahlen vorbereiten kann. Auch der Ölbaum, unter dem Jesus Christus ruhte, gedieh nicht über Nacht, sondern erreichte sein hohes Alter durch sparsames Wachstum. So soll es sein. Da jedoch auch eine kleine Schule wie diese einen Rektor benötigt, werde ich in den nächsten Tagen eine Entscheidung bekannt geben.«

In diesem Moment machte Sandro eine interessante Entdeckung. Sein Blick war während der Ansprache des Ignatius über die anderen Personen im Saal geglitten. Neben ihm stand ein korpulenter Mitbruder mittleren Alters mit einem Atemgeräusch, wie man es haben kann, wenn man die Abruzzen bestiegen hat, nicht aber im Ruhezustand nach einem Gottesdienst. Der etwa mittvierzigjährige Bruder daneben – es handelte sich um den stimmkräftigen Jesuiten, der die Messe gelesen und die Kommunion erteilt hatte – fühlte sich offensichtlich davon gestört, denn er stieß ihn leicht an und runzelte die Stirn in strenger, höchst tadelnder Weise, von der sich der Dicke auch durchaus beeindrucken ließ, denn er atmete von da an zwar immer noch tief und schnell, aber deutlich leiser. Dahinter befand sich der Einzige, der nicht Jesuit war, sah man einmal von Angelo, den Schülern und hochgestellten Gästen ab. Er trug ein weltliches, eher altmodisches Gewand und einen langen, grauen Bart, und er betrachtete fast die ganze Zeit über die Hände auf seinem Schoß, nur unterbrochen von gelegentlichen Seitenblicken auf Ignatius. Da er den Platz neben dem Pater General einnahm, musste er, der kein Jesuit war, für Ignatius von besonderer Wichtigkeit sein. Aber auch bei der Wahl, wer an seiner anderen Seite sitzen sollte, hatte Ignatius eine ungewöhnliche Entscheidung getroffen. Weder einem der anwesenden Prälaten war dieser Vorzug zuteilgeworden, noch Luis, dem nach Ignatius in Italien bekanntesten Jesuiten, sondern dessen jungem Assistenten Miguel Rodrigues. Luis saß rechts von Miguel, es folgten die drei Schüler und schließlich, am unteren Endes des Ovals, die geladenen Prälaten.

Gerade als Sandros Blick auf seinen ehemaligen Freund und Meister Luis de Soto fiel, erwähnte Ignatius den Rektorenposten, und in diesem Moment sah Luis auf und suchte etwas auf Sandros Seite der Sitzreihe. Sandro beugte sich leicht vor, um zu erkennen, wen oder was Luis betrachtete, und tatsächlich sah er, dass der Jesuit mit dem großen Kopf und strengen Habitus Luis' Blick erwiderte. Umgehend hatte dieser Mitbruder seine volle Sympathie, da es sich offensichtlich um einen Konkurrenten von Luis handelte. Es schien, als seien die Würfel noch nicht gefallen.

Die erfreulich kurze Ansprache war beendet, Ignatius schätzte das Wesentliche. Der dicke Mitbruder neben Sandro stand auf und gab einem der Schüler ein Zeichen. Gemeinsam gingen sie durch eine Seitentür aus dem Saal und kehrten nach wenigen Augenblicken mit schweren Töpfen zurück, wobei sie von einer schon etwas älteren, korpulenten, aber rüstigen Frau unterstützt wurden, die den schwersten aller Töpfe trug. Der Vorgang wiederholte sich noch ein paar Mal, bevor alle Gerichte auf der Tafel standen. Die Mischung der Speisen war ungewöhnlich, so als hätten zwei konkurrierende Köche aus verschiedenen Ländern einen Wettstreit ausgefochten. Viele Speisen waren Sandro bekannt: Kaninchen in Öl und Wein, Fischsuppe, ausgebackenes Gemüse, gedämpfte Kalbsnieren, Flusskrebse… Ein Festmahl, in seiner Üppigkeit gänzlich unjesuitisch, aber in Anbetracht des besonderen Tages offenbar von Ignatius von Loyola geduldet. Für Sandro fremd waren das Fleischgeschnetzelte mit gegartem Dörrobst, die gekochten Schweinefüße sowie das nach Bier schmeckende Hühnerklein. Dazu gab es bereits vorportionierte Platten mit Brot, Salz, Käse, ein paar Kirschen, einen mit Rahm vermischten Rettichsalat sowie Wasser und Wein.

Es kam nicht zu einer Unterhaltung, an der sich alle beteiligt hätten, stattdessen wurden die Gespräche leise geführt. Der Pater General redete mit Miguel Rodrigues, der Stimmkräftige mit dem Gelehrten und der Dicke mit sich selbst. Er lobte das Essen, während er es in unaufhörlicher und geradezu Achtung gebietender Folge in sich hineinschaufelte, wobei er den Schweinefuß – wie Sandro meinte – ohne ein einziges Mal zu atmen verspeiste. Als er sah, dass Sandro seinen Schweinefuß von sich schob, fragte er, ob er ihn nehmen dürfe. Sein starker Dialekt wies ihn als Nicht-Italiener aus. Vermutlich kam er aus dem Reich, was in einer Schule für Deutsche nicht überraschte.

»Ist gut«, sagte er schmatzend, halb an den Schweinefuß und halb an Sandro gewandt.

Vorsichtshalber fühlte Sandro sich angesprochen. »Ja, mal etwas anderes. Etwas Vergleichbares habe ich noch nie gegessen.«

»Und der Rettich.« Der Dicke deutete auf den Salat. »Ausgezeichnet.« Dann machte er sich darüber her. »Mit Kümmel«, sagte er, »eine Delikatesse. Das hier« – er pickte etwas auf und hielt es Sandro hin – »ist Kümmel. Gut«, sagte er. »Kümmel ist gut. Delikatesse. Gut. Sehr gut.«

Er redete mit Sandro wie mit einem Vogel, dem man das Sprechen beizubringen versucht.

Sandro nickte freundlich und tauschte einen kurzen Blick mit Angelo, woraufhin der dicke Mitbruder sich bemüßigt fühlte, auch Angelo gegenüber die Vorzüge des Kümmels mit Gesten und dem oft wiederholten Wort »gut« zu preisen.

Glücklicherweise erlöste der Pater General Sandro und Angelo aus dieser unerquicklichen Konversation, als er einen Schüler ansprach, woraufhin der Dicke augenblicklich seinen Kümmel vergaß.

»Johannes. Johannes von Donaustauf. Möchtest du uns etwas zur Erbauung vorlesen? Bitte lies etwas deiner Wahl.«

Der Älteste der Schüler, jener, der vorhin aus der Kapelle gerannt und wieder zurückgekehrt war, erhob sich. »Eine große Ehre, ehrwürdiger Vater.«

Dem stimmte Sandro zu. Die erste Lesung einem Schüler anzuvertrauen, war ein ungewöhnlicher Vertrauensbeweis. Die beiden anderen Schüler schienen ihm jedoch diesen Vorzug nicht zu neiden, denn sie aßen ohne Pause weiter.

Für die Dauer einiger Atemzüge waren die Blicke aller Anwesenden auf diesen schlaksigen jungen Mann gerichtet, der steif und voller Selbstvertrauen zum Pult schritt und dort die Heilige Schrift mit einer zielstrebigen Sicherheit durchblätterte, als habe er sein Tagebuch vor sich. Er wählte eine, wie Sandro fand, sehr schöne Bibelstelle, deren Schönheit er jedoch mit seiner übertriebenen sprachlichen Genauigkeit entstellte, indem er die Worte in Silben zerlegte. Sein Latein war ebenso perfekt wie grausam.

Angelo neigte sich zu Sandros Ohr. »Wie weit seid Ihr heute im Fall Carlotta gekommen?«, flüsterte er.

Sandro fand die Frage in zweierlei Hinsicht bemerkenswert. Zum einen schien sich Angelo nicht im Mindesten für Ignatius von Loyola zu interessieren, da er sich mit Sandro lieber über dessen Arbeit als über den berühmtesten Ordensgründer des Jahrhunderts unterhielt. Zum anderen kam Sandro wieder in Erinnerung, dass Carlotta und Angelo sich von irgendwoher gekannt hatten. Einige Tage vor ihrem Tod, als Carlotta in Sandros Amtsraum im Vatikan gewesen war, waren die beiden sich begegnet, hatten sich überrascht angesehen und mit Namen angesprochen. Vor allem Carlotta hatte nicht gewusst, wie sie sich verhalten sollte, und keiner von beiden hatte Sandro von sich aus erklärt, in welcher Beziehung sie zueinander standen. Sandro vermutete, dass sie sich aus der Zeit kannten, als Carlotta noch als Hure im Haus von Milos Mutter gearbeitet hatte.

Wieder wurde Sandro bewusst, wie wenig er über seinen Diener wusste. Angelo hatte Vater und Mutter und sechs sehr viel jüngere Geschwister, die er mit dem Geld, das er als Diener im Vatikan verdiente, unterstützte. Sandro hatte ihm das Salär erhöht, damit Angelo sich – ja, *was* leisten könnte? Sandro hatte keine Ahnung. Privat unterhielten sie sich nie. Angelo war fleißig und zuverlässig und loyal und ein netter, umgänglicher Kerl, und doch war es Sandro nicht möglich, ihm nicht nur als Assistent, sondern auch als Freund zu vertrauen. Das unschuldig engelhafte Gesicht – das wohl schon Angelos Eltern nach der Geburt aufgefallen war, weswegen sie ihm den passenden Namen gaben – schien etwas zu verbergen, etwas, das Sandro beunruhigte.

»Es geht langsam voran«, antwortete Sandro leise, um die Lesung nicht zu stören. »Fest steht, sie wurde ermordet.«

»Von einem Freier?«

»Ich will nicht ausschließen, dass sie jemanden empfangen hat. Aber einen Freier wohl nicht. Was sollte sie in einer leeren Wohnung mit einem Freier tun?«

»Was ist Euer nächster Schritt, Exzellenz?«

»Zunächst einmal bitte ich dich, mich in diesen Mauern nicht mit ›Exzellenz‹ anzureden.« Sandro kam einem Einwand Angelos zuvor. »Ich weiß, ich weiß, die Anrede steht mir als Visitator des Papstes zu. Doch mein Pater General lehnt es ab, dass Jesuiten offizielle Ämter in der Kirche übernehmen. Nur weil der Papst ihn darum gebeten hat, hat er in meinem Fall eine Ausnahme gemacht. Ich möchte ihn aber so wenig wie möglich …«

Als spürte er, dass von ihm die Rede war, blickte Ignatius plötzlich zu ihnen herüber. Es war das erste Mal, dass Sandros und Ignatius' Blicke sich begegneten, und Sandro unterbrach sofort das Gespräch und nickte dem General ehrerbietig zu.

Tatsächlich ehrerbietig? Sandro war sich danach nicht mehr sicher. Hatte er nicht vielmehr kühl gegrüßt, so wie man jemanden auf der Straße grüßt, den man nicht kennt? Oder hatte er gar dabei gelächelt? Ignatius schätzte das Lächeln nicht. Sandro hätte am liebsten ein zweites Mal genickt, dann mit überzeugender Ehrfurcht, aber wer nickte schon zweimal? Das sähe merkwürdig aus.

Sandro wandte sich also mit gefalteten Händen der unsäglichen Lesung zu, die zu seinem Verdruss nun auch noch an allen Ecken und Enden stockte. Der vorlesende Schüler hatte zunehmend Schwierigkeiten, einen Satz ohne Fehler zu Ende zu bringen, und vor dem nächsten Satz zögerte er stets, so als gelte es, aus einem behaglichen Haus in eine finstere Winternacht hinauszutreten. Sandro fiel es schwer, sich auf dieses nervöse Gestotter einzulassen, und so gingen seine Gedanken wieder zum »Fall Carlotta«, wie Angelo es genannt hatte. War Antonia jetzt gerade dabei, eine Beschreibung des Mannes zu bekommen, der die Huren nach Carlottas Leben ausgefragt hatte? War es derselbe Mann, den die Greisin als Schatten gesehen hatte?

Wieder fiel ihm ein, dass Angelo Carlotta gekannt hatte. Er sah ihn an, ohne dass Angelo, der der misslungenen Lesung lauschte, es bemerkte. Wäre es sehr taktlos, Angelo eine Frage zu stellen, die ihn möglicherweise in Verlegenheit brächte?

»Angelo, woher hast du …«

Sandro kam nicht weiter, denn etwas Grauenhaftes ging vor sich. Der vorlesende Schüler hielt inne, riss die Augen auf und starrte auf die Heilige Schrift wie auf ein Ungeheuer, auf den Satan. Seine Hände umklammerten das Pult.

Niemand sagte etwas, keiner tat etwas. Alles passierte zu plötzlich. Außerdem: *Was* passierte eigentlich? Der junge Mann – Sandro erinnerte sich nur noch, dass er Johannes hieß – war erstarrt, gerade so, als habe ihn der Blick der Medusa in Stein verwandelt.

Doch dann – niemand würde je diesen Moment vergessen – sog der Schüler den Atem mit einem schauerlichen Röcheln ein, voller Gier nach Luft, nach Leben, ein verzweifeltes Geräusch, dem eine verzweifelte Geste folgte. Er griff sich an die Kehle.

Nun sprang der Mann neben Ignatius auf, der Bärtige im Gelehrtengewand, sodass sein Stuhl umkippte, und eilte zu dem Schüler.

»Kannst du noch sprechen? Fühlst du Schmerzen? Ist es ein Krampf? Gib mir ein Zeichen, Junge, irgendein Zeichen.«

Doch Johannes reagierte nicht. Noch immer umklammerte er seine Kehle, als wolle er sich selbst erwürgen.

Der Mann schlug dem Schüler kräftig mit der flachen Hand mehrmals auf den Rücken. Dem ersten Röcheln folgten ein zweites und ein drittes, dazwischen lagen lange Pausen, die sich wie Abgründe auftaten, gefüllt mit Stille. Die Blicke aller hingen an diesen jungen, zitternden Lippen, jeder hoffte, der Abgrund würde überwunden, dem Röcheln würde ein befreites Atmen folgen.

Das vierte Röcheln.

»Er muss sich hinlegen. Schnell«, rief der Mann, und da war Sandro schon fast bei ihm. »Bringen wir ihn in sein Zimmer.«

»Kannst du laufen?«, fragte er den Schüler und erhielt ein Nicken als Antwort. Gott sei Dank, eine Reaktion, noch dazu eine positive. Tatsächlich konnte Johannes laufen, sogar ganz normal.

Das fünfte Röcheln.

»Was hat er nur?«, fragte Sandro.

»Ich weiß es nicht«, antwortete der Mann. »Verschluckt hat er sich anscheinend nicht. Schlagt ihm trotzdem weiter auf den Rücken.«

Sandro tat es, während der Mann die Hände des Schülers gegen dessen Widerstand von seiner Kehle löste.

»Ich muss deinen Hals befühlen, Junge«, mahnte der Mann, doch Johannes griff sich immer wieder an die Kehle.

Der dicke Mitbruder lief indessen vor ihnen her und führte sie in einen schmalen Flur neben dem Speisesaal. Links und rechts waren etliche Türen. Er öffnete die dritte Tür auf der linken Seite. Dort legte man den Kranken auf ein schlichtes Bett. Sandro hielt Johannes die Arme fest, damit der bärtige Mann, der wahrscheinlich Arzt war, seine Untersuchung beginnen konnte.

Das sechste Röcheln.

Die anderen Männer drängten sich in den kleinen Raum hinein. Da rief Ignatius: »Hinaus. Alle gehen bitte wieder in den Saal zurück.«

Die »Bitte« wurde umgehend befolgt. Ignatius blieb, schloss die Tür und verhielt sich ruhig.

Das siebte Röcheln.

»Ich verstehe das nicht«, sagte der Arzt. »Sein Atem geht regelmäßig, wenn auch in viel zu großen Abständen und sehr schwer. Trotzdem scheint nichts seine Atemwege zu verstopfen, auch kein Schleim. Es ist wie ein – ein Krampf. Oder eine innere Schwellung.«

»Möglicherweise verträgt er eine bestimmte Speise nicht«, schlug Sandro vor.

Der Arzt überlegte. »Bitte, Bruder, geht zu Bruder Birnbaum und sagt ihm, er soll einen Tee aus Eibischblättern sowie einen Wickel aus Huflattich vorbereiten. Hoffentlich hat er alles da. Ansonsten irgendetwas anderes Krampflösendes: Anis, Baldrian … Und ich brauche meine Tasche. Erster Stock, linke Tür, auf dem Stuhl. Beeilt Euch. Hier geht es um Leben und Tod.«

Das achte Röcheln.

Sandro lief aus dem Zimmer in den Speisesaal. »Bruder Birnbaum?«

Der Dicke hob die Hand, und Sandro wiederholte ihm, was

ihm der Arzt aufgetragen hatte, dann rannte er die Treppe hinauf. Das Holz war alt und knarrte. Seltsamerweise fiel ihm ein, dass er eben im Speisesaal nur eine einzige Person mit rotem Talar gesehen hatte. Das war ihm aufgefallen, weil die leuchtende Farbe sehr markant war, vor allem zwischen den schwarzen Jesuitengewändern. Einer der Schüler war demnach abwesend.

Sandro fand das Zimmer des Arztes auf Anhieb. Als er die Tür öffnete, sah er als Erstes das offene Fenster, dann spürte er einen starken Luftzug im Nacken, und eine andere Tür des Stockwerks fiel krachend zu.

Die Tasche war schnell gefunden. Er nahm beim Hinuntereilen drei Stufen auf einmal und wäre fast gestürzt, aber wenigstens kam er rechtzeitig zurück. Als er eintrat, hörte er ein Röcheln, und er sah, wie der Arzt vergeblich versuchte, den Mund des Schülers offen zu halten, um seine Finger in dessen Rachen zu stecken.

»Gott sei Dank, Ihr wart schnell«, sagte der Arzt. »Der Junge verkrampft zusehends. Ich muss es schaffen, dass er erbricht.« Er wählte unter den zahlreichen Instrumenten – die allesamt furchterregend wirkten wie böse Träume – ein besonders schlichtes und doch abschreckendes aus, ein sichelförmiges Rohr, halb so dick wie ein Finger.

Währenddessen bemerkte Sandro Ignatius von Loyola, den er fast vergessen hatte. Der Pater General kniete, abgewandt und schweigend ins Gebet versunken, vor einem Kruzifix an der Wand, desinteressiert an der Behandlung des Kranken durch den Arzt und Sandro, so als läge es nicht an ihren Fertigkeiten, Johannes zu retten, sondern allein in Gottes Hand und Urteil.

Ein weiteres Röcheln.

»Bitte, Bruder, schiebt ihm dieses Holz zwischen die Zähne. Es wird seinen Mund offen halten.«

Sandro nickte und tat, was ihm gesagt wurde. Der Arzt führte das Rohr ein, und für einen Moment sah es so aus, als würde der Schüler erbrechen. Doch nach einem entsetzlichen, würgenden Geräusch rann ihm nur ein wenig Wasser über die Lippen, ein bisschen Flüssigkeit, die sich im Mund gebildet hatte.

»So komme ich nicht weiter. Wo bleibt Bruder Birnbaum mit dem Tee?«, rief der Arzt ungeduldig und warf das Instrument beiseite.

Sandro wollte soeben nachsehen, wo der Bruder so lange blieb, als dieser keuchend zur Tür hereinkam. Sandro nahm ihm den dampfenden Becher ab und schloss die Tür wortlos vor seiner Nase.

Sandro und der Arzt wollten gemeinsam beginnen, dem Kranken die Flüssigkeit einzuflößen, als dieser sich aufbäumte. Kopf und Füße auf dem Bett, krümmte der Körper sich in die Höhe, spannte sich wie ein Bogen – und fiel in sich zusammen.

Der junge Mann regte sich nicht mehr, seine Augen waren leblos.

»Mein Gott«, flüsterten Sandro und der Arzt gleichzeitig, aber während Sandro sich bekreuzigte, ließ der Arzt das Instrument fallen und befühlte das Handgelenk des Schülers.

»Sein Herz hat aufgehört zu schlagen«, sagte er, aber was sich bei jedem anderen wie eine feststehende Tatsache angehört hätte, gegen die nicht anzukommen war, klang bei ihm wie eine Herausforderung.

Ehe Sandro begriff, was vorging, holte der Arzt zu einem Schlag aus. Seine flache Hand klatschte auf die bekleidete Brust des Schülers, einmal, zweimal, dreimal, dann wartete er, zählte, und dann wieder: einmal, zweimal, dreimal. Sandro hatte dergleichen noch nie gesehen. Jedes Mal erzitterte der hagere Körper, und jedes Mal hallte das Geräusch dieser verzweifelten Bemühung durch den Raum, so wie zuvor das verzweifelte Röcheln des Kranken durch den Raum gehallt war.

Aber schließlich …

Der Arzt hielt inne.

Der Arzt nickte Sandro zu.

Sandro flüsterte: »Pater noster qui es in caelis sanctificetur nomen tuum adveniat regnum …«

Ignatius von Loyola kniete noch immer vor dem schlichten Kruzifix, allen Geschehnissen abgewandt. Seine Lippen bewegten sich nicht, und seine Augen waren geschlossen. Hatte er überhaupt mitbekommen, dass der Schüler gestorben war? Sandro war sich nicht sicher, aber er zögerte, Ignatius aus dem Gebet zu wecken. Schließlich riet ihm der Arzt mit einer Geste davon ab.

»Der ehrwürdige Pater General bevorzugt es, selbst den Zeitpunkt zu bestimmen, an dem er sein Gebet beendet, Bruder«, sagte der Arzt bestimmt, aber nicht unfreundlich.

»Auch in diesem besonderen Fall?«, fragte Sandro. »Wie Ihr meint.« Gemeinsam betrachteten sie den Toten, der in entsetzlicher Verrenkung vor ihnen lag. Als der Arzt dem Leichnam die Augen schließen wollte, hielt Sandro ihn davon ab. »Bitte berührt den Toten nicht.«

»Wieso?«

»Vor der Tür werde ich es Euch gerne erklären.«

»Der ehrwürdige Pater General wird durch unsere Gegenwart nicht gestört.«

Sandro sah zu dem Betenden, der zwar anwesend und dennoch nicht ansprechbar war. Der Anblick dieses Mannes, den nicht einmal der Tod eines Schützlings aus seiner Zwiesprache mit Gott reißen konnte, irritierte Sandro, weil er selbst schon lange nicht mehr zu dieser Zwiesprache fähig war. Die Liebe zu Antonia, die tiefe Befriedigung durch seine Erfolge als Visitator, das Leben im Umfeld des Papstes – all das hatte dazu geführt, dass er nicht mehr richtig beten konnte. Ganz einfach: Sandro und Gott waren nicht mehr miteinander allein, zu viele Menschen und Gefühle waren zwischen sie getreten. Und das Bemerkenswerte daran war, dass es Sandro noch nicht einmal störte.

»Dennoch«, bat Sandro, öffnete die Tür, verließ den Raum und ging mit dem Arzt in den nächstbesten Winkel. Dort waren sie allein.

»Ihr kennt den Pater General wohl gut?«

»Seit beinahe zwanzig Jahren.«

»Ihr seid kein Jesuit.«

»Nein. Ich bin Pierre Duré, *magister regentes* und *doctor medicinae* der Fakultät Paris. Und seit zwölf Jahren der Leibarzt des Pater General.«

»Bruder Sandro Carissimi«, erwiderte Sandro die Vorstellung und fügte sogleich jenen Titel hinzu, dem er in diesem Moment die größte Bedeutung beimaß: »Visitator Seiner Heiligkeit.«

»Ich weiß. Der ehrwürdige Pater General hat mir die Einladung für Euch diktiert. Als Visitator ermittelt Ihr in Fällen wie beispielsweise …«

»Diesem.« Sandro zeigte auf die Tür, hinter der eine Leiche lag.

Magister Durés Blick blieb verwirrt auf der geschlossenen Tür haften. »Mir ist nicht ganz klar, was Ihr damit zum Ausdruck bringen wollt.«

Zum ersten Mal betrachtete Sandro den Arzt, Pierre Duré, genauer. Er war um einige Jahre älter als Sandro, gewiss über vierzig und außerdem beleibt, wirkte aber dennoch viel gesünder als Sandros dicker Tischnachbar Birnbaum. Von der für ihn anstrengenden Behandlung hatte er sich schnell erholt. Der üppige, schwarzgrau melierte Bart und die klugen Augen wiesen

Duré als das aus, was er war, als einen Gelehrten, einen Mann des Geistes, aber sie täuschten auch ein wenig darüber hinweg, dass er nicht unter der körperlichen Gebrechlichkeit so vieler anderer Gelehrter litt.

»Es wundert mich«, sagte Sandro, »dass ausgerechnet Ihr, ein *doctor medicinae*, nicht von selbst darauf kommt. Woran, glaubt Ihr, starb der Schüler?«

»Nun, Johannes von Donaustauf kränkelte, seit er vor zwei Wochen in Rom angekommen war. Ich sagte ihm, er mute sich zu viel zu. Aber er war einer von denen, die ihrem Körper kaum Beachtung schenken. Er betete die Nächte durch, und am Tage mutete er sich bei den Pflichten, die ihm aufgetragen wurden, zu viel zu. Auch aß er zu wenig.«

»Wir sind uns doch wohl einig, dass er nicht verhungert ist, Magister Duré.«

»Euer Sarkasmus ist nicht angebracht. Ich wollte lediglich ein Beispiel für die Vernachlässigung seiner Gesundheit geben. Er kränkelte bereits in seiner Heimat. Wie er mir sagte, quälte ihn nachts ein beharrlicher Husten. Oft betete er stundenlang, bis in den Morgen. Schlaflosigkeit ist Gift für jeden Körper.«

»Gift ist ebenfalls Gift für jeden Körper, und Atemlähmung ist eine typische Wirkung zahlreicher Gifte.«

»Wollt Ihr damit andeuten …? Aber das – das ergibt doch überhaupt keinen Sinn. Wer hätte denn ein Interesse daran, diesen Jungen …?«

»Der Gedanke an Gift ist Euch also nicht gekommen?«

»In meinen mehr als dreißig Jahren als Arzt ist mir nicht ein einziger Fall von absichtlicher Vergiftung untergekommen.«

Sandro verzichtete, den Magister darauf hinzuweisen, dass er in der Vergangenheit womöglich für etliche Giftmorde eine natürliche Ursache diagnostiziert hatte, ohne es zu wissen.

»Aber wenn Ihr wollt«, fügte Duré hinzu, »werde ich selbstverständlich eine Untersuchung an dem Toten vornehmen.«

»Danke für das Angebot, aber das kann ich nicht annehmen.«

»Warum? Ich versichere Euch, dass ich durchaus in der Lage bin, eine solche Untersuchung durchzuführen.«

»Daran zweifle ich nicht. Aber Ihr seid – so wie jeder, der heute Abend anwesend ist – in diesen Fall involviert.«

Duré holte tief Luft. »Das ist infam, Bruder Carissimi. Ich verbitte mir solche Unterstellungen.«

Magister Duré war laut geworden und hatte die Aufmerksamkeit der Brüder und Gäste erregt, die sich nur wenige Schritte entfernt im Speisesaal befanden. Sie waren gebeten worden, dort zu warten, und trauten sich deswegen nicht, sich Sandro und dem Magister zu nähern, um etwas über den Zustand des Schülers zu erfahren. Angelo jedoch war an die »Bitte« des Ordensgenerals nicht gebunden, verließ den Saal und trat näher.

»Kann ich etwas für Euch tun, Exzellenz?« Angelo ignorierte Sandros Wunsch, im Collegium nicht mit Exzellenz angesprochen zu werden, genau im richtigen Moment – und vermutlich mit voller Absicht. Die Entrüstung war dem Magister anzusehen, und es war erforderlich, ihn diskret darauf hinzuweisen, dass Visitatoren über außerordentliche Vollmachten verfügten. Zwar war Sandro noch nicht offiziell mit dem Fall betraut worden, hielt es aber für besser, dieses Detail vorläufig zu übersehen.

»Ja, Angelo. Bitte hilf mir, die Brüder abzutasten.«

»Abzu...«

»Zu durchsuchen, Angelo.« Sandro streckte seine Arme aus und befühlte Durés Körper durch das Gewand hindurch, was der Magister mit entrüstetem Staunen über sich ergehen ließ. Angelo machte dasselbe bei den beiden Schülern, während Sandro – unter dem Raunen der übrigen Gäste – die anderen Jesuiten durchsuchte. Außer Rosenkränzen, Krümeln von

Gebäck und Brotkrumen kam jedoch nichts zum Vorschein. Sandro hatte nichts anderes erwartet.

Er flüsterte Angelo etwas ins Ohr, woraufhin dieser nickte und das Collegium eilig verließ. Sandro bat den Magister ins Sterbezimmer. Magister Duré hatte sich inzwischen wieder etwas gefasst, zumindest äußerlich, aber Sandro merkte ihm an, dass irgendetwas ihn beunruhigte.

»Was wird jetzt geschehen?«, fragte Duré.

Sandro zuckte mit den Schultern. »In Kürze wird der Leibarzt des Papstes hier eintreffen sowie eine weitere Person. Und dann werden wir sehen.«

Doktor Pinetto war ein kleiner Mann, fast ein Zwerg, dessen Stimme so hoch war wie seine Meinung von sich selbst. Die musste man auch haben, wenn man der Leibarzt des Papstes war, denn Julius III. befolgte nicht einen einzigen von Pinettos Ratschlägen – weniger Wein, weniger Essen, die Nacht zum Schlafen nutzen –, und andere Patienten waren Pinetto verwehrt, weil Julius ihn ständig zur Verfügung haben wollte, obwohl er ihn nur selten zu Rate zog. Sandro stellte es sich als äußerst unbefriedigend vor, wenn die Fähigkeiten, die man sich mühselig angeeignet hatte, vergebens und verschwendet waren.

Pinetto ließ sich bei der Untersuchung des Leichnams alle Zeit der Welt. Das wäre nicht ungewöhnlich gewesen, hätte er sich bei dieser Arbeit nicht ausschließlich auf den Mund- und Rachenraum beschränkt. Pinetto beugte sich über den Toten, schnüffelte, stocherte mit einem Holzstab im Mund herum, zog den Stab heraus, schnüffelte am Stab und erneut an den Lippen – und es war tatsächlich ein Schnüffeln, kein Riechen. Pinetto sog die Luft in kleinen Schüben ein, lauter als jeder Jagdhund. So ging das nun schon eine ganze Weile.

Sandro schritt langsam auf und ab, immer dieselbe kahle Wand entlang, aber sobald er sich der Anwesenheit des Ignatius' erinnerte, blieb er stehen und warf einen Blick quer durch das Zimmer, wo der Pater General reglos an Durés Seite stand. Sandro konnte in den schwarzen, spanischen Augen des Ordensgenerals weder Trauer noch Betroffenheit noch irgendein anderes Gefühl erkennen, nur die gleichmütige Ruhe eines Waldsees. Sandro zügelte seine Ungeduld und versuchte sich in geistlichen Übungen – zumindest bis seine Gedanken wieder auf Abwege gerieten und er, ohne es zu merken, erneut auf und ab schritt.

»Mentha pulegium.«

Das erste Wort seit einer kleinen Ewigkeit platzte ohne Ankündigung in die nur vom Schnüffeln unterbrochene Stille des Raumes und verklang. Keiner reagierte, auch Sandro nicht. Man hätte bis drei zählen können.

Duré fragte: »Seid Ihr sicher?«

Pinetto trat einen Schritt vom Toten zurück. Er legte die Hände in der Höhe der Hüften übereinander, straffte seine kleine Gestalt, streckte den Kopf in die Höhe und blickte zur Decke. Eine Antwort schien er für überflüssig zu halten. Seine ganze Haltung brachte zum Ausdruck, dass sein Urteil so festgefügt war wie die Fundamente, auf denen Rom stand.

Duré trat näher. Nun schnüffelte auch er. »Man riecht fast gar nichts.«

»Riecht am Stab.«

Duré roch. »Ich halte das für normalen Mundgeruch.«

Pinetto verdrehte die Augen. »Mundgeruch, ja? Dann haltet Ihr vielleicht auch die Beulenpest für eine Hautkrankheit, wie?«

»Ich muss sehr bitten.«

»Wo habt Ihr studiert?«

»In Paris.«

»Dann haben alle Franzosen mein aufrichtiges Mitgefühl.«

»Ich bin *magister regentes* und …«

»Ich unterbreche die Herren nur ungern.« Sandro ging dazwischen, da er nun endlich wissen wollte, woran er war. Trotzdem hatte der kleine Disput auch sein Gutes gehabt: Sandro war in seiner Meinung bestärkt worden, dass es reichlich seltsam war, wenn ein erfahrener Arzt wie Duré nichts Ungewöhnliches an einem Tod wie dem des Schülers erkennen wollte, und das, obwohl das Ungewöhnliche sogar medizinischen Laien wie Sandro ins Auge gesprungen war.

»Was ist Mentha pulegium?«

»Ein Todesurteil, Exzellenz«, antwortete Pinetto. Sandro änderte zum zweiten Mal an diesem Abend seine Meinung bezüglich der Anrede, die ihm zustand. Nun wäre es ihm wieder lieber gewesen, er würde nicht mit Exzellenz angesprochen werden.

Er wagte nicht, den Pater General anzusehen, und räusperte sich: »Wenn Ihr mir das freundlicherweise noch etwas genauer erläutern könntet?«

»Poleiminze. Eine Pflanze, ein Kraut. Die Säfte sind hochgiftig, führen zu Atemlähmung und Herzstillstand. Poleiminze hat einen sehr strengen Geruch, der Spuren hinterlässt.«

Sandro beugte sich über Johannes und roch. »Minzig, aber unangenehm. Würdet Ihr sagen, dass die Pflanze selten vorkommt?«

»Überhaupt nicht, Exzellenz. Sie wächst zumeist an schattigen Bächen und Flüssen, auch hier in der Gegend, vor allem am Tiberufer nördlich der Stadt. Im Grunde findet man sie in jedem Nachbarland Italiens, auch in Frankreich. Deswegen, Exzellenz« – Pinetto sprach lauter und warf einen Blick auf Duré – »ist mir völlig unverständlich, wie …«

Pinetto hielt inne. Ignatius von Loyola hatte sich bewegt, und das führte augenblicklich dazu, dass sich alle Blicke auf ihn richteten. Er schritt sehr langsam zur Tür und ergriff noch langsamer deren Knauf.

»Wenn Ihr hier fertig seid, Bruder Carissimi, möchte ich Euch bitte sprechen«, sagte er und ging aus dem Raum. Duré folgte ihm, und bevor er die Tür hinter sich schloss, erklärte er: »Die Tür rechts neben meiner.«

Sandro nickte.

Es vergingen ein paar Atemzüge, bevor Sandro und Doktor Pinetto ihr Gespräch fortsetzten.

»Ich habe ihn mir anders vorgestellt«, sagte Pinetto. »Irgendwie energischer. Ich meine – man nennt ihn den General Gottes.«

Sandro ging auf die Bemerkung nicht ein. Es widerstrebte ihm plötzlich, über Ignatius zu sprechen, geradeso, als würde er damit Verrat begehen.

»Wie lange dauert es«, fragte er, »bis die Wirkung des Giftes …?«

»Maximal zwei Stunden«, antwortete Pinetto, bevor Sandro die Frage vollständig formulieren konnte.

»Ihr musstet nicht lange nachdenken, Doktor.«

Pinetto verschränkte die Arme vor seiner Brust. »Ich verstehe etwas von Gift. Wenn man Leibarzt der Päpste ist, wird erwartet, dass die Behandlung von Vergiftungen zum Spezialgebiet gehört.« Er sagte das ohne Ironie.

»Das Gift der Poleiminze wirkt demnach schnell?«

»Schneller und heftiger als die meisten anderen Gifte. Dieser junge Schüler hier hat die Folgen spätestens zwei Stunden nach Einnahme des Giftes zu spüren bekommen.«

Sandro schilderte dem Arzt ausführlich den Vorgang, der mit Sprachproblemen begonnen und mit Herzstillstand geendet hatte.

»Ja«, bestätigte Pinetto, »das ist typisch. Zuerst tritt eine langsame Lähmung des Sprachvermögens ein, dann setzen Krämpfe im Lungen- und Rachenraum ein, schließlich versagt das Herz.«

»Unwiderruflich? Magister Duré versuchte eine Wiederbelebung des Herzens.«

»Ich hätte dasselbe getan. Aber in diesem Fall … Zwei Ringkämpfer hätten auf der Brust des Siechen ihren Kampf austragen können, und doch wäre das Herz nicht mehr zum Schlagen gebracht worden. Nur Erbrechen hätte geholfen.«

»Magister Duré hat dieses Instrument dort in den Rachen des Schülers gesteckt – ohne Erfolg.«

»Wie ich mir dachte: Die Dosis war so hoch, dass die Atmungsorgane bereits zu stark verkrampft waren, um einen Auswurf herbeizuführen. Magister Durés Verhalten beweist, dass er durchaus in die richtige Richtung dachte. Umso erstaunlicher, dass er nach dem Ableben des Schülers … Tja, das soll nicht mein Problem sein.«

»Und es gibt keinen Zweifel, dass er nicht früher als zwei Stunden vor dem Anfall das Gift geschluckt haben kann?«

Pinetto sah ihn an, als sei die Frage eine Beleidigung. »Es gibt zahlreiche Pflanzen, die Atemlähmung auslösen können, aber nur sehr wenige sind tödlich, und auch dann nur in hohen Dosen. Da wir also wissen, dass die Dosis hoch war, *muss* sie kurz vor dem Anfall aufgenommen worden sein, denn tödliche Wirkstoffe in beträchtlichen Mengen gelangen schnell ins Blut. Ergo: maximal zwei Stunden. Es wäre aber auch möglich, dass das Gift unmittelbar vor dem Anfall geschluckt wurde, und zwar dann, wenn die Dosis nicht nur hoch, sondern *extrem* hoch war.«

»Und in welcher Form wurde das Gift geschluckt? Was vermutet Ihr?«

»Ich kann mir nicht vorstellen, dass der Schüler die Poleiminze als Pflanze gegessen hat. Sie schmeckt unangenehm. Ihr erwähntet, die Symptome zeigten sich während des Essens?«

»Ja, der Schüler aß ein wenig, und dann ging er ans Pult. Von da an bis zu seinem Anfall verging eine Weile, aber weit weniger als eine Stunde, allenfalls das Fünftel einer Stunde.«

»Der Geschmack und Geruch der Poleiminze muss von einem anderen Geschmack und Geruch überlagert worden sein, von starken Würzkräutern beispielsweise, oder der ölige Saft der Poleiminze wurde in einer großen Menge Flüssigkeit gelöst.«

»Im Wein?«

»Das wäre möglich. In einem großen Becher Wein würde Saft von der Menge eines Suppenlöffels kaum auffallen. Der Wein würde nicht besonders gut schmecken, aber auch nicht zum Speien schlecht. Eine weitere Möglichkeit wäre, wenn der Schüler etwas zu sich genommen hätte, von dem er bereits im Vorhinein einen strengen Geschmack erwartete, eine Medizin vielleicht.«

»Habt Ihr eine Methode, um festzustellen, ob das Gift im Essen war?«

Und wieder schien Pinetto in seiner Ehre gekränkt. »Ich kümmere mich darum. Gebt mir Zeit bis morgen Abend, Exzellenz, dann sage ich Euch alles, was Ihr wissen wollt. Ich packe jetzt ein paar Proben des Essens und der Getränke ein.«

»Lasst Euch von den Brüdern zeigen, wo Johannes gesessen hat. Es gab ein paar Gerichte, die in Töpfen herumgereicht wurden, aber jeder von uns hatte auch einen eigenen Teller mit verschiedenen Speisen.« Sandro fiel noch etwas ein. »Und bitte, Doktor, nehmt die Tasche des Magisters mit und prüft, ob sich irgendetwas Verdächtiges darin befindet.«

Pinetto tauschte einen längeren Blick mit Sandro und nickte. »Der Leibarzt des ehrwürdigen Ignatius von Loyola unter Verdacht. Ihr geht die Sache sehr forsch an, Exzellenz. Aber Ihr müsst wissen, was Ihr tut. Guten Abend.«

Sandro blieb mit dem Leichnam allein in dem leeren Zimmer zurück. Unweigerlich betrachtete er das im Tod erstarrte Gesicht. Es war so grau wie die Dämmerung, die zu dieser Stunde das Licht verdrängte. Sandro hatte bislang vermieden, den Toten allzu genau anzusehen. Er hatte ihn mit Blicken gestreift, mehr nicht. Und davor, während des Anfalls und der Rettungsversuche, war Sandro zu sehr abgelenkt gewesen, um das Gesicht wirklich wahrzunehmen. Die aufgerissenen Augen, die an Sandro vorbei zur Decke starrten, wirkten unheimlich. Es war, als würde irgendein Wahn in ihnen liegen. Der Schmerz, den der junge Mann bei seinen letzten Atemzügen gespürt haben musste, war nirgendwo zu erkennen.

Der Raum versank zusehends in Dunkelheit. Ein kleines, vergittertes Fenster war gerade groß genug, um noch einen grauen Lichtstreifen auf das Kreuz an der Wand zu werfen. Die Ecke, in der eine Truhe stand – das einzige Möbel außer dem Bett –, lag bereits im Dunkeln.

Sandro entzündete zwei Öllampen, und da sie ein zu schwaches Licht gaben, zündete er auch die vier Kerzen an, die in den leeren, im Raum verteilten, großbauchigen Weinkrügen steckten. Eine dieser Kerzen nahm er in die Hand und hielt sie nahe an den Leichnam. Magister Durés Beschreibung des Gesundheitszustands von Johannes von Donaustauf schien zuzutreffen. Der junge Mann war ausgesprochen mager, was seine ohnehin kantigen Gesichtszüge noch verstärkte. Als Sandro mit Daumen und Zeigefinger einen Fußknöchel des Toten umfasste, berührten sich die Fingerspitzen. Johannes hatte ungepflegte Fußnägel und schlecht geschnittene, sehr kurze Haare. Verwahrlosung wäre ein zu starkes Wort gewesen, aber die Nachlässigkeit im Umgang mit seinem Körper war unübersehbar.

Sandro wandte sich ab. Er war drauf und dran, sich ein schlechtes Bild von Johannes zu machen, denn er hatte in den letzten Jahren mehrere Mönche anderer Orden kennengelernt, die sich bis ins Übermaß in ihre Frömmigkeit hineingesteigert hatten, und keiner von ihnen war Sandro sympathisch gewesen. Ein Toter jedoch hatte es nicht verdient, mit Widerwillen und Geringschätzung betrachtet zu werden. Sandro war noch immer Jesuit genug, um sich so etwas zu verbieten.

Er durchsuchte noch rasch die Truhe, fand jedoch nichts als ein paar Kleider. Es war so, als habe der junge Schüler alle Habseligkeiten, die er auf Erden besaß, dort zurückgelassen, wo seine Heimat war.

Sandro trat zu Johannes, und während er ihm die Augen schloss, flüsterte er ein Gebet. Dann, fast übergangslos, sagte er: »Zwei Stunden, Johannes von Donaustauf. Was hast du in diesen zwei letzten Stunden gemacht?«

3

Bevor Sandro ins Obergeschoss zum Ehrwürdigen gehen würde, warf er noch einen Blick in den Speisesaal. Es war offensichtlich, dass Ignatius kurz vorher dort gewesen war und das Nötigste mitgeteilt hatte. Die Gäste waren fortgeschickt worden, und die Mitbrüder knieten vor dem Kreuz und beteten für die Seele des Toten. Zufrieden stellte Sandro fest, dass dort, wo Johannes gesessen hatte, die Speisen von Doktor Pinetto abgeräumt worden waren.

Er wollte sich gerade abwenden, als er von der geöffneten Seitentür her, dort, wo es zur Küche ging, ein Schluchzen vernahm, das Schluchzen einer Frau, das augenblicklich sein Mitleid erregte. Unmöglich für ihn, es einfach zu ignorieren. Es zog ihn an, und obwohl er sich in Erinnerung rief, dass der Ehrwürdige auf ihn wartete, gab er dem Drang nach, diesem Ruf der Traurigkeit zu folgen.

In der Küche angekommen, blickte er auf jene Frau, die vorhin geholfen hatte, die Speisen aufzutragen. Sie sah ihn nicht. Sie saß auf einem Schemel vor einem fleckigen Holztisch, auf dem ihre schweren Arme ruhten. Ihr Körper zuckte bei jedem Schluchzen.

»Ich bin Bruder Sandro«, sagte er und setzte sich neben sie.

Langsam hob sie den Kopf. Ihr Gesicht glänzte feucht und war vom Weinen verquollen.

»Giovanna«, schluchzte sie, und erneut zuckte ihr korpulenter Körper. »Soll ich dir Kräutersud machen, Bruder Sandro?«

»Nein, danke.«

»Doch, doch, ich kann auch einen brauchen.« Sie stand auf, und Sandro lächelte, als sie mit geübten Handgriffen die Zutaten zusammensuchte. Sie war eine Mama, wie man sie sich wünschte – und wie halb Rom eine hatte: immer um das Leibeswohl der Schützlinge besorgt. So typisch wie ihr Name waren auch ihre Korpulenz, die schweren, kurzen Beine, der schwarze Haarknoten auf dem Hinterkopf und die Kraft und Lebenserfahrung, die von Frauen wie ihr ausgingen.

Giovanna wandte Sandro bei der Zubereitung des Suds den Rücken zu. Eine römische Mutter, wusste Sandro, zeigt ihre Traurigkeit nicht gerne, obwohl sie häufig traurig ist. Die vielen Kinder machen Sorgen, eines ist immer in Schwierigkeiten, und die Mama versucht, mit einer Mischung aus Herzlichkeit und Strenge die Familie zusammenzuhalten, gleichsam eine Kapitänin auf rauer See. Selbst die schwierigsten Söhne wagen kaum, die Autorität der Mama anzuzweifeln.

»Hast du ihn sehr gemocht?«, fragte Sandro, der sich sofort auf ihr vertrauliches Du einließ, das bei den einfacheren Schichten gang und gäbe war.

»Er hatte keine Mutter, weißt du? Das hat er mir erzählt. Ich finde, jeder Junge seines Alters sollte eine Mutter haben. Jemanden, der an ihm hängt, an ihn denkt, für ihn betet … Er hatte keine mehr. Und nun ist er tot. In seinem Alter – das ist nicht recht. Ich habe neun Kinder, zwei sind tot, eines starb vier Tage nach der Geburt, ein anderes mit sieben Jahren. Wenn sie so jung sind, kann viel passieren, die Blattern, das Fieber, die Unfälle, man ist als Mutter darauf eingestellt. Aber wenn die Kinder erst einmal fünfzehn Jahre alt sind, denkt man, dass sie es geschafft haben. Zwischen fünfzehn und dreißig ist das beste Alter: Die Liebe kommt, die Hoffnung, die Heirat, für manche das Abenteuer. Sie in dieser Zeit aus dem Leben zu nehmen – wie kann man da nicht weinen? Sag mir das, Bruder Sandro? Wie kann man da nicht weinen?«

Giovanna brühte den Sud auf. Noch immer wandte sie Sandro den Rücken zu.

»Niemand weint um ihn. Alle beten, aber niemand weint. Ich kannte ihn nicht gut, woher auch, er war ja noch nicht lange da, und auch ich war erst vier-, fünfmal in diesem Haus. Ich sah ihn ab und zu, schlug ihm auf die Finger, wenn er an meine Töpfe ging, um zu naschen ... Gestern Abend hat er auch genascht. Er rannte durch die Küche in den Hof, auf die Latrine, und als er zurückkam, steckte er seinen Finger in meine Fischsuppe. Ich warf eine Kirsche nach ihm. Das war das letzte Mal, dass ich ... Dio mio. Er war noch ein Kind. Neunzehn, nun gut. Trotzdem noch ein Kind.«

Sie stützte sich mit beiden Händen auf einer Arbeitsplatte ab. Wieder zuckte ihr Körper.

»Weißt du, wie er mich nannte? Mama Giovanna. Mama Giovanna. Alle Schüler im Collegium nennen mich so: Mama. Wie kann man da nicht weinen?«

Sie hielt in ihren Bewegungen inne. Sandro ging zu ihr und legte den Arm um ihre Schultern. »Es ist gut. Weine, Giovanna. Weine, Mama.«

Sie sah ihn an. Dann glitt der Hauch eines Lächelns über ihre Lippen. Dass er sie Mama genannt hatte, gefiel ihr.

Sie schob ihm den Becher zu. »Ingwer mit Honig. Schmeckt unwiderstehlich.«

»Davon bin ich überzeugt.«

Sie stemmte die Hände in die Hüften und eroberte sich dadurch ein Stück des rauen Wesens zurück, das ihr eigen war. »Rede nicht, trink.«

Er trank, und als er ihr zulächelte, lächelte sie zurück. »Du bist der Einzige, der sich bisher in der Küche hat blicken lassen – außer Birnbaum, der mir kurz gesagt hat, was passiert ist.«

»Die anderen haben vom Ehrwürdigen die Aufgabe erhalten, zu beten.«

»Ich weiß, ich weiß. Gebetet wird viel in diesem Haus. Geholfen hat's nichts. Keine gute Stimmung hier. Von Anfang an nicht. Hier ist der Wurm drin. Auch die Schüler sind nicht gerne hier, außer dem Johannes. Aber der Gisbert und der Tilman, die haben mich mal zu meiner Wohnung begleitet, als es spät und dunkel war, und da haben sie mir beide gesagt, dass sie das bevorstehende Studium nur absolvieren, weil ihnen nichts anderes übrig bleibt. Es liegt kein Segen über diesem Haus, das spüre ich bis in die Knochen. Du hast doch nicht etwa vor, hier als Lehrer zu arbeiten?«

»Nein, ich …«

»Das kann ich ja nicht mit ansehen«, unterbrach sie ihn.

»Was?«

»Wie dünn du bist. Warte, ich gebe dir was zu essen.«

»O nein, ich …«

»Keine Widerrede.« Sie fischte mit einem riesigen Löffel in diversen Töpfen nach Speisen, die sie auf eine Platte legte und ihm vorsetzte. »Zartere geschmorte Nierchen hast du nie gegessen. Versuch die zuerst.«

»Ich habe ja vorhin schon …«

»Nun zier dich nicht, mein Junge – äh, Bruder.« Sie lachte. »Iss. Nun iss endlich.«

Er sah auf die Platte hinab, dann streifte sein Blick nachdenklich über die zahlreichen Töpfe und Pfannen.

»Genau genommen«, sagte er, »wäre es besser, das alles wegzuwerfen. Johannes wurde vergiftet, und wir wissen noch nicht, worin das Gift war. Ich glaube zwar nicht, dass …«

Er kam nicht weiter.

Giovanna riss Augen und Mund auf. »Heißt das, du nimmst an, es ist in *meinem* Essen?«

»Vermutlich ist es nicht …«

»Aber du schließt es nicht aus?«

»Immer mit der Ruhe, Mama Giovanna. Zum jetzigen Zeitpunkt kann ich gar nichts ausschließen.«

Giovanna zögerte keinen Moment. Sie machte sich mit der Kelle über alle Töpfe her, und Sandro, der sie aufzuhalten versuchte, wurde von ihren kräftigen Armen zurückgestoßen. Nieren, Fischsuppe, Kaninchenfleisch – alles stopfte sie in sich hinein. Und als sie fertig war, rief sie: »So, wenn ich morgen tot bin, weißt du, dass es Selbstmord war. Dann habe ich mich selbst vergiftet.«

»Giovanna, was hast du da gemacht? Niemand verdächtigt dich.«

»Und damit das so bleibt, habe ich den besten Beweis für meine Unschuld geliefert. Ich habe nur von dem Essen gekostet, das ich selbst gekocht habe. Die deutsche Pampe, die dieser Birnbaum zusammengepanscht hat, habe ich nicht angerührt.«

»Aber was, Giovanna, wenn der Mörder ohne dein Wissen etwas in dein Essen gegeben hat?«

»Das kann nicht sein. Ich bin ja erst ins Collegium gekommen, als die anderen zur Messe gegangen sind. Und ich war die ganze Zeit hier. Außerdem schmecke ich den ganzen Abend lang mein Essen ab. Da hätte ich schon dreimal tot umfallen müssen. Und du auch. Oder hast du vorhin an der Tafel etwa mein Kaninchen und die Nierchen nicht angerührt?«

Sie griff nach dem Kochlöffel und schwang ihn.

»Doch, natürlich habe ich davon gegessen«, beeilte Sandro sich zu bestätigen.

Sie ließ den Löffel sinken, und er fiel zu Boden. Der Ausdruck unendlicher Müdigkeit senkte sich wie ein Vorhang über ihr Gesicht, über den ganzen Körper. »Ich will nach Hause«, sagte sie. »Darf ich nach Hause, Bruder Sandro?«

Sandro war ergriffen von ihrer ermatteten, kraftlosen Stimme. Innerhalb einer Viertelstunde war Giovanna abwechselnd todtraurig, dann heiter und zornig gewesen, und schließlich war sie entkräftet. So waren sie, die römischen Mütter.

»Selbstverständlich«, sagte er und sah zu, wie sie ihre Sachen packte und die Küche durch den zweiten Ausgang, der zu einem Hof führte, verließ.

Hauptmann Barnabas Forli fand exakt jene Situation vor, die er sich auf dem Weg von seiner Kommandantur auf dem Aventino zum Collegium Germanicum vorgestellt hatte: kniende Mönche, Gebete brabbelnd, mit gefalteten Händen und gekrümmten Nacken. Vom bloßen Zuschauen drehte sich ihm schon der Magen um. Zwar wurde ihm von jeher beim Anblick der Geistlichkeit ein wenig übel, aber Mönche waren eine Kategorie für sich. Sie liefen mit einem Heiligenschein herum, als kämen sie soeben von einer Besprechung mit Jesus Christus im Garten Gezemane zurück, dabei konnte man die meisten von ihnen mit einem Knurren in die Flucht schlagen. Forlis Meinung nach wurde man nur deswegen Mönch, weil man die eigene Schwäche mit der Kutte tarnen wollte. Einige nutzten die Kutte, um sich einen Nimbus zu verschaffen, den sie im wahren Leben, dem Leben da draußen, nie erlangt hätten. Sie spielten sich als Gelehrte auf, weil sie auswendig gelernte Lateinverse aufsagten, als Gesegnete, weil sie Choräle sangen, die zum Einschlafen waren, als Apostel, weil sie ihre Hände beschwörend über Häuptern kreisen ließen, und als Feldherren

Gottes, weil sie irre Ideen in die Welt setzten, die allein ihnen nutzten, niemandem sonst. Sicher, es gab auch Bescheidene. Sie waren so lebensuntüchtig, dass ihnen nichts anderes einfiel, als in einen Orden einzutreten und so zu tun, als seien sie aus freien Stücken bescheiden und zurückhaltend. In Wahrheit waren sie weder das eine noch das andere, sondern schlicht Figuren kläglicher Feigheit.

Die einfachen Leute jedoch, vor allem auf dem Land, sahen eine Kutte, ein Kreuz, eine Tonsur, eine Bibel und hörten sofort alle Engel singen und nahmen eine unterwürfige Haltung ein. Das gefiel den Prahlhänsen und Verrückten natürlich.

Es mochte Ausnahmen geben, aber Forli kannte nur eine: Sandro Carissimi. Und es hatte fast ein Jahr sowie fünf aufgeklärte Morde lang gedauert, bis er ihn als Ausnahme anerkannt hatte.

Alle in einen Sack und draufhauen, dachte Forli, als er die Mönchsbande von hinten betrachtete. Man träfe immer den Richtigen.

Er verließ den Saal wieder und suchte nach Carissimi, als er Angelo aus einer Tür kommen sah. Der junge Diener, der ihn gerufen und ins Collegium geführt hatte, sah müde aus, was nicht erstaunlich war, wenn jemand zuerst durch die halbe Stadt in den Vatikan gerannt war, um den Leibarzt des Papstes zu unterrichten, und dann erneut durch die halbe Stadt auf den Aventino gerannt war, um ihn zu holen. Vor Burschen wie diesem Angelo zog er seinen Hut.

»Wo ist Carissimi?«

Angelo zuckte mit den Schultern. »Ich weiß auch nicht. Ah, da vorn ist er, er kommt gerade aus der Küche.«

»Danke, mein Junge, du kannst dich jetzt irgendwo ausruhen, am besten in der Nähe der brabbelnden Jesuiten. Behalte sie ein bisschen im Auge.« Forli ging Carissimi entgegen. »Seid gegrüßt, Mönch«, rief er und fügte hinzu: »Bäh, Ihr riecht nach

Weihrauch. Habt Ihr schon Euren Totenschnickschnack zelebriert, Carissimi?«

»Nein, der Weihrauch haftet wohl noch von der Messe an meinem Gewand. Ist mir gar nicht aufgefallen.«

»Liegt wohl daran, dass Euch das Zeug nach all den Jahren mittlerweile in den Adern zirkuliert. Dann riecht man es nicht mehr.«

Carissimi lächelte. »So wie Ihr den Schweiß, wie? Danke, dass Ihr so schnell gekommen seid.«

»Ihr wisst doch: Ohne Euch kann ich nicht leben. Und ohne Eure Morde schon gar nicht.« Er lachte. »Ehrlich, wenn ich mal ein paar Monate keine Toten sehe, geht's mir richtig schlecht. Seht mich nicht so vorwurfsvoll an, war ja nur ein Spaß, Carissimi. Euren Humor habt Ihr wohl, neben vielem anderen, für immer unter der Kutte versteckt, was? Nun redet schon. Euer Diener wusste nicht allzu viel. Was hat der Arzt gesagt? War es Mord?«

Carissimi nickte. »Das Gift muss dem Schüler Johannes von Donaustauf zwischen der fünften und siebten Stunde zugeführt worden sein. Vielleicht von jemandem im Collegium. Habt Ihr Wachen mitgebracht? Ich will nicht, dass Beweismittel verschwinden.«

»Ein Mann steht vor der Hauptpforte, ein Zweiter am Hinterausgang. Und ich stehe an Eurer Seite.«

»Danke, Forli, aber das geht nicht. Die Stadtwache darf nicht in den Fall verwickelt werden, jedenfalls nicht, was die Ermittlungen angeht. Zu heikel. Das wird weder der Papst noch der Pater General gestatten.«

»Aber Ihr habt mich doch eigens rufen lassen, um …«

»Um das Haus zu bewachen, Forli.«

»Ich bin doch kein Köter.«

»Und das Haus zu durchsuchen, sobald ich die Erlaubnis des Pater Generals habe.«

»Das heißt, ich habe die Arbeit, und Ihr habt den Spaß. Da mache ich nicht mit.«

Carissimi sah ihn auf eine Weise an, die ausdrückte, dass Forli ihm noch einen Gefallen schuldig war. Und das stimmte. Leider. Er wäre heute nicht mehr Hauptmann, wenn Carissimi sich nicht für ihn eingesetzt hätte.

Dass es so weit kommen musste, dachte Forli. Einem Mönch etwas zu schulden, selbst wenn es ein sympathischer Mönch war, war ein Tiefpunkt seines Lebens.

»Also gut«, murrte er.

»Danke, Forli. Ihr seid ein Freund.«

»Und Ihr ein Erpresser.«

Carissimi lachte. »Ich beichte es bei nächster Gelegenheit. Jetzt muss ich mich beeilen, der Pater General wartet. Behaltet Ihr bitte meine Mitbrüder und die Schüler im Auge, ja?«

Carissimi, schon halb im Gehen, sah ihn noch einmal an und sagte: »Seid höflich zu ihnen, Forli. Ihr habt es hier nicht mit betrunkenem Gassenpöbel zu tun, sondern mit Jesuiten.«

»Das weiß ich doch. Ich werde ein paar Ave Maria mit ihnen beten, ihnen einen Pfannkuchen backen und die Schuhe putzen, also alles das tun, was Hauptleute normalerweise tun.«

»Forli …«

»Ja, ja, ich habe Euch verstanden. Keine Sorge. Ihr wisst ja: Jesuiten sind meine Lieblingsmönche.«

Als Carissimi gegangen war, ballte Forli die rechte Hand zur Faust, bis die Knöchel knackten.

Im Speisesaal war die Lage unverändert. Vier Jesuiten in schwarzen Gewändern knieten vor einem Kreuz an der Wand und wisperten, jeder für sich, Gebete. Zwei junge Burschen in krebsroten Talaren hielten sich im Hintergrund und beteiligten sich nicht an dem Gebrabbel, sondern verharrten, kniend zwar, dennoch in einigermaßen teilnahmsloser Haltung, wobei sie sich von Zeit zu Zeit einen Blick zuwarfen.

Angelo gab ihm zu verstehen, dass keiner der sechs inzwischen den Raum verlassen oder etwas angefasst hatte.

Forli spuckte in eine Ecke, wodurch er Aufmerksamkeit auf sich lenkte. Einer der Mönche hatte ihn gehört und kam ihm entgegen. Die anderen wurden ebenfalls auf Forli aufmerksam und erhoben sich einer nach dem anderen.

»Ihr seid …?«, fragte der Mönch.

»Erbarmungslos«, antwortete Forli. Damit löste er bei seinem Gegenüber Erstaunen aus – und bei den beiden Jungen in den krebsroten Talaren Gelächter.

Forli schritt langsam zu ihnen, wobei er betont fest auftrat. Er war sich seiner Wirkung durchaus bewusst. Seine enorme Körpergröße, seine stämmige Statur und die dunklen Augen vermochten jeden einzuschüchtern, selbst diejenigen, die er gar nicht einschüchtern wollte, wie zum Beispiel Frauen. Aber wenn er es darauf anlegte, konnte er mehr als einschüchternd, konnte bedrohlich wirken.

Das gewünschte Ergebnis war umgehend bei den beiden jungen Männern zu erkennen, die verstummten und aussahen, als hätten sie in ihrem ganzen Leben noch nie etwas zu lachen gehabt. Forli überragte sie um deutlich mehr als einen Kopf.

»Setzen«, sagte er nur.

Die beiden Verunsicherten zögerten, aber nur so lange, bis er den Mund öffnete, um seinen Befehl zu wiederholen – wozu es nicht kam, da sie auf der Stelle an der Tafel Platz nahmen.

»Ich muss doch sehr bitten«, protestierte der Mönch. »Ich bin Bruder Nikolaus Königsteiner, und solange mein Ordensgeneral Ignatius von Loyola nicht anwesend ist, spreche ich in seinem Namen. Daher frage ich Euch, wer Ihr seid und was Euch anficht …«

Er wurde von einem anderen Mönch unterbrochen. »Dazu habe ich etwas zu sagen.«

»Nicht jetzt«, erwiderte Königsteiner gereizt. »Ich weiß ja, Bruder de Soto, dass Ihr Euch einbildet, Ihr würdet geeigneter sein, im Namen des Ehrwürdigen zu sprechen. Tatsache ist, dass ich der Ältere bin und daher das erste Wort habe.«

»Das erste Wort vielleicht, aber nicht das letzte, Bruder. Ich wollte nur sagen, dass dieser Mann Hauptmann Forli ist.«

Auch Forli hatte ihn sofort wiedererkannt: Luis de Soto. In Trient hatte er von diesem aufgeplusterten Mönch noch Befehle entgegennehmen müssen.

Forli begrüßte de Soto mit einem kurzen Nicken. »Setzen«, sagte er. »Alle setzen sich an den Tisch.«

Die Jesuiten sahen einander an und folgten dann dem Befehl. Nur Königsteiner hielt noch stand. Er war fast so groß wie Forli und verschränkte die Arme vor der Brust. Entweder hatte er Rückgrat und Mut oder kindischen Trotz in sich.

»Ihr habt mir nichts zu befehlen«, sagte er. »Hauptmann oder nicht, dies ist ein Haus des Herrn und ich ...«

Forli packte ihn am Arm und im Nacken, zerrte ihn zur Tafel und drückte ihn unsanft auf einen Stuhl. Er blieb neben Königsteiner stehen und sah auf ihn hinab. Beide schwiegen; Forli, weil er das Nötige gesagt hatte, und Königsteiner, weil der Schreck ihm in den Knochen steckte.

Kaum hatte Forli sich ein paar Schritte entfernt, sagte Königsteiner: »Ich – ich setze mich nur unter Protest.«

»Meinetwegen«, sagte Forli. »Der ist so viel wert wie das, was die Hälfte von euch allen gerade in die Hose gemacht hat.«

Zufrieden besah er sich das Ergebnis. Die Mönche saßen an der Tafel und blickten ihn verunsichert an, der Widerstand war gebrochen. Damit war die Ordnung hergestellt, und er konnte sich einen Überblick über diesen armseligen Haufen Verdächtiger verschaffen, von denen er – das merkte er sofort – bis auf einen niemanden leiden konnte. Sie gehörten, wie de Soto und Königsteiner, zu den Wichtigtuern und, wie der Dicke und der Blasse mit den Pickeln, zu den Hasenfüßen.

»Ich bin Bruder Birnbaum«, begann der Dicke. »Soll ich – darf ich Euch etwas zu essen bringen?«

Königsteiner griff sich an die Stirn. »Wirklich, Bruder, ist das alles, woran du immerzu denkst? Du würdet wohl auch einen Wegelagerer bekochen, bevor er dir die Kehle durchschneidet.«

Der dicke Birnbaum blickte Königsteiner grimmig an, aber seine Erwiderung fiel äußerst devot aus. »Ich versuche ja nur... Ich wollte ein guter Gastgeber sein. Es ist doch offensichtlich, dass dieser Mann im offiziellen Auftrag gekommen ist, und ich möchte ihm die Herzlichkeit erweisen, die uns Jesuiten...«

»Seid still, Bruder Birnbaum«, sagte Königsteiner. »Um deiner selbst willen.«

»Ich verstehe nicht.«

»Das ist der von dir mit Abstand am häufigsten verwendete Satz, Bruder. Das sollte dir zu denken geben. Und noch etwas sollte dir zu denken geben. Ein Toter während des Essens, ein päpstlicher Arzt, ein Visitator, ein Hauptmann und unser Pater General, der so erschüttert ist, dass er nicht mit der Sprache herausrücken wollte, was eigentlich geschehen ist, sondern sich in sein Zimmer begeben hat. Und – nicht zu vergessen – ein Koch.«

Er sah Birnbaum an, und nun sahen auch alle anderen Birnbaum an. Dem verschlug es im ersten Moment die Sprache.

Als er sie wiedergefunden hatte, stammelte er: »Das wäre ja... wäre ja töricht, wenn ich... sollte ich... welchen Grund sollte ich... ich meine, das wäre eine Narretei sondergleichen, wenn ausgerechnet ich...«

»Ja, eben«, sagte Königsteiner. »Eben weil es töricht wäre, wird man sofort an dich denken.«

Forli hatte den kleinen Disput nicht unterbrochen, und er

entfernte währenddessen mit einem Tafelmesser den Schmutz unter den Fingernägeln. Diese Arbeit war nun getan, und es wurde ihm langweilig. Carissimi hatte ihm zwar gesagt, dass er sich aus den Ermittlungen heraushalten solle, aber Forli juckte es gehörig in den Fingern.

»Hat jemand der Anwesenden diesen Saal verlassen, seit der Schüler zusammengebrochen ist?«, fragte er.

Die Jesuiten blickten sich gegenseitig an, und nach einer Weile sagte Königsteiner: »Ich glaube nicht, Hauptmann. Allerdings bin ich mir nicht ganz sicher. Seht Ihr, wir waren alle sehr durcheinander und …«

»Er war draußen.«

Der Zwischenruf war von einem der Schüler gekommen, der nun die Aufmerksamkeit auf sich zog. Unter allen Kuttenträgern war er der Einzige, der Forli einigermaßen sympathisch war. Er wirkte uneitel, bodenständig, wie ein einfacher Bursche vom Land, ja, er erinnerte Forli ein bisschen an sich selbst, als er noch jung gewesen war. Die rötlichen Haare, die Sommersprossen, der rebellische Ausdruck auf dem Gesicht: ein kleiner Forli, nur dreißig Jahre jünger. Außerdem sprach für ihn, dass er sich in seinem Talar nicht wohlzufühlen schien.

»Wie ist dein Name, Junge?«, fragte Forli.

»Das ist Ried«, antwortete Königsteiner für ihn. »Tilman Ried.«

»Müsst Ihr immer ungefragt Euren Mund aufmachen«, fuhr Forli ihn an und trug damit zur allgemeinen Genugtuung bei, wie er den Mienen der anderen entnahm. »Tilman Ried, also. Gut, Tilman, wen meinst du mit ›er‹? Wer war draußen?«

Tilman blickte zu seinem Tischnachbarn, dem zweiten Schüler. »Ihn meine ich. Gisbert von Donaustauf, den Bruder des Toten. Er ist kurz nach Johannes' Anfall in Richtung Küche gerannt und war eine ganze Weile weg.«

»Du Drecksack«, spie Gisbert aus. »Was willst du damit sagen?«

»Nur, was ich gesehen habe.«

»Ich hätt's wissen müssen, dass du ein feiger Lump bist, ehrlos wie alle Bauerntölpel.«

Gisbert stürzte sich auf Tilman Ried, der Stuhl kippte um, und beide fielen zu Boden. Gisbert lag auf Tilman Ried und drückte ihm die Kehle zu, wogegen Tilman sich heftig wehrte. Alle sprangen von ihren Stühlen auf und versuchten, die beiden auseinanderzubringen – außer Luis de Soto, der abseits stehen blieb und das Spektakel wie ein belustigter Gott betrachtete. Forli bemühte sich, zu den Kampfhähnen vorzudringen, musste aber erst einen Jesuiten nach dem anderen beiseiteschieben. Schließlich packte er Gisbert mit beiden Händen und riss ihn wie einen Mehlsack, den man auf einen hohen Wagen hieven möchte, von seinem Gegner weg. Da Gisbert sich wie ein Wilder gebärdete, hielt Forli ihn von hinten an beiden Armen fest.

Tilman Ried rappelte sich auf. Aus seiner Nase rann Blut, das er jedoch nicht beachtete; auch das von Birnbaum angebotene Schnäuztuch ignorierte er.

Er machte einen großen Schritt auf Gisbert zu, der noch immer in Forlis Griff gefangen war, holte aus und schlug ihm mit der Faust in den Bauch, sodass Gisbert aufstöhnte und zusammenbrach.

Auf dem Boden liegend, krümmte Gisbert sich vor Schmerzen. Trotzdem blickte er hasserfüllt auf und rief: »Das schwöre ich dir, Ried, du bist der Nächste.«

Als Sandro in das Zimmer des Ordensgenerals eintrat, verstand er, wieso man Ignatius von Loyola heimlich den schwarzen Papst nannte. Der Name war in Anspielung auf seine schwarze Kutte entstanden – im Grunde gab es keine Vorschriften bezüglich des Ordensgewands, aber die schwarze Kutte hatte sich im Großen und Ganzen durchgesetzt. Trotzdem erklärte sich dadurch nur der erste Namensteil, das Schwarz, denn schließlich hatten auch die Benediktiner und Dominikaner und Franziskaner Ordensgeneräle, die dennoch niemand die braunen oder weißen oder grauen Päpste nannte. Von dem einundsechzigjährigen Ignatius ging eine seltsame Autorität aus, seltsam deshalb, weil er alles äußerlich Autoritäre vermied. Er trug dieselbe schlichte Kleidung wie alle Jesuiten, sprach mit leiser Stimme, gestikulierte so gut wie gar nicht und schritt fast lautlos wie eine Katze. Seine Augen strahlten keine Strenge aus, im Gegenteil, ihr Blick war halb nach innen gerichtet, und Ignatius wirkte so, als ob er nicht vollständig im Hier und Jetzt wäre, als ob ein Teil von ihm weit entfernt auf einem sanften Ruhekissen läge.

Dabei war der Mann General! Nicht nur Ordensgeneral, er war beinahe ein richtiger General gewesen, ein junger Ritter und Soldat, ein Befehlshaber im spanischen Pamplona, wo er im Kampf schwer verwundet worden war und viele Monate lang unter entsetzlichen Schmerzen gelitten hatte. Damals hatte er eine Erleuchtung gehabt und sein Leben radikal geändert. Doch so umfassend seine Wandlung auch war, bis heute war trotz aller Zurückhaltung im Auftreten etwas Soldatisches, Kämpferisches, Standhaftes bei ihm zu spüren. Er hatte die Societas Jesu gegründet, zusammen mit sechs Gefährten, die gemeinsam die Gelübde auf dem Montmartre in Paris abgelegt hatten. Und er hatte den Orden binnen weniger Jahre zu einem der bedeutendsten aufgebaut. Die Jünger liefen ihm scharenweise zu, begeistert davon, dass sich endlich einmal ein Orden den Armen und Kranken widmete, dass man endlich die Ungebildeten unterrichtete und die Menschen in den fernen, neu entdeckten Weltgegenden für Christus gewann, nachdem die Könige bereits die Schätze erschlossen hatten. Dazu kamen einige Vorteile: dass die Jesuiten nicht in klösterlicher Abgeschiedenheit lebten, sondern in Häusern inmitten der Städte, umgeben von den Herausforderungen des Lebens; dass es statt Chorgesang, Wallfahrten und Reliquienverehrung um innere Einkehr ging, um Seelenübungen und eine Besinnung auf sich selbst; dass jeder Jesuit, wann immer ihm danach war, sich zur Andacht zurückziehen durfte. Auch Sandro hatte, um Buße für ein Verbrechen zu tun, sich bewusst den Jesuiten angeschlossen, weil er das Gefühl hatte, dort etwas Nützliches bewirken zu können – nützlich für andere und nützlich für seine eigene Seele. Die Societas Jesu hatte allgemein eine magische Anziehungskraft bekommen, die jene des Papsttums längst überstrahlte.

Jeder Jesuit legte am Ende seiner Ausbildung neben den anderen Gelübden der Keuschheit, Ehelosigkeit und Armut auch noch das einzigartige Gelübde des absoluten und unbedingten Papstgehorsams ab. Auch Ignatius hatte dieses Gelübde geleistet. Seinen Sitz hatte er in Rom aufgestellt, um den Päpsten nahe zu sein – aber böse Zungen meinten, um die Päpste, seine Gefangenen, besser kontrollieren zu können. Denn mit dem Gelübde hatte er nicht nur den Orden an die Päpste, sondern auch die Päpste an den Orden gekettet. Und tatsächlich hatte auch Sandro manchmal den Eindruck, als fürchte Julius die zunehmende Macht des Ordens und seines Generals, des schwarzen Papstes, mehr, als dass er sich darüber freute.

Als Sandro das Zimmer des Generals betrat, stand Ignatius auf, ging ihm mit behutsam erhobenen Armen entgegen und küsste ihn auf beide Wangen, allerdings sehr vorsichtig, so wie man alte Leute küsst.

»Bruder Carissimi. Nun bist du schon so viele Jahre Teil der Gesellschaft Jesu, und wir begegnen uns erst jetzt.« Ignatius sagte das ohne Freude oder Bedauern, er sagte es, als müsste es gesagt werden. Er bat Sandro, näher zu treten. Magister Duré befand sich noch in dem Raum, der von einem halben Dutzend Öllampen zaghaft erleuchtet wurde. »Der Magister hat dir etwas zu sagen, Bruder.«

Duré räusperte sich und blickte beschämt zu Boden. »Ja, Bruder Carissimi, ich gestehe, Euch belogen zu haben. Oder besser gesagt, Euch etwas, das ich ahnte, nicht mitgeteilt zu haben. Es geht natürlich um den toten Johannes, Gott sei seiner Seele gnädig.« Duré atmete tief durch. »Ich fürchtete, dass seine Atemlähmung keine natürliche Ursache hatte, als sich herausstellte, dass er unfähig war, zu erbrechen. So etwas geschieht nur als Reflex auf einen Wirkstoff. Ich – ich ahnte etwas, ja, insgeheim kam ich zur selben Schlussfolgerung wie Doktor Pinetto. Aber ich …« Er sah Ignatius an, der ihm mit einem Senken der Augenlider bedeutete, fortzufahren. »Aber ich wollte eine Untersuchung verhindern«, sagte er seufzend.

Sandro runzelte die Stirn. »Wieso?«

In den Augen des Mannes bildeten sich Tränen, die im schwachen Licht der Öllampen funkelten.

»Der Gedanke daran, dass die Eröffnung von etwas so Großem und Wichtigem wie des Collegium Germanicum von einem Mord besudelt würde, war mir unerträglich. Der Orden hat Feinde, Bruder Carissimi, zahlreiche Feinde, denen nichts lieber wäre, als diese Gelegenheit zu benutzen, um einen Skandal heraufzubeschwören, der das Ansehen und die Integrität der gesamten Societas Jesu beschädigen würde. Im schlimmsten Fall müsste das Collegium wieder geschlossen werden, weil die Schüler ausbleiben. Das wäre ein bitterer Rückschlag.«

Sandro dachte nach. »Ihr hättet also einen Mörder mit seiner Tat davonkommen lassen?«

»Ja«, sagte er laut und deutlich, warf dem General einen schuldbewussten Blick zu und sprach danach leiser weiter. »Ich nahm nicht an – und nehme immer noch nicht an –, dass jemand von den Brüdern oder Schülern dieses Verbrechen begangen hat. Ich bin vielmehr der Meinung, dass Johannes außerhalb des Hauses schlechten Umgang hatte. Er war seit seiner Ankunft oft in der Stadt unterwegs, einmal sah ich ihn zufällig mit einem – einem Mädchen und einem Burschen, die beide keinen günstigen Eindruck auf mich machten. Ich schätze …«

»Danke, Magister Duré«, unterbrach ihn der Pater General. »Ich denke, diese Erläuterungen genügen, um Bruder Carissimi Euer Fehlverhalten deutlich zu machen.«

Duré nickte. »Was ich damit nur sagen wollte: Mir wäre es lieber gewesen, irgendein Halunke kommt davon, als dass auf immer ein Schatten über diesem Haus und dem Orden liegt. Ich dachte, ich tue das Richtige, aber der ehrwürdige Pater General hat mir die Augen geöffnet.«

Duré sank auf die Knie. »Ich erbitte Eure Verzeihung, Bruder Carissimi.«

Sandro war es immer schon unangenehm gewesen, wenn Menschen vor ihm auf die Knie gegangen waren, aber ein Gelehrter gehörte nun wirklich nicht dorthin.

Er half ihm auf die Beine und lächelte ihn freundlich an.

»Vergeben und vergessen, Magister Duré.«

Der Magister dankte und ging hinaus.

Sandro war mit Ignatius von Loyola allein.

Jetzt erst – Auge in Auge mit dem General – fielen ihm alle Ordensregeln ein, die Ignatius aufgestellt und Sandro missachtet hatte. In der Regel »Über den Umgang mit Menschen« hatte Ignatius genaue Anleitungen gegeben, wie menschliche Begegnungen abzulaufen hatten: Kopfhaltung, Gangart, Augenaufschlag, Verbot von zusammengepressten Lippen, Verbot des Stirnrunzelns… Sandro hatte vorhin die Stirn gerunzelt, er hatte außerdem gelächelt. Nicht gut. Gar nicht gut. Unter dem Blick des Generals fühlte er sich gläsern, oder schlimmer, wie gesprungenes, fehlerhaftes Glas.

Er trat die Flucht nach vorn an.

»Ich bin froh, dass das aufgeklärt ist«, sagte Sandro und versuchte, sein Gesicht und seine Hände so wenig wie möglich zu bewegen sowie seinen Rücken gerade zu halten. »Und ich verspreche, ehrwürdiger Pater General, die Untersuchung diskret zu führen. Doktor Pinetto ist verschwiegen, und außer Seiner Heiligkeit und den Mitbrüdern unten im Saal muss niemand sonst erfahren, dass es heute Abend ein Verbrechen gegeben hat.«

Ignatius nahm Platz und gab Sandro zu verstehen, sich zu ihm zu setzen. Die Stille einer Andacht kehrte ein. Sogar die Flammen der Öllampen brannten ruhig. Loyolas Zimmer war genauso schlicht ausgestattet wie das des Schülers: ein Bett, eine Truhe, ein Kruzifix. Kein Schreibtisch, kein Papier, keine Lektüre, keinerlei Anzeichen von Arbeit, wie man es im Zimmer eines Mannes erwarten würde, der Dutzenden von Kollegien in der ganzen Welt vorstand und dessen Ideen und Worte mittlerweile in Gegenden getragen wurden, für die man noch keinen Namen gefunden hatte. Voller Beschämung dachte Sandro an seinen pompösen Amtsraum im Vatikan und das mit allen Bequemlichkeiten ausgestattete Quartier.

Während Sandro das Zimmer betrachtete, hatte Ignatius *ihn* betrachtet.

»Bruder Carissimi«, begann Ignatius mit milder Stimme, »lass uns über deine Einstellung sprechen.«

Sandro zögerte. »Meine Einstellung – zu was?«

Ignatius ließ eine Weile verstreichen. »Zum Beispiel dazu, dass du gern Gegenfragen stellst.«

»Ehrwürdiger Pater General, wie soll ich eine Frage beantworten, wenn ich die Frage nicht verstehe?«

»Womit du soeben erneut eine Gegenfrage gestellt hast. Es scheint dir in Fleisch und Blut übergegangen zu sein, Menschen zu befragen.«

Sandro gab sich demütig. »Ich bitte um Verzeihung. Mein Amt als Visitator bringt das mit sich.«

»Dein Amt als Visitator – ja, das ist so eine Sache … Vielleicht ist das der Grund des Übels, über das ich mit dir sprechen will.«

»Des Übels?«, fragte Sandro und stellte fest, dass er schon wieder eine Frage gestellt hatte.

Ignatius antwortete erst nach einer Weile, so als habe er noch rasch ein Gebet dazwischengeschoben. »Ich bekomme die widersprüchlichsten Berichte über dich, Bruder Carissimi. Dein ehemaliger Provinzial im Hospital in Neapel lobte die Hingabe und die Demut, mit der du die Kranken und Sterbenden gepflegt hast. Und Bruder Luis de Soto war in den Jahren, in denen du ihm als Assistent gedient hast, ausgesprochen zufrieden mit dir.«

Das kann ich mir denken, dachte Sandro. Ich war ein Narr gewesen, und genauso einen hat er gewollt.

»Doch dann«, sagte Ignatius, »kam Trient. Von dem Moment an, wo der Heilige Vater dich zum Visitator ernannte, ändern sich die Meinungen über dich. Es ist gerade so, als habe dir jemand einen neuen Kopf aufgesetzt und ein neues Herz gegeben.«

Der Pater General hatte – sei es zufällig oder sei es hellsichtig – genau die richtige Beschreibung gefunden. Ein neuer Kopf und ein neues Herz. Der neue Kopf, das bedeutete ein Talent, das er bis dahin nicht an sich entdeckt hatte – Verbrechen aufzuklären. Um diese Arbeit tun zu können, musste man den Kopf freimachen von vorgefassten Meinungen, man musste von allen ausgetretenen Pfaden abweichen und einen eigenen Weg durch das Dickicht schlagen. Nur dann umging man die Fallen, die überall lauerten, nur dann erlangte man die nötige Selbstständigkeit. Sandro hatte diese Arbeit lieb gewonnen, denn sie forderte ihn heraus, ohne ihn zu überfordern, und der Erfolg bestätigte ihn. Zum ersten Mal in seinem Leben sah und spürte er in seinem Tun eine Heimat.

Und das neue Herz spürte Liebe, wo in seiner Jugend nur Liebelei gewesen war, und danach, als Novize und junger Priester, Hingabe und Demut. Antonia und seine Arbeit – das waren die zwei neuen Stützpfeiler, auf die er seine Zukunft aufbauen wollte.

Ihm war natürlich klar, dass die Liebe zu Antonia, sollte sie sich erfüllen, sowie seine Vorstellungen von Selbstständigkeit mit seinem Leben als Jesuit nicht vereinbar waren. Der Gehorsam und die Einhaltung der Gelübde waren oberstes Gebot in der Societas Jesu, Eigenständigkeiten und Ausnahmen wurden nicht toleriert. Zwar lehnte der Pater General Strafmaßnahmen jedweder Art strikt ab – in anderen Orden kannte man solche durchaus –, dafür wurde kurzerhand der Ausschluss verhängt, die »Trennung«, wie Ignatius es nannte.

Sandro hatte sich bisher keiner Verfehlung schuldig gemacht. Aber er war auf bestem Weg, es dahin kommen zu lassen. Er hatte eine hervorgehobene Position in einem den weltlichen Freuden nicht abgeneigten Umfeld des Papstes inne; er unterstand nur formal dem Jesuitenprovinzial von Rom, der ihn jedoch selten zu Gesicht bekam; er erledigte eine für Geistliche im Allgemeinen und für Jesuiten im Speziellen ungewöhnliche Aufgabe. Das entging auch Ignatius nicht.

Aber was hätte Sandro ihm antworten sollen? Ehrwürdiger Pater General, ich liebe eine Frau und will sie haben, aber gleichzeitig will ich Jesuit und Visitator bleiben.

Er musste lügen. Er musste sich verstellen. Nicht vor dem vergnügungssüchtigen Papst, der Sandros Bemühungen um Liebe und Erfolg nicht nur hinnahm, sondern sogar unterstützte. Nein, er musste vor einem der respektabelsten Männer des Jahrhunderts ein Schauspiel abliefern.

»Mein Kopf«, sagte Sandro, »arbeitet für die Wahrheit, ehrwürdiger Pater General. Wer, wenn nicht ein Geistlicher, sollte sonst die Umstände eines Verbrechens innerhalb gesegneter

Mauern ans Licht bringen? Die Treue und enge Verbundenheit unseres Ordens mit dem Heiligen Stuhl hat die Wahl des Papstes auf einen Jesuiten fallen lassen. Nur der Societas Jesu traut er zu, die Geheimnisse, die bei der Aufklärung eines Verbrechens zwangsläufig zutage treten, für immer unter Verschluss zu halten. Das ist eine hohe Auszeichnung für uns alle.«

»Diese Arbeit hat dich jedoch einige Gewohnheiten annehmen lassen, Bruder Carissimi, die ich nicht billigen kann. Bruder de Soto teilte mir mit, dass du dich in Trient unbotmäßig aufgeführt hast. Der Provinzial von Rom erzählte mir, dass du deine Arbeit im hiesigen Hospital, wo du dich kaum noch blicken lässt, vernachlässigst. Ich selbst muss erstaunt feststellen, dass du einen Diener an deiner Seite hast. Andererseits überschlägt der Heilige Vater sich geradezu in Lobeshymnen, was deine Person betrifft. Ich erfahre, dass du deinen Einfluss einsetzt, um gute Werke zu tun, beispielsweise hat der Heilige Vater seine Zuwendungen an die Armenhäuser von Rom deutlich erhöht. Dann wieder höre ich, deinen Charakter betreffend, von problematischen Entwicklungen. Du siehst, Bruder, ich erhalte kein einheitliches Bild. Mein Gefühl sagt mir, dass sich hinter deiner Neigung, Fragen und Gegenfragen zu stellen, eine Art von Flucht vor dir selbst verbirgt. Du bist nicht mehr im Reinen mit dir.«

»Aber Ihr selbst, Pater General, befürwortet die unbedingte Loyalität zum Heiligen Stuhl.«

»Es geht hierbei nicht um den Heiligen Stuhl, sondern um dich.«

Ignatius zögerte, dann fuhr er fort: »Jeder Mensch hat eine Schwäche, Bruder, ein Schlupfloch, in das etwas Fremdes eindringen kann. Ich sage dir ganz freimütig, dass meine Schwäche die Sentimentalität ist, ja, ich hänge sehr an Vergangenem und Vertrautem, und das verstellt mir bisweilen den Blick auf die Gegenwart. Deine Schwäche, Bruder, scheint mir – nach allem, was ich höre und beobachte – der Wunsch zu sein, jedem zu helfen, sowie der Drang, es allen recht zu machen. Lass dir sagen, dass diese beiden scheinbar untadeligen Bedürfnisse unter ihrer Schale den giftigen Keim der Zersetzung tragen. Ja, sie zersetzen den Charakter, denn Kraft kann nur durch Sammlung entstehen, niemals durch Verzettelung. Wer es jedem recht machen will, wird zerrieben, und das bedeutet, dass aus etwas Ganzem ein beliebig verformbarer Haufen Einzelteile geworden ist. Es ist Tradition in dem Orden, dem wir beide dienen, dass man sich den Gefahren und Verlockungen der Welt stellt, ja, sich ihnen absichtlich aussetzt, mit dem Ziel, sie zu bestehen. Ich bin mir nicht sicher, ob du, Bruder, noch dieses Ziel hast.«

Sandro wusste, dass die Mahnungen des Generals sich auf die Nähe zum Vatikan bezogen, aber er selbst bezog sie auch auf seine Liebe zu Antonia, und deswegen nahm er Ignatius von Loyola seine Worte übel. Er weigerte sich, zu glauben, dass er drauf und dran war, ein verformbarer Haufen zu werden, schon gar nicht durch Antonias Schuld. Was war falsch daran, eine Frau zu lieben und gleichzeitig der Kirche zu dienen? Worin lag der Fehler, wenn er einem schuldbewussten Papst die Beichte abnahm und ihn zu guten Taten anregte?

Vielleicht spiegelte sich Sandros Verstimmung allzu sehr in seinen Augen wider, denn Ignatius von Loyola, der bisher mit größter Milde gesprochen hatte, mischte nun eine winzige Spur Vehemenz in seinen Tonfall und wechselte das Thema.

»Bruder Carissimi, ich sehe ein, dass das ernste Gespräch, das ich heute eigentlich vorhatte, mit dir zu führen, von den Umständen verhindert wird. Was diesen Vorfall angeht, diesen Mord, so werde ich nur dann billigen, dass du als Visitator ermittelst, wenn ich das Recht habe, bei den Befragungen der Mitbrüder anwesend zu sein.«

»Selbstverständlich«, sagte Sandro, dachte aber sogleich

daran, wie das seine Arbeit erschweren würde. Im Beisein des Ordensgenerals würden sowohl er als auch die Befragten befangen sein.

»Außerdem brauche ich die Einwilligung des Papstes zu deiner Untersuchung.«

»Das ist nur eine Formalität, ehrwürdiger Pater General. Ich würde Euch darum bitten, die Brüder und Schüler anzuweisen, zwei Tage lang das Collegium nicht zu verlassen.«

Ignatius nickte. »Ich bewillige einen Tag.«

»Ich bat um zwei Tage, ehrwürdiger Pater General.«

»Und ich gebe dir einen Tag.«

Das passte Sandro gar nicht, aber er verneigte sich zum Zeichen der Unterwerfung. »Ich habe Wachen vor den Eingängen postiert, die sicherstellen, dass das Ausgangsverbot – das selbstverständlich nicht für Euch gilt – eingehalten wird. Und ferner möchte ich Eure Erlaubnis einholen, mithilfe des Hauptmanns Forli, dem ich vertraue, die Zimmer zu durchsuchen – außer Euer Zimmer natürlich.«

Ignatius erhob sich. »Nein, das werde ich nicht gestatten. Die Societas Jesu ist kein normaler Orden, wie du weißt. Der private Bereich jedes Bruders ist uns heilig. Deswegen haben die Zimmertüren keine Riegel, und keiner darf ein Zimmer eines Mitbruders betreten, wenn dieser nicht anwesend ist oder auf das Klopfen nicht reagiert.«

»Hier handelt es sich um eine Ausnahme, wie Ihr sicher zugeben müsst.«

»Ausnahmen gibt es nicht. Wenn wir von Jesuiten erwarten, dass sie sich an Regeln halten, dürfen wir sie nicht brechen, wenn es uns in den Kram passt. Vertrauen kennt keine Ausnahmen. Soldaten oder Polizisten dürfen das Collegium nicht betreten.«

»Ich habe Hauptmann Forli bereits hereingebeten.«

»Das war voreilig und eigenmächtig. Der Hauptmann hat

das Collegium umgehend zu verlassen. Guten Abend, Bruder. Ich möchte dich nicht länger aufhalten.«

Sandro stand der Sinn nach Widerspruch, aber er ahnte, dass das nichts bringen würde. Loyola war nicht dafür bekannt, sich belehren zu lassen, und sich zu diesem frühen Zeitpunkt mit dem zweitmächtigsten Mann der Kirche anzulegen, noch bevor Sandro mit dem mächtigsten Mann gesprochen hatte, wäre unvorsichtig. Immerhin hatte er bisher ja noch nicht einmal das Mandat, dieses Verbrechen aufzuklären.

»Bevor ich gehe«, sagte er und spürte dabei eine gewisse Genugtuung, »hätte ich noch ein oder zwei Fragen an Euch, ehrwürdiger Pater General. Und zwar den Toten betreffend.«

Rosina tanzte. Und die Leute sahen zu. Sie bildeten einen Kreis, sie klatschten zur Fidel, sie sangen, und sie sprangen von einem Bein aufs andere. Aber keiner drehte sich wie Rosina. Sie hatte eine Technik entwickelt, mit der sie sich wie eine Windhose drehen konnte, wieder und wieder. Das bisschen Schwindel ignorierte sie. Wenn es zu arg wurde, machte sie ein paar Sprünge, warf die Beine hoch oder bog sich nach hinten, bis sich das Mieder über den Brüsten spannte, oder sie bewegte die Arme wie Geäst im Gewitter – irgendetwas fiel ihr immer ein. Sie wusste in dem einen Augenblick noch nicht, was sie im nächsten tun würde, aber das fand sich stets, und zwar im Tanz ebenso wie im Leben. Und wenn ihr nichts mehr einfiel, dann drehte sie sich eben wieder, schnell und schneller, und wenn jemand rief: »Noch schneller«, dann schaffte sie auch das. Sie war Rosina. Sie war das Prachtmädchen. An den Fenstern und auf den Balkonen rund um den kleinen Innenhof herum standen die Frauen und schüttelten bewundernd die Köpfe. »Dieses Prachtmädchen.« Und: »Diese Blume im Wind.« Und: »Diese Rosina.«

Rosina machte die Abende, an denen sie im Hof tanzte, zum

Fest, so auch diesen Abend. Als sie zu tanzen aufhörte, hatte sich das Feuer auf alle Männer und Frauen im Innenhof übertragen. Der Fiedler spielte weiter, und die Leute hakten sich an den Armen unter und tanzten zusammen, und diejenigen, die zu alt waren, wiegten sich und klatschten in die Hände. Überall war Lachen, wo sonst nur Trübsinn gewesen wäre.

Das war ihr Werk, sie wusste es. Sie war die Flamme, die die Freude entzündete. Und sie war die Prinzessin. Neider hatte sie nicht. Die anderen Frauen, deren Wohnungen um den kleinen Hof herum lagen, hatten bereits Ehemänner, oder sie waren kleine Mädchen, die noch nicht an Männer dachten. Somit war Rosina nicht nur die Flamme und die Prinzessin, sondern auch die Braut, die schöne Sechzehnjährige, die Nächste.

Sie genoss all diese heimlichen Titel, jeden einzelnen. Bescheidenheit war ihr fremd. Man hörte nie ein prahlerisches Wort von ihr, aber wenn man sie bewunderte, war es ihr sehr recht. Und wenn sie sich einmal schlecht fühlte oder ärgerte oder Angst hatte, oder wenn ihr Herz bei Aufregung wie wild schlug, dann ging sie eben in den Hof und tanzte. Meistens dauerte es nicht lang, der Fiedler bemerkte sie von seinem Fenster aus und spielte auf. So war es heute Abend gewesen. Sobald sie sich drehte, drehte sich alles nur noch um sie, dann vergaß sie die Sorgen, die Angst, alle Schmerzen.

Vergaß auch das Böse in ihr.

Schwer atmend, aber mit einem breiten Lächeln, zog sie sich in eine Ecke des Innenhofes zurück. Ihr Gesicht glänzte vor Schweiß und Ekstase. Die Pose, mit der sie sich auf die noch warmen Pflastersteine legte, war aufreizend, aber sie tat das nicht deswegen, sondern weil die aufreizenden Posen meistens auch die bequemsten sind. Sie stützte sich mit den Ellenbogen auf und spreizte die angewinkelten Beine, sodass der lange Rock sich spannte. Dann blies sie sich eine lockige Strähne aus der Stirn und lachte zu dem Reigen der Alten und Kinder und der Eheleute. Ihre Füße wollten noch nicht zur Ruhe kommen und bewegten sich leicht zur Musik.

Ab und zu sah einer der verheirateten Jungmänner zu ihr herüber, aber keiner belästigte sie, denn jeder wusste, dass sie keine von denen war, die Ehefrauen traurig machte. Schließlich würde sie irgendwann selbst eine Ehefrau sein.

Dieser Gedanke brandete wie eine große Welle über sie hinweg und löschte Freude und Flamme, löschte alle Illusionen aus. Rosinas Füße standen nun still. Die Beine berührten sich an den Knien, und die aufreizende Pose wandelte sich in ein Kauern. Sie hörte die Musik nicht mehr. Die klatschenden Frauen, die soeben noch ein Quell der Ermunterung gewesen waren, verkörperten plötzlich die Ahnung von Niedergang und Gleichgültigkeit. Sie saßen tagein, tagaus in ihren kleinen Wohnungen, von den Männern alleingelassen mit den Kindern, von den Männern mit Gleichgültigkeit behandelt und schlimmstenfalls geschlagen. Solche Frauen hatten, waren die Kinder erst erwachsen, bloß noch einander. Eine schlurfte zur anderen und beklagte sich, und irgendwann nicht einmal mehr das. Sie schlurften zueinander und schwiegen. Sie trauerten schweigend. Sie starben schweigend.

Doch man sollte sich nicht täuschen: Jede dieser Frauen war einst eine tanzende Rosina gewesen, nun gut, vielleicht nicht ganz so begabt, aber gewiss auf eine Art reizvoll. Sie alle waren Sechzehnjährige gewesen, jede von ihnen die Prinzessin irgendeines Innenhofes. Und nun standen sie auf den Balkonen mit schrundigen Händen, Zahnlücken und ausgetrockneten Augen, und sie klatschten und klatschten in der absurden Erwartung, dieser Abend der Freude und Ablenkung möge nie vergehen.

Doch er würde vergehen. Er war bereits dabei zu vergehen. Dieser Abend, und morgen der nächste, und dann der übernächste. Und jeder Abend brachte die Frauen auf den Balkonen dem erlösenden Tod näher – und Rosina der Zukunft als Frau auf dem Balkon.

Was war sie, Rosina, denn schon? Eine Innenhofprinzessin, eine Salome der Armen, umgeben von brüchigen Häusern, die von Menschen mit zerbrochenen Wünschen bewohnt waren. Schon zwei Häuser weiter befand sich der nächste Hof, dem ein dritter folgte und so weiter. Ein Mosaik aus tausend Innenhöfen, einer trostloser als der andere.

Dieser Abend war ein Trugbild, der Tanz nur ein Traum.

»Was liegt denn mein Rosinchen hier in der Ecke und trauert?«

Es war seine Stimme, die Stimme ihres älteren Bruders Franco, die im Nu ein wenig Hoffnung brachte. Doch sie wandte sich ihm nicht zu, damit er glaubte, sie sei seinetwegen beleidigt.

»Wo warst du? Ich habe getanzt.«

»Wie oft ich dich schon tanzen gesehen habe, Rosinchen!« Franco lachte leise und sogar ein bisschen verschämt, so als wäre er nicht ein älterer, sondern ein jüngerer Bruder. Und manchmal schien es tatsächlich so zu sein.

Er fügte hinzu: »Ich hatte zu tun.«

»Um diese Zeit schleppst du noch Holz und Mörtel?« Ihr Vater arbeitete für einen jener Bauleute, die einfache Baracken errichteten, und Rosinas Bruder half ihm. Für seinen Vater schleppte er die schweren Sachen, natürlich ohne dafür entlohnt zu werden. Nur ab und zu steckte der geizige Vater ihm eine kleine Münze zu.

»Holz und Mörtel«, sagte Franco enttäuscht, als handele es sich um verlorene Wetten. »Nein, heute habe ich für dich gearbeitet, Rosinchen.«

»Ach, was du nicht sagst«, murmelte sie in gespielter Gleichgültigkeit. »Welchen Wunsch hast du mir erfüllt?«

»Erzähl mir von deinen Wünschen. Nun komm, zier dich nicht, erzähl sie mir alle.«

Sie schloss die Augen. Die Musik drang jetzt wieder in sie ein, und sie war wie Wein, wie Trunkenheit. Die Wünsche zogen langsam an Rosina vorüber, gleichsam Karawanen, beladen mit Kisten voll mit Spezereien.

»Ein Haus mit viel Platz«, flüsterte Rosina. »Die Sonne strömt herein, das Silber blinkt, ich streichle es, ich schmiege mich auf ein weiches Kleid, das auf dem Bett liegt.«

Sie befeuchtete ihre trockenen Lippen.

»Eine Kutsche mit vier Pferden – nein, zwei genügen. Zwei Pferde also, die mich an Orte ziehen, die ich zufällig einmal beim Kartenzeichner um die Ecke gesehen habe, Orte mit verheißungsvollen Namen, hinter denen sich etwas zu verbergen scheint: Fontainebleau, Montserrat, Lochleven, Utrecht, Antiochia, Saloniki …«

Sie seufzte leise. »Aber im Grunde braucht es all das nicht, sondern nur eines: ein Mann, der mich will, der mich wirklich will, der in mir etwas Wichtiges für sich sieht. Und genug Geld, um nicht den nächsten Tag fürchten zu müssen. Damit will ich zufrieden sein.«

Francos Hand berührte ihre Schulter, und er flüsterte in ihr Ohr: »Siehst du, genau dafür habe ich heute gearbeitet.«

Nun wandte sie sich ihm zu. Sie waren sich ganz nah, das war schon immer so gewesen. Daran war nichts Verwerfliches, nichts, was einen Ablass gekostet hätte. Sie waren sich eben nur nah, ungewöhnlich nah, das war alles. Er war keiner dieser ewig eifersüchtigen Brüder, die ihren Schwestern keinen Spaß erlaubten. Wenn sie tanzte, klatschte er dazu, wenn man sie bewunderte, freute es ihn. Auch darin war er also eher ein jüngerer als ein älterer Bruder. Er würde ihr jeden Mann gönnen. Sogar zwei Männer.

Sie küssten sich auf die Wangen. Rosina betrachtete ihn. Wie viel von ihr selbst sie an ihm wiedererkannte: die kleinen schwarzen Locken, die etwas zu vollen Wangen, die immer ein wenig ölige, braune Haut, und in den dunklen Augen der Glanz des Ehrgeizes, des Willens, hier herauszukommen.

»Was hast du getan?«, fragte Rosina, und vielleicht sprach sie es mit Misstrauen aus.

»Du glaubst doch wohl nicht, dass Wünsche, wie wir sie haben, vom Himmel fallen?« Francos Stimme hatte sich verändert. Es war nun die Stimme eines älteren Bruders. Rosina passte sich dieser Veränderung sofort an. Sie wusste aus Erfahrung, dass die Rolle des ein wenig gekränkten Schwesterchens und Täubchens für heute ausgespielt war. Er redete ernsthaft mit ihr, und das hieß, dass er die Führung übernahm, der sie sich stets unterordnete.

Als er sah, dass sie nicht widersprechen würde, egal, was er sagte, wurde sein Ton wieder sanfter, wenn auch nicht mehr so verspielt wie zu Anfang des Gesprächs. »Unsere Wünsche erfordern Maßnahmen, die …«

Er ließ den Satz absichtlich ins Leere laufen, dorthin, wo die Fantasie allen Raum hat und alles entstehen lassen kann.

Sie waren sich wieder nah, so nah. Es war, als würden ihre Augen sich berühren, und sie spürte erneut das, was sie verband, all die Ähnlichkeiten, zu denen auch das Böse gehörte.

»Was hast du getan?«, fragte sie noch einmal, aber diesmal ohne Misstrauen oder Vorwurf. »Was willst du, dass ich tue?«

Sie wartete seine Antwort nicht ab, denn sie fürchtete sich vor ihr. Ihr Herz pochte wie bei einem Schicksalsschlag – und zugleich wie bei einer immensen Vorfreude.

»Komm, sieh zu, wie ich tanze.« Sie eilte in die Mitte des Hofes, wo das Feuer der Ausgelassenheit schon am Verglimmen gewesen war. Nun flackerte es noch einmal auf.

Tanze, Rosina, tanze dir den Teufel aus dem Leib.

Rosina tanzte *mit* ihm.

4

»Ich weiß so gut wie nichts über Johannes von Donaustauf«, sagte Ignatius von Loyola. »Seine Anmeldung zum Unterricht traf als Erste ein, wenige Tage später die seines jüngeren Bruders Gisbert. Beide kamen vor ungefähr zwei Wochen an, der dritte Schüler einen Tag später.«

»An jenem Tag seid Ihr Johannes zum ersten Mal begegnet?«, fragte Sandro.

»Ja. Ich war zufällig hier und begrüßte sie. Johannes war höflich, demütig, hatte eine deutliche Aussprache und war ganz offensichtlich theologisch belesen. Er stammte aus guter Familie, hatte sich aus freien Stücken angemeldet und wäre ein Vorzeigeschüler geworden. Natürlich fehlte es ihm noch an Disziplin, dennoch hätte uns etwas Besseres als er für den Anfang gar nicht passieren können.«

»Dann ist sein Tod ein umso schlimmerer Verlust, nehme ich an.«

»Jeder Tod eines Menschen ist ein Verlust, Bruder Carissimi. Ich werde nicht anfangen, die Toten gegeneinander aufzurechnen, und du solltest das auch nicht tun.«

»Ich knüpfe lediglich an die Worte von Magister Duré an. Er sagte, dass die Ermordung eines Schülers am Eröffnungstag einen prächtigen Vorwand für allerlei Anfeindungen bietet. Und ich füge mit eigenen Worten hinzu: Demnach könnten die Anfeindungen nicht nur Folge, sondern auch Mordmotiv sein.«

»Du meinst, jemand will dem Orden schaden?«

»Möglicherweise. Dem Orden oder dem Collegium Germanicum.«

»Das ist dasselbe.«

Es war nicht dasselbe, und Sandro war versucht, den Pater

General zu korrigieren. Im letzten Moment hielt er sich zurück, denn Ignatius, nicht der Papst, war eine der am meisten respektierten Instanzen der Heiligen Römischen Kirche. Er wandte sich den einfachen Menschen zu, denen, die keine Fürsprecher hatten, und er schenkte ihnen Hoffnung, indem er ihre Kinder kostenlos unterrichten ließ, ihre Alten kostenlos speiste, ihre Kranken ohne Gegenleistung pflegte. Ignatius hätte nachts und allein jedes schmutzige Viertel der Ewigen Stadt passieren können, ohne irgendetwas fürchten zu müssen. Würde Julius dasselbe versuchen, käme er nicht weit. Zumindest würde man ihm dreimal ein Bein stellen.

Sandro diente beiden, dem Weisen und dem Vergnügungskönig, der helfenden und der goldenen Hand. Als Jesuit war er Diener der Menschen, als Privatsekretär und Visitator des Papstes ein Diener der Macht, und das Drahtseil, auf dem er lief, schwankte zuweilen. Manchmal drohten ihm seine Position und seine Erfolge zu Kopf zu steigen, wie ein großer Schluck Branntwein, der auf nüchternen Magen getrunken wurde, und es brauchte einiges an Konzentration und Willenskraft, um dem Rausch entgegenzuwirken. Aber es war ihm bisher immer gelungen, und das würde es auch weiterhin.

»Habt Ihr zu irgendeinem Zeitpunkt ein längeres Gespräch mit Johannes von Donaustauf geführt, ehrwürdiger Pater General?«

»Nein, ich hatte leider keine Zeit dafür – und ein solches Gespräch war auch nicht vorgesehen gewesen. Ich werde mit der Führung der Schule nichts zu tun haben. In wenigen Tagen reise ich ab und kümmere mich um andere Dinge. Darum sollten die Lehrer Vorgespräche mit den Schülern führen, was sie, soweit ich weiß, auch getan haben.«

»Dennoch habt Ihr, ohne Johannes näher zu kennen, gestattet, dass er die erste Lesung hält.«

»Bruder Birnbaum hätte sie halten sollen, bekam jedoch

Halsschmerzen. Er schlug Johannes als Ersatz vor, und ich hatte keine Einwände.«

»Damit wäre das geklärt. Womit sind die Schüler in den letzten beiden Wochen beschäftigt worden?«

»Nun, sie sind erst seit heute Schüler. Abgesehen von den Vorgesprächen, die ich erwähnte, einer Kleiderprobe für die Talare, den gemeinsamen Mahlzeiten und einigen Reinigungsarbeiten, hatten sie frei. Jeder konnte sich die Zeit nach eigenem Ermessen einteilen.«

Sandro zog die Augenbrauen hoch, was er sogleich als Verstoß gegen die Regeln wahrnahm. Ignatius, der es zweifellos gesehen hatte, ging nicht darauf ein. Er hatte seine Mimik perfekt unter Kontrolle.

»Das war äußerst großzügig, Pater General, bedenkt man, dass alle drei aus der Provinz kamen und nun eine der – wie soll ich sagen – aufregendsten Städte der Welt betraten.«

»Du vergisst, Bruder, dass die Konfrontation mit allen Verlockungen wichtiger Bestandteil der jesuitischen Lehre ist. Wir haben vorhin darüber gesprochen. Dem Übel darf man nicht ausweichen, man muss sich ihm stellen.«

»Ich habe es nicht vergessen, Pater General. Wie alle Jesuiten, so bin auch ich durch die Exerzitien, die Seelenübungen, gegangen. Vorhin jedoch habt Ihr meine Nähe zu den Verlockungen des Vatikans kritisiert.«

»Weil du nicht ausreichend gefestigt bist. Du bist zu jung, zu unerfahren, und die Exerzitien wurden damals noch unzureichend durchgeführt.«

»Die Schüler sind beträchtlich jünger als ich, ehrwürdiger Pater General. Gerade erst dem Kindesalter entwachsen. Und doch stand es ihnen frei, sich zwei Wochen lang in dem Rom des Lichts und der Schatten zu tummeln?«

»Das Collegium Germanicum ist eine Schule *von* Jesuiten, nicht *für* Jesuiten, Bruder Carissimi. Die Schüler werden nach ihrem Abschluss in ihr Land zurückkehren und dort mit ihrem erworbenen Wissen die unterschiedlichsten Positionen besetzen. Sie werden heiraten, Kinder haben, angesehene Leute werden, den Glauben der römischen Kirche in ihren weltlichen Ämtern verteidigen. Es ist nicht unsere Absicht, sie zu Mitbrüdern zu machen. Sie sind lediglich Soldaten des Glaubens.«

»Dennoch ist…«

»Die Schüler können die Schönheit unserer Lehre erst dann voll ermessen, wenn sie den Lärm und Gestank der Welt kennenlernen. Wir geben ihnen weder Bier noch Wein zu trinken, sodass sie sich im Zustand größter Nüchternheit den Herausforderungen stellen. Unser Orden gibt ihnen das Rüstzeug, doch das Leben müssen sie selbst bestreiten.«

Das Gesicht des Pater Generals war unbewegt, seine Stimme gelassen, und doch lag eine diffuse Anspannung in der Luft. Sandro hatte gehört, dass Ignatius von Loyola niemals einen Gesprächspartner unterbrach, was auch immer zur Diskussion stand. Wenn das stimmte, war heute ein besonderer Tag.

Sandro hielt es für besser, einen Moment zu schweigen und dann das Thema zu wechseln. »Kommen wir zu den Verdäch…« Er korrigierte sich unter dem Blick des Generals. »Den Mitbrüdern. Gibt es neben denen, die heute beim Abendmahl waren, noch andere Hausbewohner?«

»Nein, das sind alle.«

»Zwei von ihnen sind Deutsche: der Dicke und der mit dem energischen Blick, der die Messe gehalten hat.«

Ignatius nickte. »Bruder Königsteiner – der mit dem energischen Blick, wie du ihn nennst – lehrt Latein, Griechisch, Theologie und Heilkunde. Er ist einer der besten Lehrer, die ich kenne.«

»Und einer der Bewerber um den Rektorenposten.«

Ignatius schwieg zunächst und faltete die Hände. »Woher hast du diese Information, Bruder Carissimi?«

»Keine Sorge, Pater General, niemand hat mir etwas über Bruder Königsteiners mögliche Berufung erzählt. Ich habe die Information durch Beobachtung erhalten. Der andere Bewerber ist Luis de Soto, wie ich von Seiner Heiligkeit hörte, und als Ihr vorhin eine Entscheidung bezüglich des künftigen Rektors angekündigt habt, fiel mir auf, dass beide einen Blick tauschten.«

Falls Sandro auf eine lobende Erwähnung seiner Beobachtungsgabe gehofft hatte, wurde er enttäuscht.

Ignatius zögerte eine Antwort hinaus. Schließlich sagte er: »Ja, in der Tat sind diese beiden Mitbrüder ernst zu nehmende Bewerber. Mehr möchte ich nicht dazu sagen, weil es, wie ich finde, für dich nicht von Wichtigkeit sein kann, Bruder.«

Sandro war da anderer Meinung, aber er hatte die Möglichkeit, sich das, was er wissen musste, von den Bewerbern selbst erzählen zu lassen. Er freute sich schon jetzt darauf, Luis zu befragen, den großen de Soto, den Meisterrhetoriker, der jeden täuschen konnte, nur ihn nicht mehr.

»Und der andere Deutsche ist Bruder Birnbaum, nicht wahr?« Jetzt, da Sandro an Birnbaum dachte, sah er im Geiste einen schmatzenden Mund und eine Schale Rettichsalat vor sich.

»Ja«, bestätigte Ignatius. »Bruder Birnbaum ist genau genommen kein Lehrer. Er wird ein wenig Rechnen und Buchhaltung unterrichten, denn er war früher für die Haushaltsführung eines jesuitischen Hauses in Innsbruck verantwortlich, aber hauptsächlich wird er hausmeisterliche Tätigkeiten ausüben. Seine wichtigste Bestimmung jedoch ist eine andere. Ich finde es wichtig, dass die Schüler einen Ansprechpartner in diesem Haus finden, jemanden außerhalb der Lehrerschaft, der ihre Muttersprache spricht und ein anheimelndes Wesen hat. So einer ist Bruder Birnbaum. Einfach ausgedrückt, er soll ein Freund sein.«

»Und Giovanna eine Mutter.«

»Du kennst sie also schon. Ja, du beschreibst ihre Funktion trefflich, Bruder Carissimi. Sie hat in der Vergangenheit am Collegium Romanum gekocht, und nun wechselt sie ins Germanicum. Sie ist eine gute Seele – und eine gute Köchin. Bruder Birnbaum wird künftig sonntags deutsche Gerichte kochen, damit unsere Schüler ihre Heimat nicht allzu sehr vermissen, aber an den anderen Tagen wird Giovanna Herrin der Küche sein.«

Sandro nickte. »Ich verstehe. Bliebe noch Miguel Rodrigues. Ehrlich gesagt, hat es mich erstaunt, dass Ihr den jüngsten Lehrer – der zudem nur der Assistent de Sotos ist – an Eurer Seite habt sitzen lassen.«

»Das ist leicht erklärt, Bruder. Miguel Rodrigues ist der Neffe meines alten Weggefährten Simon Rodrigues, des Provinzials von Coimbra.«

Coimbra. Dieser Name hatte innerhalb der Societas Jesu einen besonderen, einen exotischen Klang. Die portugiesische Stadt war nicht nur eine der ersten Niederlassungen der Jesuiten gewesen, sondern ihr unterstanden auch alle überseeischen Provinzen: Indien, die Neue Welt, China, alle jesuitischen Enklaven unter ferner Sonne, in denen mancherorts nur fünf, andernorts fünfundzwanzig Mitbrüder ein Haus im Wald oder am Strand oder in Barackendörfern bezogen. Gelegentlich gelangten sie auch an Fürstenhöfe, wo sie das Wort Christi verkündeten und als Botschafter des Papstes fungierten. Coimbra war ein Knotenpunkt. Die Provinz war zwar ebenso arm wie die übrigen Jesuitenprovinzen, denn die Schätze aus der Neuen Welt und die Handelsgüter aus Indien strömten ausnahmslos in die Truhen der Könige und Kaiser. Aber in Coimbra wurden die Exkursionen in entlegene Gegenden koordiniert, neue Provinzen geplant, Briefe an den chinesischen Kaiser und indische Großkönige verfasst, kurz, wurde Geschichte und Zukunft geschrieben.

Allerdings gab es auch immer wieder Gerüchte innerhalb

des Ordens, dass die Vorstellungen, die ein Ignatius von Loyola von der Societas Jesu hatte, in Coimbra nicht ganz so viel galten, und dass es dort eigene Bräuche gab. Irgendwie schien die Provinz wie ein kapriziöses Kind zu sein.

»Simon Rodrigues«, sagte Loyola, »war einer von den sechs Gefährten, die gemeinsam mit mir den Orden aus der Taufe hoben, damals, am Tag unserer Gelübde auf dem Montmartre. Einige von ihnen sind nicht mehr am Leben, andere – ich muss es leider sagen – sind meinen Weg nicht mitgegangen. Simon ist mir ein Freund geblieben. Ich habe ihn viele Jahre nicht gesehen. Sein Neffe, der in den Dienst de Sotos und dieser Schule getreten ist, ist mir daher hochwillkommen. Der Platz an meiner Seite war als Tribut an Miguels Onkel, meinen treuesten Mitstreiter, gedacht.«

Die Erklärung war absolut zufriedenstellend. Es stellte sich bloß die Frage, wie es dazu kam, dass ein junger Portugiese aus Coimbra sich in den Dienst eines Rhetorikers in Italien begab.

Sandro dachte nach und schlug, wie er es häufig beim Nachdenken tat, die Beine übereinander. Für einen Moment vergaß er die Anwesenheit des Ordensgenerals; erst als dieser zu dem kleinen Fenster ging und auf die im nächtlichen Dunkel liegende Gasse blickte, wurde er sich bewusst, dass er schon wieder eine Regel verletzt hatte. Er seufzte in sich hinein und stellte seine Füße nebeneinander.

»Hast du noch Fragen an mich, Bruder?«

»Vorläufig nur eine, ehrwürdiger Pater General. Es geht um die letzten Stunden, die Zeit vor dem Tod des Schülers. Doktor Pinetto sagte, das Gift kann maximal zwei Stunden vor Beginn der Krämpfe verabreicht worden sein, keinesfalls früher. Die entscheidenden Stunden also, die ich so genau wie möglich rekonstruieren muss. Ich schätze, der Anfall kam ungefähr eine halbe Stunde nach Betreten des Speisesaals. Würdet Ihr mir beipflichten, ehrwürdiger Pater General?«

»Wenn du es wünschst, Bruder.«

Sandro lächelte, was er nicht hätte tun dürfen, also blickte er sofort wieder ernst.

»Gut. Die Kapelle ist direkt gegenüber dem Collegium, der Weg in den Speisesaal hat kaum Zeit in Anspruch genommen. Die Heilige Messe dauerte – korrigiert mich, wenn nötig – eine Stunde. Bleibt also eine Stunde, von der ich noch nicht weiß, wo Johannes von Donaustauf sich aufhielt. Könnt Ihr mir hierbei helfen?«

Ignatius von Loyola ging ein paar Schritte durch den Raum, wobei seine Bewegungen äußerst langsam waren, so als läge Baumharz auf dem Boden, das ihn bei jedem Schritt festhielt.

»Ich hatte mich am Mittag in meinem Zimmer zur Ruhe gelegt, nachmittags ein paar Briefe diktiert und später, etwa um die vierte Stunde, zusammen mit Magister Duré einen Spaziergang gemacht, damit die Müdigkeit aus meinen Beinen verschwand. Als wir zurückkehrten, gingen wir nicht ins Haus, sondern direkt in die Kapelle. Kurz bevor die Messe begann, sah ich Johannes zum ersten Mal seit dem Mittag wieder.«

Das war eine sehr ausführliche Antwort, fand Sandro, vor allem, wenn man berücksichtigte, dass Sandro sich nicht nach dem Aufenthalt des Pater Generals erkundigt hatte.

»Ich danke Euch«, sagte Sandro.

Antonia war umringt von Huren. Sie saß auf einem Schemel, hielt eine Lage Papier und einen Kohlestift in Händen und versuchte, sich zu konzentrieren. Das erwies sich aus mehreren Gründen als schwierig. Die schweren, aphrodisischen Düfte einiger Huren vermengten sich mit Stallgerüchen von anderen zu einem im wahrsten Wortsinn atemberaubenden Gemisch. Antonia hatte alle Huren, die von dem ominösen Fremden über Carlotta befragt worden waren, im *Teatro*, dem Freudenhaus von Milos Mutter, versammelt, um eine möglichst genaue Beschreibung des Mannes zu erhalten. Da sich die hygienischen und auch alle anderen Bedingungen in den Häusern jedoch sehr voneinander unterschieden, waren die unterschiedlichsten Frauen zusammengekommen – solche, die reichlich Toilettenartikel benutzten, und solche, die keinerlei Toilettenartikel benutzten; solche mit und solche ohne Manieren; solche mit geübter Ausdrucksweise und solche, für die Lautstärke ein Ersatz für Wörter war. Es ging drunter und drüber. Zeichnete Antonia eine Nase nach der Beschreibung der einen Hure, rief die andere, die Nase sei zu lang. Die Nächste meinte, der Augenabstand stimme nicht, und eine weitere hatte etwas an den Wangenknochen auszusetzen. Es kam mehrmals zum Streit. Die Zwischenrufe und das ständige Hin und Her erschöpften Antonia, die zudem keinen Fortschritt erkennen konnte. Einig waren sich alle nur darin, dass der Fremde zwischen fünfunddreißig und vierzig Jahre alt war und einen kurzen, dunklen Oberlippen- und Kinnbart trug. Außerdem war er schlank und groß. Diese Beschreibung traf gewiss auf ein Zehntel der männlichen Bevölkerung Roms zu.

Immerhin beteiligten sich alle Frauen eifrig. Es war ein Leichtes für Antonia gewesen, sie zu dieser Versammlung zu bewegen, jede hatte sofort zugestimmt und auch die Zustimmung der jeweiligen Vorsteherin problemlos erhalten, obwohl zu dieser Stunde bereits die ersten Kunden erwartet wurden. Und Milos Mutter, Signora A, hatte ihr Zimmer im Teatro als Versammlungsort zur Verfügung gestellt.

Das alles war nicht selbstverständlich, es war sogar gefährlich. Denn wenn sich am Ende der Ermittlungen herausstellen sollte, dass der Auftrag für Carlottas Ermordung von einer einflussreichen Person erteilt worden war, könnte jede Einzelne der Frauen – und auch die Hurenhäuser, in denen sie arbeiteten – Schwierigkeiten bekommen. Auszuschließen war das nicht.

Wer eine Frau töten ließ, konnte sicher auch ein paar weitere umbringen oder verschwinden lassen.

Jedes Jahr wurde ein halbes Dutzend Huren auf diese Weise »bestraft«. Die Motive waren vielfältig. Manche Auftraggeber waren zuvor von der Hure erpresst worden, andere rächten sich für irgendetwas, und wieder andere entledigten sich vorsorglich einer bezahlten Frau, um zu verhindern, dass sie eine gravierende Schwäche des Mannes herumerzählen konnte. Auch kam es vor, dass eine Hure sich weigerte, etwas zu tun, was der Mann verlangte. Das verletzte die Ehre vieler Männer, die anderes gewohnt waren.

Antonia hatte sich immer wieder gefragt, welcher dieser Gründe zu Carlottas Tod geführt hatte. Die beiden Frauen hatten sich im letzten Oktober in Trient kennengelernt, und Antonia war sich sicher, dass Carlotta seitdem mit keinem anderen Mann, außer mit Antonias Vater, zusammen gewesen war. Wenn sie etwas hätte herumerzählen wollen, hätte sie das neun Monate lang tun können. Das war also nicht der Grund. Antonia schloss aus, dass Carlotta jemanden erpresst hatte, dafür war sie nicht geldgierig genug gewesen. Und falls sie jemandes »Ehre« verletzt hätte, hätte derjenige sich sehr viel Zeit gelassen, die Schmach zu tilgen, wenn er sie erst viele Monate später bestrafte.

Was blieb, war Rache.

Aber wofür? Von wem? Welchem Reichen, Edelmann oder Prälaten hatte sie etwas derart Gravierendes angetan, dass er sich ihren Tod gewünscht hatte? Alle Huren von Rom, die Carlotta gekannt hatten, beschrieben sie als liebenswürdige, hilfsbereite Frau ohne Neid und Missgunst, wenngleich verschlossen, was ihre Vergangenheit anging – eine Charakterisierung, die Antonia teilte.

Aus diesem Grund waren die Huren alle hier und stritten wegen des perfekten Porträts des fremden Mannes. Mit Carlotta war eine der Besten umgebracht worden, und dass sie nun dabei halfen, ihren Mörder zu suchen, war eine Geste des Aufbegehrens. Lange Zeit waren diese Frauen die schwächsten Glieder der Gesellschaft gewesen, versteckte und verleugnete Wesen der Nacht, diejenigen, die von Männern missbraucht, von Damen gehasst, vom Klerus offiziell verdammt wurden, rechtlose Geschöpfe, weniger geachtet als Pferde, gleichsam Hunde, die man dressieren, treten und einsperren durfte, die man gegeneinander aufhetzte, wenn es einem gefiel, die man peitschte, wenn sie die gewünschte Leistung nicht erbrachten, und die man verhungern ließ, wenn sie alterten. Fand man ihre Leichen im Tiber, kümmerten sich die Behörden nicht darum. Stieß man sie aus Fenstern, war es so, als sei ein Sack Bohnen aufs Pflaster gestürzt.

Einmal sich aufbäumen, einmal zeigen, dass es eine Grenze gab – dafür riskierten sie den Unwillen eines Unbekannten. Sie waren schon Opfer und fürchteten daher nicht, zu Opfern zu werden.

Das Eintreten von Signora A, der geachteten Vorsteherin des *Teatro*, bewirkte eine Veränderung. Die Signora sprach zunächst kein Wort, allein ihre schlanke Gestalt und das herbe Gesicht genügten, um Disziplin herzustellen, so wie ein Abt unter Mönchen Demut hervorrief. Der Enthusiasmus der Huren bei der Beschreibung des Fremden wurde gezügelt und stattdessen um Konzentration bereichert. Kleine Rivalitäten waren augenblicklich vergessen. Keine wollte sich einen Rüffel einhandeln.

Antonia warf Milos Mutter einen dankbaren Blick zu, den die Signora – stets kühl und spröde, wenn es um Gefühle ging – geflissentlich übersah.

Langsam entstand ein Gesicht, ein wirkliches, lebendiges Gesicht, aus Antonias mühsamer Arbeit, so als würde eine wahre Geschichte entstehen. Die Augen des Mannes bekamen Ausdruck, die Haare eine Form, der Charakter bekam eine Prägung. Detail reihte sich an Detail: eine Narbe am Kinn, ein Muttermal am Hals.

Als niemandem mehr etwas einfiel, begann Antonia, die durch vielerlei Änderungen unscharfe Zeichnung auf einem neuen Blatt ins Reine zu übertragen. Dabei geschah es, dass zwei von Antonia schon vor Wochen benutzte Blätter zu Boden fielen. Als sie es bemerkte, war es bereits zu spät. Signora A hatte sie aufgehoben und betrachtete die Zeichnungen.

Die Erste zeigte einen Mann, den die Signora sehr gut kannte: ihren Sohn Milo. Antonia hatte ihn in lässiger Pose dargestellt, als jemanden, der sich seiner selbst sicher ist und mit Leichtigkeit in jeden Kampf geht, auch in der Liebe. Er war nackt und faszinierend, aber nicht nur wegen der Nacktheit. Milo hatte etwas von einem Buschräuber an sich, einem Gesetzlosen, einem Entführer, von dem man sich gern entführen lässt. Er lag seitlich auf einem Laken, ein Bein war angewinkelt, und alles wirkte so, als warte er auf eine Frau, die soeben eingetreten war. Das Spiel seiner Muskeln war nicht übertrieben, es war nur angedeutet, vor allem sichtbar in dem angewinkelten Bein und dem Arm, mit dem er sich aufstützte. Jeder Strich des Porträts schien nur dazu gedacht, die Erotik des Augenblicks zu betonen.

Es bestand kein Zweifel, dass die Szene so oder so ähnlich stattgefunden hatte und aus der Erinnerung gezeichnet worden war.

Das zweite Blatt zeigte jemanden, den die Signora nur flüchtig kannte: Sandro Carissimi. Sie war dabei gewesen, als er den Mordfall an der Geliebten des Papstes gelöst hatte, aber sie hatte – sofern Milo es ihr nicht gesagt hatte, was unwahrscheinlich war – nicht gewusst, in welchem Verhältnis Antonia zu ihm stand. Nun wusste sie es.

Das Porträt zeigte Sandros nackten Oberkörper. Sein sanfter Blick ging – im Gegensatz zu Milos, der die Beobachterin fixierte – an der Beobachterin vorbei, zu einem Punkt in der Ferne. Dieser Blick gab nichts preis. Ein Windstoß war dem Porträtierten in die Haare gefahren und wirbelte sie durcheinander. In seiner schlanken Unauffälligkeit wirkte der Körper passiv, aber bereit, seine Unschuld zu verlieren. Es war das Porträt eines stillen Menschen.

Eine solche Szene hatte es nie gegeben. Eine in allen Belangen der Liebe und Erotik erfahrene Frau wie Signora A war sich darüber natürlich im Klaren, und deswegen sagte das Porträt mehr über die Zeichnerin aus als über den Gezeichneten.

Antonia und die Signora tauschten einen Blick.

»Sieh mal, das ist ja der nackte Milo«, rief eine der Huren, die gesehen hatte, was die Signora in Händen hielt.

Auf der Stelle scharten sich die Huren um Signora A herum, und sie ließ es sogar zu, dass man ihr die beiden Zeichnungen aus der Hand nahm.

Milo war den Huren gut bekannt. Er war im *Teatro* geboren worden und aufgewachsen, heutzutage hielt er es instand. Aber auch den Huren anderer Häuser, ja, fast dem ganzen Trastevere war er ein Begriff. Das Viertel war sein Revier, dort hatte er seine Freunde, dort grüßte ihn jeder Dritte, dem er auf der Straße begegnete. Und nicht nur, weil er der künftige Erbe des Teatro sein würde, war er der begehrteste Junggeselle des Trastevere.

Nackt wie auf der Zeichnung hatte ihn jedoch noch keine der Frauen gesehen, die in diesem Moment sein Porträt eingehend studierten.

Sie kicherten, sie staunten, sie ließen ein paar freizügige Bemerkungen fallen.

»Der ist aber auch nicht schlecht«, rief eine der Huren mit Blick auf Sandros Porträt. »Mit dem würde ich umsonst.«

»Mit beiden würde ich umsonst«, meinte eine andere, die sich jedoch sofort einen bösen Blick der Signora einfing.

Antonias Gesicht glühte. Sie zeichnete so schnell wie möglich, um das Thema wechseln zu können.

Endlich war das Porträt des Fremden fertig.

»Ja, so sah er aus«, sagte eine, und die anderen stimmten zu.

Antonia betrachtete noch einmal das Gesicht, das sie entworfen hatte, aber dieses Mal nicht wie eine Zeichnerin, sondern wie eine Jägerin.

Ein hageres Gesicht. Hohe Stirn, schütteres Haar. Tiefliegende, wassergraue Augen. Dünne Augenbrauen. Hakennase. Eingefallene Wangen. Spitzes Kinn. Ein langer Hals.

Dieser Mann hatte Carlottas Leben ausspioniert und war vielleicht ihr Mörder.

Milo fand, dass Lello das Gesicht eines verdurstenden Mannes hatte. Ihm fehlte jeder Mut. Er war einer dieser armen Kerle, die sich ihr Geld mit allerlei kleinen Schandtaten verdienten, von denen keine gemein genug war, um sich Respekt zu verschaffen. Im Trastevere galt er wenig, weil Diebereien und Spitzeltätigkeit schlecht bezahlt wurden. Lello war der Knecht der Verbrecher.

Wie ein Knecht sah er aus und wohnte auch wie einer. Die Baracke nahe der halb verfallenen Südmauer stand auf alten Stelzen, die sich in den Schlick einer kleinen Senke bohrten. Am Abend kamen die Ratten hervor, überall war ein Trippeln und Fiepen, überall waren die Geräusche der tierischen Unterwelt der Stadt zu hören.

Milo beobachtete, wie Lello seine Behausung verließ. Lello bemerkte ihn nicht, obwohl er sich mehrmals umschaute. Milo war viel zu geschickt für ihn. Er wartete, bis Lello die schlickige Senke verlassen hatte, und heftete sich dann an seine Fersen. Dort, wo das Barackengebiet ins Trastevere überging, machte Milo absichtlich ein paar laute Schritte, die sogar einem minderbemittelten mittelmäßigen Gauner wie Lello auffallen mussten. Milo wusste genau, was Lello als Nächstes tun würde: um die Ecke der Via di Genovesi in die Via San Michele biegen, dort die Beine in die Hand nehmen und in die nächste Seitengasse flüchten, um den Verfolger abzuschütteln. Dies voraussehend, ging Milo in die Seitengasse, wartete ein, zwei, drei Atemzüge lang – und Lello lief ihm geradewegs in die Arme.

»Milo.« Lello erschrak nur kurz, dann schien er froh, Milo zu sehen. »Milo, du musst mir helfen, ich werde verfolgt.«

»Das war ich.«

»Nein, Milo, dich meine ich nicht. Du stehst ja hier.«

Milo tätschelte Lellos Wange. »Es würde zu lange dauern, dir das zu erklären. Nur so viel: mach dir keine Sorgen. Siehst du, Lello, zu dir wollte ich. Wir haben etwas zu besprechen.«

Lellos Augen bekamen den Ausdruck aller armseligen Gauner, wenn ihnen etwas nicht geheuer ist. Sie ahnen eine Unbequemlichkeit oder ein Abenteuer, was für solche ängstlichen Seelen dasselbe ist, und sie wünschten, sie könnten sich in Luft auflösen.

»Wieso – wieso kommst du nicht morgen in mein Haus?«

»Nein, Lello, das ist nicht gut.«

»Warum?«

Milo sprach ein bisschen wie zu einem kleinen Jungen, dem er bedauernd eine Gabe verweigert. »Tja, Lello, in deinem Haus sind wir nicht ungestört. Du hast vier Cousinen dort wohnen.« Fast allen im Viertel war bekannt, dass es sich bei diesen »Cousinen« um Frauen vom Land handelte, die Lello umsorgten, während er ihnen im Gegenzug Dach und Essen bot. »Außerdem«, fügte Milo hinzu, »ist meine Sache dringend. Lello, was ist denn los? Ein Gespräch unter Freunden sollte etwas Erfreuliches sein. Nun komm.«

Milo legte den Arm um die schmalen Schultern des Mannes, der gut zehn Jahre älter als Milo war, aber den Schwung einer Totenklage hatte. Lello ließ sich gezwungenermaßen mitziehen.

Der Abend war sehr mild. Milo ging barfüßig über das Pflaster, das die Tageswärme gespeichert hatte; seine ohnehin nur dreiviertellangen Fischerhosen hatte er hochgeschlagen. Einen vertrockneten Halm, der aus der Mauerritze eines Hauses hervorstand, zupfte er ab, schob ihn der Länge nach zwischen die Zähne und kaute auf ihm herum.

Er wartete, bis eine Streife der Stadtwache und ein Passant vorübergegangen waren, und sagte dann: »Lello, es gibt Ärger.«

Hätte er Lello gesagt, dass er vorhabe, ihm die Kehle durchzuschneiden, hätte dieser nicht wehleidiger aussehen können.

»Oh, Milo. Und ich dachte, du hast eine Arbeit für mich, Milo. Ärger. Welchen Ärger denn? Milo, ich brauche Geld. Meine Cousinen, verstehst du? Sie fressen mir die Haare vom Kopf.«

Und du knetest sie dafür Nacht für Nacht durch, dachte Milo. Genau deshalb hatte er vor zwei Monaten auf Lello zurückgegriffen, um im Auftrag von Massa und dem Papst etwas über die Hure Carlotta zu erfahren. Lello ging nie zu den Huren. Er hatte ja seine Cousinen, und das schon seit etlichen Jahren. Im Gegensatz zu Milo kannte man ihn in den Hurenhäusern nicht.

»Hör zu, Lello, man ist dabei, dich zu suchen. Es hat mit der Arbeit zu tun, die du für mich erledigt hast: Carlotta, du erinnerst dich?«

»Ja, Milo, natürlich erinnere ich mich. Was heißt suchen? Wer? Wieso?«

»Immer mit der Ruhe, alter Knabe. Ein paar Huren haben ein Bild von dir zeichnen lassen, ich habe es gerade eben gesehen, und ich muss sagen, es sieht dir verteufelt ähnlich.«

»Verstehe.« Lello rieb sich das Kinn, aber während eine solche Geste bei jedem anderen intelligent wirkte, sah sie bei ihm dümmlich aus. »Aber, Milo, ich habe doch überhaupt nichts Schlimmes getan. Ich habe nur harmlose Fragen nach der Vergangenheit dieser Carlotta gestellt, und außerdem war ich nicht gerade erfolgreich. Das wenige, das ich erfahren habe …« Lello zuckte mit den Schultern. »Niemand kann mich dafür bestrafen.«

Milo lehnte sich entspannt an eine Mauer, während Lello vor ihm von einem Bein auf das andere trat.

Milo ließ ihn nicht aus dem Blick. »Carlotta ist tot, wusstest du das nicht?«

»Nein. Tot? Damit habe ich nichts … Ich meine, ich habe nur Fragen gestellt, und wenn sie tot ist, was …«

»Ermordet.«

Lello öffnete den Mund so weit, als wolle er einen Schrei ausstoßen, aber alles, was heraus kam, war: »Oh.«

Milo sah ihm an, dass er begriffen hatte, dass Milo der Mörder war. Er spuckte den Halm aus, sodass er vor Lellos Füßen landete. »Ja, Lello, so ist das. Und du bist daran beteiligt, ob du willst oder nicht. Du verstehst doch sicher, Lello, dass ich nicht zulassen kann, dass mir jemand über dich auf die Spur kommt.«

Lello trat einen Schritt zurück, dann noch einen. Die Nacht senkte sich zwischen sie.

»Milo! Du willst doch damit nicht sagen … Du kannst doch nicht … Ich – ich werde niemandem etwas verraten.«

»Natürlich nicht.«

»Ich meine, du kannst dich auf mich verlassen.«

»Das weiß ich doch.«

»Ich – ich werde eine Weile aus Rom fortgehen, wie wäre das?«

»Wenn du das möchtest.«

»Niemand findet mich.«

»Gut möglich.«

»Und die Huren, die vergessen so etwas schnell, du kennst sie ja, du weißt, dass sie anderes im Kopf haben, als Männer zu jagen.« Lello lachte nervös auf. »Na ja, jedenfalls jagen sie sie nicht, um sie zu bestrafen.«

»Wie recht du hast. Es schadet allerdings nicht, sicherzugehen. Das begreifst du doch, oder?«

Lello hatte inzwischen vier, fünf Schritte zwischen sich und Milo gebracht, und nun wich er zwei weitere zurück. Kaum, dass sie einander noch sahen.

Lello wandte sich um und begann zu laufen, aber er war ein schlechter Läufer. Milo hatte ihn im Nu eingeholt und presste ihn gegen eine Wand.

»Warum rennst du denn weg, Lello?«

»Tu mir nichts, Milo, ich bitte dich. Tu mir nichts.« Lello fing an, zu weinen.

»Was ist denn nur, Lello? Warum sollte ich dir etwas tun?«

»Weil – weil du nicht willst, dass man dir auf die Spur kommt.«

»Das stimmt. Aber deswegen würde ich dir doch niemals etwas tun. Sieh doch, ich bin noch nicht einmal bewaffnet.« Milo breitete seine Arme aus.

»Ich weiß, dass du immer ein Messer am Gurt trägst. Man sieht es nur nicht, weil dein Hemd darüberhängt.«

Milo lachte leise. »Du bist nicht dumm, Lello, das muss ich dir lassen. Ja, ich habe ein Messer. Aber ich werde es heute nicht benutzen.«

»Nicht?«

»Nein, Lello, und weißt du, warum? Weil ich eine Arbeit für dich habe. Sie ist ganz leicht. Hast du schon einmal jemanden umgebracht?«

Lello riss die Augen auf. »Nein. Nein, Milo.«

»Tja, dann wird es Zeit.«

Lello zögerte. »Töten – das kann ich gar nicht.«

»Es ist kinderleicht. Ich helfe dir dabei, du musst fast nichts tun. Und wenn die Arbeit erledigt ist, brauchst du dir keine Sorgen mehr um die Huren zu machen.«

Die Erleichterung breitete sich auf Lellos Gesicht aus, die Erleichterung, weiterzuleben und noch einen Tag der Gaunereien, des Saufens, des Würfelspielens, des Flüchtens vor sich zu haben, und einen Tag mit vier Cousinen.

Milo umklammerte erneut Lellos Schulter. »Und jetzt zum Wesentlichen: Es gibt da einen Jesuiten …«

5

Papst Julius hatte seit Wochen den gleichen, immer wiederkehrenden Traum. Ein Spätsommertag kurz vor der Ernte: Er ging durch ein endloses Kornfeld, dessen Ähren sich auf Höhe seiner Knie neigten. Weit und breit war nichts als Korn. Aber auf einer Anhöhe stand ein einzelner Baum, mal war es ein Ölbaum, mal eine riesige Buche. Plötzlich erhob sich eine Krähe von dem Baum und flog krächzend auf ihn zu. Die einzelne Krähe kam näher. Sie machte keine Anstalten, ihm auszuweichen. Als sie fast bei ihm war, schlug er nach ihr, und sie fiel zu Boden. Vom Baum her drang Geschrei zu ihm, das nicht nur von den Krähen zu kommen schien, sondern wie ein Heulen war. Zwei weitere Krähen stiegen auf. Er lief fort. Doch so schnell er auch lief, so viele Haken er auch schlug, so verzweifelt er in alle Richtungen blickte, er fand keinen Weg. Da war nur Korn, nichts als Korn, und ein Himmel so blass, als wolle er für immer verschwinden.

Als er sich umwandte, war der Baum noch immer genauso nah wie zuvor – und die Krähen stürzten auf ihn zu.

Er wehrte sich, duckte sich, schloss die Augen, schlug zu. Er traf fast bei jedem Schlag, spürte den Schmerz in der Hand, hörte den Schrei des verletzten Tiers. Wieder. Und wieder. Doch mit jeder Krähe, die zu Boden fiel, kamen zwei neue nach, und bald war er umgeben von Schwärze und Geschrei.

Seine Hand blutete.

Er war allein, einsam, angsterfüllt, niemand half ihm.

Da erkannte er eine Gestalt direkt neben sich. Er sah auf und erblickte – Sandro, Sandro Carissimi, den Mann, der seinem Sohn ein Freund gewesen war, der den Tod seiner Geliebten gerächt hatte, dem er in der Beichte ein kleines Stück seines dunklen Herzens geöffnet hatte.

Sandro, hilf mir!

Was sind das für Krähen, Heiligkeit? Wieso greifen sie an?

Julius schlug einen der Vögel zu Boden und trat auf ihn, bis sein Genick brach.

Sandro, hilf mir.

Hilf mir …

Hier teilte sich der Traum, so wie sich Wege teilen, die an völlig verschiedene Orte führen, zwei Schicksalen entgegen.

In dem einen Traum half ihm Sandro und stürzte sich in die Schlacht. Doch nun griffen die Krähen auch ihn an. Es gelang Sandro, sie in die Flucht zu schlagen, woraufhin sie sich auf den Baum zurückzogen und dort ausharrten, bereit, sich jederzeit wieder zu erheben.

In dem anderen Traum wandte Sandro sich ab, und Julius stieß einen entsetzlichen Schrei aus, der nicht endete, so als stürze er in einen unendlichen und leeren Abgrund.

»Heiligkeit.«

Julius spürte eine Hand nach ihm greifen.

»Heiligkeit.«

Er sah eine Kerze und ein Gesicht inmitten von Finsternis.

Wo befand er sich? In einer Nacht! Aber in welcher, in der Nacht seiner Seele oder der Nacht der Erde?

Er spürte das Daunenkissen.

»Mein Gott, ich bin wach.«

»Eure Heiligkeit haben schlecht geträumt.«

»Sandro, bist du das?«

»Ja, ich bin es.«

Eine kindische Freude erfasste Julius. Er legte sich zurück und genoss den Atem, der langsam in ihn hinein- und hinausströmte, genoss den Anblick der kleinen Flamme und des Gesichts daneben. Er griff nach Sandros Hand.

»Setz dich zu mir, Sandro.«

»Ich weiß nicht, ob ...«

»Ich sage dir: Setz dich.« Er wartete ab, bis Sandro seinem Befehl gefolgt war und sich auf die Bettkante gesetzt hatte, erst dann ließ er seine Hand wieder los.

»Habe ich im Schlaf gesprochen?«

»Nein, nicht dass ich wüsste. Ihr habt geschrien, sehr laut und ohne Pause, gerade so als ...«

»Lass uns nicht mehr davon reden, hörst du?« Und er fügte dem strengen Satz sanft hinzu: »Bitte.«

Sandro sah ihn verdutzt an. »Wie Ihr wünscht, Eure Heiligkeit.«

Sie schwiegen. Er, der Papst, war dankbar für die Anwesenheit des Mönchs, für das Vertrauen und die Zuneigung. Seit dem Tod seiner geliebten Maddalena vor zwei Monaten hatte Julius keinen anderen Menschen mehr, dem er gute Gefühle entgegenbrachte, und er merkte, dass er daran litt und innerlich verdorrte wie eine Frucht an einem abgestorbenen Ast. Nur Sandro bereitete er gerne eine Freude, vielleicht, weil er in ihm jene Rechtschaffenheit sah, die ihm selbst abhandengekommen war. Er würde sich darum kümmern, dass ihm eine große Kirchenlaufbahn zuteil würde.

»Kommst du vom Collegium Germanicum?«

»Ja.«

»Ziemlich spät, muss ich sagen. Es sieht dem ach so weisen Ignatius von Loyola nicht ähnlich, seine Jesuiten erst zu nachtschlafender Zeit gehen zu lassen. Du bist mein Privatsekretär, nicht der seine.«

Julius hatte sich schärfer ausgedrückt, als er vorgehabt hatte, aber nun, da der Name des schwarzen Papstes – dieser Spitzname war eine Anmaßung, von der Julius glaubte, dass Ignatius von Loyola sie gerne hörte – wo also der Name des obersten Jesuiten schon mal im Raum stand, fand er Gefallen daran, noch ein wenig weiterzubohren.

»Warum wollte er dich unbedingt bei der Eröffnung dabeihaben?«

»Er hat mit mir sprechen wollen.«

»Eine Predigt, wie? Ich kann ihn hören, ohne dabei gewesen zu sein.« Julius zog eine Grimasse und sagte mit verstellter Stimme: »Der Vatikan ist nicht gut für dich, mein lieber Bruder Carissimi, du ziehst dich zu sehr aus unserer Gemeinschaft zurück, du wandelst auf gefährlichen Pfaden. Liege ich richtig?«

»Ihr seid nahe dran.«

»Ich kenne ihn. Einerseits schwört er dem Papsttum ewige Treue und Gehorsam, und andererseits möchte er sich am liebsten einen eigenen Papst backen. Hat er dir damit gedroht, dich aus dem Orden zu werfen?«

»Nein.«

»Soll er doch. Ich mache dich noch am selben Tag zum Dominikaner oder Franziskaner oder was immer du willst.«

»Ich kann nur Jesuit sein und sonst gar nichts, Eure Heiligkeit. Die Philosophie von Barmherzigkeit und Bildung ist für mich …«

»Ja, ich weiß, ich weiß«, unterbrach Julius ihn ungeduldig. Er musterte seinen Schützling über die brennende Kerze hinweg.

Manchmal fragte er sich, ob Sandro nicht insgeheim hoffte, sein General entließe ihn aus dem Orden. Als Julius Sandro vor neun Monaten in Trient kennengelernt hatte, hatte dieser den Wunsch geäußert, den Orden und sein geistliches Dasein zu verlassen. Julius hatte das abgelehnt, weil das Geheimnis von Trient, das Sandro enthüllt hatte, zu groß und gefährlich war, als dass man jemanden damit in die Freiheit entlassen durfte, und weil Julius geahnt hatte, dass er die Fähigkeiten des jungen Mannes noch einmal würde brauchen können. Aber hatte Sandro sich damit arrangiert, weiterhin Geistlicher bleiben zu müssen, noch dazu im Intrigenpfuhl des Vatikans? Sandro hüllte sich gerne in Schweigen, vor allem, wenn es um ihn selbst ging.

War es denkbar, dass er Julius' Tod erwartete, damit der Nachfolger im Pontifikat ihn freiließe?

Dieser Gedanke schreckte ihn auf. »Oh«, stöhnte er.

»Fehlt Euch etwas, Eure Heiligkeit?«

»Nein, schon gut, nur ein Zwicken.«

Julius dachte an Sandros unglückliche Liebe zu einer Glasmalerin. Sandro sprach nie darüber, aber Julius hatte auch so genug mitbekommen, um zu wissen, dass dort etwas im Argen lag. Natürlich sehnte Sandro sich nach einem weltlichen Leben, wenn er darin die Chance sah, diese Frau für sich zu gewinnen. Doch was wäre, wenn Julius' unsichtbare Zauberhand die beiden zusammenbrächte? Dann würden Liebe und Kirchenkarriere sich für Sandro nicht ausschließen.

Abgemacht, sagte Julius im Stillen zu sich selbst.

Sandro räusperte sich. »Ich bin zu so später Stunde gekommen, Eure Heiligkeit, weil im Collegium Germanicum ein Verbrechen begangen wurde.«

»O nein, sag nicht ...«

»Doch, Mord.«

Julius schloss die Augen. Das hatte ihm gerade noch gefehlt. Ausgerechnet jetzt!

»Wer?«

»Ein Schüler, Eure Heiligkeit.«

»Wie ist sein Name?«

Sandro schien sich kurz zu wundern, weshalb der Papst sich nach dem Namen irgendeines Schulbuben erkundigte.

»Johannes von Donaustauf. Ihr kanntet ihn?«

»Mach dich nicht lächerlich. Woher sollte ich ihn kennen? Wie ist das geschehen?«

»Gift. Euer Leibarzt hat es bestätigt. Der junge Mann starb vor meinen Augen.«

»Eine schlimme Sache. Wird Loyola nicht gefallen.«

»Wem könnte so etwas gefallen – außer dem Mörder?«

»Leg nicht jedes meiner Worte auf die Goldwaage, Sandro. Nicht, wenn ich ein Nachthemd trage. Und was nun? Du willst natürlich den Mord aufklären. Hat Loyola zugestimmt?«

»Ohne Begeisterung. Er hat mir zahlreiche Auflagen gemacht. Forli, den ich zur Hilfe gerufen hatte, musste ich wieder wegschicken.«

»Und nun erwartest du, dass ich dir den Rücken stärke.«

»Ich bin Visitator, Eure Heiligkeit. Das ist meine Arbeit. Und sie macht nur Sinn, wenn ich nach eigenem Ermessen vorgehen darf.«

Julius dachte nach. Er hatte Sandro in den letzten Wochen so sehr mit Arbeit eingedeckt, dass er fast darin erstickte. So viele private Briefe hatte Julius schon lange nicht mehr diktiert, er hatte sogar Leuten geschrieben, die er nicht ausstehen konnte, und das alles nur, damit Sandro keine Zeit für etwas anderes – besonders für die Aufklärung des Todes von Carlotta da Rimini – blieb. Julius hatte von Massa und Massa hatte vom »Todesengel« erfahren, dass Sandro Ungereimtheiten beim vermeintlichen Selbstmord der Hure aufgefallen waren und dass er sich seither mehr für den Todesfall interessierte, als Julius recht sein konnte. Wie viel wusste er bereits? Hatte die Hure Carlotta da Rimini ihm je von ihrer Vergangenheit erzählt, davon, dass Julius in seiner Zeit als Erzbischof den Tod ihrer Familie verschuldet hatte? Wieso hätte sie das tun sollen, da es ihr doch darum gegangen war, sich an Julius zu rächen, indem sie seinen Sohn tötete? Nein, Sandro war ahnungslos, und doch – er war gut, zu gut in dem, was er tat, als dass man ihn nach Herzenslust hätte ermitteln lassen dürfen. Julius setzte auf Zeit. Noch ein paar Wochen harter Arbeit für Sandro, und die Sache wäre ausgestanden.

So gesehen war der Mord im Collegium Germanicum für ihn nützlich.

»Gib mir Wein«, bat er.

»Wie bitte?«

»Wein. Dort drüben steht welcher. Nimm dir auch welchen.« Er musste nachdenken, und das ging besser mit Wein. Und tatsächlich: Er roch ihn, und sofort fiel ihm ein weiterer Nutzen ein, wenn Sandro im Fall des toten Schülers ermitteln würde.

»Wenn einer diesen Mord aufklären wird, dann du«, lobte er ehrlich, aber auch mit Kalkül. Man nahm Menschen für sich ein, wenn man sie lobte. »Schön, ich stelle dich frei. Und ich gebe dir volle Handlungsfreiheit. Aber bevor du dich freust, Sandro, will ich dir noch einmal in Erinnerung rufen, was ich dir schon mehrfach geraten habe: Du darfst dir nicht immer nur Feinde machen, du musst dir auch ein paar Freunde und Unterstützer suchen. Deine Leidenschaft für Kriminalistik und deine Kompromisslosigkeit haben dir Sympathien bei der Bevölkerung eingebracht, aber die Bevölkerung zählt nicht. Du wirst künftig darauf angewiesen sein, Kardinäle, Kämmerer und hohe Ordensleute auf deiner Seite zu haben, Menschen, die dich gegen Anfeindungen verteidigen. Und Anfeindungen wird es geben, und die können dir höchst gefährlich werden. Das kann ich nicht oft genug betonen.«

»Redet Ihr von jemand Bestimmtem? Von Massa?«

»Massa ist ein Problem, aber ein kleines. Ich spreche von Luis de Soto. Seine Verbindungen in die Bistümer und den Vatikan sind exzellent. Er hat schon mehr Leuten Gefälligkeiten erwiesen, als du Haare auf dem Kopf hast. Dreiviertel der Kurie steht in seiner Schuld. Wenn du ihm auf die Füße trittst, Sandro, und er schreit, dann springen hundert Wölfe aus den Büschen und zerfleischen dich.«

»Eure animalische Wortwahl verursacht mir Gänsehaut«, scherzte Sandro.

»Das ist nicht witzig«, rief Julius streng. »Meine Möglichkeiten, dich zu schützen, sind begrenzter, als du glaubst, Sandro. Wenn de Soto es heute darauf anlegen würde, Front gegen dich zu machen, dann würde ihm das mühelos gelingen. Niemand ist unangreifbar, und auch ein mühsam erworbener Leumund ist schnell Schall und Rauch. Über Dritte könnte er Ermittlungen gegen dich einleiten lassen, er ist gut bekannt mit mehreren Inquisitoren. Ein Machtwort von mir könnte dich vor dem Schlimmsten bewahren, aber sobald eines Tages die tausend Glocken meinen Tod verkünden ... Wenn schon nicht an dich selbst, musst du wenigstens an diejenigen denken, die dir nahestehen.«

Mit dem letzten Satz hatte er Sandro endlich aufgerüttelt.

»Also überdenke gut und wäge ab, bevor du etwas gegen de Soto unternimmst«, fügte Julius hinzu. »Ich sollte dir diesen Mordfall eigentlich nicht übertragen, aber ich weiß ja, dass du keine Ruhe geben würdest.« Julius hob ein wenig besorgt, aber auch zufrieden den Kelch. »Auf gutes Gelingen.«

Sandro nickte. »Auf die Wahrheit!«

»Du bist mir noch einen Mord schuldig.«

Laurenzio Massa wartete an ihrem üblichen Treffpunkt auf ihn, auf dem Palatinischen Hügel inmitten von Ruinen und Gestrüpp. Weiter vorn standen die Halbwüchsigen und jungen Männer, um sich älteren Männern anzubieten, aber bis hier hinten kamen sie nie, und selbst wenn – Milo und Massa waren ein junger und ein reifer Mann. Niemand würde auf die Idee kommen, dass der Kammerherr des Papstes und ein »Todesengel«, ein Auftragsmörder in vatikanischen Diensten, hier ihre Besprechungen abhielten.

»Ihr wisst sehr gut«, antwortete Milo, »dass ich bisher keine Gelegenheit hatte, Carissimi für Euch umzubringen. Er hat in den letzten Wochen den Vatikan so gut wie nie verlassen.«

»Der Papst hat ihn dummerweise mit Arbeit überhäuft, damit er keine Zeit für andere Dinge hat.«

»Heute hatte er sie. Er befragte eine Greisin, die den Mord an Carlotta von ihrem Fenster aus beobachtet hat. Und das Beste daran ist: Ich war dabei.«

Milo lachte, aber Massa hatte keinen Humor. Er fragte: »Hat sie dich erkannt?«

»Nein. Sie war damals viel zu weit weg. Macht Euch keine Sorgen.«

»Nicht du sagst mir, was ich machen soll, sondern umgekehrt. Du hast einen bezahlten Auftrag von mir bekommen. Erfülle ihn.«

»Ich habe schon eine Idee, wie ich …«

»Kleinigkeiten interessieren mich nicht. Ich will ein Ergebnis, und zwar bald. Morgen.«

Milo ließ sich durch Massas Gereiztheit nicht aus der Ruhe bringen. »Was kann denn schon passieren?«, sagte er. »Angenommen, Carissimi käme in die Nähe der Wahrheit. Glaubt Ihr wirklich, der Papst würde noch länger zu ihm halten? Ich weiß, wie die Edlen und Mächtigen denken, schließlich erlebe ich sie jeden Tag im Hurenhaus meiner Mutter. Jeder Einzelne von ihnen ist sich selbst der Nächste. Sie würden ihre eigenen Söhne einkerkern, wenn die es wagen sollten, gegen sie zu arbeiten. Julius würde Carissimi fallenlassen – und zwar sehr tief. Und damit würde sich Euer Problem, dass Ihr fürchtet, er könnte irgendwann Euren Platz als Kammerherr einnehmen, ganz von selbst lösen.«

Massa machte einen Schritt auf ihn zu. »Nun hör mir mal gut zu. Du magst exzellent darin sein, Leuten die Gurgel durchzuschneiden, und wahrscheinlich bist du auch exzellent darin, Glasmalerinnen zu besteigen. Aber fang gar nicht erst an zu denken, denn das ist nicht dein Metier. Ist auch nicht schlimm. Nirgendwo steht geschrieben, dass Todesengel intelligent sein müssen. Sie sind unbarmherzig und führen Befehle aus, und genau das erwarte ich von dir. Töte Carissimi. Soll ich es noch einmal für dich wiederholen, falls du etwas nicht verstanden hast? Es kann ja vorkommen, dass man sich zwei Worte nicht merken kann. Töte – Carissimi.«

Milo war unempfindlich gegen Beleidigungen, eine Folge seiner Kindheit. Als Hurensohn wurde er täglich gekränkt, meist von Gleichaltrigen, aber auch von deren Eltern und Großeltern, die ihren Sprösslingen den Umgang mit »so einem« verboten, ihn wegstießen, wenn er ihnen im Weg stand, und Worte für ihn fanden, die er zwar nicht kannte, deren innewohnende Abscheu er jedoch spürte. Im besten Fall wurde ihm Mitleid entgegengebracht: »Lass ihn, der Junge kann doch nichts dafür.« So oder so, er war ein Paria, ein Gemiedener. Lange Zeit hatte er sich vor der nächsten Beleidigung, dem nächsten Mitleid gefürchtet wie vor einem Schlag, von dem man weiß, dass er wehtun wird. Und er tat weh, jedes Mal, jeden Tag. Der Schmerz und die Angst davor wurden zu vertrauten Begleitern, und je mehr Zeit verging, umso schwerer waren diese beiden Begleiter auseinanderzuhalten, ja, sie wuchsen zusammen und wurden eins. Es bedurfte keiner konkreten Kränkung mehr, um den Schmerz auszulösen, er war immer da, so als atmete er ihn durch die Luft ein. Den wenigen Freunden, die er hatte – allesamt Söhne anderer Huren –, erging es nicht anders.

Und er sah sie sterben, einen nach dem anderen. Man sagte, sie starben an Krankheiten: Sie bekamen Pocken, Sumpffieber, sie schissen sich zu Tode, spuckten Blut… Doch er glaubte nicht, dass sie daran starben. Eigentlich, so dachte er, starben sie nicht, sondern sie gingen zugrunde, und das war etwas völlig anderes. Zugrunde gehen, zerfallen, vergehen. Sie vergingen, weil sie erfuhren, dass diese Welt sie nicht wollte und nicht brauchte, dass auch ihre Mütter sie nicht gewollt hatten, dass weder Gott noch die Liebe noch die wahre Leidenschaft ihre segnende Hand über den Akt ihrer Erzeugung gehalten hatten. Als Abfallprodukt einer Dienstleistung war ihr Zerfall vorhersehbar und erwünscht.

Milo hatte Glück gehabt. Hatte er Glück gehabt? Man sagte das so leichthin, aber nicht durch Glück hatte er überlebt, sondern weil er gelernt hatte zu hassen. Die Kränkungen und die Abscheu beantwortete er mit einem Hass, den er tief in seinem Innern hegte und pflegte und den er zu ansehnlicher Größe heranzog. Wie einen Krüppel, den man im Haus versteckt, offenbarte er ihn nicht, sodass die Welt nie von ihm erfuhr, obwohl er äußerst lebendig war und dafür sorgte, dass Milo nicht vereinsamte. Er überstand drei schlimme Fiebererkrankungen mit dreizehn, vierzehn und sechzehn Jahren. Der Hass gab ihm Kraft, Überlebenskraft.

So etwas war kein Glück, es war hart erarbeitet.

Massas Beleidigung führte nicht dazu, dass Milo ihn besonders hasste. Dieser ehrgeizige, hinterhältige und feige Geistliche war ihm nahezu gleichgültig. Er würde seinen Auftrag ausführen, das hatte er ohnehin vorgehabt, und er würde Sandros Tod – wie von Massa gewünscht – wie einen Unfall aussehen lassen, damit der Papst nicht seinen Kammerherrn der Tat verdächtigen konnte. Nein, der Hass bezog sich niemals auf eine einzige Person, er war allgemeiner Natur und verteilte sich wie Gestank auf alles und jeden in seiner Nähe.

Ein einziger Mensch war davon ausgenommen.

Als er tief in der Nacht in sein Zimmer im *Teatro* zurückkehrte, fand er dort Antonia vor. Sie schlief reglos in seinem Bett. Vom Mondlicht angestrahlt, leuchtete ihr Gesicht in der Finsternis. Er ging langsam durch das Zimmer, so leise, als würde er schweben, und betrachtete sie von allen Seiten. Sie gab ihm Frieden. Sie zu hassen war unvorstellbar. Die Liebe zu ihr hatte ihn damals wirklich überrascht, denn er hatte nicht geglaubt, dass er je Liebe empfinden würde. Seither entdeckte er Seiten an sich, die er nicht kannte, gleichsam blühende Inseln in einem eisengrauen Meer. Die Zärtlichkeit trat in sein Leben, der Wunsch, glücklich zu machen, das Verlangen nach Zukunft. Das war Antonias Werk, das Werk der wachen, klugen, lachenden und sanft schlafenden Frau, der Künstlerin, die aus einer anderen Zeit zu stammen schien, so anders war sie, so erfrischend. Ihre Frivolität hatte nichts Obszönes, ihre Schönheit war unaufdringlich heiter. Was sie sagte und tat, schien aus ihrem tiefsten Innern zu kommen, jede Oberflächlichkeit war ihr fremd. Er hatte es ihr noch nicht gesagt, aber ihre Glasfenster versetzten ihn in eine ungewohnte Stimmung: Ergriffenheit – auch eine blühende Insel, die er neu an sich entdeckte.

Nun saß er dicht bei ihr. Antonias Kopf berührte fast seinen Schoß. Er sah sie lange an, und er wünschte sich, dieser Augenblick möge nie enden, wünschte sich, er und sie wären Figuren eines Gemäldes, denn dann dürfte er sie für immer anschauen. Er bräuchte nicht die Welt zu sehen. Es gäbe nur sie und ihn und dieses Zimmer, das in das Licht der blauen Nacht getaucht war.

Giovanna wäre beinahe an dem Haus, in dem sie wohnte, vorbeigegangen. Es sah aus wie jedes andere, ohne Gesicht und Charakter und in der Nacht nichts weiter als eine Felswand zwischen anderen. Als sie nun davorstand, war sie fast zu müde, um den Hof zu betreten. Sie lief seit Stunden durch die

Stadt, hatte Tausende von Schritten getan. Jetzt sehnte sie sich nach ihrem Bett, nach Schlaf, nach Vergessen, doch gleichzeitig wehrte sich etwas in ihr dagegen, diesen Tag abzuschließen.

Deswegen war sie vorhin, nachdem sie das Collegium verlassen hatte, nicht sofort hierhergegangen, sondern war dem Impuls gefolgt, ihre beiden seit langem toten Kinder zu besuchen. Sie lagen allerdings außerhalb der Stadtmauer, weit hinter dem Esquilinischen Hügel, was einen beschwerlichen Weg bedeutete. Giovanna hatte ihn auf sich genommen. Normalerweise gönnte sie sich keine Sentimentalitäten, denn die Arbeit, die täglich getan werden musste, hielt sie davon ab. Doch durch den Tod und die Tränen des Abends hatte sie sich nach den verstorbenen Liebsten gesehnt.

Mit der Stadtwache an der Porta San Lorenzo hatte es Ärger gegeben, weil es schon Nacht war, aber da in Rom nichts so genau genommen wird, durfte Giovanna passieren. Nach einem weiten Weg war sie bei Dunkelheit über den Friedhof gegangen und hatte sich zweimal auf die warme Erde gesetzt, zu jedem der beiden Kinder. Die Söhne lagen in Armengräbern, Massengräbern, und es tat Giovanna noch heute weh, wenn sie daran dachte, dass sie ihnen keine würdigere Bestattung hatte ermöglichen können, als letztes Geschenk einer Mutter.

Sie hatte nicht viel getan auf dem Friedhof, nur dagesessen, ohne Angst vor der Nacht und ihren Geräuschen. Und dann war sie denselben Weg wieder zurückgegangen.

Jetzt war sie erschöpft und zugleich immer noch unwillig, den vergangenen Tag loszulassen. Etwas ging ihr im Kopf herum, etwas, das mit Johannes zu tun hatte, dem jungen, toten Schüler. Doch sie wusste nicht, was es zu bedeuten hatte.

Sie schlurfte durch den Hof auf ihren Eingang zu, wobei sie mehrmals fast über herumliegende Gegenstände gestolpert wäre. Offenbar hatte es am Abend eine Feier im Hof gegeben. Das Mädchen von gegenüber, Rosina, hatte wohl wieder einmal getanzt. Ein Wildfang, diese Rosina. Giovanna sah ihr gerne vom Balkon aus zu, wenn sie tanzte. Vor dreißig Jahren hatte sie auch getanzt, nicht so gut wie Rosina, aber immerhin. Heute war sie einundfünfzig oder zweiundfünfzig, das hatte sie vergessen. Sie hatte ihr Leben gelebt. Eine Witwe. Von ihren sieben noch lebenden Kindern waren sechs aus dem Haus, die Töchter waren verheiratet, die Söhne zur See gefahren oder mit Söldnerheeren unterwegs. Nur ein Kind war noch da.

Sie öffnete die Tür zu jenem Zimmer, in dem das Mädchen schlief. Elf Jahre war es alt. Giovanna wäre fast bei der Geburt gestorben.

Clelia. Kleine Clelia. Hoffentlich ist es mir vergönnt, dich großzukriegen, gut zu verheiraten …

Giovanna schloss die Tür wieder, sehr sacht, damit Clelia nicht aufwachte. Dann wischte sie die Tränen ab. Genug der Tränen. Genug. Morgen würde Giovanna wieder die Gestrenge sein, die Vernünftige, die Antreiberin, die Lustige, die Direkte, die kein Blatt vor den Mund nahm. Mama Giovanna.

Sie zog sich aus, löste den Haarknoten und legte sich nieder. Kurz bevor sie einschlief, fiel ihr plötzlich etwas ein. Sie richtete sich im Bett auf.

»O Gott«, flüsterte sie. »Dio mio.«

Zweiter Tag

6

Die Kirche *San Spirito in Sassia* lag nur einen Steinwurf vom Vatikan entfernt. Auf alten Fundamenten aus dem achten Jahrhundert ruhend, war sie vor wenigen Jahren erneuert worden, und nun wurde ihr Innenraum neu gestaltet. Antonia stand auf einem verschachtelten Gerüst und überwachte das Einsetzen eines neuen Fensterteils, als Sandro die Kirche betrat. Nervös dirigierte sie die Männer nach links und rechts und oben und unten, und nie konnte es ihr langsam oder schnell genug gehen, egal, was die Männer taten. Die Arbeit eines Monats stand auf dem Spiel, denn das frisch fertiggestellte Fensterstück war während des Prozederes des Einsetzens in das Mauerwerk so anfällig wie nie davor und nie mehr danach.

Sandro verhielt sich still. Er wollte nicht, dass seine Anwesenheit Antonia ablenkte, und betrachtete aus einer Nische heraus die Arbeit der Frau, die er liebte. Wie erfrischend ihre Fenster waren! Sie stellte den Namenspatron der Kirche, den Heiligen Geist, als einen Jüngling dar, ein wenig launisch zwischen Heiterkeit und Nachdenklichkeit schwankend, voller Ideen, deren Umsetzung nicht gelang, voller Elan auch, der immer wieder durch menschliche Zuwiderhandlung gebremst wurde. Das war Antonias Stärke: den Figuren der Heiligen Schrift ein um einen Aspekt erweitertes Antlitz zu geben, ihnen gleichsam die Bärte abzuschneiden, ohne die Figur als solche anzutasten. Aus Sündern wurden keine Heiligen, aus Ungerechten keine Gerechten. Aber sie zeichnete sie von einer anderen Perspektive, und sie ging dabei mit einem Maß an Mut vor, das niemals in Infamie umschlug. Die Gestalten ihrer Fenster, auch die göttlichen, waren ohne Pathos, so als wohnten sie um die Ecke, aber sie waren nie gewöhnlich.

Als das Fenster endlich an seinem Bestimmungsort angekommen war und die Helfer das Gerüst verlassen hatten, trat Sandro aus seinem Versteck und blickte nach oben. Antonia kniete auf den Brettern und befreite das Glas von Staub. Die Morgensonne fiel herein und tauchte sie in das Licht ihrer eigenen Schöpfung: Blau-, Rot- und Violetttöne überzogen ihren Körper, teilten ihr Gesicht in bunte Parzellen.

Als sie Sandro sah, winkte sie, und er winkte diskret zurück. Diskret deshalb, weil Maler, Bildhauer und deren Gehilfen in der Kirche waren, denen eine euphorische Begrüßung aufgefallen wäre. Mit Handzeichen gab er Antonia zu verstehen, dass sie herunterkommen sollte, und mit Handzeichen antwortete sie, er solle heraufkommen. Sie setzten sich schließlich beide in Bewegung.

Wer in einem Jesuitengewand steckte, für den war jede Leiter eine Herkulesaufgabe und jede Plattform ein Seil, auf dem es zu balancieren galt. Man sah nicht, wohin man trat, und ständig blieb man irgendwo hängen. Sandro hatte erst ein Stockwerk des Gerüsts erklommen, als sie sich trafen.

»Du siehst aus, als hättest du stundenlang ein Kalb tragen müssen«, scherzte sie.

»Genauso fühle ich mich auch. Was beweist, dass Mönchen entgegen landläufiger Meinung der Aufstieg gen Himmel schwerer fällt als anderen Menschen.«

Sie klopfte ihm Staub von den Schultern, den er sich beim Hochklettern eingefangen hatte. Früher wäre sein erster Reflex gewesen, sich verstohlen umzublicken, ob niemand sie dabei beobachtete, doch heute blieb dieser Reflex aus. Er wusste, dass Antonia sich nichts dabei dachte, ihn zu berühren, überhaupt Männer zu berühren. Der Streit, der sie und ihn vor zwei Monaten »entzweit« hatte – das Wort traf es nicht ganz, denn sie waren ja nie »zusammen« gewesen –, hatte sich daran entzündet, dass er sich jeder Annäherung entzogen hatte. Damals hatte er noch nicht gewusst, was er wollte. Auch wenn die Lage heute eine andere war und er sich nichts mehr wünschte, als Antonia ganz nahe zu wissen, wäre es ihm lieber gewesen, liebkost zu werden, wenn er dabei keine Kutte trug. Zärtlichkeit und Jesuitenrobe – das passte für ihn noch immer nicht zusammen.

Doch Antonia zuliebe – und seinem Ziel zuliebe, sie für sich zu gewinnen – ließ er sich nichts anmerken und brachte sogar ein Lächeln zustande, das sie offenbar für aufrichtig hielt.

»Du bist guter Laune«, sagte sie. »Dein hübsches Lächeln sieht man selten.«

»Ach, weißt du …« Das Lob machte ihn verlegen. »Es hat einen Mord gegeben, mit dessen Aufklärung ich beauftragt wurde.«

Sie sah ihn verwundert an, und da begriff er, was er gesagt hatte.

»Ich habe mich ungeschickt ausgedrückt. Natürlich bin ich nicht guter Laune, weil jemand ermordet wurde. Ich genieße es nur, endlich mal wieder aus dem Vatikan herauszukommen.«

»Schaffst du das denn – zwei Morde?«

»Ich bin ja nicht allein. Da gibt es eine gewisse Glasmalerin …« Er zwinkerte ihr zu. Das letzte Mal, als sie ihm bei der Aufklärung eines Mordes helfen wollte, hatte er anfangs abweisend reagiert, was die Gräben zwischen ihnen noch vertieft hatte. »Hast du eine Zeichnung des Mannes anfertigen können?«

Sie nickte. »Ich habe sie zweimal kopiert. Heute werden drei Huren durch das Trastevere gehen und jedem, den sie sehen, die Zeichnung zeigen. Und morgen nehmen andere Huren ihren Platz ein und übermorgen weitere. Wir werden ihn finden.«

Sie schwiegen eine Weile. Ging ihnen womöglich dasselbe durch den Kopf? Ihr heutiges Beisammensein ähnelte ihrer ersten Begegnung vor acht Monaten. Damals hatten sie auch in einem Kirchenschiff gestanden, eingetaucht in das durch Antonias Fenster gefilterte Morgenlicht, und hatten einander betrachtet. Vom ersten Moment an hatten sie sich zueinander hingezogen gefühlt und sich seither auf verschiedenste Weise beeinflusst. Zuneigung, Trotz und Eifersucht, Sehnsucht und Zerwürfnis, Rückzug und Angriff – wenn das nicht Liebe war.

»Ich muss mich wieder an die Arbeit machen«, sagte sie plötzlich. »Ich liege sowieso schon hinter dem Zeitplan zurück, und für heute Mittag habe ich Signora A versprochen, vorbeizukommen. Ein Schwatz unter Frauen. Deswegen muss ich jetzt leider …«

»Das verstehe ich.« Er wandte sich zum Gehen. »Aber versprich mir bitte, dass du, wenn es bei der Suche nach diesem Mann gefährlich werden sollte …« Er ließ die Bitte in der Mitte des Satzes ausklingen, um sich nicht überdeutlich aufzudrängen.

Sie schenkte ihm einen freundlichen Blick. »Keine Sorge. Milo ist ja auch noch da.«

Diesen Namen hatte Sandro heute Morgen erfolgreich verdrängt, und nun zerstörte er umso heftiger seinen Abschied von Antonia. Was auch immer geschähe, einer würde verletzt werden. Entweder er, weil er Antonia verlieren würde, oder Antonia, weil sie Milo verlöre.

Forlis Kommandantur auf dem Aventino lag eingebettet zwischen duftenden Pinien, bot einen herrlichen Blick auf Tiber, Vatikan und Gianicolo und den Genuss einer lauen Westbrise, die die baldige Mittagshitze erträglicher machen würde. Dieser neue Arbeitsplatz war, wie Sandro fand, kein Vergleich zu dem düsteren Gefängnis, das Forli noch bis vor zwei Monaten befehligt und in dem er ein feuchtes Quartier bewohnt hatte, das wenig besser als die Zellen für die Gefangenen gewesen war. Papst Julius hatte dem Hauptmann, auf Sandros Wunsch und in Anerkennung der Verdienste im Fall der ermordeten Geliebten des Papstes, einen der schönsten Bezirke und Kommandanturen von ganz Rom zugewiesen, und Sandro war froh, zu sehen, dass Forli sich offensichtlich wohlfühlte.

Die Beine auf dem Schreibtisch übereinandergeschlagen, sagte Forli: »Mit Eurem protzigen Amtsraum im Vatikan kann es nicht mithalten, aber mal ehrlich, Carissimi, wer mag schon Monumentalgemälde? Außerdem friert in großen Marmorsälen im Winter der Arsch am Stuhl fest, während meiner von einem gemütlichen Ofen gewärmt wird. Übrigens, wollt Ihr kühlen Wein?«

Bevor Sandro ablehnen konnte, brüllte Forli einen Befehl ins Vorzimmer, und kurz darauf brachte ein Wachmann einen Weinschlauch und zwei Becher.

»Die Schläuche liegen in einem Brunnen hinter der Kommandantur. Der Wein ist dünn und sauer, wie richtiger Wein zu sein hat, und nicht wie die göttlichen Rebensäfte in den vatikanischen Kellern. Probiert und weint. Hier.«

Er drückte Sandro einen randvoll gefüllten Becher in die Hand und stieß mit ihm an.

Sandro nahm einen Mundvoll, was er besser nicht getan hätte, denn sofort bekam er Lust auf mehr. Er stellte den Becher so weit wie möglich von sich weg.

»Ich kann nicht lange bleiben, Forli. Ich bin, wie erwartet, vom Papst mit der Lösung des Falls betraut worden.«

»Schön für Euch. Ich wurde ja wieder ausgeladen.«

»Der Ehrwürdige ist leider wenig kooperativ. Aber dadurch, dass Eure Leute das Collegium bewachen, ist mir schon sehr geholfen.« Sandro machte eine Pause. »Ihr habt mir eine Nachricht in den Vatikan geschickt, dass Ihr mich sprechen wolltet. Nun, ich bin hier.«

»Als Ihr mich gestern Abend weggeschickt habt, ging alles so schnell, dass ich ganz vergessen habe, Euch meinen Bericht zu geben.«

»Falls Ihr die Schlägerei zwischen den Schülern meint, davon hat Angelo mir erzählt, bevor ich das Collegium mitten in der Nacht verließ und zum Papst ging. Angelo ist dann übrigens im Collegium geblieben. Er hat in Johannes' Zimmer geschlafen, damit niemand sich darin zu schaffen macht.«

»Die Schlägerei habe ich nicht gemeint«, sagte Forli. »Allerdings hat sie mich dazu ermutigt, ein paar Fragen zu stellen. Der Augenblick war günstig, und Ihr wart noch bei Loyola.«

»Ich bat Euch doch …«

»Manche Fragen dulden es nicht, vertagt zu werden, Carissimi. Zum Beispiel jene, wo sich jeder Einzelne in der Stunde vor der Messe befunden hat.«

Sandro musste zugeben, dass Forli gut mitgedacht hatte. Es gab nur zwei Zeitpunkte, an denen Johannes das Gift zu sich genommen haben konnte. Da die Messe und der Weg in den Speisesaal des Collegiums ausschieden, blieben nur die Stunde vor der Messe und die Mahlzeit übrig. Man musste also den Zeitraum und den Kreis der Verdächtigen so weit wie möglich einengen.

Der Hauptmann kramte ein zerknülltes Papier hervor und faltete es auseinander. Zum Vorschein kam – Käse.

»Müsst Ihr ausgerechnet jetzt frühstücken, Forli?«

»Ich will nicht frühstücken. Ich will Euch meinen Bericht geben.« Forli nahm den Käse in die eine Hand und reichte Sandro das Papier, in das der Käse eingewickelt gewesen war, mit der anderen. »Da steht alles drauf.«

»*Hier* drauf?« Sandro blickte skeptisch und widerstrebend

auf den unförmigen Fetzen. Überall waren Risse, Löcher und Fettflecken, und Forlis Klaue war kaum zu entziffern. »Forli, dieses Papier sieht aus, als hätte es dreitausend Jahre in einem babylonischen Felsengrab gelegen. Ich kann nicht glauben, dass Ihr den Bericht gestern Abend angefertigt habt.«

»Doch, doch«, erwiderte er und schob sich den halben Käse in den Mund.

Sandro reichte ihm die Notiz zurück. »Dann lest mir bitte Euren *Bericht* vor.«

Forli scheute sich nicht, Sandros Bitte mit vollem Mund nachzukommen, und Sandro fragte sich wieder einmal, wieso er für Forli freundschaftliche Gefühle hegte.

Als Forli fertig war, sagte Sandro: »Ich wiederhole, was ich verstanden habe, und Ihr sagt mir dann, ob ich wenigstens annähernd richtig liege: Königsteiner hat in der besagten Stunde gemeinsam mit Miguel Rodrigues die Messe in der Kapelle vorbereitet, der Schüler Tilman Ried war in Rom unterwegs, Luis de Soto hat in seinem Zimmer gelesen, und Birnbaum hat sich mit Gisbert von Donaustauf in der Küche aufgehalten, wo sie zusammen einen Teil des Essens für den Abend kochten.«

»Sehr gut, Carissimi. Nächste Woche bringe ich Euch bei, mich mit Bier im Mund zu verstehen.« Forli lachte, dass der Schreibtisch bebte, und ein Käsekrümel schnellte quer durch den Raum. »Ach ja, eins habe ich noch vergessen zu erwähnen. Keiner von ihnen hat Johannes von Donaustauf in der Stunde vor der Messe gesehen.«

Sandro schnippte einen weiteren Käsekrümel, der auf seiner Soutane gelandet war, mit der Fingerspitze weg und dachte laut nach: »Mal außer Acht gelassen, dass die Poleiminze im Essen oder in den Getränken gewesen sein könnte – sollte Johannes das Gift bereits vor der Messe zu sich genommen haben, würden Königsteiner und Rodrigues sowie Birnbaum und der jüngere Bruder ausscheiden, da sie die ganze Zeit zu zweit waren.«

»Es sei denn, die Tat wurde zu zweit begangen.«

»Einverstanden. Aber das ist doch sehr unwahrscheinlich. Sowohl Königsteiner und Rodrigues wie auch Birnbaum und Gisbert von Donaustauf kennen sich erst kurze Zeit, aber eine Verschwörung zum Mord wird ja nicht über Nacht geboren. Wir dürfen diese Theorie vorerst vernachlässigen.«

Forli hob abwehrend die Hände, um klarzumachen, dass er anderer Meinung war. »Wie Ihr meint.«

»Der Schüler Ried war in der Stadt unterwegs?«

»Er sagt, er habe ein Bier im Trastevere getrunken. Klingt plausibel, bei der Hitze. Da Euer ehrwürdiger Oberjesuit und der Quacksalber Duré angeben, spazieren gewesen zu sein, wäre Luis de Soto der Einzige, der sich im Wohn- und Schlafbereich des Collegiums aufgehalten hat. Nicht unverdächtig. Wenn wir jetzt noch wüssten, ob Johannes auch dort war ...«

»Dann wäre der Fall schnell abgeschlossen, wie?«

»Das habe ich nicht gesagt.«

»Gesagt nicht, Forli. Aber gemeint.« Sie tauschten einen langen Blick.

»Ich würde es ihm gönnen. Er ist ein ...«

»Ein Lehrer des Collegiums, alles andere tut nichts zur Sache.«

»Ihr verteidigt ihn?«

Sandro wich aus. »Noch ist nicht gesagt, dass das Verbrechen vor der Messe begangen wurde. Wir denken nur laut.«

Forli nickte, und bevor er sich das verbliebene Stück Käse in den Mund schob, sagte er: »Dann ist es ja gut.«

Bruder Xaver Birnbaum hatte sichtlich große Mühe, von seiner Bratensoße zu kosten. Da sein Bauch die Form jener Frucht hatte, die er in seinem Namen trug, stieß er jedes Mal, wenn er sich über den Topf auf der Feuerstelle beugte, gegen das heiße Eisen. Blieb er jedoch einen Schritt entfernt stehen, kam er mit seinen kurzen Armen nicht nah genug an den Topf heran. Schließlich behalf er sich mit einer langen Schöpfkelle, die er mit einer gewissen Vorfreude in die blubbernde Flüssigkeit tauchte, nach mehrmaligem Umrühren herauszog und den erbeuteten Inhalt in einem einzigen Schluck trank, als handele es sich um frisches Quellwasser. Dann schleckte er die Kelle langsam ab, wobei seine Zunge sich genussvoll an das Holz schmiegte.

Als er damit fertig war, schloss Birnbaum die Augen und grinste, so als täten sich die Pforten des Paradieses vor ihm auf.

»Köstlich.« Er drückte Sandro die Kelle in die Hand. »Probiert selbst.«

Birnbaum wandte sich einigen Küchenkräutern zu, die er kleinzuhacken beabsichtigte, und Sandro blieb mit der abgeschleckten Kelle in der Hand ratlos neben dem Topf stehen.

»Und, wie ist sie?« Birnbaum wandte sich ihm wieder zu.

Sandro leckte sich die Lippen wie eine Katze nach dem Mahl. »Ausgezeichnet, ganz ausgezeichnet.« Er hatte nicht einen Tropfen probiert.

»Bekannter Geschmack?« Birnbaum zog erwartungsvoll die Augenbrauen nach oben.

»N-nun ja, ein wenig. Und doch auch wieder nicht«, wich Sandro aus.

»Das Geheimnis ist Meerrettich.«

»Meer...«

»...rettich. Spricht sich schwer für Italiener. Kennt ihr hier nicht. Ist von dort, wo ich herkomme. Innsbruck.« Sandro meinte, ein wenig Traurigkeit in seiner Stimme zu hören. »Jeden Sonntag gab es im dortigen Jesuitenhaus kalte Ochsenbrust mit Meerrettichsoße.«

»Heute ist Mittwoch«, gab Sandro zu bedenken. »Ist da nicht Giovanna mit Kochen dran?«

»Ich weiß. Aber ich habe sonst nichts zu tun. Meerrettich

sieht aus wie Kren, ist aber viel schärfer. Aber das wisst Ihr ja.«

»Woher sollte ich?« Sandro biss sich sofort im Geiste auf die Lippen.

»Na, Ihr habt doch eben probiert«, sagte Birnbaum.

»Oh, das – das war …«, stammelte Sandro, »gar nicht so sehr scharf.«

»So? Und ich dachte, ich sei mit der Menge schon an der Grenze des Erträglichen. Dann muss ich nachlegen.« Er putzte eine Knolle. »Seht Ihr, sieht fast so aus wie Kren, nur kleiner und feiner. Kren ist auch so etwas, das Italiener nicht kennen.«

»Ich hatte gestern das Vergnügen.«

Birnbaum hielt mit dem Putzen inne. »Ach ja, gestern … Kren mit Kümmel. Johannes mochte Kren. Alle Bayern mögen Kren. Meine Meerrettichsoße hätte er mit Genuss verschlungen. Nun kann er das nicht mehr. Armer Kerl, der Johannes.«

So wie Birnbaum es ausdrückte, hörte es sich an, als sei die Meerrettichsoße, die ihm entgangen war, das eigentliche Schicksal von Johannes. Aber es mochte auch daran liegen, dass man in einer fremden Sprache, selbst wenn man sie leidlich beherrscht, immer ein wenig umständliche Wege geht, um zum Ziel zu kommen.

»Sprechen wir über ihn«, sagte Sandro, eröffnete damit das Verhör und löste bei Birnbaum fahrige Bewegungen und einen leichten Schweißausbruch aus. Sandro spürte die Beklemmung, die über dem Haus und seinen Bewohnern lag. Das war normal. Der Tod hatte Einzug gehalten. Doch in den Augen der Mitbrüder hatte er, als er vorhin das Collegium betreten hatte, auch tiefe Verunsicherung gesehen. Das war Forlis Werk. Sandro hatte geahnt, dass der Hauptmann wenig zimperlich mit den Jesuiten umspringen und sie verängstigen würde. Dieser Effekt war sogar erwünscht. Er selbst konnte gegenüber seinen Mitbrüdern aus mehreren Gründen nicht so auftreten, wie er es für nötig hielt, um eine Stimmung der Furcht zu erzeugen. Sollte der Täter in diesem Haus zu finden sein – worauf derzeit alles hindeutete –, musste er das Gefühl bekommen, gejagt zu werden, damit er früher oder später einen Fehler beging. Damit, dass der Herzanfall schnell als Giftanschlag enttarnt worden war, war ein Anfang gemacht, und hinzu kam nun die Tatsache, dass ein päpstlicher Gesandter und ein äußerst robuster Hauptmann die Ermittlungen führten. Das hatte der Mörder sicherlich nicht vorausgesehen, denn wäre Sandro nicht von Ignatius von Loyola eingeladen worden, würde Johannes von Donaustauf heute lediglich das betrauerte Opfer seiner vernachlässigten Gesundheit sein.

Forli hatte ganze Arbeit geleistet. Sein Auftritt hatte die Brüder erschüttert.

»Der Pater General sagte, Ihr wärt für die Betreuung der Schüler zuständig. Also habt Ihr ihn von allen Lehrern am besten gekannt.«

Birnbaum begann mit der Zerstörung des Meerrettichs. »So kann man das nicht sagen. Ich koche den Jungens halt ihre Leibspeisen, halte gerne einen Schwatz mit ihnen. Auf Deutsch natürlich. Der Gisbert von Donaustauf und der Tilman Ried sind nette Burschen, die mag ich. Gisbert macht viele Witze, und der Tilman ist ruhig und anhänglich. An den Johannes bin ich von allen am schlechtesten rangekommen.«

»Lag es an ihm?«

»Er war halt arg steif und korrekt – und ein wenig verrückt.«

»Inwiefern?«

»Zu hochtrabend. Hat nicht normal geredet. Nur gestelztes Zeug. Zwischendrin Latein und vor allem Griechisch, damit man schön dumm dastand. Und dann seine fixe Idee.«

»Die da war?«

»Heiden wollte er bekehren. Tausend Heiden, erzählte er

mir ständig. Faselte von China. Da wollte er eines Tages hin, das sei seine Bestimmung. Es wäre ihm so befohlen worden.«

»Und mit befohlen meinte er …?«

Birnbaum blickte kurz nach oben, und Sandro verstand, dass nicht der Raum über ihnen gemeint war, sondern der Himmel.

In dem Dunkel, in das jeder Ermittler eintaucht, wenn er sich mit einem ihm unbekannten Opfer befasst, zeigte sich eine erste vage Kontur: ein junger Mann mit guter Bildung sowie einer Vision ausgestattet, die er beide gerne vor sich hertrug wie Sakralgefäße. Das passte zu dem stolzen Habitus, mit dem er gestern Abend zum Pult geschritten war, und zu der salbungsvollen Stimme, mit der er vorgetragen hatte. Ein Musterschüler mit Allüren.

»Hört sich nach einem Außenseiter an.«

Birnbaum arbeitete an der Knolle weiter, die zusehends schrumpfte und sich in einen Meerrettichhügel verwandelte. »Für die anderen Schüler hatte er nix übrig.«

»Einer davon ist sein Bruder.«

»Brüder sind bessere Feinde, weiß doch jeder.« Birnbaum erschrak über seine eigenen Worte. »Damit meine ich natürlich nicht die Brüder im Geiste, die Mitbrüder, sondern …«

»Ich verstehe schon«, beruhigte Sandro ihn.

Birnbaum griff mit beiden Händen in den Meerrettichhügel und warf die Schnipsel in den Topf. Birnbaums Mund verzog sich ein wenig, als er die Soße umrührte, so als halte er mühsam etwas zurück.

»Wie habt Ihr persönlich auf Johannes von Donaustaufs Vision, chinesische Heiden bekehren zu wollen, reagiert?«

»Ich habe ihm geraten, dies nicht an die große Glocke zu hängen.«

»Hat er den Rat beherzigt?«

»Weiß ich nicht. Mir gegenüber hat er zwei-, dreimal davon gesprochen, und immer so, als habe er ein religiöses Erlebnis gehabt und ich eben nicht. Ich kann so was nicht leiden.«

Sandro hatte das Gefühl, dass Birnbaum noch nicht alles gesagt hatte, denn sein Mund war noch immer verkniffen, ja, noch verkniffener als zuvor.

Noch während Sandro sich eine provozierende Frage überlegte, mit der er Birnbaum aus der Reserve locken konnte, platzte der von ganz alleine heraus.

»Aber wenigstens«, sagte Birnbaum und rührte heftig im Topf, »habe ich nicht mit ihm gestritten, ihn nicht heruntergeputzt wie einen ... Ach, ich weiß auch nicht.«

»Wer hat ihn denn heruntergeputzt?«

Birnbaum tauchte die Kelle erneut in den Topf, kostete und schmeckte, wobei er sich Zeit ließ.

»Königsteiner«, sagte er und korrigierte sich sofort. »Bruder Königsteiner. Ich habe zufällig mit angehört, wie er den Johannes arg in die Mangel genommen hat.«

»Weswegen?«

»Weiß ich nicht. Sie haben auf Lateinisch gestritten, stellt Euch vor. Latein war nie meine Stärke. Fest steht: Bruder Königsteiner war stark erregt. Er hat getobt. Sein Kopf war danach von roten Flecken übersät.«

»Und Johannes? Wie reagierte er?«

»Er war ebenfalls erregt und ließ Königsteiner einfach stehen.«

»Ein ziemlich ungebührliches Verhalten für einen jungen Schüler.«

»Schon. Aber Königsteiner – Bruder Königsteiner – hatte kein Recht, diesen Ton anzuschlagen. Wir sind Jesuiten. Wir erziehen niemanden mit Geschrei. Wenn Johannes sich schlecht betragen haben sollte, muss er darauf hingewiesen werden, aber nicht, indem man brüllt wie ein Bär. Das ist unter unserer Würde.«

Birnbaum tauchte den Zeigefinger in die Soße und leckte ihn ab. Dann tauchte er ihn erneut ein. »Probiert noch mal«, sagte Birnbaum. »Ihr hattet recht, jetzt ist die Soße genau richtig.«

Sandro fürchtete, dass Birnbaum ihm womöglich seinen Soßenfinger zum Kosten anbieten würde. »Gleich. Sagt mir noch: Wann war dieser Streit?«

»Gestern Morgen, irgendwann zwischen der Frühmesse und dem Mittagsmahl.«

»Wie kam Johannes mit den anderen Lehrern zurecht?«

»Der Bruder Rodrigues hat sich ein wenig um ihn gekümmert. Aber am besten ging's mit dem Bruder de Soto. Mit dem hat er sich prächtig verstanden.«

Das wunderte Sandro. Überhebliche Menschen können einander normalerweise nicht ausstehen, sie sind sich einfach zu ähnlich und scharen Leute um sich, denen sie sich überlegen zeigen können und dafür auch noch bewundert werden.

»Woher wisst Ihr, dass sie sich gut verstanden?«

»Vor ein paar Tagen hatte Johannes das Vorgespräch mit Bruder de Soto. Man redet da über Vorkenntnisse, über die Herkunft und die Erwartungen aneinander. Das dient dem besseren Verständnis zwischen Schüler und Lehrer. Und bei den beiden hat's anscheinend geklappt. Der Johannes geriet danach regelrecht ins Schwärmen über Bruder de Soto. Er ist ja auch ein feiner Mensch, so höflich ...«

Sandro hörte ein paar Sätze lang nicht zu. Er spürte schon wieder diese Wut auf Luis, eine Wut, die sich daraus speiste, dass er offensichtlich der Einzige war, der Luis' wahres Wesen erkannt hatte. Miguel Rodrigues, Johannes, Birnbaum, Ignatius – jeder hielt große Stücke auf diesen selbstverliebten Blender.

»... und dann hatten die beiden ja auch die religiösen Erlebnisse gemeinsam«, schloss Birnbaum.

»Wie bitte?«

Birnbaum holte die Ochsenbrust, die in der Soße schmorte, mit zwei langstieligen Löffeln aus dem Topf. »Johannes erzählte mir, dass Bruder de Soto ihm sein eigenes religiöses Erlebnis anvertraut hat. Es soll auf dem Konzil von Trient gewesen sein, als die Kirchenväter sich versammelten.«

Das schlug dem Fass den Boden aus. Luis hatte bestimmt kein religiöses Erlebnis gehabt, und schon gar nicht auf dem Konzil von Trient. Da war er mit kirchlichen Intrigen beschäftigt gewesen und damit, Unschuldige eines Verbrechens zu bezichtigen. Er hatte gefoltert… Religiöses Erlebnis beim Anblick der Kirchenväter, von wegen! Doch Luis log niemals nur, um sich wichtig zu machen. Wenn er Johannes von Donaustauf Lügen erzählte, dann deshalb, weil er ihn aus irgendeinem Grund für sich einzunehmen gehofft hatte. Offenbar war ihm dies gelungen.

Birnbaum hatte zwischenzeitlich die Ochsenbrust von einigen Fettwülsten befreit, die er nun eine nach der anderen eilig in den Mund schob, während er Sandro ein Handzeichen gab, ihm zu folgen.

Die Küche war groß und auf eine Zukunft angelegt, in der deutlich mehr Schüler und Lehrer versorgt werden mussten. Es gab unzählige Truhen, Schränke und Regale, die derzeit nicht genutzt wurden, und in einem schwer einsehbaren Winkel zwischen all diesen Möbeln führte ein kurzer Gang zu einer morschen Tür. Durch diese hatte Giovanna gestern Nacht das Collegium verlassen.

»Das wollte ich Euch unbedingt zeigen«, sagte Birnbaum, ging vor und öffnete sie. Sandro betrat einen engen Hinterhof, der fast vollständig von der hohen, fensterlosen Fassade umschlossen wurde, die zum Nachbarhaus gehörte. Nur die Stirnseite des Hofes grenzte offensichtlich an eine Gasse, wie man dem Geklapper von Karrenrädern entnehmen konnte, aber eine doppelt mannshohe Mauer bildete ein fast unüberwindliches Hindernis. Eine stabile Pforte war fest verriegelt.

»Wieso zeigt Ihr mir das?«, fragte Sandro. Außer etwas Gerümpel und einem stinkenden Latrinenhäuschen gab es hier nichts zu sehen.

»Johannes starb an Gift.«

»Das stimmt.«

Birnbaums Lippen glänzten vor Fett, und ein winziger Tropfen davon rann langsam wie Honig über sein Kinn. »Die meisten Vergiftungen treten beim Essen und Trinken auf. Und ich habe gekocht. Denkt Ihr, ich weiß nicht, dass ich ganz oben auf Eurer Liste stehe? Königsteiner hat's gesagt. Er hat Euch bestimmt gesagt, dass Ihr mich als Ersten befragen sollt.«

»Hat er nicht. Außerdem habe ich keine Liste.«

»Und wieso werde ich von Euch als Erster befragt? Ich kann eins und eins zusammenzählen. Aber bitte, seht Euch das an.« Er zeigte auf das marode Schloss der Küchentür. »Es funktioniert nicht, man kann die Tür weder abschließen noch verriegeln. Ich habe Bruder de Soto vor einer Woche darauf hingewiesen.«

»Wieso ihn?«

»Den Ehrwürdigen kann ich mit so etwas doch nicht belästigen, und bevor ich zu Königsteiner gehe ...«

»Bruder de Soto ist also in dieser Sache untätig geblieben?«

»Nein, so ist das nicht. Königsteiner hat sich eingemischt. Er hat darauf bestanden, sich darum zu kümmern, und Bruder de Soto hat um des Friedens willen nachgegeben. Das haben wir jetzt davon.«

Sandro war ein bisschen enttäuscht, dass Luis in dieser Sache nichts vorzuwerfen war.

»Ich verstehe, worauf Ihr hinauswollt, Bruder Birnbaum. Jemand mit einem Schlüssel hätte die Pforte entriegeln und durch die marode Küchentür in die Küche gelangen können. Wer hat einen Schlüssel zu der Pforte?«

»Ich habe einen, und Giovanna hat einen zweiten. Meinen trage ich immer um den Hals.«

»Damit behauptet Ihr, Giovanna hätte auf ihren Schlüssel nicht aufgepasst?«

»Nein, nein, um Gottes willen, ich will der Giovanna nicht zu nahe treten. Sie kocht seltsames Zeug, aber ansonsten ist sie sehr zuverlässig. Seht, ein gelenkiger Kletterer steigt im Nu über diese Mauer«, meinte Birnbaum, der gewiss schon lange keine Mauer mehr überwunden hatte. Aber seine These war es wert, überprüft zu werden. Mit Übung und Geschick war die Mauer nicht unüberwindbar. Ein Dieb beispielsweise hätte wenig Mühe damit.

»Nehmen wir kurz an, Ihr hättet recht, Bruder Birnbaum. Jemand, nennen wir ihn Mysterio, gelangt in die Küche. Was weiter? Dort stehen Töpfe, und in irgendeinen dieser Töpfe schüttet unser Mysterio das Gift. Aber wir leben noch. Nur Johannes starb.«

Birnbaum nickte eifrig, sodass sein Doppelkinn wackelte und der Tropfen Fett seine letzte Reise gen Boden antrat. Da er sich seine These offenbar die halbe Nacht lang überlegt hatte, hatte er sofort eine Antwort parat.

»Dieser Mysterio träufelt das Gift nicht in einen der Töpfe, sondern auf einen der Teller mit den vorgefertigten Portionen. Ihr erinnert Euch doch an das Brot, den Käse, an den leckeren Rettichsalat …«

Besonders an den Rettichsalat, dachte Sandro und nickte.

»Seht Ihr«, sagte Birnbaum. »Es ist möglich. Ich habe zur dritten Nachmittagsstunde angefangen, die warmen Speisen zu kochen. Gisbert hatte Küchendienst und half mir mit kleinen Handlangertätigkeiten. Er ist ungeübt im Kochen. Da er nicht viel kann, noch nicht einmal vernünftig schneiden, habe ich ihn die Teller mit den kalten Speisen portionieren lassen, damit sie, wenn wir von der Messe zurückkommen, schon fertig sind.

Und das waren sie. Als wir um sechs Uhr gemeinsam zur Messe gingen, standen die Teller längst fertig hier in der Küche – unbeaufsichtigt!«

»Giovanna war doch da«, wandte Sandro ein.

»Die hatte viel zu tun … und die Küche ist groß. Vielleicht war sie auch mal auf der Latrine. Dieser Mysterio hätte irgendwie an ihr vorbeischleichen können.«

Sandro war nicht überzeugt. Es hätte einen Mysterio von katzenhafter Präzision gebraucht, der dann auch noch das Glück auf seiner Seite hätte haben müssen, um von draußen einzudringen und in einer Küche, in der Giovanna arbeitete, unbemerkt Gift auf einen Teller zu träufeln. Unmöglich war es nicht, aber …

Man brauchte keinen Mysterio, keinen Eindringling, um etwas anderes an der These interessant zu finden: Die Tatsache, dass, sollte das Gift im Essen gewesen sein, die kalten Portionen die einzige Möglichkeit waren, nur einen Mitbruder zu töten, weil Wasser und Wein aus Krügen eingeschenkt und warme Speisen aus Töpfen geschöpft worden waren.

Rosina saß in jenem Hof, in dem sie gestern Abend getanzt hatte. Es fanden sich noch Spuren davon, und eine von diesen Spuren im Hof waren die umgeknickten Löwenzahnblüten, die dem Tanz zum Opfer gefallen waren und sich nun aufzurichten mühten, weiterhin die getrockneten Rinnsale des Urins, da die Männer gegen die Wände der Nachbarhäuser gepinkelt hatten, und eine verkohlte Fackel. Der Hof am Tage war eine andere Welt, war die wahre Welt, in der die Illusionen der Nacht strandeten.

Rosina saß im Schatten auf dem Boden vor der Eingangstür. Sie war nicht allein. Die Großmutter war bei ihr, aber eigentlich konnte man das nicht so sagen, denn sie war an einem anderen Ort, irgendwo, wo genau, verrieten die Augen nicht, in denen bisweilen eine erschreckende Sehnsucht lag. Immerzu saß sie stumm auf einem Stuhl im Hof, so wie vor einem Jahrzehnt, vor zwei Jahrzehnten, vor drei Jahrzehnten, vor vier Jahrzehnten. Drinnen im Haus werkelte Rosinas Mutter, die halb blind war, von früh bis spät.

Rosina hatte nichts zu tun, außer auf die Großmutter aufzupassen und der Mutter hier und da zu helfen. Gelegentlich rief die Mutter nach ihr, dann schlenderte Rosina lustlos hinein, hörte sich Vorwürfe der Mutter an, tat ein paar Handgriffe und schlenderte wieder hinaus. Im Hof gab es zwar nichts Besonderes zu sehen, aber es war immerhin besser, als den ganzen Tag in der Düsternis des engen Hauses zu verbringen. Einige Hühner suchten im Hof nach Körnern, ein alter Gaul verscheuchte mit seinem Schwanz die Fliegen, ein gefangener Grünling suchte nach einem Weg aus dem Käfig, eine einsame Gans, angebunden an einen Pfahl, tauschte mit Rosina einen Blick.

Die Traurigkeit der Arche Noah, dachte Rosina oft. Sie saß hier fest, umgeben von Tieren und alten Frauen, denen es wie ihr ging, die sich damit jedoch mehr oder weniger freiwillig abgefunden hatten. Manchmal erschrak sie beim Anblick der Großmutter, wegen der Ähnlichkeit zwischen ihren und Rosinas Augen. Die Sehnsucht nahm auch in Rosinas Leben einen großen Raum ein. Noch unterschied sich ihre Sehnsucht von der der Großmutter, aber nur dadurch, dass die Sehnsucht der Großmutter in die Vergangenheit und die von Rosina in die Zukunft gerichtet war. Sie fragte sich, wann in ihrem Leben es so weit sein würde, dass die Sehnsucht gleichsam die Farbe änderte. Geschah so etwas nach und nach, jeden Tag ein wenig, so wie alles Irdische jeden Tag ein wenig starb? Oder gab es einen Moment grauenvoller Erkenntnis, einen inneren Schrei, ein letztes Aufbäumen, bevor man akzeptierte, dass die strahlend blauen Hoffnungen für die Zukunft übergegangen waren in milchige Wunschbilder aus der Vergangenheit? War sie nicht schon längst wie die angebundene Gans, die sich vormachte, morgen werde es besser, dabei näherte sich stündlich das Hackbeil? Nur mit dem Unterschied, dass der schnelle Tod der Gans gnädiger war als der langsame Tod auf dem Stuhl vor dem Haus.

Ihr wurde schlecht. Sie stand auf.

Die Großmutter sah sie an, als wisse sie, was in Rosina vorgehe, und dann wagte sie es, schief zu grinsen.

»Boshafte alte Krähe«, flüsterte Rosina. »Aber du irrst dich, bei mir wird es anders.«

Die Großmutter lachte auf, es war ein höchst gemeines Lachen.

Rosina ging fort. Noch als sie den Hof schon verlassen hatte und um die nächste Ecke gebogen war, hörte sie Großmutters Gelächter, von dem sie wünschte, sie möge daran ersticken. Oh, diese Familie! Der geizige Vater, die nörglerische Mutter, die boshafte Großmutter – verrottete Gestalten, die die Gemeinheit in den Herzen trugen. Nicht einmal den eigenen Kindern gönnten sie Gutes. Aber sie waren die einzige Familie, die sie hatte.

Sie ging zu ihrem Bruder. Um diese Zeit hielt Franco sich fast immer in der Nähe der Porta San Paolo auf, wo die Waren und Menschen, die in Ostia ankamen, nach Rom hineinströmten. Mit ihm standen zahllose andere junge Burschen an die Hauswände gelehnt, wo die Sonne nicht hinkam, und beobachteten den Verkehr. Sie machten das nicht aus Langeweile. Manchmal fiel etwas von einem Wagen, oder es gelang ihnen, mit einer geschickten Handbewegung etwas zu stehlen, wobei sich die Burschen gegenseitig gute Gelegenheiten zuspielten, indem sie die Fuhrwerker ablenkten.

Franco allerdings hatte sich auf etwas anderes spezialisiert. Er nahm die Reisenden in Augenschein und wählte sich ein Opfer aus, das zwei Kriterien erfüllen musste. Zum einen musste er – meist handelte es sich um einen Mann – vermögend sein. Nicht allen sah man den Reichtum an, doch ihr Bruder hatte ein gutes Auge dafür entwickelt. Außerdem mussten die Opfer Rom zum ersten Mal betreten. Das war wichtig, weil solche Leute besonders arglos waren. Sie glaubten, in einer Stadt mit hundert Kirchen wehe nichts als Weihrauch und Frömmigkeit durch die Gassen, und es dauerte meist eine Weile, bis sie begriffen, dass der Gestank von Abfall und Fäkalien die Stadt beherrschte – auch im übertragenen Sinn. Diese Zeitspanne nutzte Franco aus, um aus einer reichlichen Palette von Betrügereien die passende Wahl zu treffen. Er beschattete die Leute, schätzte sie ein und schlug im richtigen Moment zu. Reich wurde man dadurch nicht, aber man ersparte sich schwere und schlecht bezahlte Arbeit.

Heute hatte Franco noch keinen Erfolg gehabt, vielleicht weil er den Erfolg heute nicht wollte. Er beachtete die Fuhrwerke und Kutschen fast gar nicht und brütete vor sich hin. Ab und zu warfen ihm die Burschen links und rechts von ihm ein Wort zu, das er mit einem Nicken oder Kopfschütteln beantwortete.

»Gib mir Geld«, sagte Rosina.

»Was ist denn das für eine Begrüßung?«, murrte Franco. Seine Laune war schon besser gewesen, aber wie üblich erspürte Rosina die feinsten Nuancen seiner Stimme und war sich sicher, ihn momentan stören zu dürfen. »Überhaupt, wieso bist du nicht bei Mutter?«

Sie zuckte mit den Schultern. »Wieso bist du nicht bei Vater? Antwort: Weil es keinen Spaß macht. Gib mir etwas Geld, es gehört mir so gut wie dir.«

»Hab keins bei mir.«

»Aber du weißt, wo es ist. Sag's mir.«

Er lachte. »So weit kommt es noch.«

Sie brauste auf. »Ich habe Anspruch auf meinen Anteil.«

»Nicht so laut, du Kuh.« Er zog sie ein paar Schritte weiter in eine ruhige Ecke unter einem Dachvorsprung. »Das Wort ›Anteil‹ bläst man nicht einfach durch die Gegend, da stellen alle die Ohren auf. Ich gebe dir nachher ein bisschen was.«

»Ich will genug, um ein Kleid für mich schneidern zu lassen.«

»Denk dran, dass, wenn du dir jede Woche ein Kleid schneidern lassen wirst, in drei Monaten nichts mehr übrig ist von deinem Anteil. Dieses Geld hat uns nicht wohlhabend gemacht, Rosinchen. Du und ich, wir haben ein gutes Geschäft gemacht, mehr nicht.«

»Ich will ein Kleid, und zwar ein prächtiges, das mich zur Dame macht.«

»Um es wann anzuziehen? Wenn du die Böden scheuerst? Wenn du neben Großmutter den Tag vertrödelst? Wenn du mit den Idioten im Hof tanzt?«

»Das geht dich nichts an.«

»Gut, es geht mich nichts an. Aber wir müssen vorsichtig sein mit hohen Ausgaben. Das zieht Aufmerksamkeit auf uns.«

»Wenn schon. Das Geld haben wir ehrlich verdient.«

»Ehrlich würde ich es zwar nicht nennen, aber es ist auch nicht gegen das Gesetz verdient worden.«

»Siehst du!«

»Es gibt einen anderen Grund, vorsichtig zu sein.« Franco vergewisserte sich, dass um die Ecke niemand lauschte. »Der Deutsche ist gestern Abend umgebracht worden.«

Rosina erschrak.

»Nein, nicht der«, sagte Franco. »Auch nicht der andere. Es ist der Dritte, der Schlaksige, der uns das Geld gegeben hat.«

Rosinas Erleichterung dauerte nur einen Atemzug lang. Dann überkam sie neuer Schrecken. »Woher weißt du das?«

»Woher, woher! Irgendwoher! So was spricht sich herum. Einer meiner Freunde hat's mir erzählt.«

»Welcher? Zeig ihn mir. Los, zeig ihn mir, damit ich ihn fragen kann.«

»Bist du närrisch, oder was?«

»Wenn's stimmt, was du sagst, macht's ja nichts, wenn du ihn mir zeigst.«

Franco zögerte.

»Keiner hat's dir erzählt, stimmt doch«, sagte Rosina. Plötzlich riss sie die Augen auf. »Du warst es. Du hast ihn umgebracht.«

»Nicht so laut, verdammt«, fauchte er. »Gib es doch gleich in die Druckerei und verteil es an der Ecke.«

»Also hab ich recht.«

»Nein, verdammt, hast du nicht. Hast du nicht!«

Rosina wusste nicht, was sie glauben sollte. Ihr Bruder war auch nur ein Schuft wie alle anderen, und wenngleich er sie nicht schlecht behandelte und nicht betrog, so kochte er durchaus sein eigenes Süppchen. Und dieses stank gewaltig.

»Wieso«, zischte er, »hätte ich das tun sollen, hä? Sag mir das mal. Was bringt's mir denn?«

»Für wie dumm hältst du mich eigentlich? Jetzt, wo der Schlaksige tot ist, dieser Johannes...« Rosina hielt inne und wiederholte, was sie gesagt hatte, im Geiste. Jetzt, wo dieser Johannes tot war... Jetzt war es möglich... Jetzt konnte man doch...

»Rosinchen, ich weiß, was dir gerade durch den Kopf geht.«

»Was geht mir denn durch den Kopf?«

»Geld. Genau wie mir. Wir sind dicht davor, das große Geschäft zu machen. Ich habe den ganzen Morgen darüber nachgedacht.«

Den ganzen Morgen, dachte sie. Wenn er aber eben erst erfahren hatte... Er verschwieg ihr etwas. Aber war das wichtig?

Auch sie hatte ihre Geheimnisse, denn ihr ging nicht nur Geld durch den Kopf, wie ihr Bruder meinte, sondern auch Liebe durchs Herz, und davon ahnte er nichts.

7

»Er heißt Lello Volone.«

Die Hure – Antonia hatte ihren Namen vergessen – hatte jemanden gefunden, der den Unbekannten auf dem Bild wiedererkannt hatte, einen Gemüsehändler, bei dem der besagte Lello regelmäßig einkaufte.

»Aha«, sagte Antonia. »Kennst du den Namen, Milo?«

»Nein, nie gehört.«

Die Hure warf, an Antonia und Milo vorbei, einen Blick auf einen der Steinmetze, die Verzierungen in der Kirche Santo Spirito anbrachten, und winkte ihm zu. Der Steinmetz winkte zurück und machte eine anzügliche Geste, die die Hure mit einem noch anzüglicheren Schnalzen der Zunge beantwortete, woraufhin der Steinmetz eine noch eindeutigere Geste machte, die die Hure wiederum ...

Antonia verdrehte die Augen. Sie war zwar selbst kein Kind von Traurigkeit, aber dieser stumme Dialog der Obszönitäten inmitten einer Kirche und umgeben von allerlei Kunstwerken der Zeit war selbst ihr ein wenig zu ordinär.

»Was hast du sonst noch erfahren?«

Die Hure musste sich konzentrieren. »Wie? Ach so, ja, also der Gemüsehändler sagte, Lello Volone wohnt in einer Baracke auf Stelzen direkt an der südlichen Stadtmauer, wo genau wusste er nicht. Er konnte sich deswegen so gut an Volone erinnern, weil der ab und zu mit vier Frauen bei ihm einkauft, angeblich seine Cousinen.«

»Ich glaube, ich weiß, wo das ist«, sagte Milo, »ein ziemlich schmutziges Eck im letzten Winkel des Trastevere. Ich war schon lange nicht mehr dort, aber an diese Baracke erinnere ich mich. Als ich klein war, spielte ich oft mit Freunden in der Gegend.«

»Dann sollten wir gleich dorthin gehen und den Mann zur Rede stellen.«

»Nicht so schnell.« Er nickte der Hure freundlich zu. »Du hast uns sehr geholfen. Wir danken dir. Von jetzt an übernehmen wir die Angelegenheit.«

»Hab ich doch gerne gemacht«, sagte sie schnell und war im nächsten Moment schon bei dem Steinmetz.

»Komm«, sagte Milo und bedeutete Antonia, ihm zu folgen. Sie tauchten in das Gewirr des Gerüsts ein, ein Labyrinth von Pfosten, Matten, Steinblöcken und von Tüchern, mit denen man etliche Gegenstände abgedeckt hatte. Auch der Altar war unter einem riesigen Tuch verborgen. Hier waren sie allein.

»Was ist denn so geheim, dass es unter einem Gerüst stattfinden muss?«, fragte sie.

Seine Antwort bestand aus einem Kuss. Dann streichelten seine Hände ihren Hals, und er küsste den Adamsapfel. Für Antonia war jede von Milos Zärtlichkeiten ein Geschenk, sie freute sich darüber wie über etwas, das man für immer behalten durfte. Milo gab reichlich, wenn sie zusammen waren, Liebkosungen und Liebe. Nicht nur, weil er ein hervorragender Liebhaber war und es ihm Spaß machte, zu lieben, sondern – davon war sie überzeugt – weil er sich schon lange eine Frau gewünscht hatte, die er mit seiner Liebe glücklich machen konnte. Er hatte ihr, nachdem sie das erste Mal miteinander geschlafen hatten, erzählt, dass er in seiner Kindheit wenig Beachtung erfahren hatte und wie schwierig es gewesen war, inmitten eines Hurenhauses lebend, zum Mann heranzuwachsen. Er war groß geworden in dem Glauben, dass Liebe etwas sei, das

Männer sich für fünf Denare kauften, das viel Lärm machte und den Frauen nur Krankheit und Unglück bescherte. Allzu lange lag diese Kindheit noch nicht hinter ihm, gerade einmal zehn Jahre. Der Milo von heute wirkte erleichtert, dass wahre Liebe Freude machte und dass sie sich – ähnlich der wundersamen Brotvermehrung in der Bibel – vervielfachte, wenn man sie teilte.

Vor zwei Monaten, als sie sich kennengelernt hatten, hatte es eine Zeit gegeben, in der Antonia sich nicht sicher gewesen war, ob sie Milo nur deshalb zu lieben begann, weil Sandro unerreichbar war. Milo scherte sich nicht um Konventionen, ließ sich keine Vorschriften machen, wie er zu leben und was er zu glauben hatte ... Sie und er waren sich in vielen Dingen ähnlich.

Sogar das Dunkle in ihm zog sie an. Oh, nicht dass es viel Dunkles gegeben hätte. Es waren Momente, die so schnell vorüberzogen wie Wolkenschatten, Momente ohne Grund und Anlass, ohne dass er irgendetwas Spezielles tat oder sagte, in denen sie spürte, dass es etwas gab, das er nicht mit ihr teilte, irgendetwas Bedeutendes. Er verbarg es, vielleicht um sie nicht zu belasten, um sie zu schützen, vielleicht auch nur, weil er sie noch nicht lange genug kannte, um ihr alles anzuvertrauen. Eines Tages würde er es mit ihr teilen.

»Das Techtelmechtel von Hure und Steinmetz hat dich wohl angeregt«, sagte sie zwischen zweien seiner Küsse.

»Die haben nichts damit zu tun.« Sein Atem ging stoßweise. »Dafür bist allein du verantwortlich.«

»Ich habe nichts gemacht.«

»Doch, diese Fenster.« Er lächelte. »Wir haben es noch nicht im Licht deiner Fenster getrieben.«

Sie amüsierte sich. »Du bist ja völlig von deiner Lust besessen.«

»Na und? Du doch auch.«

Sie lachten, wobei sie leise sein mussten, was gar nicht so einfach war. Ein paar Meter über ihnen erledigten Steinmetze, Maler und Bildhauer ihre Arbeiten.

»Wir müssen über Lello Volone sprechen«, mahnte sie.

»Ehrlich, Antonia, mir fällt nichts ein, was ich jetzt lieber täte, als über einen hakennasigen Römer mit vier Cousinen zu sprechen«, erwiderte er und bedeckte sie weiterhin mit Küssen. Schließlich jedoch schob sie Milo ein Stück von sich fort.

»Ganz im Ernst. Wir müssen uns zusammennehmen. Die Sache mit Volone duldet keinen Aufschub.«

Wie üblich, wenn sie in festem Tonfall sprach, passte er seine Stimmung der ihren an und hörte aufmerksam zu, als sie ihm erklärte, was sie vorhatte.

»Wir gehen zusammen zu seinem Haus und stellen ihn dort. Falls er nicht da sein sollte, halten wir uns verborgen, bis er zurückkommt. Wir konfrontieren ihn sofort mit allem, was wir wissen, wodurch wir die Überraschung auf unserer Seite haben. Dann sagen wir ihm, dass es eine Zeugin gibt, die ihn gesehen hat, als er Carlotta umbrachte.«

»Das wissen wir nicht.«

»Richtig. Aber da er nicht weiß, was wir nicht wissen, spielt das keine Rolle. Je nachdem, wie er reagiert …«

»Er wird in jedem Fall leugnen, auch wenn er ihr Mörder ist.«

»Wenn er es nicht ist, gibt er, um seine Haut zu retten, einen Namen preis, der uns zum wahren Mörder führt. Jeder Handlanger würde das tun, wenn man ihm verspricht, ihn aus dem Spiel zu lassen, ihn nicht anzuzeigen. Und wenn er es ist, werden die Wachen schon mit ihm fertig werden. Wir müssen selbstverständlich die Polizeibehörde informieren.«

»Ich dachte mir schon, dass du so etwas vorschlägst. Aber ich bezweifle, dass Carissimi diese Vorgehensweise recht ist.«

»Seit wann interessiert dich, was Sandro möchte?«

»Seit wir in einem Mordfall ermitteln. Falls Volone Hintermänner hat, haben die womöglich Beziehungen bis in die Stadtkommandantur hinein. Was, wenn der Auftraggeber zu einer der großen römischen Familien gehört? Dann wird daraus schnell eine politische Krise. Bevor wir keine stichhaltigen Beweise haben, sollten wir die Behörden aus dem Spiel lassen. Carissimi wird das genauso sehen. Schließlich steht er mit seinem Namen und Amt für eine diskrete Aufklärung ein.«

Was Milo sagte, ergab Sinn. Das Letzte, was sie wollte, war, dass Sandro Schwierigkeiten bekäme.

»Was schlägst du vor?«

»Ich berichte ihm, was wir herausgefunden haben, und dann suche ich mit ihm diesen Volone auf.«

»Und was mache *ich*?«

»Kirchenfenster, was sonst?«

Sie zog die Augenbrauen hoch. »Das ist doch wieder einmal typisch. Ich möchte dabei sein, wenn wir Carlottas Mörder fassen.«

»Zu gefährlich. Das will ich nicht.«

»Ist mir egal.«

»Wie kann ich dich überreden?«

»Gar nicht.«

Er lächelte. »Warte, mir fällt etwas ein.«

»Das hat bestimmt nichts mit ›reden‹ zu tun.«

»Nein, aber meine Zunge ist beteiligt.«

»Denk nicht mal dran.«

»Zu spät.«

»Tu es nicht.«

Er beugte sich immer näher zu ihr vor, sodass sie rücklings auf den Altar kippte.

Er lag auf ihr und küsste sie. Es war ein langer, zärtlicher Kuss, jene Art von Kuss, die sie selten von früheren Liebhabern bekommen hatte und von der sie einst gehofft hatte, Sandro würde sie eines Tages so küssen.

»Dass wir in einer Kirche sind, stört dich gar nicht?«, flüsterte sie.

»Im Gegenteil, es regt mich an.«

Sie unterdrückte mühsam ein lautes Lachen. »Du bist ja ein Teufel.«

Er unterbrach die Liebelei und sah sie an. Einen Atemzug lang tat er gar nichts, verharrte.

»Und was für einer«, scherzte er und kam ihr noch ein Stück näher.

Sandro hatte nicht die Absicht gehabt, Johannes' Zimmer noch einmal zu betreten. Es war durchsucht und der Leichnam war fortgebracht worden. Als Sandro jedoch an der Tür des Sterbezimmers vorbeiging, fiel ihm ein roter Fleck auf dem Türknauf auf. War das Blut? Der Fleck war verwischt und zu trocken, um sein Geheimnis preiszugeben, aber als Sandro sich zu dem Knauf vorbeugte, hörte er ein Geräusch in dem Raum. Vorsichtig schob er die Tür mit der Handfläche auf. Sie knarrte nicht, öffnete sich leise, und noch bevor er jemanden sehen konnte, vernahm er leises Gewisper, ohne einzelne Worte zu verstehen.

Miguel Rodrigues lag mit ausgebreiteten Armen betend auf dem Bauch, der Körper bildete auf dem Boden vor dem leeren Bett des Verstorbenen ein Kreuz. Hände und Füße ragten aus dem Jesuitengewand hervor, und als Sandro leise näher trat, sah er, dass an den Stellen, wo üblicherweise Christi Wundmale dargestellt wurden … Zuerst glaubte Sandro, es seien tatsächlich blutende Wunden, die Miguel Rodrigues sich selbst zugefügt hatte, aber bei genauerem Hinsehen bemerkte er, dass es sich um Farbe handelte.

Sandro runzelte die Stirn. Eine merkwürdige Form des Betens, fand er. Und auch eine theatralische.

Am besten, er würde den Raum leise verlassen, zumal er ohnehin vorgehabt hatte, Miguel erst später zu befragen oder – noch besser – von Forli befragen zu lassen. Vom ersten Augenblick des Kennenlernens an hatte er Vorbehalte gegen Miguel gehabt, was ihm unerklärlich war. Der junge Mann hatte ihm nichts getan, und dass er Luis' Schüler war, hätte allenfalls genügt, um ein wenig von der Abneigung, die Sandro für Luis empfand, auf ihn zu übertragen. Aber Sandro fühlte bei Miguels Anblick viel mehr: Wut. Nein, kälter: beinahe Hass.

Jedes Mal, wenn er versuchte, den Raum zu verlassen, auch nur einen einzigen Schritt zu tun, hielt ihn etwas davon ab, und als er eine Weile auf Miguels Körper geblickt hatte, beugte er sich kurzentschlossen zu ihm hinunter und berührte seine Schulter.

Miguel stieß einen kaum verhaltenen Schrei aus und drehte sich um.

»Oh«, ächzte er, »Ihr seid das, Vater.« Seine Stirn war feucht vor Schweiß, den er sich, als er aufstand, mit dem Ärmel abwischte.

»Wieso betet Ihr hier, Bruder Rodrigues?« Die Frage war, wenn ein Jesuit sie einem anderen Jesuiten stellte, mehr als zudringlich. Im Orden war es gang und gäbe, dass sich jeder Bruder zu jeder Zeit an jeden beliebigen Ort zurückziehen durfte, um zu beten, und niemand hatte das Recht, ihn aufzuhalten oder zu stören oder Rechenschaft zu verlangen. Die Freiheit, genau dann in Verbindung mit Gott zu treten, wenn einem danach war, und nicht, wenn die Glocke es vorsah, stellte einen der großen Unterschiede zu den meisten anderen Ordensgemeinschaften dar.

Miguel schien die Frage allerdings nicht übel zu nehmen.

»Ich habe an Johannes denken müssen, und da überkam mich der Wunsch, seiner zu gedenken. Auf dem Weg in die Kapelle kam ich hier vorbei und... Vielleicht hätte ich nicht, aber... Ich habe nichts berührt, Vater, außer den Boden.«

Sandro nickte. »Den dafür umso intensiver.« Er musterte Miguels schwarze Kutte, die von oben bis unten staubig war.

Nun sah auch Miguel den Schmutz. »O weh, ich werde mich sofort säubern. Entschuldigt mich, Vater.«

Miguel wollte mit gebeugtem Haupt den Raum verlassen, aber Sandro hielt ihn mit einer unnötig deutlichen Geste auf, indem er ihm mit ausgestrecktem Arm den Weg versperrte.

»Nicht so eilig, Bruder Rodrigues. Da der Zufall uns hier zusammengeführt hat, möchte ich ihn nutzen. Ihr habt doch Zeit für mich?«

Miguel verneigte sich und setzte ein – wie Sandro fand – gequältes Lächeln auf. »Natürlich, Vater. Es ist mir eine Pflicht.«

Bevor er mit der Befragung begann, warf Sandro einen weiteren, vielleicht ersten genauen Blick auf Miguel Rodrigues. Ein Portugiese durch und durch, von kleiner Statur, mit einer gewissen Bräune, robusten schwarzen Haaren und Flaum über der Oberlippe und an Schläfen und Kinn. Obschon Lehrer am Collegium, machte er auf Sandro den Eindruck eines schüchternen, arglosen, vielleicht sogar ein bisschen dummen Menschen.

»Ihr habt gestern die Messe vorbereitet?«, fragte Sandro.

»Ja, Vater. Gemeinsam mit Bruder Königsteiner. Ich habe den Kapellenboden gefegt, die Kerzen aufgestellt und entzündet und Räucherwerk bereitgestellt. Bruder Königsteiner kümmerte sich um den Altar und stellte die liturgischen Geräte bereit.«

»Wie kam es dazu? Ich meine, wer hat bestimmt, dass Ihr und er in die Kapelle gehen sollt, um die Messe vorzubereiten?«

»Es gibt einen Plan, wer die Früh- und wer die Abendmesse hält, und derjenige bestimmt, wer ihn bei den Vorbereitungen unterstützt. Gestern Abend hielt Bruder Königsteiner die Messe, und er bestimmte mich, ihn zu begleiten.«

»Es war also Zufall, dass er Euch wählte?«

»Er hätte auch einen der Schüler heranziehen können, aber er wählte immer mich.«

»Immer?«

»Seit wir uns vor etwa drei Wochen kennenlernten.«

»Das hört sich nach einem Vertrauensbeweis an«, sagte Sandro, aber Miguel kommentierte das nicht und schlug demütig die Augen nieder.

»Kommt er besonders gut mit Euch aus?«, fragte Sandro. »Schätzt er Eure Anwesenheit?«

Miguel zuckte mit den Schultern und schwieg.

Sandro war nicht bereit, lockerzulassen. Es mochte ein unwichtiges Detail sein, aber es störte ihn, wenn für eine bestimmte Handlung kein offensichtlicher Grund erkennbar war. Wieso bereitete Königsteiner immer gemeinsam mit Miguel Rodrigues die Messe vor?

»Lobt er Euch?«, wollte Sandro wissen.

Die Antwort kam schnell und deutlich wie ein Schuss. »Nein.« Doch so, wie ein Schuss verhallt, versank auch Miguel sogleich wieder in stummer Demut.

Sandro musste daran denken, dass Birnbaum nur mit mühsam unterdrücktem Groll über Königsteiner gesprochen hatte. Eine Zurechtweisung des Schülers Johannes, Geschrei, rote Flecken im Gesicht, Birnbaums Beschwerde über die kaputte Tür, die Königsteiner ignorierte …

»Würdet Ihr sagen«, fragte Sandro, »dass Bruder Königsteiner streng ist?«

Miguel überlegte kurz, dann nickte er mit gesenktem Kopf.

Sandro wartete noch einen Moment darauf, dass Miguel sein Nicken mit Worten ergänzte, aber als das nicht geschah, fragte er: »Wäre es zu viel verlangt, Bruder Rodrigues, wenn ich Euch bitte, von Eurer Sprechfähigkeit Gebrauch zu machen?«

Miguel schluckte. »Er hat kein gutes Wort für meine Hilfe übrig. Was ich auch tue und so sehr ich mir dabei Mühe gebe, bemängelt er.«

Und doch, dachte Sandro, forderte Königsteiner jedes Mal Miguels Unterstützung an. Demnach genoss er es wohl, ihn zu kritisieren.

»Wie erklärt Ihr Euch sein Verhalten?«

Miguel machte eine hilflose Geste. »Bruder Luis sagt, dass er das eigentliche Ziel der Kritik ist. Dass Bruder Königsteiner mich zurechtweist, um *ihm* zu schaden.«

Es entsprach zweifellos der egozentrischen Sicht eines Luis de Soto, dass alles – was auch immer – nur deshalb passierte, um ihm zu nutzen oder zu schaden. Doch in diesem Fall lag er damit vielleicht sogar richtig. Im Collegium Germanicum war ein Machtkampf im Gange, und die bei diesem Kampf eingesetzten Waffen entsprachen dem zu erringenden Preis: die Vorentscheidung über die künftige Führung des Ordens. Jeder der Bewerber versuchte, mit seinen Mitteln zu trumpfen. Königsteiner zeigte Strenge, weil er wusste, dass Ignatius von Loyola ein straffes Regiment führte. Luis' bevorzugtes Mittel war Sandro bestens bekannt: Hinterlist.

»Demnach«, sagte Sandro, »ist die Tatsache, dass Bruder Königsteiner Gelegenheiten findet, Euch zu kritisieren, ebenso wenig ein Zufall wie die Tatsache, dass ausgerechnet Ihr der Assistent de Sotos geworden seid.«

Miguel zuckte zusammen. »Was meint Ihr mit ›ausgerechnet ich‹, Vater?«

Wie konnte jemand nur so arglos sein? Als Neffe jenes Mannes, der ein enger Weggefährte des Paters General war, genoss Miguel dessen Aufmerksamkeit. Trotz seiner Jugend hatte man ihn als Lehrer an diese wichtige Schule berufen, und gestern war ihm die Ehre zuteil geworden, neben dem Ehrwürdigen zu sitzen. Luis schmückte sich mit dem Namen Rodrigues und schlug Gewinn daraus. Und dieser junge, portugiesische Holzkopf merkte nichts.

»Lassen wir das«, sagte Sandro ärgerlich. »Wann habt Ihr Johannes von Donaustauf zum letzten Mal vor der Messe gesehen?«

Miguel brauchte einen Moment, um sich zu sammeln. Die beiläufige Bemerkung Sandros schien ihn irritiert zu haben. »Kurz nach dem Mittagsmahl, Vater.«

»Und wo?«

»Hier, in diesem Zimmer. Ich hatte während des Essens den Eindruck gehabt, dass er sich nicht wohlfühlte, und wollte nach ihm sehen. Es stellte sich heraus, dass er am Vormittag einen Streit mit Bruder Königsteiner gehabt hatte, der ihm zusetzte, aber er schwieg sich darüber aus, und ich drängte ihn nicht. Ich sah ihm an, dass er müde war, und ging.«

»In Euer Zimmer?«

Miguel nickte. »Es ist ganz oben unter dem Dach. Dort ruhte ich, bis Bruder Königsteiner mich abholte, das war zwischen der vierten und fünften Stunde, deutlich näher an der vierten als an der fünften. Ich erinnere mich deshalb so gut, weil normalerweise eine Stunde vollauf genügt, um die Messe vorzubereiten, Bruder Königsteiner aber meinte, anlässlich des großen Tages noch gründlicher als sonst sein zu müssen. Also fegte ich zweimal den Kapellenboden und reinigte alle Figuren vom Staub.«

»Habt Ihr oder hat Bruder Königsteiner die Kapelle noch einmal vor der Messe verlassen?«

»Nein, Vater.«

Vorläufig blieb Sandro nichts anderes übrig, als diese Aussage hinzunehmen, sofern sie von Königsteiner bestätigt würde. Weitere Fragen fielen ihm derzeit nicht ein, worüber er froh war. Jeder mit Miguel Rodrigues verbrachte Augenblick war ein Ärgernis, und er bereute schon, das Gespräch mit ihm gesucht zu haben.

»Setzt meinetwegen Euer Gebet fort«, sagte er missmutig, als werfe er einem lästigen Hund den Knochen hin.

»Ihr habt keine Fragen mehr, Vater?«

»Wie rasch Ihr begreift, Bruder Rodrigues.« Sandro ärgerte sich über seine Ironie.

Der junge Rodrigues stand Sandro im Weg, direkt vor der Tür, und machte keine Anstalten, zur Seite zu treten.

»Was ist denn noch?«, fragte Sandro und gab Miguel kaum Zeit, zu antworten. »Nun redet schon! Wenn Ihr nur halb so gewandt antworten würdet, wie Ihr Gebete wispert …«

»Was habt Ihr eigentlich gegen mich?«, fragte Miguel.

Diese Frage brachte Sandro dazu, einen Schritt zurückzugehen. Er sah Miguel an. »Was soll denn das? Nicht das Geringste habe ich gegen Euch. Ich erledige meine Arbeit, das ist alles.«

»Und die Andeutung, die Ihr vorhin gemacht habt? Dass Bruder Luis ausgerechnet mich als seinen Schüler und Assistenten erwählt hat? Was bedeutet sie?«

»Ich habe wirklich keine Lust, das mit Euch zu diskutieren. Strengt Euren Kopf an, Bruder, mehr kann ich Euch nicht raten – auch wenn es sich als vergeblicher Rat herausstellen wird.«

»Wisst Ihr, was ich glaube? Ihr seid eifersüchtig auf mich.«

Sandro blickte entgeistert auf diesen unscheinbaren pickeligen Portugiesen, der nun artig den Kopf senkte und seiner Beschuldigung hinzufügte: »Verzeiht meine Offenheit, Vater.«

»Eifersüchtig?« Sandro sprach das Wort aus, als höre er heute zum ersten Mal davon, dass es existierte. »Ich eifersüchtig – auf Euch?«

»Ja.«

Sandro brach in helles Gelächter aus. Seit Jahren hatte er nicht mehr so gelacht.

»Lacht nur«, rief Miguel. »Das macht es nicht weniger wahr.

Bruder Luis ist einer der begabtesten, fähigsten und klügsten Köpfe unseres Ordens, vielleicht unserer Zeit, und Ihr ärgert Euch, dass nicht mehr Ihr, sondern ich mich seines Vertrauens erfreue. Das ist nicht recht. Ihr habt Bruder Luis alles, was Ihr heute seid, zu verdanken.«

Sandros Gelächter brach abrupt ab. »Hört mal, Bruder, es ist besser, wenn Ihr nicht über Dinge redet, von denen Ihr nichts wisst.«

»Bruder Luis hat mir heute Morgen alles erzählt. Wie Ihr damals versucht habt, ihn beim Papst schlechtzumachen. Wie Ihr Euch aus reiner Geltungssucht von ihm losgesagt habt, weil es Euch nicht mehr genügte, ihm zu assistieren. Ihr habt jemanden, der jahrelang zu Euch gehalten und Euch gefördert hat, im Stich gelassen, als er Euch wirklich brauchte. Und hätte man Euch gewähren lassen, würdet Ihr die schlimmsten Lügen über ihn herumerzählen. Vielleicht seid Ihr ein guter Visitator, Vater, aber Ihr seid kein guter Bruder und Jesuit.« Miguel machte eine kleine Pause und fuhr dann, in weniger anklagendem Ton, fort: »Ich hatte nicht vor, Euch das alles zu sagen. Bruder Luis wünschte es nicht, ich musste ihm sogar versprechen, zu schweigen. Aber nun ... Ich kann es ertragen, dass Ihr mich schlecht behandelt, Vater. Ich kann es jedoch nicht ertragen, dass Ihr meinem Mentor und Freund Luis de Soto niedrige Motive unterstellt.«

Sandro reagierte nicht sofort. Er ging sehr langsam auf Miguel zu, ließ ihn nicht aus den Augen. Als er unmittelbar vor ihm stand, sodass gerade eine Faust zwischen die beiden Körper gepasst hätte, fragte er: »Seid Ihr fertig?«

»Ja, Vater.«

»Ganz sicher?«

»Ja, Vater.«

»Gut, dann werde ich Euch etwas sagen.« Sandro sprach langsam und deutlich. »Ihr seid ein Esel, Bruder Rodrigues.

Von unglaublicher Dummheit und Naivität und von erbärmlicher charakterlicher Schwäche. Euer Alter entschuldigt Euch in keiner Weise. Es gibt jüngere Männer und Frauen als Ihr, die das Hundertfache von dem wenigen verstehen, das Ihr für Euch in Anspruch nehmen könnt. Das wäre alles nicht so schlimm, wenn Ihr nicht jenem Mann dienen würdet, der sich anschickt, unseren Orden zu leiten. Das lässt einen um die Zukunft bange werden. Man kann nur hoffen, dass Luis Euch fallenlässt, bevor Ihr irgendeinen Schaden anrichten könnt. Und wenn er Euch fallenlässt, dann gnade Euch Gott, denn die Beschränktheit Eures Geistes ist so erschreckend, dass sie unter den Menschen noch nicht einmal Mitleid hervorrufen wird.«

Miguel war erstarrt, der Blick nach innen gerichtet.

Kühl, ein Henker mit Worten, fügte Sandro hinzu: »Ihr seid ein Niemand, ein Nichts. Und als Kaufmannssohn ergänze ich: eine Null.«

Sandro schob den jungen Mann zur Seite und öffnete die Tür.

Vor ihm stand Hauptmann Forli, der gerade die Hand erhoben hatte, um anzuklopfen.

Forli erkannte sofort, dass etwas nicht stimmte. »Was ist los?«, fragte er.

»Was soll denn los sein?«

»Ich bin gewöhnt, dass Ihr blass wie Schlagrahm ausseht, Carissimi, aber jetzt seid Ihr rot im Gesicht, als habe eine Frau Euch im Schritt gekrault.«

»Wirklich, Forli, Eure Vergleiche sind unangebracht und empörend!«

Forli zog eine Grimasse. »Empörend«, wiederholte er in gestelztem Tonfall. Manchmal kehrte Carissimi den Mönch hervor, daran war Forli gewöhnt, und eigentlich fand er es recht lustig.

Sie standen noch immer diesseits und jenseits der Türschwelle, und in diesem Moment kam Miguel Rodrigues aus einem Winkel des Zimmers. Forli hatte ihn bisher nicht bemerkt. Der junge Portugiese schlüpfte wortlos und mit gesenktem Kopf eilig zwischen ihnen hindurch und lief die Treppe hinauf, aber Forli war nicht entgangen, dass er ebenso errötet war wie Carissimi.

»Wenn ich nicht wüsste«, sagte Forli an Carissimi gewandt, »dass Ihr eher auf Glasmalerinnen steht, würde ich denken, dass Ihr und der Junge da drin etwas zusammen gemacht habt, das zu beichten wäre.«

Forli lachte lautlos und ließ sich von Carissimi ins Zimmer ziehen. »Na, Ihr seid ja ein Draufgänger«, rief er dem Jesuiten zu und lachte erneut über seinen eigenen Scherz. Er fand nun einmal, dass seine Scherze die besten waren.

»Ich bin nicht in Stimmung, Forli«, sagte Carissimi ungehalten.

»Na, da habe ich ja noch mal Glück gehabt.«

»Forli!«

»Ja, schon gut, schon gut. Ihr habt ja eine Laune… Im Großen und Ganzen seid Ihr kein übler Kerl, Carissimi, aber Euch fehlt Humor. Wenn man nichts zu lachen hat, vertrocknet man. Das ist so, wie keine Frau zu haben. Da vertrocknet man auch. Und Ihr habt weder das eine noch das andere. Das ist ungesund – und ein schweres Schicksal dazu.« Forli lachte. »Ich muss Euch warnen: Wenn Ihr mir arg gegen den Strich geht, haue ich Euch eine runter, wie üblich.«

»Was tut Ihr überhaupt hier? Das Collegium ist für Euch tabu.«

»Habe ich die Blattern? Habe ich Aussatz?«

»Ihr habt eine Uniform an.«

»Soll ich sie ausziehen? Das könnte missverstanden werden.« Forli lachte. Doch als Carissimi immer noch gereizt aussah, verschränkte er die Arme vor der Brust und wurde nachdenklich. Ihm war klar, dass in diesem Zimmer eine Auseinandersetzung zwischen Carissimi und Rodrigues stattgefunden und dass sie etwas mit de Soto zu tun gehabt hatte. In dieser langweiligen Kutte, das ahnte Forli schon lange, steckte ein leidenschaftlicher Mensch, der von Ordensregeln und einer halb deutschen Herkunft gedeckelt wurde, sich aber gelegentlich befreite und sich dann ebenso mutig wie unkontrolliert Luft machte.

»Seid beruhigt, Carissimi, Euer Ordensgeneral wird keinen Grund zur Klage haben. Ich habe nicht vor, Fragen zu stellen und dergleichen. Ich werde einfach nur anwesend sein. Mehr nicht. Seht mich als Ratgeber. Als Ideengeber. Ich werde hier im Zimmer bleiben und niemanden belästigen. Dagegen kann keiner etwas haben.«

Carissimi schien noch immer nicht begeistert, aber Forli sah ihm an, dass er bei einer so großen Zahl von Verdächtigen und unter den Einschränkungen, die Ignatius von Loyola ihm auferlegte, eine fast übermenschliche Aufgabe vor sich hatte. Er brauchte jemanden, mit dem er über den Fall diskutieren konnte.

»Noch nichts Neues?«, fragte Forli, als Carissimi seinem Vorschlag nicht widersprochen hatte.

»Wenig. Doktor Pinetto lässt sich Zeit.« Carissimi berichtete Forli von seinen Gesprächen mit Miguel Rodrigues und Birnbaum, von den Tellern mit den kalten Speisen, die von Gisbert von Donaustauf vorportioniert worden waren, und fügte hinzu: »Nehmen wir an, das Gift war in einer der kalten Speisen, und zwar auf einem einzigen Teller. Dann hätte Gisbert nur dafür sorgen müssen, dass sein Bruder den entsprechenden Teller bekommt.«

»Wie wäre das möglich?«, fragte Forli.

»Sehr einfach: Gisbert war einer von denen, die die Teller verteilten.«

»Und war er es, der sie seinem Bruder servierte?«

Carissimi seufzte. »Das ist der Haken. Birnbaum erinnert sich nicht mehr, wer wem servierte. Da die Speisen fast gleichzeitig aufgetragen werden sollten, ging alles sehr schnell. Nicht einmal ich selbst weiß noch, wer mir meinen Teller servierte, und auch Angelo hatte nur Augen für geschmorte Kaninchen. Vielleicht kann Giovanna sich erinnern.«

»Was sagt Gisbert dazu?«

»Noch nichts. Ich war gerade auf dem Weg zu ihm, als ich Miguel Rodrigues dabei überraschte, wie er in diesem Zimmer betete. Daraus entspann sich dann – alles Weitere.«

»Alles Weitere, so so.« Forli wollte dieses Thema nicht wieder aufwärmen und sagte: »Euch ist hoffentlich klar, dass das ein ganz dünner Faden ist, an dem Ihr Eure Theorie da aufzieht. Falls, wenn, würde, hätte, wäre, könnte. Das kann ich auch. Passt mal auf, wie gefällt Euch das? Selbst *wenn* das Gift auf dem besagten Teller war und selbst *wenn* Gisbert ihn seinem Bruder serviert *hätte*, wäre damit noch längst nicht bewiesen, dass er wusste, was er tat. Genauso gut *könnte* es sein, dass Johannes' Tod ein Fehler war, dass es jemand anderen treffen sollte? Oder dass es dem Mörder ganz egal war, wer an dem Gift sterben würde? Dass es jeden *hätte* treffen können?«

»Nicht schlecht, Forli.« Carissimi nickte. »Demnach hätte es auch den Ehrwürdigen treffen können.«

Forli fügte hinzu: »Und sogar Euch.«

Papst Julius wartete in der Sänfte darauf, dass die Wachen der Schweizergarde seinen Befehl ausführten. Er war ohne großes Gefolge ausgegangen. Normalerweise schleppte er einen Tross von Amtsträgern mit sich herum, wenn er den Vatikan offiziell verließ: Protokollbeamte, Diener, Schreiber, Mundschenke, Narren, Möchtegern-Günstlinge, kurz, Blutsauger des Heiligen Stuhls. Dieses neugierige Pack beobachtete ihn auf Schritt und

Tritt, um sich später hinter vorgehaltener Hand über dies oder jenes zu mokieren. Leider kam er nicht ohne Beamte aus, zum Regieren musste er nehmen, was da war. Und allein im Vatikan auf dem Stuhl Petri zu sitzen war schließlich auch keine verlockende Aussicht.

An diesem Vormittag jedoch hatte Julius ihnen ein Schnippchen geschlagen. Eigentlich hätte er eine Delegation irischer Mönche empfangen sollen, die den weiten Weg gemacht hatten, damit er eine Reliquie anerkenne und segne, aber er hatte sich kurz entschlossen entschuldigen lassen, war zum Gardekommandanten gegangen, hatte eine Sänfte und acht Gardisten als Begleitung herbeibefohlen und den Vatikan in Richtung Engelsburg verlassen.

Der Offizier erstattete Meldung. »Eure Heiligkeit, die Kirche ist geräumt, bis auf die betreffende Person. Wir haben die Leute durch eine Seitentür hinausgebracht.«

Julius nickte und verließ die Sänfte über eine kleine mobile Treppe. Er sah sich um. Die Kirche Santo Spirito war nun wirklich nichts Besonderes. Sie war vor über achthundert Jahren, Anno Domini 722, von irgendeinem König von Wessex gespendet worden, ein Königreich, das es schon lange nicht mehr gab. Vor einigen Jahrzehnten hatte man einen Campanile angebaut, der recht nett anzusehen war, mehr aber auch nicht, und kürzlich hatte eine gründliche Überholung des alten Mauerwerks stattgefunden. Die Lage allerdings war hübsch. Direkt an einer Tiberbiegung gelegen, konnte man den glitzernden Flusslauf nach Osten sowie nach Süden verfolgen, hatte sowohl die Engelsburg wie auch den von Pinien und Villen bestandenen Gianicolo im Blick und erfreute sich einer gewissen Ruhe und guter Luft, die beide im wachsenden Rom seltener geworden waren.

Dafür war die Luft im Inneren der Kirche fast unerträglich, stellte Julius fest, als er durch die Pforte eintrat. Es roch streng nach etwas, wofür noch kein Wort erfunden worden war, und Millionen und Abermillionen kleinster Teilchen schwirrten durch den Raum. Nach wenigen Augenblicken hatte er das Gefühl, die Kehle stehe ihm in Flammen, und Julius sammelte so viel Speichel, wie er konnte, um den Brand zu löschen.

Wie konnte jemand nur von früh bis spät hier arbeiten?

Er drehte sich einmal um die eigene Achse, um den ganzen Innenraum zu erfassen. Viel gab es nicht zu sehen. Die Kirche war nicht groß und zudem eingerüstet. An einer Stelle jedoch waren die Arbeiten abgeschlossen. Über einer eher nüchternen Wand erhob sich ein Fenster, schlank und schön und bunt wie ein Teppich, darauf Gestalten in fließenden Gewändern, Prälaten, die sich versammelten, und mitten unter ihnen das Licht des Heiligen Geistes, ein grünes Licht, das Licht der Hoffnung. Die Farben leuchteten und erhellten den düsteren Kirchenraum. Eine einzige Öffnung nur in der Dunkelheit, ein Fenster zu Gott.

Gar nicht so übel, dachte er.

Als Italiener war Julius kein Anhänger des Glases in der Kunst. Er schätzte bemalte Wände und Leinwände: Correggio, Vecchio, Messina, Botticelli, Peruzzi, Raffaelo, Tiziano, Perugino, Michelangelo … Es waren ja so viele. *Das* war Kunst. Farbiges Glas zu zerbrechen und daraus Mosaike zu machen war etwas für Spanier und Franzosen – und für Deutsche wie diese Antonia Bender.

Sie stand etwas verloren am Fuße eines Gerüstes, so als könne sie sich nicht entscheiden, ob sie vortreten oder verschwinden sollte.

Jetzt kam es darauf an.

Julius flüsterte zu sich selbst: »Wollen wir doch mal sehen, ob wir sie nicht auf den rechten Pfad führen können.«

Er legte sein gewinnendstes Lächeln auf, das Lächeln eines gütigen Patrons, und ging auf die Frau zu. Die Abfallprodukte der Steinmetze lagen auf dem Boden verteilt, allerlei Bruchstücke und Staub, und gelegentlich auch dicke Placken von Spucke. Für einen Papst in allerlei Gewändern war ein solcher Kirchenboden wie der Grat eines Vulkans.

Dennoch hörte Julius nicht auf zu lächeln.

»Sei gegrüßt, meine liebe Tochter«, sagte er und nahm ihren Kniefall huldvoll entgegen. »Erhebe dich. Ich habe so viel Gutes über dich gehört, dass ich es nicht erwarten konnte, dich kennenzulernen. Eine Künstlerin. Eine Glasmalerin noch dazu. Wie außergewöhnlich. Wie beachtlich.«

Besser nicht so übertreiben, dachte er und versuchte, sie beiläufig zu mustern. Was Sandro bloß an ihr fand. Sie war ein bisschen arg schlank, aber das war Sandro ja auch. Und im Übrigen: ein blasser Teint, halb verblichene Sommersprossen, weizenblonde Haare, sehr wache Augen. Wie man sich doch irren konnte. Julius hatte sich unter Sandros Angebeteter immer ein schwarzhaariges Püppchen vorgestellt, nun erwies sich, dass Sandro und sie sich auf Augenhöhe befanden, auch was die geistigen Qualitäten anging. Kluge Frauen erkannte Julius sofort, hatte er sich doch selbst einmal in eine solche verliebt – in Maddalena, die auf so tragische Weise ums Leben gekommen war.

Wäre Antonia zu ihrer Klugheit noch eine umwerfende Schönheit gewesen… Nun ja, Geschmäcker waren bekanntlich verschieden. Zumindest war sie nicht hässlich. Im Grunde sah sie gar nicht so schlecht aus.

»Euer Besuch ist eine Ehre für mich, Eure Heiligkeit«, sagte sie.

»Ich wollte es mir nicht nehmen lassen, deine Kunst zu bewundern, meine Tochter. Sandro spricht von nichts anderem. Er hat eine Schwäche für Diffuses. Das ist wohl auch der Grund, weshalb er so gerne Verbrechen aufklärt.«

Sie lachten beide. Er hatte einen Witz gemacht – mein Gott, wie lange war das schon nicht mehr vorgekommen!

»Er hat eine große Karriere vor sich.« Julius zwinkerte. »Wir beide kennen ihn und wissen, dass er das niemals zugeben würde, aber er ist einer der fähigsten Geistlichen in dieser Stadt, und sein Einfluss ist schon jetzt enorm. Dass er dabei nur denen hilft, die es verdienen, ist eine ebenso bemerkenswerte wie bewundernswerte Eigenschaft von ihm. Diese Kirche hier ist das beste Beispiel. Wäre er nicht restlos überzeugt gewesen von deinen Fähigkeiten, meine Tochter, hätte er sich nie derart für dich eingesetzt. Denn weißt du, ich lehnte sein Ersuchen zunächst ab, weil die Gilde mir Ärger macht, wenn ich künstlerische und handwerkliche Aufträge an Frauen vergebe. Sandro war beharrlich geblieben – und wie recht er hatte. Deine Arbeit ist mehr als zufriedenstellend. Dieser schöpferische Reichtum, diese Fantasie …«

Das musste nun aber genügen, um ihr sein Wohlwollen begreiflich zu machen. Er konnte sich nicht erinnern, jemals so gelobt zu haben, und er stellte fest, dass Freundlichkeit eine mühselige Angelegenheit war.

»Du beflügelst Herzen«, fuhr er fort. »Dir, Antonia Bender, ist es gelungen, Sandros Herz zu öffnen.« Dabei sah er ihr unverblümt in die Augen, in der Hoffnung, dass sie verstand, dass seine Worte sich nun nicht mehr auf die Glasmalerei bezogen. »Wie«, fragte er, »steht es mit deinem Herzen?«

Erstmals hatte er ihr eine Frage gestellt, und Fragen der Päpste mussten beantwortet werden.

Sie blickte ein wenig ratlos. »Nun ja, Eure Heiligkeit. Es – es tut das, was es tut, voller Hingabe.«

Ach herrje, dachte er. Wie sollte man sich bei diesem umständlichen Geschwätz jemals so ausdrücken, dass am Ende ein stillschweigendes Einverständnis herrschen würde? Das könnte Jahre dauern. Die Diplomatensprache hatte ihm noch nie gelegen, und er war überzeugt, dass die Hälfte aller Kriege nur deshalb ausbrach, weil jemand etwas gesagt hatte, über dessen

Wirkung er sich nicht im Klaren war, oder sich zur falschen Zeit geräuspert hatte.

Trotzdem weiterlächeln.

»Wie schön«, sagte er. »Hingabe ist gut. Auch Sandro ist voller Hingabe. Diese Stadt braucht Menschen, die sich hingeben.« Setzte man das Wörtchen »einander« dazwischen, wäre die Botschaft noch eindeutiger geworden, aber das ginge wohl etwas zu weit. Die nächste Steigerung wäre dann, Sandro und Antonia nackt in einem Zimmer einzusperren, in dem nur ein Bett stand.

Weiterlächeln. »Sandro liegt mir sehr am Herzen«, sagte er. »Und du ebenso, meine Tochter.«

In diesem Moment war ein Geräusch irgendwo in dem Gewirr des Gerüsts zu hören, zu ebener Erde, so als sei jemand auf etwas Zerbrechliches getreten.

»Wer ist da?«, rief Julius. »Komm hervor. Wieso versteckst du dich? Ich werde die Wache rufen.«

»Keine Sorge, Eure Heiligkeit«, beruhigte Antonia ihn. »Es ist ein Freund von mir.«

»Wieso versteckt er sich?«

Sie senkte den Kopf. »Als die Garde kam, um die Kirche zu räumen, waren wir gerade dabei ... haben wir ... Es wäre peinlich gewesen, wenn ... Darum hat er sich verborgen.«

»Ich verstehe.« Es wäre ihm ein Leichtes gewesen, die beiden einem Gericht zu übergeben. Beischlaf in der Kirche, das war ungeheuerlich. Diese Antonia war ja wirklich mit allen Wassern gewaschen, und langsam begriff er, was Sandro an ihr fand. Aber er war gekommen, um Antonia in Sandros Arme zu führen, nicht um eine unsittliche Handlung in der Kirche des Heiligen Geistes zu rächen. Dass die Glasmalerin sich einem anderen zugeneigt fühlte, war nur ein Rückschlag, nicht das Ende.

»Tritt vor, mein Sohn«, rief er mild und bemühte sich neuerlich um einen freundlichen Gesichtsausdruck. Als er jedoch sah, wer aus dem Gerüst hervorkam, war es mit seinem Lächeln ein für alle Mal vorbei. Er hatte diesen Mann schon einmal gesehen, auch wenn sie sich nie begegnet waren. Milo, der Mörder. Massa hatte ihn ausgesucht, aber Julius hatte ihn unauffällig in Augenschein genommen. Sie hatten nie auch nur ein Wort miteinander gewechselt, hatten sich nie in die Augen gesehen. Und jetzt…

Nimm dich zusammen, dachte er.

»Das ist Milo, Eure Heiligkeit«, sagte Antonia. »Er ist – Zimmermann.«

Zimmermann, ha! Milo zimmerte, so weit Julius informiert war, die beanspruchten Betten im Hurenhaus seiner Mutter zusammen. Aber es war verständlich, dass Antonia ihn nicht wahrheitsgetreu vorstellte, vor allem nicht ihm, dem Papst.

»Ein ehrbarer Beruf«, sagte Julius. »Der Beruf, den Jesus in seiner Jugend erlernte.«

»Zu Diensten, Eure Heiligkeit«, sagte Milo und kniete sich nieder, um den Fischerring zu küssen.

Doch Julius zog seine Hand weg. Schon dieses kurze Gespräch mit dem Mörder machte ihm zu schaffen. Er wollte so wenig wie möglich mit ihm zu tun haben.

Himmel, war das alles verworren! Sandro liebte eine Frau, die mit einem Mörder schlief, und weder Sandro noch Antonia ahnten, wie gefährlich dieser Mann war. Bühnenreif. Aber keine Komödie.

Liebte der Mörder Antonia? Wie weit würde er gehen, wenn Antonia sich für Sandro entscheiden würde?

Julius verabschiedete sich rasch, und während er die Kirche verließ, überlegte er, was zu tun sei.

8

Gisbert von Donaustauf war ein Jüngling mit blonden, schulterlangen Haaren, einem kaum sichtbaren Bartflaum und gepflegten Händen. Die Ähnlichkeit mit seinem älteren Bruder war erkennbar, drängte sich jedoch nicht auf. Gisberts Gesicht hatte eine gesündere Farbe und war nicht so abgehärmt, aber auch ihm war jene beinahe überhebliche Selbstsicherheit eigen, die Sandro auch schon bei Johannes aufgefallen war. Bei Johannes hatte sich der Dünkel auf das Bewusstsein seiner »Auserwähltheit« bezogen; er war über die Maßen stolz darauf gewesen, fromm zu sein und eines Tages im Auftrag seiner Erleuchtung Chinesen zu Christen zu machen. Wenn man Gisbert dabei zusah, wie er sich mit den Händen durch die Haare fuhr, wurde offensichtlich, dass sein Dünkel sich auf etwas anderes gründete.

Gisbert glich ihm – dieser Gedanke kam Sandro ganz plötzlich. Gisbert glich dem achtzehn-, zwanzigjährigen Sandro, dem verwöhnten und ein wenig eitlen römischen Kaufmannssohn, der Sandro vor dem Eintritt in den Orden gewesen war. Damals hatte er sich fast unentwegt mit dem Erobern von Frauen seines Standes beschäftigt, denn in seiner Eitelkeit war er darauf aus gewesen, sich unentwegt in Nichtigkeiten zu beweisen. Traf dasselbe auf Gisbert zu? Eine skurrile Parallele zumindest gab es: Sandro hatte damals seinen Halbbruder aus Eifersucht niedergestochen, und Gisbert gehörte zum Kreis der Verdächtigen an der Ermordung seines Bruders.

»Unsere Eltern sind tot«, sagte Gisbert mit leiser Stimme. »Ich hatte wenig mit Johannes gemeinsam, aber er war der letzte Blutsverwandte, den ich noch hatte. Ich trauere nicht um einen geliebten Bruder, ich trauere um meinen einzigen Bruder. Jetzt bin ich ganz allein.«

Dieses so offenherzig anmutende Bekenntnis hatte Gisbert mit leerer, erschütterter Miene gemacht, sitzend, mit nach vorn gebeugtem Oberkörper und die Unterarme auf den Oberschenkeln ruhend. Es fehlte nur noch der Zügel, und er hätte einen übermüdeten Kutscher abgegeben.

»Ich weiß so gut wie nichts über Euren Bruder«, sagte Sandro. »Was ist das für eine Familie, die Donaustaufs?«

Gisbert machte eine gleichgültige Geste. »Vor allem eine reiche Familie. Wir hatten ein Jahrhundert lang die Konzession, Zölle von den Flussschiffern zu erheben, die in Regensburg anlegen wollten. Vor siebzehn Jahren, etwa zurzeit meiner Geburt, wurde uns die Konzession entzogen, weil wir angeblich zu viel in die eigene Tasche wirtschafteten. Warum sage ich ›angeblich‹? Es war so. Mein Vater hat uns gegenüber damit angegeben, so wie sein Vater ihm gegenüber damit angegeben hat, und dessen Vater und so weiter. Hätte mein Vater die Konzession nicht verloren, wer weiß, dann würde heute ich es vielleicht sein, der genötigt wäre, zu betrügen und damit anzugeben.«

»Wieso Ihr? Johannes war der Ältere. Wird das Geschäft nicht immer an den ältesten Sohn weitergegeben?«

»Meistens. Aber mein Vater konnte Johannes nicht leiden, weil er, bis er zehn Jahre alt war, gestottert hat. Überhaupt war er ein schüchterner Junge, während ich… Was soll ich's lange erklären?« Gisberts Tonfall wurde leicht ungeduldig. »Ich entsprach dem Bild, das mein Vater sich von einem Sohn machte. Ist das wichtig?«

»Wenn ich danach frage, wird es schon seinen Grund haben«, entgegnete Sandro knapp.

Gisbert lehnte sich zurück und verschränkte die Arme vor der Brust. »Johannes hat mir nie vorgeworfen, dass ich der Bevorzugte war, und weil es keine Konzession mehr gab, gab es auch kein Geschäft zu vererben. Wir stritten also nicht darüber.«

»Und *worüber* habt Ihr gestritten?«

Gisbert von Donaustauf warf Sandro einen kurzen Blick zu, bevor er zu Boden starrte, als liege dort die Antwort. »Über gar nichts. Johannes war sehr genügsam.«

»Ihr meint, er räumte schnell das Feld, wenn ein Schlagabtausch mit Euch drohte.« Sandro ließ Gisbert, der etwas einwenden wollte, nicht zu Wort kommen. »Kam es nie zu Rivalitäten? Wegen eines Mädchens vielleicht?«

Gisbert lachte kurz auf. »Johannes interessierte sich nicht für Mädchen. Und damit keine Missverständnisse aufkommen: Er kannte überhaupt kein Begehren, kein körperliches jedenfalls. Er mied die Nähe von Frauen, und wenn eine Frau anfing, sich für ihn zu interessieren – er machte zwar nicht viel her, war aber der künftige Erbe eines Vermögens –, dann stellte er sich dumm. Das war mir nur recht. Die meisten dieser Mädchen machten danach mir schöne Augen, auch wenn ich nur einen kleinen Teil des Familienvermögens erben sollte.«

Sandros erster Eindruck von Gisbert bestätigte sich. Der junge Mann hielt große Stücke auf sein Aussehen.

»Was hat es mit dem religiösen Erlebnis Eures Bruders auf sich?«

»Ach das.« Gisbert atmete geräuschvoll ein und ebenso geräuschvoll wieder aus. »Johannes hatte einen Traum gehabt, der sich einige Male wiederholte. Darin sah er sich, eine schwarze Kutte tragend, fremdartig aussehende Heiden taufen. Und bald darauf kam er von einem Spaziergang zurück und sagte, er habe diesen Traum am helllichten Tag im Wald vor sich gesehen wie ein Theaterstück und es sei ihm befohlen worden, ihn wahr zu machen.«

»Wann war das?«

»Im Frühling dieses Jahres. Unsere Eltern waren zu diesem Zeitpunkt schon beide tot. Meine Mutter starb vor vier Jahren, mein Vater bei einem Reitunfall im letzten Winter. Johannes forschte nach, welche Orden schwarze Kutten tragen und zugleich in ferne Länder reisen, um Heiden zu taufen. Nur ein einziger Orden tut das.«

»Die Jesuiten.«

»Die Jesuiten«, echote Gisbert. »Als er dann noch erfuhr, dass in Rom eine jesuitische Schule für Deutsche eröffnete, sah er darin ein weiteres Zeichen und meldete sich an. Er sagte, diese Schule sei die erste Etappe seines Weges nach China. Das ist die ganze Geschichte.«

»*Seine* ganze Geschichte«, korrigierte Sandro. »Ihr seid ebenso Schüler des Collegium Germanicum geworden. Eure Anmeldung traf eine Woche nach der Eures Bruders ein. Hattet Ihr ebenfalls ein religiöses Erlebnis?«

Sandro hatte seine Frage absichtlich mit einem ironischen Unterton gestellt, der Gisbert offenbar gefiel und auf den er sich sofort einließ.

»Mit Sicherheit nicht«, antwortete er grinsend. »Ehrlich gesagt, habe ich Johannes für einen Spinner gehalten – ein schlechter Witz, dass man ihn bereits für mündig erklärt hat und mich noch nicht. Er ist seit einem Jahr mein Vormund, dabei bin ich wesentlich erwachsener als er. Außerdem hatte er ein bisschen zu viel Wein getrunken, bevor er sich auf seinen Spaziergang begeben hatte. Sicherlich hat er geglaubt, was er über sein Erlebnis erzählte, aber es hat nur in seiner Einbildung stattgefunden. Davon bin ich fest überzeugt. Und Ihr auch.«

Sandro kommentierte das nicht, aber er gab mit einer Geste zu verstehen, dass er Gisbert in diesem Punkt zustimmte. Tatsächlich hielt er nichts von Visionen und dergleichen, weil sie nach seiner Überzeugung in den meisten Fällen in irgendeine Katastrophe mündeten.

»Andererseits«, sagte Gisbert, »muss ich dankbar sein, dass Johannes an seine Vision glaubte und unbedingt hierher nach Rom gehen wollte.«

»Wieso? Weil er jetzt tot ist und Ihr der Alleinerbe eines großen Vermögens seid?«

Diese plötzliche Wendung des Gesprächs erschreckte Gisbert. Er war zunächst unfähig, auf Sandros unterschwelligen Vorwurf zu reagieren. Dann brauste er auf: »So habe ich das nicht gemeint.«

»Wie sieht das Testament Eures Vaters aus?«

»Was hat denn das mit …? Worauf wollt Ihr hinaus? Es gab kein Testament. Er starb völlig überraschend mit nur achtunddreißig Jahren bei einem Reitunfall. Und das bedeutet, dass mein Bruder das Herrenhaus, die Gehöfte und den größten Teil des Geldes geerbt hat.«

»Und was habt Ihr geerbt?«

»Ihr irrt Euch, wenn Ihr meint, mir würde etwas an dem Geld liegen. An meinem zwanzigsten Geburtstag hätte mein Bruder mir zehn Prozent des Erbes auszahlen müssen, also etwa zehntausend Goldgulden sowie ein Gut. Damit hätte ich bequem leben können. Ich habe nirgendwo Schulden, das könnt Ihr gerne überprüfen. Auch falls Ihr nach anderen Motiven sucht, werdet Ihr keine finden. Vermutet Ihr, Johannes habe mich gezwungen, mit ihm nach Rom zu kommen? O nein! Es war meine freie Entscheidung, weil ich die Gelegenheit sah, eine Stadt kennenzulernen, *die* Stadt schlechthin. In Rom, so sagte ich mir, würde es mir wesentlich besser ergehen. Das war es, was ich vorhin meinte, als ich sagte, ich müsse Johannes dankbar für seine Vision sein. Denn ich fühle mich tatsächlich ausgesprochen wohl hier.«

Sandro hatte Gisbert von Donaustauf mit voller Absicht provoziert, weil wütende Menschen mehr preisgeben als gefasste. Und seine Hoffnung hatte sich erfüllt. Vor allem Gisberts letzter Satz gefiel Sandro.

»Schön«, sagte er. »Sprechen wir über gestern. Wie habt Ihr und Euer Bruder den Tag verbracht?«

»Jedenfalls nicht gemeinsam. Ich habe ihn gestern kaum gesehen, eigentlich habe ich ihn überhaupt selten gesehen, auch bei uns in Donaustauf. Er blieb immerzu in seinem Zimmer und las Bücher, mittags, abends, bei Sonnenschein, zur Erntezeit … Keine Ausritte, kein Bad im Fluss, kein Interesse an Festmahlen, zu denen wir eingeladen wurden. Ich habe ihm mehrmals gesagt, er würde eines Tages sterben, ohne was vom Leben gehabt zu haben …« Gisbert stutzte. »Seltsam, erst gestern habe ich ihm das noch einmal gesagt.«

»Also habt Ihr ihn doch gesehen.«

»Ich sagte, dass ich ihn *selten* gesehen habe, nicht dass ich ihn *nicht* gesehen habe«, erwiderte Gisbert gereizt. Es war aufschlussreich, zu beobachten, wie er mehr und mehr seine Fassung verlor. »Nach der Frühmesse hatten wir zusammen Latrinendienst. Er hat sich völlig hineingesteigert in die Putzerei, hat jede Stelle zehnmal gebürstet, als würde eine saubere Latrine ihn direkt ins Himmelreich befördern. Ich habe mich zurückgelehnt und ihn die Arbeit machen lassen, und nur, wenn Birnbaum kurz vorbeikam, der uns beaufsichtigen sollte, aber die meiste Zeit in der Küche zugange war, habe ich so getan, als würde ich arbeiten. Johannes hat mich nicht verraten, der Dummkopf. Er musste immer den Heiligen spielen. So war Johannes.«

So ist Gisbert, dachte Sandro.

»Was war nach dem Latrinendienst?«

»Er ist wieder in sein Zimmer gegangen, und ich bin ein bisschen durch Rom geschlendert. Ich war auf dem Markt, die römischen Märkte sind viel größer als die in meiner Heimat, ich kann mich gar nicht sattsehen an so viel Trubel. Zum Mittagsmahl kehrte ich wieder ins Collegium zurück. Ich saß neben Johannes, habe aber kein Wort mit ihm gesprochen. Den Nachmittag habe ich auf meinem Bett gelegen und gedöst, die Hitze war unerträglich.«

»War Johannes in seinem Zimmer?«

»Weiß nicht. Im ganzen Haus war es ruhig. Wartet, da fällt mir ein, dass ich einmal ein Geräusch von nebenan gehört habe, so als – als bürste er den Boden. Ich dachte noch, jetzt ist er völlig närrisch geworden. Später hatte ich Küchendienst. War nicht schlimm. Birnbaum ist von allen hier der Beste, eine Stunde mit ihm vergeht wie nichts. Er spricht die ganze Zeit von Innsbruck und dem Armenhaus, in dem er gedient hat, er schwärmt vom Inn, vom Essen, vom Heimatlichen. Hat immer ein tröstliches Wort zur Hand – und in der anderen Hand ein Schweinswürstel.« Gisbert lachte. »Man kann es schlecht übersetzen, aber in meiner Heimat nennt man einen Menschen wie Birnbaum einen Pfundskerl.«

»Ihr wart also die ganze Zeit über bis zur Messe mit dem Pfundskerl zusammen? Unentwegt? Weder Bruder Birnbaum noch Ihr habt kurz die Küche verlassen?«

»Sagte ich doch.«

»Sagtet Ihr nicht.«

»Dann sage ich es jetzt. Birnbaum ist nur einmal rausgegangen, und zwar in den Saal, ganz kurz. Er hat das Lesepult abgewischt, denn da sollte er später während des Essens etwas vorlesen. Er war mächtig nervös deswegen – vorlesen vor so vielen Gästen. Also hat er ganz plötzlich Halsschmerzen bekommen. Ich hab mich darüber amüsiert.«

»Wie lange war er weg?«

»Ihr hört nicht zu. Ganz kurz, habe ich gesagt.«

»Könnt Ihr das verdeutlichen?«

»Etwa so lange, wie ich brauche, um meine Blase leer zu kriegen. Deutlich genug?«

»War sonst noch jemand in der Küche?«

»Nein. Bis Giovanna kam.«

»Sonst niemand? Vielleicht nur ganz kurz – so kurz, wie es dauert, die Blase leer zu kriegen?«

»Herrgott noch mal! Soll ich es erst in Lettern gießen, damit Ihr es versteht? Ich sage: Nein. Eure Fragen sind penetrant und voller Unterstellungen.«

»Und es wird noch schlimmer. Nachdem Euer Bruder zusammengebrochen und von mir und Magister Duré in sein Zimmer gebracht worden war, kam ich noch einmal heraus, und da fiel mir auf, dass nur noch ein roter Talar sich im Speiseraum befand. Tilman Ried sagte ...«

Gisbert sprang auf. »Dafür hat er eine aufs Maul gekriegt.«

»Also log er?«

»Ich bin mal kurz rausgegangen, na und? Ich war in der Latrine. Was hätte ich tun sollen? In den Talar scheißen? Gut, mein Bruder lag im Sterben, aber man kann sich den Augenblick nicht aussuchen, in dem man scheißen muss. Ist doch so. Seit einer Woche scheißen Johannes, Ried und ich wie die Gäule, das liegt an dem Italienerfraß, und zufällig war es da eben gerade ich, der dran war.«

»Dann hat Ried doch nur die Wahrheit gesagt. Welchen Grund hattet Ihr, ihm an die Gurgel zu gehen und ihm zu drohen, er sei der Nächste?«

Gisbert blickte zu Boden und sagte leise: »Dass er der Nächste sein würde, das war sicherlich übertrieben – im ersten Zorn eben, weil der Feigling mich geschlagen hat, als der Hauptmann mich festhielt.« Gisberts Stimme wurde wieder laut. »Aber dass ich auf ihn losgegangen bin, bereue ich nicht. Ich hab ihm eine verpasst, weil er es in so einem genüsslichen Ton ausgeplappert hat, als ... als ... als sei ich es gewesen, der Johannes umgebracht hat. Keiner darf so was behaupten.« Er zeigte mit ausgestrecktem Arm auf Sandro. »Keiner. Das meine ich ernst.«

»Ach so ist das?«

»Ja, so ist das. Mit einem Jesuiten nehme ich es allemal auf.«

Sandro verkniff sich ein Lächeln und wich Gisberts Blick

aus, um ihn nicht noch weiter zu provozieren. Er hatte keine Angst vor diesem Jungen, aber ein Handgemenge im Collegium Germanicum zwischen einem Schüler und dem Visitator Seiner Heiligkeit wäre nicht nur unbesonnen, sondern so überflüssig wie ein Kropf.

»Ich habe für den Augenblick keine weiteren Fragen«, sagte er und löste damit ein Mienenspiel überheblicher Genugtuung bei Gisbert aus, der annehmen durfte, Sandro habe sich von seiner Drohung beeindrucken lassen.

»Dachte ich mir. Schönen Tag noch, *Exzellenz*«, sagte Gisbert.

Sandro fasste den Türknauf, wandte sich aber noch einmal um. »Nur eins noch. Wisst Ihr irgendetwas über das Mädchen?«

Mit diesem Wort löste er bei Gisbert Erstaunen und Irritation aus. Jede Aggressivität fiel von dem jungen Mann ab und wandelte sich in Nachgiebigkeit.

»Mädchen? Welches Mädchen?«

»Magister Duré erwähnte, dass er Euren Bruder kürzlich im Gespräch mit einem Mädchen gesehen habe, irgendwo auf der Straße.«

Gisbert brauchte eine Weile, bis er zahm fragte: »Wie sah es denn aus, das Mädchen?«

»Danach habe ich den Magister nicht gefragt. Gab es denn so viele Mädchen im Bekanntenkreis Eures Bruders, dass es eine Rolle spielt, wie es aussah?«

»Von einem Mädchen hat er nie etwas erzählt. Ich kann mir das nicht erklären. Er war ja immer sehr – sehr schüchtern.«

Sandro lächelte und nickte. »Das habt Ihr bereits genüsslich erwähnt. Vielen Dank, Signore von Donaustauf.«

Im nächsten Moment gefror Sandros Lächeln, denn in der geöffneten Tür tauchte der Pater General auf, und obwohl nichts an seinem Gesichtsausdruck verriet, was in ihm vorging, spürte Sandro, dass Ignatius nicht vorbeikam, um sich nach dem Fortgang der Ermittlungen zu erkundigen.

Sandro spürte eine Gefahr.

»Bitte, Bruder«, sagte der Ehrwürdige zu Sandro. »Folge mir in mein Zimmer.«

Es war nicht leicht, Giovanna von etwas abzuhalten, das sie sich in den Kopf gesetzt hatte. Ein voluminöser Körper, ein loses Maul, die Furchtlosigkeit vor Respektspersonen und ein Kochlöffel taten normalerweise ihre Wirkung und veranlassten sogar gestandene Mannsbilder dazu, sich ihrem Willen zu fügen. Ihr Mann hatte es zu seinen Lebzeiten nicht leicht mit ihr gehabt, darüber war sie sich im Klaren, und sie hatte nach seinem Tod gewiss zweihundert Kerzen angezündet, um die Verzeihung der Gottesmutter zu erbitten, obwohl er ein Trunkenbold und Schürzenjäger gewesen war und sie es mit ihm auch nie leicht gehabt hatte.

In Bruder Königsteiner traf sie allerdings auf einen, der sich von römischer Streitlust und Kochlöffel nicht beeindrucken ließ.

»Ich muss Bruder Sandro sprechen«, drängte sie.

Königsteiner stand mitten auf der Treppe ins Obergeschoss. Die Arme ausgebreitet, so als wolle er sich gleich wie eine Harpyie in die Lüfte schwingen, versperrte er Giovanna den Weg.

»Ihr kennt die Regel«, wiederholte er wortgetreu, was er zuvor schon einmal gesagt hatte. »Ihr dürft den Hinterhof, die Küche und den Speisesaal betreten. Die anderen Räumlichkeiten des Collegiums sind für Euch …«

»Tabu, ich weiß.«

»Was tut Ihr dann hier?«

»Geht das nicht in Euren Schädel: Ich *muss* ihn sprechen. Es ist wichtig. Wenn ich nicht zu ihm darf, dann holt ihn.«

»Wie ich schon sagte: Ihr habt Bruder Sandro knapp verpasst. Er ist eben beim Ehrwürdigen eingetreten.«

»Und?«

Königsteiner war fassungslos. »Ihr erwartet doch wohl nicht, dass ich eine Besprechung des ehrwürdigen Pater Generals unterbreche, weil die *Köchin* ein Anliegen hat?«

»Doch.«

»Bete um etwas Bescheidenheit, meine Tochter.«

Gleichfalls, dachte Giovanna. Aber sie musste einsehen, dass sie – wenn sie Königsteiner nicht über den Haufen rennen wollte, was ihr zweifellos gelungen wäre – den Rückzug antreten musste.

Als sie sich umdrehte, lief sie Luis de Soto in die Arme. Er musste direkt hinter ihr gestanden haben.

»So was«, sagte sie in einem für sie untypischen irritierten Tonfall. »Ich habe Euch gar nicht bemerkt.«

Luis de Soto war der einzige Mensch, den sie kannte, der ihr wirklich unheimlich war. Dabei war es noch nicht einmal so, dass sie ihn nicht mochte, oder besser gesagt, sie hatte nichts Konkretes an ihm auszusetzen. Er war stets freundlich, und wenngleich er sich gerne selbst reden hörte, musste sie zugeben, dass er mehrmals ihre gute Küche gelobt hatte – was ihn selbstverständlich als kulinarischen Fachmann auswies. Den direkten Vergleich mit Königsteiner gewann er in Giovannas Augen haushoch. Bruder de Soto war gelassen, wo Königsteiner verbissen und streng war, und entgegenkommend, wo Königsteiner schroff wurde. Und doch … Spaniern sagte man zwar ein gefühlsbetontes Wesen nach, aber Giovanna fand die Augen dieses Spaniers einfach nur kalt. Sie konnte es sich nicht erklären, aber tief in ihr drin hob eine warnende Stimme an, wenn sie Luis de Soto erblickte.

»Ich hörte unfreiwillig zu«, sagte er. »Bruder Königsteiner meint es sicher gut, aber er erkennt offenbar nicht, wie dringlich Euer Anliegen ist. Wenn Ihr mir sagt, worum es geht, werde ich hinaufgehen und Bruder Sandro unterrichten.«

»Das werdet Ihr keineswegs«, korrigierte ihn Königsteiner, bevor Giovanna das Angebot de Sotos zurückweisen konnte, denn sie hatte nicht vor, ihm das anzuvertrauen, was ihr letzte Nacht eingefallen war.

»Wer sollte mich daran hindern, Bruder?«

»Ich betrachte es als meine Pflicht, den Pater General vor irrelevanten Störungen zu bewahren, Bruder.«

»Die gute Frau möchte Bruder Carissimi sprechen, nicht den Ehrwürdigen, Bruder.«

»Dann möge die gute Frau sich gedulden, bis Bruder Carissimi aus dem Zimmer des Ehrwürdigen herauskommt, Bruder.«

»Bruder, ich möchte Euch darauf hinweisen, dass ...«

Giovanna stand zwischen dem einen und dem anderen, und die Worte flogen wie Katapultgeschosse über sie hinweg. Nach einer Weile entfernte sie sich, und keiner von beiden schien es zu bemerken, zumal es schon längst nicht mehr um Giovanna und ihr Anliegen ging, sondern nur noch um den Machtkampf zweier Gockel um ein Revier.

Kaum in der Küche, machte sie ihrem Verdruss Luft. Sie holte Töpfe, Pfannen und Kannen hervor, knallte sie auf Tische und Arbeitsplatten, stieß Schimpfwörter aus, bekreuzigte sich nach jedem, sprach mit dem Gemüse, das sie wusch, und stellte sich schließlich vor, ein Mann zu sein, ein Bischof oder besser noch ein Kardinal, und Bruder Königsteiner zusammenzustauchen, bis er mental die Größe einer Feldmaus erreicht hätte.

»Dio mio«, brummte sie. »Madonna mia. Möge ihn der Fußpilz befallen und bis ans Ende seiner Tage quälen. Mögen die Hautlappen seines Hinterns bis zu den Kniekehlen schaukeln. Mögen seine Augenbrauen ...« Giovanna fand etliche Verwünschungen, die, würden sie sich erfüllen, dem Königsteiner ganz schön zu schaffen gemacht hätten. Und fast das ganze Collegium hätte sich darüber gefreut, allen voran der Birnbaum.

»Möge er jeden Morgen mit einem Mund aufwachen, so trocken wie ein Stück Schiefer im August. Und möge er immerzu einen Geschmack auf der Zunge haben, als habe er eine Stunde lang auf einer alten Unterwäsche gekaut.«

Sie warf das klein geschnittene Gemüse in einen großen Kessel und gab zwei Rinderknochen hinzu. Von gestern waren noch einige Zwiebeln, Pfefferschoten und Oliven übrig geblieben, die sie nicht hatte verwerten können und die sie nun zu den anderen Zutaten warf. Mal sehen, wie den ehrwürdigen Brüdern eine heiße, scharfe Suppe an einem römischen Julimittag bekommen würde.

Sie ging auf die andere Seite der Küche, wo auf einer anderen Feuerstelle ein Kessel brodelte. Sie nahm an, Birnbaum habe ein wenig mitgedacht und am Vormittag Wasser aufgesetzt, denn sie hatte ihm schon gestern gesagt, dass sie heute eine Suppe zubereiten wollte.

Aber natürlich – kein Wasser! Irgendeine mehlige Soße, die überdies roch, dass es einem die Nasenhaare kräuselte, blubberte wie ein heißes Schlammloch vor sich hin.

»Madonna mia.« War sie denn die Einzige mit Verstand in diesem Haus? Jetzt würde sie mit zwei leeren Eimern zum Brunnen in der Via Sabini laufen müssen und mit zwei vollen Eimern zurück. Sie war über fünfzig, eine alte Frau, kein Maulesel.

»Birnbaum, du Faulpelz«, murmelte sie. »Möge dein Wanst dir des Nachts zur Seite rutschen.«

Auf der Suche nach Eimern ging sie auf die Knie, was in ihrem Alter und mit diesen zahlreichen Röcken und Unterröcken gar nicht so leicht war. Plötzlich hörte sie ein Geräusch hinter sich. Sie drehte langsam den Kopf und sah den Saum eines Gewands. Ihr Blick glitt an der Gestalt empor.

»Dio mio.«

Sie schluckte, und im nächsten Moment spürte sie ... Nein!

Sie spürte, hörte und roch es gleichzeitig. Feuer.

Sie stand auf und schrie.

Ihre Kleider brannten. Die Flamme züngelte ihren Rücken empor, ergriff ihre Haare, bohrte sich wie tausend Lanzen in die Hüften, die Schultern ...

Giovanna lief, wankte.

Sie war nicht allein in der Küche, doch das spielte jetzt keine Rolle.

Wasser. Wasser.

Ihre Ärmel fingen Feuer.

Die Glut fraß sich in sie hinein. Fraß Giovanna auf. Sie sah nichts mehr, und ihr Körper verwandelte sich in einen Klumpen aus Schmerz, den man hasste und loswerden wollte.

Sie wankte. Eine wankende Fackel. Sie taumelte irgendwohin. Sie schrie nicht mehr.

9

Sandro und der Ehrwürdige saßen sich gegenüber in Loyolas Zimmer. Auf dem Tisch neben dem Bett glitzerte das Wasser einer Karaffe im Tageslicht, das durch das kleine Fenster drang, und warf zitternde Lichtreflexe an die Wand.

Draußen war es ruhig, die Straßen waren leer, die Fensterläden geschlossen: Es war die Zeit der schweren Stille zwischen Mittag und der sechsten Stunde, in der alles Leben ermattete. In den Gassen waberte die Hitze des Julis, die Hitze eines jeden Sommers, seit es diese unbarmherzige Stadt gab. Den Alten brachte sie oft sogar den Tod. Auch heute Abend würde wieder ein Karren, beladen mit gefüllten Leinensäcken, das Stadttor passieren und vor einer Grube haltmachen. Sandro konnte sie nicht zählen, die Alten von Rom und Neapel, denen er in den letzten Jahren die Hand gehalten, deren letztes Wort er empfangen, deren Augen er geschlossen hatte. Er hatte sie gewaschen, in Leinen gehüllt und auf dem Karren zur Mulde begleitet. Dann war er zurückgekehrt, hatte eine Andacht gehalten, manchmal nicht länger als drei Atemzüge lang, und hatte die nächste Hand ergriffen, die nach ihm verlangte und bald darauf ihre Kraft verlor.

In jenen Wochen und Monaten nach dem nicht ganz freiwilligen Eintritt in den Orden und der Arbeit im Hospital war er demütig geworden. Seine anerzogene Geringschätzung für niedere Stände, seine Ignoranz gegenüber dem Elend verschwanden. Es waren gerade die Schwächsten der Schwachen, die wehrlos Leidenden, die seine Großtuerei zerschmetterten, und es traten Charakterzüge bei ihm hervor, die immer schon vorhanden gewesen waren: das Mitleid und der Wunsch, zu helfen; die Freude an der einfachen Dankbarkeit anderer Menschen; der Genuss der Stille in einer Kapelle. Das alles war nicht anzuerziehen, es war ein Teil seines Wesens, der ans Licht geholt wurde.

Allerdings hatte der Einsturz seines früheren Lebens auch einen unerwünschten Teil von ihm freigelegt: seine Unsicherheit und sein fehlendes Selbstvertrauen. Das Geld des Vaters, die übermäßige Liebe der Mutter, die Zugehörigkeit zu einer Gruppe Standesgleicher hatten verhindert, dass er Herausforderungen annahm, und dafür gesorgt, dass ihn das nicht zu kümmern brauchte. Münzen, zärtliche Worte und die Freundschaft derjenigen, die genauso verwöhnt waren wie er, wirkten wie Ambrosia, machten unverletzlich. Der plötzliche Entzug dieser Sicherheiten ließ ihn erkennen, dass er nichts konnte, dass er nichts geleistet und niemanden um seiner selbst willen geliebt hatte. Idee, Wille, Mut, Beharrlichkeit, Kraft – das waren Worte wie aus einer fremden Sprache, die man nicht schon deswegen beherrscht, weil man anfängt, ein paar Buchstaben aneinanderzureihen.

Sandro fütterte die Kranken und las den Blinden vor, er reinigte Bettpfannen und flüsterte den Sterbenden an der Schwelle ihres Todes die Vergebung ins Ohr, aber er selbst vergab sich nicht, dass er beinahe seinen Halbbruder getötet und die Liebe der Mutter verloren hatte. Im Hospital tat er Gutes, tat das Richtige. Trotzdem, das wusste er heute, war der Eintritt in den Orden eine Flucht gewesen, ein weiteres Davonstehlen vor der Verantwortung. Seine Mutter hatte dies verlangt, und er hatte es getan, teils aus Ergebenheit, teils aus Angst vor den Konsequenzen seiner Bluttat. Die Einordnung in das Gefüge des Ordens war auch nicht dazu angetan, seinen Willen zu stärken, und der Dienst an den Hilflosen gab ihm keinen Mut. Er war zufrieden, weil er etwas Gutes und Nützliches tat, genauso wie er als verwöhnter Kaufmannssohn zufrieden gewesen war, nichts zu tun. Was fehlte, war das Feuer, das so viele Namen hatte: Liebe, Begabung, Ziel, Überzeugung, Erfolg, Sieg …

Luis de Soto, der große jesuitische Rhetoriker, war so ein begabter, siegreicher, von sich selbst überzeugter Mann. Deswegen hatte Sandro ihn jahrelang verehrt, ihm assistiert …

Der junge Rodrigues war Sandros Nachfolger. Nicht nur Nachfolger in der Funktion für Luis de Soto, Nachfolger auch im Irrtum, in der Verblendung, in der Dummheit.

Dieser Vormittag – das fiel ihm wie Schuppen von den Augen – war eine Reise zurück durch sein Leben gewesen. Miguel Rodrigues und Gisbert von Donaustauf: Beide jungen Männer verkörperten gleichsam Abschnitte von Sandros Vergangenheit. Ähnelte Gisbert dem oberflächlichen und zur Gewalt fähigen Prahler, so stellte Miguel die Analogie zu dem naiven und unsicheren Jungmönch Sandro dar, der Halt und Anerkennung bei einem falschen Idol, bei Luis de Soto, suchte.

Dem Prahler in sich hatte Sandro mittlerweile verziehen: Er hatte seine Arroganz und seine Bluttat mit der Arbeit in den Hospitälern des Ordens gesühnt. Dem Dummkopf zu verzeihen war wesentlich schwieriger, schon deshalb, weil er – im Gegensatz zum Prahler – aus bestem Glauben heraus gehandelt hatte, aus Begeisterung und ehrlicher Bewunderung. Das Gute in ihm hatte sich jahrelang an der Nase herumführen lassen. Und das machte ihn wütend.

Er hatte vorhin nicht Miguel Rodrigues beschimpft, er hatte Sandro Carissimi beschimpft, und der Zorn galt nicht dem jungen Portugiesen, sondern sich selbst. Miguel war nur das Spiegelbild, das er anschrie.

»Mein Gott«, flüsterte er, und es tat ihm leid, wie er Miguel behandelt hatte.

Ignatius von Loyola, der lange geschwiegen hatte, als bereite er sich auf eine ungeheure Aufgabe vor, griff Sandros Wort auf.

»Darf ich das so verstehen, dass du deinen Fehler einsiehst, Bruder Carissimi?«

Wovon sprach der Pater General? War Miguel zu ihm gegangen?

»Ich – bin nicht sicher, worüber Ihr sprecht, ehrwürdiger Pater General.«

»Bruder Carissimi, ich bat darum, bei allen Befragungen dabei zu sein.«

»Oh, *darum* geht es.« Der Ehrwürdige hatte tatsächlich darum gebeten, es also befohlen.

»Verzeiht, Pater General, die Befragung hatte sich so ergeben.«

»Und jene von Bruder Rodrigues?«

»Eine zufällige Begegnung. Daraus entspann sich ein Gespräch.«

»Dir ist klar, dass du damit gegen die wichtigste Ordensregel verstoßen hast? Gehorsam ist nicht verhandelbar. Er ist unbedingte Voraussetzung, um sich frei zu machen von den Zwängen eigenen Wollens. Eine unfreie Seele vermag nicht, zu atmen.« Ignatius von Loyola sprach, wie meist, mit einer Sanftheit, die leicht über seine Strenge hinwegtäuschte. Im Ton verbindlich, ja, freundlich, blieb er in der Sache stets fest, und heute hatte er Sandros Tätigkeit im Collegium zu seiner Sache gemacht.

»Nicht ich bin das Problem, ehrwürdiger Pater General. Unter Eurem Dach, unter unser aller Ordensdach, schläft womöglich ein Mörder.«

»Bruder Birnbaum hast du ebenfalls befragt.«

Ignatius war gut unterrichtet, und er war ganz und gar gefangen davon, den Ungehorsam Sandros aufzuspüren und zu stellen, als handele es sich um eine Schlange, die sich ins Collegium geschlichen hatte.

»Bruder Birnbaum«, erklärte Sandro, »wies mich auf die Möglichkeit hin, dass vielleicht doch kein Mörder unter uns ist, weil jemand ins Haus eingedrungen sein könnte.«

»Drei Befragungen, und keine davon in meiner Anwesenheit. Keine, die du mir angekündigt hast oder die ich gestattet habe.«

»Keine, die Aufschub geduldet hätte«, entgegnete Sandro. »Ihr habt mir lediglich einen Tag zugestanden, in denen die Schüler und Mitbrüder das Haus nicht verlassen dürfen. Ein Tag ist nicht viel Zeit, weniger als Jesus Christus sich für die Auferstehung nahm.«

»Deine leicht ironische Wortwahl, Bruder, bestätigt all meine Befürchtungen: Du stehst unter schlechtem Einfluss und bist zu schwach, ihm zu widerstehen. Die Ironie würde noch hinzunehmen sein, wenn dein Ungehorsam nicht wäre. Du sagst, nicht du seist das Problem. Doch genau das ist der Fall. Für den Bestand des Ordens, Bruder, ist der Ungehorsam weitaus gefährlicher als ein Verbrechen.«

Gehorsam, Ungehorsam: Wie oft waren Sandro in den Jahren des Noviziats und vor der Priesterweihe diese Worte begegnet. Von der ersten Stunde des Ordens an bildeten sie den Angelpunkt in Loyolas Philosophie. Die beiden Begriffe verkörperten für ihn das Zentrum jeder inneren menschlichen Auseinandersetzung, sie waren Himmel und Hölle im Herzen, waren Maßstab für die Gemütslage der Seele. Der Gehorsame galt als stark, wobei der Gehorsam nicht heuchlerisch sein durfte. Man sollte gerne gehorsam sein: »Immer mit einem Fuß in der Luft bereitstehend«, so lautete ein im wahrsten Sinn geflügeltes Wort des Pater General. Der Ungehorsame war seelisch unfrei.

»Ich möchte offen sprechen«, sagte Sandro. »Eure Anwesenheit bei den Befragungen wäre nachteilig gewesen. Als Visitator hat man ohnehin damit zu tun, die Befragten zum Reden zu bringen, denn auch jene, die sich nichts haben zu Schulden kommen lassen, überlegen sich alles dreimal, bevor sie es aussprechen. Eure Anwesenheit würde die Schüler und Mitbrüder zusätzlich hemmen. Das hätte etwas von einem – einem Tribunal.«

Ignatius von Loyola verharrte reglos auf dem Stuhl, eine Statue, gemeißelt aus Prinzip und Dogma. Nicht verbissen, nein, aber felsenfest. Ein Petrus.

»Du verstehst nicht, Bruder, was ich sage, was das Wesen der geistigen Gemeinschaft unserer Gesellschaft Jesu ist. Mag sein, du hast es nie verstanden. Wahrscheinlicher ist, dass dir das Wissen abhandenkam. Unentwegt versuchst du, mich auf die Ebene der Argumentation hinabzuziehen.«

Schon dieses Wort *hinab*ziehen ärgerte Sandro. Als seien Argumente glitschige Stufen am Rande des Höllenkessels. »Ich erläutere lediglich«, entgegnete Sandro, »was passiert wäre, wenn ich Eure Teilnahme an den Befragungen zugelassen hätte.« Sandro merkte, dass der Satz unglücklich formuliert war, aber er gab tatsächlich seine Meinung wieder.

»Es steht dir nicht zu, eine Entscheidung darüber zu fällen, was von Vorteil oder Nachteil wäre.«

»Als Visitator ist es sogar meine Pflicht, alle Schritte zu unternehmen, um die Untersuchung zu einem erfolgreichen Ende zu führen.«

»Siehst du, Bruder, genau dort liegt das Missverständnis. In erster Linie bist du nicht Visitator und päpstlicher Sekretär, vorrangig bist du auch nicht ein Mann, ein Italiener, ein Carissimi oder was sonst noch. Du bist vor allem Jesuit, Teil der Bruderschaft der Societas Jesu. Und als solcher erfüllst du die Bitten deiner Vorgesetzten. Diese grundlegende Lektion, die jeder Novize in der ersten Woche lernt, ist dir abhandengekommen.«

»Ehrwürdiger Pater General. Wenn Ihr meine Argumente in Ruhe prüft, werdet Ihr feststellen, dass sie fundiert und nicht von der Hand zu weisen sind.«

»Das ist ohne Belang.«

»Ohne …« Sandro konnte kaum glauben, was er da hörte. »Wir haben es mit einem Mörder zu tun.«

»Ja. Und wir haben es mit einem selbstherrlichen Bruder zu tun, der sich verstockt jedweder Belehrung entzieht. Ich muss sagen, dass ich zunächst nicht glauben wollte, was Bruder de Soto mir schon vor einigen Tagen über dich berichtet hat. Und auch, als er mir vorhin hinterbrachte, dass du ohne meine Anwesenheit Verhöre durchführst, sagte ich mir, du habest vielleicht nur ein oder zwei belanglose Fragen gestellt. Ich bin Bruder de Soto sehr dankbar, denn nun kann ich handeln, bevor größerer Schaden entsteht.«

Luis, dachte Sandro. Wieder einmal Luis. Ein Karrierist. Ein Intrigant. Es war doch ein Hohn, dass man ihn, Sandro, als selbstherrlich bezeichnete, während Luis sich in Trient wie ein Inquisitor gebärdet und Unschuldige gefoltert hatte. Wenn Sandro nur reden dürfte, wenn er dem Pater General erzählen dürfte, was in Trient geschehen war. Aber der Papst hatte ihn zu immerwährendem Schweigen verurteilt – und ihn letzte Nacht erneut gemahnt, die Person von Luis nicht anzutasten.

Selbstherrlich! Er und selbstherrlich! Hatte Sandro je mit seinen Erfolgen geprahlt? Hatte er seine Stellung als Sekretär und Visitator missbraucht? Hatte er seinen Einfluss benutzt, um jemandem zu schaden oder jemanden zu protegieren? Hatte er sich Privilegien herausgenommen? Nicht ein einziges Mal! Hatte er jede freie Stunde genutzt, um für die Armen und Kranken im Hospital da zu sein? Hatte er sie in seine Gebete eingeschlossen? Stellte er sein Tun auf den Prüfstand? Immerzu!

Und plötzlich bezeichnete ihn die höchste Instanz des Ordens als selbstherrlich, während Luis, der in seinem ganzen Leben noch keinen Kranken berührt, geschweige denn gepflegt hatte, als Bewahrer der Bescheidenheit und Demut hingestellt wurde.

Sandro hatte stets zu Ignatius aufgeblickt, wenngleich er ihm nie begegnet war. Ein spanischer Soldat war durch unsagbaren Schmerz zu Gott gelangt und hatte einen ungewöhnlichen, volksnahen, barmherzigen Orden gegründet, eine geistliche Gesellschaft, die Hospitäler und Schulen statt Klöster und Kathedralen baute, die auf Prunk und Bischofstitel verzichtete, auf Weltmeeren fuhr und die Wissenschaften unterstützte. Jedwede übertriebene Form von Religiosität oder Zurschaustellung, wie sie in manch anderem Orden üblich war, lehnte Loyola ab: Kasteiungen, spektakuläre Teufelsaustreibungen, ein ins Maßlose gesteigerter Reliquienkult, Fackelumzüge bei Nacht mit mystischen Gesängen und überhaupt jede Form von theatralischer Zurschaustellung, die imponieren sollte, galten ihm als primitive Selbstinszenierung. Ein verehrungswürdiger Mann, zweifellos. Von immenser geistlicher Bedeutung, und Papst Julius an Spiritualität und Erkenntnis weit überlegen.

Und doch ... der Papst war Sandro zugetan, der schwarze Papst war von ihm enttäuscht. Der Papst würdigte Sandros Talent, der schwarze Papst empfand es als belanglos. Beide gaben Luis de Soto eine herausragende Stellung – der eine als päpstlicher Gesandter für das Konzil von Trient, der andere als Rektor einer Schule –, aber während Julius sich über Luis' Wesen keine Illusionen machte und ihm nicht über den Weg traute, ließ Loyola sich Sand in die Augen streuen.

Überrascht stellte Sandro fest, dass er Julius näher stand als dem ehrwürdigen und verehrungswürdigen General der Jesuiten.

Hier und heute stieß Sandro mit Loyola und dem unbedingten Gehorsam zusammen. Loyola verstand nichts von Sandros Arbeit, von Morden und deren Aufklärung. Für ihn bestand das Böse hauptsächlich in der Verführung des Menschen, und er beschäftigte sich damit, wie man der Verführung entgegenwirken konnte, nicht, wie man einen bereits zum Bösen Verführten, einen Mörder, bekämpfte. In Loyolas Augen war dieses Haus nichts anderes als eine Stätte geistlichen Wirkens der Brüder. Was er nicht wahrhaben wollte, war, dass jedes Haus, ausnahmslos jedes, eine Ansammlung von Geschichten war, von Biografien, Leidenschaften und Ängsten, die von den Bewohnern hereingetragen wurden und sich unter der Oberfläche verfingen.

»Bruder Carissimi, ich halte es für notwendig, dich neuen Aufgaben zuzuführen. Ich werde dich nach Coimbra schicken, wo du ein Schiff in die Neue Welt besteigen wirst. Wir bauen dort derzeit mehrere Hospitäler auf. Deine Erfahrung bei der Pflege der Kranken wird außerordentlich nützlich sein, und ich glaube, dass du in dieser Funktion zu einer neuen Klarheit gelangen wirst.«

Sandro beugte sich auf dem Stuhl nach vorn, und sein Gesicht verzerrte sich, wobei er ignorierte, dass er damit gegen Loyolas Regel der Körperbeherrschung verstieß.

»Ihr schickt mich – in die Neue Welt?«

»Wenn du lieber nach Indien möchtest, bin ich bereit…«

»Ich will nicht nach Indien«, unterbrach er. »Ich will auch nicht in die Neue Welt. Ich habe hier und jetzt eine Aufgabe zu erledigen.«

»Von der ich dich entbinde, Bruder.«

»Ich stehe in den Diensten Seiner Heiligkeit.«

»Selbstverständlich werde ich mit ihm sprechen«, sagte Loyola, ungerührt von Sandros Aufregung.

»Das werde ich ebenfalls«, erwiderte Sandro. Er war als Visitator erfolgreich, und er war nicht bereit, sich das wieder nehmen zu lassen. Von niemandem. Auch nicht vom Ordensgeneral. Und schon gar nicht von Luis. »Dann werden wir sehen, wie der Papst entscheidet.«

»Es handelt sich um eine innere Angelegenheit des Ordens. Der Heilige Vater wird das einsehen.«

»Da ich nicht als Jesuit in Eurem Auftrag ein Hospital im Dschungel aufbauen und gleichzeitig als Visitator des Papstes einen Mord im Collegium Germanicum aufklären kann, handelt es sich eben nicht nur um eine Ordensangelegenheit.«

Ignatius von Loyola saß starr auf seinem Stuhl, die Hände gefaltet. »Bruder Carissimi, niemand sollte sich so wichtig nehmen, wie du es gerade tust. Ein anderer kann den Tod des jungen Johannes aufklären.«

Sandros Ton wurde bitter. »Wer schwebt Euch vor? Luis de Soto?«

Sie sahen sich eine Weile an. »Nein, aber es steht außer Frage, dass Papst Julius meinen Wunsch dich betreffend respektieren wird.«

»Er wird ihn respektieren – und ablehnen. Es wird Euch nicht gelingen, mir den Fall und mein Amt zu nehmen, ehrwürdiger Pater General.«

Nachdem Sandro diese Worte ausgesprochen hatte, wurde

er seltsam ruhig. Er hatte sich selbst überzeugt: Man konnte ihm nichts anhaben. Julius würde ihn schützen. Dieses Gefühl war Balsam, das Schmerzen aus der Welt schaffte und zusätzliche Kraft verlieh. Er musste weder Ignatius noch seine Abberufung fürchten.

Er erhob sich und ging, die Hände auf dem Rücken verschränkt, zum Fenster, wo die Sonne sein Gesicht in zwei Hälften teilte, eine helle und eine dunkle, und er spürte und genoss die plötzliche Wärme auf der Haut ebenso wie die dämmrige Kühle des Schattens.

»Ihr werdet feststellen«, hörte er sich großmütig und versöhnlich sagen, »dass es besser ist, wenn ich die Untersuchung weiterführe. Besser auch für Euch. Ihr könnt Euch sagen, dass Ihr von Eurer Seite alles getan habt, um das Verbrechen zu sühnen. Und womöglich weitere zu verhindern. Bedenkt: Was, wenn der Mörder kurz nach meiner Abberufung ein zweites Mal zuschlüge? Ihr würdet Euch schreckliche Vorwürfe machen.«

Sandro warf einen eher beiläufigen Blick über die Schulter – und sah, dass Ignatius auf seinem Stuhl zusammengesunken war.

»Pater General? Geht es Euch gut?«

Ignatius antwortete nicht.

Sandro ging zu ihm und sah, dass seine Augen fest zusammengepresst und seine Hände auf der Höhe der Brust ins Gewand gekrallt waren. Der Mund stand halb offen.

»O mein Gott.«

Er berührte die Schulter, woraufhin der Körper nach vorn kippte und beinahe zu Boden gestürzt wäre, hätte Sandro ihn nicht aufgefangen. Der alte Mann war leicht wie ein Kind, leicht auch wie die vielen Sterbenden, die Sandro vor ihrem letzten Gang gewaschen und in Tücher gewickelt hatte.

»Ehrwürdiger? Ehrwürdiger Pater General?«

Loyola antwortete nicht. Das Gesicht war eine graue Maske, die Lippen waren wie mit Asche überzogen.

Sandro schnürte es die Kehle zu. Für einen kurzen Moment wusste er nicht, was er tun sollte. In den Hospitälern von Neapel und Rom hatte er gelernt, Wunden zu versorgen, Sieche zu kräftigen und Trost zu spenden, kurz, die Spuren der Krankheiten zu beseitigen, nicht die Krankheit selbst zu erkennen und zu besiegen. Das hatten Ärzte oder kundige Mitbrüder getan.

Fassungslos berührte er die Wangen des Greises.

Dann legte er Loyola sacht auf den Boden und rannte aus dem Raum. Ohne anzuklopfen, stürzte er in das benachbarte Zimmer hinein.

Magister Duré war gerade dabei, einen Brief zu falten, und als er Sandro entgeistert ansah, begriff er sofort, was geschehen war.

»Wo?«, fragte Duré, griff nach seiner Tasche und eilte an Sandro vorbei.

»Nebenan.«

Als sie das Zimmer betraten, hatte der Pater General sich ein wenig aufgerichtet, sah aber immer noch aus wie ein vom Tod Gezeichneter.

»Gott sei Dank«, sagte Sandro.

Magister Duré kniete sich neben Loyola und tastete mit großer Routine dessen Brust, Handgelenke, den Hals und die Schläfen ab.

»Wir legen ihn auf das Bett.« Als Loyola dort lag, wo Johannes gestern gelegen hatte, zog Duré ein zusammengeknülltes Tuch aus seinem Gewand hervor und entfaltete es. Zum Vorschein kam eine verschrumpelte Knolle. Mit einem kleinen Messer, das er ebenfalls mit sich führte, schnitt Duré eine dünne Scheibe ab und legte sie dem Kranken unter die Zunge.

»Hört Ihr mich, ehrwürdiger Pater General?«, fragte Duré.

Loyola, die Augen noch immer geschlossen, nickte.

»Einen Moment warten, dann gut kauen«, ordnete der Magister an. »Nicht runterschlucken.«

Loyola wollte etwas sagen, aber Duré verbot es ihm: »Vor allem nicht sprechen.« Als Ignatius die Augen öffnete, legte er die Hand darüber und schloss sie wieder. »Stellt Euch nicht dumm. Ihr wisst genau, was Ihr zu tun habt. Ruhen. Nicht bewegen. Kein Wort. Die Augen bleiben geschlossen.« Er sprach mit dem großen Loyola wie mit einem unartigen Kind, das man liebt, dem man aber Manieren beibringen muss.

Duré wandte sich an Sandro. »Geht bitte zu Bruder Birnbaum und sagt ihm, was geschehen ist. Er weiß dann schon, was er zu tun hat. Ach ja, Bruder Carissimi, noch etwas.« Duré sah ihn einen kurzen Moment intensiv an. »Der Pater General benötigt jetzt absolute Ruhe. Sein Zustand ist noch immer ernst.«

Sandro nickte betroffen. Die Spitze galt natürlich ihm. Sicher war es dem Leibarzt und Vertrauten Loyolas nicht verborgen geblieben, dass Sandro dem General Sorgen machte. Außerdem war der Zusammenbruch während eines Gesprächs mit ihm erfolgt. Was Duré sagen wollte, war: Bleibt ihm fern, Ihr seid schlecht für ihn.

Keiner mag es, so etwas gesagt zu bekommen, aber der Arzt hatte recht. Sandro hatte einem Mann, dem seit Jahrzehnten niemand im Orden wiedersprach, den sogar die Päpste mit Samthandschuhen anfassten, Widerstand geleistet, mehr noch, er hatte ihn in seiner Macht und Handlungsfreiheit beschnitten. Nie wäre er darauf gekommen, dass er Loyola damit in eine lebensbedrohliche Lage brachte, einen Geistlichen, der die Ruhe selbst war und der für seinen Gleichmut gerühmt wurde. Und doch war es geschehen.

Er überbrachte Birnbaum, was der Arzt ihm aufgetragen hatte. Birnbaum war im Bilde und entschwand in die Küche;

offenbar wusste der deutsche Schulkoch etwas, das anderen entgangen war. Oder nur Sandro entgangen war? War nicht offensichtlich, dass jemand, der ständig von einem *doctor medicinae* und *magister regentes* begleitet wurde, nicht gesund sein konnte?

Nur keine Selbstvorwürfe, dachte Sandro, als er langsam die Treppe ins Obergeschoss hinaufging. Nicht er hatte das Gespräch gesucht, sondern Loyola. Nicht er hatte einen Streit vom Zaun gebrochen. Er war vielleicht ein wenig zu selbstgefällig geworden und hatte seine Überlegenheit demonstrieren wollen. Aber er hatte sich nur verteidigt.

Ohne nachzudenken, ging er in Durés Zimmer und setzte sich auf einen Schemel, wo er auf gute Nachricht wartete, dass Ignatius von Loyola sich erholt habe. Sandro betete dafür. Dieser Tod käme entschieden zu früh. Gewiss, für die Seele des Ignatius würde es keinen Unterschied machen, ob sie heute oder in zehn Jahren zum Himmel fahren würde. Aber für den Orden bräche eine schwere Zeit an. Wer könnte den Platz des großen Gründers einnehmen? Und wohin würde er den Orden führen? In zwölf Jahren hatten sich die Statuten noch nicht festigen können. Im Übrigen stand immer noch die endgültige Bestätigung des Ordens aus. Zwar hatten frühere Päpste den Orden genehmigt. Was jedoch fehlte, war eine päpstliche Gründungsbulle, deren Ausfertigung und Verkündigung auch Julius III. mit fadenscheinigen Ausreden verzögerte. Ausgerechnet diejenigen, denen die Jesuiten unbedingten Gehorsam gelobten, zierten sich, so als fürchteten sie, dass ein so großer Orden und eine so enge Bindung auch ein Verlust an Freiheit und Hoheit zur Folge hätte.

Alles gute Gründe, den Tod des verehrten Generals zu fürchten. Für Sandro kam noch ein weiterer, ein zugegeben egoistischer Grund hinzu: Wenn Ignatius heute stürbe, würde Sandro als die Schaufel gelten, die einen der größten Söhne der Heiligen Römischen Kirche unter die Erde gebracht hat. Sein Name, Carissimi, wäre ein Kainsmal für den Rest seines Lebens.

Sandro betete an diesem Mittag im Zimmer des Arztes nicht nur für Ignatius, er betete auch für sich.

Eher zufällig streifte sein Blick Durés Schreibtisch, auf dem akademische Ordnung herrschte. In der Mitte und gut sichtbar lag ein Brief, der von Duré geschrieben und von Loyola unterzeichnet worden war. Daran wäre nichts Interessantes gewesen – Loyola diktierte täglich gewiss ein halbes Dutzend Briefe, und Duré war nicht nur der Arzt, sondern auch der Vertraute und Sekretär des Generals. Das Besondere an diesem Brief war der Adressat: »Geliebter Bruder Rodrigues«.

Der Name ließ aufmerken.

Kurz zögerte er, den Brief zu lesen. Seine Eltern hatten ihn einst Respekt vor den Briefen anderer Leute gelehrt, vor dem persönlichen Eigentum insgesamt, und auch die Jesuiten räumten dem privaten Freiraum der Mitbrüder große Bedeutung ein.

Doch dieser Respekt war nun einmal der größte Feind des Ermittlers, und da Geheimnisse die bedauerliche Eigenschaft hatten, sich nicht von allein zu lüften, musste er Erziehung und Ordenslehre beiseiteschieben.

Ungeniert trat Sandro näher und las. Der Brief galt nicht dem jungen Miguel, sondern dessen Onkel Simon, dem Provinzial von Coimbra. Allgemein gehaltene Hinweise bezüglich der Wichtigkeit des Ordens und der wohlüberlegten Statuten lösten sich mit umständlich formulierten Fragen ab, wie die Bruderschaft in Coimbra wachse und gedeihe. Alles in allem ein freundlicher Brief, der keinen rechten Zweck zu haben schien. Und doch: Zwischen den Zeilen meinte Sandro eine diffuse Mahnung herauszulesen.

»Tut Euch keinen Zwang an, öffnet die Laden, ich habe keine Geheimnisse.« Magister Durés Stimme klang nur ein ganz klein wenig beleidigt. Er murrte etwas vor sich hin und öffnete die oberste Lade des Schreibtisches.

Sandro verneinte mit einer Geste. »Ich wurde nur wegen des Adressaten aufmerksam. Der Name Rodrigues ...«

»... steht auf Eurer Liste.«

»Wieso glaubt jeder, ich habe eine Liste?«

»Bruder Carissimi« – Duré seufzte und atmete tief ein – »sollte einer der Brüder oder Schüler dieses Hauses glauben, er stehe nicht unter Verdacht, ist er ein Schwachkopf. Was diesen Brief angeht: Der ehrwürdige Vater hat ihn mir heute Morgen diktiert, kurz bevor er von Bruder de Soto über Eure – Eure Aktivitäten informiert wurde. Es ist der Brief eines alten Weggefährten an einen anderen. Mehr nicht.«

»Das sehe ich genauso.«

»Wie schön.«

»Dennoch – eine leise Kritik des ehrwürdigen Vaters an seinem Weggefährten meine ich wahrzunehmen. Was soll beispielsweise die seltsam vorsichtig formulierte Frage nach dem Wachsen der Provinz Coimbra?«

Duré schloss die Lade wieder und rollte den Brief zusammen. »Ich kann nur spekulieren, denn ich schreibe zwar die Worte des Ehrwürdigen auf, kenne aber nicht die Gedanken, die dahinterstecken.«

»Nun, so spekuliert bitte.«

Duré atmete tief durch. »Vermutlich hängt seine Frage damit zusammen, dass die Bruderschaft in Coimbra über die Maßen stark wächst. Der Zulauf ist doppelt so groß wie in anderen Provinzen, und der Ehrwürdige sorgt sich, dass die ...« Duré suchte nach einem passenden Wort. »Dass die Qualität der Bruderschaft dadurch in Mitleidenschaft gezogen wird. Die Führung durch den ehrwürdigen Simon Rodrigues ist manchmal zu lasch. Er lässt gerne die Zügel schleifen und ist ein derart spiritueller Mensch, dass er darüber vergisst, auf welchen

Richtlinien die Societas Jesu sich gründet: Bildung, Barmherzigkeit, Gehorsam. Solche Vergesslichkeit wäre in jeder Provinz problematisch, aber in Coimbra, der alle Provinzen in Übersee unterstehen, würde es sich zehnmal so schlimm auswirken. Der Brief ist lediglich eine freundschaftliche Erinnerung, die Statuten streng anzuwenden, eventuelle Auswüchse zu unterbinden und nicht jeden Beliebigen in den Orden aufzunehmen.«

»Verstehe.«

»Ich bezweifle«, sagte Duré, »dass die Kenntnis dieses Briefes Euch bei den Ermittlungen voranbringen wird.«

»Wohl nicht.«

»Demnach darf ich ihn siegeln und abschicken?«

Sandro lächelte. »Natürlich.«

Sandro war mit dem ordenseigenen System des Nachrichtenaustauschs vertraut. Es gab in allen Provinzen Brüder, die nur dazu abgestellt waren, Schriftstücke in andere Provinzen zu bringen, wo sie an die Adressaten verteilt wurden. Simon Rodrigues würde den Brief in einer Woche in Coimbra in Händen halten.

Sandro räusperte sich und sah zu Boden. »Aus unserer zwanglosen Unterhaltung schließe ich, dass der Ehrwürdige – dass es dem ehrwürdigen Pater General – dass er …«

»Es geht ihm bedeutend besser, ja«, sagte Duré sachlich, aber kurz. Er bereitete das Siegeln vor. »Bruder Königsteiner wacht bei ihm, er versteht ein wenig von Medizin und kann rasch eingreifen, sollte der Ehrwürdige einen Rückfall erleiden.«

»Wenn Ihr wieder zu ihm geht, würdet Ihr ihm bitte von mir ausrichten, dass …«

»Offen gestanden, Bruder Carissimi, habe ich medizinische Einwände dagegen, dass der Ehrwürdige heute oder morgen mit Eurem Namen konfrontiert wird, egal, in welchem Zusammenhang. Er hatte einen Herzanfall, und Ihr seid nicht ganz unschuldig daran.«

Duré entzündete eine Öllampe und erwärmte das Siegelwachs über der Flamme. Seine Hände zitterten leicht. Er verteilte das Wachs mit schnellen Bewegungen auf der Plombe.

»Was habt Ihr ihm eigentlich unter die Zunge gelegt?«, fragte Sandro.

Das Siegel in Durés Faust wurde kraftvoll auf die Plombe gedrückt.

»Poleiminze, was sonst?«, erwiderte Duré. »Ich habe ihm Poleiminze unter die Zunge gelegt. Das wollt Ihr doch hören, nicht wahr? Darauf zielt Eure Frage doch ab. Ein Arzt im Besitz medizinischer Kenntnisse und zahlreicher Mittelchen in Flakons, dazu ein Toter und ein Herzanfall. Offensichtlich, ganz offensichtlich. Ihr dringt in mein Zimmer ein, lest die Korrespondenz, stellt scheinheilige Fragen …«

Duré hielt inne, atmete tief durch, stützte sich auf den Schreibtisch und sank langsam auf einen Stuhl nieder. Er rieb sich die Augen, und dann, nach einem Augenblick der Starre, wischte er mit den Händen über sein Gesicht, als streife er Schmutz ab.

»Galgantwurzel«, sagte er müde und leise, ohne Sandro anzusehen. »Ich gab ihm Galgantwurzel. Ein Rezept der Heiligen Hildegard bei Herzbeschwerden, die von Magen und Galle herrühren. Ich trage immer eine Knolle bei mir.« Er schwieg einen Augenblick. »Mir scheint, ich muss mich bei Euch entschuldigen, Bruder Carissimi.« Er blickte noch immer an Sandro vorbei. »Der Zusammenbruch des Ehrwürdigen hat mich sehr mitgenommen. Ich dachte, er sei auf dem Weg der Besserung, er hätte seine Beschwerden überwunden, aber nun … Ich habe mich vor Euch zum Narren gemacht, Bruder, und war äußerst ungerecht.«

Sandro setzte sich dem Arzt gegenüber auf den Schemel. Duré sah mehr als mitgenommen aus, er wirkte geradezu verstört wie jemand, der mitten in der Nacht erwacht und feststellt, dass das Haus in Flammen steht.

»Ich bin ganz anderes gewöhnt, macht Euch darüber keine Gedanken«, beschwichtigte Sandro. »Ihr erwähntet Herz, Magen und Galle. Die Aufzählung ließe auf einen schwerkranken Greis schließen. Aber der Ehrwürdige ist das Gegenteil davon, er scheint immer so gesund, so beherrscht und – unverwüstlich.«

Duré nickte. »Ja, das ist wahr. Aber was glaubt Ihr, Bruder, um wie viele Dinge er sich kümmert und sorgt, wie viele Entscheidungen er trifft, wie viele Hiobsbotschaften er erhält, wie viel Feindschaft ihm entgegenschlägt, welche Stolpersteine dem Orden in den Weg gelegt werden? Könige wachen eifersüchtig darüber, dass die Jesuiten nicht zu viel Einfluss in den Neuen Welten des Westens und Ostens bekommen. Mitbrüder werden von Eingeborenen massakriert. Die Gegenreformation soll praktisch vom Ehrwürdigen allein bestritten werden, den Fürsten und Bischöfen ist das viel zu anstrengend. Diese Schule beispielsweise: Wer bezahlt sie, wer bringt das Geld auf? Es ist nie genug, was man tut, immer bleibt etwas ungetan. Der Ehrwürdige nimmt alles auf sich, sechzehn Stunden an sechs Tagen in der Woche. Er ist beherrscht, wie wahr! Besonnen, gleichmütig. Doch niemand kann eine Last tragen, ohne deren Gewicht zu spüren. Einen Teil lädt der Ehrwürdige im Gebet ab, den anderen Teil jedoch vergräbt er tief in seinem Innern. Nur so kann er die Fassung, für die er gerühmt wird, bewahren. Die Folge: Koliken, Ohnmachten, Herzanfälle. Wie Schlacke setzen die Sorgen sich auf seine Organe. Es ist ein Wunder, dass er noch lebt. Jeder andere wäre schon vor Jahren tot umgefallen.«

»Nun, er hat Euch. Ihr sagtet, es sei ihm in letzter Zeit besser gegangen. Das hat sicher auch mit Eurer ärztlichen Unterstützung zu tun.«

Duré winkte ab. »Ich habe ihm eine Diät und Mittagsschlaf verordnet, das ist alles. Nein, mein Anteil ist gering. Seit seiner Bekehrung wohnt diese besondere Kraft in ihm. Sie hielt ihn zusammen, als er schwer verwundet ein Jahr lang Qualen litt, sie schenkte ihm Erkenntnis, als er nicht wusste, welchen Weg er einschlagen sollte, und gab ihm Kraft und Standhaftigkeit in den Jahren des Aufbaus. Das kommt von Gott, das ist eindeutig, aber da ist noch mehr, er ist nicht nur ein Werkzeug, er arbeitet auch aus eigenem Willen. Der Wille hält ihn zusammen.«

Duré schien weitersprechen zu wollen, aber dann wandte er sich wieder dem Brief zu, den er bedächtig in den Beutel steckte. Der Arzt schien um Jahre gealtert.

Sandro ahnte, was Duré seinem letzten Satz hatte hinzufügen wollen – ein Wort: noch.

Noch wurde Ignatius von seinem Willen aufrechterhalten. Aber er war mittlerweile dünn und zerbrechlich wie das Porzellan, das Jesuiten aus China mitgebracht hatten, und der Tod eines Schülers war eine schwere Erschütterung gewesen.

Und dann hatte er, Sandro, auch noch eine Machtprobe angedroht. Er würde vorsichtiger sein müssen. Am besten, er ginge ihm aus dem Weg. Ein Gutes allerdings hatte der Herzanfall: Ignatius würde für einige Tage das Krankenlager hüten.

»Ich werde mein Verhalten bei dieser Untersuchung dem Zustand des Ehrwürdigen anpassen«, versprach Sandro dem Arzt. »Und ich setze meine Ankündigung sofort in die Tat um, indem ich Euch, nicht dem Ehrwürdigen, ins Gesicht sage, dass ich von ihm in einem sehr wichtigen Punkt belogen wurde. Ihr werdet mir nun die Wahrheit erzählen, Magister Duré.«

10

»Der Ehrwürdige schilderte mir, wie er den gestrigen Tag verbracht habe«, sagte Sandro. »Mittagsschlaf, Briefe diktieren, dann ein Spaziergang zur vierten Stunde für die Dauer von zwei Stunden.«

»Genau so war es. Ich war die ganze Zeit bei ihm, außer in der Stunde seines Mittagsschlafs.«

»Tatsächlich?«

»Ja, gewiss.«

»Ihr habt das Haus zur vierten Stunde gemeinsam verlassen?«

»Ungefähr.«

»Und seid bei Eurer Rückkehr direkt in die Kapelle gegangen?«

»So ist es.«

»Ganz sicher?«

Magister Duré schloss kurz die Augen. Er bot alle Geduld auf, um ruhig zu bleiben. »Bruder Carissimi, Ihr könnt wirklich zudringlich sein.«

»Oh, vielen Dank.«

Magister Duré murrte etwas vor sich hin. »Ich weiß noch, wie ich den Ehrwürdigen fragte, ob er sich nicht vor der Messe in seinem Zimmer erfrischen wolle, aber er lehnte ab, mit der Begründung, dass ein Gebet die beste Erfrischung sei, die er kenne. Bruder Miguel Rodrigues kann das bestätigen. Er war bereits dort, als wir ankamen.«

Sandro nickte. »Er bereitete die Messe vor?«

»Möglich, dass er das vorher getan hat. Aber als wir die Kapelle betraten, lag er flach auf dem Boden vor dem Altar, die Arme ausgebreitet, und wimmerte.«

»Wimmerte?«

»Nun ja, er wisperte vor sich hin, aber es hatte Züge einer Wehklage. Der Ehrwürdige war beunruhigt. Außerdem sollte die Messe in Kürze beginnen. Also berührte der Ehrwürdige Bruder Miguel an der Schulter, woraufhin dieser zusammenzuckte.«

Sandro erinnerte sich, dass er vor wenigen Stunden das Gleiche erlebt hatte.

»Offenbar«, ergänzte Duré, »war ihm nicht bewusst gewesen, wie viel Zeit vergangen war. Er stammelte irgendeine Entschuldigung, was unnötig war, weil wir alle die Versunkenheit des Gebets kennen. Wenngleich die seine ein wenig – seltsam war.«

»Was geschah dann?«

»Nichts. Nichts Besonderes jedenfalls. Ich ermahnte Bruder Rodrigues in meiner Funktion als Arzt. Er hatte vor zwei Wochen ein starkes Fieber gehabt, und ich hielt es für unklug, sogar gefährlich, dass er sich wer weiß wie lange auf den Boden legte.«

»Wo war Bruder Königsteiner?«

»Er kam etwas später aus der Sakristei, als die Gäste und Mitbrüder sich schon zum Gottesdienst versammelt hatten. Er hatte das Messgewand angezogen und … Ihr bringt mich mit Eurer unsinnigen Fragerei durcheinander. Worauf ich eigentlich hinauswollte: Bruder Miguel kann bestätigen, dass der Ehrwürdige und ich eine kleine Weile vor dem Beginn der Messe zurückgekommen waren. Er muss den Staub auf unseren Soutanen gesehen haben sowie den Schweiß auf unseren Gesichtern.«

»Seht Ihr, genau das stört mich.«

»Was?«, fragte Duré gereizt.

»Der Schweiß.«

Duré überlegte, wo der Fehler in seiner Geschichte war. »Ich – verstehe nicht. Natürlich war da Schweiß. Es war ein heißer Tag und …« Er führte den Satz nicht zu Ende und sah zu Boden. »Oh«, stieß er hervor.

»Ja, Magister Duré, das Gleiche habe ich mir auch gedacht, als der Ehrwürdige davon berichtete: Oh. Wieso geht ein alter Mann im Hochsommer zur vierten Stunde, wo die Hitze kaum erträglich ist, vor die Tür? Um sich die Beine zu vertreten, gab der Ehrwürdige an. Zwei Stunden lang vertrat er sich im römischen Backofen die Beine. Und Ihr, als sein Arzt, der sich seines labilen Zustands bewusst war, habt ihn nicht davon abgehalten. Das kam mir seltsam vor, und ich habe nur zwei mögliche Erklärungen für dieses Verhalten gefunden. Erstens: Dieser Spaziergang hat niemals stattgefunden.«

Duré wollte einen Einwand erheben, der von Sandro mit einer entschlossenen Geste unterdrückt wurde.

»Zugunsten des Ehrwürdigen halte ich diese Möglichkeit für unwahrscheinlich«, sagte Sandro. »Denn das würde ja bedeuten, dass er mich belogen hat. Ihm das zu unterstellen, bin selbst ich nicht zudringlich genug. Wenn ich Bruder Miguel befrage, wird er mir Eure Angaben vermutlich bestätigen. Und das bedeutet, dass die zweite Möglichkeit zutrifft: Ihr habt das Collegium zwar verlassen, aber Ihr seid nicht zwei Stunden lang in Rom spazieren gegangen, sondern hattet ein Ziel. Dort habt Ihr Euch die meiste Zeit aufgehalten. Meine nächste Frage kennt Ihr sicher.«

Duré nickte und seufzte, und Sandro war zufrieden. Die Antwort, die er dann jedoch bekam, verschlug ihm fast den Atem.

»Der Ehrwürdige und ich waren«, gestand Duré, »bei Signora A.«

Signora A. Milos Mutter. Die Vorsteherin des *Teatro*.

Den Namen einer Hurenhausbesitzerin im gleichen Satz mit dem Namen des hochgeehrten Generals der Jesuiten zu hören war irgendwie unwirklich. Der Verstand sperrte sich dagegen, und es dauerte, bis Sandro das Gesagte begriff.

Ignatius von Loyola hatte das *Teatro* besucht.

Hauptmann Barnabas Forli warf seine Karte auf den Boden, in die Mitte zwischen Angelo und sich. »Da hast du's.«

Angelo verzog keine Miene. Sein Gesicht, fand Forli, hatte ohnehin etwas Undurchdringliches – einerseits kantig, andererseits seltsam weich, einerseits nicht ohne Einfalt, die andererseits von einem gegenteiligen Verhalten konterkariert wurde. Schwer einzuordnen, der Junge. Karten mit ihm zu spielen war dazu noch eine Steigerung, war so, als säße man einer Sphinx gegenüber.

»Daraus wird nichts«, entgegnete Angelo und schlug Forli mit der letzten Karte.

»Da sing mir doch ein Schwein ein Lied«, rief Forli. »Nicht übel, mein Junge, nicht übel. Du hast mich jetzt in sechs von vierzehn Spielen geschlagen, mich, den Meister. Weißt du, wie meine Kollegen und Wachleute mich nennen? Don Kanone. Weil ich sie beim Kartenspiel weghaue wie nichts.« Forli lächelte breit. »Allerdings beziehen sie sich mit der Kanone auch noch auf etwas anderes, das außergewöhnlich an mir ist – wenn du verstehst, was ich meine.« Forli lachte.

Angelo sah ihn mit großen Augen an. »Nein. Worauf bezieht es sich noch?«

Forli verging das Lachen. »Vergiss es einfach. Vergiss es.« Er sammelte ernüchtert die Karten ein, die von seinen schmutzigen Fingerabdrücken übersät waren, und teilte sie erneut aus.

»Ziemlich verdrießlich, hier herumzusitzen und nichts tun zu können«, murrte er. Seit Stunden hielten sie sich in diesem Zimmer, dem Sterbezimmer des Johannes, auf und warteten vergeblich, dass Carissimi sie für irgendetwas brauchen würde. Forli bereute seine Entscheidung, hierherzukommen und zur Verfügung zu stehen, nicht. Er war es Carissimi schuldig. Aber auch, wenn er es ihm nicht schuldig gewesen wäre, hätte er genauso gehandelt.

»Jetzt weiß ich, wie sich ein Klausner fühlt«, sagte Forli.

»Das sind diese Irren, die sich einmauern lassen und außer durch ein kleines Fenster keine Verbindung zur Außenwelt haben.«

Angelo zuckte mit den Schultern, während er seine Karten sortierte. »Bruder Carissimi bezieht mich nie in seine Ermittlungen ein. Er sieht mich nur als Laufbursche. Wenn er mir mal etwas anvertraut, dann nur Dinge, die schon passiert sind, aber nie etwas, wobei ich ihm helfen könnte.«

Forli blickte über seinen Fächer aus Karten hinweg auf diesen jungen Mann, der seinen gesunden Ehrgeiz mit Resignation zu überspielen versuchte. »Carissimi ist eine schwer zu knackende Nuss für jeden, der mit ihm zu tun hat«, tröstete er. »Ein Labyrinth. Man weiß nie, woran man mit ihm ist. Aber ich bin noch keinem hilfsbereiteren Menschen als ihm begegnet.«

»Ihr meint, ich soll mit ihm darüber reden?«

»Ich meine, du sollst ihm zeigen, was du kannst. Beweise ihm durch Taten, was in dir steckt. So war es bei ihm und mir auch.«

»Ihr habt ihm durch eine Tat bewiesen, was Ihr könnt?«

»Rede keinen Unfug. Es war natürlich umgekehrt. Er musste sich mir beweisen.« Forli zwinkerte Angelo zu. »Kopf hoch. Irgendwann wird sich schon eine Gelegenheit ergeben.«

Forli warf die Karten hin. Er brauchte jetzt etwas zu essen, und zwar eine ordentliche Portion. Sie verließen das Zimmer und gingen in Richtung Küche. Ein seltsamer Geruch lag in der Luft, fein wie Weihrauch, aber viel süßlicher.

»Danke«, sagte Angelo, und seine Augen leuchteten wie die eines Kindes, dem man ein lange ersehntes Spielzeug ankündigt.

»Danke wofür?«

»Dass Ihr mir zutraut, mehr zu können. Das bedeutet mir sehr viel.«

Zwei Dinge hatten Forli immer schon in Verlegenheit gebracht: Frauen, die ihm durch Blicke schmeichelten, sowie Dankbarkeit. Mit beidem konnte er schlecht umgehen. Deswegen beschleunigte er seinen Schritt und öffnete beherzt die Küchentür.

Ein Schwall dunklen, ätzenden Qualms schlug ihm entgegen. »Was, zum Henker …« Die ganze Küche war verraucht, sodass er kaum die entgegengesetzte Wand sehen konnte, und ein ekelerregend süßlicher Gestank ließ ihn die Luft anhalten. Er irrte, den Ärmel seiner Uniform auf den Mund gepresst, durch den Raum in Richtung des Lichts, das durch die Scheiben eindrang, und es gelang ihm auf Anhieb, die Tür zum Hof zu finden. Hastig stieß er sie auf.

Im Freien holte er tief Luft.

»Angelo?«

»Ja?«, schallte es von der Küchentür her.

»Kannst du irgendwo ein Feuer sehen?«

»Nein, kein Feuer.«

»In Ordnung, ich sehe auch keines. Wir warten noch einen Augenblick, bis der meiste Rauch abgezogen ist, dann gehen wir rein und sehen nach.«

Der entstandene Durchzug vertrieb rasch den Rauch. Die Rußteilchen deuteten darauf hin, dass kein angebranntes Essen den Qualm verursacht hatte, sondern etwas anderes.

Auf ein Zeichen Forlis hin betraten er und Angelo langsam die Küche. Obgleich sie in unterschiedlichen Ecken des großen Raumes umhergingen, konnten sie einander sehen und tauschten Blicke. Forli gab durch Handzeichen zu verstehen, dass er die linke Hälfte des Raumes nach der Quelle des Brandes untersuchen würde und Angelo solle die rechte Hälfte überprüfen.

Sie schlichen mehr, als dass sie gingen. Noch immer zogen feine Rauchschleier wie Nebelschwaden herum, filterten die hereinströmenden Sonnenstrahlen und tauchten die Küche in ein diffuses Licht. Es war, als ginge man in der Morgendämmerung durch einen Moorwald. Ein seltsames Knistern unterstrich die gespenstische Stimmung.

»Hauptmann.«

»Ja, Angelo?«

»Hauptmann.«

»Was ist? Hast du etwas gefunden?«

Angelo antwortete nicht mehr. Er starrte zu Boden.

Von dort, wo Forli sich befand, konnte er nicht sehen, worauf Angelo starrte, denn ein Tisch und einige kleine Möbel in der Küchenmitte standen zwischen ihnen.

Forli ließ sich Zeit, um die Möbel herumzugehen. Das war nicht seine Art, er schritt sonst stets fest aus, vor allem, wenn es galt, einer Gefahr entgegenzutreten. Diesmal aber spürte er, dass er es mit etwas zu tun bekommen würde, das man nicht zu bekämpfen, sondern zu verkraften hatte. Er wusste, worauf er stoßen würde. Er wusste es, bevor er es sah. Und er wusste, dass er es nie wieder vergessen würde.

Zunächst rückte eine Lache in seinen Blickwinkel. Sie war gelblich und zähflüssig, und da sie sich in einer Küche befand, erinnerte sie ihn sofort an eine Soße.

Doch Angelo starrte auf etwas anderes.

Dann sah Forli es auch. Es war ein – er fand kein anderes Wort dafür – ein Klumpen, schwarz und unförmig, dem man aber ansah, dass er ein Mensch gewesen war. Der Körper war gekrümmt, zusammengezogen wie bei einem Schlafenden, die Kleidung war mit der Haut verschmolzen. Die obere Hälfte des Wesens war von der weißlichen Flüssigkeit bedeckt, von der unteren Hälfte stiegen feine Rauchfäden auf.

Er wandte sich abrupt ab, presste die Hand vor den Mund. In seinem mehr als vierzigjährigen Leben hatte er schon allerhand gesehen: von Krankheit entstellte Menschen, hingerichtete Menschen, Gefallene, Ertrunkene, Verweste, Aufgeschlitzte … Doch dies hier war mit Abstand das Entsetzlichste, was seine Augen je erblickt hatten.

Langsam drehte er sich wieder um.

Unfassbar, dass Angelo immer noch reglos auf den Leichnam hinabsah.

»Junge, geh da weg«, sagte Forli. »Das ist nichts für dich. Geh weg, hörst du?« Forli erinnerte sich an das, was er vorhin zu Angelo gesagt hatte, kurz bevor sie die Küche betreten hatten. »Das ist jetzt nicht der Augenblick, mir etwas zu beweisen.«

»Nein, Hauptmann, nein«, krächzte Angelo mühsam. »Ich glaube, dass er – sie – dass es lebt.«

Forli schluckte. »Was – was redest du denn da für Unfug? Das ist doch – ist unmöglich.«

»Atemgeräusche.«

»Nein.«

»Da sind welche.«

»Ich sage dir …«

Ein Röcheln unterbrach ihn. Und dann so etwas wie ein Husten.

»O mein Gott.« Forli rief niemals Gott an, aber das kam aus seinem tiefsten Innern. »O Gott, nein. Nein. Nein!«

Durch das Wesen ging ein Ruck, dem ein Zucken Angelos und Forlis folgte.

»Sie will etwas sagen«, sagte Angelo.

»Sie?«

»Eine weibliche Stimme. Sie versucht, etwas zu sagen.«

Tatsächlich war ein schwaches Wispern zu hören, halbe Silben, mehr Hauch als Sprache.

Forli kniete sich neben sie, und an der Wärme, mit der sich seine Hose vollsog, merkte er, dass sein erster Eindruck vorhin richtig gewesen war. Ein umgestürzter Kessel, den er erst jetzt wahrnahm, bestätigte es. Sie war mit Soße übergossen.

Er beugte sich näher zu ihr. Sie hatte keine Lippen mehr, keine Augen, keine menschliche Kontur, und dass sie überhaupt noch sprechen konnte, war unvorstellbar.

»Ude … Ude Sado«, vernahm er, und er verstand sofort, was sie wollte. Bruder Sandro.

»Angelo, hole Carissimi her, beeil dich. Lauf.«

Forli hatte sich noch nie so ohnmächtig gefühlt wie jetzt. Er hätte ihr gerne geholfen, es ihr leichter gemacht, irgendetwas getan. Aber dieser Körper war … verloren. Unrettbar verloren.

Nach und nach trafen die Jesuiten und Schüler an der Schwelle zur Küche ein: Königsteiner, Rodrigues, Ried, Gisbert von Donaustauf, Birnbaum. Keiner von ihnen setzte einen Fuß in die Küche. Das Grauen hielt sie auf Abstand.

»Das ist Giovanna«, sagte einer von ihnen, aber Forli hörte nicht, wer es sagte, weil sie in diesem Moment wieder Laute von sich gab.

»Johaes«, sagte sie. »Johaes.«

»Johannes?«, fragte er.

»Ni … geholf.«

»Nicht geholfen? Wer hat ihm nicht geholfen? Weißt du, wer ihn umgebracht hat?«

Versteinert blickten die fünf Männer jenseits der Schwelle auf dieses sprechende Bündel Tod, das nur noch mit letzter Kraft lebte.

Dann kam Carissimi. Er erschrak, als er sie sah. Wankte. Rang nach Luft, nach Fassung. Schloss die Augen, öffnete sie wieder. Sank zitternd zu Boden.

»Giovanna«, sagte er leise. »Mama Giovanna, ich bin da. Hörst du mich? Ich bin bei dir.«

Eine Weile verging, in der nur das Röcheln zu hören war, immer leiser, verglimmend.

»Was willst du, dass ich tue, Mama Giovanna? Sag es, und es wird getan.«

Der Arzt, Magister Duré, erschien hinter ihm, aber Forli bedeutete ihm, nichts zu unternehmen, und Duré nickte zustimmend. Giovannas Leben hing schon nicht mehr an einem seidenen Faden. Der Faden war längst gerissen, der Mensch im freien Fall.

»Mama Giovanna?«, fragte Sandro.

Die Todgeweihte stieß plötzlich ein Wort hervor, erschreckend in seiner Deutlichkeit, bedachte man, dass ein Mensch mit diesen Verbrennungen eigentlich gar nicht mehr hätte leben dürfen.

»Clelia«, sagte sie.

Stille.

»Clelia?«, fragte Carissimi. »Wer ist das?«

Stille.

»Mama Giovanna?«

Stille.

»Mama Giovanna?«

Stille.

Die Jesuiten bekreuzigten sich, falteten die Hände und begannen zu beten.

Carissimi tat nichts Dergleichen. Er schloss die Augen, und Tränen fielen auf Giovanna.

11

Grausame Sonne über Rom an einem gebleichten Himmel. Das Mosaik der Farben hatte sich aufgelöst. Wände, Blätter, der Fluss – alles verblichen, verwischt von der Helligkeit. In den Gassen, wo sogar der Löwenzahn an den Hauskanten vertrocknete, in den Brunnen, die Lachen aus geschmolzenem Licht geworden waren, in den noch offenen Gräbern, die die Toten der Hitze bargen – überall war die Sonne. Nichts regte sich, noch nicht einmal die wenigen Schatten des Laubwerks. Es gab keinen Wind, keine Wolken, keinen Regen, es gab keine Bewegung. Man wünschte sich all das, doch den Menschen blieb nichts anderes übrig, als sich, wie immer, dem Unabänderlichen zu ergeben und irgendwo tief in diesem Meer aus glühendem Gestein für ein paar Stunden zu verschwinden.

Sie gingen zu dritt durch fast menschenleere Einöde, sehr langsam, irgendwohin, ohne Ziel, und rangen nach frischer Luft, die es nicht gab. Sandro, Forli, Angelo, keiner sagte etwas. Die Sprache schien abgeschafft. Am Tiber angekommen, lösten sich, kaum einen Steinwurf vor und hinter ihnen entfernt, die Konturen im Flimmern auf. Tausende Fliegen tanzten ihren letzten Tanz.

So nah am Tiber war die Luft unerträglich, war wie ein uringetränktes Tuch vor dem Gesicht, wie ein Knebel. Doch nicht nur das raubte Sandro den Atem. Der Gestank des Flusses, die Hitze, die Feuchtigkeit waren eine Sache, das Entsetzen eine andere. Das eine kam von außen, das andere entstand tief drin, im Kopf, wo die Bilder sich verhaftet hatten, und im Bauch, wo Übelkeit, Wut und Trauer herrschten. Nun verband sich alles zu einem betäubenden Gemisch. Jeder Schritt, den Sandro machte, kam ihm vor, als zöge ein Puppenspieler die Fäden. Der Schweiß stand ihm auf der Stirn, lief ihm die Arme hinunter, klebte das Gewand an seinem Rücken fest.

Sandro blieb stehen, die anderen taten es ihm nach. Er bemerkte, dass es ihnen schwerfiel, einander anzusehen, so als fürchteten sie sich vor dem Entsetzen in den Augen des anderen, die ein Spiegel des eigenen Entsetzens waren.

Dann brach es aus Sandro hervor. Er sagte zu Forli: »Durchsucht das Collegium. Jetzt gleich. Jedes Zimmer, jeden Winkel, auch die Kapelle. Nur das Zimmer des Ehrwürdigen nehmt Ihr aus. Alles, was auch nur annähernd verdächtig erscheint, wird beschlagnahmt. Seht die Papiere durch, die Ihr findet. Scheut Euch nicht, Personen abzutasten – außer dem Ehrwürdigen. Er soll, wenn möglich, vorerst nichts davon mitbekommen. Duré wird dafür sorgen. Wenn nötig, stellt alles auf den Kopf. Von jetzt an gehen wir verschärft vor. Wir werden diesen wahnsinnigen Mörder kriegen, koste es, was es wolle.«

Er wandte sich ab und ging, und die beiden anderen Männer wagten nicht, zu fragen, wohin.

Im Schatten der Linde ließ es sich aushalten. Antonia und Signora A saßen bei kühlem Wein im Hinterhof des *Teatro*, an einer langen Tafel aus wurmstichigem Holz, wo noch die Reste des einfachen Mittagsmahls aus Brot, Salzfleisch und Linsen herumlagen. Huren aßen nun einmal nicht sehr kultiviert. Dafür hatten sie viel gelacht – derbe Witze und skurrile Erlebnisse der letzten Nacht gehörten ebenso zu jeder Mahlzeit wie das Essen selbst.

Antonia fühlte sich keineswegs unwohl, aber sie merkte, dass sie dieses Milieus langsam überdrüssig wurde. Milo hatte ihr einmal gesagt, dass die Gemeinheiten der Männer, denen diese Frauen ausgesetzt waren, mit der Zeit auf sie abfärbten. Und das stimmte. So war Antonia nicht unglücklich, als sich eine Hure nach der anderen ins Innere des Hauses zurückzog, wo es kühler war. Nur Signora A blieb im Schatten der Linde bei ihr.

In Stunden wie diesen, wo die Hitze jede körperliche Aktivität verhinderte und zu Trägheit zwang, wuchsen, ehe man sich's versah, kleine Sorgen zu großen Sorgen heran wie Schlingpflanzen. Antonia hatte sich bisher wenig Gedanken um ihre Zukunft gemacht, denn sie war es gewöhnt, im Heute zu leben, und sie war noch nicht lange genug Waise, um sich allein zu fühlen. Sie hatte bis vor kurzem ihren Vater und Carlotta gehabt, und sie hatte Milo und Sandro.

Doch die Worte des Papstes hatten sie verunsichert. Unmöglich für sie, zu benennen, was genau sie eigentlich an seinem Besuch verunsicherte. Keines seiner Worte war auch nur annähernd einem Missfallen, geschweige denn einer Drohung nahe gekommen. Im Gegenteil, er war sehr freundlich zu ihr gewesen, hatte ihre Arbeit gelobt... Er war ihr wie ein liebenswürdiger alter Mann vorgekommen. Und wenn ihr auch klar war, dass liebenswürdige Päpste so selten waren wie Rosenblüten im Januar, und auch allerlei Gerüchte über ihn im Umlauf waren, so konnte sie doch nichts anderes über ihn sagen. Was Sandro anging – Julius schien ihn wirklich zu mögen. Ja, es war ihr sogar so vorgekommen, als wolle der Papst Sandro mit ihr verkuppeln. Wusste der Papst etwas, das sie nicht wusste? Oder besser gesagt, das sie zwar wusste, aber nicht wahrhaben wollte.

Das war es, was sie verunsicherte und wovor sie Angst hatte. Alles wieder aufzurühren. Und das jetzt, wo es mit Milo so gut lief.

Papst Julius hatte sich, nachdem er Milo entdeckt hatte, ziemlich schnell verabschiedet. Sicher, die Situation war heikel für ihn gewesen. Nach allem, was man über ihn hörte, war er zwar kein Kind von Traurigkeit, aber ein Paar in einer Kirche zu überraschen... Sie konnte froh sein, dass er so beherrscht geblieben war. Zumindest ihr gegenüber. Milo hatte er die Hand entzogen. Und genau diese Geste war es, die für sie den Anschein erweckte, als habe Julius etwas gegen Milo.

Vielleicht bildete sie sich das alles auch nur ein. Trotzdem stellte sich die Frage, wie es mit ihr und Milo weitergehen sollte, und als ahnte Signora A, woran Antonia dachte, fragte sie:

»Milo und du, ihr kennt euch jetzt schon zwei Monate. Ihr schlaft miteinander, versteht euch gut... Wann werdet ihr heiraten?«

Die herbe Stimme der Signora war wie die Stimme von Antonias Gewissen.

»Er hat mich noch nicht gefragt.«

Signora A lachte höhnisch auf. »Als wärst du eine Frau, die sich von so einer Kleinigkeit abhalten lassen würde. Wenn du ihm sagst, dass du ihn willst, wird er schon fragen. Wenn er zögert, dann nur, weil er sich deiner Antwort nicht sicher ist.«

Die Signora sprach aus, was sie dachte, so war sie schon immer gewesen.

»Ich kenne die Männer, Antonia, und ich kenne auch meinen Sohn. Ich habe ihm lange Zeit nicht die Aufmerksamkeit geschenkt, die ein Kind braucht, das gebe ich zu, aber ich habe ihn nie aus den Augen verloren. Er ist klüger als die meisten seines Standes. Er kann lesen und rechnen. Weder sucht er den Streit, noch meidet er ihn. Er wird in diesem Viertel und im Trastevere respektiert. Er trinkt nicht, behält in jeder Lebenslage einen klaren Kopf…« Sie hob die Hand, als Antonia sie unterbrechen wollte. »Ich weiß, ich weiß, du brauchst mir nichts zu sagen. Mir geht es nicht darum, ihn dir schmackhaft zu machen. Ich wollte dir nur klarmachen, dass er in seinem jungen Leben schon vielem begegnet ist. Er kennt sich aus. Aber einer Sache ist er noch nicht begegnet, bis vor zwei Monaten, und zwar der Liebe. Sie ist ein fremder Ort für ihn, darum bewegt er sich darin nicht mit der gewohnten Sicherheit. Und du, du machst es ihm nicht leichter.«

Antonia fühlte sich kritisiert. »Was meinst du damit?«

»Oh, bitte, Antonia, ich will nicht mit dir streiten. Ich kann dich ja verstehen. Du bist eine Glasmalerin, für die es fast unmöglich ist, ihr Handwerk auszuüben, weil alle Gilden der Welt aus Männern bestehen und weil Aufträge nur an Mitglieder der Gilden vergeben werden. Nur Sandro Carissimis Fürsprache und einem entgegenkommenden Papst, der sich mit der römischen Glasmalergilde angelegt hat, hast du es zu verdanken, dass du arbeiten darfst.«

Antonia fegte ein paar Krümel vom Tisch. »Signora A, ich kann dir nicht folgen. Was hat denn das mit Milo und mir zu tun?«

»Liegt das nicht auf der Hand?«

»Zumindest nicht auf meiner.«

»Als Milos Gattin wärst du die Schwiegertochter einer Hurenhausbesitzerin, und die Gilde würde Sturm laufen, wenn eine solche Frau in Gotteshäusern arbeitet. Julius würde es sich dreimal überlegen, dir weitere Aufträge zu geben. Und nicht zu vergessen: Sandro Carissimi hätte keinen Grund mehr, dich zu protegieren.«

»Das ist … das hört sich furchtbar berechnend an.«

»Ich mag ihn, er hat den Tod meiner Freundin Maddalena aufgeklärt. Aber der Mann tut das, was er für dich tut, doch nicht, weil er gerne mit dir plaudert, Antonia.«

»Erstens schätzt du Sandro falsch ein, und zweitens habe ich nicht von ihm gesprochen, sondern von mir. Du glaubst, ich würde Milo nicht haben wollen, weil ich um meine Zukunft als Glasmalerin fürchte?«

»Haben willst du ihn schon, nur heiraten eben nicht.«

»Also wirklich, ich weiß nicht, was ich sagen soll.«

Signora A zuckte mit den Schultern und füllte ihren und Antonias Becher mit dem restlichen Wein. »Genau darum dreht sich unser Gespräch doch: Du weißt nicht, was du sagen sollst.«

Antonia öffnete den Mund, als würde sie einen lauten Schrei ausstoßen wollen. Aber alles, was sie herausbrachte, waren halbe Silben.

»Siehst du«, setzte Signora A nach. »Du kannst dich nicht entscheiden, und da stellt sich die Frage, warum das so ist.«

»Das ist nicht wahr. Ich kann mich sehr wohl entscheiden – wenn eine Entscheidung ansteht.«

»Heißt das, wenn Milo dich fragt, nimmst du ihn?«

Antonia kam es vor, als rase ein Brauereiwagen auf sie zu. Einen Augenblick lang war sie sprach- und regungslos.

»Selbstverständlich«, antwortete sie schließlich.

Signora A lächelte, was selten vorkam. »Mehr wollte ich nicht wissen.« Sie stand auf. »Ich muss wieder an die Arbeit. Mal sehen, wie Milo vorangekommen ist. Er sollte mir das Ungeziefer aus den Zimmern jagen. Es nimmt überhand.«

Antonia drehte den Becher in ihren Händen. Sie hatte sich soeben verheiratet – zumindest irgendwie –, und nun wusste sie nicht, wie sie sich fühlen sollte. Glücklich – Milo war ein fabelhafter Mann. Gefangen – das wilde Spiel auf der Wiese war vorüber, der Bräutigam hatte die Braut am Saum erwischt. Traurig – es hieß wohl, über kurz oder lang, Abschied zu nehmen von der Glasmalerei. Nervös – es war, als sitze sie in der Kutsche, mit dem Gefühl, dass sie etwas zu Hause vergessen hatte.

»Bruder Sandro!« Signora A hatte den Hof verlassen wollen, als sie jemanden an der Tür stehen sah.

Antonia, aufgeschreckt, sah Sandro an, dass etwas nicht stimmte. »Komm her, Sandro, setz dich.«

»Er ist nicht ganz bei sich«, sagte Signora A. »Ihr wart zu lange in der Sonne, Bruder Sandro. Sieh nur, Antonia, sein Kopf ist ganz rot.«

»Kannst du bitte einen kalten Umschlag bringen?«

»Mach ich. Und kühlen Wein aus dem Keller hole ich auch.« Sie eilte davon, und Antonia setzte sich neben Sandro auf die Bank an der Tafel.

»Was ist passiert?«

Er schüttelte den Kopf zum Zeichen, dass er nicht darüber sprechen wolle. Dann stützte er sich mit den Ellenbogen auf dem Tisch auf, fuhr sich durch die Haare, fuhr sich übers Gesicht, kniff die Augen zusammen, als täten sie ihm weh, atmete tief durch und lehnte sich wieder zurück.

Zuerst starrte er vor sich hin, dann sah er sie an. Lange, sehr lange. Sie wusste nicht, was sie tun sollte.

»Hier bitte, möchtest du Wein?« Sie hielt ihm ihren Becher hin, doch er lehnte mit einer kleinen Geste ab. Sie merkte, was vorging. Er hatte sie unbedingt sehen müssen. Deswegen war er gekommen. Weil er sie brauchte. Weil er Schutz suchte. So war es. Oder?

»Wo ist Milo?«, fragte er.

»Er jagt Ungeziefer.«

»Dann haben wir dieselbe Arbeit.«

»Sandro«, flüsterte sie und legte ihre Hand auf seine Stirn. »Was ist nur mit dir passiert?«

Er schwieg. Sie schwieg. Sie ließen einander nicht aus den Augen. Dann, sehr langsam, als sei es eine natürliche Bewegung, neigte er sich zu ihr vor und küsste sie.

Zuerst dachte sie: nein. Dann dachte sie: Warum jetzt, warum gerade jetzt? Und dann dachte sie gar nichts mehr.

Antonias Lippen zitterten. Ihre Hand zitterte, als sie sich auf Sandros Nacken legte und seinen Hinterkopf umfasste. Ihr Körper zitterte, als Sandros Hand ihn berührte. Alles ging so langsam vor sich und war zugleich so erregend, dass Antonia abwechselnd lächelte und wie unter Schmerzen das Gesicht verzog.

Es waren Schritte zu hören. Langsam lösten sich ihre Lippen voneinander, trennten sich ihre Körper, ohne zu wissen, ob sie jemals wieder zusammenkämen.

Signora A betrat den Hof. »So, hier kommt die Abkühlung.«

Julius schreckte schweißgebadet aus seinem Mittagsschlaf auf. Der Krähentraum. Hastig griff er nach dem bereitgestellten Krug, schenkte sich dunkelroten Wein ein, leerte den Kelch in einem Zug und wiederholte den Vorgang noch zweimal, ehe er seufzend auf die Kissen zurücksank und sich die Tropfen vom Kinn wischte.

Dieses Gesicht … Es ging ihm nicht aus dem Sinn, das Gesicht des Mannes in der Kirche *Santo Spirito*. Milo. Auftragsmörder. Todesengel, wie Massa ihn nannte. Inbegriff einer gewaltigen Verirrung, eines Sündenfalls. Was für eine unmögliche, mit allen Grundsätzen des Glaubens unverträgliche Idee!

Er stand auf, benebelt vom Wein. Auf nüchternen Magen getrunken, rief er Schwindel hervor und eine Übelkeit, die nicht nur unangenehm war. Trinken war für Julius wie Weinen: Es machte alles leichter. Natürlich, er würde eines Tages daran sterben, am Weinen, am Wein, aber bis dahin würde er dem Trinken treu bleiben.

Mit beiden Händen hielt Julius den Kelch umklammert, während sein Blick vom Fenster seines Privatgemachs aus über die Dächer der Ewigen Stadt schweifte. In der Scheibe sah er den Umriss seiner selbst und trat einen Schritt näher. Da war er. Da war Julius III., Diener der Diener Christi. Aber war da nicht auch noch ein anderer? Er suchte nach ihm, suchte in den Augen seines Spiegelbilds nach Giovanni Maria del Monte, nach dem jungen Mann, dem Fünfzehnjährigen, dem der Vater und der Onkel eine Kirchenkarriere zudachten. Die Augen, so hieß es, waren der Spiegel der Seele, und Giovanni-Julius forschte in diesem Spiegel nach der Jugend, der Unschuld auch, der Leichtigkeit. Waren sie denn völlig verschwunden? Alles, was er sah, waren Augen wie Asche.

Wie hatte er jemals an diesen Punkt kommen können? Das Leben war für ihn zum Kalvarienberg geworden, zu einer unsagbaren Mühsal. Andere, die diesen Weg gingen – Schwerkranke, Arme, leidende Witwen und Witwer –, hatten wenigstens den Trost und die Gewissheit, bergauf zu gehen bis zum Himmelstor. Sein Weg der Mühsal führte nach unten. Wo befand er sich gerade, im siebten Kreis der Hölle oder im achten?

Im inneren Ring? Sein Register der Sünden war lang genug, um ihn damit erdrosseln zu können.

Ein Krähenschwarm flog am Fenster vorbei, so nah, dass Julius erschrocken zurückwich. Der Kelch entglitt ihm, und der Wein tränkte sein weißes Schlafhemd.

Eine Weile war er unfähig, sich zu bewegen, doch dann hob er als Erstes den Kelch auf, füllte ihn erneut, trank und sagte: »Krähen, überall Krähen. Damit muss Schluss sein.«

So konnte es nicht weitergehen. Sandro hatte recht, wenn er Julius drängte, den Schwachen zu helfen und auch denen, die für die Schwachen da waren.

Julius trank. Der Wein, so schien es ihm, spülte die Sehnsucht an die Oberfläche, jenen Teil von Giovanni zu tilgen, der zum Verbrecher geworden war, und den Drang, sich zu bestrafen und auch jene, die wie er gesündigt hatten.

Was ihn betraf, so würde er sich zur Buße auferlegen, Sandro die Wahrheit zu sagen, rücksichtslos, und nichts zu verschweigen. Sandro war sein Beichtvater, sein Freund, sein Favorit … Dennoch hatte Julius panische Angst vor diesem Geständnis. Es galt, den richtigen Zeitpunkt abzuwarten.

Er trank, trank.

Was die anderen Verbrecher betraf … Julius läutete. Einen Schluck aus dem Kelch, später trat ein Diener ein.

»Den Kammerherrn zu mir, sofort.«

Der Diener verneigte sich und ging.

Julius füllte erneut den Kelch und durchquerte ruhelos sein Gemach. Die rechte Faust trommelte auf sein Kinn, der linke Arm führte unablässig den Kelch an die Lippen, senkte sich, hob sich wieder, senkte sich …

Tat er das Richtige?

Ja. Es musste sein.

Oder?

Doch, es wäre ein Abschluss. Und Sandro wäre auch geholfen. Man musste es ihm ja nicht erzählen – alles, doch dieses eine nicht.

Julius trank.

Die Krähen zogen ihre Bahn über den halb fertigen Petersdom.

Endlich klopfte es.

»Ja.« Julius' Stimme war fest, aber sie war im Lauf der Jahre auch vom Alkohol verätzt, vom Verbrechen zerfetzt worden.

Massa trat ein und sagte: »Eure Heiligkeit haben mich rufen lassen. Ich hoffe, Eure Heiligkeit befinden sich wohl und …«

»Lass das Geschwafel. Ich habe vorhin die Kirche *Santo Spirito* besucht«, sagte Julius.

»Ich hörte davon, Eure Heiligkeit.«

»Ist mir klar, du hörst ja alles, weißt alles … Zählst du die Weinkrüge, die ich mir bringen lasse? Schweig, darum geht es mir gar nicht. Ich habe die Glasmalerin Antonia Bender getroffen. Ist sie dir bekannt?«

»Bender … Bender … Antonia Bender …«

»Tu nicht so, als müsstest du nachdenken. Kennst du sie nun oder nicht?«

»Ich bin nicht sicher. Ich glaube nicht, dass ich sie kenne. Sie ist dem Umfeld Eures Sekretärs Carissimi zuzurechnen.«

Dem Umfeld zuzurechnen. Dieser Massa hatte eine Art zu sprechen … »Jemand war bei ihr«, sagte Julius. »Ihr Gefährte, ihr Liebhaber, keine Ahnung, wie ich ihn nennen soll. Wir beide kennen ihn unter einem anderen Namen. Es ist der Todesengel – wobei ich festhalten will, dass du ihm diesen hirnrissigen Namen gegeben hast.«

»Die Begegnung war Euch unangenehm, Eure Heiligkeit? Ich werde Milo anweisen, dass er …«

»Die Begegnung war mir nicht *nur* unangenehm. Dadurch habe ich Einblicke bekommen, die mir sonst nicht vergönnt gewesen wären. Ich will, dass er beseitigt wird.«

»Dass er ... Eure Heiligkeit! Er – er ist – er war uns sehr nützlich.«

»Das sind Lumpen auch, und trotzdem wirft man sie irgendwann weg.«

»Es würde doch genügen, ihn aus unseren Diensten zu entlassen.«

»Ich wiederhole mich ungern, Massa.«

»Aber – verzeiht, Eure Heiligkeit. Vielleicht überschlaft Ihr die Entscheidung. Es wäre doch möglich, das Ihr morgen ganz anders darüber denkt.«

Julius setzte sich. »Willst du damit andeuten, ich sei betrunken?«

»Nein, ich ...«

»Oder nicht bei Verstand?«

»Um Himmels willen, Eure Heiligkeit.«

»Also was?«

»Wenn Ihr mir nur den Grund nennen würdet.«

Julius schlug mit der flachen Hand auf den kleinen Tisch neben ihm und schrie: »Seit wann bin ich dir Rechenschaft schuldig? Als wir den Bankier oder die Zigeunerin oder diesen Botschafter ... Ich will sagen, dass du nie einen Grund gebraucht hast, Massa. Wieso jetzt? Dieser Todesengel – dieser Milo ist im Weg. Mir im Weg, Sandro im Weg ...«

Julius unterbrach sich. Er umklammerte den Kelch und trank. Und auch, als er den Kelch von den Lippen absetzte, sah er nur den Wein; Massas Augen mied er.

»Tu es«, sagte er nach einer Weile, nun in einem bekümmerten, schwermütigen Tonfall. »Es war ein Fehler, jemals diesen Weg zu gehen, Massa. Ich hätte nie auf dich hören dürfen.« Er flüsterte. »Wir haben uns geirrt. Verirrt.«

Julius atmete schwer. Der Wein machte ihm zu schaffen.

»Also gut, Eure Heiligkeit«, sagte Massa. »Dann lasse ich Milo verhaften und in den Kerker bringen. Dort wird sich dann schon eine Möglichkeit finden, ihn zu ... Euren Befehl in die Tat umzusetzen.«

»Nein.« Julius blickte noch immer in den Kelch, den er gemächlich in den Händen drehte. »Dieser Milo ist in seinem Milieu zu bekannt, um ihn einfach so zu verhaften. Ich möchte nicht, dass sein Tod mit mir in Verbindung gebracht wird.«

Vor dreihundert, zweihundert, noch vor einhundert Jahren hätte ein Papst jeden x-Beliebigen einfach so verhaften lassen können. Doch die Zeiten hatten sich geändert. Daran waren Luther und Kopernikus mit ihren ungeheuerlichen Behauptungen schuld sowie einige andere, die ein Wort im Munde führten, das ein riesiges Loch in die päpstliche Herrlichkeit gerissen hatte: Freiheit. Heutzutage musste man sich vorsehen.

Massa benötigte eine Weile für seinen nächsten Vorschlag. »Dann bliebe nur noch die Option, jemanden zu beauftragen ... Sozusagen ein Todesengel, der den anderen beseitigt.«

»Nein, ich habe alle Engel satt.«

»Tja, also, Eure Heiligkeit, dann weiß ich nicht, wie ... Milo wird uns kaum den Gefallen tun, sich selbst zu richten.«

»Wohl nicht. Aber ich habe eine hervorragende Idee.« Julius' Blick wanderte langsam zu Massa, und dann neigte er den Kopf auf eine Weise zur Seite, die zu verstehen gab, woran er dachte.

Massa fiel es wie Schuppen von den Augen. »Nein.«

»Doch.«

»O nein, bitte, Euer Heiligkeit. Alles, nur *das* nicht.«

»Todesengel für einen Tag. Das«, sagte Julius, »wird deine Buße sein.«

Der Schatten der Linde tat Sandro gut, und die Ruhe des Hofes vermittelte ihm das Gefühl, dass es doch noch friedliche Orte auf der Erde gab. Ein paar Vögel hüpften auf der Tafel herum und pickten nach Krumen, Bienen labten sich am Lindensaft, und ein süßer Duft lag in der Luft. Was ihm aber am besten tat, war, dass er von Zeit zu Zeit Antonias Blick auf sich spürte. Er war viel zu müde, um erregt zu sein. Antonia war Balsam und Trost für ihn. Auch wenn er sie nicht geküsst hätte, hätte er nicht anders empfunden.

Er hatte es nicht geplant gehabt. Hierherzukommen zu ihr, das schon, aber nicht, um sie zu küssen. Er hatte sich nur nach Frieden gesehnt, nach einer Stunde des Vergessens, nach ihrer Stimme, nach ein bisschen Zuneigung. Und dann war es einfach passiert. Das, was er schon immer hatte tun wollen, was er hätte längst tun sollen, wovor ihn alles Mögliche zurückgehalten hatte, angefangen vom Zölibat, dann gekränkte Eitelkeit, weil sie einen anderen bevorzugte, dann das Warten auf den richtigen Augenblick... Er hatte erst vor dem Schlimmsten stehen müssen, was er je gesehen hatte, hatte erst sein Denkvermögen verlieren müssen, um endlich seiner Liebe freien Lauf lassen zu können. Es war grausame Ironie, dass er im Augenblick größten Schmerzes das seit langem Ersehnte zu tun imstande gewesen war.

Antonia saß neben ihm. Und doch war sie schon wieder ein Stück entfernt, denn Signora A war da und auch ihr Sohn Milo. Er saß gegenüber von Antonia und hielt auf der Tischmitte mit seinen beiden Händen die ihren umfangen. Sandro bemühte sich, nicht hinzusehen.

Was ging in Antonia vor? Er hatte nach dem Kuss keine Gelegenheit gehabt, mit ihr zu sprechen. Fühlte sie wie er? War sie einfach nur von ihm überrumpelt worden?

»Das ist ja furchtbar«, sagte die Signora, nachdem Sandro in wenigen Sätzen berichtet hatte, was im Collegium geschehen war. Langes Schweigen trat ein.

Sandro hatte Antonia sehen wollen, aber nun, da er schon einmal hier war, konnte er der Signora auch einige Fragen stellen, die mit dem Fall zusammenhingen. Den Mörder kriegen, wiederholte er sich wieder und immer wieder. Den Mörder kriegen.

»Magister Duré«, sagte er, »erzählte mir von seinem und des ehrwürdigen Ignatius' gestrigen Besuch bei Euch, Signora A.«

Sie war überrascht und drehte dann verlegen den Kelch in der Hand. »So, hat er das? Und erwähnte er – auch – den Grund – des Kommens?«, fragte sie stammelnd.

»Es blieb ihm nichts anderes übrig, wollte er falsche Vermutungen verhindern. Es stimmt also?«

Sie presste die Lippen zusammen und nickte. »Ich habe dem ehrwürdigen Ignatius eine Spende in beträchtlichem Umfang angeboten. Natürlich war ich nicht sicher, ob er sie annehmen würde – von mir, einer Hurenhausbesitzerin. Darüber sprachen wir gestern. Ich hatte vorgeschlagen, ihn aufzusuchen, doch es war ihm lieber, zu mir zu kommen. Nachmittags ist das *Teatro* fast leer. Die erste Kundschaft kommt nicht vor Sonnenuntergang, und die Huren erledigen ihre privaten Angelegenheiten.«

»Du willst den Jesuiten spenden?«, fragte Milo, bevor Sandro nachhaken konnte. In seiner Stimme lagen Verwunderung und ein leichter Vorwurf. »Wie viel?«

»Viel.«

»Was verstehst du darunter?«

»Alles, was ich geerbt habe. Alles, außer das *Teatro* und das Barvermögen.«

»Du meinst …?«

»Den Weinberg, die Manufaktur – das Erbe Maddalenas. Mehr als das *Teatro* habe ich nie besitzen wollen. Maddalena war meine Schülerin, meine Freundin und neben dir die wichtigste Person in meinem Leben, und ich bin Bruder Sandro dankbar, dass er ihren Tod aufgeklärt hat. Bruder Sandro ist Jesuit – also spende ich den Jesuiten. Sie unterhalten in Rom Schulen für Arme und Hospitäler für Kranke. Das Geld ist dort gut aufgehoben. Maddalena wäre einverstanden.«

»Maddalena … Auf die Idee, dass ich künftig vielleicht lieber einen Weinberg bewirtschaften als ein Hurenhaus leiten möchte, kommst du wohl nicht?«

»Für das Teatro erzielst du, wenn ich einmal nicht mehr bin, einen hübschen Preis.«

»Du verschenkst ein Vermögen.«

»Maddalenas Vermögen. Mein Vermögen.«

Milo stand auf. »Ich habe genug gehört.« Er ging fort, und Antonia ging ihm – allerdings erst nach einigem Zögern – nach.

Sandro und die Signora saßen eine Weile beieinander, ohne zu sprechen. Er sah ihr an, dass sie kurz davor war, mit ihm über Antonia zu reden. Die Signora war eine äußerst erfahrene Frau und trotz ihres herben Wesens und eines Berufs, bei dem man abstumpfte, hatte sie großes Einfühlungsvermögen. Sie begriff, was vor sich ging, da war er sich sicher. Doch genau dieses Einfühlungsvermögen ließ sie wohl auch spüren, dass er jetzt nicht willens und in der Lage war, über Antonia und Milo zu sprechen, und so fing sie nicht davon an.

»Tut mir leid, wenn ich einen Streit ausgelöst habe«, entschuldigte Sandro sich.

»Früher oder später hätte er's doch erfahren. Ich habe ihn dazu erzogen, niemals den Kopf in den Sand zu stecken, und das wird er auch jetzt nicht tun. Er kommt zurecht, das ist so sicher wie das Amen in der Kirche. Man muss hart sein in dieser Welt. Er ist es. Und ich bin's auch. Deswegen will ich auch keinen Dank von Euch, Bruder Sandro. Es gibt nichts zu danken.«

Er nickte. Sie verstanden sich.

»Was den gestrigen Besuch angeht …«, begann er.

»Der ehrwürdige Ignatius kam zwischen der vierten und der fünften Stunde«, sagte sie knapp.

»Allein?«

»Nein, der Mann mit dem Bart, der Arzt, war bei ihm, sagte aber fast nichts.«

»Duré.«

»Ja. Sie blieben eine Stunde. Der ehrwürdige Ignatius ließ sich von mir überzeugen, meine Spende anzunehmen. Dann gingen sie wieder. Mehr weiß ich nicht.« Über ihre harten Lippen zog ein kurzes Schmunzeln. »Ihr seid erleichtert, dass es bei diesem Besuch nicht um anderes ging, habe ich recht, Bruder Sandro?«

Er lächelte, sah aber wohl reichlich gequält aus, denn sie machte ihm ein unerwartetes Angebot.

»Wollt Ihr Euch eine Stunde aufs Ohr legen? Betten gibt's hier bekanntlich genug. Auch saubere.«

Er nahm das Angebot an und folgte ihr ins Haus. Eine Stunde Schlaf würde ihm guttun. Giovannas Tod hatte ihn erschüttert, und er musste jetzt einfach neue Kräfte sammeln. In diesem Zustand jetzt nutzte er niemandem. Außerdem – bevor die Durchsuchung nicht abgeschlossen war, würde man ohnehin nichts unternehmen.

Das Zimmer im Erdgeschoss war dunkel und erfreulich kühl. Hier konnte er ausruhen. Die Signora stellte ihm auch einen Becher Wein neben das Bett, doch er war entschlossen, diesen nicht anzurühren.

Als er allein war, legte er sich nieder und verschränkte die Arme hinter dem Kopf. Noch einmal zogen die Ereignisse an ihm vorüber, noch einmal hörte er diesen Namen: Clelia. Wer war Clelia? Und vor allem: Hatte sie etwas mit diesem Verbrechen zu tun? Forli hatte Sandro auch berichtet, was Giovanna gesagt hatte, bevor er hinzugekommen war: Johannes. Und: Nicht geholfen. Er war nicht in der Lage, sich einen Reim darauf zu machen.

Sandro legte sich zur Seite, entschlossen, eine Stunde zu schlafen. Es hämmerte in seinem Kopf. Den Mörder kriegen. Koste es, was es wolle. Den Mörder kriegen …

12

Forli betrat Johannes von Donaustaufs Zimmer, das er und Angelo zu ihrem Hauptquartier gemacht hatten, und warf die Tür mit lautem Krachen hinter sich zu.

»Verdammt«, schimpfte er. Sein Fluch galt nicht Angelo, auch wenn er ihn dabei ansah. »Ich habe gerade Gespräche mit zwei Eseln geführt. Nicht, dass ich das nicht häufiger täte, aber selbst die Dümmsten, mit denen ich es in meiner bisherigen Laufbahn zu tun hatte, sind Gelehrte gegen die beiden Esel des Collegiums, denn in diesem Fall könnte ihre Dummheit zum Tod führen.«

Vergeblich hatte Forli darauf gepocht, das Collegium Germanicum vorläufig zu schließen und die Brüder und Schüler auf verschiedene Einrichtungen der Jesuiten in Rom zu verteilen, zum Beispiel auf das Hospital und das Collegium Romanum, die Schule für die Kinder armer Römer. Doch der Ordensgeneral Ignatius von Loyola war, wie Forli sich hatte überzeugen können, in einem labilen, dämmrigen Zustand, und sein Arzt riet dringend davon ab, ihn von Giovannas Tod zu unterrichten. Ausgerechnet in dieser Frage waren sich die selbsternannten Rektoren, Nikolaus Königsteiner und Luis de Soto, ausnahmsweise einig gewesen, dass nämlich eine so gravierende Maßnahme wie die Schließung des Collegiums ohne das Einverständnis des Ehrwürdigen in keinem Fall gerechtfertigt wäre. Sie hielten es, so behaupteten sie, für ebenso wahrscheinlich, dass Giovannas Tod ein Unfall war wie dass sie ermordet worden war, und nannten das Ganze neutral einen »tragischen Todesfall«. Was die anderen Brüder darüber dachten, spielte keine Rolle. Es war dieser verdammte Gehorsam, der sie alle dazu verdonnerte, in der Mördergrube zu verharren.

Es war doch haarsträubend, dachte Forli, dass diejenigen, die meinten, Gott am nächsten zu sein, in puncto Befehl und Gehorsam den Soldaten ähnelten, von denen man sagte, die Hölle sei ihnen gewiss. Es schien, dass beide Gruppen, die Mönche und die Soldaten, etwas gemeinsam hatten, wobei der Gehorsam der Jesuiten sogar für Forlis Maßstäbe außergewöhnlich war. Ignatius von Loyola hatte einst das Wort Kadavergehorsam geprägt, um die widerspruchslose Fügsamkeit auf den Punkt zu bringen. Kadavergehorsam bekam in diesem Zusammenhang einen ganz neuen Sinn.

»Zwei Ehrgeizlinge, die sich nicht trauen, ohne Erlaubnis ihres Generals die richtige Entscheidung zu treffen. Weißt du, was ich ihnen gesagt habe? Dass ich ab sofort im Collegium schlafen würde und dass mal einer versuchen soll, *mich* umzubringen. Dem würde ich eines vor die Glocke geben, dass die Petersglocke dagegen eine Türschelle ist.«

Leider, dachte Forli, würde der Mörder ihm diesen Gefallen wohl nicht tun, und der Gedanke an einen schönen Faustschlag, der sein Blut in Wallung gebracht hatte, versank nun in der Trübsal des anbrechenden Abends. Die Hausdurchsuchung und die Aufregung, die sie unter den Jesuiten des Collegiums verursacht hatte, waren für Forli wie Rauschmittel gegen die Bedrückung gewesen, die noch immer über dem Tag und dem Ort lag, und zugleich ein Befreiungsschlag gegen die Umklammerung der Vorschriften und Ordensregeln. Carissimis Entscheidung war richtig und mutig gewesen, auch wenn man noch nicht wusste, was bei der Hausdurchsuchung, die noch andauerte, herauskommen würde, wohingegen man kein Prophet sein musste, um zu wissen, dass es auf jeden Fall Ärger geben würde. Die Hausdurchsuchung verstieß in mehreren Punkten gegen die Auflagen Loyolas, zum einen darin, dass sie überhaupt durchgeführt wurde, und zum anderen, dass sie von Leuten der Stadtwache durchgeführt wurde. Die Ungewissheit über Loyolas mögliche Reaktion, wenn er davon erführe, und der in der Stille des Zimmers wiederkehrende Gedanke an Giovanna veränderten die Stimmung.

»Ich habe Giovanna abholen lassen«, sagte Angelo, der Forlis plötzliches Schweigen richtig gedeutet hatte. Er zündete eine Öllampe und zwei der in bauchigen Weinkrügen steckenden Kerzen an, denn der Abend kam früh in dieses sonnenscheinlose Zimmer mit dem kleinen Fenster. »Ein Priester von außerhalb des Collegiums hat das Totengebet gesprochen, damit nicht womöglich ihr Mörder ...« Er brach ab. »Jeder aus dem Haus hätte es tun können. Giovanna umbringen, meine ich.«

»Ja«, stimmte Forli ihm zu und setzte sich auf den zweiten Stuhl auf der anderen Seite des Tisches.

Es verging einige Zeit.

»Sie waren alle allein, jeder Einzelne«, sagte Angelo. »Außer Ignatius von Loyola, der gerade mit Bruder Carissimi gesprochen hat.«

»Ja«, stimmte Forli ihm wieder zu.

Und wieder verging einige Zeit.

Als es klopfte, öffnete Angelo die Tür und nahm einen Brief entgegen, den ein Wachmann überreichte. Der gesiegelte Brief war an der Pforte von einem Lakai abgegeben worden.

»Vom Leibarzt des Papstes«, sagte Angelo.

Forli richtete sich ein wenig im Stuhl auf. »Gib her.«

»Adressiert an«, fügte Angelo hinzu, »Seine Exzellenz, Sandro Carissimi, Visitator Seiner Heiligkeit.«

»Verdammt.« Forli sah zu, wie Angelo den Brief auf den Tisch legte.

Erneut kehrte Stille ein. Der Brief übte eine geradezu erotische Anziehung auf Forli aus, und schon bald starrte er auf ihn, als läge eine nackte Amazone vor ihm auf dem Tisch.

»Wo bleibt Carissimi so lange, verdammt?« Forli sprang auf. »Ich halte es nicht länger aus, die Hände in den Schoß zu legen.

Das liegt einfach nicht in meiner Natur. Dafür hat Gott die alten Frauen erschaffen.«

»Was wollt Ihr denn tun?«, fragte Angelo.

»Den Brief öffnen. Wenigstens das.«

»Dafür haben wir keine Erlaubnis.«

»Verflucht, wenn ich für alles auf eine Erlaubnis warten würde, wäre ich nicht besser als diese Kriecher in Kutten.«

»Aber – der Brief ist versiegelt.«

»Ich weiß ja nicht, wie es bei dir aussieht, mein Junge, aber ich bin in der Lage, einen Eichenknüppel mit bloßen Händen zu zerbrechen. Da werde ich mich von einem bisschen Wachs nicht aufhalten lassen. Machst du mit?«

Angelo setzte zu einem empörten Ausruf an, hielt dann jedoch inne und lächelte. »Worauf warten wir noch?«

Sie stürzten beide gleichzeitig auf den Brief zu und prallten mit den Köpfen zusammen, was Angelo weitaus größere Schmerzen verursachte als Forli, der Kopfschmerzen nur dann bekam, wenn er am Abend zuvor ein Fässchen Bier getrunken hatte. Erwartungsgemäß war es also er, der den Brief in die Finger bekam und das Siegel brach.

»Was steht denn drin?«, fragte Angelo.

»Immer mit der Ruhe.« Forli hatte zwar in seiner Jugend von seinem Vater das Schreiben beigebracht bekommen, und als Offizier war es nötig, Berichte verfassen und lesen zu können, aber für gewöhnlich hatte er dafür alle Zeit der Welt. Er kam nur langsam voran. Manche Wörter in diesem Brief hatte er in seinem ganzen Leben noch nicht gehört, und manche Sätze waren lang wie Schlangen – und ebenso giftig.

Angelo riss ihm schließlich den Brief aus den Händen, worüber Forli insgeheim weit weniger ärgerlich war, als er tat.

»Das ist doch ganz einfach«, sagte Angelo, nachdem sein Blick wie ein Wind über das Papier gefegt war. »Doktor Pinetto hat hungrigen Ratten von dem gestrigen Abendmahl zu fressen gegeben, und keine ist erkrankt. Er schließt aus, dass das Gift im Essen, im Wasser oder im Wein war – jedenfalls nicht in den Speisen, die er von Johannes' Teller und Becher entnommen hat. Ferner hat er Magister Durés Arzttasche überprüft und keine verdächtigen Flüssigkeiten gefunden.«

Angelo ließ den Brief sinken, und Forli begann, im Kreis zu laufen.

»Wenn das Gift nicht im Essen war, kann Johannes es nur vor der Messe zu sich genommen haben, richtig?«

Angelo nickte. »Denn nach der Messe setzte man sich sofort an die Tafel, und dort gab es nichts anderes als das, was aufgetischt wurde.«

Forli klopfte Angelo auf die Schulter, dass es ihn beinahe zu Boden warf. »Du bist ja schon ein richtiger Ermittler.« Forli wurde nachdenklich. »Wir kommen immer wieder auf diese Stunde zurück. Wo war Johannes? Wer war bei ihm? Und worin war …?«

Forlis Fragen wurden von einem eintretenden, rangniederen Offizier unterbrochen.

»Die Untersuchung ist abgeschlossen, Hauptmann.«

»Was wurde gefunden?«

Der Offizier überreichte Forli ein Buch.

»Ist das alles? Ein Buch?«

»Das ist der einzige Gegenstand, der uns verdächtig vorkam. Wir haben das Buch in der Bibliothek gefunden. Es stand nicht mit dem Buchrücken zwischen den anderen Büchern, sondern war hinter ihnen versteckt.«

Im ersten Moment war Forli enttäuscht. Dieser Wirbel und der zu erwartende Ärger nur wegen eines Buches. Doch dann entdeckte er nach und nach das Interessante daran. Denn immerhin handelte es sich um ein Buch über Heil- und Giftpflanzen, in dem zahlreiche Zeichnungen und Beschreibungen zu finden waren. Und außerdem …

»Nur die Pflanzennamen sind auf Latein geschrieben, der Rest auf Deutsch«, sagte Forli erstaunt und reichte es Angelo weiter. »Ich bin in Trient großgeworden, ich kenne die Sprache ein wenig.«

»Hier fehlt eine Seite, Hauptmann«, sagte Angelo. »Man sieht noch ein paar Zacken im Bruch. Auf der Seite davor ist die *mentha piperita* beschrieben und auf der nachfolgenden Seite die *mentha rotundifolia*. Das bedeutet, dass auf der Seite, die herausgerissen worden ist, die *mentha pulegium* gezeichnet und beschrieben sein könnte – Poleiminze.«

»Da brat mir einer einen Storch«, rief Forli. Er wandte sich an den Offizier. »Wurden Hinweise gefunden, wem das Buch gehört?«

Statt des Offiziers antwortete Angelo. »Ich habe mir kürzlich den Lehrplan des Collegiums angesehen. Medizin soll auch unterrichtet werden, und der Lehrer heißt Nikolaus Königsteiner.«

Forli lächelte breit und klopfte Angelo anerkennend auf den Rücken.

»Nicht schlecht, Kleiner, gar nicht schlecht. Mach so weiter, und ich nehme dich bei meiner Polizei auf – als mein Schüler, versteht sich.«

Sandro schlief schon seit Stunden, und Antonia setzte sich auf die Bettkante, sah ihn an und suchte nach Antworten.

Wer hatte sie geküsst? Eine aufgewühlte Seele? Ein vom Anblick eines Verbrechens kurzzeitig verwirrter Verstand? Ein müder Mensch, der auf der Suche nach etwas Trost war? Oder ein Liebender?

Und von wem hatte sie sich küssen lassen? Von einer Erinnerung? Von einem Mann, dessen Geliebte sie einst sein wollte? Oder von einem Mann, den sie sich noch immer als Liebhaber wünschte?

Ein einziger Kuss machte nicht vergessen, was sie gelitten hatte: die Monate des Wartens im winterlichen Rom; die Traurigkeit im Herzen, während um sie herum die Natur erwachte; das Hin und Her; die Missverständnisse; Sandros Ausflüchte. Das alles saß fest, ja, aber nicht wie Fels, nein, es saß fest wie Eis und war in der Lage zu schmelzen. Ein Sonnenstrahl war heute darauf gefallen. Nicht mehr. Nicht weniger.

Ihr Herz schlug in einem anderen Takt, als sie Sandro beim Schlafen zusah. Doch sie wusste nicht, ob es getrieben war von Mitleid, von starker Zuneigung oder von Liebe.

Wann weiß man so etwas?

Milo steckte seinen Kopf durch den Türspalt.

»Wieso schläft er noch? Du wolltest ihn doch wecken, Antonia.«

»Ja, ich hatte es gerade vor.«

»Und wieso hast du die Tür hinter dir zugemacht?«

»Weil – ich weiß auch nicht. Ich glaube, ich bin ein bisschen aufgeregt.«

»Weshalb?«

»Wegen unseres Ausflugs zu diesem Lello.«

»Du kommst nicht mit.«

»Selbstverständlich komme ich mit.«

»Ausgeschlossen.«

»Milo!«

»Ausgeschlossen.«

»Milo! Ich will dabei sein. Es geht um *meine* Freundin, die umgebracht wurde. Ich will ihrem Mörder in die Augen sehen.«

Milo sah sie an. »Wenn du das nur nicht bereust.« Er klatschte in die Hände, und Sandro wachte auf.

Rom hatte am Tage Ähnlichkeit mit einer alten Frau: Es erwachte allmorgendlich mit einer gewissen Mühe, erledigte gleichgültig das, was getan werden musste, und fiel am Nachmittag in Schlummer. Mit dem schwindenden Licht verwandelte die alte Frau sich in eine alte Hure – mit allen Wassern gewaschen und mit einer rauen Fröhlichkeit, die ebenso faszinierte wie befremdete. Man hörte Paare sich zanken und sich lieben, Burschen streiten und singen, sah Geschäftemacher in Hinterhöfe eintauchen und Dirnen daraus hervorkommen. Der Tag der Ewigen Stadt, das war die Nacht.

Antonia, Milo und Sandro erreichten die südliche Stadtmauer, als der Horizont noch weißlich leuchtete, während Rom schon unter einer graublauen Glocke lag. Die Gegend war schwach besiedelt, hier und da ragten Baracken aus einer verdorrten Weide hervor, die auch als Müllhalde diente. Man musste aufpassen, wohin man trat – aber das musste man in Rom immer. Es gab viel Platz, es stank nicht mehr als anderswo auch, und die Grillen zirpten unermüdlich, als feierten sie ein Fest. Am Abendhimmel durchkreuzten Fledermäuse das Grau.

Dieser Ort, dachte Antonia, war friedvoller als die von Fuhrwerken und Menschen bebenden Straßen und Plätze, zugleich jedoch auch unheimlicher. Die spezielle Stille der Natur war Antonia nicht mehr gewohnt. In der Stadt war sie nie allein, selbst wenn sie sich einsam fühlte, denn die Wände der Behausungen waren meist so dünn, dass die Geräusche der Nachbarn und die Geräusche von draußen von der Menschheit kündeten. Hier am Stadtrand, wo sogar die Baracken sich mehr und mehr entfernten und die letzten Lichter erloschen, waren sie plötzlich nur noch zu dritt auf der Welt: Antonia, Milo und Sandro. Der Müll war nichts anderes als der Dreck von gestern, und die zerfallene Südmauer war das Überbleibsel einer vorvorgestrigen Welt.

Sie streiften an diesem Bollwerk der Antike entlang. An manchen Stellen war die baumhohe Mauer noch von beeindruckender Festigkeit, an anderen in ruinösem Zustand, geschliffen von der Zeit und einer bewegten Geschichte voller Belagerungen.

Milo gab den Weg vor, Sandro lief hinten und Antonia zwischen ihnen. Die Luft war heiß und feucht. Der Abend hatte keine Kühlung gebracht. In der Ferne fiel ein Vorhang aus Regen, von West nach Ost ziehend, an Rom vorbei, die Hoffnung mit sich nehmend.

»Wir sind bald da«, sagte Milo und drehte sich um. »Da vorn kommt eine Senke, dort steht Lellos Hütte.« Er lächelte Antonia an. »Alles in Ordnung?«

Sie erwiderte abwesend sein Lächeln. Heute war ein merkwürdiger Abend. Ihr kam es vor, als gehe sie auf einer dicken Schicht Stroh, in einer Art Nebel gefangen, und als sei die Wirklichkeit um sie herum ein bisschen unwirklich und sie, Antonia, kein Ganzes mehr. Antonias Blick war nach vorn gerichtet, auf Milo. Das Hemd klebte auf seinem Rücken, machte die Konturen des Oberkörpers sichtbar, die Muskeln, die schlanke Hüfte. Locker spielte die dreiviertellange Fischerhose um seine Beine. Da er – wie fast immer – barfuß ging, waren die Fußsohlen schmutzig. Antonias Blick blieb auf diesem Körper haften. Zugleich aber spürte sie, wie zwischen ihr und dem Bereich hinter ihr, wo sie Sandros Schritte und seinen Atem vernahm, eine intensive Verbindung bestand, die ohne Blicke und Worte funktionierte. Antonia hatte sich verfangen in der Leidenschaft der Nächte, in geflüsterten Worten, in den Gesten der Liebe, in alten Hoffnungen und in Begehren, in der Kraft, die von dem einen Mann ausging, der sie mit großer Selbstverständlichkeit nahm und sich ihr ebenso selbstverständlich hingab, und in der Kraft des anderen Mannes, dessen verbotene Liebe seit Monaten gewachsen war und der die Ketten, die ihn banden, gesprengt hatte.

Zwei Kräfte, die auf Antonia einwirkten. Zwei Männer.

Lello wartete an der vereinbarten Stelle. Hoch oben lag er flach auf der Mauerkante und sah die Nacht kommen. Noch war sie grau, nicht schwarz, noch sah er die Konturen des Landes um sich herum, sah sein Häuschen, das von oben betrachtet ein Haufen aus Holz und Lehm zu sein schien, sah die Fledermäuse, die in den Nischen der Mauer ihre Höhlen hatten. Bald wäre es zu dunkel, um irgendetwas erkennen zu können. Dann wäre es nicht sein Fehler. Wenn Milo zu spät käme, durfte er ihn, Lello, nicht dafür verantwortlich machen. Ein bisschen musste er schon noch sehen können, um die Steine, die er aus der Mauer gebrochen hatte, treffsicher hinunterwerfen und den Jesuiten damit erschlagen zu können.

Bei dem Gedanken, einen Menschen zu töten, wurde ihm schlecht, und Lello wäre jetzt viel lieber in den Armen einer seiner vier Frauen gelegen, in denen der fülligen Lucia vielleicht, deren weiße, weiche Haut sich wie Rahmkäse anfühlte, oder in denen der kleinen Beata, der er zur Feier ihres morgigen Namenstags einen hübschen Kamm gestohlen hatte, eigens für sie, als Beweis seiner Wertschätzung. Das Leben war zu kurz, fand Lello, um es mit Morden zu verbringen.

Insgeheim hoffte er, das Opfer nur zu verletzen, wenn auch so schwer, dass Milo ihm keinen Vorwurf machen konnte. Milo hatte schon gesagt, wie er in diesem Fall die Tat zu Ende bringen würde: indem er einen der Steine aufheben und dem Jesuiten damit den Schädel einschlagen würde.

Nur noch wenige Augenblicke, dann würde er von der Mauer herabklettern. Schließlich brauchte er noch genug Licht, um heil hinunterzukommen, und Milo konnte ja wohl nicht erwarten, dass Lello die Nacht auf einer Mauer verbrachte oder sich beim Abstieg den Hals brach.

Gerade als Lello erleichtert dachte, er sei, zumindest für heute, vom Morden verschont geblieben, sah er drei Gestalten, die sich näherten.

Aber wieso drei? Lello erschrak. Von einer dritten Person war nicht die Rede gewesen. Wer war denn nun das Opfer?

Milo ging vornweg, wie angekündigt. Die Gestalt in der Mitte war etwas kleiner als die beiden anderen und trug, genauso wie die Person ganz hinten, ein ziemlich weites Gewand. Milo hatte nichts über die Körpergröße des Jesuiten gesagt. Was dachte er sich eigentlich, so spät noch aufzukreuzen, wo man fast nichts mehr sehen konnte? Und von so weit oben war es doppelt schwierig, zu erkennen, wer von den beiden hinter Milo der Jesuit war.

Lello musste sich entscheiden. Sie waren jetzt fast unter ihm. Milo ging vorüber. Und sechs, sieben Schritte hinter ihm folgte die zweite Gestalt.

Wenn Lello nicht alles täuschte …

Laurenzio Massa konnte die Nacht nicht ausstehen. Das hing mit der Zeit seines Noviziats zusammen. Die anderen Novizen hatten ausgerechnet ihn zum Ziel ihrer Streiche gemacht, und da am Tage die Frömmigkeit zu obwalten hatte, gingen sie des Nachts gegen ihn vor. Sie legten, während er schlief, ekelhafte Tiere in sein Bett, sie sägten einen Bettpfosten an oder streuten Holzsplitter in seine Laken, oder sie verkleideten sich als Dämonen … Ihnen war stets etwas Neues eingefallen, und oft war er so aus tiefstem Schlaf in den größten Schrecken gerissen worden, bis er sich kaum noch einzuschlafen traute. Bis heute gönnte er sich Nacht für Nacht nicht mehr als fünf Stunden Schlaf. In der übrigen Zeit arbeitete er, umringt von einem Dutzend Kerzen, bis die Müdigkeit ihn übermannte und er dem Körper das Minimum an Erholung gönnte. Unentbehrlich zu sein, das war sein Ziel gewesen von dem Moment an, als er in den Vatikan gekommen war. Ein unentbehrlicher Schreiber, ein unentbehrlicher Sekretär, ein unentbehrlicher Kammerherr für Julius, dessen Vergnügungen er organisierte, die Geldmittel beschaffte und die Drecksarbeit erledigte. Was klebte nicht schon alles an seinen, Massas, Händen: Hurengeld, erpresstes Geld, Bestechungsgeld, Blutgeld... Ja, Blutgeld. Nicht jedoch Blut. Massa hatte töten lassen, nie selbst getötet. Das wäre neu.

Was Massa Angst machte, war die Ausführung der Tat. Bei Milo hatte er es mit einem Mann zu tun, der sich auskannte im Metier des Tötens, so wie ein Organist sich auskennt im Metier des Orgelspielens. Wer seine Klaviatur derart beherrschte, war in der Lage, feinste Schwingungen und falsche Töne wahrzunehmen. Anzeichen von Nervosität, Furcht und jedes auch nur geringfügig veränderte Verhalten Massas würden umgehend zu Misstrauen und erhöhter Wachsamkeit bei Milo führen, und Massa kannte sich zu gut, um zu glauben, er könne Milo auch nur kurz hinters Licht führen. Die Tat würde darum schnell und aus dem Hinterhalt erfolgen müssen. Und wenn möglich noch heute.

»Sandro!«

Milo hörte Antonias Warnruf und im nächsten Moment die Steine, die auf dem Boden aufschlugen. Wie wenig spektakulär es klang! Ein Dutzend schwere Steine stürzten herunter, und doch war alles, was sie an Geräuschen hervorbrachten, ein dumpfes Pochen. Das Gras und die bröselige Erde machten aus diesem gewaltsamen Tod ein gedämpftes, beinahe stilles Ereignis.

Als Milo sich umdrehte, lag Sandro Carissimi bereits reglos zwischen vertrockneten Halmen. Aus seinem Haar strömte Blut, das langsam über das Ohr floss und von dort ins Gras tropfte.

Antonia kniete neben ihm.

Milo hatte sich nie überlegt, was er unmittelbar nach der erfolgreichen Tat sagen, was er tun würde. Normalerweise war er mit seinen Opfern allein. Kein Mensch, geschweige denn seine ahnungslose Geliebte, war je dabei gewesen.

Aber was das Theaterspielen betraf, war er auch nicht schlechter als andere.

»Ein Teil der Mauer ist eingestürzt«, rief er und eilte mit großen Schritten an den Tatort. »Geht es dir gut? Bist du verletzt?«

»Die Mauer ist nicht eingestürzt, da war ein Mann«, rief Antonia.

»Du musst dich irren.«

»Ich habe ihn gesehen. Ich habe ein leises Geräusch gehört und nach oben geblickt…«

»Es ist viel zu dunkel…«

Sie schrie: »Milo, ich habe ihn gesehen. Er ist da oben.«

»Ich sehe nach.«

»Sei vorsichtig.«

Milo rannte. Die nächste Möglichkeit, auf die andere Seite der Mauer zu gelangen, war eine halbe Meile entfernt. Dort war das Bauwerk in einem ruinösen Zustand, mehr Steinhaufen als Befestigung, und Milo war gewandt genug, es im Nu zu überwinden. Lello hatte die Mauer inzwischen verlassen und rannte ihm geradewegs in die Arme.

»Milo!«

Milo presste ihm die Hand auf den Mund. »Nicht so laut, du Schwachkopf. Antonia könnte dich hören. So hoch ist die Mauer nun auch wieder nicht, und die Nacht ist still.«

Langsam löste er seine Hand wieder von Lellos Mund und wischte sie, weil Lellos Speichel daran klebte, an seiner Hose ab.

»Habe ich ihn getroffen?«, fragte Lello leise.

»Ja.«

»Da war noch eine dritte Person, eine Frau, glaube ich. Milo, du hast mir nichts von einer Frau gesagt.«

Die wimmernde Stimme dieses Schwächlings machte Milo aggressiv. Allerdings trat dieses Gefühl bei ihm immer unmittelbar nach einem Mord auf. Vor seinem ersten Mord hatte er noch geglaubt, danach trete ein Gefühl von Erleichterung ein, oder im Gegenteil, das schlechte Gewissen würde an ihm nagen. Stattdessen war er stets übellaunig, als sei er soeben bestohlen worden.

Was er jetzt tat, hatte nichts mit seiner Aggressivität zu tun. Er hätte es ohnehin getan.

Noch einmal presste er die Hand auf Lellos Mund, presste dessen ganzen Körper mit seinem eigenen gegen die Mauer und stieß ihm, ohne auszuholen, den Dolch in den Unterleib, zog ihn heraus, stieß wieder zu und achtete darauf, dass seine Hose und das Hemd nicht von Blut befleckt würden. Lello sank zwischen das kniehohe Gras. Hier würde ihn so schnell niemand finden, außer die Wildhunde, und die würden sich freuen.

Seltsam, dachte Milo. In der schwach vom aufgehenden Mond beschienenen Dunkelheit sah der Leichnam des langhaarigen, ungepflegten, mageren Lello ein bisschen so aus wie der des Christus am Kreuz.

Wieder lag Sandro neben Antonia, wie vor einer Stunde. Er hatte die Augen geschlossen, sein Kopf war leicht zur Seite geneigt, und sein Mund stand ein wenig offen.

Täuschte sie sich, oder kam ein wenig Wind auf? Sie war nicht sicher. Der Schweiß stand auf ihrer Stirn, und zugleich war ihr eiskalt. Wieder betrachtete sie Sandro, doch alles war anders. Ein kurzer Augenblick hatte die Welt auf den Kopf gestellt. Mit ihr war etwas geschehen. Erklären konnte sie das nicht. Es war, als hätten diese Steine etwas eingerissen, das sie noch von ihm trennte. Von dem Mann, der jetzt vor ihr lag.

Antonia hob seinen blutenden Kopf leicht an, ihre Hand

färbte sich rot, aber sie hielt seinen Kopf und bettete ihn auf ein paar Halme.

Sie beugte sich über ihn. Ihre Lippen glitten über seine unrasierte Wange, seine kurzen, glatten, schwarzen Haare, seine feuchte Stirn. Sie schmeckte plötzlich Blut, doch das machte nichts, es störte sie nicht. Sie schloss die Augen, so wie seine Augen geschlossen waren. In diesem Moment entstand etwas, das sie für immer mit ihm verbinden würde.

Sie sagte nichts, sprach nicht. Niemand sollte sie und ihn stören, auch nicht ihre Stimme. Nichts bewegte sich.

Er öffnete seine Augen. Als würde er spüren, was in diesem Moment das einzig Richtige ist, schwieg er. Sandro hatte immer gewusst, wie er sie beeindrucken konnte, dieser Schuft.

»Ich habe gleich gewusst, dass du nicht tot bist. Als ich, nach oben blickend, deinen Namen rief, bist du spontan zur Seite gesprungen, und nicht ein Stein hat dich getroffen. Aber du bist gestolpert und mit dem Kopf gegen die Mauer geprallt. Manchmal bist du ein Held, und dann wieder ein Tollpatsch.«

Antonia legte ihre Hand auf Sandros Stirn. Sie lächelten einander nicht an, weil sie wussten, wie schwer das werden würde, was noch vor ihnen lag.

Milo erkannte schon von Weitem, was passiert war. Nicht nur, dass Carissimi den Anschlag überlebt hatte, sondern auch, dass Antonia ihn liebte. Es war die Art, wie sie neben ihm kniete und ihn ansah. Als Milo sich näherte, veränderte sie ihre Haltung, aber da hatte er sie bereits durchschaut. Ihre Augen bestätigten gegen ihren Willen seinen Verdacht.

Von nun an war sie für ihn ein Mensch wie alle anderen. Er liebte sie noch immer, aber er konnte sie nicht mehr von dem Hass, den er für jeden empfand, ausnehmen. Er liebte und hasste sie.

Natürlich ließ er sich nichts anmerken.

»Ich habe niemanden gefunden«, sagte er. »Vermutlich war das, was du als Umriss auf der Mauer gesehen hast, eine Katze gewesen. Sogar möglich, dass die Katze den Steinschlag ausgelöst hat.«

Antonia widersprach ihm nicht, und Carissimi war noch zu benebelt, um irgendetwas beizutragen. Milo half ihm auf die Beine und stützte ihn. Der Gedanke kam ihm, der Sache ein schnelles und überraschendes Ende zu bereiten, den Dolch zu ziehen und Carissimi vor Antonias Augen niederzustechen, und ihr es dann zu überlassen, die Braut und Mitverschworene eines Mörders zu werden oder ihrem Geliebten in den Tod nachzufolgen. Den ganzen Weg zurück über die Wiese und sogar noch in der Stadt erging er sich in derartigen Fantasien, die nur durch den Mordrausch zu erklären waren.

Es wäre töricht gewesen, den Fantasien nachzugeben. Carissimi sollte – so hatte Massa es bestimmt – einem Unfall zum Opfer fallen, und einen so mächtigen Auftraggeber enttäuschte man besser nicht. Und was Antonia betraf: Sie würde ihn niemals zum Mann nehmen, wenn sie wüsste, was er tat. Sie war eben nicht hier inmitten des Verbrechens aufgewachsen. Römerinnen waren in dieser Hinsicht entspannter. Fast jede Frau in der Ewigen Stadt hatte einen Vater, einen Sohn oder Bruder, der in irgendeine Fehde verwickelt war. Das war nichts Besonderes. Solange nur genug Geld für die Einkäufe und die Miete und den Opferstock in der Kirche dabei heraussprang … Weil Antonia nicht eine dieser Frauen war, hatte er sich in sie verliebt und sie so nahe an sich herangelassen wie noch keinen Menschen zuvor.

Deswegen tat es so weh, sie vielleicht zu verlieren.

Vielleicht. Vielleicht auch nicht, wenn Carissimi stürbe …

In Carissimis Räumen im Vatikan angekommen, war Milo müde. Müde von einem langen Tag, von einem Fehlschlag, von seinen Fantasien und davon, Antonia zu hassen. Als Antonia sagte, sie werde noch Sandros Wunde versorgen und dann direkt in ihre Wohnung gehen, versuchte er nicht, sie umzustimmen, damit sie mit ihm im *Teatro* übernachtete. Obwohl ihn die Vorstellung, Antonia und Carissimi allein zu lassen, fast verrückt machte und es ihm ein Leichtes gewesen wäre, nicht von Antonias Seite zu weichen, bis er sie zu ihrer Wohnung gebracht hätte, gab er seiner Müdigkeit – und dem Wunsch, allein zu sein – nach. Im Übrigen war es auch viel klüger, den nächsten Schritt in Ruhe zu überdenken, um nicht erneut zu scheitern.

»Ich versorge Sandros Wunden«, sagte Antonia.

»Wie du willst.«

Er verabschiedete sich – jedoch nicht, ohne sich von Antonia einen intensiven Kuss zu nehmen. War ihr dieser Kuss peinlich? Milo jedenfalls kostete die Verlegenheit, in die er sie vor Sandro brachte, in vollen Zügen aus und Carissimis mühsam verborgene Eifersucht ebenfalls.

Unter freiem Himmel verflog der kleine Triumph schnell. Und da er mit jedem Schritt eine größere Distanz zwischen sich und das Liebespaar brachte, wuchs seine Wut über den Rückzug, der zwar vernünftig gewesen war, aber auch etwas Schändliches hatte. Mit Antonia hatte das nichts mehr zu tun. Er hörte auf, sie zu hassen. Aber Carissimi …

Als er die Tiberbrücke überquerte, blieb er plötzlich stehen. Er lauschte. Rom war wieder in seinem nächtlichen Wahnsinn gefangen. Auf der einen Seite feierte das Trastevere, auf der anderen Seite Milos einziges Zuhause, das *Teatro*, die Sünde. Die Brücke war immer eine Insel für ihn gewesen, ein Ort zum Luftholen. Hier war er auch Antonia zum ersten Mal nahegekommen. Der Gedanke an sie zerriss ihm fast das Herz. Was sie jetzt wohl gerade machte mit *ihm*, dem anderen, der eigentlich hätte tot sein sollen? Das Gefühl von Eifersucht war er nicht gewöhnt, und es irritierte ihn.

Schließlich ging er weiter. Nur noch ein paar Schritte zum *Teatro*, nur noch um eine Ecke biegen …

13

Nikolaus Königsteiners Kopf erinnerte Forli an eine Kanonenkugel, die eben vom Schmied gefertigt worden war und noch Spuren von der Glut aufwies. Der Mönch hatte sich geweigert, Platz zu nehmen, und stand, die Arme vor der Brust verschränkt, breitbeinig wie ein Tempelwächter in einer Ecke seines Zimmers. Forli, bei dem provokante Posen stets die Wirkung erzielten, die sie beabsichtigten, stand in ähnlicher Haltung in der Ecke gegenüber. Zwischen ihnen erstreckte sich ein Raum, der mit einem seltsamen Sammelsurium von Dingen angefüllt war: eine große Sanduhr, Zeichnungen von fremdartigen Menschen mit Kopfschmuck, ein halbes Dutzend Karten, auf denen riesige Ozeane kleine Länder umschlossen, und Namen von Inseln, von denen Forli noch nie gehört hatte, muschelförmige Holzschnitzereien, die zu nichts anderem als zu Spucknäpfen taugten, und schließlich jede Menge schwerer Bücher. All das befand sich in einer Unordnung, die Forli einem Gelehrten wie Magister Duré zugetraut hätte und vielleicht noch diesem pickligen Portugiesen, der immer so verklärt dreinblickte. Dieser Königsteiner dagegen hatte entschieden etwas von einem Feldherrn an sich, und solche Leute schätzen normalerweise Übersicht und Ordnung. Aber vielleicht gehörte Königsteiner ja zu den Genies, die auch in der Unordnung die Übersicht behalten.

»Die Stunde Eures Erscheinens ist unerhört, Hauptmann. Um diese Zeit arbeite ich nämlich noch.«

»Ich auch«, erwiderte Forli trocken. »Deswegen bin ich hier.«

Königsteiner war einen Moment sprachlos, dann sagte er: »Kommt morgen wieder.«

Forli lachte in der Art, wie er es auch machte, wenn ein Spielkamerad ihn zu überlisten versuchte. »Ihr scheißt Euch in die Hose, was? Gebt zu, es wäre Euch lieber, von Carissimi befragt zu werden.«

»Wieso? Weil er Jesuit ist?«

»Weil er anständig und verbindlich im Ton ist. Wie weit beides bei mir reicht, wisst Ihr ja schon. Mein Anstand endet ungefähr dort, wo ich es mir verkneife, Euch auf die Größe einer Wachtel zu reduzieren.«

»Das ist lächerlich. Ich habe keine Angst vor Euch. Aber ich verbitte mir Drohungen.« Er schritt entschlossen zur Tür und öffnete sie. »Und nun raus. Bevor ich mich beim Stadtkommandanten über Euch beschwere.«

Forli stieß die Tür wieder zu und packte Königsteiner am Kragen. »Mit dem Stadtkommandanten besaufe ich mich jeden Dienstag in der Taverne. Und mit dem Papst stelle ich mich auch gut. Der Einzige, bei dem Ihr Euch über mich beschweren könnt, ist Gott, und ob der noch ein Ohr für Euch hat, sei dahingestellt.«

Er stieß Königsteiner zurück. »Kommen wir zur Sache, Pfaffe. Wisst Ihr, was das hier ist?«

Königsteiner strich sein Gewand wieder glatt und schnaubte entrüstet. Dabei beließ er es jedoch und verzichtete auf weitere Versuche, Forli aus dem Zimmer zu werfen. Er beschränkte sich auf rüde Antworten und grimmige Blicke.

Königsteiner antwortete: »Ist man bei der Polizei derart verblödet, dass man nicht weiß, was das ist, was Ihr da in der Hand haltet? Nun, Hauptmann, dann will ich Euch aufklären. Man nennt es Buch. Die kleinen Zeichen, die Ihr seht, wenn Ihr das Buch aufschlagt, nennt man Buchstaben. Mit Büchern vermittelt man Wissen.«

»Na, so was. Ich benutze die Dinger nur, um sie jemandem um die Ohren zu schlagen. Dieses spezielle Buch ist übrigens besonders gut geeignet, Gegner aus dem Weg zu räumen, allerdings weniger wegen seines Gewichts, sondern weil sich Zeichnungen von hübschen Giftpflanzen darin finden. Zeichnungen versteht sogar ein Verblödeter wie ich. Ein wahrhaft herzergreifendes Wissen, das damit vermittelt wird.« Forli schlug eine beliebige Seite auf. »Wusstet Ihr beispielsweise, dass *helleboris niger*, die Schwarze Nieswurz, zu Schwindel und Herzschwäche führt?« Er schlug eine zweite Seite auf. »Und beim Genuss der Weißen Schwalbenwurz tritt Atemnot ein. Die Küchenschelle wiederum verursacht Entzündungen der inneren Organe und …«

»Vielen Dank, lesen kann ich selbst.«

»O ja, vor allem dieses Buch. Es ist nämlich auf Deutsch geschrieben. Als Trienter kann ich ein wenig Deutsch.«

»Wie interessant. Ich spreche außerdem Lateinisch, Italienisch, Spanisch sowie …«

»Darauf kommt es nicht an.«

»Und worauf kommt es an?«

»Wer dieses Buch als Anleitung benutzen konnte. Und da fallen mir nur die beiden Schüler und Ihr ein. Eine Seite fehlt übrigens. Ratet mal, welche.«

»Ich habe sie jedenfalls nicht herausgerissen.«

Forli lächelte. »Von heraus*gerissen* habe ich nichts gesagt.«

Königsteiner verdrehte die Augen. »Wie entfernt Ihr eine Seite aus einem Buch? *Beißt* Ihr sie heraus?«

Neunmalkluger, dachte Forli. Leider hatte er recht. Die einzige Erwiderung darauf wäre gewesen, dass Forli keine Bücher besaß und daher noch nie eine Seite hatte entfernen müssen. Doch das schien ihm zu schwach.

»Ihr bestreitet also, dass es Euer Buch ist?«

»Ganz entschieden.«

»Woher kommen die Bücher in der Bibliothek?«

»Es gibt einen Händler in der Via Palermo, Kaffee, Landkarten und Bücher zu günstigen Preisen. Dort habe ich sie für das Collegium ausgesucht und gekauft.«

»Wann?«

»Vor etwa einer Woche.«

»Allein?«

»Nein, Bruder de Soto hat ebenfalls welche ausgesucht.«

»Spricht Bruder de Soto Deutsch?«

»Das ist mir nicht bekannt. Ich glaube aber, er spricht es nicht.«

»Also habt Ihr dieses Buch ausgesucht.«

»Ich habe an die neunzig Bücher ausgesucht, Hauptmann, und Bruder de Soto noch einmal so viele. Da erinnere ich mich nicht an jedes einzelne. Zumal ich die Bücher nicht selbst abholte und in die Bibliothek stellte.«

»Sondern wer?«

»Bruder Birnbaum und der junge Ried.«

»Es gibt einen Unterschied zwischen de Soto, dem jungen Ried und Birnbaum einerseits und Euch andererseits.«

»Das will ich sehr hoffen«, erwiderte Königsteiner.

Forli lächelte. »Worauf ich anspiele, ist die Tatsache, dass die drei anderen, die mit den Büchern in Berührung kamen, soweit wir wissen, keinen Streit mit Johannes von Donaustauf hatten.«

Königsteiner holte tief Luft. »Ich …« Er stieß die Luft wieder aus, ließ die Schultern hängen, kniff die Augen zusammen und rieb sich die linke Schläfe. Ein völlig verwandelter Königsteiner setzte sich auf den Stuhl vor dem Tisch und seufzte.

»Also gut, also gut. Wenn ich mich sehr anstrenge, sehe ich ein, dass die Sachlage sich aus Eurer Sicht verdächtig darstellt.«

»Vielen Dank«, sagte Forli ironisch, dessen Sache die Ironie eigentlich nicht war und der deshalb wenig Übung darin hatte.

Vielleicht war das der Grund, weshalb Königsteiner sie nicht bemerkte.

»Bitte. Natürlich ist diese Sicht der Dinge schlicht und oberflächlich.«

»Natürlich.«

»Wie könnte sie anders sein? Ihr seid Polizist.«

»Tja.«

Königsteiner seufzte, als hätte er ein besonders anstrengendes Kind vor sich. »Dieser Streit… Ich weiß nicht einmal, ob das die richtige Bezeichnung für das ist, was vorgestern Morgen vor sich ging. Nun gut, sagen wir, es ist die richtige Bezeichnung. Und ich gebe auch zu, dass der Streit von mir ausging, ja, dass ich ihn sogar beabsichtigt habe. Ich hatte mir vorgenommen, Johannes gehörig den Kopf zu waschen, und suchte ihn zu diesem Zweck in der Kapelle auf, wo er sich häufig aufhielt, wenn er keine anderen Verpflichtungen hatte. Tatsächlich traf ich ihn dort an und stellte ihn zur Rede. Es ging um das, was er überall herumerzählte, dass er nämlich nach China gehen und Heiden bekehren würde.«

»*Darum* drehte sich der Streit?«, fragte Forli erstaunt. »Um Chinesen?«

»Aber ja. Ihr müsst verstehen, Hauptmann, wieso ich…« Königsteiner bot ihm mit einer Geste Platz auf dem Stuhl auf der anderen Seite des kleinen Tisches an, und Forli nahm das Angebot an. Jetzt, wo Königsteiner plötzlich artig geworden und sein Kopf kein riesiges Glühwürmchen mehr war, konnte Forli seine Strenge abmildern.

»Ihr müsst verstehen, Hauptmann«, begann Königsteiner neuerlich, »wieso ich so empfindlich auf Johannes' Gerede reagierte. Dieses Collegium ist gegründet worden, um dem Voranschreiten der lutherischen Irrlehre auf deutschem Boden Einhalt zu gebieten, und das ist eine wahrlich gewaltige Aufgabe. Ich selbst habe erlebt, wie ohnmächtig man als einzelner Prediger dieser sogenannten Reformation gegenübersteht. Meine geliebte Heimat Hessen habe ich fluchtartig verlassen müssen, man hat mich regelrecht vertrieben, weil ich mich weigerte, meinen Glauben zu verraten. Und etlichen anderen in Hessen, Württemberg und andernorts erging es wie mir. Eine Schande ist das! Die Irrlehre muss bekämpft werden, sonst verleibt sie sich am Ende die ganze Welt ein. Es gibt welche, die glauben, man bekämpft sie am besten auf Schlachtfeldern, doch da bin ich anderer Meinung. Als Jesuit glaube ich fest an die Kraft der Überzeugung, oder besser gesagt, der Beseelung. Der von der Irrlehre verwirrte Geist der einfachen Menschen muss neu beseelt und gewonnen werden, und das gelingt nur, wenn gebildete und dem wahren Glauben verpflichtete Männer von allen denkbaren Positionen aus sich dieser Aufgabe stellen: Advokaten, Ärzte, Schultheißen, Beamte … Ein Heer, bestehend nicht aus Soldaten, nein, ein Heer, bestehend aus Tausenden von Klugen und Wichtigen. Wie kein anderer trete ich seit vielen Jahren für diese Idee ein, und nun ist sie Wirklichkeit geworden. Gewiss, ein kleiner Anfang nur, drei Schüler, aber schon bald ein Vielfaches von ihnen.«

Vor Königsteiners Augen schien sich ein Szenario zu bieten, wie es sich Moses beim Aufbruch ins Heilige Land geboten hatte, nur dass er nicht auf das Volk Israel blickte, sondern auf eine unüberschaubare Schar von Gelehrten mit Schreibgriffeln und Büchern unter dem Arm, die über die Alpen ins Reich zogen.

Forli ließ ihn einen Atemzug lang träumen, dann sagte er: »Wir sprachen über Johannes von Donaustauf.«

Königsteiner räusperte sich. »Das habe ich nicht vergessen, Hauptmann.«

»Ich dachte.«

»Nein, nein.«

»Dann versucht doch bitte, die Überleitung zu den Chinesen hinzukriegen.«

Königsteiner räusperte sich erneut. »Wie Ihr wünscht. Johannes von Donaustauf hatte sich offenbar der Illusion hingegeben, man würde ihn irgendwann nach China schicken. Ich klärte ihn darüber auf, dass das Collegium Germanicum nicht die Bestimmung hat, Jesuiten für Übersee zu rekrutieren und auszubilden, und dass die Aufgabe, für die er vorgesehen ist, eine ebenso bedeutende, wenn nicht eine bedeutendere ist.«

»Und das habt Ihr ihm schreiend verdeutlicht?«

»Zu diesem Zeitpunkt stritten wir noch nicht. Das fing erst an, als er erklärte, er werde, wenn es sein müsse, das Collegium verlassen und als Novize in den Orden eintreten, woraufhin ich ihm klarmachte, dass das nichts ändern würde, da Jesuiten nicht dort eingesetzt werden, wo sie glauben, dass sie hingehören, sondern dort, wo die Ordensoberen glauben, dass sie am nützlichsten sind. Außerdem sagte ich ihm, dass ich meinen ganzen Einfluss geltend machen würde, damit er niemals einen Fuß nach China setzt.«

»Wieso habt Ihr das getan?«

»Habt Ihr schon vergessen, worüber ich eben sprach? Johannes ist für eine andere Aufgabe vorgesehen gewesen. Er sollte einer der Ersten sein, die den wahren Glauben im Reich verteidigen. Wo kommen wir hin, wenn die ersten Schüler des Germanicums tun, was ihnen gefällt? Erschwerend kommt hinzu, dass Johannes' Bruder Gisbert augenfällig wenig interessiert und begabt ist und vermutlich nie ein Glaubenskämpfer wird, wie wir ihn uns erhoffen. Bleiben Tilman Ried und Johannes, ein wahrlich magerer Anfang einer großen Sache. Und da kommt Johannes daher und plappert was von Chinesen. Wo sollte das noch hinführen? Jahrelang arbeitete ich an dieser Idee des Germanicums, wo auch immer ich mich befand. Mein Orden schickte mich in die Neue Welt, ich ging mit Freuden dorthin und lehrte die Eingeborenen, und doch verlor ich nie meine Idee aus den Augen. Man schickte mich nach Indien, wieder ging ich mit Freuden, und doch ...«

»Ich denke, ich habe es verstanden.«

»Als man mich an dieses neue Collegium berief, dankte ich Gott für seine Gnade. Voller Hoffnungen kam ich hier an, und die Aussicht, womöglich das Collegium zu leiten, erfüllt mich mit demütiger Dankbarkeit, auch wenn die Umstände alles andere als vollkommen sind. Wenn ich von Umständen spreche, meine ich das Lehrpersonal. Bruder Birnbaum: ein gutmütiges, aber bejammernswert einfältiges Gemüt. Er verkümmert vor Heimweh und trauert unentwegt dem Innsbrucker Armenhaus nach. Bruder Rodrigues: für praktische Arbeit fast nicht zu gebrauchen. Man bringt den jungen Jesuiten dort unten nichts Brauchbares bei. Ich habe es die beiden Male, als ich mich in Coimbra nach Übersee einschiffte, selbst gesehen: nächtliche Fackelumzüge, auf Knien um Reliquien herumrutschen, Messen bei Mondlicht, Exorzismus und so ein Zeug. Schließlich Bruder de Soto: oh, ein fähiger Kopf, ein begnadeter Redner, ein begabter Diplomat. *Ihn* sollte man nach China schicken. Aber an einer Schule wie dieser, die die Phalanx der Gegenreformation ausbildet, ist er völlig fehl am Platz.«

Das war ja alles recht interessant, dachte Forli. Trotzdem hatte er den Eindruck, schon wieder vom Thema abgekommen zu sein.

»Ihr wart enttäuscht über das Verhalten von Johannes und habt ihn deshalb zusammengestaucht.«

»Nun, Ihr drückt es zwar ...«

»... schlicht und oberflächlich aus, ich weiß, ich weiß.«

»Wie wahr.«

»Trifft es dennoch zu?«

»Ich war tatsächlich enttäuscht und aufgebracht.«

»Redet Ihr immer Latein, wenn Ihr aufgebracht seid?«

»Johannes hat damit angefangen, und zwar kaum, dass ich

ihn zur Rede stellte. Entweder wollte er mir vorführen, wie klug er ist, und sich sozusagen auf eine Ebene mit mir stellen – er war überheblich genug, das anzunehmen –, oder er wollte nicht, dass sein Bruder verstand, worum es bei dem Streit ging. Denn vermutlich ist das einzige lateinische Wort, das Gisbert kennt, Vagina.«

Forli, der sich ein paar Notizen gemacht hatte, blickte auf, allerdings nicht wegen des lateinischen Wortes, dessen Bedeutung *ihm* fremd war, sondern wegen der Tatsache, dass Carissimi ihm gesagt hatte, Birnbaum habe den auf Lateinisch ausgetragenen Streit mit angehört, ohne verstanden zu haben, worum er sich drehte. Von Gisbert war bisher nicht die Rede gewesen.

»Wieso sein Bruder?«, fragte Forli.

»Merkwürdige Frage, Hauptmann. Wer sonst könnte Euch von dem Streit erzählt haben? Johannes ist tot, und ich habe mit niemandem darüber gesprochen. Als ich in die Kapelle kam, saßen Johannes und Gisbert auf der kleinen Bank, die wir für gebrechliche Besucher unserer Gottesdienste dort aufgestellt haben. Gisbert war die ganze Zeit während des Streits dabei. Sonst befand sich meines Wissens keiner in der Kapelle.« Königsteiner neigte den Kopf zur Seite. »Oder wisst Ihr etwas, das ich nicht weiß?«

»Jede Menge«, antwortete Forli und rief damit jenes empörte Schnauben hervor, das Königsteiner schon zu Anfang des Gesprächs an den Tag gelegt hatte. Die kurzzeitig aufgelockerte Stimmung bewölkte sich wieder.

Königsteiner, sich mit den Händen flach auf den Tisch aufstützend, erhob sich und blickte Forli finster an. »Ich werde Euch etwas erklären, Hauptmann, da Ihr offensichtlich zu beschränkt seid, von selbst darauf zu kommen. Mag sein, dass Johannes vergiftet wurde. Mag sein, dass Ihr ein medizinisches Buch gefunden habt, in dem eine Seite fehlt. Und es stimmt, dass ich Medizin unterrichte und mit Johannes gestritten habe.

Aber ich, Hauptmann, hatte nicht den geringsten Grund, einen Schüler umzubringen, wäre er auch noch so widerspenstig gewesen. Das Collegium Germanicum, das mir sehr am Herzen liegt, könnte diesem Skandal zum Opfer fallen. Je schneller Ihr den wahren Täter findet, umso besser. Stattdessen verdächtigt Ihr *mich*, der wie kein anderer unter den Folgen dieser Tat leiden könnte. So etwas ist wirklich des Holzkopfes würdig, den Ihr auf den Schultern tragt.«

Forli erhob sich nun ebenfalls, nur dass er sich mit den Fäusten statt mit den Handflächen auf dem Tisch abstützte.

Königsteiner gab ein verächtliches Geräusch von sich. »Pah! Ihr schüchtert mich nicht länger ein. Was wollt Ihr tun? Mich mal wieder am Kragen packen? Oh, da kriege ich aber Angst. Seht Ihr, wie ich zittere? Ihr mit Eurer lächerlichen Buchseite. Die kann jeder herausgerissen haben. Wo ist sie denn, die Seite, hm? Haben Eure Leute sie in meinem Zimmer gefunden? Oder irgendwo sonst? Nein? Wie erstaunlich, der Mörder hat seine Spur verwischt! Frechheit so etwas! Diese Buchseite, Hauptmann, ist längst zerknüllt und aus dem Fenster geworfen worden. Oder in der Latrine in Scheiße versunken. Oder – noch besser – man hat sie als Feueranzünder für die Köchin benutzt.«

Das war ein Satz zu viel. Forlis Schlag traf Königsteiner genau dort, wo er treffen sollte – auf der Nase. Der Jesuit taumelte durch den Raum und fiel zu Boden.

Vom ersten Tag ihres Kennenlernens an, damals im Dom von Trient, war Sandro jede Geste Antonias, jeder ihrer Blicke, jedes Lächeln vorgekommen wie die Masche eines Netzes, in das er sich zunehmend verfangen hatte. Er war Jesuit, Priester, er wollte nicht wie all die anderen Geistlichen werden, die sich Konkubinen nahmen und nach und nach alles aufgaben, woran sie einmal geglaubt hatten, und hatte Antonia deswegen widerstanden. Sein Verstand war noch immer dieser Meinung. Sein Herz dagegen sagte ihm, dass er ein großer Dummkopf gewesen war und außerdem viel zu anständig. Was er im Hof des *Teatro* unter dem Lindenbaum getan hatte, das hätte er schon längst tun sollen.

»Gut gemacht.«

»Ich habe doch noch gar nicht angefangen«, sagte Antonia.

Er sah sie verdutzt an. »Womit?«

»Deine Wunde zu versorgen. Na, du scheinst ja einiges abbekommen zu haben, als du die Aurelianische Mauer mit deinem Kopf zum Einsturz bringen wolltest.«

Er lächelte in sich hinein, während er zusah, wie sie Wasser und Tücher herbeiholte. Das Waschzeug stand auf einer Anrichte neben dem Bett, wo Angelo es hingestellt haben musste, als er vom Collegium zurückgekommen war. Gleich daneben waren Käse, Brot und ein Becher Wein angerichtet, für den Fall, dass Sandro Hunger hatte, aber zu essen war das Letzte, woran er im Moment dachte. Glücklicherweise war Angelo nach Hause gegangen oder schlief in seiner Kammer, die weit genug weg war.

Bevor Antonia ihm befehlen konnte, sich irgendwohin zu setzen, ließ er sich auf dem Bett nieder. Sie stellte sich neben ihn, tauchte ein Tuch ins Wasser und begann, die blutverschmierte linke Wange zu säubern.

»Du siehst aus, als hättest du mit einem Jahrmarktringer gekämpft«, sagte sie.

»Habe ich gewonnen?« Im nächsten Augenblick durchfuhr ihn ein Schmerz. »Autsch. Das tut weh.«

»Ich bitte um Verzeihung, Herkules. Die Wange ist aufgeschürft. Aber auf dem Kopf sieht's wirklich übel aus. Das einzig Gute daran ist, dass der Riss dort verläuft, wo die Tonsur ist. Da komme ich gut ran.«

Er zuckte mit den Schultern. »Dann ist die Tonsur wenigstens mal für etwas gut. Au.« Es brannte wie Feuer.

»Autsch, Au … Das kann ja eine interessante Konversation werden. Sag mir mal was anderes.«

»Was glaubst du, habe ich die Verletzung Lello Volone zu verdanken?«

»Schon möglich, ich meine, einen Schatten auf der Mauer gesehen zu haben, aber ich bin nicht sicher, und Milo hat niemanden gefunden.«

»Wenn es Volone war, muss er gewarnt worden sein – es sei denn, er lebt auf dieser Mauer. Wir wissen, dass er ein Spitzel ist. Er hat Carlotta ausspioniert. Es kann also sein, dass er Zuträger im Milieu hat, die ihn warnten.« Sandro seufzte, weil er merkte, dass weitere Spekulationen müßig waren. »Danke, dass du mich gerettet hast. Ohne dich wäre ich jetzt ein Carissimi-Mus.«

»Gern geschehen. Aber dass du dir nicht zu viel darauf einbildest. Ich hätte dasselbe für ein Huhn getan.«

Er lächelte. »So sieht wahre Liebe aus.« Er hatte das leicht dahingesagt, ohne sich etwas dabei zu denken. Aber als Antonia das Säubern der Wunde kurz unterbrach, begriff er natürlich, dass er ein Thema angeschnitten hatte, das er nun nicht einfach wieder fallenlassen wollte, wie es noch vor einigen Monaten seine Art gewesen war.

»Warst du jemals glücklich?«, fragte er.

Antonia tauchte ein frisches Tuch ins Wasser und setzte langsam, sehr langsam ihre Arbeit fort. Sie stand hinter Sandro, sodass sie sich nicht in die Augen sehen konnten.

»So ganz und gar?«, fragte sie.

»Ja. Und sei es nur für einen kurzen Moment.«

»Ich verstehe. Wenn ich einmal restlos glücklich gewesen sein sollte, dann ist es lange her, und es ist nichts davon übrig geblieben.«

»Und das bei den vielen Liebhabern?« Er blickte kurz über seine Schulter und warf Antonia ein Lächeln zu als Zeichen, dass er das nicht als Vorwurf meinte.

Sie schnippte leicht mit dem Finger gegen die Wunde, sodass sie wieder schmerzte. »Sei nicht so frech und halt still, Amor. Du hast mich nach dem Glück gefragt, und ich habe dir geantwortet.« Es entstand eine Pause, dann fuhr sie in nachdenklichem Ton fort: »Zufrieden war ich oft, und manchmal habe ich geglaubt, das Glück in den Fingerspitzen zu fühlen, aber es war nie … nie …«

»Vollkommen?«

Ein Schweigen trat ein, aber keines der peinlichen Art, denn das Schweigen zwischen ihnen hatte nie etwas Peinliches gehabt. Oft hatten sie sich schweigend sogar besser verstanden.

Nach einer Weile sagte sie: »Die Wunde ist sauber. Sie sieht nicht mehr so schlimm aus, aber an deiner Stelle würde ich heute nicht mehr in den Krieg ziehen.« Sie wrang die Tücher aus. »Was soll ich mit dem Schmutzwasser machen?«

»Kipp es aus dem Fenster, so wie's alle Römerinnen machen und dafür gehasst werden.«

Sein Blick folgte ihr zum Fenster, und als sie das Wasser auskippte, stand er auf und ging zu ihr. Da er mittlerweile barfuß war, war er sehr leise, aber sie schien seine Nähe bemerkt zu haben.

»So machst du das also«, murmelte sie. »Mich zum Fenster locken, wo Rom zu meinen Füßen liegt, und dort verführen.«

»Ja, das ist meine Methode«, antwortete er im Scherz. Aber der Blick hinaus, das musste er zugeben, war tatsächlich verführerisch: vom Mondlicht gepuderte Dächer, Phantome von Kirchen, die Rotunde der Engelsburg, am Horizont ein schwaches Wetterleuchten … Die Nacht machte Rom zu einer alpinen Landschaft und verstärkte so die verträumte Stimmung.

Antonia wandte sich ihm zu. Das Licht der drei Kerzen

drang durch den großen Raum kaum bis zu ihnen herüber, und doch sah Sandro das Glitzern in ihren Augen, die enorme Lebendigkeit und Erwartung, die Antonia wohl schon als Kind besessen hatte und die hoffentlich nie ein Ende haben würden. Bei keiner anderen Frau hatte er dergleichen je gesehen.

»Wie du mich anschaust«, sagte sie.

»Wie denn?«

»So hast du mich noch nie angesehen. Vielleicht andere Frauen. Früher… Vor der Zeit, als du Jesuit wurdest. Gab es viele?«

»Einige. Aber ich kann mir nicht vorstellen, dass ich sie so angesehen habe wie dich. Denn damals war ich dumm und ständig vernarrt.«

»Und heute?«

»Weniger dumm. Stattdessen voller…«

»Stattdessen voller…?«

Er wusste, auf welches Geständnis sie wartete. Dieses Wort auszusprechen, es ihr zu schenken und zu hoffen, dass sie es annähme, war der letzte Akt der Befreiung von den echten und falschen Zwängen, den Ausflüchten, die so unterschiedliche Namen trugen wie Zölibat und Milo und was sonst noch alles. Antonia war eine Frau, nicht die Todsünde. Sie war die Liebe. Seine Liebe.

Er sagte: »Ich habe dich vorhin gefragt, ob du jemals vollkommen glücklich warst. Und auf deine Weise hast du mir eben die gleiche Frage gestellt. Ich antworte dir: Ja, ich war schon einmal vollkommen glücklich. Ein einziges Mal. Heute. Im Hof des *Teatro*, als ich dich geküsst habe. Bis dahin war mein Tag – grauenvoll. Und zwar im wahrsten Wortsinn: voll von Grauen. Und dann war ich bei dir, und ich habe dich gesehen, und ich habe dich gespürt und war dir so nah wie noch nie, und als wir uns küssten, da fiel alles von mir ab, es gab keine Sorgen und keine Verbrechen und keine Widerstände, keinen Milo, keine Kirche, keinen Ignatius und keinen Tod.«

Er machte eine Pause. »Es gab nur dich.«

Er machte wieder eine Pause. »Du füllst all die Räume in mir aus, die sonst vom Schlechten gefüllt würden, von der Einsamkeit zum Beispiel und von der Abscheu vor den menschlichen Abgründen. Wenn ich weitermache und nicht kaputtgehe, dann auch deinetwegen. Ich will für dich da sein, Antonia. Ich möchte so viel wie möglich von dem, was ich heute empfand, in die Zukunft mitnehmen. In unsere gemeinsame, wie immer sie auch genau aussehen wird.«

Kaum dass er ausgesprochen hatte, brandete eine große Welle des Glücks über ihn hinweg, da er endlich, endlich zu sich fand, zu einem neuen Sandro, einem Mann, der liebt.

Die Reaktion, die er erntete, beunruhigte ihn jedoch. Antonia wandte sich abrupt dem offenen Fenster zu – und weinte.

Er ließ seine Hände über ihren Schultern schweben, zögernd, ob jetzt der richtige Moment war, sie zu berühren.

»Sind deine Tränen ein gutes Zeichen oder ein schlechtes?«

Sie ließ sich Zeit mit der Antwort. »Hast du nicht gesagt, du bist nicht mehr dumm?«

Er lächelte, was sie nicht sehen konnte, und legte seine Hände auf ihre Schultern. »Weniger dumm, sagte ich. Ein kleiner Rest Dummheit bleibt bei jedem Mann übrig. Ich schätze, dass Frauen das mögen.«

Sandro vergrub sein Gesicht in ihrem Haar, das ihren Nacken bedeckte.

Sie trocknete ihre Wangen. »Ich sagte dir, du sollst heute in keinen Krieg mehr ziehen, und was machst du? Gehst zum Großangriff über.«

»Ich hatte keine Wahl. Meine Reiterei war schon auf halbem Weg.«

»Mit welchem Ziel? Zum Zentrum vorzustoßen?«

»Oho! Man merkt dir deine Bekanntschaft mit Signora A an. Dabei hättest du diesen Nachschlag Frivolität nicht nötig gehabt. Eher schon ich. Aber ich kann ab jetzt ja bei dir in die Lehre gehen, oder, Antonia?«

Sie sah ihn an.

Und dann, ganz plötzlich, schmiegte sie sich an ihn, und er zog sie noch näher zu sich heran, hielt ihren Kopf fest, küsste ihre Schläfe, ihre Wange, schmeckte das Salz der getrockneten Tränen, küsste ihre Lippen, drang in ihren Mund ein, und sie ließ ihre Hände über seinen Rücken gleiten, ihre Finger gruben sich in seinen Nacken, packten seine Haare, zerrten an seiner Soutane. Wie Wahnsinnige fielen sie übereinander her, und das waren sie tatsächlich, wahnsinnig vor zu viel Liebe.

»Ich habe so lange darauf gewartet«, sagte sie. »So lange, dass ich weinen musste.«

»Ich weiß.«

»Und dass ich nicht länger warten kann.«

Ihre Blicke trafen sich. Was ihnen beiden durch den Kopf ging, war unvernünftig, blasphemisch, sogar gefährlich. Sie befanden sich mitten im Vatikan. Aber das war ihnen egal. Er zog sich so schnell seine Soutane über den Kopf, dass sie mit ihren umständlich verschnürten Kleidern kaum nachkam. Doch dieses Problem kannten sie bereits, er von früher, sie seit jeher.

Er blies die Kerzen aus, und als er zurückkam, standen sie einen Moment lang wie Adam und Eva voreinander und betrachteten ihre nackten Körper, bevor sie sich liebten.

Wie jeder Verbrecher, der etwas taugte, kannte Milo sein Revier in- und auswendig, jeden Baum, jedes Haus und auch jeden Schatten, ob am Tage oder in mondhellen Nächten wie dieser. Der schwache Schatten hinter der letzten Ecke zum *Teatro* gehörte nicht dorthin, und die Umrisse, die Milo schon aus einiger Entfernung wahrnahm, deuteten auf einen Menschen.

Das war nicht ungewöhnlich, denn in dieser Gegend standen immerzu Männer hinter Ecken, um Geschäfte abzuwickeln. Sie drückten sich allerdings nicht an Hauswände, wenn sich jemand näherte, der ihnen nichts tun würde – genau das aber tat der Mann.

Milo ging ganz normal weiter, weder verlangsamte noch beschleunigte er seinen Schritt. Kurz bevor er vor der Ecke ankam, ballte er seine rechte Faust und ließ sie in genau dem Moment mit aller Kraft nach vorn schnellen, als er sah, dass der Schatten sich bewegte und der Mann sich aus der Deckung herauswagte. Milos Faust traf den Mann mit voller Wucht ins Gesicht, sodass er in der schmalen Gasse gegen eine Wand prallte und wie ein nasser Sack zu Boden fiel.

Milo sah den Dolch, der dem Mann aus der Hand geglitten war. Er zückte seinen eigenen Dolch und setzte sich auf die teigige, massige Brust des Unbekannten.

Das war leichtes Spiel gewesen, dachte er und freute sich sogar ein bisschen über diesen einfachen Sieg an einem ansonsten erfolglosen Tag. Dann erst erkannte Milo, auf wem er saß, wer ihn hatte umbringen wollen. Die ganze Wut, die sich in den letzten Stunden nach der Ermordung Lellos und nach der Erkenntnis, dass Antonia ihm nicht gehörte, aufgestaut hatte, brach aus ihm hervor. Entgegen seiner Art, erst nachzudenken, bevor er etwas Bedeutsames unternahm, schlug er blind auf den noch benommenen Massa ein, und irgendwann nach einem der Schläge, als er innehielt, stellte Milo fest, dass Massa nicht mehr lebte.

Vielleicht war Massa schon tot zu Boden gegangen, nachdem sein Kopf gegen die Wand geprallt war. Vielleicht hatte sein Herz versagt.

Esel, dachte Milo, stand auf und trat gegen den Leichnam bei jedem Wort, das ihm in den Sinn kam. Dilettant. Stümper. Fettwanst. Feige Ratte. Milo war nicht der Typ für Schimpfwörter, er gebrauchte sie gewöhnlich nur, wenn er sie nicht ganz ernst meinte. Heute meinte er sie ernst und sprach sie mit der Inbrunst heiliger Schwüre aus, wozu auch gehörte, dass seine Stimme erstickt war von Tränen, die er zurückhielt.

Aber wieder hielt er plötzlich inne. Was tat er denn da? Er hatte die Kontrolle verloren! Das musste aufhören. Sofort! So schnell, wie er sie verloren hatte, gewann er sie zurück. Und die erste Frage, die ihm einfiel, lautete: Warum? Warum hatte Massa vorgehabt, ihn umzubringen? Darauf gab es nur zwei Antworten: Entweder hatte Massa aus eigenem Antrieb gehandelt, möglicherweise, weil er in Bedrängnis geraten war und jede Spur zu Milo verwischen wollte. Oder Massa hatte auf Anweisung gehandelt, und dafür kam nur einer in Frage.

Zu dumm, dass Milo dieses miese Schwein zu seinen Füßen nicht mehr ausquetschen konnte. Denn je nachdem, welche Annahme zuträfe, müsste er handeln.

Wie jeder römische Ragazzo der Armenviertel, der es geschafft hatte, älter als zwanzig Jahre zu werden, haderte Milo nicht lange mit dem Schicksal, gab nichts verloren, schob Zweifel beiseite und traf blitzschnell Entscheidungen. Es war etwas zu tun – also musste es getan werden. Jetzt gleich. Zunächst durfte die mit Blutergüssen übersäte Leiche nicht in der Nähe des *Teatro* gefunden werden. Leicht gesagt, aber schwerer Körper. Nur der Tiber kam in Frage, der in etwa vierzig Schritt Entfernung träge dahinströmte.

Es war eine Herkulesaufgabe. Massa war zu schwer, um ihn zu tragen, oder besser gesagt, zu schwer, um ihn hochzuhieven. Also musste Milo ihn quer über die vom Mond erhellte Uferstraße ziehen, was nicht nur bedeutete, sich mit der Leiche gleichsam auf eine Bühne zu begeben, sondern was auch laute Geräusche verursachte. Doch er hatte keine Wahl, wenn er Massa verschwinden lassen wollte.

Glücklicherweise konnte er sich auf seine Römer verlassen. Zwei finstere Gestalten, die sich näherten, bogen ab, als sie sahen, was vor sich ging. Und eine junge Frau, die am offenen Fenster betete, hatte es mit einem Mal sehr eilig, bekreuzigte sich und schloss den Fensterladen. Milo spürte, dass ihm keine Gefahr drohte.

Langsam glitt der Leichnam ins Wasser. Milo schob ihn noch ein Stück weiter hinein, damit er möglichst in die Nähe der Flussmitte geriet und weit fortgetragen würde. Ein letzter Stoß und dann: Addio, Laurenzio Massa.

Im *Teatro*, wo das lautstarke Geschäft der Liebe in vollem Gang war, ging Milo sofort in sein Zimmer im obersten Stock. Hier fand er zu sich selbst, da zwei Morde an einem einzigen Tag auch für ihn nicht leicht zu verkraften waren, vor allem, wenn eines der Opfer der Kammerherr Seiner Heiligkeit war. Aber genau genommen: Was war denn Schlimmes passiert? Wenn Massa auf eigene Faust gehandelt hatte, würde niemand Milo mit seinem Verschwinden in Zusammenhang bringen. Und wenn Massa auf Befehl gehandelt hatte, würde einzig der Papst Verdacht schöpfen. Doch was konnte der schon tun? Offiziell gab es keinen Todesengel, und der Sohn einer wohlhabenden Hurenhausbesitzerin hatte keinen Grund, den Kammerherrn von Julius III. zu töten. Auch ein Papst durfte es sich nicht erlauben, willkürliche Verhaftungen vornehmen und Anklagen erheben zu lassen – deswegen hatte Julius sich ja stets eines Todesengels bedient. Um ihn, Milo, loszuwerden, musste Julius schon einen anderen Mörder beauftragen, was nicht so einfach wäre, denn Päpste konnten sich ja nicht einfach eine Auswahl von Mördern zur Audienz bestellen. Massa hatte den ganzen Dreck, die ganze Gülle für Julius erledigt, und einem Nachfolger würde Julius so schnell nicht vertrauen.

So übel sah die Sache demnach gar nicht aus. Im Gegenteil –

es wäre zu überlegen, ob er nicht noch Gewinn herausschlagen könnte. Ein kühler Kopf und das Herz in der Hand: Auf diese Weise war schon so manche verloren geglaubte Schlacht in einen Sieg verwandelt worden.

Dritter Tag

14

Einer warmen Nacht folgte ein heißer Morgen. Schon die ersten Sonnenstrahlen waren verhasst, und sogar Sandro, der Römer, fand diese frühe Hitze ungewöhnlich und schwer erträglich, als er mit Angelo die kühlen Säle des Vatikans verließ. Eigentlich hätte er sich unter diesen Bedingungen unwohl fühlen müssen, denn er hatte sich in der Eile nicht waschen können, seine Haut fühlte sich klebrig an, er hatte kaum ein Auge zugemacht, nichts gegessen, kein Wasser getrunken, und ein harter Tag stand ihm bevor. Doch er fühlte sich wie neu erschaffen, wie am Tag zwei nach der Genesis, wie Adam nach der ersten Nacht mit Eva – zwar ließ sich nicht mit Sicherheit sagen, wie Adam sich damals gefühlt hatte, und eine solche Frage war auch wohl kaum ein Thema für ein Priesterseminar, aber für solche Spitzfindigkeiten war Sandro an diesem Morgen nicht aufgelegt.

Die Erinnerung an die Liebesnacht war noch frisch und würde es auch immer bleiben, da war er sich sehr sicher: die Küsse, die Spiegelung des Kerzenlichts in Antonias Augen, die Kraft der Umarmungen, das Stöhnen und der Moment, als das Stöhnen endete, die Kraftlosigkeit in den Muskeln und Sehnen, die schnell von einer geheimnisvollen Energie, die durch die Adern pulsierte, vertrieben wurde. Und dann im Morgengrauen das Lächeln, die Blicke der Verbundenheit.

Es war noch keine Stunde her, dass Antonia und er sich getrennt hatten. Sie hatten sich überlegt, wie Antonia unbemerkt den Vatikan verlassen könnte, denn eine Frau, die zu dieser frühen Stunde durch die Gänge des Zentrums der Kirche lief, würde auffallen. Eine Möglichkeit wäre gewesen, dass sie in Sandros Gemächern bis zum späten Vormittag warten würde, denn dann wäre eine Frau in den Gängen zumindest nichts Ungewöhnliches gewesen. Doch es gab Novizen, die jeden Tag alle Räume putzten, und es hätte passieren können, dass sie Antonia in Sandros Zimmer gesehen hätten. Ihm wäre das egal, er hätte heute seine Liebe auch während eines Hochamts in der Sixtinischen Kapelle vor dem Altar verkündet. Aber Antonia dämpfte seine Begeisterung etwas und zog ein unauffälliges Verschwinden vor – zu seiner Überraschung tauschten sie in der Liebe die Rollen: Sie war die Mäßigende, Überlegte, Wachsame, und er glühte vor Begeisterung.

Da war ihm eine Idee gekommen. Was, wenn er Antonia in eine weite Kutte steckte und wenn sie wie ein Kapuziner hinausschleichen würde? Schon die Idee brachte sie zum Lachen.

Sandro hatte Angelo eingeweiht, weil Angelo ohnehin jeden Moment aufgetaucht wäre, denn es war die Zeit, zu der er immer kam, und weil er Angelo für die Durchführung des Plans brauchte. Außerdem vertraute er Angelo mittlerweile. Sandro trug ihm auf, eine passende Kutte aus der Kleiderkammer zu besorgen, und Angelo erledigte den Auftrag prompt. Das Einkleiden bereitete ihnen allen Freude. Angelo schien nicht den geringsten Anstoß an Sandros Sünde zu nehmen, im Gegenteil, Sandro kam es vor, als sei Angelo sogar ein wenig erleichtert, dass er nicht dem einzigen Anhänger des Zölibats innerhalb des Vatikans diente. Als Antonia die Kapuze über den Kopf zog und Sandro ihre blonden Haare sorgsam aus der Stirn nach hinten strich, sodass man sie nicht sehen würde, verliebte er sich noch einmal ganz neu in diese Frau. Sie sah einfach süß aus in dieser weiten Kutte, aus der nur noch ihre weißen Hände sowie ihre kleine Nase herausragten. Wenn sie den Kopf senkte, den Rücken beugte und die Hände in den Ärmeln verbarg, war sie bloß noch ein kleiner Mönch, der in den Augen der Leute ein hundertjähriger, verhutzelter Greis sein mochte. Es war ein Heidenspaß, und Sandro und Angelo bogen sich vor Lachen, als sie der davonschlurfenden Antonia nachsahen – Antonia selbst musste sich sehr zusammennehmen, um nicht ebenfalls laut herauszuprusten.

Sandro bemerkte in seiner Euphorie nicht, dass Angelo kaum ein Wort gesprochen hatte, seit sie aufgebrochen waren, und erst, als Angelo mitten in einer Gasse plötzlich stehen blieb, begriff Sandro, dass die unbeschwerte Stimmung des Morgens nun dem Ernst des vor ihnen liegenden Tages wich. Was war passiert, das Angelo bedrückte? War gestern im Collegium etwas vorgefallen, von dem Sandro noch nichts wusste? Dem Gesichtsausdruck Angelos nach vermutete Sandro jedoch eher eine Art von Beichte.

»Warum bleibst du stehen, Angelo?«

Der Diener schwieg, den Blick zur Erde gerichtet. Kein Wort kam über seine Lippen. Reglosigkeit. Die einzige Kommunikation, die stattzufinden schien, war diejenige zwischen seinen Fingerspitzen, die aneinander herumzupften.

»Was ist denn los? Haben Forli und du etwas angestellt? Wenn es so ist, dann ist jetzt der beste Zeitpunkt, es mir beizubringen, denn im Moment bin ich das gnädigste Wesen auf Gottes weiter Erde.«

»Angestellt? Nein, ich glaube nicht. Nein. Oder? Also, vielleicht. Wir haben Doktor Pinettos versiegelten Brief an Euch geöffnet.«

Sandro zuckte mit den Schultern. »Na und? Was stand denn drin?« Angelo berichtete ihm von Pinettos Untersuchungsergebnis und dem Ergebnis der Hausdurchsuchung und außerdem, dass Forli sich daraufhin Königsteiner vornehmen wollte. Aber Sandro merkte, dass Angelos Kümmernis nichts mit dem Öffnen von Pinettos Brief oder überhaupt mit irgendwas zu tun hatte, was er gerade zur Sprache gebracht hatte. »Was gibt es sonst noch? Ist es wegen dem Ort, zu dem wir gehen? Möchtest du lieber nicht mitkommen?«

Sandro war nicht auf dem Weg zum Collegium, wo eigentlich genug Arbeit wartete. Da man jetzt den Zeitpunkt der Vergiftung kannte, galt es, den Kreis der Verdächtigen einzuengen, alle Fakten und mögliche Motive zusammenzutragen, kurz, eine Besprechung mit Forli und Angelo abzuhalten. Zudem mussten der Schüler Tilman Ried sowie Luis de Soto noch befragt werden. Aber Sandro wollte zuvor in Giovannas Wohnung gehen, denn er hatte einen Verdacht …

»Nein«, sagte Angelo. »Nein, das ist es nicht, Exzellenz. Es macht mir nichts aus, Giovannas Wohnung zu betreten. Was man ihr angetan hat, ist schrecklich, aber gerade darum möchte ich alles tun, um ihren Mörder zu finden.«

»Nun, dann … Hat es etwas mit Antonia zu tun?«

»Nein. Nicht direkt jedenfalls.«

»Angelo, wir haben keine Zeit für Ratespiele. Sag bitte, was dir zu schaffen macht. Andernfalls gehen wir weiter.«

»Es ist – es geht um diesen Mann.«

»Welchen Mann?«

»Den, der gestern in Eurer Begleitung war.«

»Wann?«

»Gestern Abend. Der Mann, der Euch und Signorina Bender begleitet hat. Ich habe ihn zufällig gesehen, als ich in Eurem Quartier nachschauen wollte, ob Ihr noch etwas benötigt. Ich hatte Euch kommen hören und …«

»Ja, Angelo, komm bitte zum Punkt.«

»Ihr kennt diesen Mann?«

»Natürlich. Er heißt Milo.«

»Und Signorina Bender kennt ihn auch?«

»Kann man so sagen.« Sandro hielt es für überflüssig, seinem Diener die Situation zu erklären.

»Und – kennt sie ihn näher?«

»Angelo, erinnerst du dich, was ich gerade über den Punkt sagte?«

»Gut, gut, Exzellenz, ich wollte nicht indiskret werden.«

»Du bist strammen Schrittes auf dem Weg dorthin.«

»Ich verstehe. Also, dieser Mann, den Ihr Milo nennt, den habe ich schon einmal gesehen.«

»Inwiefern ist das wichtig?«

»Insofern, als ... Exzellenz, ich weiß, ich strapaziere Eure Geduld.«

»Sie ist heute größer denn je, und doch, das gebe ich zu, stelle ich fest, dass ihre Ausdehnung sich langsam dem Äußersten nähert.«

»Dennoch bitte ich Euch, das, was ich gleich sagen werde, als Beichte zu betrachten. Nein, falsch ausgedrückt, es nicht nur als solche zu betrachten – es *ist* eine Beichte.«

Eine Beichte auf offener Straße war mal etwas anderes. Zwar gab es bisher keine verbindlichen Regeln bezüglich des Ortes, an dem das Sakrament der Beichte und Absolution vorgenommen wurde, und erst das zurzeit tagende Konzil von Trient war dabei, den geschlossenen Beichtstuhl in der Kirche vorzuschreiben, aber eine Gasse als Beichtstuhl war wirklich ungewöhnlich, und der Zeitpunkt war es auch.

Angelo hatte bisher noch nicht bei Sandro gebeichtet, was ihm auch lieb war, denn es war schwierig, im alltäglichen Umgang zu vergessen – beziehungsweise so zu tun, als hätte man es vergessen –, was einem in der Beichte anvertraut worden war. Sandro hatte vor zwei Monaten dem Papst eine Beichte abgenommen, und was er dabei erfahren hatte, floss heute noch in die Beurteilung seines Vorgesetzten ein. Sandro war daher immer zu Beichtvätern gegangen, die entweder so alt waren, dass man sicher sein konnte, seine Geheimnisse bald im Jenseits zu wissen, oder die sich auf der Durchreise befanden. Da bei den

Jesuiten – im Gegensatz zu vielen anderen Orden – kein Bruder zur Beichte genötigt wurde, war es möglich gewesen, so lange zu warten, bis der passende Beichtvater vorbeikam.

Nun aber wollte sein Diener beichten, und Sandro glaubte, dass dieses Bekenntnis, was immer es sein mochte, sein Verhältnis zu Sandro verändern würde. Da er jedoch am heutigen Tag von einem Elan beseelt war, der jedwede Bedenken wie hässliche Gnome verscheuchte, schloss er Frieden mit Angelos Vorhaben.

»Nun, Angelo, wenn es jetzt sein soll, dann lass uns dort hinüber in den Schatten gehen.«

»Ihr seid nicht verärgert?«

»Was wäre ich für ein Geistlicher, wenn ich darüber verärgert wäre?«

Sie traten in den Schatten eines Hauses, und Sandro schlug das Kreuz in der warmen, stickigen Luft. »Ich höre dir zu, mein Sohn.«

Angelo trat einen Schritt näher. Er beugte sich vor, wich aber wieder zurück.

Als Sandro Angelos Blick suchte, bemerkte er, dass Angelo über Sandros Schultern hinwegschaute, zu einem Punkt irgendwo am Ende der Gasse.

Sandro wandte sich um, sah jedoch nichts Außergewöhnliches, nur zwei Alte, die sich unterhielten.

»Was ist?«, fragte er.

»Eben habe ich – das war Miguel Rodrigues. Er hat dort vorn die Gasse gekreuzt. Er kam von links und ging nach rechts.«

Im ersten Augenblick war Sandro empört, dass Miguel Rodrigues die Ausgangssperre missachtete, bis ihm gleich darauf einfiel, dass es diese Ausgangssperre seit heute Morgen nicht mehr gab. Einen Tag hatte der Ehrwürdige zugesagt und verkündet, und dieser Tag war der gestrige gewesen. Der junge

Rodrigues hatte demnach völlig legal das Collegium Germanicum verlassen.

Legal, ja. Doch mit welchen Absichten?

»Geh ihm nach, Angelo«, entschied Sandro kurz entschlossen. »Pass aber auf, dass er dich nicht bemerkt.«

»Aber ...« Angelo führte den Satz nicht zu Ende, und sein Seufzer ließ erkennen, dass er zwar enttäuscht war, andererseits jedoch die Notwendigkeit und Dringlichkeit der Maßnahme erkannte.

»Ich werde Euch Bericht erstatten«, flüsterte er Sandro verschwörerisch zu, bevor er wie eine Katze auf Mäusejagd um die Ecke huschte.

Der Bursche gefiel Sandro immer mehr. Aber was, um alles in der Welt, hatte er ihm beichten wollen?

Der Zugang zu Giovannas Wohnung erfolgte über einen engen Hausflur, in den man wiederum über einen nicht gerade sauberen Hof gelangte. Das war typisch für die römischen Armenviertel. Höfe über Höfe, einer wie der andere. Überall die verfallenden Mauern mit Gänseblümchen und wildem Thymian bewachsen, die morschen Balkone, noch morschere Treppen, auf denen der Schimmel wie Aussatz vorankroch, die Ascheréste offener Feuer, die angebundenen Tiere, seien es Ziegen, Enten, Gänse, der säuerliche Geruch von Urin, von Haus zu Haus gespannte Wäscheleinen, Augenpaare hinter offenen Fenstern, das bedrückende Gefühl, nie allein und immer einsam zu sein ...

Die Tür zu Giovannas Wohnung war nicht verriegelt, obwohl Riegel und Schloss vorhanden waren. Innen war es sauber, und es roch angenehm nach salziger Suppe und nach Fisch. Die Küche bestand aus einem Winkel mit einem kleinen Ofen, auf dem ein Kessel stand, worin gekochte Krebse in einem klaren Sud schwammen – das typische Essen armer Römer, die die

Krebse im Tiber selbst fingen oder für wenige Denare am Ufer kaufen konnten. Neben dem Ofen stand ein Tisch mit zwei Stühlen, und auf einem Stuhl war ein Teller mit einem angebissenen Stück Kuchen abgestellt worden.

Das Zimmer war mit vier Schritten durchmessen. Eine Tür am anderen Ende war einen winzigen Spalt geöffnet, und Sandro schob sie langsam auf. Zunächst kam ein leeres Bett zum Vorschein, dann eine schiefe Kommode, ein Fenster, durch das ein breiter Sonnenstrahl einfiel, und als Sandros Blick dem Strahl weiter folgte, gelangte er zu einem weiteren Bett. Dort lag ein Mädchen auf der Decke und schlief. Sie trug ein hübsches, gelbes Kleid, hatte ihre Hände in das Kissen gekrallt und erwachte, als die Tür beim Öffnen einen hellen Seufzer von sich gab.

Sandros Verdacht bestätigte sich. »Du bist Clelia«, sagte er und gewann damit sofort das Vertrauen des Mädchens, das er auf etwa zehn Jahre schätzte. In diesem Alter konnte es vorkommen, dass man misstrauisch bis panisch auf fremde Männer reagierte, die, wenn man aufwachte, neben dem Bett standen – auch wenn sie Geistliche waren. Dass er ihren Namen kannte, wirkte beruhigend auf sie.

»Hat meine Mutter Euch geschickt?« Ihre Stimme war sehr hoch und klar und außerdem noch ein wenig verschlafen.

»Ja«, sagte er, und irgendwie stimmte es sogar. Giovannas letztes Wort war der Name ihrer Tochter gewesen, ausgestoßen im Moment des Todes. Sandro empfand das Wort wie eine Aufforderung, ein Flehen … »Ja«, wiederholte er. Doch damit, das wusste er, war er mit der Wahrheit für den Moment schon am Ende angelangt. Er fühlte sich nicht in der Lage, Clelia mit den traurigen Tatsachen zu konfrontieren. Wie sagte man einem Mädchen, das auf die Mutter wartet, dass die Mutter nie mehr kommen wird, dass sie tot ist, verbrannt ist, ermordet und verstümmelt wurde? Jedes Stück Wahrheit, das Sandro der jungen Clelia offenbart hätte, würde zum nächsten Stück Wahrheit führen. Ihr zu sagen, deine Mutter ist tot, zog unweigerlich die Frage nach dem Wie nach sich, nach dem Wer und Warum, und jede dieser Fragen war auf ihre Weise heikel. Es gab Wahrheiten, die mehr Schaden als Nutzen brachten.

Clelia verließ das Bett. »Hat sie Euch gebeten, nach mir zu sehen?«

Sandro nickte. »Sie möchte, dass es dir gut geht.«

Clelias kindliches Lächeln war bezaubernd. »Sie macht sich zu viele Sorgen.« Das sagte sie in einem Ton, der verriet, dass ihr Giovannas Sorge im Grunde guttat. »Ich bin schon sehr selbstständig.«

Sie lud Sandro mit einer Geste ein, ihr zu folgen. Wie zum Beweis ihrer Selbstständigkeit öffnete sie die Speisekammer und holte eine Kuchenplatte hervor. »Den habe ich gebacken, und zwar heute in aller Frühe. Er ist noch warm, seht Ihr? Ich schneide Euch ein Stück ab.«

Sie suchte alle Utensilien zusammen, die benötigt werden, wenn man einem Gast ein Stück Kuchen anbietet. Clelias Unbeschwertheit war schön anzusehen, zugleich jedoch lag darin eine umso größere Tragik. Es wäre leichter für Sandro gewesen, wenn Clelia eine patzige Göre gewesen wäre, der es einerlei war, wo die Mutter so lange blieb.

»Mama wird sich freuen. Es ist mein erster Kuchen. Sie hat sich immer gewünscht, dass ich mal einen Kuchen für uns backe, und als sie letzte Nacht nicht kam, da fehlte sie mir so, und ich dachte, ich sage ihr das, indem ich einen Kuchen backe. Wie schmeckt er?«

Sandro hatte wenig Freude an dem Kuchen, aber nicht, weil er schlecht gemacht war.

»Hat meine Mutter denn noch lange im Collegium zu tun?«

Das alles war schwer, unglaublich schwer. »Clelia, ich …« Sandro stellte den Teller auf den Tisch.

»Oh, der Kuchen schmeckt Euch nicht.«

Sandro nahm den Teller wieder in die Hand. »Doch, der Kuchen ist vorzüglich.«

»Heißt das, er ist gut?«

»Ja. Er ist sehr gut. Deine Mutter wäre stolz auf dich.« Der Konjunktiv, den Sandro unabsichtlich verwendet hatte, warf ein Schlaglicht auf die Wahrheit.

»Seid Ihr dafür verantwortlich, dass sie so viel zu tun hat?«

»Ja«, log er. »Mir tut das sehr leid. Deswegen bin ich hier.«

»Ist schon gut. Mama kocht ja gerne. Und sie bringt immer etwas von den leckeren Sachen mit, die sie kocht.« Clelia hielt sich die Hand vor den Mund. »O weh, das hätte ich nicht verraten dürfen.«

Sandro lächelte. »Mach dir keine Sorgen deswegen, es bleibt unser Geheimnis.«

»Ihr seid nett. Aber Ihr behaltet Mama doch nicht mehr allzu lange bei Euch, oder? Sonst wird der Kuchen schlecht. Vielleicht bringe ich ihr ein Stück davon, was meint Ihr? Darf ich das? Ich kann Euch auch ein Stück für sie mitgeben.«

So konnte es nicht weitergehen. Clelia musste erfahren, was geschehen war, zumindest in groben Umrissen. Aber es wäre besser für sie, wenn Frauen ihr die größte Katastrophe ihres bisherigen Lebens beibrachten und anschließend für sie da waren, Frauen, die trösteten und sich kümmerten. Er kannte Nonnen, Clarissen, die aufopferungsvoll ein kleines Waisenhaus betreuten. Bei ihnen wäre Clelia in guten Händen.

Clelia überreichte ihm ein sauberes, verschnürtes Tuch, in das sie den Kuchen eingewickelt hatte. Dabei begegneten sich ihre Blicke, und Sandro fragte sich, ob das Mädchen das Unheil bereits ahnte.

Er hatte, in Gedanken versunken, nicht bemerkt, dass er zum Fenster gegangen war, und für einen Moment hatte er sogar Clelia vergessen. Im gleichen Augenblick, als sie fragte:

»Was ist? Was seht Ihr denn dort unten im Hof?«, wurde er sich bewusst, dass er tatsächlich etwas sah, das dort eigentlich nicht hingehörte – oder besser, *jemanden* sah, der dort nicht hingehörte.

Tilman Ried. Der Schüler aus dem Collegium.

Ried schlich durch den Hof, drückte sich an der Hauswand entlang und versteckte sich hinter einem abseits stehenden Verschlag für Abfall. Sandros erster Verdacht, Ried belauere die Wohnung von Giovanna und Clelia, erwies sich als falsch. Der junge Mann spähte die ganze Zeit über zu einer Tür, die zur Erdgeschosswohnung des Nachbarhauses gehörte.

»Kennst du diesen Burschen?«, fragte er Clelia.

Sie warf einen Blick in den Hof. »Ich habe ihn ein paar Mal gesehen, da hat er sich aber nicht versteckt. Er hat Rosina abgeholt.«

»Rosina?«

»Sie wohnt mit ihren Eltern, ihrem Bruder Franco und einer Großmutter in der Wohnung da unten. Manchmal kommt auch ein anderer Junge, der sie abholt. Rosina ist sehr hübsch. Ich will mal aussehen wie sie.« Clelia kniff die Augen zusammen. »Was hat der Junge denn da in der Hand?«

Gut, dass Clelias Augen nicht die allerbesten waren, dachte Sandro. Denn was Tilman Ried in der Hand hielt, war eine Arkebuse, eine Schusswaffe.

Wenn es darum ging, sich anzuschleichen, war Sandro nicht völlig unbedarft. Zusammen mit seinen Freunden hatte er früher allerlei Späße getrieben, in denen man sich an jemanden anschlich, und auch als Mönch war man dazu angehalten, leise zu sein. Der Hof bot allerlei Deckung, und das Jesuitengewand störte weniger, als viele dachten. Eine angebundene Gans fühlte sich bedroht, schnatterte und schnappte nach ihm, doch Tilman Ried bekam nichts davon mit. Sandro kam ihm auf drei Schritte nahe, ohne dass Ried ihn bemerkte. Hinter ein paar Stützbalken verborgen, behielt Sandro ihn im Auge und dankte dem ehrwürdigen Loyola in Gedanken dafür, dass die Ausgangssperre seit heute aufgehoben war. Die Haustauben flogen aus: zuerst Miguel Rodrigues, der mit unbekanntem Ziel durch Rom lief und von Angelo verfolgt wurde, und nun Tilman Ried, der wie ein Räuber auf Beute lauerte – der Tag hatte sich schon gelohnt, bevor die Sonne auch nur die halbe Höhe erreicht hatte.

Eine Weile tat sich nichts. Sandro überlegte, Ried sofort zur Rede zu stellen, aber sein Gefühl sagte ihm, noch zu warten.

Oben am Fenster, kaum zu sehen, beobachtete Clelia die Szenerie. Sandro hatte ihr befohlen, sich auf keinen Fall am Fenster zu zeigen, damit Ried sich bei dem, was er vorhatte, nicht gestört fühlte. Um Clelia würde er sich später kümmern. Es ging ihr so weit gut, sie ahnte noch nichts von ihrem Unglück. Auf die Spur des Mörders ihrer Mutter zu kommen, das hatte im Augenblick größere Priorität – abgesehen davon, dass Tilman Ried offensichtlich vorhatte, einen Menschen zu erschießen.

Endlich kam Bewegung in die Szene. Die Tür, die für Ried eine so große Faszination besaß, öffnete sich. Heraus trat eine junge Frau, die von Clelia zu recht als schön bezeichnet worden war: schwarze, lange, offen getragene Haare, eine unglaublich schlanke Taille, ein verführerisches, römisches Gesicht und eine Art, sich zu bewegen, die jeden Vorzug hervorhob. Auf die Distanz war es Sandro nicht möglich, ihre Augen zu sehen, aber Sandro stellte sie sich dunkel funkelnd vor, eine Herausforderung, die so manchen Mann dazu bringen konnte, alles andere zu vergessen.

Ried spannte den Hahn der Arkebuse.

Der Frau, die Clelia zufolge Rosina hieß, folgte ein junger Mann, schlank, hochgewachsen und blond, viel besser gekleidet als sie, gleichsam ein Prinz, der die Angebetete in ihrer einfachen Behausung besuchte. Dieser Mann war Gisbert von Donaustauf. Mit seinen langen Armen umfing er Rosinas Taille mühelos und zog sie näher zu sich heran. Sie bog sich wie ein Weidenzweig, schüttelte ihre Haare, lachte frech und sagte dann etwas zu ihm, das Sandro nicht verstand und Gisbert zu erfreuen schien. Er wollte sie auf den Mund küssen, aber ein erhobener Zeigefinger von ihr genügte, um ihn zu veranlassen, stattdessen ihren Hals zu küssen – und zwar ausgiebig. Vielleicht waren es ihre auf dem Rücken verschränkten Hände, die in Sandro den Zweifel erweckten, dass Rosina sich viel aus Gisbert machte. Diese Geste hatte etwas Gleichgültiges wie auch ihr Blick in den Himmel, während Gisbert sich in ihr Schlüsselbein vergrub. Doch Sandro mochte sich täuschen, vielleicht wollte sie den Mann durch Passivität nur noch mehr reizen. Wenn ja, dann durfte sie sich zu ihrem Erfolg beglückwünschen, denn Gisbert wurde immer erregter.

Ried stützte seine Unterarme auf den Verschlag und legte an, wobei er sich beim Zielen Zeit ließ. Sandro hatte nicht den Eindruck, dass diese Langsamkeit der großen Erfahrung geschuldet war, sondern eher dem Mangel an Erfahrung. Ried musste wieder und wieder neu zielen, weil er nicht in der Lage war, die schwere Arkebuse ruhig zu halten. Aber er war zäh und gab nicht auf. Schließlich schien er die richtige Position gefunden zu haben. Er schloss das linke Auge, neigte den Kopf – und in dem Moment, als das Liebespaar sich voneinander löste und verabschiedete, als Ried den Lauf der Arkebuse in Richtung des davongehenden Gisbert ausrichtete, als er den Finger an den Abzug legte, sprang Sandro in zwei Schritten hinter Ried und riss dem Schützen die Arkebuse aus den Händen. Weder Gisbert noch Rosina hatten etwas bemerkt, und Sandros Hand auf Tilman Rieds Mund verhinderte, dass sich daran etwas änderte.

Zwei, drei Atemzüge vergingen, in denen Sandro und Ried in derselben Position verharrten. Sandro, der noch immer die Hand auf Rieds Mund presste, zwang ihn zu Boden und gab sich dort zu erkennen. In Tilman Rieds Augen standen Verblüffung, ein wenig Furcht sowie ein Rest jener finsteren Entschlossenheit, die ihn dazu gebracht hatte, jemanden umbringen zu wollen.

Sandro spähte vorsichtig über den oberen Rand des Verschlags hinweg. Gisbert war gegangen, Rosina befand sich wieder im Haus. Jetzt erst nahm Sandro die Hand vom Mund des jungen Mannes.

Wieder vergingen mehrere Atemzüge, in denen sie sich nur anblickten, ohne etwas zu sagen, ohne sich zu bewegen. Schließlich öffnete Sandro wortlos die Pulverkammer der Arkebuse, leerte sie und klopfte die Öffnung des Laufs in die hohle Hand, um die Kugel zu entfernen. Er stellte fest, dass Ried die Waffe lediglich mit zwei Schrotkügelchen geladen hatte, was bedeutete, dass der Schuss auf keinen Fall tödlich gewesen wäre. Aber mit Schrotkugeln konnte man jemandem ein halbes Ohr wegschießen, eine Sehne durchtrennen, entzündliche Fleischwunden verursachen… Er umklammerte den Lauf der Waffe und schmetterte den Griff mehrere Male gegen die Wand, bis die Arkebuse auseinanderbrach.

»He!«, rief Ried.

Sandro fand, dass »He« irgendwie nicht das passende Wort war, wenn man gerade dabei ertappt worden war, wie man einen Menschen niederschießen wollte.

Das schien auch Ried zu begreifen, denn er ließ seinem »He« nichts folgen. Er lehnte sich, Sandros Blick meidend, gegen den Verschlag, winkelte die Beine an und stützte die Arme auf die Knie.

Es sah aus, als wolle Ried für immer in dieser Position bleiben, also setzte Sandro sich in der gleichen Haltung neben ihn. Zwar stank der Verschlag wie eine Seuche, und Sandro hatte das Gefühl, eine Flüssigkeit sickere von unten in seine Soutane ein, doch er blieb, wo er war, und wartete darauf, dass Tilman Ried etwas sagte. Denn dieser zog es vor, seine Scham hinter jugendlichem Trotz zu verbergen, und da war es besser, sich zurückzuhalten, um etwas zu erreichen.

»Warum sitzen wir hier herum?«, fragte Tilman nach einer Weile.

»Für dich kann ich nicht sprechen«, antwortete Sandro. »Ich sitze hier, weil du hier sitzt.«

»Ihr wollt wohl auf gut Freund mit mir machen?«

»Natürlich, mit Heckenschützen schließe ich bevorzugt Freundschaft.«

Es verging einige Zeit.

»Ich habe Euch nichts zu sagen – Ihr wisst schon – über das da eben.«

»Nun, dann sagst du über *das da eben* eben *nichts*.«

Es verging einige Zeit. Ein Hahn krähte.

»Gebt Euch keine Mühe.«

»Sehe ich aus, als mühe ich mich ab?«

Es verging einige Zeit. Zwei Spatzen stritten um einen Krumen.

»Es ist nicht so, wie es scheint, wisst Ihr?«

»Nein, weiß ich nicht. Was ist nicht so?«

»Ich bin nicht eifersüchtig.«

»Erkläre mir das.«

Es verging einige Zeit. Eine Ziege warf einen gleichmütigen Blick auf sie.

»Sie liebt ihn nicht. Deswegen kann ich auch nicht eifersüchtig sein. So einfach ist das.«

»Liebt sie dich?«

»Ja.«

»Dann ist es wirklich einfach. Sie schickt ihn zum Teufel und bietet ihr Schlüsselbein künftig dir statt ihm dar.«

»Redet nicht so über sie.«

»Ich berichte nur, was ich gesehen habe.«

»Das war nicht real.«

»Du meinst, es war eine Luftspiegelung?«

»Ich habe schon gehört, dass Ihr die Leute mit provokanten Fragen ärgert. Aber ich lasse mich nicht provozieren.«

»Daran sind Zweifel erlaubt, angesichts der Tatsache, dass du, gäbe es mich nicht, in diesem Moment ein gesuchter Attentäter wärst.«

Eine Greisin hängte Wäsche ab, kümmerte sich nicht um Sandro und Tilman, gerade so, als seien sie zwei zusätzliche Ziegen im Hof.

»Sie tut nur so, als liebe sie ihn.«

»Weshalb?«

»Weil ihr Bruder es so will.«

»Franco.«

Tilman sah ihn verwirrt an. Die Fragen, woher Sandro den Namen von Rosinas Bruder kannte, woher er überhaupt etwas über Rosina wusste, lagen ihm auf der Zunge, dann aber fiel ihm ein, dass er sich vorgenommen hatte, den Trotzigen zu mimen, und er starrte wieder vor sich hin.

»Ja«, sagte Ried. »Franco.«

»Was verspricht Rosinas Bruder sich davon?«

»Was er sich verspricht? Geld, was denn sonst? Gisbert kauft Rosina schöne Sachen, und er steckt ihr was zu, nicht wenig übrigens. Man muss ihn doch bloß ansehen... Wie er sich heute herausgeputzt hat. Ich bin ihm gefolgt, als er das Collegium verließ. Er ist zu einem Schneider gegangen und kam mit diesem nagelneuen Kleid heraus. Er sieht aus wie ein... wie ein...«

»Ein Pfau.«

»Was ist denn das?«

»Ein prächtiger Vogel.«

»Einen Stieglitz, meint Ihr?«

»Nein, das ist aber nicht wichtig. Gisbert sieht wohlhabend aus, das wolltest du gewiss ausdrücken.«

»Er hatte schon vorher mehr Geld als ich. Jetzt, wo Johannes tot ist, ist er reich, und solange er Rosina Geschenke macht, verlangt Franco, dass sie mich nicht sehen darf.«

»Wenn es sich tatsächlich so verhält, wie du sagst, wäre es da nicht naheliegender, Franco zu erschießen? Nicht, dass ich dich auf Ideen bringen will. Ich frage ja nur.«

»Rosina hängt an ihrem Bruder, und ich könnte nie etwas tun, das Rosina schadet. Franco nimmt Gisbert aus, und der arme Tropf merkt nichts.«

»Verstehe ich das richtig: Du wolltest Gisbert nicht aus Eifersucht mit Schrot durchsieben – denn Rosina liebt ihn ja nicht –, sondern um ihm einen Gefallen zu tun?«

Tilman zog eine Grimasse, die so viel sagte wie: Ihr drückt das ziemlich blöde aus.

»Ich wollte ihn ja nur verletzen – erschrecken. Eigentlich war ich mir bis zum Schluss nicht sicher, ob ich überhaupt abdrücke. Es war ja nur, weil – ich musste doch irgendetwas tun. Die Arkebuse habe ich mir erst gekauft, nachdem ich Gisbert vom Schneider habe kommen sehen. Mein letztes Geld habe ich dafür ausgegeben.« Er besah sich die Reste der Waffe. Scham und Trotz waren weg, jetzt kam die Reue. »Na gut, es war ein Fehler. Und wenn es Euch glücklich macht: Ich war eifersüchtig. *Bin* eifersüchtig. Rosina liebt Gisbert nicht, dabei bleibe ich, aber was hilft mir das?« Ried warf einen Seitenblick auf Sandros Soutane. »Ihr versteht das nicht, Ihr seid ein Mönch.«

Es entbehrte nicht einer gewissen Komik, dass ein siebzehnjähriger Junge ihm etwas über die Liebe beizubringen versuchte, doch Sandro nahm die Rolle an und spielte mit.

»Ja, ein Mönch ist wirklich ein armes Schwein. Wenn ich daran denke, was mir entgeht …«

»So ist es«, stimmte Tilman ein. »Wenn ich an die erste Begegnung mit Rosina denke – ein solcher Augenblick ist dreißig Jahre Leben wert. Der Blitz schlug ein. Ich war benommen und zugleich bis in die Fingerspitzen gespannt. Was rede ich von Fingerspitzen. Ich war gespannt bis in …«

»Ich kann es mir denken«, unterbrach Sandro und erntete Tilmans anerkennendes Kopfnicken. »Stell dir vor, Mönche tun nicht nur so, als lebten sie. Sie leben tatsächlich.«

»Jedenfalls stand Rosina da, einfach nur so, inmitten der Nacht. Es war hier im Hof. Ich hatte zusammen mit Gisbert die Köchin Giovanna nach Hause gebracht, und da stand Rosina, einfach nur so, inmitten …«

»Das sagtest du bereits.«

»Diesen Augenblick kann man nicht oft genug beschreiben.«

»O doch.«

»Dann überspringe ich den Teil, wo unsere Blicke sich trafen, wie wir uns gleich gefielen, unsere ersten Worte zueinander, wie wir dann lachten …«

»Du hattest vor, diesen Teil zu überspringen.«

»Ja, und dann hat sie mich – haben wir uns geküsst.«

»So schnell?«

»Was heißt schnell? Wir kannten uns fast eine halbe Stunde.« Tilman Rieds Stimme wurde unsicher und brüchig. »Ist das – war dieser Kuss zu früh gewesen?«

»Ich antworte mit einer Gegenfrage: Gab es schon viele Frauen in deinem Leben, die du innerhalb der ersten halben Stunde geküsst hast?«

»Rosina ist die Erste, mit der ich jemals – die ich je – die Erste überhaupt. Und es wird auch nie eine andere Frau für mich geben.«

»Was war mit Gisbert?«

Bei der Erwähnung dieses Namens stürzte Tilman Ried aus der siebten Wolke zu Boden. »Hä?«

»Nun, du sagtest, dass Gisbert und du Giovanna gemeinsam nach Hause brachtet – was mir übrigens bereits von Giovanna erzählt worden war. Also, wo hielt Gisbert sich auf, während du Rosina inmitten der Nacht stehend antrafst, bei dir der Blitz einschlug und so weiter?«

»Er war dabei«, räumte Ried knapp ein.

»Und sah zu, wie ihr euch küsstet?«

»Ja.«

»Küsste sie ihn auch?«

»Nein. *Er* küsste *sie*.«

»Wenn man mal die Feinheiten beiseitelässt: Rosinas Lippen berührten sowohl deine wie auch seine Lippen.«

»Das ist wirklich sehr simpel formuliert.«

»Entschuldigung, ich bin ein simpler Mensch.«

»Mich hat sie ganz anders als ihn geküsst, und überhaupt, das war ja nur am ersten Abend. Als wir uns wiedersahen, wurde deutlich, dass sie sich für mich entschieden hatte. Und hätte Johannes sich nicht eingemischt …«

»Moment, was hat Johannes damit zu tun?«

»Ich habe gesehen, wie Johannes Franco Geld gegeben hat.«

»Wann und wo?«

Tilman Ried fing an, eine Ziege zu streicheln, die sich ihnen genähert hatte. »Das war vor ungefähr einer Woche. In der Nähe des Collegiums, an der Piazza San Silvestro, auf offener Straße. Rosina und Franco sprachen mit Johannes, und der holte einen kleinen Geldbeutel hervor und überreichte ihn Rosinas Bruder.«

»Wie groß war dieser kleine Geldbeutel?«

»Ungefähr so groß.« Ried führte die Spitzen von Daumen und Zeigefinger zusammen. Er hatte für sein Alter und seine geringe Körpergröße recht große, klobige Hände, die Hände eines Jungen, der schon früh hatte mit anpacken müssen. Trotzdem war der angegebene Umfang des Geldbeutels als klein einzuschätzen.

»Dann kann es sich nicht um viel Geld gehandelt haben, selbst wenn nur Golddukaten darin waren. Mehr als zwanzig Dukaten passen in einen solchen Beutel nicht rein, eher weniger, fünfzehn vielleicht.«

»Das ist mir doch egal. Johannes hat Franco bezahlt, und der hat Rosina daraufhin gezwungen, sich Gisbert zuzuwenden.«

Diese Interpretation klang nur überzeugend, wenn man ein verliebter siebzehnjähriger unerfahrener Schultheißensohn aus der Provinz war. Ein achtundzwanzigjähriger römischer Visitator war nicht bereit, sie ohne Weiteres zu übernehmen.

»Deine Beobachtung – fand sie statt, als du mit Magister Duré unterwegs warst? Er erzählte mir, dass er Johannes zusammen mit einem Mädchen und einem jungen Mann gesehen hat.«

»Ja«, antwortete Ried und streichelte weiterhin die Ziege. »Bruder Birnbaum und mir wurde von Bruder Königsteiner aufgetragen, den Magister zu begleiten. Wir halfen ihm, eine Truhe vom Schneider abzuholen, die für den Ehrwürdigen bestimmt war. Wenn es etwas Schweres zu tragen gilt, werden immer Birnbaum und ich herangezogen. Die Brüder Königsteiner und de Soto sind sich zu fein, und Gisbert, Johannes und Bruder Rodrigues haben nichts drauf.«

»Dann können Birnbaum und der Magister deine Beobachtung bestätigen?«

»Nein, sie haben nur gesehen, wie Johannes, Rosina und Franco beisammenstanden. Ich habe behauptet, etwas verloren zu haben, und bin zur Piazza zurückgelaufen, und da habe ich die Geldübergabe beobachtet.«

»Hat Rosina dir deine Vermutung bestätigt?«

»Wie denn? Ich komme doch gar nicht mehr an sie heran! Dieser blöde Franco ist immer um sie herum und schickt mich weg. Vor kurzem habe ich versucht, an ihm vorbeizukommen, und er hat mir was auf die Nase gegeben. Er ist älter als ich und stärker. Natürlich ist er auch jetzt wieder bei ihr, da drin. Rosina ist zum Greifen nahe, und ich hocke hier draußen neben einem stinkenden Abfallhaufen, unterhalte mich mit einem langweiligen Priester und streichle eine Ziege.«

Den langweiligen Priester wollte Sandro überhört haben, aber das mit dem Gestank und der Ziege stimmte. Das zahme Tier schien Rieds Streicheln zu genießen, und Ried streichelte mit einer Innigkeit, als sei die Ziege seine Leidensgenossin oder sein zweites Ich, seine geplagte Seele, die Zuwendung verlangte. Sandro musste an Gisbert von Donaustauf denken, der gewiss nie eine Ziege in seiner Nähe dulden, geschweige denn streicheln würde. Kein Zweifel, Tilman Ried war der weitaus Sympathischere von beiden, frei von Eitelkeit und Dünkel, ein bisschen naiv, ein wenig schwärmerisch, ein einfacher Junge.

Und doch hatte Sandro ihn mit einer geladenen Arkebuse auf einen Menschen zielend überrascht.

»Für den Nachmittag vor Johannes' Ermordung hast du angegeben, allein durch Rom gestreift zu sein und ein Bier in einer Taverne getrunken zu haben. Könnte es sein, dass das der Nachmittag war, an dem du versucht hast, an Franco vorbeizukommen und von ihm eins auf die Nase bekamst?«

Tilman Ried hörte auf, die Ziege zu streicheln, senkte den Kopf und nickte.

Falls das stimmte, erübrigten sich Erklärungen: Ried hatte natürlich nicht eingestehen wollen, versucht zu haben, sich einer Angebeteten zu nähern. Eine Liebschaft mit einer zweifelhaften Frau hätte seinen Rauswurf aus dem Collegium bedeuten können, und so ungern er Schüler des Collegiums sein mochte – sein Vater hatte vermutlich einige Opfer gebracht, damit der Sohn bei den Jesuiten in Rom studieren durfte.

»Sollte es nicht zwingend notwendig werden«, versprach Sandro, »wird keiner der Jesuitenbrüder oder der Pater General von mir davon erfahren.«

Ried machte eine Geste, als komme es darauf nun auch nicht mehr an. Er wirkte sehr niedergeschlagen, und Sandro konnte es ihm nachfühlen, denn er wusste noch zu gut, wie es war, wenn ein Rivale um die Gunst einer Frau die Oberhand gewann und man ohnmächtig dabei zusehen musste. Und Ried musste es wohl noch schlimmer als Sandro ergehen, denn Sandro hatte seine – glücklicherweise beendete – Misere mit verschuldet, wohingegen Ried ohne eigenes Zutun beiseitegedrängt worden war, nur weil er arm war. So etwas Übles passierte andauernd und überall, rechtfertigte allerdings in keiner Weise eine Gewalttat! Aber der Zorn auf Gisbert, Franco – und Johannes? – wurde verständlich.

»Ich gehe jetzt zu Rosina«, sagte Sandro. »Ich habe einige Fragen an sie, und als Visitator Seiner Heiligkeit gibt es niemanden, der mir das verwehren kann. Übrigens – wen ich als Begleitung mitnehme, ist meine Sache.«

Es dauerte einen Moment, bis Ried begriffen hatte, was Sandro damit sagen wollte. Er sprang auf und war für die Dauer eines Lidschlags der glücklichste Mensch der Welt.

15

Es waren abgezehrte und zugleich widerstandsfähige Gesichter, in die Sandro blickte. Rosinas Familie kam ihm wie eine Ansammlung von Lebensmüden vor, die durch Gewohnheit am Sterben gehindert wurden. Der Vater war narbig und zerschunden, die Mutter blind und abgenutzt, die Großmutter debil und furchterregend mit ihrem unvermittelten Gelächter. Dagegen stand Rosinas und Francos Jugend. Schön sahen sie aus neben dem Elend, aber wer genauer hinsah, entdeckte bereits minimale Anzeichen des Verfalls, so wie ein einziges gelbes Blatt unter Tausenden am Baum vom Herbst kündet. Die gefühllosen Augen Francos gaben die Rohheit seines Charakters preis, der, wie jeder schlechte Charakter, mit der Zeit immer sichtbarer würde. Und was Rosina anging, so trug sie ihre Haare zwar verwegen und schön, doch waren sie ein bisschen fettig, weil Seife teuer war. Auch die Haare ihrer Mutter und ihrer Großmutter waren fettig, und Rosina war in dieser Hinsicht – und vielleicht nicht nur in dieser – ihre künftige Erbin.

Zu viert – Sandro, Tilman, Rosina und Franco – gingen sie in einen kleinen Nebenraum, der sich als Schlafzimmer Francos und Rosinas herausstellte. Zwei Betten und eine diagonal durch das Zimmer gespannte Leine mit daran herunterhängenden Kleidungsstücken nahmen fast den ganzen Platz ein. Trotz der Enge bot das Zimmer eine gewisse Gemütlichkeit. Hier im Erdgeschoss war es nicht zu heiß, durch die halb geschlossenen Fensterläden fielen schmale Streifen Sonnenlicht schräg herein und zauberten gelbe Punkte an die verfallene Wand, und Rosinas Parfüm – zweifellos ein Geschenk Gisberts – verströmte den Duft von Rosen und Nelken. Franco stellte sich, die Arme vor der Brust verschränkt, in eine Ecke und erhob keinen Einspruch, als Tilman Ried sich neben Rosina auf ihr Bett setzte. Obwohl die Blicke Sandros und Francos auf Ried ruhten, scheute er sich nicht, Rosinas Hände zu ergreifen und ihr tief in die Augen zu sehen. Er brachte zwar vor Ergriffenheit kein Wort heraus, aber genau das sprach für sich selbst. Rosina lächelte ihn mild an. Auch sie schien glücklich über diese unverhoffte Begegnung zu sein.

Damit die beiden Turteltauben eine Weile für sich hatten, wandte Sandro sich zunächst an Franco.

»Ich hörte, du hast etwas dagegen, dass deine Schwester und Tilman sich treffen«, sagte Sandro und stellte sich so nahe vor

Franco auf, dass seine Soutane Francos verschränkte Arme berührte, was diesen dazu veranlasste, die dominante Pose aufzugeben. Sandro kannte sich ein wenig mit halbstarken Römern aus und schätzte Franco nicht als unmittelbar gefährlich ein – die Betonung lag auf unmittelbar. Franco würde nicht anfangen zu schreien, zu drohen, mit einem Messer herumzufuchteln oder dergleichen, er würde sich auf überhaupt keinen Streit mit Sandro einlassen. Untereinander durchaus streitbar und gewaltbereit, habgierig und misstrauisch, hielten sich die Ragazzi zurück, sobald ein Offizieller eintraf, sei es ein Steuereintreiber, ein Polizist, ein Geistlicher – oder, wie in Sandros Fall, ein geistlicher Polizist. Bloß keinen Ärger mit den Behörden, das war die Devise. Das hieß allerdings noch lange nicht, dass er an Respekt erstickte.

»Das ist eine Familienangelegenheit«, erwiderte er, wohl wissend, dass er Sandro zwar Rede und Antwort zu stehen hatte, ihm aber immer noch vier Fünftel der Wahrheit vorenthalten konnte. Einer wie Franco würde niemals und niemandem die ganze Wahrheit erzählen.

»Das ist wahr«, stimmte Sandro zu. »Trifft es zu, dass Tilman Ried hier war, um Rosina zu sehen, du ihn jedoch daran gehindert hast?«

»Ich sagte, das ist eine Familien…«

»Ich möchte von dir nur wissen, wann das passierte.«

Die Frage schien für Franco ohne Interesse zu sein, daher beantwortete er sie anstandslos. »Das war – vorvorgestern.«

»Zu welcher Zeit?«

»Nachmittags. Etwa – vier Stunden vor Sonnenuntergang.«

»Also gegen fünf, halb sechs Uhr. Woher weißt du das so genau?«

»Mein Vater ging kurz darauf zur Abendschicht. Er ist Träger beim Häuserbau, und vom Mittag bis zum späten Nachmittag machen sie Pause.«

»Haben deine Eltern nichts gesagt?«

»Weswegen?«

»Wegen Tilman Ried und Rosina. Wegen der Prügelei. Du sagtest, es ist eine Familienangelegenheit.«

»Ja«, erwiderte er, »ist es auch.« Die Art, wie er das aussprach, deutete darauf hin, dass Familienangelegenheit in diesem Fall Franco-Angelegenheit hieß. »Mein Vater mischt sich nicht ein. Dafür ist er ein viel zu alter Sack.«

Und die Mutter war wohl, einem Lasttier ähnlich, erst gar nicht der Erwähnung wert. In diesem Haushalt hatte man anscheinend nichts füreinander übrig.

Tilman Ried hatte die Wahrheit gesagt und war damit wohl entlastet. Er konnte nicht gleichzeitig im kapitolinischen Viertel von Franco eins auf die Nase bekommen und im Collegium Germanicum Johannes vergiftet haben. Aber es ging hier ja nicht bloß um Ried. Die Gebrüder Donaustauf waren ebenfalls auf unterschiedliche Weise involviert.

»Danke für deine Auskünfte«, sagte Sandro. »Du hast mir sehr geholfen. Vielleicht hast du von der Sache im Collegium gehört?«

Interessanter als Francos verneinendes Kopfschütteln war die Tatsache, dass Rosina ihr Gespräch mit Ried unterbrach und einen Blick auf Franco warf. Ein kurzer Moment nur, und doch vielsagend. Rosina hatte unwillentlich die Frage beantwortet, die Sandro ihrem Bruder gestellt hatte, und Franco hatte das erkannt. Er, der Ertappte, machte zwar keine Anstalten, von seiner Lüge abzurücken, konnte aber gewisse Anzeichen von Nervosität nicht unterdrücken.

»Jetzt müssen wir nur noch über das Geld sprechen«, sagte Sandro und genoss das Aufflackern in Francos Augen sowie Rosinas zunehmend ins Stocken geratendes Gespräch mit Ried, weil sie mit einem Ohr Sandro und Franco zuhörte.

Wie würde Franco reagieren? Würde er alles abstreiten

oder sich schnell eine Lüge ausdenken? Viel Zeit hatte er dafür nicht.

Es kam besser, als Sandro gehofft hatte. Franco machte einen Fehler, er sagte nämlich: »Ihr meint – das Geld – das Johannes mir – auf der Piazza gegeben hat?«

Diese Gegenfrage war so stockend, so vorsichtig und offen formuliert, dass sich der Gedanke aufdrängte, es habe noch eine andere Geldübergabe gegeben.

»Ja, das«, sagte Sandro. »Und auch das andere.«

Der junge Franco war ein zu erfahrener Gauner, als dass er sich unnötig in Schwierigkeiten brachte. Er änderte seine Taktik und entschloss sich zur Kooperation.

»Wir haben nichts Verbotenes getan«, sagte Franco, ging zu seiner Schwester und nahm sie beinahe zärtlich an der Hand. Richtig rührend sahen sie aus, wie ein Geschwisterpaar, das sich im Wald verirrt hatte – Franco spielte den liebenden Bruder. »Seht Ihr, wir sind arm. Als sich die Gelegenheit bot, etwas Geld zu verdienen, haben wir zugegriffen. Natürlich hätten wir nie – hätte Rosina nie das Versprechen, das wir diesem reichen Deutschen gegeben haben, eingelöst. Es war ein Kniff, versteht Ihr? Nur ein Kniff. Aber kein verbotener.«

Sandro konnte Franco nicht mehr ganz folgen, aber das ließ er sich nicht anmerken. Würde Franco das spüren, würde er seine Taktik erneut ändern und nur noch das Nötigste preisgeben. Sandro jedoch wollte möglichst viel von der Wahrheit abschöpfen, daher mimte er den Wissenden – und stocherte blind in die Finsternis hinein.

»Wenn ihr euer Versprechen nicht eingelöst hättet, wäre Johannes von Donaustauf schnell dahintergekommen«, sagte Sandro und hatte selbst nicht die geringste Ahnung, was er damit meinte.

»Wenn schon! Was hätte der Knabe tun können? Gut, wir haben ihm versprochen, dass Rosina ihre Beziehung zu seinem

Bruder Gisbert beendet. Das ist kein juristisches Versprechen, auch wenn wir dafür Geld bekommen haben. Sein Fehler. Pech. Besser gesagt, Dummheit.«

So langsam fiel Licht in das Dunkel. »Wieso war Johannes daran interessiert, dass Gisbert keine Beziehung zu Rosina hat?«

»Das war eine seltsame Sache. Nachdem ich von Rosina erfahren hatte, dass Gisberts Bruder vermögend war, habe ich natürlich versucht, irgendwie Kapital daraus zu schlagen. Vielleicht, so dachte ich mir, passt es dem reichen Bruder nicht, dass Gisbert einer zwar jungen und bildschönen, aber bitterarmen Frau mit schlechter Herkunft verfallen ist, und für ein bisschen Geld würde er seinen auf Abwege geratenen Verwandten freikaufen. Habe gehört, dass so was schon vorgekommen ist.«

»In Rom ist alles schon einmal vorgekommen.«

»Meine Rede. Einen Versuch war's also wert. Rosina und ich haben vor dem Collegium auf ihn gewartet, ihn ein Stück entfernt auf der Piazza angesprochen und über das Treiben seines Bruders informiert. Hat er mir natürlich nicht geglaubt. Da habe ich ihm Unterwäsche von Gisbert gezeigt, eines von den bestickten Teilen – da war ein Monogramm drauf. Er hat es sofort erkannt. Dann hat er meine hübsche Schwester angesehen und kapiert. Ich habe ihm das Angebot gemacht, und er drückte mir einen kleinen Beutel in die Hand, den er dabeihatte.«

»Wie viel Geld war in dem Beutel?«

»Nur ein paar Kröten.«

»Kröten?«

»Na, Münzen.«

Den Ausdruck Kröten als Synonym für Münzen hatte Sandro noch nie gehört. Das musste neu sein.

»Gut, wie viele Kröten?«

»Sechs Dukaten und eine Handvoll Denare, mehr hatte er nicht dabei. Immerhin! Gar nicht schlecht dafür, dass ich keinen Finger gerührt hatte. Ich war kurz davor, das Geschäft für abgeschlossen zu erklären, aber dann … Mein Riecher meldete sich zu Wort und meinte, da sei noch mehr drin. Der reiche Knilch war schnell auf meinen Vorschlag eingegangen, viel zu schnell. Natürlich waren sechs Dukaten für so einen wenig Geld, doch da war noch etwas anderes: Mir kam es vor, dass er schon lange auf eine Gelegenheit wie diese gewartet hatte, und nun war sie da.«

»Johannes wollte jeden zum Heiligen machen«, warf Tilman Ried ein. »Auch bei mir hat er es ständig versucht … dass ich ein besserer Mensch werden soll und so weiter. Er sagte: ›Gott schläft in dir, man kann ihn erwecken.‹ Er ist mir damit ziemlich lästig geworden, und wenn er bei mir schon so penetrant war …«

»Ja«, bestätigte Franco, »kann sein, dass er seinen umtriebigen Bruder *zum Besseren* bekehren wollte« – die Wendung »zum Besseren« sprach Franco aus, als bezeichne er etwas, das in Kellern lebt und sechzehn Beine hat – »aber ich hatte das Gefühl, dass er irgendeine niederträchtige Freude dabei empfand, seinem Bruder ins Handwerk zu pfuschen. Ich sagte ihm, die paar Kröten reichten nicht, und er willigte ein, mir fünfzig Dukaten zu geben. Er war schon eine ziemliche Laus.«

Über Rieds Gesicht huschte Hoffnung. »He, das heißt ja, er hat das Geld nicht gegeben, um Gisbert zu unterstützen, sondern im Gegenteil. Und das wiederum bedeutet, dass Rosina und ich nun doch …«

»Freu dich bloß nicht zu früh, du Pimpf«, rief Franco.

»Wen nennst du hier Pimpf?«

»Na, dich. Oder siehst du hier noch jemanden von der Größe einer Gewürzgurke? Rosina liebt Gisbert, verstanden? Deswegen habe ich eben ja auch gesagt, dass wir nie vorhatten, das

Versprechen, das wir diesem dämlichen Johannes gegeben haben, einzuhalten. Rosina liebt Gisbert, Gisbert liebt Rosina. Worauf das hinausläuft, dürfte selbst dir klar sein, Gewürzgürkchen.«

»Na warte, ich gebe dir eins auf die Fresse.«

»Komm doch, komm doch!«

Sandro ging mit vollem Körpereinsatz dazwischen. Nicht, dass er Franco nicht ein paar blaue Flecken gegönnt hätte, aber vermutlich würde doch nur wieder Tilman Ried die Flecken abkriegen, und außerdem war er hier noch nicht am Ende.

»Los, Rosina«, rief Franco. »Sag's ihm.«

Rosina saß wie eine trauernde Witwe auf dem Bett und nickte. »Ja.«

»Ja, was?«, drängte Franco. »Sag's ihm richtig, damit er es versteht.«

Rosina wagte nicht, irgendjemanden anzusehen. »Franco hat recht, Tilman. Ich liebe Gisbert. Ich will mit ihm zusammen sein.«

Ried nahm diese Worte für bare Münze. Wieder war es so, dass sich in den Ohren eines verliebten, siebzehnjährigen, unerfahrenen Jungen aus der Provinz etwas plausibel anhörte, was sich in den Ohren eines achtundzwanzigjährigen Visitators völlig anders darstellte. Rosina war mit großer Wahrscheinlichkeit weit davon entfernt, Gisbert zu lieben. Dafür hatte sie sich vorhin viel zu sehr gefreut, Tilman wiederzusehen. Wie tief ihre Gefühle für ihn waren, konnte auch Sandro nicht sagen, aber ihr Bekenntnis für Gisbert hatte ihn nicht überzeugt.

Anders Ried. Er stürmte aus dem Zimmer und kam nicht wieder zurück.

»Na, endlich«, sagte Franco. »Der Kerl fing an, mich zu ärgern.« Er warf sich auf sein Bett und verschränkte, offensichtlich zufrieden mit seinem Werk, die Arme hinter dem Kopf.

»Ich komme jetzt auf die zweite Geldübergabe zu sprechen«, sagte Sandro. »Wann fand sie statt?«

»Ein paar Tage später, am Abend, bevor ich Ried verkloppt habe. Im Hinterhof des Collegiums. Wir waren allein. Johannes hat mich reingelassen und mir fünfzig Dukaten gegeben, wie vereinbart. Er verlangte dann noch, dass ich schwöre, meine Zusage einzuhalten. Habe ich gemacht, war lustig. So was von naiv habe ich noch nie erlebt. Mich schwören zu lassen – zum Totlachen.«

In diesem Punkt stimmte Sandro ihm zu. Einen wie Franco schwören zu lassen, sich ehrenhaft zu verhalten, das war, als würde man ein Huhn schwören lassen, keine Eier mehr zu legen.

Sandro hatte, was seinen Fall betraf, eine Reihe neuer Erkenntnisse gewonnen, wodurch sich interessante Fragen ergaben: Hatte Johannes seinen Bruder zur Rede gestellt, und wenn ja, ihm mitgeteilt, was er getan hatte beziehungsweise vorhatte? Woher hatte Johannes den Schlüssel, um Franco in den Hinterhof einzulassen? Hatte noch jemand aus dem Collegium von der Geldübergabe, die am Tag vor dem Mord an Johannes stattfand, gewusst und diese womöglich beobachtet? Woher hatte Johannes das Geld? Fünfzig Dukaten waren kein Vermögen, aber mehr, als man für gewöhnlich in einer Klosterzelle zur Hand hatte. Hatte er ein Goldreservoir in seinem Zimmer deponiert? Und wenn ja, wieso hatte man bei der Durchsuchung nichts gefunden?

Von Franco würde Sandro heute nichts mehr erfahren. Diese Informationsquelle war vorerst versiegt, denn Sandro hatte keine weiteren Anhaltspunkte, wonach er fragen sollte, und ganz von selbst zu erzählen, das war nicht Francos Art.

Eines aber wollte Sandro doch noch loswerden, auch wenn es nicht direkt den Fall betraf.

»Ich glaube dir zwar, dass dich Schwüre nicht interessieren,

Franco«, sagte er. »Trotzdem bin ich sicher, dass du und Rosina am Abend der Geldübergabe vorhattet, das Versprechen zu halten und Gisbert in die Wüste zu schicken. Die Liebesgeschichte kaufe ich euch nicht ab, und ein anderes Motiv, an der Beziehung festzuhalten, sehe ich nicht. Gisbert selbst besaß keine Reichtümer, auf Dauer taugte er nicht als Goldesel. Und nachdem du auf den Geschmack gekommen bist, Franco… Mit anderen Söhnen, Enkeln und Brüdern, deren Verwandte ihr erpressen könnt, macht ihr wesentlich mehr Geld als mit den paar Geschenken, die Gisbert euch bringt. Erst jetzt, wo Johannes tot ist, hat sich die Lage verändert. Wenn Rosina es schafft, dass Gisbert sie heiratet, seid ihr gemachte Leute, denn jetzt hat er Geld – und keinen einzigen Verwandten mehr, der ihn enterben oder eine Heirat verbieten könnte. Ihr spielt ein ziemlich übles Spiel – auch wenn es nicht ungesetzlich ist.«

Franco machte aus seinem Herzen keine Mördergrube und grinste. Vermutlich fühlte er nichts anderes als Stolz darüber, eine Gesetzeslücke gefunden zu haben, denn seine Art von Erpressung war nicht strafbar. Wenn sich ein Dummkopf in Rosina verliebte, war das die Sache des Dummkopfs, und wenn ein Vater meinte, Rosina sei nicht gut genug für den törichten Sohn, und kaufte ihn sozusagen frei, war das die Sache des Vaters.

So geschickt wie niederträchtig, und damit war auch schon Francos Charakter umrissen.

Rosina hingegen fühlte sich nicht wohl in ihrer Haut, das sah Sandro ihr an. Als sie anbot, ihn hinauszubegleiten, wusste er, dass sie ihm noch etwas sagen wollte, und als sie im Hof waren, kam es zur Sprache.

»Bitte richtet Tilman aus, es täte mir leid«, sagte sie mit reuiger Stimme.

»Gerne, wenn du mir sagst, was dir leidtut. Dass du ihn verstoßen hast oder dass du ihm vorhin nicht die Wahrheit gesagt hast?«

Rosinas Reue verschwand im Nu wieder, und sie entgegnete Sandro kämpferisch: »Ihr habt keine Ahnung, wie es ist, arm zu sein. Ihr lebt im Vatikan, stammt vermutlich aus einer reichen Familie, und selbst wenn Ihr als Geistlicher Kranke und Arme gepflegt haben solltet, so ist das doch nur, als wenn man einem kranken Hund das Bein verbindet oder einen kranken Vogel von seinen Leiden erlöst – deswegen versteht man längst noch nichts von dem, was in Hunden und Vögeln vorgeht, wie sie leben … Ihr verurteilt meinen Bruder und mich, aber Ihr wisst nichts von uns.«

»Ich weiß, dass er dich ausnutzt.«

»Und ich nutze ihn aus. Ziehe ich etwa keinen Vorteil aus allem? Bei uns nutzt man sich aus, jawohl, das ist so üblich. Aber das macht nichts, das tut unserer Liebe keinen Abbruch. Eurem Gesicht sehe ich an, dass Ihr es immer noch nicht versteht. Ich erkläre es Euch anders: Franco lässt seine Freunde fallen, wenn es sein muss, und sie lassen ihn fallen. Meines Vaters Kollegen booten ihn aus, wenn es ihnen zum Vorteil gereicht, und er bootet sie aus. Die Nachbarn bestehlen uns, wenn sich ihnen eine Gelegenheit bietet, und wir bestehlen sie. Einer haut den anderen übers Ohr, so ist das hier. Nur innerhalb der Familie nicht. Wir nutzen uns zwar aus, aber wir halten zusammen. Franco ist der Einzige, dem ich vertraue, und ich bin die Einzige, der er vertraut. Und jetzt schert Euch weg, bevor ich …«

Sie wandte sich ab und rannte ins Haus, anscheinend im Zorn, aber Sandro glaubte, in der sich zum Schluss überschlagenden Stimme Rosinas etwas völlig anderes als Zorn erkannt zu haben.

Als Rosina in das Zimmer zurückkehrte, saß Franco auf dem Fußteil des Bettes, mit angewinkelten Beinen. Ein Habicht auf einem Ast neben dem Acker, das war das Bild, das Rosina bei diesem Anblick in den Sinn kam.

»Worüber habt ihr gesprochen?«, fragte er.

»Über nichts.«

»Über nichts kann man nicht sprechen. Rosinchen, wir müssen vorsichtig sein. Sag mal, hast du geweint?«

»Blödsinn!«

»Wäre wirklich blöd von dir. Läuft doch alles wie am Rosenkranz. Der Gisbert liegt dir zu Füßen, das ist ein ganz dicker Fisch, der kann uns mit einem Schlag aus dem Dreck herausholen. Jetzt bloß keine Fehler machen.«

Er stieg von seinem Pfosten herunter und nahm sie in den Arm. »Was macht dir Sorgen, Rosinchen? Ich zerstreue sie. Ist es immer noch, weil ich wusste, dass dieser Johannes umgekommen war?«

Nein, das war es weniger, was sie bekümmerte, aber da er es schon einmal ansprach …

»Du hast gehört, was Gisbert uns vorhin erzählte«, sagte sie. »Alle im Collegium durften einen Tag lang das Haus nicht verlassen. Wie also hast du davon erfahren?«

»Gut, ich war dort gewesen an dem Abend, im Collegium. Ich hatte am Abend vorher bei der Geldübergabe die kaputte Küchentür bemerkt, und da dachte ich, ich könnte ja mal wiederkommen und sehen, ob ich was abgreifen kann.«

»Du hast klauen wollen?«

»Und wenn's nur ein bisschen Küchenzeug gewesen wäre, das kann man alles verkaufen. Ich musste nur über die Mauer in den Hinterhof klettern, das war nicht schwer, und dann bin ich in die Küche geschlichen.«

»Da hat doch Giovanna gearbeitet, die Frau aus unserem Hof.«

»Die war so beschäftigt, die hat mich gar nicht bemerkt. Außerdem ist die Küche von denen riesig. Na ja, und da habe ich zufällig mitbekommen, dass Johannes am selben Abend gestorben ist, kurz vorher. So war das. Ich schwöre es.«

Noch so ein schaler Schwur. Wenn Franco von sich aus schwor, stimmte ganz bestimmt etwas nicht an seiner Geschichte. Rosina hatte viel von dem, was sie dem Jesuiten gesagt hatte, auch tatsächlich so gemeint, aber eine Sache nicht: Sie vertraute Franco nicht. Trotzdem gab sie sich vertrauensvoll in seine Hände. Was für ein Widerspruch. Franco war früh in Rosinas Leben ihr einziger Halt gewesen, weil er als Einziger Zuversicht verkörperte, wo andere Mühsal und Scheitern verkörperten. Sie war wie ihr Bruder – ein wenig böse – und konnte noch nicht einmal sagen, dass sie es bedauerte.

In einer Hinsicht unterschied Rosina sich allerdings grundsätzlich von ihrem Bruder – da hatte der Jesuit etwas richtig erkannt, das Franco bisher entgangen war, weil es einfach nicht in seine Denkschablone passte. Die Liebe kam bei Franco nicht vor oder nur als Dummheit anderer, die es auszunutzen galt. Dass sein Rosinchen lieben könnte, kam ihm nicht in den Sinn. Würde sie Gisbert von Donaustauf lieben, wäre das kein Problem, doch sie liebte den Falschen, einen Mann ohne Geld.

»Ich will diesen Gisbert nicht zum Mann«, platzte sie heraus. »Ich will Tilman. Ich dachte, ich würde es hinkriegen, ihn zu vergessen, aber als ich ihn vorhin wiedergesehen habe … Es geht nicht, Franco. Ich habe mir Mühe gegeben. Wir haben immerhin die fünfzig Dukaten, damit kann man eine Weile zurechtkommen.«

Er schlug sie fest mit der flachen Hand, ihr Kopf wurde zur Seite gerissen, und die langen Haare lagen quer über ihrem Gesicht. Das war nicht das erste Mal. Alle paar Monate sagte oder tat sie etwas, das ihn dazu veranlasste, sie zu schlagen.

Zum ersten Mal schlug sie heute zurück.

Er war nicht lange verblüfft. Er schlug sie erneut, noch ein bisschen fester, aber vielleicht tat es ihr auch einfach nur mehr weh.

»Siehst du jetzt wieder klar?«, fragte er.

»Dass du ein brutaler Halunke bist, das sehe ich klar.«

»Das hast du auch schon vorher gewusst«, antwortete er lapidar. »Du bist wohl nicht mehr ganz bei Trost. Wenn man die Wahl hat zwischen einem schwerreichen, gutaussehenden Adeligen, der dich auf Händen in sein Schloss trägt, und einem armen Pimpf, dessen Vater Schultheiß eines von Kühen verschissenen Dorfes ist, gibt es nur eine Entscheidung.«

»Es ist meine, das ist der springende Punkt«, erwiderte sie. »Wenn ich Gisbert heirate, muss *ich* für den Rest meines Lebens mit ihm leben, nicht du. Du willst dir nur einmal im Jahr einen Sack voll Gold von ihm in die Hand drücken lassen, dann bist du wieder weg.«

»Was findest du bloß an diesem Pimpf?«

Sie wandte sich von ihrem Bruder ab, ging ein paar Schritte durch den Raum und sagte leise: »Etwas, das ich nirgendwo sonst finde.«

Franco schlug die Hände über dem Kopf zusammen. »Hilfe, sie ist verrückt geworden!« Er schloss die Augen. Als er sie nach einer Weile wieder öffnete, machte er ein Gesicht wie ein Kutscher, dem es nicht passte, einen Umweg zu fahren, der sich jedoch damit abfand.

»Wir kriegen das hin«, sagte er.

Was meinte er? Was gab es da *hinzukriegen*?

»Du willst den Pimpf zum Mann, hast aber sicherlich nichts dagegen, reich zu sein. Also bringe ich den Pimpf zu dir, jetzt gleich, und wir reden mit ihm. Das wird schon gehen.«

Sie sah ihn an. Ihre geschwisterlichen Herzen, die eben noch aus dem Takt geraten waren, schlugen nun wieder im Gleichklang. Rosina verstand. Zu ihrer Liebe gesellte sich wieder das andere, das Böse. Beides existierte nebeneinander. So wie ein Stern eingehüllt war in Nacht, war ihre Liebe vom Verbrechen umgeben, ein Verbrechen, das erst noch begangen werden musste.

Sie stimmte zu. Die Armut gebot es. Die Gewohnheit gebot es. Manche Leute behaupteten, man habe einen eigenen Willen, man selbst habe es in der Hand, ob man sich für die Wahrheit oder die Lüge, für das Gute oder das Böse entschied. Solche Leute wussten nicht, wovon sie redeten. Keine Schlange machte den Versuch, in die Wolken zu fliegen, keine Kröte schwamm in die Weite des Ozeans, denn es lag nicht in ihrer Natur. Ein Habicht ernährte sich nicht von Roggen und Gras. Er fraß Mäuse.

Rosinas Liebe konnte nur in der Finsternis funkeln.

Sandro hatte gerade das Collegium Germanicum betreten, als er einen lauten Schrei hörte, der aus dem Obergeschoss kam. Türen flogen auf und zu, Schritte polterten, und Bruder Königsteiner, auf dem Weg nach unten, hätte Sandro, auf dem Weg nach oben, beinahe umgerannt.

»Was ist denn …« Sandro vervollständigte seine Frage nicht, da Königsteiner wie im Fieber die Treppe hinunterstürmte und gar nicht daran dachte, stehen zu bleiben.

Im Obergeschoss stand die Tür zum Zimmer des Ehrwürdigen weit offen. Sandro hörte angestrengtes Keuchen und dann – einen dumpfen Schlag, noch einen und noch einen. Er kannte dieses halb dumpfe, halb klatschende Geräusch. Er hatte es vor einigen Tagen erstmals gehört. Es war eine Faust, die auf einen Brustkorb schlug.

Fassungslos blickte Sandro auf Magister Duré, der vor Ignatius von Loyola auf dem Boden kniete und wie ein Wahnsinniger auf ihn eindrosch.

Sandro eilte zu ihm. Als Duré ihn bemerkte, keuchte er: »Schließt die Tür.«

»Ein weiterer Anfall?«

»Schließt die Tür!«

Sandro folgte dem Befehl, kam dann aber sofort zurück. »Was soll ich tun?«

»Ihr müsst gleich für mich übernehmen. Schlagt mit der hohlen Faust auf diese Stelle. Seht genau hin.« Duré schlug zwei weitere Male, dann beugte er sich über den Mund Loyolas, öffnete ihn mit den Fingern und presste seine Lippen darauf, wobei er einen Schwall Luft in ihn blies. Nachdem er sich wieder aufgerichtet hatte, stöhnte er: »Nun Ihr!« Dann rutschte er schweratmig ein Stück zur Seite und beobachtete jede von Sandros Bewegungen auf das Genaueste.

Sandro hatte sich die Stelle, auf die er schlagen musste, gut eingeprägt, sodass Duré diesbezüglich keine Einwände hatte. Doch auf den Körper eines Menschen einzuprügeln – den Körper eines Greises und des Ehrwürdigen noch dazu! – löste bei Sandro ein Gefühl der Hemmung und Abwehr aus, weshalb er, kurz bevor die hohle Faust auf die Brust traf, ein wenig Schwung wegnahm.

»Fester«, rief Duré.

»Aber…«

»Fester, sage ich!«

Sandro nahm allen Mut zusammen und schlug so kraftvoll auf den Ehrwürdigen, dass dessen Körper erbebte.

»Acht… neun…zehn«, zählte Duré. »Und jetzt beatmen.«

Sandro presste unter den Argusaugen des Magisters seine Lippen auf Loyolas und gab ihm von seinem Atem. Das war ungewohnt, doch er sagte sich, dass bei der Heiligen Kommunion das Blut und Fleisch Christi als Zeichen der Verbundenheit verzehrt wurde und es deshalb ganz natürlich sei, auch den Atem zu teilen.

»Geht zur Seite.« Duré stieß ihn ruppig weg und drückte sein Ohr auf Loyolas Brust. »Still!«

Sandro, erschöpft, wagte nicht, zu atmen.

»Es schlägt wieder«, jubilierte der Magister. »Geschafft! Geschafft! Gut gemacht, Bruder Carissimi. Nun helft mir, den Ehrwürdigen in sein Bett zu legen.«

Obwohl Loyola eher klein und nicht allzu schwer war, hatten sie zu zweit ihre liebe Not, ihn die paar Schritte zum Bett zu tragen. Doch dann war es glücklich getan. Loyolas Herz schlug gleichmäßig, ja, er öffnete sogar halb die Augen und schloss sie erst auf Anraten Durés wieder. Gleich darauf schlief er ein.

»Das war knapp«, seufzte Duré entkräftet, und eine Weile standen sie sprachlos neben dem Bett, den Blick auf den Schlafenden gerichtet.

Als Bruder Nikolaus Königsteiner mit einem Becher Tee hereinkam, ging Duré ihm entgegen, nahm ihm, wie Sandro fand, das Gefäß ruppig aus den Händen und sagte: »Es ist gut. Ihr könnt gehen.«

»Ist der Ehrwürdige genesen?«

»Ja. Nun geht. Wir sprechen uns später noch.« Den letzten Satz sprach er wie eine Drohung aus, woraus Sandro schloss, dass Königsteiner an dem Vorfall irgendeine Mitschuld trug.

Doch nicht nur Königsteiner, wie Sandro sogleich feststellte.

»Jetzt zu Euch, Bruder Carissimi«, sagte Duré mit gedämpfter Stimme, um Loyola nicht zu wecken. »Es ist mir ganz egal, dass Ihr unter dem Patronat Seiner Heiligkeit steht, ebenso wie mir egal ist, dass Ihr zwei Mordfälle aufzuklären habt. Mich interessiert einzig das Wohlergehen des Ehrwürdigen, und ich muss sagen, dass Ihr Euch nach und nach als Nagel zu seinem Sarg entpuppt.«

»Was habe ich denn getan?«, fragte Sandro betroffen.

»Die Weise, in der Ihr diese Untersuchung führt, ist absolut unangemessen – ab-so-lut un-an-ge-messen«, wiederholte er. »Gestern Abend hat dieser rüpelhafte Hauptmann, den Ihr aus mir unerfindlichen Gründen für die Ermittlung als notwendig erachtet, also besagter Hauptmann hat dem Bruder Königsteiner einen Faustschlag ins Gesicht versetzt – ich musste die Blutung seiner Nase stillen.«

Sandro war sich unsicher, ob das Blut sich gerade fluchtartig aus seinem Gesicht verzog oder im Gegenteil die Gesichtshaut flutete.

»Das wusste ich nicht«, sagte er und hatte einen Moment lang eine reichlich unchristliche Fantasie Forli betreffend. Er stellte ihn sich allein in einer Arena vor, und Sandro stand am Gitter des Löwenkäfigs, den Schlüssel in der Hand.

»Unwissenheit entbindet nicht von Verantwortung«, fügte Duré barsch hinzu. »Ihr mögt Visitator sein, aber vor allem seid Ihr Jesuit, und als solcher gebt Ihr derzeit eine klägliche Figur ab. Ich darf das sagen, gerade weil ich selbst kein Jesuit, noch nicht einmal Geistlicher bin. Bruder Carissimi, ich sage Euch hier und jetzt, dass ein weiterer Herzanfall des Ehrwürdigen innerhalb der nächsten Tage mit hoher Wahrscheinlichkeit seinen Tod bedeuten würde, und sollte es so weit kommen, tragt Ihr daran Anteil.«

Das war der Zeitpunkt, an dem Sandro den Löwenkäfig öffnete. Was war nur in Forli gefahren? Welchen Grund konnte es geben, einen Mönch zu schlagen? Dann fiel Sandro ein, dass er selbst schon einige Male das Opfer von Forlis Faust geworden war. Der Mann hatte sich einfach nicht in der Gewalt. Aber mitten in einem Collegium, einer Schule, einem Wohnort von Mönchen – das war zu viel. Wo glaubte er denn, dass er sich befand? Auf dem Schlachtfeld?

Dennoch, Forli war sein Helfer, eine Art Kamerad. Er war ruppig und rau, er drückte sich unmöglich aus, er machte Fehler. Aber Fehler machten alle, und es gab schlimmere Charaktermängel als Taktlosigkeit.

»Ohne sein Verhalten entschuldigen zu wollen – es war ja wohl nicht Forli, der dem Ehrwürdigen von dem Vorfall erzählt hat. Wenn ich Euer kurzes Gespräch mit Bruder Königsteiner richtig verstehe, konnte er nicht an sich halten und wandte sich an den Pater General.«

»Dabei hatte ich ihn gestern ausdrücklich gebeten, den Ehrwürdigen zu schonen. Und was macht er? Erzählt ihm vorhin von einem Hauptmann, der das Collegium durchsucht, die Brüder verhört, um sich schlägt… Dass das den Ehrwürdigen aufregt, ist ja wohl nicht überraschend. Bruder Königsteiner wird von mir etwas zu hören bekommen – wenngleich ich ihn ein kleines bisschen verstehen kann. Es ist wahrlich nicht einfach, all diese Pressalien über sich ergehen zu lassen. Denkt mal darüber nach.«

Sandro nickte. Nachdenklich und gefasst entgegnete er: »Um wie viel schwerer und qualvoller war es für Giovanna, lebendig zu verbrennen. Denkt Ihr mal *darüber* nach.«

Durés Kinnlade klappte nach unten auf, und Sandro wandte sich nach einer kurzen höflichen Verbeugung ab und verließ den Raum.

16

Sandro warf die Tür des »Hauptquartiers« – wie Forli das Sterbezimmer des Johannes genannt hatte – gerade so fest hinter sich zu, dass das Collegium nicht in sich zusammenstürzte. Forli und Angelo saßen beisammen und sahen ihn verwundert an.

»Ist das alles, was Ihr könnt, Forli, Mönche verprügeln?«

»Ist das eine rhetorische Frage oder wie immer das heißt?«

»Nein, ist es nicht.«

»So, aha. Dann kann ich noch Kartenspiele gewinnen, bin gut im Wettfurzen, eine Hure hat mir mitten in der Nacht mal gesagt, dass ich hervorragend…«

»Halt, es war doch eine rhetorische Frage«, unterbrach Sandro.

»Dacht ich's mir doch. Er hatte es verdient, Carissimi. Hat eine widerliche, respektlose Bemerkung über Giovannas Tod gemacht. Ich möchte die Bemerkung hier wirklich nicht wiederholen, aber glaubt mir, wenn Ihr an meiner Stelle gewesen wärt, hätte er außer der blutigen Nase noch zwei ausgeschlagene Zähne gehabt – oder nein, falsch, *Ihr* hättet eine blutige Nase und zwei ausgeschlagene Zähne gehabt, denn mit Euren Mückenschlägen wärt Ihr bei diesem großen Kerl nicht weit gekommen.«

Sandro stieß einen gedehnten Seufzer aus, mit dem zugleich die restliche Wut verrauchte. Er setzte sich zwischen Forli und Angelo an den Tisch.

»Ich kann es Euch nachfühlen, Forli«, sagte Sandro. »Aber wenn wir jedem, der in diesen Tagen eine beleidigende Bemerkung macht, die Nase zertrümmern, geht dem Magister bald das Verbandszeug aus.«

»Schon gut, ich hab's verstanden«, antwortete Forli und blickte auf seine Hände.

»Die Gemüter sind erregt«, fügte Sandro hinzu. »Zwei Tote, einer vergiftet, eine verbrannt, Verdächtigungen, Verhöre, der Pater General zusammengebrochen ...«

»Ich sagte, ich hab's verstanden.«

Sandro ließ die Sache auf sich beruhen. Auf eine seltsame Art war Forli ein guter Kerl, und wer weiß, wenn Königsteiners Bemerkung wirklich so widerlich gewesen war, hätte Sandro wohl auch zugeschlagen – bezüglich der Wirkung seiner Schläge war er allerdings anderer Meinung als Forli.

»Können wir jetzt wieder über den Fall sprechen?«, fragte Forli.

»Ich bitte darum.«

»Sowohl Angelo als auch ich haben Neuigkeiten. Du zuerst, Angelo.«

Angelo berichtete. Mit seinen leuchtenden Augen sah er aus

wie jemand, der auf eine zerbrechliche Kostbarkeit hatte aufpassen müssen und seine Aufgabe bravourös gemeistert hatte.

»Ich bin, wie Ihr, Exzellenz, es mir aufgetragen habt, Bruder Rodrigues gefolgt. Obwohl er sich mehrfach umgedreht hat, hat er mich nicht bemerkt, da bin ich ganz sicher. Jede Straßenecke, jeden Karren und jedes Fass habe ich als Deckung genommen. Übrigens trug er etwas bei sich, einen Beutel, den er wie ein Wandersmann über die Schulter geschlagen hatte. Was sich darin befand, konnte ich nicht erkennen. Sein Weg führte ihn zu einem Haus in der Via Pace. Vor dem Haus saß eine Hausmeisterin, die einen Teig knetete. Er wechselte ein paar Worte mit ihr – es war unübersehbar, dass sie sich kannten, weil sie so unbefangen plauderten. Dann ging er ins Haus, ein Mietshaus wie so viele, aber in einem guten Zustand und mit gut situierten Leuten, die darin wohnen. Ich wartete eine Weile und sah mehrere anständig gekleidete Herren herauskommen und hineingehen. Ob sie etwas mit Bruder Rodrigues zu tun haben, war für mich nicht zu erkennen, aber ich glaube es eher nicht, denn einige befanden sich in Begleitung ihrer Frauen, manche auch in der ihrer Kinder. Sie sahen wie Kaufleute aus, und tatsächlich befindet sich das Viertel der Handelskontore gleich nebenan. Alles in allem eine gute Adresse.«

Angelo trank einen Schluck Wasser, wobei er mit einer Geste zu verstehen gab, dass er noch nicht am Ende sei.

»Und jetzt kommt's«, fuhr er aufgeregt fort. »Nach einer Weile, in der ich das Haus unauffällig im Auge behielt, kam ein Jesuit und wandte sich an die Hausmeisterin. Um es gleich zu sagen: Nein, es war kein Jesuit aus dem Collegium. Er hatte ein Pferd bei sich, das er auf Vorschlag der Hausmeisterin an einem Pfosten neben dem Haus anband. Ich glaube, er hatte eine Reise hinter sich, weil seine Kutte staubbedeckt war. Außerdem schwitzte das Pferd stark. Das folgende Gespräch zwischen ihm und der Hausmeisterin habe ich nicht mitverfolgen können, denn ich war zu weit entfernt, und auf der Gasse herrschte große Betriebsamkeit. Aber den Gesten der beiden habe ich entnommen, dass der Jesuit einen Brief abzugeben hatte, und die Hausmeisterin schickte ihn in eines der oberen Stockwerke. Nicht lange, und Bruder Rodrigues und der unbekannte Jesuit verließen gemeinsam das Haus, wobei der Beutel, den Bruder Rodrigues zuvor ins Haus getragen hatte, nun im Besitz des anderen Mannes war, der ihn in einer Satteltasche verstaute. Die beiden zelebrierten einen kurzen, freundschaftlichen Abschied, und der unbekannte Jesuit ritt wieder weg. Miguel Rodrigues warf der Hausmeisterin ein Abschiedswort zu. Dann machte er sich auf den Rückweg, und als er, nur ein paar Schritte entfernt, an mir vorbeiging – ich hatte mich sorgsam versteckt –, bemerkte ich, dass er ein bisschen unglücklich aussah. Ich folgte ihm bis zum Collegium. Jetzt ist er im Obergeschoss bei Bruder de Soto.«

Das war in der Tat ein außerordentlich interessanter Bericht, fand Sandro, und wenn man ein paar Informationen, die er im Laufe des Vormittags gesammelt hatte, dazunahm, ergaben sich bereits die Konturen eines Bildes. Nachdem Sandro Rosina und ihren Bruder verlassen hatte, war er nämlich nicht sofort zum Collegium gegangen, sondern hatte die deutsche Niederlassung eines Bankkontors aufgesucht. Es war nur ein Versuch gewesen – ähnlich dem während des Verhörs von Franco –, der aber ebenfalls erfolgreich gewesen war. Um mit der päpstlichen Administration keinen Ärger zu bekommen, hatten die Bankiers ihm eine vertrauliche Auskunft gegeben: Johannes von Donaustauf hatte sich am selben Tag, als er Franco fünfzig Dukaten zahlte, eine Summe von sage und schreibe zehntausendundfünfzig Dukaten auszahlen lassen – ein kleines Vermögen, das demnach zum geringsten Teil für Francos kleine Erpressung abgehoben worden war. Dreihundert Dukaten ließ er sich in Münzen auszahlen, den Rest als Wechsel ausstellen.

»Ihr glaubt«, fragte Forli, »dass er fünfzig Dukaten nahm, um diesen Franco zu bezahlen, und dass der Rest in dem Beutel war, den Bruder Rodrigues heute dem anderen Jesuiten übergeben hat?«

»Ja, das vermute ich«, bestätigte Sandro.

»Die Vermutung hat einen Schönheitsfehler, Carissimi. Wenn Johannes das Geld hier im Collegium deponiert hat oder wenn er es Rodrigues übergeben hat oder wenn Rodrigues es sich nach dem Tod von Johannes einfach genommen hat – wo war es dann in den vergangenen Tagen versteckt? Es gab ein Ausgangsverbot, das von meinen Wachen penibel überwacht wurde, und die gestrige Hausdurchsuchung hat kein Geld zutage gefördert. Einen Wechsel, den kann man gut verstecken, sich ihn zur Not in den Arsch schieben, aber mit zweihundertfünfzig Münzen lässt man sich das besser nicht einfallen. Also, wo war das Geld bis heute Morgen versteckt?«

»Da gibt es zwei mögliche Verstecke«, antwortete Sandro. »Entweder befand es sich im Zimmer des Ehrwürdigen, das bekanntlich auf meine Anordnung hin von der Hausdurchsuchung ausgenommen war. Das würde jedoch bedeuten, dass Magister Duré eingeweiht war, denn das Zimmer des Ehrwürdigen bietet kaum Versteckmöglichkeiten und Magister Duré hat als langjähriger Vertrauter des Ehrwürdigen Zugang zu allen Truhen und Laden.«

»Hm, und die zweite Versteckmöglichkeit? Ich sag's noch mal, wir haben alles sehr gründlich durchsucht.«

»Auch die Kapelle?«

»Auch die Kapelle.«

»Vollständig?«

»Vollständig.«

»Bestimmt nicht.«

»Wenn ich es doch sage, Carissimi. Die ganze Kapelle von oben bis unten.«

»Denkt nach.«

»Da gibt es nichts nachzudenken. Ich selbst habe überwacht, wie meine Leute … Na ja, außer natürlich …«

Sandro nickte. »Die Sakristei.«

»Wir waren zwar in der Sakristei, aber …«

»… ihr habt dort nicht das Allerheiligste durchsucht, das Armarium, den Schrein mit den liturgischen Geräten.«

»Natürlich nicht, das wäre ja – ich bin kein großer Frommer, Carissimi, das wisst Ihr, aber dass man sich an einem Armarium nicht vergreift, das weiß selbst ich.«

»Gut so, Forli. Hättet Ihr mich gestern, als ich den Auftrag zur Durchsuchung erteilte, gefragt, ob Ihr das Armarium öffnen sollt, hätte ich das erbost zurückgewiesen. Deswegen gibt es auch kaum ein besseres Versteck für einen Geldsack von der Größe eines Ziegeneuters.«

»Es gehört schon eine gewaltige Portion Kaltschnäuzigkeit dazu, ein Armarium als Geldversteck zu missbrauchen. Und wer hätte wohl diese Kaltschnäuzigkeit?«

Sandro ließ die an ihn gerichtete Frage unbeantwortet und wandte sich stattdessen an Angelo. »Ist dir irgendetwas an dem unbekannten Jesuiten aufgefallen?«

Angelo überlegte. »Seine Haut war braun wie die eines Sizilianers, aber ich glaube, er war Spanier oder Portugiese.«

»Warum glaubst du das?«

»Die Hausmeisterin schien ihn nicht gut zu verstehen, sie musste mehrmals nachfragen, wenn er etwas sagte.«

»Vielleicht war sie schwerhörig?«, wandte Forli ein.

»Das kann nicht sein, denn als sie sich mit Bruder Rodrigues unterhielt, hatte sie keinerlei Probleme, ihn zu verstehen. Ich glaube, der Jesuit kam von der Iberischen Halbinsel und sprach nur schlechtes Italienisch.«

Sandro nickte ihm anerkennend zu. »Du bist ein guter Beobachter, Angelo. Das hilft uns sehr weiter.«

Angelo wuchs einen Fingerbreit und lächelte.

»So weit, so gut«, sagte Forli. »Das hört sich ja alles ganz nett an, und was Angelo angeht, stimme ich Euch zu, Carissimi, aber wir wissen trotzdem weniger, als es den Anschein hat. Warum sollte Johannes von Donaustauf Rodrigues ein Vermögen geben? Wieso trägt Rodrigues es in ein Haus, übergibt es einem iberischen Jesuiten, geht anschließend verdrießlich weg? Und warum sollte Rodrigues den edlen Spender umbringen?«

Die Fragen blieben unbeantwortet. Stille kehrte ein.

Nach einer Weile schlug Forli auf den Tisch und sagte: »Jetzt hätte ich beinahe vergessen, von meinen Neuigkeiten zu berichten. Ihr werdet staunen, Carissimi. Erinnert Ihr Euch, dass der dicke Birnbaum Euch vom Streit zwischen Königsteiner und Johannes von Donaustauf erzählte? Tja, wie sich herausstellte, wurde der Streit in Gegenwart von Gisbert ausgetragen. Königsteiner traf die beiden in der Kapelle an und stellte Johannes zur Rede, weil dieser offenbar von China träumte, statt von der Gegenreformation, die Königsteiner am Herzen liegt.« Forli steigerte sich mehr und mehr in seinen Bericht hinein, sodass er wie ein Junge wirkte, der den Eltern von einem Abenteuer berichtete. »Als ich das hörte, dachte ich plötzlich, dass, wenn Birnbaum den Streit belauscht hatte, er zwangsläufig auch das Gespräch zwischen Johannes und Gisbert belauscht hatte, das die beiden führten, bevor Königsteiner sie unterbrochen hatte.«

»Nicht zwangsläufig, Forli.«

»Was?«

»Nicht zwangsläufig bekam er ein Gespräch zwischen den Brüdern mit. Er könnte erst hinzugekommen sein, nachdem Königsteiner die Kapelle betreten hatte. Dann hätte er von der Pforte aus gelauscht.«

»Oh, der Oberschlau mal wieder! Denkt Ihr, das hätte ich

nicht bedacht? Ich habe geblufft und Birnbaum vorhin zur Rede gestellt. Und – nun ratet mal! Er hat es zugegeben. Er hatte in einer Nische der Kapelle gebetet, als Gisbert und Johannes hereingekommen waren. Sie bemerkten ihn nicht. Offensichtlich hatte Johannes seinen jüngeren Bruder um dieses Gespräch gebeten, weil er ihm etwas Bedeutendes mitzuteilen hatte, und zwar nicht mehr und nicht weniger, als dass er ihn enterbt. Ja, Ihr habt richtig gehört, Carissimi. Er kündigte an, das Stammschloss der Familie sowie alle festen Güter zu verkaufen. Offenbar hatte er viel bares Geld nötig, mehr als er besaß. Der Streit wurde so laut, dass Birnbaum gar nicht mehr anders konnte, als zuzuhören.«

»Wieso hat er die Episode verschwiegen?«

»Er wollte nicht, dass Gisbert Schwierigkeiten bekommt. Tja, Carissimi, sieht also so aus, als hätte Johannes sich innerhalb einer Stunde gleich zwei Feinde gemacht. Was sagt Ihr jetzt?«

»Nicht schlecht, Forli. Ihr macht Euch.«

»Seid bloß nicht so großkotzig. Ich war schon immer ein heller Kopf, Ihr habt Euch bloß vorgedrängt. Da wir gerade vom Kopf reden: Die Beule auf Eurem tonsurierten Schädel steht Euch gut. Neueste Jesuitenmode?«

»Haha.«

»Ich merke schon, Ihr wollt nicht darüber reden – ebenso wenig wie über andere Ereignisse, die möglicherweise letzte Nacht vorgefallen sind.« Forli zog die Augenbrauen auf eine anzügliche Art hoch. Es gab nur eine Möglichkeit, wie er von Antonia und Sandro erfahren haben konnte.

»Angelo, hast du dich gut mit dem Hauptmann unterhalten, bevor ich hier ankam?«

»Hört schon auf, Carissimi.« Forli nahm Angelo in Schutz. »Der Junge und ich verstehen uns gut, und vielleicht hat er vor, unter mir eine Polizeikarriere zu machen, anstatt ewig Eure Sandalen zu wienern.«

Sandro warf Angelo einen wohlwollenden Blick zu, um ihm zu zeigen, dass er nichts dagegen hatte, wenn Angelo ein wenig aus dem Nähkästchen plauderte. Sie gehörten alle irgendwie zusammen – Forli, Angelo, Antonia, Sandro –, da war es nur normal, dass man übereinander sprach. Bis vor kurzem hatte auch Carlotta noch dazu gehört. Vielleicht, dachte Sandro, war es ein Fehler gewesen, Forli nicht gleich in die Ermittlungen wegen ihres Todes mit einzubeziehen, weil er und Carlotta nicht gerade dicke Freunde gewesen waren. Die Beule hätte er sich dann vermutlich erspart, und Lello Volone wäre bereits einem Verhör unterzogen worden.

»Nun gut«, sagte Sandro. »Dann tun wir jetzt einfach so, als wären wir drei Polizisten.«

Ausgehend von der Theorie, dass Johannes das Gift zwischen der fünften und sechsten Nachmittagsstunde zu sich genommen hatte, sprachen sie die Möglichkeiten durch. Tilman Ried hatte sich im kapitolinischen Viertel mit Rosinas Bruder Franco geschlagen. Er hätte, auch wenn das seltsam gewesen wäre, unmittelbar nach der Schlägerei ins Collegium laufen und Johannes noch während der bewussten Stunde irgendwie vergiften können. Zeitlich war das gerade noch im Bereich des Machbaren, und da Tilman davon ausgegangen war, dass Johannes seinen Bruder Gisbert im Werben um Rosinas Gunst unterstützte, war auch ein – zugegeben schwaches – Motiv vorhanden.

Magister Duré hatte den Ehrwürdigen zu Signora A ins *Teatro* begleitet. Sie waren erst unmittelbar vor Beginn der Messe zurückgekommen und sogleich in die Kapelle gegangen. Es hätte demnach keine Möglichkeit für Duré bestanden, das Gift zu verabreichen.

»Und was«, fragte Forli, »wenn er Johannes unter einem Vorwand aufgetragen hätte, eine – sagen wir – Medizin einzunehmen, und zwar zu exakt der Stunde, von der wir reden?«

»Dann wäre er schön dumm gewesen«, antwortete Sandro. »Oder zumindest waghalsig. Denn wie hätte er wissen können, ob Johannes bei der Einnahme seiner Medizin allein sein würde? Johannes hätte sich in Gesellschaft von beinahe jedem im Collegium befinden können.«

»Schon wahr, aber Ihr sagtet, Duré habe zu vertuschen versucht, dass es bei Johannes' Tod nicht mit rechten Dingen zuging. Wäre ihm das gelungen, dann …«

»Es wäre ihm keinesfalls gelungen, jedenfalls nicht, wenn er den Mord tatsächlich auf die von Euch beschriebene Weise durchgeführt hätte, Forli. Stellt Euch vor, Ihr beobachtet, wie jemand seine Medizin nimmt – und zwei Stunden später sinkt derjenige unter Krämpfen zusammen und stirbt eines elenden Todes.«

Sie wurden sich einig, dass Johannes' Ermordung ein höchst dummdreistes, um nicht zu sagen, halsbrecherisches Spiel für den Magister gewesen wäre. Zudem war kein Motiv ersichtlich.

Über Gisberts Motiv brauchte man nicht lange zu reden. Er konnte noch so sehr beteuern, dass er sich für das Vermögen seines älteren Bruders nicht interessiert hatte – Tatsache war, dass er, statt enterbter Gutsbesitzer zu werden, zu einem schwerreichen Mann geworden war, dem alle Möglichkeiten offenstanden, eingeschlossen einer Ehe mit Rosina. Betrachtete man Gisberts Gelegenheiten, seinen Bruder zu vergiften, sah es hingegen trübe aus. Er hatte sich in der fraglichen Zeit bei Birnbaum in der Küche befunden. Setzte man voraus, dass Birnbaum die Wahrheit sagte, wäre es Gisbert unmöglich gewesen, die Tat zu begehen.

Umgekehrt galt für Birnbaum das Gleiche. Dazu kam, dass er keinen erkennbaren Vorteil von dessen Tod hatte.

Ob Königsteiners fanatische Liebe für die Gegenreformation sowie sein Zorn über Johannes' Gleichgültigkeit dieser gegenüber ausreichten, um ihn umzubringen, war zweifelhaft. Wer einen Menschen vergiftete, handelte nicht spontan, sondern aus einer Überlegung heraus, und ein toter Johannes nützte Königsteiners Hoffnungen ebenso wenig wie ein Johannes, der in China missionierte. All das sprach gegen ihn als Täter. Und mehr noch: Zwischen der fünften und sechsten Stunde hatte er sich in der Sakristei befunden, um die Messe vorzubereiten. Die Fenster der Sakristei ließen sich nicht öffnen, und wenn er die Kapelle durch die Pforte verlassen hätte, würde Miguel Rodrigues dies bemerkt haben. Dieser versank zwar bisweilen in seinen Gebeten – von denen jedoch auch ein Königsteiner nicht wissen konnte, wann sie endeten.

»Für Miguel Rodrigues«, sagte Forli, »wäre es dagegen nicht ganz so schwierig gewesen, die Kapelle zu verlassen, über die Gasse ins Collegium zu huschen und Johannes irgendwie dazu zu bringen, etwas zu schlucken, das vergiftet war.«

»Nicht schwierig, aber riskant«, gab Sandro zu bedenken. »Rodrigues hätte fürchten müssen, dass Königsteiner gerade dann aus der Sakristei in die Kapelle kam, wenn er im Collegium bei Johannes war. Dann wäre sein Alibi zunichte gewesen.«

»Dafür hat er ein prächtiges Motiv, Carissimi. Angenommen, bei den zehntausend Dukaten handelte es sich um einen geheimen Kredit, dann wäre dieser geheime Kredit – für den es anscheinend kein Schriftstück gibt – mit Johannes' Tod zu einem Geschenk geworden, von dem nur wir wissen, und das auch nur zufällig.«

Angelo sagte: »Mich stört die ganze Zeit schon etwas an unserer Diskussion, und jetzt weiß ich endlich, was es ist: das Irgendwie.«

»Irgendwie?«, fragten Sandro und Forli gleichzeitig.

»Wir sagen immer, man habe Johannes *irgendwie* dazu gebracht, etwas zu schlucken, das vergiftet war. Wenn es sich nicht um eine Arznei handelte und wenn das Gift sich nicht im Essen befand, was sonst könnte er denn zwischen der fünften Stunde und dem Anfall zu sich genommen haben? Ich meine, wie soll das denn gehen? Jemand kommt in sein Zimmer gehuscht und fordert ihn auf, dieses oder jenes zu essen oder zu trinken? Das hätte ihm merkwürdig vorkommen müssen. Also?«

Angelo machte eine Pause und blickte in die Augen seiner Tischgenossen.

»Also?«, echote Sandro, weil er ahnte, dass Angelos »Also« keine Frage war, sondern der Glockenschlag, mit dem er die Antwort einläutete. Sandro selbst mochte es zuweilen auch, Erkenntnisse zu feiern, und er gönnte Angelo seinen Triumph.

Angelo sagte: »Ganz einfach – Johannes hat auf das, was er dann zu sich nahm, gewartet. Wir haben die Lösung die ganze Zeit vor der Nase.« Er streckte seinen Arm aus und zog einen der bauchigen Weinkrüge, die als Kerzenhalter dienten, näher zu sich heran. »Darauf hat er gewartet. Mir ist aufgefallen, dass in den anderen Zimmern des Collegiums keine Krüge herumstehen, doch hier sind es gleich vier. Johannes hat zwar Kerzen in die Öffnungen gesteckt, aber erst, als die Krüge ihre eigentliche Bestimmung eingebüßt hatten. Und die war, ihn mit Wein zu versorgen.«

Sandro erinnerte sich, dass Loyola ihm gesagt hatte, die Schüler bekämen weder Bier noch Wein, und dass Gisbert angedeutet hatte, Johannes' religiöses Erlebnis sei unter der Einwirkung von Wein erfolgt. Dafür sprach auch, dass Johannes zwar außerhalb des Collegiums Wein hätte trinken können, es aber schwierig für ihn gewesen wäre, diesen ins Collegium zu schmuggeln – ein bauchiger Krug unter dem Arm oder dem Gewand war allzu auffällig. Angelos schöne These hatte etwas für sich.

»Da seht Ihr's, Carissimi«, rief Forli stolz. »Der Junge ist seit einem Tag Schüler eines Meisters, und schon trägt meine Erziehung Früchte. Eine Schande, dass Ihr ihn bisher Eure Brote habt belegen lassen.«

Forlis Rede ging sogar Angelo zu weit, was Sandro seinem entschuldigenden Blick entnahm.

Trotz allem Hin und Her und trotz mancherlei Erkenntnis, waren sie wieder am Anfang angekommen. Wenn Angelos These stimmte, hätte beinahe jeder aus dem Collegium der Überbringer des vergifteten Weines sein können – aber entweder hatten die in Frage kommenden Verdächtigen zu der fraglichen Stunde ein Alibi – Königsteiner, Duré, Rodrigues, Gisbert und Birnbaum –, oder sie hatten kein erkennbares Interesse daran, für Johannes den Weinlieferanten zu spielen – Tilman Ried, wiederum Königsteiner –, oder es wäre ihnen ebenso schwergefallen wie Johannes, Wein ins Collegium zu schmuggeln – wiederum Gisbert von Donaustauf und Ried.

»Wir drehen uns im Kreis«, sprach Forli das Offensichtliche aus. »Angelo hat sich vorhin am ›Irgendwie‹ gestört, und ich störe mich am ›Sprechen-wir-den Namen-bloß-nicht-aus‹. Ich frage Euch, Carissimi: Wer ist kaltschnäuzig genug, um Geld im Armarium zu verstecken?«

Sandro nickte. »Luis.«

»Wer hat gestern, also am Tag nach Johannes' Tod, die Messe gelesen?«

»Das war Luis.«

»Und ich füge hinzu: Heute Morgen hat er sie auch gelesen. Mit wem sitzt Miguel Rodrigues im Moment zusammen, kurz nachdem er von seinem interessanten Ausflug zurückgekehrt ist?«

»Luis de Soto«, erinnerte Angelo.

»So ist es«, sagte Forli leidenschaftlich. »Dreimal Luis de Soto. Erstens: Er ist völlig skrupellos, was die Erreichung seiner Ziele angeht – wir haben erlebt, wie er in Trient eine ganze

Stadt seiner Eitelkeit opfern wollte, Carissimi. Zweitens: Er hatte die Gelegenheit, das Geld im Armarium in der Sakristei zu verstecken, ohne dessen Entdeckung fürchten zu müssen, da er gestern und heute die Messe gelesen und demnach als Einziger das Armarium geöffnet hat. Drittens: Miguel Rodrigues, der Geldbote, ist sein Assistent. Viertens: Er hat kein Alibi für die Tatzeit, saß in seinem Kämmerlein über Büchern, keiner hat ihn zwischen der fünften Stunde und dem Beginn der Messe gesehen. Fünftens: Er hatte genügend Möglichkeiten, Wein ins Collegium zu schmuggeln, zum Beispiel in einer Kiste mit Lehrbüchern oder dergleichen. Sechstens: Er ist ein Ekel. Siebtens: Er ist unser Hauptverdächtiger, und deswegen müssen wir endlich über ihn reden.«

»Ihr habt alles Nötige wunderbar zusammengefasst, Forli. Alles richtig.«

»Das ist doch mal ein Wort. Dann ist der nächste Schritt, nicht mehr nur *über ihn*, sondern *mit ihm* zu reden.«

»Immer mit der Ruhe.«

»Verdammt, Carissimi!« Forlis Aufschrei und die geballte Faust offenbarten allerlei unterschiedliche Gefühle: Enttäuschung, Unverständnis, Verärgerung, aber auch eine Portion Tadel. Forli hütete sich, auszusprechen, was er dachte – vielleicht wehrte er sich auch noch gegen den Gedanken –, aber in seinen Blicken und Gesten schwang der Vorwurf der Feigheit mit. Und tatsächlich war Sandro von der ersten Stunde der Ermittlung an seinem ehemaligen Freund und Förderer geflissentlich aus dem Weg gegangen. Statt ihn anzugreifen, hatte er Miguel Rodrigues angegriffen. Jeden anderen hatte Sandro verhört, und das gab Luis eine Bedeutung, die Sandro ihm eigentlich absprach.

Gewiss, Sandro konnte zur Rechtfertigung seiner Vorsicht den Papst anführen, der ihn unmissverständlich gewarnt hatte, sich mit Luis anzulegen. Zu Recht! Bereits der Angriff gegen

Miguel Rodrigues sowie ein paar harmlose Verstöße gegen die Ordensregel des Gehorsams hatten dazu geführt, dass Luis gegen ihn vorging, indem er ihn beim Pater General angeschwärzt hatte. Gestern Abend war sein Zimmer durchsucht worden, und es war unklar, wie er darauf reagieren würde. Luis war ein mächtiger Gegner, der sich gut mit Ignatius von Loyola stellte, über den Orden hinaus einen Ruf als Mann der Zukunft genoss und dem die Erreichung höchster Ämter zugetraut wurde. Sandro hatte bei einer früheren Ermittlung schon einmal den Fehler begangen, persönlichen Antipathien nachzugeben, was ihn an den Rand des Abgrunds geführt hatte.

Sandro fragte sich, ob er nicht insgeheim froh war, eine gute Entschuldigung für seine Vorsicht zu haben, ob er nicht Luis auch deswegen aus dem Weg ging, weil er jene an Luis verschenkte Episode seines Lebens ein für alle Mal hinter sich lassen wollte. Er war gerade dabei, seine Zukunft einzurichten. Da störte diese Spukgestalt aus einer Vergangenheit, mit der er abschließen wollte.

»Ich sage ja nicht«, erwiderte Sandro dem erzürnten Hauptmann, »dass Luis tabu für uns ist. Aber er ist ein Meister der Verdrehung, das habe ich als sein Assistent oft genug erlebt, und wenn wir ihn verhören, dann erst, wenn wir hieb- und stichfeste Beweise haben. Bisher haben wir Mutmaßungen, Annahmen und Möglichkeiten, die er uns wie einen Ball mit doppelter Wucht zurückschlagen kann. Und vor allem: Wenn wir ihn auf das Haus in der Via Pace ansprechen, kann er einerseits alles abstreiten und ist andererseits vorgewarnt.«

»Mit anderen Worten«, sagte Forli, »wir drehen Däumchen.«

»Mit anderen Worten«, sagte Sandro, »ich sehe mir dieses ominöse Haus einmal näher an.«

Julius war beunruhigt. Wo war Massa abgeblieben? Der Kammerherr war, was seine Arbeit betraf, eine Wassermühle von monotoner Zuverlässigkeit. Soeben jedoch war Julius gemeldet worden, dass man Massa vermisste. Er war in seinen Amtsräumen nicht erschienen, und sein Diener sagte, Massas Bett sei unbenutzt.

»Es ist Zeit für die wöchentliche Audienz der Bittsteller, Eure Heiligkeit.«

Julius ließ sich entsprechend einkleiden. Dafür musste er nicht mehr tun, als still stehen zu bleiben, gelegentlich die Arme auszubreiten, als wolle er sich emporschwingen, und ab und zu ein Bein zu heben. Er hatte also viel Zeit, beunruhigt zu sein.

Nicht, dass er um Massa besorgt gewesen wäre. Er konnte ihn nicht ausstehen, und im Übrigen waren Kammerherren keine Unikate – sie ließen sich ohne Schwierigkeiten ersetzen. Julius war nur insofern alarmiert, als er sich klarmachte, wer das Verschwinden Massas aller Wahrscheinlichkeit nach zu verantworten hatte: Milo, der Todesengel. Massa war seinem eigenen Geschöpf zum Opfer gefallen, dem Mörder, den er selbst gedungen, dem er den Namen gegeben hatte.

Noch bestand die Möglichkeit, dass Massa jeden Moment zur Tür hereinkäme, und Julius musste zugeben, dass ihn dieser Umstand ausnahmsweise erfreut hätte. Möglicherweise war er verletzt und befand sich in ärztlicher Behandlung, vielleicht führte er auch in diesem Augenblick jene Tat aus, zu der Julius ihn verpflichtet hatte.

Die Pforte der Audienzhalle öffnete sich vor Julius. Das Rascheln von Gewändern erinnerte ihn an den Wind, der über ein Kornfeld streicht. Julius vermied es, den Petrusstab, der ihn überragte, allzu fest auf den Marmor aufzusetzen, damit der metallische Klang diese Stille nicht störte. Er schritt die sieben mit Purpurteppich ausgelegten Stufen zu seinem Thron hinauf und setzte sich.

Ihm stand der Sinn nicht nach Bittstellern, aber er ermahnte sich, dass die Erfüllung von Bitten den eigentlichen Sinn seines Amtes darstellte.

Als sich die Besucher wieder erhoben, raschelten ihre Gewänder erneut, und Julius schloss kurz die Augen.

»Die Liste, Eure Heiligkeit.«

Ein Stück Papier, auf dem in schönster Schrift die Entscheidungen des Heiligen Stuhls aufgeschrieben worden waren, eigentlich also seine Entscheidungen, aber die meisten nahm er erst jetzt zur Kenntnis. Es war üblich, dass die Bittsteller ihre Gesuche schriftlich einreichten, und über diese wurde dann von den diversen Kämmerern entschieden. Julius war ein Verkünder, aber nicht von Gottes Wort, sondern von dem Wort eines mittleren Verwaltungsbeamten des Kirchenstaates.

Er besah sich die Liste: Anträge auf Begnadigung, auf Renten, auf Befreiung von verschiedenen Abgaben und auf Überprüfung von Inquisitionsurteilen; Anträge von Klöstern, von Küstern, von Witwen, Handwerkern, Forschern, Bettelorden, geprellten Architekten, übergeschnappten Malern, und fast alle wollten sie Geld, Geld, Geld. Das war verständlich. Julius wollte ja auch Geld. Er brauchte es für breitere Straßen, prächtigere Kirchen, stärkere Heere, größere Prunkschiffe, festlichere Umzüge, festlichere Feste…

Er verkündete. Besser gesagt, der Protokollar neben ihm verkündete, und Julius hörte zu, wie acht von zehn Anträgen abgewiesen wurden, wie der neunte Antrag vermutlich nur deswegen positiv beschieden wurde, weil der glückliche Empfänger der Wohltat jemanden kannte, der jemanden kannte, der den Kämmerer kannte, und der zehnte Antrag, weil man barmherzig war.

Julius dachte an Sandro, und er dachte daran, aus diesem üblichen Prozedere auszubrechen und etwas zu tun, was Sandro, wäre er hier, gefallen würde. Die meisten der anwesenden Bittsteller waren einfache Leute mit einfachen Anliegen, die oft nicht mehr als ein paar Dukaten kosteten, aber mit großer Regelmäßigkeit ignoriert wurden. Wieso nicht einmal ein anderes, ein mildtätiges Zeichen setzen? Wieso nicht einmal ein paar dieser Leute …

Milo. Da war Milo. Julius erkannte ihn. Dort, in dritter Reihe, stand er, sah ihn an, nickte ihm unmerklich zu.

Das war kein Zufall.

Massa war tot. Und sein Mörder wagte sich bis vor den Thron des Papstes. Unglaublich!

Doch wozu? Welcher Wahnsinn, welcher Teufel trieb den Todesengel, den Mörderengel hierher?

Julius gab dem Protokollbeamten ein Zeichen, dieser neigte sich ihm zu, und Julius flüsterte ihm ins Ohr, dass er drei der anwesenden Bittsteller persönlich anhören würde. Er sagte ihm auch, welche: einen Greis, eine kranke Frau und den jungen Mann in der dritten Reihe.

Die Betreffenden wurden aufgerufen und stellten sich am Fuß der Thronstufen auf. Der Greis bat darum, seinem Sohn, dem aufgrund liberaler Gedanken die Lehrberechtigung entzogen worden und der darum nun zu niedersten Tätigkeiten verdammt war, Gnade zu erweisen, und Julius gewährte die neuerliche Lehrberechtigung; die kranke Frau, die nach eigenem Bekunden nicht mehr lange zu leben hatte, wünschte, vor ihrem Tod nach Santiago de Compostela zu pilgern, wozu ihr die Mittel fehlten, und Julius versprach ihr, dass zwei Ordensleute sie in den nächsten Tagen abholen und in einem Wagen auf die Reise nach Santiago de Compostela mitnehmen würden. Doch diese Gnadenerweise, auf die er sich unter normalen Umständen gefreut und von denen er Sandro stolz erzählt hätte, traten vollständig in den Hintergrund, waren lediglich Kulisse, damit es nicht auffiele, wenn er denjenigen, um den es ihm eigentlich ging, vor seinen Thron bestellte. Milo hatte, ohne ein Wort zu sprechen und einen Finger zu rühren, Julius' gute Tat zu einer Farce gemacht.

»Was ist dein Begehren?«, fragte er Milo und hoffte, dass man das Zittern in seiner Stimme nicht hörte.

Milo übergab dem Protokollbeamten einen Brief, und dieser übergab ihn Julius.

Darauf stand: An Seine Heiligkeit Julius III., Bischof von Rom, Diener der Diener Christi. Julius entfaltete den Brief. Er enthielt nur zwei kurze Sätze: Ich muss Euch dringend sprechen. Es ist auch in Eurem eigenen Interesse.

Julius faltete das Papier wieder zusammen und verstaute es im Ärmel seines Talars.

»Der Bittsteller wünscht, die Beichte bei Uns persönlich abzulegen. Wir gewähren die Bitte.«

»Vater Carissimi. Vater Carissimi.«

Sandro hörte, als er aus dem Collegium kam und auf die Straße trat, Miguel Rodrigues nach ihm rufen, doch sah er ihn nicht. Die Sonne blendete. Hoch am Himmel stehend, warf sie ihr erbarmungsloses Licht gegen die Hauswände.

»Hier, Vater Carissimi.«

Er entdeckte Rodrigues in der Kapellenpforte, die sich wie eine schwarze Höhle inmitten des Lichts auftat.

»Darf ich Euch belästigen, Vater Carissimi?«

Wenn einer schon so fragte! Sandro hatte kein Bedürfnis, belästigt zu werden. Andererseits war er bei seiner letzten Begegnung mit dem jungen Rodrigues derart beleidigend geworden, dass er etwas gutzumachen hatte.

Er ging einen Schritt auf ihn zu. »Natürlich, Bruder, was gibt es?«

»Es wird nicht lange dauern. Wenn Ihr in Eile seid, begleite ich Euch ein Stück.«

Da Sandro vorhatte, das ominöse Haus aufzusuchen, empfahl sich Rodrigues' Begleitung nicht.

»Ich bin keineswegs in Eile. Gehen wir doch in die Kapelle.«

Sie tauchten gemeinsam in die Kühle und das Dämmerlicht des Gotteshauses ein, wo sie, langsam und ziellos nebeneinander herschreitend, ein zähes und zielloses Gespräch begannen. Zunächst tauschten sie Entschuldigungen wegen des missratenen Gesprächs von neulich aus. Dann schwieg Rodrigues, sodass ihr Zusammensein einer geistlichen Übung im Schweigen glich und Sandro verstand, dass man es als Floskel zu verstehen hatte, wenn Rodrigues sagte, es werde nicht lange dauern.

»Wie war Euer Verhältnis zu Bruder Luis, bevor es zum Zerwürfnis kam?«, fragte Rodrigues so schnell, als habe er die ganze Zeit nach einer passenden Formulierung gesucht.

»Sachlich und gut«, antwortete Sandro. Während der folgenden Stille blickte er den jungen Portugiesen an, wenn auch nur aus den Augenwinkeln, um ihn nicht noch mehr zu verunsichern. Würde das ein Gespräch über Luis werden? War Rodrigues dabei, Sandro etwas anzuvertrauen? Womöglich wurde die zähe Unterhaltung doch noch interessant.

»Was ich meine, Vater: Was habt Ihr damals über ihn gedacht?«

»Dass er sehr klug und ein erfolgreicher Mensch sei.«

Am leichten Nicken seines Gesprächspartners erkannte Sandro, dass es ihm genauso ging. Obschon sie wirklich bedächtig dahinschritten, hatten sie den Innenraum der Kapelle bereits einmal umrundet, als Rodrigues sich zur nächsten Frage durchrang.

»Hattet Ihr jemals Zweifel?«

»An Luis? Nein. Zumindest in den ersten Jahren nicht.«

»Und dann?«

»Dann bemerkte ich, dass er zahlreiche Kniffe anwandte, um etwas zu erreichen. Ich dachte jedoch, dass ein kluger Mensch wohl nicht anders konnte, als seine Klugheit einzusetzen. Erst als ich spürte, dass er sich über den Kniff mehr freute als über das erreichte Ziel, dass er also das Mittel liebte und weniger den Zweck, wurde ich misstrauisch.«

»Weil die Mittel oft unheilig sind.«

»Wenn Ihr das sagt.«

Rodrigues erschrak. »Ich meinte nicht Bruder Luis' Mittel, ich meinte die Mittel im Allgemeinen. Ich wollte damit nicht ... Ihr wisst schon ... nichts unterstellen ... Bruder Luis nichts unterstellen ... Es ging mir nur darum ... Es war ja nur eine generelle Feststellung, dass Mittel höchst irdisch und Ziele substanzlos sind.«

Nachdem Rodrigues seinen Ausspruch so hingedreht hatte, dass er harmlos klang, kam er wieder zur Ruhe. Zweimal setzte er zur nächsten Frage an, um sie doch wieder zu unterdrücken. Mittlerweile begannen sie den dritten Rundgang in der Kapelle.

Sandro entschloss sich, seinerseits die Initiative zu ergreifen.

»Ehrlicherweise muss ich sagen, dass mein Misstrauen damals eine winzige Flamme neben einem lodernden Baum war.« Seine Vergleiche waren auch schon mal besser gewesen. »Was ich damit ausdrücken will, ist, dass meine Bewunderung für Luis überwog. Es ist einfach, zu jemandem aufzublicken, zu dem so viele andere aufblicken, und es ist sehr schwierig, damit aufzuhören. Die Bilder, die wir uns machen, werden uns lieb, wir geben sie ungern wieder her, ja, wir wehren uns oft mit Händen und Füßen dagegen. Der Edelmann, der den Diener stets gut behandelt hat, die Mutter, die die Tochter mit Liebe aufgezogen hat, der Freund, der den Freund gelobt und ihm in schwieriger Zeit Kraft gegeben hat – den Fehlern solcher Menschen stehen wir blind gegenüber. Da muss schon eine Menge passieren, damit wir das Bild korrigieren, und noch mehr, damit wir es niederreißen. Für mich war erst in Trient dieser Punkt erreicht.«

Er hatte Rodrigues nun wahrlich genug Stoff gegeben, um irgendwo einzuhaken, doch der junge Mann schwieg.

Und schwieg.

Sandro war in der Hoffnung in dieses Gespräch eingestiegen, dass er irgendetwas Nützliches erfahren würde. Immerhin waren Luis und Miguel Rodrigues Verdächtige in zwei Mordfällen, und dann gab es ja noch das obskure Haus, es gab das Geld… Doch bisher war er es gewesen, der die meiste Zeit geredet hatte, und wenngleich die Richtung von Rodrigues' Fragen interessant war, hatte Sandro trotzdem noch nichts erfahren. Die nächste Frage des Portugiesen machte ihn sogar argwöhnisch.

»Vater, hegt Ihr, bezogen auf die Mordfälle, einen besonderen Verdacht gegen Bruder Luis?«

Wer horchte hier eigentlich wen aus? War es möglich, dass Luis diesen jungen Mann, seinen Assistenten, vorgeschickt hatte, um etwas aus Sandro herauszulocken? Waren die Fragen, die Rodrigues zu Anfang gestellt hatte, nur Täuschung, Ablenkung? Würde Luis wirklich so dumm sein, zu glauben, dass Sandro das nicht merkte? Oder handelte Rodrigues aus eigenem Ansporn? Hatte er mehr Angst um Luis oder um sich selbst?

»Meine Aufgabe ist es«, erwiderte er, »jedem alles zuzutrauen. Noch nicht einmal die Toten sind unverdächtig. Mit Ausnahme des Ehrwürdigen und mir selbst, hege ich gegen jeden einen besonderen Verdacht.«

»Ihr habt Bruder Luis noch nicht befragt.«

»Beschwert er sich darüber?«

»Nein, er… Davon weiß ich nichts. Ich wundere mich nur, das ist alles.«

Das hörte sich fast so an, als wäre es Rodrigues, der sich beschwerte.

»Gibt es etwas, das Ihr mir erzählen möchtet, Bruder?«

Rodrigues zog sich in sich zurück. »Nein, Vater, eigentlich nicht.«

Eigentlich! Nun gut, so kam man nicht weiter, und Sandro stand kurz davor, einen Drehwurm von dem sechsten Rundgang zu bekommen.

»Hört zu, Bruder Rodrigues, ich werde Euch ein Letztes zu diesem Thema sagen und dann für immer schweigen. Zieht die Schlussfolgerung daraus, die Euch passt. Ich beginne mit einer Frage: Stellt Euch vor, Ihr solltet Luis de Soto mit einem Körperteil gleichsetzen, gleichgültig, welchem, was fiele Euch dazu ein?«

»Da muss ich nicht lange überlegen – auch wenn das ein merkwürdiges Spiel ist.«

»Nun?«

»Der Kopf. Bruder Luis ist ungewöhnlich versiert auf so vielen Gebieten des ...«

»Verzeiht, wenn ich unterbreche. Der Kopf also. Gut, ich verrate Euch jetzt, welcher Körperteil mir als Erstes einfällt, wenn ich an Luis denke.«

»Ich bin gespannt.«

»Der Ellenbogen. Luis ist der personifizierte Ellenbogen. Mehr sage ich dazu nicht.«

Er reichte dem verwirrt dreinblickenden Rodrigues die Hand. »Ich bin jederzeit bereit, mit Euch über alles zu sprechen, wonach Euch verlangt«, sagte er zum Abschied und fügte im Geiste hinzu: Auch wenn es die mit Abstand seltsamste Unterhaltung war, die ich je geführt habe.

17

In der Privatkapelle der Päpste, der Sixtina, standen sie sich in großer Entfernung gegenüber, Julius am hinteren Ende, Milo, der gerade hereingeführt worden war, am vorderen. Der Mörder besaß so viel Respekt, sich zu verneigen, nicht näher zu kommen, nicht als Erster das Wort zu ergreifen, und so hatte es den Anschein, als sei die Ordnung, die den einen vom anderen trennte, intakt. Der Schein trog. Julius gab sich keinen Illusionen hin. Hier trafen nicht der Herr und der Bürger Roms zusammen, sondern zwei Verbrecher. Man schrieb das Jahr 1552, und man befand sich in Rom, einer Stadt, die vom Verbrechen befallen war wie von der Syphilis und in der sich jeder ansteckte – zum Verbrecher wurde –, der sich mit ihr einließ. Rom, die Ewige Stadt der Gauner, sie war da draußen, und in die Sixtina drangen weder der Lärm noch die Hitze. Sie schien eine kleine Welt für sich zu sein, eingehüllt in den Stoff des Alten Testaments, ausgemalt von Michelangelo. Das Verbrechen jedoch fand seinen Weg herein, und es bedurfte nicht der Ritzen, sondern es schritt in aller Offenheit und nur spärlich maskiert durch die großen Pforten.

Julius ging sehr langsam auf Milo zu. Wie jung dieser Mann noch war! Und schon ein Ungeheuer! Sie wurden immer jünger in diesen Tagen, die Ungeheuer. Als Julius in Milos Alter gewesen war, hatte er noch der unschuldigen Vorfreude gefrönt, eines Tages als Priester allabendlich die Hostie zu Gott machen zu können. Leute wie dieser Milo wurden wohl schon verdorben, wenn sie noch Kinder waren. Nun ja, man schrieb das Jahr 1552, und man befand sich in Rom …

»Ich höre«, sagte Julius.

Milo verneigte sich noch einmal. »Danke, dass Ihr mich empfangt, Eure Heiligkeit.«

»Hör auf zu reden wie Massa. Dass du ihn umgebracht hast, gibt dir nicht das Recht, mir so lästig zu fallen, wie er es tat.«

»Ich wollte ihn nicht umbringen.«

»Und ich wollte dich nicht umbringen. Was sind wir doch für gute Menschen.«

Milo lachte. Damit brach der letzte Anschein einer Hierarchie zwischen ihnen zusammen. Jetzt standen sie tatsächlich auf gleicher Stufe, und das gab Julius einen Stich, weil er erst jetzt in vollem Umfang erkannte, mit welchen Leuten er gemein war und von welchem Wahnsinn sie alle gepackt worden waren.

»Ich bin der Sohn eines Bischofs, das dürfte Euch neu sein«, sagte Milo. »Ich wurde auf einer Tiberbrücke gezeugt, bei Mitternacht, und so bin ich ein Mitternachtsmann geworden mit einer besonderen Zuneigung zur Kirche. Hätte der Bischof es mit einer Edelfrau getrieben statt mit einer Hure, wäre mir, auch als Bastard, eine geistliche Karriere sicher gewesen. Die habe ich eben auf meine ganz eigene Art verwirklicht. Glaubt mir, für niemand anderen hätte ich auf mich genommen, was ich für Euch auf mich genommen habe, Eure Heiligkeit. Deswegen bin ich einigermaßen enttäuscht, wie man mir mein Opfer dankt. Ich erwarte Wiedergutmachung.«

Julius missfiel dieses Gespräch. Er wollte es hinter sich bringen. »Wie viel?«

»Fünfzehntausend Dukaten, und Ihr werdet nie wieder von mir hören. Ich werde weit weg sein.«

»Wo?«

»In der Neuen Welt. Irgendwo auf den Westindischen Inseln. Santo Domingo vielleicht oder Porto Rico.«

Da wäre er gut aufgehoben. Einem so jungen Mörder stand nicht der Sinn nach Frieden und Beschaulichkeit, er sehnte sich nach neuen Herausforderungen, und zwar in einem Umfeld, wo sich Tücke und Gemeinheit tummelten. Westindien: Sphäre der

Ungeheuer, Wallfahrtsstätte der Glücksritter, der Konquistadoren, die aus wenig Geld viel und aus viel Geld riesige Vermögen machten und dabei jedes göttliche und irdische Gesetz übertraten.

»Außerdem«, fügte Milo hinzu, »erwarte ich, in meiner neuen Heimat mit einem geistlichen Amt bedacht zu werden.«

»Du bist verrückt.«

»Das ist bekanntermaßen kein Grund, mir ein geistliches Amt zu verweigern.«

»Was«, fragte Julius, »hindert mich, dir stattdessen den Garaus zu machen?«

»Möglicherweise die Tatsache, dass ich dafür Sorge getragen habe, dass im Falle meines Todes oder Verschwindens ein von mir beeidetes Schriftstück ans Licht kommt, in dem ich berichte, was ich für Euch getan habe. Wenn sich das herumspricht ...«

»Es werden andauernd Lügen über die Päpste verbreitet.«

»Mein Bericht ist keine Lüge.«

»Das weiß aber niemand.«

»Carissimi wird es wissen. Er wird die Wahrheit erkennen. Und was dann? Mir scheint, Ihr habt einen Narren an ihm gefressen. Damit wäre es dann vorbei. Noch aus dem Grab heraus würde ich Euch das Letzte nehmen, an dem Euch etwas liegt – Carissimis Freundschaft. Denn seien wir mal ehrlich, der Bursche würde Euch nie, nie im Leben vergeben, was immer Ihr sagtet und tätet.«

Unheimlich, mit welcher Sicherheit Verbrecher vom Schlage Milos ins Schwarze trafen. Julius besaß diese Gabe nicht, und das war ein Trost, weil ihn wenigstens etwas von Milo unterschied.

Zweifellos, des Ungeheuers düstere Prophezeiung würde eintreten. Sandro würde sich von ihm abwenden, und keine Gewalt könnte daran etwas ändern. Im Grunde genommen wäre es eine gerechte Buße für ihn, doch Julius war nicht bereit, zu büßen, wenn dies ein solches Opfer bedeutete.

»Einverstanden«, hörte er sich nach einer Weile sagen. »Ich sorge dafür, dass der Bischof von Santo Domingo ein Amt für dich findet. Doch du verlässt noch heute die Stadt. Und zwar ohne die Glasmalerin und ohne ihr oder Sandro etwas anzutun.«

Milo willigte – gequält, wie Julius fand – ein. »Ich brauche Antonia nicht. Nicht mehr. Sollen sie und ihr Jesuit meinetwegen glücklich miteinander werden, wenn sie sich *so sehr* lieben.«

»Hör zu, du Ungeheuer, ich werde dir eine Meute Bluthunde hinterherhetzen, solltest du dich nicht an unsere Absprache halten.«

»Ich halte mich an sie, wenn Ihr Euch an sie haltet.«

Sie hatten sich nichts mehr zu sagen. So gingen zwei Menschen auseinander, die nur das Verbrechen und ein Geheimnis miteinander teilten.

Sandro hatte sich ein Pferd aus den vatikanischen Stallungen geholt und noch vor Ort seine Soutane gründlich mit Staub eingepudert – die Knechte hatten ihn angesehen, als sei er nicht ganz richtig im Kopf. Nun näherte er sich dem Haus in der Via Pace.

Die Hausmeisterin war nicht zu sehen, nur ihr leerer Stuhl stand neben dem Eingang und war mit einer Kette an der Wand befestigt, damit er nicht gestohlen werden konnte. Ein Fenster des Erdgeschosses stand offen, und Sandro rief hinein: »Ist jemand da?«

Er bemühte sich um einen spanisch-portugiesischen Akzent. Den ganzen Weg von der Kapelle bis zu den vatikanischen Stallungen und von dort bis zur Via Pace hatte er fleißig geübt. Dabei halfen ihm seine Jahre als Assistent des Spaniers

Luis de Soto sowie die jüngste Unterhaltung mit Miguel Rodrigues.

Das Gesicht der Hausmeisterin erschien im Fenster. Sie hatte schlecht frisierte Haare und eine Branntweinfahne, der es mühelos gelungen wäre, ein Feuer anzufachen. Doch die Hausmeisterin hielt sich tapfer auf den Beinen und stellte sich als äußerst nett heraus. Zudem fiel sie sofort auf den Akzent herein.

»Du bist schon der zweite Bote heute. Ist eine weite Strecke. Binde deinen Gaul an dem Pfosten dort drüben an, Bruder«, sagte sie betont deutlich, wie man Ausländern gegenüber spricht. »Und dann gehe in den Hausflur.« Sie unterstrich jeden Satz mit vielen Gesten.

Sandro tat, wie ihm geheißen. Im Hausflur strahlte er sie mit einem erschöpften Lächeln an.

»Du bist sicher müde und hungrig«, sagte sie.

»Müde ja, hungrig so sehr nicht. Ich gegessen viel Gemüsetopf in Herberge vor den Mauern.« Wenn man seine eigene Sprache verfälschte, klang das zwar immer ein wenig übertrieben, aber nur für einen selbst.

Die Wirtin sah ihn traurig an, sei es, weil er ihr Essen nicht wollte, oder sei es, weil sie es schrecklich fand, dass es Menschen gab, die die italienische Sprache nicht beherrschten.

»Durstig?«, fragte sie.

Er fand, es wäre glaubwürdiger, Durst zu haben, und nickte. Jeder normale Mensch hätte ihm daraufhin einen Becher Wasser gereicht, doch für die Hausmeisterin war ein Becher Branntwein das Normale.

»Gut«, sagte er. Gott, war ihm heiß und schwindlig. »Danke.«

»Noch einen?«

Er machte eine abwehrende Handbewegung.

»Bleibst du über Nacht?«

Auf diese Frage war er nicht vorbereitet und überlegte. Sie deutete das dahingehend, dass er sie nicht verstanden hatte.

Die Handflächen gegeneinander pressend, neigte sie den Kopf und hob die Hände unter das Ohr.

Er tat, als hätte er eine Erleuchtung gehabt, und nickte eifrig.

»Oben findest du ein frisch bezogenes Bett. Erster Stock, linke Tür. Abort befindet sich im Hof, zwei Häuschen, damit es kein Gedränge gibt. Nicht in den Flur spucken oder rotzen. Die Tür schließe ich bei Sonnenuntergang ab. Alles verstanden?«

Er nickte. »Oben jemand sein?«

»Nee. Macht aber nichts. Hat man's dir nicht gesagt? Briefe auf den Tisch legen. Du hast doch einen Brief? Brief? Brief?« Ihre Hände öffneten einen imaginären Brief, und ihr Blick flog über unsichtbare Buchstaben, die in der Luft zu schweben schienen.

»Ah, Brief!« Er klopfte mit den Fingerspitzen auf die Herzgegend, wo sich ebenso wenig ein Brief befand wie in den Händen der Hausmeisterin.

Doch sie glaubte ihm auch so. »Auf den Tisch legen«, wiederholte sie. »Mitzunehmen ist nichts, Bruder. Nichts mitnehmen. Brief nicht mitzunehmen, anderer Bote ist heute Morgen – na, ist nicht so wichtig, siehst du dann schon. Hier ist der Schlüssel. Wiedersehen.«

Sie war seiner Anwesenheit müde geworden, und damit war sichergestellt, dass sie ihm nicht folgen würde. Er ging die Treppe hinauf und entriegelte die entsprechende Tür. Alles machte einen sauberen Eindruck, was für römische Verhältnisse nicht selbstverständlich war. Die Tür öffnete sich in einen kleinen, trüb beleuchteten Raum, ein nacktes Vorzimmer, das in einen großen Raum überging. In dessen Mitte standen ein einfacher, quadratischer Tisch und vier Stühle, die von drei mannshohen metallischen und mit je fünf Kerzen bestückten Lüstern umgeben waren. Der Rest war Leere, man hätte darin Sarabande tanzen können. Eine einzige weitere Tür führte in einen Nebenraum, in dem das Bett stand, von dem die Hausmeisterin gesprochen hatte. Alle Fensterläden in beiden Räumen waren geschlossen, und Sandro beließ es dabei.

Die Wohnung gab nicht viel von dem preis, was in ihr vor sich ging. Auf dem Tisch lagen Tinte, Feder und Papier bereit. Außer schreiben, beieinander sitzen, reden und schlafen konnte man hier nichts tun. Niemand lebte hier. Man verweilte allenfalls für eine Nacht. Eine solche Wohnung durfte man mit Fug und Recht konspirativ nennen.

Doch worin bestand die Konspiration? Hierzu gab es keine Anhaltspunkte. Das Papier war nicht beschriftet, den Beutel hatte der Jesuit heute Morgen mitgenommen, und der Brief, den er bei seiner Ankunft bei sich gehabt hatte, war entweder von Rodrigues an sich genommen worden oder …

Sandros Blick fiel in den Kamin.

Asche. Und zwar nicht wenig.

Er kniete sich vor den Kamin und stocherte mit den Fingern in dem kalten Aschehaufen herum. Ein paar kleine Papierfetzen waren vom Feuer nicht erfasst worden, und Sandro sammelte sie ein und legte sie vor sich auf den Boden. Die meisten enthielten nur eine Silbe, ein halbes Wort, nichts Spektakuläres, nichts jedenfalls, das Sandro geholfen hätte, den Inhalt des Briefes zu erfassen. Drei Fetzen hingegen machten neugierig. Auf dem ersten Stück stand geschrieben: João III. Sandro wusste, dass Dom João III. König von Portugal war, und das schon seit mehreren Jahrzehnten. Er hatte seinem Land zahlreiche Überseegebiete in Nordafrika, Asien und der Neuen Welt gesichert, hatte die Juden aus Portugal vertrieben, die Inquisition aufgebaut und in den eroberten Ländern die Missionierung der Heiden durch die Jesuiten gefördert. Von Rom ließ er sich ungern in seine Angelegenheiten hineinreden, und der Nachbar Spanien war ein großer Rivale, den er fürchtete und von dem er größtmögliche Unabhängigkeit anstrebte. Das war auch der Grund für seine ständige Geldnot, denn die riesigen Gewinne, die er aus den Kolonien abschöpfte, gab er für die Flotte, zahlreiche Exkursionen, ein starkes Heer und eine der spanischen Hofhaltung ähnliche Prachtentfaltung aus. Dass in einem Brief aus Coimbra der Name des Königs erwähnt wurde, war sicher nicht ungewöhnlich, doch wenn dieser Brief verbrannt wurde … Der zweite Fetzen des in portugiesischer Sprache verfassten Briefes zeigte das Wort *distribuicao*. Je nachdem, was dem Wort folgte und in welchem Zusammenhang es geschrieben wurde, konnte es völlig verschiedene Bedeutungen haben: Verbreitung, Zuwendung, Verteilung, Trennung, Geldverleih, Spaltung, Abweichung, Einteilung, ja, sogar Irrlehre. Der dritte Fetzen schließlich war ein Fragment der Unterschrift: »… on Rodrig …« Der Brief war also von einem Rodrigues unterzeichnet worden, vermutlich von Simon Rodrigues, Miguels Onkel, dem langjährigen Weggefährten Loyolas.

Aus drei Fetzen etwas zu schlussfolgern wäre nahe an Hellseherei herangekommen. Die Namen von João III. und Simon Rodrigues in Verbindung mit *distribuicao*, dem Geld, der konspirativen Wohnung und einem Fass voll Fantasie, all dies könnte für allerlei aberwitzige Hypothesen herhalten, die am Ende nichts anderes als spannende Ammenmärchen wären.

Sandro hörte ein Geräusch, aber bevor er sich umdrehen konnte, traf ihn etwas Hartes am Kopf, und er verlor die Besinnung.

Liebe zu machen war in Rom gar nicht so einfach – jedenfalls nicht, wenn man sie draußen und bei Licht machen wollte. Die Stadt war wimmelnd, schwitzend, endlos. Wo ein paar Bäume und Gräser wuchsen, konnte man davon ausgehen, dass sie von einer Mauer umgeben waren, die zu einer Villa von reichen Leuten gehörte, und der Palatin war zwar in der Nacht das ideale Terrain jeder Lust, tagsüber jedoch wurde das Idyll von Polizeistreifen gestört. Hätte Franco sich nicht so gut ausgekannt …

Rosina und Tilman lagen im Schatten einer kleinen Kirche, die zurzeit nicht genutzt wurde. Kein Garten Eden. Ein Friedhof war nur ein paar Schritte entfernt, und totes Laub vom Vorjahr war das Bett, auf dem sie sich räkelten. Die Hitze war erbärmlich, man wünschte sich Regenschauer, die nicht kamen. Franco stand auf der anderen Seite der Kirche Wache.

»Tut mir leid«, sagte Rosina.

»Das macht doch nichts. Im Heu meiner Heimat ist es zwar viel bequemer, aber …«

»Aber?«

»Da gibt's keine Rosina. Mir ist jeder Ort recht, wenn du nur da bist.«

Sie lächelte. »Du bist lieb. Meine Entschuldigung galt eigentlich meiner – meiner Zurückhaltung.«

Sie hatte Tilman lediglich gestattet, ihren nackten Körper überall anzufassen und zu liebkosen, wo es ihm gefiel, solange er dazu allein die Hände oder die Lippen benutzte. Er hätte es schlimmer treffen können, oder? Auf ihren Körper hielt sie etwas, er war harmonisch gebaut, braun und glänzend wie eine Bronzebüste. Trotzdem war sie sich nicht sicher, ob Tilman sich lange Zeit damit zufriedengeben würde, nur mit der oberen Hälfte seines Leibes lieben zu dürfen. Doch in diesem Punkt hatte Franco nicht mit sich reden lassen: Was, wenn du schwanger wirst, Rosinchen, und wenn der reiche Esel begreift, dass das Kind nicht von ihm ist?

»Macht doch nichts, im Gegenteil«, antwortete Tilman. »Die Liebe sollte wachsen wie ein Baum, ganz langsam, damit sie alt wird. Sieh dir an, was mit den sprießenden Blumen passiert: Sie blühen ein paar Tage prächtig, und dann gehen sie kaputt.«

So viel wie für Tilman hatte Rosina noch nie für jemanden empfunden. Dabei machte er äußerlich wenig her – die roten Haare, die kleine, gedrungene Statur, das unscheinbare Gesicht, der seltsame Flaum auf seinen Schläfen. In Rom traf sie jeden Tag fünfzig Männer, die zehnmal stärker und schöner als Tilman waren. Auch Gisbert war viel feiner gebaut, viel schöner. Dennoch wirkte das nicht auf Rosina. Was ihr an Tilman gefiel, fand sich nicht beim Hinsehen, sondern beim Zuhören. Er hatte ihr beispielsweise gestanden, was er heute Morgen vorgehabt hatte – den Schuss. War das nicht bezaubernd? Franco hätte einem Rivalen den Kopf weggeschossen. Und Tilman? Zwei Schrotkügelchen. Und die bereiteten ihm sogar noch ein schlechtes Gewissen. Er war wirklich ein guter Mann, so behutsam in seinem Charakter. Mit seinen rauen Fingerspitzen streichelte er über ihre Brüste, als wären sie Skulpturen – Gisbert dagegen packte sie wie einen Mehlsack. Es war das Zögernde, Umsichtige, bisweilen Unbeholfene, das ihr gefiel. Die Unschuld.

Die Küsse und die Hitze hatten Rosinas Mund ausgetrocknet. Sie richtete sich ein wenig auf und stützte sich auf die Ellenbogen, während ihr Blick über den Kirchhof und die Mauer und die Quader der benachbarten Häuser hinweg in den Himmel ging. Ein Pinienast schaukelte inmitten ihres Blickfeldes leicht, und Rosina stellte sich vor, sie läge woanders, wo ebenfalls ein Ast schaukelte, ein Buchenast vielleicht. Dort, an diesem anderen Ort, war eine Decke für sie ausgebreitet worden, daneben standen kühler Wein und ein Korb voller Kirschen, lag ein Bündel Heu, auf das sie ihren Kopf bettete … In der Nähe waren Felder und Wiesen sowie Tiere, die frei herumliefen. Tilman war bei ihr, und sie liebten sich dort. Sie stillten ihren Durst mit Küssen, von denen sie durstig wurden, ein ewiger Durst, der ewig gestillt wurde. Wenn sie sich umdrehten, erblickten sie ein Schloss mit Zinnen und Wehrgängen: Donaustauf.

Donaustauf: Wie es aussah, wusste Rosina nicht, aber sie ahnte, wie ein Schloss auszusehen hatte, und genauso sah Donaustauf aus. Sie hatte immer von fernen Städten geträumt – Saloniki, Montserrat, Fontainebleau –, und nun träumte sie eben von Donaustauf. Es lag nah, so nah.

So nah.

Tilman hatte sich nun ebenfalls ein wenig aufgerichtet, folgte ihrem Blick und sagte: »Wenn ich zwischen dir und dem Collegium wählen muss, dann wähle ich dich. Wenn ich dich oder meinen Vater, der sein letztes Geld für meine Ausbildung bezahlt hat, enttäuschen muss, dann enttäusche ich ihn. Ich werde nicht ohne dich leben, Rosina. Wir werden wenig Geld haben, aber es wird schon gehen.«

Armut: Dieses Wort riss ein Loch in den Himmel, groß wie ein Grab.

»Nein! Nein, das darfst du nicht.«

»Wenn wir nicht noch jahrelang aufeinander warten wollen, dann gibt es keine andere Lösung.«

Es gab sie. Sie war alt, uralt, entstanden in den ersten Tagen der Welt. Mit dem Blut floss sie in jedermanns Körper. Sie war das Gewöhnlichste überhaupt.

Franco, der wohl gelauscht hatte, kam genau im richtigen Moment. Tilman staunte, mit welcher Selbstverständlichkeit der Bruder sich neben die nackte Schwester setzte und mit welcher Gelassenheit die nackte Schwester dies zuließ.

»Tilman, mein Freund«, sagte Franco, »wir müssen mal ernsthaft miteinander reden.«

Das Erste, was Sandro fühlte, war ein an- und abschwellender Schmerz im Hinterkopf, pochend und penetrant wie ein viel zu lauter Orgelton. Er öffnete die Augen, schloss sie wieder, öffnete sie, dann ein erneuter Schmerz, er schloss die Augen, biss die Zähne zusammen …

»Wie geht es Euch?«

Es war Angelo. Er kniete neben Sandro, die Hände umklammerten ein Tuch und tauchten es in eine Schüssel mit Wasser. Sandro musste daran denken, dass sein Kopf nun schon das zweite Mal innerhalb von vierundzwanzig Stunden verarztet werden musste.

»Sag du es mir«, antwortete Sandro. »Ich weiß nur noch, dass ich mich über die Fetzen beugte … Wo sind sie?«

Die Papierfetzen und sogar die Asche waren verschwunden.

»Der Angreifer«, sagte Angelo, »hat den Schürhaken benutzt. Ihr könnt von Glück sagen, dass Ihr nur besinnungslos geworden seid. Hätte der Schlag Euch am Kopf statt im Nacken getroffen, wäre es Euch schlechter ergangen.«

»Ich werde mein Dankgebet auf später verschieben, wenn es dir recht ist. Wie kommst du überhaupt hierher?«

»Nach ein paar Stunden fing ich an, mir Sorgen zu machen.«

»Ein paar Stunden?«

»Es ist später Nachmittag, fast Abend. Also habe ich mir ein schwarzes Gewand aus der Kleiderkammer des Collegiums angezogen und bin hierhergekommen. Die Hausmeisterin sagte, sie habe Euch nicht weggehen sehen.«

»Heißt das«, fragte eine halbtrunkene Stimme von hinten, »du bist überhaupt kein Jesuit? Und der da? Was geht hier vor?« Sie ergriff den Schürhaken, der neben dem Kamin lag. »Ich werde Euch Beine machen, ihr Betrüger.«

Sandro bemerkte die Hausmeisterin erst jetzt. Aber Angelo war Herr der Lage.

»Der Verletzte«, entgegnete er, »ist Seine Exzellenz, Sandro Carissimi, Privatsekretär und Visitator Seiner Heiligkeit.«

Die Stimmung der Hausmeisterin wechselte so schnell wie die eines schreienden Säuglings, dem man süßen Apfelbrei ins Mäulchen stopft.

»Benötigt Ihr irgendetwas?«, fragte sie. »Frisches Wasser, Branntwein, ein Kissen?«

»Nur etwas Ruhe.« Angelo erhob sich und nahm ihr den Schürhaken weg. »Und die Auskunft, was es mit dieser Wohnung auf sich hat.«

»Ich – ich weiß nicht viel, eigentlich gar nichts. Ich bin ja nur die Hausmeisterin, habe für frische Wäsche gesorgt … Ansonsten habe ich nur den Jesuiten, die nach der Wohnung fragten, den Weg gewiesen, so wie dem Visi … dem da vorhin.«

»Jemand wird die Wohnung doch wohl angemietet haben?«

»Ja, ja, zwei Jesuiten, aber ich kenne ihre Namen nicht, sie haben gesagt, ich soll sie einfach Bruder nennen, das reicht. Und das habe ich gemacht. Sie kamen fast jeden Tag hierher, nur gestern nicht. Der eine ist jung und sehr freundlich, der andere ist schmal, hat einen kleinen Kinnbart und scheint so klug zu sein, dass er es für unter seiner Würde hielt, mit mir zu sprechen.«

»Ist einer von den beiden am Nachmittag hier gewesen? Ich rate Euch zur Wahrheit.«

»Ich habe niemanden gesehen. Ehrlich nicht. Aber ich achte nicht immer darauf, ich habe ja viel zu tun und …«

»Danke, Ihr könnt jetzt gehen.«

Die Hausmeisterin ging hinaus, ihre Weinbranntfahne hingegen blieb zurück.

Langsam kam Sandro wieder zu sich, das Pochen wurde schwächer, und er fühlte sich kräftig genug, um aufzustehen und sich an den Tisch zu setzen.

»Rodrigues und de Soto«, sagte Angelo, und Sandro nickte.

Rodrigues oder Luis, einer von den beiden hatte ihn niedergeschlagen, vielleicht nicht mit dem Vorsatz, ihn zu töten, doch die Gewaltanwendung zeigte, dass viel auf dem Spiel stand. Nun waren sie vorgewarnt. Keiner von ihnen würde sich hier noch einmal sehen lassen. Natürlich würde man sie der Hausmeisterin gegenüberstellen und Rechenschaft über ihr Treiben verlangen können, doch würde Luis, der Rhetoriker und Machtmensch, geschickt genug sein, eine glaubwürdige Erklärung für all das zu erfinden. Nein, die Zeit war noch nicht reif, ihn anzuklagen.

»Gibt es etwas Neues im Collegium?«

»Nein. Hauptmann Forli ist wieder da und hält die Stellung.«

»Was heißt ›wieder da‹? Wo war er denn?«

»Er hat Lello Volone gesucht.«

»Wieso? Was weiß Forli denn von Volone?«

»Ich habe gestern Nacht gehört, wie Ihr und Signorina Bender – na ja, ich hatte gehört, wie Ihr Euer Gemach betreten habt, und da wollte ich mal nachsehen, war aber leise und – ich hab's eben gehört. Das von Volone. Und weil der Hauptmann und ich vorhin nichts zu tun hatten, weil Ihr darauf bestanden hattet, allein hierherzugehen ...«

»... hast du ihm von Volone erzählt.«

»Er hat mich in den Schwitzkasten genommen.«

»Du hast ihm noch mehr erzählt? Von Antonia?«

»Wie gesagt, der Schwitzkasten.«

Ob das mit dem Schwitzkasten nun stimmte oder nicht, darauf kam es nicht an. Sandro war es recht, dass Forli ihn nun auch bei der Suche nach Carlottas Mörder unterstützte, denn mehr und mehr wuchs ihm alles über den Kopf.

»Und was sagt Forli?«

»Bezogen auf Signorina Bender hat er Euch mit einem Tier verglichen, das gerne Rüben isst und manchmal im Kochtopf landet. Ich glaube, er meinte das als Kompliment, denn er lachte ausgiebig, als er es sagte.«

Sandro rieb sich die Schläfen. »Nein, Angelo. Ich wollte wissen, was Forli bezüglich Volone herausgefunden hat.«

»Oh, ach so. Volone ist seit gestern Abend verschwunden. Seine vier Cousinen waren völlig außer sich. Sie sagten, es sehe ihm nicht ähnlich, so lange wegzubleiben, ohne ihnen Bescheid zu sagen. Daraufhin hat der Hauptmann sich mal die Akte von Volone vorgenommen. Der Mann gilt als ›Dreckspatz‹, als einer, der zwar nicht sauber ist – kleine Einbrüche, Spitzeltätigkeit, Schmuggel, Hehlerei –, aber so feige, dass er abhaut, wenn man nur mit dem Fuß aufstampft.«

Sandro dachte nach. Möglich, dass Volone nach dem Scheitern des Attentats untergetaucht war. Ausgeschlossen hingegen, dass Volone allein agierte. Ein kleiner Feigling – ein Dreckspatz, wie man Verbrecher seines Schlags in Polizeikreisen nannte – verwandelte sich nicht urplötzlich in einen eiskalten Mörder, der am helllichten Tag Frauen aus dem Fenster stieß. Dazu gehörte unglaubliche Dreistigkeit. Auch fehlte ihm ein Motiv, die Tat aus eigenem Antrieb zu begehen, und es war kaum vorstellbar, dass jemand so dumm sein konnte, einen wie Lello Volone als Auftragsmörder anzuheuern. Lello war der typische Handlanger, einer, der Schmiere stand. Irgendwo war da noch der große Unbekannte – und wenn man den Auftraggeber mitrechnete, waren da zwei große Unbekannte.

Sandro stand auf, doch Angelo hielt ihn zurück. Er sah mit einem Mal elend aus, elender als Sandro nach stundenlanger Besinnungslosigkeit.

»Exzellenz«, sagte er. »Vater, meine Beichte kann nicht länger warten.«

18

Wer hätte gedacht, dass Luis' und Rodrigues' konspiratives Nest im Nu zum Beichtstuhl umfunktioniert würde. Das verschwörerische Getuschel, das hier stattgefunden hatte, wurde ersetzt durch das Gemurmel des heiligen Sakraments.

»Ich will beichten Gott dem Allmächtigen und Euch, Vater, meine Sünden.«

»Wann hast du das letzte Mal gebeichtet?«

»Vor ungefähr vier Jahren. Das war, bevor ... ich meine, bevor ich ... gesündigt habe.«

»Wieso beichtest du gerade jetzt? Und worin besteht deine Sünde?«

»Das ist es ja. Ich würde sie lieber für mich behalten – na ja, vielleicht würde ich sie Euch irgendwann einmal beichten. Aber ich bin dazu gezwungen, es heute zu tun. Ich habe etwas beobachtet, das ich nicht für mich behalten darf. Es geht um den Mann, den ich gestern Abend im Vatikan gesehen habe und von dem Ihr sagt, er hieße Milo. Diesen Mann kenne ich. Kennen ist eigentlich zu viel gesagt. Ich kenne nur sein Gesicht. Dieser Milo kommt manchmal nachts auf den Palatin. Ich sehe ihn nur kurz, er geht an mir vorbei, beachtet mich kaum, wieso sollte er auch? Und es kommt vor, dass in denselben Nächten, in denen ich Milo auf dem Palatin sehe, auch Bruder Massa, der Kammerherr des Papstes, auf den Palatin kommt. Ich habe die beiden sogar schon ein paar Mal miteinander sprechen sehen. Mehr haben sie nie gemacht, nur gesprochen, und einmal habe ich beobachtet, wie Bruder Massa Milo einen Geldbeutel übergab. Ich habe mir nie etwas dabei gedacht. Wenn Ihr wüsstet, wer nachts alles auf dem Palatin herumschleicht und zu welchem Zweck ... Milo ist jedenfalls mit Massa bekannt, und das beunruhigt mich, denn Massa ist Euer Feind, und Milo ist der Freund von Signorina Bender, die wiederum Eure – Freundin ist. Und als ich den Mann gestern Abend in Eurer Begleitung sah und als ich dann auch noch hörte, dass Ihr bei einem Anschlag verletzt worden seid, da wurde ich unruhig.«

Mit gutem Grund, dachte Sandro. Auch er wurde unruhig. Warum sollte Massa Milo bezahlen? Wenn es um eine Frau, eine Hure, gehen würde, gäbe er Signora A das Geld und nicht ihrem Sohn. Wenn es jedoch nicht um die Vermittlung von Liebesdiensten ging...

Es war natürlich ein völlig verrückter Gedanke. Verrückt, ja – abwegig, nein. Für einen Visitator durften abwegige Thesen nicht existieren, und die These sah folgendermaßen aus:

Massa hasst Sandro, ist jedoch machtlos, solange Julius seine schützende Hand über ihn hält. Massa will Sandro aus dem Weg haben. Er bezahlt jemanden. Steine stürzen von einer Mauer, es sieht nach einem Unfall aus. Milo kann es nicht gewesen sein. Außer Antonia und Sandro hat aber nur Milo gewusst, dass sie zu Volone wollten. Milo sagt Volone, was er zu tun hat...

Doch halt! Das würde ja bedeuten, dass Milo Volone kannte, den Mann, den man verdächtigte, Carlotta ausspioniert zu haben. Und im Übrigen, wieso kam Massa auf die Idee, Milo, den Sohn einer Hurenhausbesitzerin, mit dem Mord an Sandro zu beauftragen?

Je länger Sandro darüber nachdachte, desto heftiger klopfte sein Herz. War Papst Julius in dieses Verbrechen verwickelt? Und war es ratsam, ihn darauf anzusprechen?

»Ich hatte doch recht, es Euch zu sagen, oder?«, fragte Angelo.

»Unbedingt.« Er sah seinen Diener an. Sandro kannte die Stadt, in der er aufgewachsen war, gut genug, um zu wissen, welche Männer sich nachts auf dem Palatin die Beine in den Bauch standen, und warum. Das war der heiklere Teil der Beichte.

»Ich werde dafür sorgen, dass du dazu nicht länger genötigt bist, Angelo. Sobald wir unsere Arbeit erledigt haben, erhöhe ich dein Salär, und zwar erheblich.«

Angelo blickte ihn mit einem dankbaren Lächeln an, das er jedoch mit einem Kopfschütteln konterkarierte. Da verstand Sandro. Angelo ging vielleicht auch des Geldes wegen auf den Palatin, aber nicht nur des Geldes wegen.

»Du gehst freiwillig dorthin?«

»Freiwillig.«

»Seit vier Jahren?«

»Ja. Carlotta wusste es. Daher kannten wir uns ja auch, sie und ich. Die Huren und die Männer vom Palatin kennen sich fast alle untereinander. Wir tun ja dasselbe.«

»Und du hast die Absicht, weiterhin …?«

»Ja.«

Sie schwiegen eine Weile.

»Mir ist klar, was das bedeutet, Vater. Ich gehöre in Euren Augen – und vielleicht auch in den Augen Gottes, ich weiß nicht – zu den schlimmsten Sündern, und es wird nach dieser Beichte schwer für Euch sein, mich weiterhin als Diener zu behalten. Aber ich müsste lügen, würde ich sagen, dass ich bereue oder dass ich bereit bin, mein Leben zu ändern … Das werde ich nicht. Niemals.«

Sandro schluckte. »Wenn du nicht bereust, Angelo, darf ich dir die Absolution nicht geben.«

»Das weiß ich. Ich will keine Absolution. Ich habe Euch das alles nur erzählt, weil Euer Leben davon abhängen könnte. Können wir die Beichte jetzt beenden?«

»Wenn du möchtest.«

»Das möchte ich.«

»Dann ist die Beichte hiermit abgeschlossen.«

Sie erhoben sich gleichzeitig vom Tisch, ohne einander anzusehen. Hinter ihren Stühlen, die Hände auf den Rückenlehnen, blieben sie stehen. Keiner sagte ein Wort. Angelo hatte recht. Was einmal ausgesprochen worden war, was einmal gehört wurde, und sei es in der Beichte, ließ sich nicht vergessen oder zurücknehmen. Angelo würde nicht so tun können, als sei das Geheimnis noch in seinem Besitz, und Sandro würde nicht so tun können, als sei er dem Geheimnis nie begegnet.

Andererseits war ihr Verhältnis zueinander nun freier als zuvor. Angelo wusste von Antonia, Sandro wusste vom Palatin. Das, was sie voreinander verborgen hatten, hatte eine aufrichtige Zusammenarbeit verhindert.

Sandro sagte: »Wenn ich morgen noch Visitator sein sollte, und das hängt von dem ab, was ich in den nächsten Stunden herausfinde, dann werde ich dich Seiner Heiligkeit als meinen persönlichen Assistenten vorschlagen. Visitatoren brauchen kluge, ehrliche Assistenten. Sie brauchen Menschen wie dich.«

Antonia arbeitete noch, als die Steinmetze schon gegangen waren. Sie hatte einiges aufzuholen, denn in den letzten Tagen war sie mehr mit ihrem komplizierten Privatleben und der Suche nach Carlottas Mörder beschäftigt gewesen und hatte sich nicht um ihren Heiligen Geist gekümmert. So nannte sie ihn inzwischen: *ihren* Heiligen Geist. Zu Anfang ihrer Arbeit hätte sie ihn gerne als Cupido, als Liebesgott, dargestellt – immerhin hatte Maria ihren Sohn Jesus durch den Heiligen Geist empfangen –, aber das wäre zu gewagt gewesen, und im Übrigen bevorzugte der Heilige Geist überhaupt keine körperliche Gestalt, außer die einer Taube, was es schwierig machte, ihn darzustellen. Also hatte sie ihm eine Farbe zugeordnet: Grün. Dieser Grüne Geist trat in ihren Fenstern in mannigfaltiger Form auf, mal als Licht, mal als Nebel, als Wasser, Feuer oder Schatten. Er wirkte unsichtbar, im Hintergrund. Wenn Gottvater der autoritäre, auch rächende Gott, und Gottsohn der milde Friedensgott war, so war der Heilige Geist der Gott der Erkenntnis, des Wissens und Verstehens. Mit den vielfältigen Erscheinungsformen, die sie ihm gab, drückte sie aus, dass Erkenntnis nicht immer Gutes zur Folge hatte, dass sie, im Gegenteil, manchmal besser nicht erlangt worden wäre und dass so manches Wissen einen langen, düsteren Schatten warf – und zwar einen Schatten in die Zukunft. Nicht umsonst war eine der Gaben des Heiligen Geistes an ausgewählte Menschen die Fähigkeit zur Prophezeiung. Je länger Antonia sich mit ihm befasste, desto unheimlicher wurde er ihr.

Insgesamt jedoch mochte sie den Grünen Geist, den Geist der Hoffnung, der in ihren Fenstern vorherrschte und die Kirche *Santo Spirito* bald in ein Licht tauchen würde, wie man es in einigen sagenumwobenen Grotten an der Mittelmeerküste fand.

»Hier bist du.«

Der Ruf hallte wider.

Von hier oben betrachtet und im Licht von nur einer Fackel und ein wenig Dämmerlicht bekam Milos Gesicht etwas Fremdes. Fast hätte sie ihn nicht erkannt. Doch natürlich bildete sie sich das nur ein. Ein ganzer Tag schwerer Arbeit, ein Tag voll mit Scherben und Farben, rüttelte an ihren Sinnen, und dazu kam, dass Milo für sie seit heute ein anderer war, nicht länger der Liebhaber.

»Ich komme runter«, rief sie.

»Lass nur. Ich komme rauf.«

Mit geschwinden, geschickten Bewegungen kletterte er Stockwerk um Stockwerk des Gerüsts näher zu ihr. Zweimal hatte sie Angst, er würde stürzen, so übermütig balancierte er auf den Brettern entlang.

Als er oben auf ihrem Stockwerk war, dem höchsten, breitete er seine Arme aus, wie er es immer getan hatte, um sie zu umschließen.

Sie ließ es zu. Wäre es nicht albern gewesen, jede Liebkosung zu verbieten, kindisch, ihn zurückzustoßen und sich ihm zu entziehen?

»Ich muss mit dir reden«, sagte sie, als er sie an sich drückte. Seine Finger fuhren durch ihr Haar. Er gab ihr einen sanften Kuss auf die Stirn.

»Ich weiß«, sagte er.

»Du weißt es? Nein, du weißt es nicht. Ich …«

»Wir haben nie darüber gesprochen, belassen wir es dabei.«

»Du hast recht. Wir haben nie über die Liebe gesprochen. Aber einmal müssen wir es tun.«

»Wenn sie nicht mehr da ist – wieso dann darüber sprechen? Lohnt das denn?«

»Ich sehe, du weißt tatsächlich, was ich dir sagen wollte.«

Er löste seine Umarmung und wandte sich ab. Eine plötzliche Schwere überkam ihn, eine Melancholie, die ihr fremd an ihm war und sie beunruhigte.

»Was ist denn, Milo?« Sie berührte ihn. »Bis gestern habe ich selbst nicht geglaubt, dass er und ich – dass wir …«

Er fuhr herum. »Aber gehofft hast du es.«

»Nicht, wenn ich mit dir zusammen war.«

»Und wenn du es nicht warst? Ach, ich will es nicht wissen. Über eine verwelkte Liebe zu sprechen ist mir zu traurig.«

»Gut, lassen wir es. Freunde, Milo?« Diese Trennung ging ihr fast ein bisschen zu leicht und schnell vonstatten; sie hatte kaum ein paar Sätze lang gedauert. Doch der allerkleinste Teil jeder Form war der Schnitt. Ob Papier, Stoff, Glas, ob Liebe – der Schnitt war eine dünne, feine Linie mitten durch eine breite Fläche, und keine Trennung war je der Beziehung gerecht geworden.

Er sah sie an, kam näher. »Ich verlasse Rom für immer. Nein, keine Sorge, mit dir hat es nichts zu tun. Ich wäre so oder so gegangen, und du wärst auch nicht mit mir gekommen, wenn ich dich vor einer Woche gefragt hätte. Oder gestern, als wir uns da unten liebten. Als wir uns kennenlernten, als wir uns zum ersten Mal liebten – erinnerst du dich? –, da sagte ich dir danach, dass es Dinge gibt, die du nicht weißt und von denen ich nicht wollte, dass du sie je erfährst. Dinge, die mich heute dazu zwingen, zu gehen.«

Sie hatte eine Ahnung, wovon er redete. In Rom gab es nur

sehr wenige Menschen, die sich aus düsteren Händeln heraushielten. Es gehörte hier so gut wie zum Atmen, verbotene Geschäfte zu machen. Hatte Milo geschmuggelt?

»Sandro könnte doch beim Papst für dich…«

Milo lachte auf. »Nein, besser nicht. Deinen Sandro halten wir da raus.«

»Aber…«

»Lass es gut sein. Genau betrachtet – es hätte keinen besseren Zeitpunkt für mich geben können, Rom zu verlassen. Ich war noch mit keiner Frau so eng zusammen wie mit dir, und da das nun auch vorbei ist… Meine Mutter hat fast ihr ganzes Eigentum verschenkt, mein Erbe… Das alles schreit nach einem neuen Anfang.«

Sie verließen gemeinsam das Gerüst. Unten nahmen sie sich noch einmal in die Arme, aber ohne einander zu küssen, ohne zu sprechen. Plötzlich wurde ihr Abschied von Lärm unterbrochen. Sie hörten die Schritte einiger Leute, die sich der Kirchenpforte näherten, und dem besonderen Geklapper der Brustpanzer zu entnehmen, handelte es sich vermutlich um Mitglieder der Stadtwache.

Einen Moment lang starrten sie beide überrascht und gebannt in Richtung der Pforte, in der noch niemand zu sehen war, dann kniff Milo die Augen misstrauisch zusammen.

»Gibt es einen Seitenausgang?«

»Dort drüben, hinter dem aufgespannten Tuch. Er führt zur flussabgewandten Seite der Kirche.«

»Sag ihnen nicht, dass ich hier war. Bitte, Antonia. Sag es ihnen nicht.«

»Nein, ich…«

Das war das Letzte, was sie miteinander sprachen.

»Gott sei Dank, es geht dir gut«, rief Sandro Carissimi, als er mit großen Schritten, zwei Wachleute im Gefolge, auf Antonia zulief. Milo war hinter das aufgespannte Tuch geschlüpft, hatte aber die Kirche noch nicht verlassen.

»War Milo bei dir?«

»N-Nein.«

Carissimi seufzte. »Einerseits ist das gut, denn er hätte vielleicht – man weiß ja nie … Andererseits hätte ich ihn gerne erwischt.« Er nickte den Wachen zu, die daraufhin die Kirche verließen. Dann berührte er das Haar, das Milo eben noch berührt hatte, umarmte den Körper, den Milo eben noch umarmt hatte, küsste den Mund, den Milo …

Milo wandte den Blick ab.

Er hegte keinen Groll gegen Antonia, wünschte *ihr* alles Gute, aber *ihnen* als Paar nicht.

Hatte der Papst die Vereinbarung gebrochen? Wieso? Was waren schon fünfzehntausend Dukaten für ihn? Außerdem konnte Julius ja nicht wissen, dass Milo nur geblufft und nirgendwo einen Brief deponiert hatte, in dem die ganze Wahrheit stand.

Sandro Carissimi, dachte er. Sandro Carissimi war irgendwie dahintergekommen, dass er Carlotta getötet hatte. Dieser elende …

Als er wieder zu ihnen blickte, standen sie im grünlichen Abendlicht beieinander, das durch Antonias Fenster einfiel, das Hoffnungslicht. Sie fragte, was denn passiert sei, wieso man ihn, Milo, suche. Und Carissimi sagte, er wünschte, er könnte ihr das ersparen.

Milo hatte es besser als Antonia. Er konnte es sich ersparen und rannte weg.

Es war einer dieser himmlischen vatikanischen Abende, auf die man sich jedes Jahr freut und an die man sich jedes Jahr zurückerinnert: schmeichelnder Wind, eine Pfirsichsonne, die über die halbfertige Domkuppel streifte und bald untergehen würde, die damaszenischen Rosen, welche, Damen gleich, erst am Abend dufteten ... Julius fühlte sich wohl an der Tafel im Garten, beschirmt von einem Baldachin und der Gewissheit, sich einer großen Sorge entledigt zu haben. Heute Nachmittag hatte er die Dinge zu düster gesehen. Im Grunde war doch alles in bester Ordnung. Massa war weg, der Mörder war weg. Was wollte er noch mehr? Gewiss, die vergangenen Sünden blieben, aber alle, die von ihnen wussten, waren tot oder fort. Darauf, und nur darauf, kam es an.

So konnte er endlich einmal still genießen. Allzu oft nämlich waren lautes Gelächter und Turbulenz die Hauptbestandteile seiner Vergnügungen, heute jedoch erfreute er sich ganz für sich allein und stellte fest, dass das zur Abwechslung einmal recht schön war. Auch hatte er sich ausnahmsweise nur ein leichtes Abendmahl auftischen lassen: kalte Gemüsesuppe, Kräuterfladen, Forelle, Rübchen, Rebhuhn und Birnenkompott, dazu Käse, den er zwischendurch aß. Der umbrische Wein unterstrich die Heiterkeit der Stunde. Als Julius das halbe Mahl aufgegessen hatte, war seine Stimmung auf dem Höhepunkt, da er von der ersten Hälfte der kulinarischen Genüsse bereits erfreut worden war und die zweite Hälfte sowie die zweite Karaffe Wein noch ausstanden. Das Leben konnte so schön sein.

Sandro kam durch den Garten auf Julius zu.

»Setz dich zu mir, Sandro. Du solltest mich öfter besuchen. Ich weiß, dass die lauten Feiern nichts für dich sind, aber einmal in der Woche sollten wir beide gemeinsam zu Abend essen. Hier im Garten, was meinst du?«

»Ich bin nicht sicher, Eure Heiligkeit, ob es angemessen ist, dass der Papst mit seinem Privatsekretär speist.«

»Angemessen! Wirklich, Sandro, du müsstest dich mal hören. Petrus hat mit den einfachsten Leuten zusammengesessen, und was ihm recht war, das ist seinem zweihundertzwanzigsten Nachfolger nur billig – oder bin ich der zweihundertneunzehnte?«

»Eure Einstellung gefällt mir. Dann habt Ihr sicher nichts dagegen, wenn Ihr einmal im Monat eine Armenspeisung veranstaltet, der Ihr vorsitzt. Ich werde also alles veranlassen, ja?«

Noch nicht einmal die Aussicht, schon bald neben verlausten, zahnlosen Bettlerinnen zu sitzen, trübte Julius' Laune an diesem Abend.

»Wenn ich mir dich heute so betrachte«, sagte er, »bekomme ich einen guten Eindruck von dieser Armenspeisung. Deine Soutane ist verdreckt, du bist unrasiert – und das da auf dem Kopf, ist das eine Wunde?«

Sandro nickte.

»Dieses Amt als Visitator«, sagte Julius und seufzte. »So hatte ich mir das nicht für dich vorgestellt. Ich finde, Visitatoren sollten hinter einem schweren Tisch auf einem Podest sitzen, bekleidet mit einer schönen Robe, flankiert von zwei Beisitzern, und bohrende Fragen stellen.«

»Das gibt es bereits, Eure Heiligkeit. Man nennt es Inquisition, und es ist zur Aufdeckung von Verbrechen ungeeignet. Da wir gerade davon sprechen ...«

Julius unterbrach ihn mit einer Handbewegung und rief sogleich nach einem zweiten Gedeck.

»Du siehst hungrig aus.«

»Ich habe tatsächlich den ganzen Tag nichts gegessen.« Sandro nahm sich einen Kräuterfladen und ein Bruststück vom Rebhuhn, während Julius ihm Wein einschenkte.

»Übrigens, Sandro, vorhin bekam ich die Nachricht, dass Massas Leichnam in einem Dorf zwischen Rom und dem Meer angeschwemmt wurde. Tragisch, nicht? Ich kann's noch gar nicht fassen.«

»Das ist ja ... Was weiß man darüber?«

»Sicherlich war er in irgendeine schmutzige Sache verwickelt, ansonsten landet man doch nicht tot im Tiber.«

Julius schwenkte den Kelch und nahm einen sehr großen Schluck. Als er wieder aufblickte, hatte Sandro die Nachricht offensichtlich verarbeitet.

»Das passt zu dem, was ich ohnehin mit Euch besprechen wollte, Eure Heiligkeit. Ich habe Grund zu der Annahme, dass Bruder Massa einen Auftragsmörder bezahlte.«

Diese Eröffnung kam Julius wie ein Schlag vor. Augenblicklich wurde ihm flau, die Speisen in seinem Magen waren ekliger Ballast, der Wein dröhnte in den Ohren, und das Herz wurde schwer wie Blei und schien die gesamte Brust einzunehmen. Zu allem Übel haftete Sandros Polizeiblick auf ihm wie auf einem Delinquenten. Allen Verstand zusammennehmend, folgte Julius den Ausführungen Sandros, und obwohl er nur die Stichworte mitbekam, genügten diese, um ihm die Kehle zuzuschnüren: Massa; geheime Treffen auf dem Palatin; Milo; Sturz aus dem Fenster; irgendein Lello Volone; Spitzel; Auftragsmord; Anschlag auf Sandro. Und dann, schließlich, den Namen, den er am meisten fürchtete: Carlotta da Rimini.

»Ihr erinnert Euch an sie, Eure Heiligkeit?«

Mühsam bekam er die Worte heraus: »Ich wüsste nicht ...«

»Ihr seid ihr einmal in meiner Anwesenheit begegnet. Das war kurz vor ihrem Tod. War Euch bekannt, Eure Heiligkeit, dass Carlotta da Rimini Eurem Sohn nach dem Leben trachtete?«

»Innocento? Wieso sollte diese Carlotta ... Ich verstehe kein Wort.« Aber er verstand alles nur allzu gut.

Und wieder rollte Sandro gleichsam einen schmutzigen, blutigen Teppich der Vergangenheit vor ihm aus: dass Carlotta sich an ihm, dem Papst, hatte rächen wollen, weil die Inquisition ihre Tochter auf dem Gewissen hatte; dass sie ihm deshalb den Sohn hatte nehmen wollen; dass sie ihr Ziel womöglich erreicht hatte, weil Innocentos angeblicher Selbstmord zweifelhaft war.

»Es wäre doch möglich«, folgerte Sandro, »dass Massa, um Euch einen Gefallen zu tun, die Ermordung Carlottas in die Wege leitete, indem er einen Mörder beauftragte: Milo. Die beiden waren sich vermutlich schon früher im *Teatro* begegnet, dem Hurenhaus von Milos Mutter, dessen Leistungen Massa bisweilen in Anspruch nahm. Wahrscheinlich war Carlottas Ermordung nicht der erste Auftrag, den Milo für Massa ausführte. Ihr seht, es ergibt alles einen Sinn.«

Mein Gott, wie nahe Sandro vor der Wahrheit stand, er könnte buchstäblich die Hand nach ihr ausstrecken. Zugeben oder leugnen? Einen Atemzug lang stand es auf der Kippe.

Leugnen. Es riskieren, zu leugnen.

»Nicht alles ergibt einen Sinn«, erwiderte Julius.

»So?«

»Ja. Denn wenn es sich verhielte, wie du sagst, wenn Massa mir mit dem Mord an dieser Frau einen Gefallen erweisen wollte, dann hätte ich ja wohl davon wissen müssen.«

Sandro antwortete ihm nicht, und das war wie eine Ohrfeige.

Julius erhob sich. Wenn er jetzt nicht großes Theater spielte, war alles verloren. Zwar konnte Sandro ihm nichts anhaben, denn was war dieser junge Mann anderes als ein Mönch, ein Bediensteter des Vatikans, eine einzelne Stimme gegen die Macht des Apostolischen Stuhls. Sandros Bedeutung hatte jedoch nichts mit seiner Stellung zu tun, sondern mit dem Gefühl von Nähe und Verständnis, ja, von Vaterschaft, das Julius für ihn empfand. Ihn zu verlieren, das wäre für Julius wie der Tod eines zweiten Sohnes gewesen, nachdem er den ersten bereits verloren hatte. Nach Sandro käme die Einsamkeit.

»Mir zu unterstellen, ich würde Mordaufträge erteilen oder solche auch nur gutheißen, ist wohl das Niederträchtigste, Gemeinste, Bösartigste, was mir seit langem vorgeworfen wurde. Das heißt dann ja wohl auch, dass ich das gestrige Attentat auf dich befohlen habe, oder nicht? Ich habe dich gefördert, habe mich dir anvertraut, die Beichte bei dir abgelegt, meine Sünden offenherzig gestanden, habe dir geholfen, dich mit der Frau, an der dir liegt, auszusöhnen … Und all das habe ich natürlich nur getan, um dich am Ende umbringen zu lassen. Völlig logisch!«

»Das habe ich nicht behauptet.«

»Vielen lieben Dank! Es ist ungerecht, mich für alle Untaten meiner Untergebenen verantwortlich zu machen. Du weißt sehr gut, dass der Vatikan eine Schlangengrube ist, und wenn ich nur ein Zehntel von dem wüsste, was tagein und tagaus unter meinem Dach ausgeheckt wird, hätte ich keine ruhige Nacht mehr. Massa hatte eine zentrale Position innerhalb des Vatikans inne, er hat Hunderte von Geschäften gemacht und Tausende von Absprachen getroffen, von denen ich keine Ahnung hatte und habe. Er hat immer sein eigenes Spiel gespielt, das tut hier jeder. Angenommen, er gab tatsächlich einen Mord in Auftrag, dann kann er dafür die verschiedensten Gründe gehabt haben, nicht nur den Grund, mir einen Gefallen zu tun. Er stand in Verbindung zu Kardinälen, zu Adelsfamilien … Und du nimmst einfach so an, ich stecke hinter allem. Das ist verletzend, Sandro, zutiefst erniedrigend.«

Julius hatte eine gute Vorstellung gegeben. Die Worte waren ihm zugeströmt. Er kannte seinen Sandro und dessen Schwächen … Ein scharfsinniger Mann, weichherzig und wohltätig. Nichts hasste Sandro mehr als Ungerechtigkeit. Genau dort musste Julius ihn packen, bei seinem Sinn für Gerechtigkeit und bei seiner Intelligenz. Mit seiner erbosten Ansprache hatte er Sandro zu denken gegeben, das war deutlich zu sehen. Jetzt nur keinen Fehler machen, nur nicht zu weit gehen und eigene Vorschläge machen, was Massa bewogen haben könnte, Carlotta umzubringen. Sandro musste selbst nach einer Lösung suchen, nur dann würde er sie auch akzeptieren. Julius hatte Worte gesät, aber er überließ Sandro die Schlussfolgerung.

»Massa hat oft die Huren besucht«, überlegte Sandro laut. »Und Carlotta war eine Hure. Es wäre immerhin denkbar, dass es einen Konflikt zwischen den beiden gegeben hat, von dem ich nichts mitbekommen habe. Wenn Massa im eigenen Interesse den Auftrag zu meiner Ermordung erteilt hat – wovon ich ausgehe –, dann spricht manches dafür, dass er auch vorher schon im Eigeninteresse und ohne Wissen anderer handelte.«

Julius wagte den entscheidenden Vorstoß.

»Nein, Sandro, nein, das genügt mir nicht. Möglich, denkbar, hätte, wäre, könnte – damit brauchst du mir nicht zu kommen. Hier geht es um eine folgenschwere, eine absolut ausschlaggebende Frage für unser weiteres Verhältnis zueinander. Glaubst du – und sei es auch nur vage –, dass ich mit Massa konspiriert habe mit dem Ziel, die Frau, von der du gesprochen hast, umzubringen? Ja oder Nein? Ich muss das jetzt wissen.«

Sandro zögerte. »Ich ...« Er zögerte erneut. »Nein, das glaube ich nicht.«

»Sieh mir in die Augen und wiederhole es.«

Sandro sah ihn an. »Nein, Eure Heiligkeit, ich glaube nicht, dass Ihr dazu fähig wärt.«

Julius nickte und setzte sich wieder. »Gut«, seufzte er. »Ich nehme deine Entschuldigung an.«

Ein längeres Schweigen trat ein. Schließlich sagte Sandro: »Wenn wir Milo aufgegriffen haben, werden wir vielleicht herauskriegen, wer hinter allem steckt, und damit ist Euch dann genauso geholfen wie mir. Seine Festnahme dürfte nur eine Frage von Stunden, allenfalls von Tagen sein.«

Julius, der sich gerade wieder beruhigt hatte, geriet erneut in Aufregung. »Was macht dich da so sicher?«, fragte er mit aller gebotenen Arglosigkeit.

»Ich habe eine Fahndung nach Milo eingeleitet. Hauptmann Forli ist mit einer Mannschaft zum *Teatro* unterwegs, und alle Streifen und Torwachen der Stadt sind angewiesen worden, Milo festzunehmen, wenn er ihnen begegnet. Die Personenbeschreibung, die ich erstellt habe, dürfte ausreichen.«

Zum zweiten Mal an diesem Abend drehte sich Julius der Magen um. Kaum war die eine Krise abgewendet, rollte die nächste auf ihn zu.

Um sich nichts anmerken zu lassen, aß er mit scheinbar großem Appetit, tatsächlich jedoch mit großem Widerwillen, weiter. Allerdings trank er mehr, als er aß, denn der Wein regte seinen Gedankenfluss an.

Drei Szenarien: Erstens – Milo hatte die Stadt bereits verlassen. Zweitens – Milo würde festgenommen werden. Drittens – Milo hatte die Stadt noch nicht verlassen und bemerkt, dass nach ihm gefahndet wird.

Erstens war gut, sehr gut, ein dreifaches Hoch, Hoch, Hoch auf Milo.

Zweitens war schlecht. Milo würde reden, alles verraten. Schon deshalb, um ihm, Julius, der ihn vermeintlich hintergangen hatte, zu schaden.

Drittens war eine Katastrophe, und zwar in doppelter Hinsicht. Zum einen war ein in der Stadt gefangener, verfolgter Milo wie ein verwundeter Wolf. Die Abmachungen galten nicht mehr, und Sandro wäre seines Lebens nicht mehr sicher. Zum anderen bestand dieselbe Gefahr wie bei *Zweitens*. Milo hatte Julius in der Sixtina gedroht, sein Geheimnis preiszugeben, falls ihm etwas zustieße.

Das alles durchdachte er, während er mit Sandro Konversation über irgendeinen Diener führte, der geeignet wäre, Sandros Assistent zu werden. Julius sagte zu allem Ja und Amen, und er war froh, als Sandro sich endlich verabschiedete.

Die Sonne neigte sich dem Horizont zu. In einer Stunde würden die Tore geschlossen.

Und es gab nichts, gar nichts, was Julius tun konnte.

Außer beten.

Eigentlich hatte Milo erst morgen früh die Stadt verlassen wollen. Dann hätte er noch Zeit gehabt, Abschied zu nehmen. Er war auf seine Art ein sentimentaler Mensch, auch wenn jemand, der sein Leben, seine Schuld und Sünden und seine emotionale Kälte gekannt hätte, einem wie ihm nie und nimmer Sentimentalität zugestanden haben würde. Aus seiner Mutter machte er sich nicht viel; Freundschaft war ihm unbekannt; Rom war ein Misthaufen; außer Antonia hatte er keinen Menschen auf der ganzen Welt geliebt, und Antonia hatte er nur deshalb geliebt, weil sie ihn geliebt hatte, was bedeutete, dass er im Grunde nicht ihr, sondern nur dem Gefühl, jemandem zutiefst zu gefallen, zugeneigt gewesen war. Dieses Gefühl war im gleichen Moment erloschen, als er bemerkt hatte, dass es in ihren Augen erloschen war – auf der Wiese an der Stadtmauer. Da hatte er Antonia verloren; und vorhin auf dem Gerüst, da hatte er nur einer schönen und zugleich seltsam fremden Erinnerung gegenübergestanden.

Trotzdem – er wäre gern noch einmal kreuz und quer durch die Stadt gegangen, um die Huren lachen, die Säufer grölen und den Tiber rauschen zu hören. Carissimi, wieder einmal Carissimi, machte ihm einen Strich durch die Rechnung, und er musste die Stadt seines Lebens überstürzt verlassen.

Von dem Geld des Papstes – der größte Teil war Milo als Wechsel ausgestellt, der geringste in bar gegeben worden – hatte er sich ein tüchtiges Pferd gekauft, auf dem er auf die Porta San Paolo zuritt. Dahinter lag – nun ja, eigentlich lag dahinter die Via Ostiense, die Straße nach Ostia, wo er in einer der zahlreichen Herbergen übernachten würde. In einem größeren Zusammenhang gesehen, befand sich hinter der Porta viel mehr als eine Straße, nämlich die ganze Welt, seine neue Welt. In Ostia würde er ein Schiff nach Cádiz besteigen, und in Cádiz ein Schiff nach San Domingo.

Als er sich der Porta näherte, bemerkte er, dass die Wachmannschaft verstärkt worden war und dass ein Müller, der mit seinem Fuhrwerk die Pforte passieren wollte, kontrolliert wurde. Eine Kontrolle der hereinkommenden Personen und Wagen war absolut üblich, aber eine der hinausgehenden Personen war äußerst ungewöhnlich.

Verdammt, dachte er. Carissimi war schneller gewesen. In der ganzen Stadt fahndete man nach ihm.

Doch so einfach gab er sich nicht geschlagen. Er presste die Hacken in die Seite des Pferdes und ritt im vollen Galopp auf das Tor zu, das zwar von sechs Wachleuten bewacht wurde, aber geöffnet war. Er konnte es schaffen. Durchbrechen. Einfach mittendurch.

Die Wachen fuchtelten mit den Armen, als sie merkten, dass er das Pferd nicht zügelte, und ein paar Zivilisten rannten über den Platz vor der Porta, aber was ein gutes Pferd war, ließ sich davon nicht beirren. Und Milo hatte ein gutes Pferd gekauft.

Mit unverminderter Geschwindigkeit preschte Milo auf das Tor zu. Vierzig, fünfzig Schritte nur noch. Zwei Wachleute eilten zu den Holztoren, um sie zu schließen, doch die beiden Flügel waren an der Mauer festgebunden, und es dauerte, sie zu lösen. Ein Offizier schrie Befehle, und einer der Befehle lautete: »Feuer.«

Im nächsten Moment krachte ein ohrenbetäubender Schuss aus einer Arkebuse.

Der Schuss traf ihn nicht, doch nun scheute das Pferd, und was Milo auch versuchte, er bekam es nicht wieder in den Griff.

Schon eilten drei Wachleute auf ihn zu.

Die Tore rumpelten dumpf dröhnend ins Schloss.

Mit einem Sprung saß Milo ab, griff sich die Satteltasche und rannte in gebückter Haltung über die Piazza.

»Feuer!«

Ein weiterer Schuss. Nichts.

Einer der Wachleute, ein besonders langer und flinker Bursche, kam ihm gefährlich nah. Milo blieb abrupt stehen, drehte sich um, zog noch im Umdrehen den Dolch aus der Hüfttasche und schleuderte ihn auf den Soldaten. Die Waffe durchbohrte den Hals des Soldaten, der ächzend zusammenbrach.

Milo setzte seine Flucht fort.

Er hörte Hufgeklapper. Gleich würde man ihn haben. Gleich. Noch zwanzig Schritte bis zu einer Gasse. Dort hätte er die Chance zu entkommen.

Eine junge Frau, fast noch ein Mädchen, die durch die Schüsse aufgeschreckt worden war, hatte ihren Krug fallen lassen und lief panisch und laut schreiend herum, ihm direkt in die Arme. Sie stießen zusammen. Ärgerlich schob er sie zur Seite.

»Feuer.«

Ein Schuss.

Die junge Frau stöhnte, sah ihn an, sah ihn an, sah ihn an. Fiel zu Boden, den Rücken zerfetzt.

Ein Soldat, der vom Pferd abgestiegen war, packte ihn.

Milo wirbelte herum, seinen Ellenbogen direkt ins Gesicht des Soldaten rammend.

Er war frei und rannte weiter. Dann war er in der Gasse. Rannte nach links. Rannte nach rechts. Geradeaus. Immer geradeaus. Niemand war mehr zu sehen.

Frei, sagte er zu sich selbst. Frei.

Und doch Gefangener einer Stadt.

19

Antonia hatte lange in das Orange geblickt, das die Junisonne auf den Wolken hinterlässt, wenn sie untergeht. Hineingeblickt vom Entstehen bis zum Verschwinden. Und dann in das Schwarz-Grau, das es nur einmal am Tag gibt, kurz, nachdem das himmlische Feuerwerk abgebrannt ist.

Jetzt war es finster. Die Piazza del Popolo war ein schwarzes Loch von unsagbarer Dichte, man konnte glauben, man könnte hinunterspringen und ewig fliegen. Doch nach ein paar Metern wäre Schluss.

Mörder, Mörder, Mörder.

Das Wort dröhnte in ihr. Nicht so sehr in Antonias Kopf, es dröhnte dort, wo sich die kurze Verliebtheit zwischen ihr und Milo abgespielt hatte, in ihrem Herz und ihrem Leib.

Mörder, Mörder, Mörder.

Sie hatte einen Mörder in ihren Körper aufgenommen, den Mörder ihrer Freundin. Wenn sie daran zurückdachte, an die Nächte mit Milo, an Milos Küsse, dann sah sie plötzlich Carlotta vor sich … Sie hatte Carlottas Mörder in ihren Körper aufgenommen.

Mörder, Mörder, Mörder.

Von hinten kam eine Umarmung, warme Hände, eine Wange, die sich an ihre schmiegte, Atem an ihrem Ohr. Sandros Atem.

Antonia wollte Sandro sagen, dass sie in dieser Nacht nicht würde schlafen können, da fiel ihr ein, dass sie Sandro nichts erklären musste. Er verstand von selbst, dass sie sich nicht einfach schlafen legen konnte, schon gar nicht in *ihr* Bett, in dem sie mit Milo geschlafen hatte, und zwar erst vor ein paar Tagen.

Mörder, Mörder.

Sandro streichelte ihren Leib. Er meinte es gut, tröstete Antonia. Doch sie, sie hatte nur einen Trost: Dass sie mit Milo gebrochen hatte, bevor sie wusste, was er war. Ihre Verliebtheit zu ihm war gestorben, genau einen Tag vor der Erkenntnis. Und wenn es eine Stunde gewesen wäre, auch gut. Wichtig war, dass sie sich nicht bis zuletzt gestattet hatte, ihn zu begehren, und dass etwas in ihr so stark und klug und intuitiv gewesen war, den Schnitt zu vollziehen.

Mörder.

Dadurch, dass es Sandro gab, war ihr mehr geholfen als dadurch, dass er sie streichelte. Seine bloße Existenz, die Tatsache, dass da jemand war, den sie mehr liebte als Milo, war der große Trost. Sandro war da. Durch ihn konnte sie sich verzeihen und war keine Verräterin an Carlotta.

Sandro holte eine Decke und breitete sie auf dem Boden aus. Sie legten sich gemeinsam darauf. Er drängte sich nicht auf, und seine Verschiedenheit im Vergleich zu Milo tat ihr gut. Sandros Brust war weniger behaart als die von Milo. Sandro roch anders, atmete langsamer. Die Hände waren feingliedrig, Edelmannhände.

In der Nacht hat die Zeit keinen Rhythmus. Antonia wusste nicht, wie viele Stunden vergangen waren, als sie sagte: »Du liebst mich.«

Sie sagte nicht: »Ich liebe dich«, denn das wusste Sandro, und sie würde ihm noch oft, viele Male in ihrem Leben sagen, dass sie ihn liebte. Heute musste er wissen, dass sie wusste, dass er sie liebte. Das bedeutete weit mehr in so einer Nacht, in der noch das Aroma des Mörders in der Luft lag und in der der Mörder noch nicht ganz aus ihrem Leib verschwunden war.

Sie drehte sich zur Seite, und Sandro drehte sich mit. Sie spürte seinen Atem an ihrem Ohr, seine Hände, Beine, seinen Körper.

Letzter Tag

20

Wieder diese Schwüle. Diese satte, feuchte Luft, die von den Dächern zu tropfen schien, und das schon beim ersten Hahnenschrei. Rom würde kochen an diesem Tag. Der Adel und das reiche Bürgertum – zu dem Sandro einst gezählt hatte – ließ früh in diesem Sommer die Kutschen anspannen und sich auf die Landsitze nach Ostia, Tivoli, Tuscolo und Palestrina bringen.

Sandro hätte große Lust gehabt, einfach liegen zu bleiben und abzuwarten, bis die heiße Jahreszeit vorüber war. Die Aussicht, in seine Soutane zu schlüpfen – die im Übrigen mal gewaschen werden müsste –, löste Widerwillen aus. Doch es gab drei zu gute Gründe, aufzustehen. Er musste sich nach dem Stand der Fahndung nach Milo erkundigen. Forli, der die Fahndung koordinierte, kam gewiss sehr gut allein zurecht, aber Sandro konnte es nicht erwarten, Carlottas Mörder gegenüberzutreten und dem Verhör beizuwohnen. Außerdem hatte er beschlossen, die Katze aus dem Sack zu lassen und ein strenges Verhör in puncto Verschwörerwohnung anzusetzen, aber er wollte nicht Luis verhören, der viel zu beherrscht, gewandt und erfahren war, sondern Miguel Rodrigues. Er war die Schwachstelle, die ungeschützte Flanke des großen de Soto, und mit vereinten Kräften – Sandro, Forli, Angelo – müsste es doch mit dem Teufel zugehen, wenn man nicht etwas aus ihm herausbekäme.

Der dritte Grund, weshalb Sandro nicht einfach liegen blieb, war, dass Antonia nicht einfach liegen blieb. Sie war schon halb angezogen, als Sandro aufwachte.

»Guten Morgen, Liebster.«

Es tat ihm gut, so genannt zu werden, und er lächelte. Dann beobachtete er, wie sie mit ruhigen, geübten Handgriffen ihr Haar bürstete, ein paar Sachen aufräumte und eine Schale mit Kirschen auf den Tisch stellte.

»Ich will heute sehr früh in der *Santo Spirito* sein, bevor die Steinmetze die Luft einstauben.«

Ihr Satz brachte ihn erneut zum Lächeln. Eigentlich war nichts Lustiges daran. Er wusste, wie wichtig für einen Glasmaler das Morgenlicht war. Und weil er es wusste und weil Antonia ihre Bemerkung so nebenher gemacht hatte, überfiel ihn ein angenehmes Gefühl, so als lebten sie schon sehr lange zusammen. Alles erweckte den Eindruck von Normalität, von langer Beziehung, großer Nähe. Ja, sie waren sich nah.

»Magst du ein paar Kirschen? Ansonsten – wir haben noch ein Viertel Brot da, und Honig.«

Außer Lächeln brachte er nichts zustande. *Wir* haben Brot da – das war unübertrefflich.

»Was ist? Warum lächelst du?« Sie stellte das Brot und den Becher mit Honig auf den Tisch. »Jetzt hör auf damit und komm her.«

Er stand auf und ging zu ihr. »Ich mag, wie du sprichst.«

»Ich mag auch, wie du sprichst. Wenn du es ab und zu tun würdest, hätte ich auch was zum Lächeln. Aber wenn du immer nur lächelst, wie komme ich da auf meine Kosten?«

»Ein Dilemma. Wie durchbrechen wir es?«

Sie zuckte gespielt gleichmütig mit den Schultern. »Indem wir tun, was alle Paare tun: Wir essen.«

Sie lachten, verbunden durch einen Blick. Sandro schnitt sich ein Endstück vom Brotlaib ab, träufelte Honig darauf, biss ein großes Stück ab und kaute lange auf ihm herum, während Antonia seine Soutane holte. Als sie zurückkam, war die Leichtigkeit verflogen, aber er glaubte nicht, dass das etwas mit ihm zu tun hatte.

»Du solltest dein Kleid ein bisschen sauber machen«, sagte sie. »Dort drüben steht ein Wassereimer, daneben liegt eine Bürste. Ich werde jetzt gehen. Sehen wir uns heute Abend?«

»Aber ja.«

Sie ging zur Tür. »Steht ein Wachmann da draußen?«

Er nickte. »Er wird dich den ganzen Tag begleiten. Nur zur Vorsicht.«

Milo war in ihre Köpfe zurückgekehrt, und Sandro hielt es für unklug, so zu tun, als gäbe es ihn nicht. Sandro ahnte, was in Antonia vorging.

»Er war ein Blender«, sagte Sandro. »Ganz gewiss der raffinierteste Blender von Rom. Ich habe ihn nie gemocht, aber nur, weil ich eifersüchtig und auch neidisch war auf seine unbeschwerte Lebensart, auf seine Abgebrühtheit und seine Fischerhosen und vor allem auf seine Wirkung auf dich… Ich hielt ihn für einen tollen Kerl, von dem ich mir eine Scheibe abschneiden könnte. Er hat mich getäuscht, so wie alle anderen auch.«

Antonia wandte sich zu Sandro um. »Keiner war ihm so nahe wie ich. Ich hätte erkennen müssen…«

»Was denn? Dass er ein Mörder ist? Ein böser Mensch? Wir alle haben mehrere Seiten, und wenn einer nur die eine Seite zeigt und die andere verbirgt, ist man ausgeliefert. Was wäre denn die Alternative? Dass wir alle einander nur noch mit Misstrauen begegnen? Es ist ein großer Irrtum, zu glauben, dass die Aufrichtigen und die Gefühlvollen die Fähigkeit besitzen, in die Herzen der anderen hineinzusehen. Seine eigene Mutter hat nichts geahnt, und Carlotta hat ihm vermutlich die Tür geöffnet und ihn bis zum letzten Atemzug nicht als das erkannt, was er tatsächlich ist. Nur Leute seines Schlags haben es gewusst. Tücke erkennt Tücke, so sieht es nämlich aus. Meine Arbeit würde sehr viel einfacher sein, wenn es anders wäre.«

Antonia schien ein wenig beruhigt, aber es würde noch eine Zeit brauchen, bis sie sich selbst vergeben hätte.

Sandro bat Antonia: »Würdest du nachher, wenn du etwas Zeit hast, ins Stift der Clarissen gehen und dich dort nach einer Clelia erkundigen? Ihre Mutter, eine Köchin des Collegium Germanicum, ist vorgestern ermordet worden.«

»Wie furchtbar!«

»Clelia ist elf Jahre alt. Die Nonnen sind fürsorglich, aber leider schüchtern die Nonnen wegen ihrer Tracht die Kinder ein wenig ein. Ich denke, für das Mädchen wäre es gut, wenn sie auch eine weltliche Frau in ihrer Nähe hätte.«

Antonia nickte. »Ich gehe zu ihr, ganz bestimmt, verlass dich drauf.«

»War mir klar.«

»Ich weiß.«

Sie kam noch einmal zurück und küsste ihn. »Bis heute Abend.«

Sandro säuberte seine Soutane nicht. Er verließ das Haus und ging in Begleitung einer Wache, die ihn vor einem möglichen Anschlag Milos schützen sollte, zum Collegium. Als er dort ankam, hörte er Gesang, der aus der Kapelle kam. Dann erklang die kräftige Stimme Königsteiners, der vermutlich den Vorbeter machte und die Messe las, so wie am Abend von Johannes' Tod.

Im Collegium war alles ruhig. Sandro warf einen Blick in das »Hauptquartier«, Johannes von Donaustaufs altes Zimmer, wo Angelo die Nacht verbracht hatte – oder besser gesagt, verbrachte, denn er schlief noch. Seine zerwühlten Haare und die vom Bett herabgeschobene Decke zeugten von einer wenig erholsamen Sommernacht. Forli war nicht da; er hatte wohl noch mit der Fahndung nach Milo zu tun.

Sandro beschloss, zum Brunnen in den Hinterhof zu gehen

und sich frisches Wasser zu holen, denn das Honigbrot hatte ihn durstig gemacht. Solange die Frühmesse andauerte, Forli unterwegs war und Angelo schlief, konnte er ohnehin nichts anderes tun, als warten. Rodrigues würde ihm ja nicht weglaufen.

Ein Gedanke ließ ihn nicht mehr los, seit er eben an die Kommunion gedacht hatte. Wie war das noch? Johannes war auf die Latrine gehetzt ... war eine Weile fort gewesen ... in der Kapelle hatte die Kommunion stattgefunden, das Brot ... Königsteiner hatte auf Johannes gewartet ...

Und dann ging es wieder von vorn los: Johannes war auf die Latrine gehetzt ...

Sandro hörte, wie jemand die Treppe herunterkam, und zwar sehr langsam. Es war also tatsächlich jemand im Haus geblieben; dem gemächlichen Gang nach zu urteilen, handelte es sich um Ignatius von Loyola. Sandro wäre ihm lieber ausgewichen, doch das löste die Probleme nicht, und früher oder später würde er ihm ja doch über den Weg laufen.

Er wartete am Fuß der Treppe, und es erschien – Tilman Ried. Sandro erinnerte sich nicht, jemals in ein derart blutleeres Gesicht geblickt zu haben.

Ried sah ihn ausdruckslos an. »Er ist tot«, sagte er.

Sandro schluckte. »Wer?«

Ried, zur Säule erstarrt, antwortete nicht.

»Der Pater General?«, fragte Sandro. »Der Ehrwürdige?«

Ried verneinte mit einem schwachen Kopfschütteln. Sandro hatte einen Verdacht: Miguel Rodrigues. »O nein.« Er ging an Tilman Ried vorbei die Treppe hinauf, ohne zu eilen. Einer Leiche rannte man nicht entgegen, dafür gab es wahrlich keinen Grund. Er passierte den ersten Stock, ging weiter. Vor Rodrigues' Zimmertür im zweiten Stock blieb er stehen, zögernd streckte er seine Hand nach dem Knauf aus.

Ein dritter Mord, dachte Sandro. Eine Katastrophe für jeden Ermittler. Die brutalste Form des Scheiterns. Was würde er antreffen? Ein von Gift verzerrtes Gesicht? Eine blutverschmierte Brust? Schließlich fasste er sich ein Herz und öffnete die Tür.

Leer. Kein Rodrigues.

Sandro verließ den Raum wieder und ging die Treppe hinunter. Im ersten Stock fiel ihm eine angelehnte Tür auf, an der er vorhin achtlos vorbeigegangen war.

Er wusste, wer in diesem Zimmer wohnte. Wieder stand er davor, zögerte und war auf alles gefasst.

Nur nicht auf das, was er dann sah.

Sie waren zu siebt. Alle fünf, die in der Kapelle gesungen hatten, hatten sich im Raum versammelt, und vier von ihnen starrten entsetzt auf den Leichnam. Ignatius von Loyola hatte sich im Angesicht des Erhängten dem Kruzifix an der Wand zugewandt, sich niedergekniet und die Augen geschlossen.

Sandro hatte Angelo geweckt, der, notdürftig bekleidet und mit struppigem Haar, auf den Tisch stieg.

»Ich löse den Strick«, sagte Angelo. »Jemand muss die Beine des Toten festhalten. Ein Zweiter hilft, den Leichnam aufzufangen.«

Königsteiner hielt die Beine fest, Birnbaum half ihm. Dann sägte Angelo mit einem Messer an dem Strick. Als er riss, kippte Luis' Körper nach vorn. Königsteiner und Birnbaum mühten sich, doch schließlich verloren sie das Gleichgewicht. Luis de Sotos toter Körper berührte Ignatius von Loyola und schlug unmittelbar neben ihm auf dem Boden auf. Birnbaum, Königsteiner, Rodrigues, Duré und Angelo schlossen vor Entsetzen die Augen, und in diesem Moment blickte Loyola auf. Sein Blick ruhte lange auf dem verrenkten Leichnam. Seine Philosophie war es immer gewesen, hinzusehen, dem Bösen in die Fratze zu gucken, dem Ekel die Stirn zu bieten. Nichts auf

Erden war so hässlich und gemein und abscheulich, dass man ihm ausweichen durfte. Das war Teil seiner Lehre.

Ignatius schaute hin, dann stand er auf, schickte die Brüder aus dem Raum und forderte sie auf, in ihre Zimmer zu gehen. Alle sahen elend aus, aber am schlimmsten schien es Miguel Rodrigues getroffen zu haben sowie den jungen Tilman Ried, der, noch immer benommen, sich auf die Treppe gesetzt hatte.

Als alle gegangen waren, sagte Loyola, an Sandro gewandt: »Tu deine Arbeit, Bruder. Gott stehe dir bei.« Dann ging auch er.

Als Sandro die Tür schließen und zusammen mit Angelo die Untersuchung beginnen wollte, kam Gisbert von Donaustauf die Treppe heraufgelaufen, wobei er einige Mitbrüder beinahe umrannte.

»Ich werde heiraten«, rief er überglücklich. »Denkt Euch, ich werde heiraten. Ha, heiraten.« Und dann führte er einen irren Tanz auf.

Über mangelnde Spuren konnten Sandro und Angelo sich nicht beklagen. Im Gegenteil, Luis' Tod ließ sich nachvollziehen wie eine mathematische Berechnung: ein Deckenbalken, ein Strick, ein umgekippter Stuhl, Würgemale am Hals, keine sonstigen Verletzungen. Es kam noch besser. Auf dem Schreibtisch lag die Bibel, aufgeschlagen auf einer Seite, in der es um Schuld und Reue ging. Ein Absatz war angestrichen, darin ging es um die Schuld und Bestrafung des Volks Juda.

Und damit nicht genug, fand sich neben der Bibel ein Stück Pergament, auf dem geschrieben stand: »Das Gift befand sich im Wasserbecher auf dem Lesepult.«

»Seine Schrift?«, fragte Angelo.

Sandro nickte. Er hatte Jahre als Luis' Assistent verbracht, sodass er dessen Schrift aus tausend anderen erkannte. Nur ein meisterhafter Fälscher hätte Sandro täuschen können. Nein, Luis hatte diese Worte geschrieben, davon war auszugehen.

Was Sandro irritierte, war nicht so sehr das Stück Pergament, sondern die Bibel, im Grunde genommen der ganze Selbstmord. Luis, der Eitle, der Geniale, der Egoist, der Gefeierte, der Ellenbogen – dieser Mann sollte sich umbringen, sich *erhängen*? Und vorher noch die Heilige Schrift durchblättern auf der Suche nach einem passenden Zitat, das auf sein Motiv hinwies? Das passte nicht zu ihm. Das war nicht der Luis, den Sandro kannte.

Warum brachten schuldbeladene Menschen sich um? Aus Angst vor Entdeckung, oder weil sie erpresst wurden oder weil ihr schlechtes Gewissen sie in die Verzweiflung trieb. Luis hatte wenig zu fürchten. Er hätte mit Hilfe seiner hervorragenden Beziehungen gegen jedwede Anschuldigung gekämpft, und das mit guten Aussichten auf Erfolg. Was immer man ihm vorgeworfen hätte und so stichhaltig der Vorwurf gewesen wäre – seine Unterstützer hätten dafür gesorgt, dass es dem Ankläger schlechter ergangen wäre als dem Angeklagten. Hinter den Kulissen hätte Luis unter Tränen und Gelöbnissen einen Kniefall gemacht, und die Sache wäre für ihn erledigt gewesen.

Was die Möglichkeit einer Erpressung anging: Luis hätte eher den Erpresser umgebracht als sich selbst.

Und um ein schlechtes Gewissen zu haben, musste man zunächst einmal überhaupt ein Gewissen haben, und woher hätte Luis es auf die Schnelle herbekommen sollen? So etwas zu denken, war nicht schön, aber um Luis war es nicht schade, und Sandro heuchelte auch keine Trauer.

Drei Dinge machte Sandro sich in diesem Moment klar. Erstens: Luis war tot. Zweitens: Es gab keinen Grund, sich darüber zu grämen, und keinen, sich darüber zu freuen. Was an schlechten Gefühlen zwischen ihnen vorhanden gewesen war,

war mit Luis gestorben. Drittens: Luis war ermordet worden. Und Sandro klärte Morde auf. Auch den Mord an Luis.

»Keiner hat daran gedacht«, sagte Angelo.

»Woran?«

»An den Becher auf dem Pult, Exzellenz. Jetzt, wo ich darüber nachdenke, fällt mir ein, dass da tatsächlich ein Becher gestanden und Johannes daraus getrunken hatte, kaum dass er ans Pult getreten war. Wenn Luis de Soto also eine extrem hohe Dosis ins Wasser getan hätte …«

»Hat er nicht.«

»Mit Verlaub, auf dem Zettel steht etwas anderes.«

»Mit Verlaub, auf dem Zettel steht nicht: ›Ich habe Gift in den Wasserbecher auf dem Lesepult getan‹, sondern: ›Das Gift befand sich im Wasserbecher auf dem Lesepult‹. Den zweiten Satz hätte genauso gut ich schreiben können, wäre ich auf die Idee mit dem Wasserbecher gekommen.«

»Ihr meint, Luis de Soto hat eigene Ermittlungen angestellt?«

»Möglich wär's.«

»Wieso sollte er das tun?«

»Um mir eins auszuwischen zum Beispiel. Wir hatten noch eine Rechnung offen. Auf dem Konzil von Trient habe ich und nicht er die Mordserie an Bischöfen aufgeklärt. Einen de Soto ärgert das.«

Angelo räumte mit einer Geste ein, dass Sandro recht haben könnte. »Trotzdem ist der Zettel höchst interessant, auch wenn er kein Schuldeingeständnis darstellt. Nachdem Doktor Pinetto festgestellt hat, dass kein Gift im Essen oder in den Getränken an Donaustaufs Platz war, haben wir uns auf die Stunde zwischen fünf und sechs Uhr konzentriert. Nun stellt sich heraus, dass das Gift im Wasserbecher auf dem Pult war, und wir müssen herausfinden, wer ihn dort platziert hat beziehungsweise wer Gelegenheit gehabt hätte, das Wasser zu vergiften.«

Sandro nickte. »Finde es heraus.«

»Ich?«

»Ja, wieso nicht? Als offizieller Assistent des Visitators Seiner Heiligkeit.«

»Als ... Ihr scherzt.«

»Mein Humor hält sich im Angesicht einer Galgenleiche in Grenzen. Hab ich's dir gestern nicht versprochen?«

»Schon, aber ich dachte, das sei nur so dahingesagt gewesen.«

»Na, du hast ja eine hohe Meinung von dem, was ich sage. Ich habe den Papst gefragt, und er hat zugestimmt. Doppelter Lohn fürs Erste. Später mehr, wenn du dich bewährt hast.«

»Diese Ehre, Assistent des Visitators Seiner Heiligkeit zu sein – danke, vielen Dank. Ihr seid – Ihr seid unübertroffen.«

»Ich bin nur schnell. Forli ist drauf und dran, dich mir wegzuschnappen. So, gefeiert wird ein andermal. Deine Delinquenten warten. Aber zieh dir ein bisschen mehr an, bitte. Ein Beamter des Vatikans mit freiem Oberkörper – das könnte man als Anspielung verstehen oder, noch schlimmer, als neue Mode ernst nehmen.«

»Und was macht Ihr?«

»Ich bleibe ebenfalls angezogen.«

»Sagtet Ihr nicht, im Angesicht einer Leiche wären Scherze unangemessen?«

»Das ist kein Scherz. Ich bleibe wirklich angezogen.«

Angelo schnitt eine Grimasse, dann lächelte er und verließ den Raum.

Sandro trat hinter den Toten. Er hatte Luis nie berührt; deshalb kam es ihm fremd und unwirklich vor, als er Luis unter den Achseln packte und versuchte, ihn hochzuheben. Er war nicht schwer, dennoch war er als Mann von mittlerer Größe kein Leichtgewicht. Um ihn aufhängen zu können, musste man ihn zunächst wehrlos machen. Auf Luis' Hinterkopf befand sich eine Prellung, die jedoch auch vom Aufprall auf den Boden herrühren konnte. Wie auch immer, der Besinnungslose – oder Tote – bekam einen Strick um den Hals gebunden, dann wurde das andere Ende des Stricks über den Deckenbalken geworfen. Und nun kam der schwierigste, anstrengendste Teil für den Mörder: Er musste Luis so hoch hinaufziehen, dass dessen Füße etwa eine Handbreit über dem Boden schwebten, denn so hatten Ried und Sandro die Leiche aufgefunden. Und zusätzlich musste der Mörder auch noch die Kraft haben, das Gewicht so lange zu halten, bis er das Ende des Seils um den Eisenhaken in der Wand, auf dem man allabendlich vor dem Zubettgehen seine Gewänder aufhängte und lüftete, gewickelt und festgeknotet hatte.

Sandro musste wissen, wie schwierig das zu bewerkstelligen war, also band er einen neuen Strick, legte ihn Luis um den Hals, warf den Strick über den Balken und zog daran. Es war makaber, Leichenschändung, und deswegen hatte er Angelo auch nicht dabeihaben wollen. Aber Sandros Wille, endlich den dreifachen Mörder, der einen jungen Mann vergiftet, eine liebenswerte Frau und Mutter in Brand gesteckt und einen Mitbruder erhängt hatte, zu entlarven und zur Strecke zu bringen, war größer als alle Skrupel.

Es war mühsam, Luis hochzuhieven, und noch schwieriger, dieses Gewicht zu halten, um das Seil zu befestigen. Aber es war möglich. Völlig erschöpft beendete Sandro sein widerliches Experiment, auf das er nicht stolz war, das ihn jedoch weiterbrachte.

Wenn es Sandro nur mit großer Kraftanstrengung gelang, Luis aufzuhängen, wer noch besäße dann diese Kraft? Rodrigues sicher nicht, Tilman Ried und Gisbert von Donaustauf ebenfalls nicht. Birnbaum, Königsteiner und Duré kämen jedoch in Frage.

Oder man hatte es mit zwei Mördern zu tun.

»Ich war doch letzte Nacht überhaupt nicht hier«, schrie Gisbert von Donaustauf Angelo an, als Forli das »Hauptquartier« im Collegium Germanicum betrat. »Ich war bei Rosina, sie kann's bezeugen. Wir haben beschlossen, zu heiraten. Also habe ich mit der ganzen Sache nichts mehr zu tun.«

Forli grüßte Angelo. »Ich hab's gehört, das von de Soto. Die Wache draußen hat's mir erzählt.«

»Gibt's was Neues von Milo?«, fragte Angelo über Gisberts Kopf hinweg.

Forli schüttelte den Kopf. »Wo ist Carissimi?«

»Oben.«

»Und der da, was ist mit dem?«

»Erstens bin ich nicht ›der da‹«, rief Gisbert, »und zweitens ist gar nichts mit mir. Ich weiß nichts. Mir steht's bis hier. Ich will nur noch meine Sachen packen und gehen. Ja?«

»Nein«, antwortete Angelo, erfrischend kurz und streng, wie Forli fand. Der Junge ging es richtig an. Nur keine Blöße zeigen. Nur nicht erkennen lassen, dass man nervös war. Und Angelo *war* nervös, jeder war bei seiner ersten Befragung nervös. Deswegen ließ Forli sich auch nur kurz und stichwortartig von Angelo auf den neuesten Stand bringen und überließ ihm dann das Feld. Er legte sich samt Stiefeln auf das Bett, verschränkte die Arme hinter dem Kopf und sah unentwegt zur Decke – wobei er natürlich gleichzeitig ganz Ohr war.

»Es geht nicht um gestern Abend«, setzte Angelo dem Befragten auseinander, »sondern um den Abend, als Euer Bruder getötet wurde. Ihr und Birnbaum habt die Tafel vorbereitet.«

»Ich habe ein bisschen geholfen, und das auch bloß, weil ich helfen musste.«

»Wer hat das Wasser aufs Pult gestellt?«

»Wasser? Pult? Was soll denn das? Warum sollte ich mich für Wasser auf dem Pult interessieren?«

»Vielleicht, weil dieses Wasser Euren Bruder umgebracht hat.«

Gisbert wurde plötzlich ganz still und wusste nicht recht, wohin mit seinen Händen und Beinen.

»Erinnert Ihr Euch jetzt an das Wasser?«

»Ja«, sagte Gisbert kleinlaut.

»Weiter.«

»Na ja, der Birnbaum war's. Als er das Pult abwischte und so weiter. Der hat den gefüllten Becher mit hinausgenommen. Wenn er was anderes behauptet, lügt er.«

»Werden wir sehen. Wer hat den Becher in der Küche gefüllt?«

»Ich war's. Ich hab ihn gefüllt, und zwar mit Wasser aus einem Krug, den wir später noch auf die Tafel gestellt haben. Davon ist keiner umgekippt.«

»Und wer hat den Becher, wenn überhaupt noch etwas drin war, ausgeleert?«

»Die Giovanna, schätze ich. Die hat am nächsten Tag alles abgeräumt.«

»Fassen wir zusammen: Sowohl Ihr als auch Birnbaum hättet Gelegenheit gehabt, den öligen Extrakt der Poleiminze in den Becher zu tun.«

Gisbert richtete sich auf. »Moment mal, so nicht, Freundchen. Ihr wollt mir da was anhängen, weil Ihr zu blöd seid, den Täter zu finden. Das Spiel kenne ich, das spielt man überall, auch in meiner Heimat. Aber nicht mit mir. Birnbaum hat das Wasser eine gute halbe Stunde, bevor wir zur Messe gingen, aufs Pult gestellt. Da kann sonstwer was reingekippt haben. Außerdem – ich hatte ja gar keinen Grund, Gift da reinzutun.«

»Einhunderttausend Gulden und ein Schloss sind Grund genug.«

Gisbert von Donaustauf sah Angelo einen Augenblick entgeistert an, dann lachte er schrill. »So was von dämlich begegnet man selten. Der Becher, von dem wir reden, war nicht für Johannes gedacht, sondern für Birnbaum.«

»Für – Birnbaum?«

»Kapierst du's nicht? Dann erkläre ich's für ganz Doofe. Der Birnbaum, der hätte am Eröffnungsabend lesen sollen, aber er war nervös, weil der Pater General da war und so viele andere Gäste. Birnbaum liest sowieso schlecht vor, unbetont und holprig, aber wenn noch Herzklopfen dazukommt, dann ist es ganz aus. Er schwitzte wie ein Schwein. Sein Mund war so trocken, da hätte man Wäsche drin aufhängen können. Also stellte er sich den Wasserbecher raus. Als die Messe zu Ende war und wir aus der Kapelle über die Straße ins Collegium zurückkehrten, da hat er dem Pater General gesagt, er hätte Halsschmerzen, ob nicht ein anderer lesen könne. Er schlug meinen Bruder vor, was ziemlich klug war, weil Johannes sich gerne wichtig gemacht hat und die Ehre genoss. Johannes stimmte zu, der Pater General stimmte zu – und so kam's.«

Gisbert stand auf und hielt sich den Bauch vor Lachen. »Weißt du, was das bedeutet? Capito, amico? Mann, ihr Italiener habt euern Kopf von Gott wohl nur bekommen, weil ihr ja irgendwo das Essen reinstopfen müsst. Soll ich's erklären? Ja?« Er schlug Angelo mit der flachen Hand mehrmals leicht auf die Stirn. »Wer immer Gift in den Becher getan hat, der wollte nicht Johannes, sondern Birnbaum umbringen. So sieht's aus. Und ich? Wieso sollte ich Birnbaum umbringen, hä?«

In der Sache gab Forli ihm recht, aber der junge Donaustauf wurde allzu übermütig, als er Angelo einen Klaps links und einen Klaps rechts auf die Wangen gab, ihn zurückstieß und rief: »So, und jetzt mach Platz, Freundchen, meine Verlobte wartet.«

Angelo war perplex über seinen plötzlichen Autoritätsverlust gegenüber einem Jüngeren, und Forli hielt es für besser, aufzustehen, um Gisbert aufzuhalten. Solange die Untersuchung nicht abgeschlossen war, hatte niemand das Haus zu verlassen, auch Gisbert nicht. Und Angelo wusste das ebenfalls. Er packte Gisbert, der bereits nach dem Türknauf griff, am Kragen und zog ihn so kräftig zurück, dass Gisbert quer durch den Raum stolperte und rücklings gegen die Wand prallte.

»Bravo«, rief Forli. »Gut gemacht, Angelo.«

Angelo ging entschlossen auf Gisbert zu, um nachzusetzen, falls nötig, aber Gisbert gab sich mit einer Geste geschlagen. In dem Moment, als Gisbert einen Schritt nach vorn machte, löste sich hinter ihm auf Schulterhöhe ein ganzer Stein aus der Wand und fiel krachend zu Boden.

Zur Überraschung aller tat sich in der Wand ein kleiner Hohlraum auf.

21

Jemand hatte irgendwann den Stein aus der Wand gelöst und dahinter eine Mulde in den Lehm gegraben, dann den Stein wieder eingesetzt und auf diese Weise ein Geheimfach geschaffen. Nun war der Hohlraum jedoch gerade so groß, dass Sandros oder Angelos Faust hineinpasste, Forlis Faust bereits nicht mehr.

»Na, Carissimi, was sagt Ihr?«

Forli ließ absichtlich jenen Teil weg, der sich mit der Art und Weise der Entdeckung befasst hätte. Das hätte den Ruhm geschmälert und Angelo in Erklärungsnot gebracht, weil er Gisbert hart angepackt hatte. Forli warf Angelo einen verschwörerischen Blick zu. »Eigentlich hat Angelo den größeren Anteil an der Entdeckung als ich. Der Junge hat Talent und Mut, das richtige Händchen sozusagen. Einen besseren Assistenten hättet Ihr nicht kriegen können. Wenn Ihr nicht aufpasst, läuft er

Euch den Rang als Schürzenjäger ab. Haha. Die Weiber sind ganz wild auf Jungs wie ihn.«

Weder Carissimi noch Angelo sahen aus, als würden sie das Thema vertiefen wollen, also blickte Forli zum zehnten Mal in das Loch.

»Vielleicht hat Johannes Geld da drin versteckt gehabt«, schlug er vor.

»Schwerlich, Forli«, widersprach Carissimi. »Wir wissen, er hatte dreihundertfünfzig Dukaten in Gold geholt, von denen er dann fünfzig an Rosinas Bruder Franco zahlte, und zwar im Hinterhof. Blieben dreihundert Dukaten, und die passen nicht in die kleine Mulde.«

»Der Beutel, den ich bei Rodrigues gesehen habe«, ergänzte Angelo, »war bedeutend größer als die Mulde.«

Forli sagte: »Wein kann es auch nicht gewesen sein, der passt noch viel weniger da rein. Wie wär's mit Briefen? Oder ein früherer Bewohner hat das Geheimfach gegraben, und Johannes wusste nichts davon. Wäre doch möglich.«

Möglich war viel. Jeder neue Hinweis schien die Ermittlungen eher zurückzuwerfen, als voranzubringen. Die Mulde, das Geld, die konspirative Wohnung, Giovannas letzte Worte – wer hatte wem nicht geholfen? wobei nicht geholfen? – und nun auch noch die Sache mit Birnbaum.

»Ich habe das Gefühl, wir sind nahe dran«, behauptete Carissimi.

»So? Das sehe ich anders. Wenn Birnbaum das Opfer werden sollte, dann müssen wir sowieso wieder ganz von vorn anfangen«, murrte Forli. »Andererseits – warum hat der Mörder später nicht ihn, sondern Giovanna und de Soto umgebracht?« Forli hasste Verbrechen, die nicht stark und mächtig und übersichtlich wie ein Baumstamm waren, sondern sich verästelten wie Brombeergestrüpp. Und er hasste zu langes Schweigen, so wie jetzt.

»Ich sage euch was. Wir lassen den Wasserbecher und die Mulde einfach mal beiseite und nehmen uns jetzt, wie wir's vorhatten, diesen Rodrigues vor.«

Glücklicherweise waren alle mit seinem Vorschlag einverstanden.

Unglücklicherweise fieberte Miguel Rodrigues. Als sie in sein Zimmer traten, lag er schweißgebadet auf dem Bett und warf den Kopf hin und her. Seine Augen waren geöffnet, doch er schien nichts von dem wahrzunehmen, was um ihn herum passierte. Gelegentlich stieß er unzusammenhängende Wörter aus: tausend Lichter, herrlich, herrlich, die Leute, Ehrfurcht, großes Schweigen in der Nacht, heilig, Wunden, fünf Wunden, der Schmerz, der Rücken aus Feuer, tausend Lichter, Gesang der Engel, Zahn des Heiligen, wunderbar, o wunderbar, aber was, was ist das, ah, ah, nein, nein, bitte nicht, Judas, Spaltung, Onkel, will nicht, o bitte, Bruder Luis, will nicht, Johannes, das Kainsmal, Rache des Herrn, Ungehorsam, schrecklicher Ungehorsam.

»Der hatt'se schon vorher nicht mehr alle gehabt«, sagte Forli und tippte sich an die Schläfe. »Bei Fieber ist es dann ganz aus.«

Der Zustand von Miguel Rodrigues war so bedenklich, dass man Magister Duré rief, der dem Kranken eine Salbe aus Malven- und Holunderblüten auftrug und kalte Umschläge machte. Einen Aderlass lehnte er zu diesem frühen Zeitpunkt ab, weil das Fieber nicht körperlicher, sondern geistiger Natur sei.

»Und der Quacksalber«, sagte Forli, als Duré gegangen war, »sollte sich auch gleich mal was auf die Brust schmieren. Blödes Gerede. Geistiges Fieber, wo gibt's denn das? Nur bei Mönchen, wie? Die sind alle zu weich.«

»Rodrigues hat gerade seinen Mentor verloren, Hauptmann«, wandte Angelo ein.

»Na und? Wenn ich einen Mentor hätte – schon das ist ein lächerlicher Gedanke, ich bin mein eigener Mentor, aber angenommen, ich hätte einen –, würde ich wegen dessen Tod doch kein geistiges Fieber kriegen. Angenommen, einer von euch beiden stürbe, na, dann ginge ich drei Tage und Nächte in die Taverne, leerte ein Fass, und fertig.«

»Das ist uns ein großer Trost, Hauptmann. Jetzt sehe ich meinem Tod gleich viel gelassener entgegen.«

»Fein, Angelo, ich meine ja bloß. Gib mir drei Monate. Wenn ich den Portugiesen drei Monate unter meinen Fittichen hätte, hätte es sich ein für alle Mal ausgefiebert, ganz bestimmt.«

Doch auch Forli musste zugeben, dass sie keine drei Monate Zeit hatten und Durés Salbe im Moment das bessere Mittel war, um Rodrigues verhörfähig zu kriegen.

Forli fiel auf, dass Carissimi noch fast nichts gesagt hatte, seit sie das Zimmer betreten hatten.

»Dieses Schweigen kenne ich, Carissimi. Ihr sitzt wie ein Sumpfhuhn auf dem Ei. Da schlüpft bald was.«

Ohne die Bemerkung zu kommentieren, sagte Carissimi: »Angelo, bleib bitte bei Miguel Rodrigues und schreib mit, was er im Fieber redet. Forli, Ihr passt auf, dass Königsteiner, Birnbaum, Tilman Ried und Gisbert von Donaustauf in ihren Zimmern bleiben. Niemand darf irgendwohin gehen, außer auf die Latrine. Nur der Ehrwürdige und der Magister dürfen sich frei bewegen.«

»Und Ihr?«, fragte Forli. »Wohin geht Ihr?«

»Ich«, sagte Carissimi, »gehe zum Papst.«

Milos Stadt war zu seinem Kerker geworden. Er kannte sich bestens darin aus, kannte zahllose Leute, die mit ihm darin lebten, konnte aber weder einem von ihnen trauen noch die Mauern überwinden.

Die ganze Nacht und den Morgen hatte er damit verbracht,

zuerst Schlupflöcher und dann einen Unterschlupf zu suchen. Durch die Tore zu kommen versuchte er erst gar nicht, die wurden penibel bewacht, und jeder Wagen wurde so gründlich durchsucht, dass keine Schabe unentdeckt blieb. Die Lücken in der Stadtmauer waren ebenso mit Wachen besetzt, was die Schmuggler gewiss zum Schimpfen brachte, und zahlreiche Streifen stellten sicher, dass sogar der halsbrecherische Versuch, irgendwo das Bollwerk zu überwinden, scheitern musste. Zusätzlich zur Stadtwache patrouillierte die Schweizergarde durch die Gassen.

Milo war bei einem Bekannten untergekommen, was bedeutete, bei einem Verbrecher. Dort fühlte er sich am sichersten, denn Leute seines Schlages hatten wenig Neigung, ihn an die Polizei zu verraten. Jeder könnte schließlich mal in Milos Lage kommen und wäre dann froh, ein Versteck zu haben. Milo hatte im Laufe der Jahre gewiss sieben oder acht Flüchtlingen Obdach im *Teatro* gewährt, und sei es nur für eine Nacht.

Trotzdem hatte er nicht geschlafen. Nicht Misstrauen hielt ihn wach und auch nicht Angst, sondern etwas Neuartiges, ein unbekannter Gast, der sich in Milos Gedanken und Gefühle hineinfraß. Denn was war es anderes, wenn ein Bild, wenn ein Augenblick einem wieder und wieder vor Augen stand? Diese Frau ließ ihn nicht los.

Antonia? Wäre es doch bloß Antonia! Nein, sie nicht, eine andere Frau, deren Namen er nicht kannte, die er bloß ein einziges Mal gesehen hatte und der er auf der Straße nicht einmal nachgeblickt hätte. Es handelte sich um die mädchenhafte Frau, mit der er gestern auf der Flucht vor den Wachen an der Porta San Paolo zusammengestoßen war.

Dann der Schuss. Ihre Augen, diese jungen Augen, sahen ihn vorwurfsvoll an, so als sei er ihr Mörder. Genauso hatten seine Opfer ihn im Moment ihres Todes angesehen. Doch von denen kannte er Namen und Alter, er hatte einen Auftrag erhalten und ihn ausgeführt. Mit diesem Mädchen hatte er nichts zu schaffen, er hatte sie nicht umgebracht. Ein Soldat hatte sich als schlechter Schütze erwiesen; was konnte denn er, Milo, dafür? Und doch kam die Frau immer wieder zurück.

Sie war seine Tote, sein Opfer. Sie war die Einzige seiner Getöteten, die er nicht selbst getötet hatte und deren Tod ihn belastete. Dieser einen Frau wegen entwickelte sich ein Gewissen in ihm, ein Gewissen nur für sie, seiner einzigen Last.

Wie viele Menschen hatte er umgebracht? Zwanzig, fünfundzwanzig? So viele, wie er Jahre zählte? Es war sein Schicksal, Menschenleben zu verschlingen, sogar noch im eigenen Untergang, sogar noch, wenn er nichts anderes tat, als wegzulaufen.

Im Morgengrauen waren die Ausrufer auf die Straßen und Plätze gegangen und hatten eine Belohnung für die Ergreifung Milos ausgesetzt – fünfhundert Dukaten. Damit kam eine Großfamilie durchs Jahr. Für eine solche Summe wurde auch ein Verbrecher zum Verräter an seinesgleichen. Milo hatte dem Mann, bei dem er Unterschlupf gefunden hatte, nicht länger vertraut, war abgehauen und zum ersten Mal in seinem Leben mit gesenktem Kopf durch Rom gegangen. Er hatte befürchtet, von jeder Wäscherin, jedem spielenden Kind, erkannt zu werden. Da hatte er angefangen, Carissimi zu hassen.

Nun stand er vor der Stätte seiner Kindheit und Jugend, seinem Heim, dem *Teatro*. Von einem ruhigen Winkel aus – der Vordereingang war bewacht – sah er zum Fenster seiner Mutter hinauf, und tatsächlich erblickte er sie, als sie die Läden öffnete. Kurz schien es so, als spüre sie seine Nähe, und ihr Blick suchte nach ihm, doch er drückte sich hinter einen Mauervorsprung. Gewiss war die Wachmannschaft als Erstes bei ihr gewesen, hatte sie befragt und informiert, und nun sorgte sie sich um ihn. Ja, so viel Gefühl billigte er ihr zu. Mehr aber auch nicht. In all den Jahren hatte sie keinen Wimpernschlag lang erwogen, dass ein Hurenhaus ein ungeeigneter Ort war, um ein Kind großzuziehen. Bereits mit vier Jahren hatte er mitbekommen, wie die Frauen des Hauses Nacht für Nacht von anderen Männern besprungen wurden. Er hatte durch die dünnen Wände des Hauses die Lust hören müssen, die Schreie, die Beschimpfungen, die Erniedrigung und so manchen Schlag. Mit dreizehn Jahren schließlich war er Teil des Inventars gewesen und hatte erste Aufgaben übernommen. Natürlich war das *Teatro* immer auch ein Zuhause gewesen, zugleich aber eines, das ihn anwiderte; so manche Hure war eine Freundin geworden, aber eine, die ihm und der er gleichgültig war; so mancher »ehrenwerte« Gast war zum Geschäftspartner für ihn geworden, aber einer, der ihn und den er verachtete. Das *Teatro* war eine Schule der Heuchelei, des Betrugs, der Geringschätzung und der niedrigen Gesinnung gewesen.

Milo gelangte auf das Dach des *Teatro*, indem er die Ruine des Marcellus-Theaters hinaufkletterte. Von dort war es nur noch ein Sprung. Auf allen vieren bewegte er sich vorsichtig und geschmeidig über das Dach. Dort, wo unterhalb von ihm das geöffnete Fenster seiner Mutter lag, kletterte er über den Rand des Daches und landete auf dem Sims des Fensters. Im nächsten Moment befand er sich im Zimmer seiner Mutter.

Er war sich nicht sicher gewesen, ob er sie dort antreffen würde. Eigentlich saß sie zu dieser Stunde bereits im Arbeitszimmer über ihren Büchern, doch heute, an so einem Tag, an dem nach dem Sohn gefahndet wurde… Sie hatte sich offenbar nicht davon beirren lassen, und im Grunde war es ihm lieber so.

Das Haus schlief noch. Die Huren hatten erst vor vier, fünf Stunden, beim ersten Morgengrauen, den letzten Kunden verabschiedet oder waren neben ihm eingeschlummert. Auf seinem Weg in die Küche begegnete Milo niemandem. Er holte sich Zündstein und Lampenöl, ging wieder nach oben und verteilte das Öl in seinem Zimmer und im Zimmer daneben, dem seiner Mutter. Dann entzündete er es.

Milo vergeudete keine Zeit damit, sein Werk zu betrachten. Er kletterte auf demselben Weg zurück, den er gekommen war, wobei er sich nicht sicher gewesen war, ob er die Kraft und das Geschick hätte, sich vom Fenster auf das Dach zu ziehen. Als er die Ruinen des Marcellus-Theaters hinabstieg, stand bereits das oberste Stockwerk des *Teatro* in Flammen. Er hörte die Rufe. Und dann sah er, wieder gut verborgen, die Huren aus dem Haus rennen, darunter auch seine Mutter. Fassungslos schauten sie zu, wie das bekannteste Hurenhaus Roms vollständig vom Feuer erfasst wurde.

Niemand kam in den Flammen ums Leben. Gut so, dachte er. Genug der Opfer. Nur ein Letztes noch, das musste sein.

Als sein Privatsekretär durfte Sandro den Papst zu jeder Zeit und bei nahezu jeder Beschäftigung stören, ob er nun schlief, aß, hohe Gäste empfing, sich bei Mummenschanz vor Lachen schüttelte, mit Bauchschmerzen auf dem Krankenlager lag, vor Trunkenheit nicht mehr gerade gehen konnte … Außer auf der Latrine und im Liebesbett hatte Sandro den Heiligen Vater schon in jeder Situation aufgesucht, und so war es auch nichts Neues für ihn, Julius in einem Waschzuber sitzen zu sehen. Ein Diener holte unentwegt frisches, warmes Wasser, während ein zweiter Julius' Rücken und Schultern schrubbte.

Sandro fand, dass der Bischof von Rom und Stellvertreter Christi, wenn man ihn ohne Gewänder sah, einfach nur ein dicker nackter Mann war, der ohne Hilfe nicht mehr aus dem Zuber herauskäme. Das hätte er natürlich *nie* ausgesprochen, aber ein feines Lächeln konnte er sich nicht verkneifen.

»Sandro, schön dich zu sehen. Du lächelst, also hast du gute Laune?«

»Es geht so, Eure Heiligkeit.«

»Gibt es etwas Neues von diesem – wie hieß er noch gleich?«

»Milo, Eure Heiligkeit. Nein, leider nicht, seit er gestern versucht hat, durch die Porta San Paolo zu gelangen. Er hat eine Wache getötet, und eine unbeteiligte Frau ringt noch mit dem Leben. Wir kriegen ihn. Irgendwann kriegen wir ihn.«

»Lieber Sandro, Rom ist ein Ameisenhaufen. Dein Mörder könnte sich monatelang versteckt halten, aber wir können nicht monatelang Stadtwache und Schweizergarde in höchster Bereitschaft halten. Diese peniblen Kontrollen… An den Toren werden sich allmorgendlich die Wagen stauen. Ich bin kein Wahrsager, wenn ich dir prophezeie, dass heute Mittag die ersten Gilden protestieren werden. In drei Tagen musst du deinen Verbrecher gefasst haben, ansonsten hast du Pech gehabt. Ich kann nicht das Wohl der – nach Jerusalem – bedeutendsten Stadt der Welt wegen eines einzelnen Mörders gefährden. Das siehst du doch ein.«

Sandro sah es ein. Er hätte Milo gerne gefasst und den Richtern übergeben, nicht nur wegen Carlotta oder weil es sich so gehörte, sondern auch wegen sich selbst. Die »Causa Milo« wäre ansonsten eine nicht geschlossene Akte, etwas, woran er ständig würde denken müssen. Für Antonia wäre ein Schlussstrich ebenfalls besser – sie müsste sich dann nicht vorhalten, Milo bis zum letzten Moment, also noch gestern Abend in der Kirche *Santo Spirito*, ahnungslos bei seiner Flucht geholfen zu haben. Aber Julius hatte recht, eine Stadt wie Rom ließ sich nicht länger als ein paar Tage in einem Ausnahmezustand halten.

»Möchtest du ein Bad nehmen, Sandro? Wie du siehst, steht hier ein zweiter Zuber.«

Es gab Angebote, die von dem, der sie machte, als überaus verlockend und von dem, der sie bekam, als überaus fad angesehen wurden. Dieses war ein solches.

»Vielleicht ein anderes Mal, Eure Heiligkeit. Jetzt muss ich über ein heikles Thema mit Euch sprechen.«

»Wie überraschend! Wo du doch sonst *nie* über heikle Themen mit mir sprichst.«

Sandro gab den beiden Dienern ein Zeichen, dass er mit dem Papst allein zu sein wünsche, wartete, bis sie gegangen waren, und stellte sich neben den Zuber. »Unsere Besprechung ist für die Ohren von Domestiken ungeeignet, Eure Heiligkeit.«

»Und wer schrubbt mir nun den Rücken?«

»Ich werde das machen.«

Sandro ergriff sogleich die Bürste, beugte sich über den Zuber und begann mit der Reinigung der päpstlichen Haut. Nach einer kurzen Weile sagte er: »De Soto ist tot.«

Julius fuhr herum, und ein Schwall Badewasser platschte auf Sandros Soutane.

»Erhängt. Es sieht nach Selbstmord aus. Da jedoch Visitatoren ebenso wie Päpste sehr wohl wissen, dass fast nichts so ist, wie es zu sein scheint, glauben wir natürlich keinen Lidschlag lang an Selbstmord, nicht wahr, Eure Heiligkeit? Wir kannten Luis de Soto zu gut.«

»Willst du damit andeuten, ich wüsste etwas über seinen Tod?«

»Nein.« Und das stimmte auch. Über seinen Tod beziehungsweise das Motiv seiner Ermordung war Julius gewiss nicht im Geringsten im Bilde. Über Luis' Treiben zu Lebzeiten jedoch ...

»Ich will nur sagen, dass er weit mehr als ein beliebiger Geistlicher für Euch war. Immerhin, Eure Heiligkeit, habt Ihr ihm wichtige Missionen übertragen. Zum Beispiel war er Euer Wortführer auf dem Konzil von Trient. Ihr habt ihn gefördert, ähnlich wie mich.«

Julius fuhr erneut herum, ein zweiter Schwall Wasser landete auf Sandros Sandalen.

»Das war nicht dasselbe«, sagte Julius. »Darauf lege ich

großen Wert. De Soto war Diplomat, ein politischer Kopf, ich habe ihn gebraucht, um die Interessen der einzig wahren Kirche und des Heiligen Stuhls zu wahren.«

»Ihr hättet ihn gerne als Nachfolger Loyolas gesehen.«

»Das gebe ich zu. De Soto wäre ein General ohne Format geworden, aber genau deshalb hätte man mit ihm über alles reden können. Loyola ist – wie sage ich es? – ein rechter Dickschädel. Er tut immer so, als sei er der Diener des Papstes, tatsächlich gelingt es ihm, alles so zu machen, wie er es will. Und er hat in allem seine Finger drin: Konzil, Missionierung der Heiden, Kampf gegen den Protestantismus, Ausbildung der Geistlichen, Schulwesen ... Das sind wichtige Bereiche der Zukunft, Sandro. Weißt du, dass es sein erklärtes Ziel ist, dass die Jesuiten eines Tages die Beichtväter sämtlicher Fürsten stellen? Ohne den Jesuitengeneral werden Päpste schon bald keine Machtpolitik mehr betreiben können, ja, wir werden auf seinen Nachrichtendienst angewiesen sein, während er alles mitkriegt, was wir reden und tun.«

»Vergesst nicht, dass Ihr einen Jesuiten im Vorzimmer sitzen habt.«

»Erstens bist du viel zu ungehorsam, um als richtiger Jesuit zu gelten, und zweitens sitzt du kaum im Vorzimmer, weil du entweder Mörder jagst oder Kranke wäschst.«

»Manchmal auch Päpste.«

»Da du es erwähnst – mein Rücken ist keine Werkbank, Sandro. Wenn du weiter so darauf herumschmirgelst, habe ich bald keine Haut mehr.«

Sandro legte die Bürste beiseite, ging um den Zuber herum und lehnte sich mit den Armen auf dessen Rand. Der heiße Dampf schlug ihm ins Gesicht.

»De Soto hatte irgendetwas vor. Ich habe mir den Kopf zermartert, was es gewesen sein könnte, aber ich komme immer wieder auf meinen ersten Einfall zurück: Er wollte um jeden

Preis Rektor des Germanicums werden, damit er, wenn es eines Tages um die Nachfolge Loyolas geht, eine gute Ausgangsposition hätte. Denn trotz seines Rufs als tüchtiger Diplomat bekleidete er bis zuletzt kein Amt im Orden. Er war einer von vielen, doch er wollte der Erste werden. Ich weiß nur noch nicht, wie, und auch nicht, was es mit diesen portugiesischen Briefen auf sich hat.«

Sandro erkannte an der Art, wie Julius ihn durch den Dampf hindurch ansah, dass er gleich die Wahrheit erfahren würde. Er traute Julius manches zu, so allerlei graue Händel, die ein Papst kaum vermeiden konnte. Doch Sandro war sich sicher, dass Julius ihm mittlerweile vertraute und ihn nicht anlügen würde.

»Du liegst richtig, Sandro, und doch auch wieder nicht. Hilf mir aus diesem Bottich heraus, sonst schrumple ich noch wie eine Dörrpflaume zusammen.«

Sandro reichte dem Papst die Hand, zog ihn hoch, holte das große Leinentuch und spannte es mit beiden Armen auf.

»De Soto«, sagte Julius, während Sandro ihn abtrocknete, »wusste schon seit längerem, dass Loyola ihn nicht zum Rektor des Germanicums machen würde.«

»Aber der ehrwürdige Pater General hat doch …«

»Lass mich ausreden, Ungestümer! Ich will es ja erklären. De Soto bat mich vor Monaten, bei Loyola ein gutes Wort für ihn einzulegen, damit man ihn zum Rektor des in Planung befindlichen Collegiums ernenne. Daraufhin schrieb Loyola mir zurück, dass er zwar daran gedacht und de Soto in die engere Wahl gezogen habe, jedoch davon abgerückt sei, weil er de Soto für charakterlich ungeeignet halte. Man kann über Loyola sagen, was man will, aber er hat ein gutes Gespür. Er zweifelte an de Sotos Demut, worin du ihm – wie ich deinem heftigen Nicken entnehme – zustimmst.«

»Und hat der Ehrwürdige seine Entscheidung de Soto mitgeteilt?«

»Ja, und da er offene Worte liebt, stelle ich mir vor, dass er de Soto auch die Gründe darlegte. Doch bat er sowohl ihn als auch mich, die Entscheidung einem gewissen Bruder Königsteiner noch nicht bekannt zu machen, da er gerne beobachten wolle, wie sich Königsteiner, der in Unkenntnis gelassen wurde, verhalte, ob es zu Rivalitäten käme und so weiter.«

Der Papst wickelte sich das Leintuch um den Körper und setzte sich auf seinen Schemel – sehr zu Sandros Verdruss, der gehofft hatte, sie würden den feuchtwarmen Waschraum verlassen.

»Ein Rückschlag für Luis«, sagte Sandro. »Aber sein Ziel, General der Jesuiten zu werden, hatte er deswegen bestimmt nicht aufgegeben.«

»Wie wahr!«

»Was hatte er geplant? Werdet Ihr es mir verraten, Eure Heiligkeit?«

»Du hättest es ohnehin bald erfahren. In zwei, drei Wochen, schätze ich.«

»*Distribuicao*?«, fragte Sandro.

Julius zog die Augenbrauen hoch. »Ich sehe, du warst schon nahe dran. Ja, Sandro. *Distribuicao*.«

22

Forli hasste Konversation, vielleicht weil sie eine Erfindung der Reichen war, die sich so sehr langweilten, dass sie sogar bereit waren, sich mit Menschen, die sie absolut nicht leiden konnten, über Themen zu unterhalten, die sie absolut nicht interessierten. Dort, wo er herkam, dienten Gespräche der Mitteilung notwendiger Informationen: hast du dies und jenes erledigt; hilf mit beim Abhängen der Wäsche, denn gleich wird es regnen; wie bescheißen wir den Steuereintreiber; der alte Ludolfini Antonio ist gestorben; die Pitoletta Maria heiratet den dummen Giuseppe. Manchmal sagte man auch überflüssige Sachen, aber mit Konversation hatte das alles nichts zu tun.

Es konnte einem speiübel werden bei dem Geschwätz an der Tafel des Collegiums. Und das war schade, denn Carissimi war in Begleitung von drei vatikanischen Köchen zurückgekommen, die ein Mittagsmahl zubereitet hatten, bei dem Forli das Wasser im Munde zusammenlief: gekräuterter Aal, Räucherforelle, Flusskrebse, Ölfrüchte, Bratgemüse im Teig, Langusten … So speiste der Papst jeden Freitag im Vatikan, und an diesem Tag hatte er seine Köche nebst Carissimi mit Grüßen in das Collegium gesandt. Da der jüngste Leichenfund erst wenige Stunden zurücklag und Miguel Rodrigues sein Fieber überwunden hatte und mit am Tisch saß, hatte man es für besser gehalten, schweigend zu essen. Genauso hätte Forli es sich auch weiterhin gefallen lassen – lieber noch hätte er ein paar Zoten gerissen, aber er sah ein, dass das unangemessen gewesen wäre –, aber dann fing Carissimi – wer sonst? – mit seiner unsäglichen Konversation an.

»Wann werdet Ihr heiraten, Signore von Donaustauf?«

»Morgen.«

»Was macht Ihr nach der Hochzeit?«

»Wir suchen uns eine schöne, große Wohnung, bleiben auf Rosinas Wunsch den Winter über in Rom, wie wir überhaupt jeden Winter hier sein wollen. Wir haben vor, ein langes, glückliches Leben miteinander zu verbringen.«

»Wer hätte das nicht vor? Und Ihr, Signore Ried? Welche Pläne habt Ihr?«

Tilman Ried schrak auf. »Pläne? Ich – ich verstehe nicht.«

»Werdet Ihr das Studium am Germanicum aufnehmen?«

Ried atmete auf. »Nein, ich verlasse das Collegium. Mein

Vater wird Verständnis dafür haben, angesichts der schrecklichen Mordfälle, die es hier innerhalb von wenigen Tagen gegeben hat. Ich hoffe, dass man so anständig sein wird, meinem Vater die Schulgebühr zurückzuerstatten.«

»Und wenn nicht?«

»Tja, dann eben nicht.«

»Ihr werdet Rom also bald verlassen?«

Er zögerte. »Nicht sofort …«

»Verstehe.«

Forli hätte am liebsten einen fahren lassen, einen richtig lauten, aber er beschränkte sich darauf, Carissimi einen fragenden Blick zuzuwerfen, woraufhin er leider nur dieses dämliche Carissimi-Grinsen als Antwort erhielt. Wie Forli ihn kannte, dachte Carissimi sich irgendetwas bei dem Geschwätz, er hatte allerdings weder ihn noch Angelo eingeweiht. Carissimi machte es bei der Auflösung seiner Mordfälle gerne spannend, und solange er ein freudloses Mönchsleben geführt hatte, hatte Forli ihm diese Geheimniskrämerei auch gegönnt. Seit Carissimi jedoch Antonia Bender hatte, fand Forli, sie müsste eigentlich Spaß genug in sein Leben bringen und er könnte die anderen Freuden mit seinen Freunden teilen. Aber nein …

»Befindet der Ehrwürdige sich wohl, Magister Duré?«

»Auf dem Weg der Besserung, würde ich sagen. Der Ehrwürdige hat etwas Brot gegessen und hält jetzt einen längeren Mittagsschlaf. Er hat Bruder de Sotos Tod besser verkraftet, als ich befürchtet habe.«

»Wann wird er, Eurer Erfahrung nach, erwachen?«

»Zur vierten Stunde des Nachmittags.«

»Das ist Zeit genug«, sagte Carissimi und löste damit allgemeine Neugier aus, auf die er selbstverständlich nicht reagierte. Stattdessen schälte er in aller Seelenruhe eine Languste und teilte sie in drei winzige Stücke, die er genussvoll aß. Als alle sich wieder einigermaßen beruhigt hatten, begann er neuerlich mit seiner Konversation.

»Ihr werdet ganz von vorn anfangen müssen, Bruder Königsteiner. Alle drei Schüler sind für Euch verloren.«

»In der Tat, Bruder Carissimi, Ihr sprecht wahr. Wir planen einen Neubeginn, oder besser gesagt, wir planen eine zweite Eröffnungsfeier, so als habe es die erste nie gegeben. Für Oktober erwarten wir sieben neue Schüler, mit denen haben wir hoffentlich mehr Glück. Und nun, wo sich der Übeltäter unter der Last seiner Verbrechen selbst gerichtet hat, ist unsere Hoffnung auch berechtigt.«

»Wann werdet Ihr zum Rektor ernannt?«

Königsteiner schmunzelte. »Lieber Bruder Carissimi, Ihr bringt mich in Verlegenheit. Ich warte in Demut die Entscheidung des Ehrwürdigen ab.« Daraufhin blickte er so andächtig auf seinen Teller, dass Forli ihm am liebsten draufgekotzt hätte.

Er zog es vor, nun doch einen fahren zu lassen.

Alle sahen ihn an.

»Entschuldigung«, sagte er. »Der Aal.« Er wusste selbst nicht, was er damit meinte. Schließlich hatte nicht der Aal gefurzt, sondern er, und es gab auch keine Binsenweisheit, die besagte, dass man vom Verzehr eines Aals furzen musste. Deswegen erntete er auch skeptische und missbilligende Blicke, außer von Birnbaum, der herzlich lachte.

Birnbaums Lachen animierte Königsteiner zu einem Kommentar.

»Unser Bruder Birnbaum hier wird übrigens nach Innsbruck zurückkehren, er hat schon gestern beim Ehrwürdigen schriftlich darum gebeten, ich habe die Bitte unterstützt, und der Ehrwürdige hat sie genehmigt.«

»Ihr habt Euch in Rom nicht wohlgefühlt, Bruder Birnbaum?«, fragte Carissimi, doch nicht der Befragte selbst, sondern Königsteiner antwortete für ihn.

»Die neuen Schüler kommen aus Norditalien, Frankreich und Mähren. Der bisherige Vorteil, dass die Schüler in Bruder Birnbaum einen Ansprechpartner aus dem eigenen Land hatten, fällt dadurch weg.«

Birnbaum hatte gerade ein Stück Aal mit großem Appetit in den Mund gestopft, erwiderte aber trotzdem: »Der wahre Grund ist natürlich, dass der verehrte Bruder Königsteiner mich für zu dumm hält, und deswegen meinen Antrag unterstützte. Die neuen Schüler kommen nämlich aus gebildeten Familien, und da mag man sich nicht mit einem wie mir blamieren.«

Königsteiner entgegnete: »Worüber beklagt Ihr Euch? Ihr wolltet ins Innsbrucker Armenhaus zurück, und genau das geschieht nun.«

»Ich bin nämlich nicht dumm.«

»Wenn man es nicht ist, muss man das nicht betonen.«

»Dafür sind Betonungen doch da – dass man sie benutzt.«

»Was ich meine, ist, dass Ihr Taten sprechen lassen solltet, wenn Ihr ...«

Königsteiner und Birnbaum hatten über den Kopf von Rodrigues hinweg gestritten, der nun plötzlich aufstand und sich die Ohren zuhielt. Forli hoffte schon auf eine unterhaltsame Einlage wie einen Wutausbruch oder eine derbe Beschimpfung, aber Rodrigues stand einfach nur herum. Als er die Hände von den Ohren nahm, zitterten sie leicht.

»Vielleicht«, sagte Carissimi, »hätte ich Euch nicht zur Tafel bitten sollen, Bruder Rodrigues. Der Tod Eures Mentors geht Euch selbstverständlich besonders nahe.«

»Euch dafür umso weniger«, erwiderte Rodrigues heftig. »Ihr trauert nicht, und Ihr schämt Euch noch nicht einmal, das zu verhehlen. Bruder de Sotos Tod ist Euch doch völlig egal, nein, schlimmer, Ihr veranstaltet ein Freudenfest.«

Carissimis Miene verdüsterte sich. »Ich versichere Euch,

Bruder Rodrigues, dass ich mich niemals über den Tod eines Menschen freue.«

»Und wie sonst nennt Ihr diese makabere Feier? Leichenschmaus?«

Carissimi erhob sich langsam. Er sah einen nach dem anderen an, sein Blick blieb kurz auf Forli und Angelo haften, und dann sagte er: »Nein, ich nenne es eine Henkersmahlzeit. Für einen in dieser Runde wird es jedenfalls eine sein, aber wer weiß, vielleicht auch für zwei. In weniger als einer Stunde werde ich bei jemandem an die Tür klopfen …«

Sandro klopfte, und der Mörder öffnete ihm. Die Luft war unerträglich stickig und heiß, es schien sich ein Gewitter anzukündigen.

Sandro warf einen Blick durch das geöffnete Fenster. Die Vögel waren verstummt.

»Es ist kein Vergnügen, Mörder zu überführen«, sagte er. »Hauptmann Forli glaubt, ich hätte meinen Spaß damit, aber das hieße auch, auf Umwegen Freude an den Ermordeten zu haben. Ich mache meine Arbeit, und ich mache sie mir erträglich, das ist alles. Haben Leichenbestatter und Priester Spaß an den Toten, die sie begraben? Haben Ärzte Spaß an den Kranken oder Köche Spaß an geschlachteten Hammeln?«

Er drehte sich herum. Der Mörder stand noch immer in der Nähe der Tür, die er für Sandro geöffnet hatte.

»Bitte schließt die Tür«, sagte er. »Flucht wäre aussichtslos. Hauptmann Forli, mein Assistent Angelo, die Stadtwache – alle stehen bereit, um Euch abzuführen.«

»Ich habe nicht vor, zu fliehen. Ich bin unschuldig.«

Sandro lächelte müde. »Ich hoffte, mir Erklärungen sparen zu können. Ihr wisst es, ich weiß es.«

»Unsinn.« Der Mörder erfüllte dennoch Sandros Bitte und

schloss die Tür. »Mir wird wohl nichts anderes übrig bleiben, als mir Eure Geschichte anzuhören.«

»Ihr werdet Euch nicht langweilen, versprochen. Die Geschichte beginnt mit einer Verschwörung. Luis de Soto hat sie initiiert. Er war stets ein Liebhaber von Konspirationen, aber diese war etwas ganz Besonderes, denn sie sollte ihn zu einem der bedeutendsten Geistlichen unserer Zeit machen. Ich gebe zu, das hört sich übertrieben an, ist es aber nicht.«

Sandro setzte sich und schlug die Beine übereinander, wobei sein Blick wieder einmal auf die völlig verdreckte Soutane fiel, die in den letzten Tagen einiges mitgemacht hatte.

»De Soto muss schon vor Monaten gespürt haben, dass der ehrwürdige Pater General ihn für die höheren Weihen ungeeignet fand. Sein lädiertes Ego schrie nach einem Plan. Was, wenn es ihm gelänge, den Orden zu spalten? In der so wichtigen Provinz Portugal, die alle überseeischen Provinzen der Jesuiten unter ihrer Kontrolle hat, liefen die Dinge seit einiger Zeit nicht mehr zur Zufriedenheit Loyolas, weil der dortige Provinzial, Loyolas alter Weggefährte Simon Rodrigues, eine Schwäche für zweifelhafte spirituelle Veranstaltungen entwickelt hatte: Fackelumzüge bei Nacht, öffentliche Selbstgeißelungen, ekstatische Gebete und dergleichen. Die portugiesische Provinz entfremdete sich den Prinzipien Loyolas, gleichzeitig sah sie sich den ständigen Ermahnungen des Ehrwürdigen ausgesetzt. Das ist genau das richtige Terrain für einen Überredungsakrobaten wie Luis de Soto, und nicht von ungefähr holte er sich ausgerechnet den Neffen von Simon Rodrigues in seine unmittelbare Nähe und damit in seinen Einflussbereich.«

Sandro erhob sich, kam dem Mörder nahe.

»Ein Briefwechsel begann. Dann erfolgte die Ablehnung seiner Bewerbung als Rektor und die damit einhergehende Gewissheit, dass seine ehrgeizigen Pläne sich unter Loyola und innerhalb des Jesuitenordens, so wie er bestand, nicht verwirklichen ließen. Daher setzte er alles auf eine Karte und forcierte seine Absicht, den Orden zu spalten. Simon Rodrigues ist zusammen mit dem Ehrwürdigen der Letzte der siebenköpfigen Schwurgemeinschaft von Montmartre, der zweite Mann hinter Loyola. Mit ihm vorneweg konnte eine Spaltung gelingen. Für eine Übergangszeit von etwa einem Jahr würde Simon Rodrigues an die Spitze des sezierten Ordens treten und hernach Luis de Soto Platz machen. Doch dann traten zwei Probleme auf: Simon Rodrigues zauderte. Er ist kein Intrigant, Umstürzler oder Verräter, er will bloß seine spezielle Form von Spiritualität in der Provinz praktizieren. Sein Gewissen meldete sich zu Wort. Außerdem musste der portugiesische König João III. gewonnen werden, denn er hat ein gewichtiges Wörtchen mitzureden, wenn ein Orden auf seinem Grund und Boden, ein Orden, der sich auch noch seiner Flotte bedient, um in die Welt zu reisen, sich anschickt, eigenständig zu werden. Das erste Problem löste Luis, indem er den Papst vor wenigen Tagen dazu brachte, der Spaltung seinen Segen zu geben, was Simon Rodrigues' Zweifel zerstreuen würde. Um das zweite, größere Problem zu lösen, benötigte er viel Geld, das der ewig klamme João III. für seine stillschweigende Duldung der Ordensrevolution verlangte. Wie ich mittlerweile erfahren habe, handelte es sich um achtzigtausend Golddukaten. Woher so viel Geld nehmen? Als habe Gott der Herr höchstselbst die Nöte Luis de Sotos erkannt und ihm Abhilfe versprochen, erschien Johannes …«

»Ihr redet und redet über eine Verschwörung, Mann, mit der ich nichts zu tun habe«, unterbrach der Mörder.

»Das ist wahr. An der Verschwörung seid Ihr völlig unbeteiligt, und trotzdem ist sie der Grund, dass drei Menschen sterben mussten, Menschen, die Ihr auf grausame Weise getötet habt. Als de Soto erkannte, wie reich Johannes war, umgarnte er ihn mit süßen Worten, belieferte ihn mit Wein, gewann ihn mit Anerkennung. Eines habe ich Luis de Soto nie abgesprochen: Menschenkenntnis. Er wusste genau, wie er diesen etwas überspannten Weltverbesserer auf seine Seite ziehen konnte. Lasst mich kurz spekulieren: Luis tat so, als nehme er Johannes ernst, und genau das hatte Johannes sich mehr als alles andere gewünscht. Luis erfand sein eigenes religiöses Erlebnis, erhob Johannes in den Rang eines gottgesandten Heidenbekehrers, versprach ihm eine große Zukunft im neuen Orden von Coimbra, eine Zukunft als oberster Missionar von China und was weiß ich noch alles, und Johannes sah sich nah am Ziel seiner größten Wünsche. Doch dann teilte Luis ihm mit, dass der große Plan vermutlich am Geld scheitern werde, woraufhin Johannes, dem sein Erbe nichts bedeutete und der ohnehin vorhatte, für immer Missionar zu werden, großzügige Hilfe versprach. Er hatte tatsächlich vor, den größten Teil des Vermögens herzugeben und die festen Güter dazu. Das Schloss wäre verkauft und der Erlös dem Orden von Coimbra überschrieben worden. Mit einem Schlag wären die Donaustaufs, um Jahrhunderte zurückgeworfen, wieder kleine, mittellose Landadelige gewesen, ruiniert wegen eines exaltierten Möchtegern-Mystikers, der auf einem Spaziergang im Wald in einem halbtrunkenen Zustand wirre Stimmen hörte und Visionen von Chinesen hatte.«

Sandro ging zum Fenster zurück. Die Wolken ballten sich zu Ungetümen zusammen und grollten dumpf.

»Wenn man sich vorstellt«, sagte Sandro, »wie wenig es braucht, um einen Orden zu zerschlagen: einen Ehrgeizling mit Intelligenz und einen Dummkopf mit Geld. Erschreckend, nicht? In ein paar Wochen wäre es so weit gewesen. Die Ordensprovinz Coimbra hätte sich für unabhängig erklärt, und damit wären auch die Überseeprovinzen verloren gewesen. Und alle, die es hätten verhindern können, hätten nichts dagegen unternommen: König João III. wegen des Geldes, der Papst, weil er die unverhoffte Gelegenheit sah, die wachsende Macht Loyolas und des Ordens einzudämmen.«

Sandro drehte sich um und sah den Mörder an. »Aber so wenig, wie es brauchte, eine solche Verschwörung erfolgreich durchzuführen, so wenig brauchte es, sie zum Einsturz zu bringen. Es bedurfte nur eines einzelnen, uneingeschränkt entschlossenen Mannes. Es bedurfte nur Eurer, Magister Duré.«

23

Der Magister entgegnete nichts. Scheinbar gefasst, setzte er sich an seinen Schreibtisch, ergriff eine Weinkaraffe und füllte mit ruhiger Hand zwei Becher. Einen davon schob er Sandro hin, den anderen drehte er spielerisch in seinen Fingern, ohne ihn an die Lippen zu führen. Ein kurzer Seufzer und ein beinahe unmerkliches Schulterzucken von ihm vermittelten Sandro den Eindruck großer Gleichgültigkeit, die vielleicht ausdrückte, dass er sich sicher war, dass Sandro die Vorwürfe nicht würde beweisen können.

Als er bemerkte, dass Sandro den Wein nicht anrührte, schmunzelte er und trank einen großen Schluck. Und als Sandro noch immer verharrte, fragte er verwundert: »Wie denn, trinkt Ihr nicht mit Mördern?«

»Ihr gebt es also zu?«

Duré lachte. Es war das Lachen einer dunklen, aber nicht unangenehmen Stimme, das Lachen eines Mannes, der gerade ein köstliches Mahl genossen hatte und nun eine Stunde mit seiner Familie verbrachte. Er trank, schenkte sich nach, und zwischendurch flackerte das Lachen wieder auf.

»So setzt Euch doch wenigstens«, sagte Duré. »Oder wähnt Ihr den Stuhl ebenfalls vergiftet?«

Sandro setzte sich und nahm den Becher in die Hand. »Ihr wollt nicht gestehen, sondern wollt überführt werden?«

»Ich bitte darum.« Duré lachte erneut. »Ich bin schon sehr gespannt, wie Ihr etwas beweisen wollt, das nicht zutrifft.«

Sandro ließ sich von der Selbstsicherheit des Magisters nicht irritieren. Er wusste, was er wusste, und er legte es dar:

Magister Duré war, was die Verschwörung de Sotos betraf, lange Zeit so ahnungslos gewesen wie Loyola, Sandro, Königsteiner, Birnbaum und überhaupt der größte Teil der Menschheit. Außer de Soto selbst waren nur Miguel Rodrigues, sein Onkel Simon und ein paar von dessen engsten Vertrauten in den Plan eingeweiht gewesen, sehr viel später kamen noch Johannes, João und Julius hinzu. Zu Anfang äußerst nützlich, weil er die Verbindung zu Simon nach Portugal herstellte, erwies sich Miguel Rodrigues zunehmend als Problem, denn wie sein Onkel entwickelte auch er Zweifel an der Lauterkeit des Unterfangens. Einst glühender Bewunderer des großen Rhetorikers und Diplomaten Luis de Soto, traten vermehrt Zweifel auf und trieben Miguel in einen Zwiespalt. Auf der einen Seite waren da sein ehrfürchtiger Respekt für seinen Mentor Luis, seine Loyalität gegenüber seinem Onkel und im Übrigen auch seine eigene Vorliebe für das theatralische Brimborium der portugiesischen Jesuiten. Auf der anderen Seite war sein Gewissen. Er spürte, dass er dabei half, etwas Falsches zu tun, sah jedoch keinen Ausweg. Die Folge: Fieberschübe, die von Magister Duré behandelt wurden, und dabei entstand bei Duré ein erster Verdacht. Miguel Rodrigues redete nämlich im Fieber – am heutigen Morgen ebenso wie vermutlich auch bei jenem Fieber vor zwei Wochen, von dem Duré bei seiner Vernehmung berichtet hatte.

»Was hat er denn schon gesagt?«, rief Duré. »Wirres Zeug, das allerlei und gar nichts bedeuten kann.«

»Ich stimme Euch zu. Und doch, er sprach von tausend

Lichtern – das heißt, von Fackelumzügen –, einem brennenden Rücken – das heißt von Selbstgeißelungen – und von allerlei mehr, das zu den Gerüchten passte, die über die Provinz Coimbra im Umlauf waren und die auch den Ehrwürdigen beunruhigten, wie ich dem Brief entnahm, den er vor einigen Tagen geschrieben hat. Ihr habt ihn mir selbst gezeigt. Nimmt man noch andere Worte des ›wirren Zeugs‹ hinzu, das Bruder Rodrigues redete – beispielsweise die Worte Abspaltung, Judas, Ungehorsam, Onkel, Bruder Luis und so weiter –, machte Euch das neugierig genug, um den jungen Rodrigues und Luis de Soto im Auge zu behalten.«

Magister Duré war daraufhin im Grunde genommen genauso vorgegangen wie Sandro: Er hatte, so gut es ihm möglich war, die beiden Verdächtigen beschattet und hatte auf diese Weise die konspirative Wohnung in der Via Pace entdeckt. Die von Luis angemietete Wohnung diente als Depot für Depeschen, denn ein offizieller und allzu reger Briefwechsel wäre früher oder später aufgefallen. Simon Rodrigues, der Provinzial von Coimbra, schickte seine Vertrauten als Kuriere nach Rom; sie brachten seine Depeschen in die Via Pace und nahmen die Depeschen von Luis und Miguel mit. Gelesene Briefe wurden verbrannt. Doch zwischen der Hinterlegung der Depeschen in der Wohnung und dem Erscheinen von Luis oder Miguel konnten oft mehrere Stunden liegen, bisweilen ein ganzer Tag, und so hatte Magister Duré die Gelegenheit, auf ähnlichem Wege wie Sandro in die Wohnung zu gelangen und einen der Briefe zu lesen. Vielleicht hatte er aber auch wie Sandro Pech gehabt und nur halbverkohlte Schnipsel im Kamin gefunden, die jedoch ausreichten, um einen vagen Eindruck von der Dimension der Verschwörung zu bekommen.

»Ihr assoziiert ziemlich frei, geschätzter Bruder Carissimi.«

»Das muss ich leider. Meine Ermittlung in diesem Fall gleicht dem Gang durch ein Labyrinth. Am Ende kommt es jedoch nicht darauf an, dass man den Aufbau des Labyrinths in seiner Gänze verstanden hat, sondern dass man den Ausgang findet – und dass man den Schlüssel, den man braucht, um ihn zu öffnen, in der Tasche hat.«

»Als Gelehrter, als Mann der Wissenschaft, widerspreche ich Euch entschieden. Und ich gebe zu bedenken, dass auch Richter Gelehrte sind.«

Sandro nickte. »Habt Geduld, Magister, ich bin erst auf halbem Weg zum Ausgang. Dass Luis de Soto sich um Johannes von Donaustauf bemühte, war nicht schwer zu erkennen für jemanden, der von nun an alles, was Luis tat, mit argwöhnischem Blick beobachtete. Allein diese Geschichte mit dem religiösen Erlebnis auf dem Konzil von Trient deutete darauf hin, dass Luis sich bei Johannes beliebt machen wollte. Und dass Johannes ein reicher junger Mann war, war bekannt. Zusammen mit den anderen Anhaltspunkten, die ihr gesammelt hattet, ergab sich für Euch der berechtigte Verdacht, dass Johannes, beziehungsweise sein Geld, Teil der Konspiration wurden. Daher und weil Ihr den Erfolg des Plans unbedingt verhindern wolltet, habt Ihr beschlossen, Johannes zu töten.«

»Lächerlich«, rief Duré. »Absurd. Hätte ich von einer Verschwörung gewusst, wäre ich damit zum Ehrwürdigen gegangen.«

»Das wärt Ihr nicht. Aus zwei Gründen nicht. Erstens: Der Ehrwürdige ist gesundheitlich angeschlagen, und zwar derart stark, dass ihn sogar eine vergleichsweise harmlose Beschwerde von Bruder Königsteiner an den Rand des Todes brachte. Wie Ihr mir selbst sagtet, leidet er unter schmerzhaften Koliken und gefährlichen Herzbeschwerden. Wäre ihm eine Verschwörung gemeldet worden, die zum Ziel hat, sein Lebenswerk zu zerstören oder zumindest schwer zu beschädigen, und hätte er darüber hinaus erfahren, dass sein letzter verbliebener Weggefährte aus alten Tagen einer der führenden Köpfe der Verschwörung ist, dann wäre die Erschütterung so groß gewesen, dass er…«

Sandro unterbrach sich. Er schluckte und verspürte das Bedürfnis, am Wein zu nippen. Vorsichtig roch er daran. Dann fuhr er fort: »Zweitens hätte der Ehrwürdige nichts ausrichten können. Ob er nun dieser Tage oder erst in einigen Wochen davon erfahren hätte, spielte doch für den Erfolg der Konspiration keine Rolle. Wenn Coimbra sich von ihm losgesagt hätte, und wenn König João und Papst Julius ihre Zustimmung gegeben hätten, was hätte ein Loyola dann tun sollen? Nein, wer ernstlich vorhatte, die Spaltung zu verhindern, musste ihre Protagonisten beseitigen.«

Johannes, führte Sandro weiter aus, war das erste Opfer, weil ihm als Geldgeber eine entscheidende Rolle zukam. Duré besaß umfangreiche medizinische Kenntnisse, die es ihm möglich machten, eine tödliche Pflanze auszusuchen und aufzuspüren, und er wählte die Poleiminze aus. Ihr Gift wirkte in hohen Konzentrationen schon in sehr kurzer Zeit und führte nach einer Atemlähmung zum Herzstillstand.

Duré protestierte: »Ich war zu der Zeit, als Eurer eigenen Aussage zufolge der arme Junge das Gift schluckte, gar nicht im Collegium. Ich saß mit dem Ehrwürdigen im *Teatro*.«

Der Einwand war berechtigt. Durés Abwesenheit in der Zeit zwischen vier und sechs Uhr hatte ihn lange Zeit unverdächtig gemacht. Aber dann war Sandro, angeregt durch die Entdeckung des Hohlraums in Johannes' Zimmer, auf die Idee gekommen, dass der Mord sich erst zu dem Zeitpunkt ereignet hatte, als Johannes bereits zusammengebrochen war und keuchend auf dem Bett lag.

Durés perfider Plan basierte auf drei Säulen. Die erste Säule: Johannes' Zusammenbruch hatte bereits im Speisesaal begonnen, vor aller Augen, womit Durés Behandlung des Kranken legitimiert und sogar notwendig war. Niemand würde auf den

Gedanken kommen, dass das, was Johannes das Leben kosten würde, erst danach geschah.

Die zweite Säule: Durés Kenntnis von Loyolas Gewohnheiten. Als langjähriger Begleiter des Ehrwürdigen konnte er gut einschätzen, wie sich Loyola verhalten würde, wenn ein Schützling schwer erkrankt war, mit dem Tode rang oder verstarb. Zunächst einmal stellte Loyola die Ordnung her, indem er alle Mitbrüder aus dem Zimmer schickte, und dann kniete er sich vor das Kreuz an der gegenüberliegenden Wand und betete. Dasselbe tat er im Angesicht des toten Luis de Soto. Duré wusste, womit er rechnen konnte, und tatsächlich verhielt der Ehrwürdige sich entsprechend. Womit Duré jedoch nicht gerechnet hatte, war, dass Sandro den Befehl Loyolas ignorierte und ihm bei der Behandlung zu helfen versuchte. Daher schickte er Sandro kurzerhand mit der Bitte aus dem Raum, ihm seine Arzttasche zu holen. Die wenigen Augenblicke, die er nun allein war – denn der Ehrwürdige betete, und Johannes zählte sowieso nicht –, genügten ihm, um den Mord zu begehen.

Die dritte Säule: Duré hatte, als Johannes nicht in seinem Zimmer gewesen war, einen Stein aus der Wand gelöst und dahinter einen Hohlraum geschabt, der groß genug war, um einen Flakon, gefüllt mit dem aus der Poleiminze gepressten Saft, zu verbergen. Duré zog, kaum dass Sandro das Zimmer verlassen hatte, den Stein hervor, verabreichte Johannes das hochkonzentrierte Gift, legte den Flakon zurück und setzte den Stein wieder ein. Der infame Mord wurde im Rücken des Ehrwürdigen begangen.

»Was sagt Ihr jetzt, Magister Duré?«

Duré schenkte sich erneut vom Wein nach, nun mit nicht mehr ganz so ruhiger Hand. »Da habt Ihr Euch ja was Schönes zusammenfantasiert. Eure These ist voller Fehler. Wieso hätte ich umständlich ein Loch in die Wand schaben sollen? Ich hätte den Flakon doch einfach in meinen Gewändern verstecken können.«

»Zugegeben, *vor* dem Mord wäre das ohne Probleme möglich gewesen, und wer weiß, vielleicht irre ich mich und Ihr trugt den Flakon seit dem Nachmittag, als Ihr mit dem Ehrwürdigen das Collegium verlassen habt, bei Euch. Für die Zeit unmittelbar *nach* dem Mord jedoch hätte sich das Mitführen eines Flakons nicht empfohlen. Ihr wusstet, dass ich zum Abendmahl erwartet wurde, denn Ihr hattet im Auftrag des Ehrwürdigen meine Einladung geschrieben. Mein Name ist seit den aufgeklärten Mordfällen in Trient und Rom in aller Munde. Ihr hattet Euch also in Acht zu nehmen und sorgtet für den Fall einer Leibesvisitation vor – die dann ja auch prompt erfolgte. Auch in Eurer Tasche wurde nachgesehen.«

»Einen leeren Flakon in meiner Tasche hätte ich ja wohl kaum zu fürchten gehabt.«

»Doch, da die Poleiminze einen sehr strengen Geruch hat, wie uns Doktor Pinetto am Abend des Mordes erklärte. Auch wenn Ihr den Inhalt des Flakons in Johannes' Rachen geleert habt, so hätte sich doch der Geruch im Flakon eine Weile gehalten.«

Schweigen trat ein. Ein paar Regentropfen waren zu hören, die auf das Sims schlugen, doch das Donnergrollen entfernte sich. Eine Abkühlung würde es nicht geben.

Sandro näherte sich dem Ende des Gesprächs, dem Ausgang des Labyrinths. Er stand, den Becher in Händen, auf und ging ein paar Schritte ziellos durch das Zimmer, betrachtete einen Gegenstand hier, einen Gegenstand dort.

»Oh, Ihr hattet wirklich an alles gedacht, Magister, und weder ich noch Doktor Pinetto haben bemerkt, dass wir, was das Gift anging, an der Nase herumgeführt wurden. Da Johannes' Atemnot während des Abendmahls im Speisesaal begonnen hat, schlossen wir selbstverständlich daraus, dass die tödliche Dosis ihm vorher verabreicht worden war. Doch das, was Ihr ihm viele Stunden vorher gegeben habt, war kein tödliches, sondern ein anderes, milderes Gift gewesen, von dem Ihr wusstet, dass es ihn lediglich unter Krämpfen zusammenbrechen lassen, aber nicht umbringen würde. In geringer Menge und Konzentration hatte es den Vorteil, dass Ihr es deutlich vor dem von Pinetto veranschlagten Zeitpunkt verabreichen konntet. Ihr habt dessen Wirkung durch die spätere Wirkung der Poleiminze sozusagen übertüncht. Wie Doktor Pinetto sagte: Zahlreiche Pflanzen verursachen Atemnot, doch nur wenige haben die massive Wirkung der Poleiminze. Welches war das mildere Gift?«

Duré antwortete nicht.

Der Name des anderen Giftes war ohne Belang. Vermutlich war es Johannes während der Mittagsruhe von Duré verabreicht worden. Gisbert hatte erwähnt, dass er, sein Bruder Johannes und Tilman Ried seit ihrer Ankunft unter hartnäckigen Durchfällen zu leiden gehabt hatten. Sandro stellte sich vor, dass Magister Duré so getan hatte, als habe er nur noch eine geringe und kostbare Menge einer wirksamen Medizin, die er bereit war, Johannes zu geben, wenn dieser niemandem etwas davon erzähle, und Johannes hatte keinen Grund, deswegen argwöhnisch zu werden. Er schluckte die vermeintliche Medizin. Doch er war nicht der Mensch, der eine Bevorzugung für sich behielt – immerhin prahlte er ja auch mit seiner Seelenverwandtschaft zu Luis de Soto, wie Bruder Birnbaum berichtet hatte. Als während der Messe der Durchfall wieder einsetzte und er die Kapelle eilig verließ und auf die Latrine des Collegiums rannte, musste er die Küche durchqueren, wo zu diesem Zeitpunkt Giovanna kochte. Auf dem Rückweg von der Latrine, als er es nicht mehr so eilig hatte, hatte sich zwischen den beiden vermutlich eine kurze Unterhaltung entwickelt. Vielleicht mokierte Giovanna sich über seinen Durchfall, machte eine Bemerkung, empfahl ein Gegenmittel ... Und bei dieser Gelegenheit erwähnte Johannes Durés Medizin, die ihm jedoch nicht geholfen hatte.

»Nicht geholfen«, sagte Sandro, und zum ersten Mal während des Gesprächs klang seine Stimme anklagend, und sein Blick brandmarkte den Täter. »Das waren Giovannas letzte Worte gewesen. Hauptmann Forli, Angelo und ich überlegten, was sie damit gemeint haben könnte, aber erst jetzt, wo alles Übrige ein Bild ergibt, lässt sich dieses fehlende Teil ergänzen. Der armen Giovanna muss irgendwann in der dem Mord an Johannes folgenden Nacht ein Verdacht gekommen sein, den sie mir unbedingt mitteilen wollte. Aus einem albernen, formalen Grund wurde sie von Königsteiner daran gehindert, und diesem Streit, der im ganzen Haus zu hören gewesen war, habt Ihr es zu verdanken, dass Ihr gewarnt wurdet. Auch Euch war am Vortag nicht entgangen, dass Johannes urplötzlich aus der Kapelle gelaufen war, dass sein Durchfall sich nicht besserte und er, um auf die Latrine zu gelangen, an Giovanna vorbeigekommen war ... Und dann wollte sie mir dringend etwas mitteilen. War es Angst, Vorsicht oder eine Ahnung, die Euch handeln ließ? Ihr seid bei nächster Gelegenheit in die Küche geschlichen und habt dort die Gelegenheit ergriffen, Giovanna auf unsagbar grausame Weise zu töten.«

Sandro hatte genug von diesem Gespräch, ihm kam die Galle hoch, wenn er Duré nur ansah ...

»Ob Ihr mit dieser Kette von Indizien vor einem Richter durchkommt, ist zweifelhaft«, stellte Duré fest.

»Wenn es sein muss, werde ich es darauf ankommen lassen«, sagte Sandro. »Aber dann, das macht Euch bitte klar, wird auch der Ehrwürdige mit dem konfrontiert, was ich herausgefunden habe. Mit *allem*.«

Duré wirkte betroffen. »Nein, das ... das dürft Ihr nicht. So ein Prozess wäre ... fatal. Der Ehrwürdige ... er ist ...«

»Ich weiß«, sagte Sandro erstaunlich freundlich, »dass Ihr das, was Ihr getan habt, für Loyola tatet. Ich habe selbst gesehen, wie Ihr um sein Leben gekämpft habt, und ich weiß, wie sehr Ihr ihn verehrt, und sehe, wie Ihr ihn betrachtet ... Ihr liebt diesen Mann wie einen Vater.«

Duré brach in Tränen aus, sein Gesicht verzerrte sich, sein Kopf sank auf den Tisch.

»Er ist ein Heiliger, ein Heiliger ...« Er wiederholte es wieder und wieder und weinte. Dann sah er Sandro mit tränenfeuchten Augen an. »Man wollte sein Lebenswerk zerstören, den Orden zerschlagen. Das hätte ihn umgebracht. Wenn der Ehrwürdige eines Tages stirbt, dann soll er es in dem Bewusstsein tun, der Welt etwas Wertvolles hinterlassen zu haben.« Er schluckte, seine Lider schlossen sich. »Eigentlich habe ich es nicht tun wollen – den Jungen vergiften – der Gedanke war mir gekommen – ich habe ihn verworfen, mich getadelt – dann ging ich spazieren – das war am Tag davor – südlich der Stadtmauer – am Tiber spazieren – da sah ich diese Pflanze, die dort eigentlich nicht hingehört, die feuchte Auwälder bevorzugt – Poleiminze – ich erkannte sie sofort – und es kam mir vor wie ein Zeichen – ein Befehl – da habe ich dann – Carissimi, wenn der Ehrwürdige davon erfährt – schrecklich. Dann wäre alles umsonst gewesen.«

»Ich sehe keinen Weg, ihm die Wahrheit zu ersparen. Die Wahrheit, die ihn umbringt. Denn ein Mörder gehört bestraft.«

Sandro kippte langsam den Wein aus dem Becher in den Krug zurück. Duré runzelte die Stirn. Sein Blick ging zu Sandro, zum Weinkrug, zu Sandro, wieder zum Weinkrug ...

»Und wenn ich ...«, begann Duré seine Frage.

Sandro unterbrach ihn. »Ich werde jetzt gehen, Magister Duré. Ihr dürft in Ruhe Eure Sachen packen. Ich komme erst in einer Stunde wieder.«

»In einer Stunde?«

»Ist das Zeit genug?«

Duré nickte. »Versprecht Ihr mir, dass der Ehrwürdige …«

Sandro nickte. »Ich verspreche es. Er wird leben.«

Über Durés Lippen glitt ein Lächeln. »Danke.« Seine Tränen versiegten.

Indes saß Forli mit Angelo im Speisesaal des Collegiums. Gelegentlich ging einer von ihnen in den ersten Stock, horchte, sah sich um, kam zurück und sagte: »Noch immer nichts.«

Wie lange war Carissimi nun schon bei Magister Duré? Eine ganze Weile jedenfalls. Dass er die Aufdeckung der Verbrechen aber auch immer so in die Länge ziehen musste! Erklären, begründen, jeden Teil zerlegen, jedes Teilchen noch einmal zerlegen … Wenn man den Fall schon aufgeklärt hatte und wenn man wusste, wie das Gespräch ausgehen würde, wozu dann noch ein endloses Oratorium aufführen? Forlis Sache war das nicht. Wenn er jemanden dingfest machte, legte er ihm Fesseln an und schleppte ihn vor den Richter. Dem legte er einen Bericht vor und – abführen! Pranger! Kerker! Block!

»Die einen«, sagte Angelo, »essen ihren Teller in einer Zeitspanne leer, die andere dazu benötigen, um einen Schluck Wein zu trinken.«

Manchmal, dachte Forli, quatschte Angelo schon wie Carissimi.

Aber eines musste er dem Mönchlein lassen: Magister Duré, darauf wäre Forli nicht so schnell gekommen. Oder, na ja, vielleicht auch nie.

»Ich hätte auf Birnbaum gesetzt«, sagte Forli. »Eventuell auf Königsteiner.«

»Die einen«, entgegnete Angelo, »setzen auf Täter wie auf Wettkämpfer, die anderen überlegen klug und …«

»… landen im Schwitzkasten«, ergänzte Forli, wodurch er Angelo augenblicklich zum Verstummen brachte. Das war doch wirklich nicht zu fassen, jetzt hatte er bereits zwei von der Sorte an der Backe. »Tu nicht so, als hättest du's gewusst. Nicht mal Carissimi wär darauf gekommen, wenn wir den Hohlraum nicht entdeckt hätten. Gut, wenn *du* ihn nicht entdeckt hättest. Genau genommen hat ihn der liebestolle Gisbert entdeckt, der dich mit seiner Arroganz dazu brachte, ihn gegen die Wand zu stoßen. Haha. Das ist dem Gisbert ganz schön ins Kreuz gefahren. Und Duré wird es ins Genick fahren.«

Forli schlug sich mit der Handkante auf den Nacken. »Geschieht ihm recht. Wie er uns übers Ohr hauen wollte, dieser Schuft: das Buch der Heilpflanzen, aus dem er eine Seite herausriss und es dann absichtlich versteckte, sodass der Eindruck entstand, jeder im Collegium hätte ein passendes Gift finden können; und dass er erzählte, dass er Johannes mit diesem Mädchen gesehen hatte – was zwar stimmte, wodurch er aber eine weitere Fährte für uns legte.«

»Ihr vergesst, den Mord an Luis de Soto zu erwähnen, Hauptmann.«

»Falsch. Ich habe ihn absichtlich nicht erwähnt. De Soto ist Opfer seiner Eitelkeit geworden.«

Forli war es unmöglich, etwas zu bedauern oder zu verurteilen, was einer Ratte wie de Soto widerfuhr, und er bedauerte es schon zweimal nicht, wenn de Soto bei etwas ums Leben gekommen war, das darauf abzielte, Carissimi zu schaden.

Der Mord an de Soto konnte sich eigentlich nur folgendermaßen abgespielt haben: Magister Duré war letzte Nacht – alle im Haus schliefen schon – in Luis de Sotos Zimmer gegangen. Er weckte Luis und sagte, er hat etwas sehr Wichtiges mit ihm zu besprechen, es geht um Carissimi und die Verbrechen. Luis warf sich rasch seine Soutane über, gespannt, was der Magister ihm über Sandro mitteilen würde. Zunächst bediente Duré sich de Sotos eigener Waffen und machte ihn glauben, er halte Carissimi für einen unverschämten Wichtigtuer und Versager obendrein. Dergleichen hörte de Soto gern. Und dann tischte er ihm die These auf, dass das Gift, von dem Carissimi noch immer nicht wisse, worin es sich befunden habe, sehr wahrscheinlich im Wasserbecher auf dem Lesepult enthalten gewesen sei. Dieser Becher nämlich, aus dem Johannes unmittelbar vor dem Anfall getrunken habe, sei bei der Untersuchung übersehen worden. Er, Duré, habe Carissimi darauf hingewiesen, doch der wollte sein Missgeschick verbergen und nichts von dem Wasserbecher wissen.

Es war schon ein arges Ammenmärchen, das Duré erzählte, und wäre de Soto ein achtsamer Mensch gewesen, hätte er mit Carissimi gesprochen. Er sah jedoch nur die einzigartige Möglichkeit, Carissimi einen Tritt zu verpassen. War es de Sotos Idee, einen Brief zu schreiben? Oder half Duré nach? »Ihr steht Euch doch gut mit dem Papst. Allein Seine Heiligkeit kann hier eingreifen, denn Carissimi ist ihm direkt unterstellt. Wir müssen einen Brief schreiben, und zwar gleich.«

Der Brief wurde geschrieben, auf Pergament. Sicherlich hätte es de Soto später als seinen alleinigen Verdienst verkauft, dass ein schwerer Ermittlungsfehler aufgedeckt worden war, aber so weit kam es erst gar nicht. Magister Duré ging es um einen einzigen Satz: Das Gift befand sich im Wasserbecher auf dem Lesepult. Kaum dass Luis de Soto diesen Satz geschrieben hatte, hatte er seinen letzten Atemzug getan, denn Duré erschlug ihn mit einem schweren Gegenstand, vielleicht einem Schürhaken. Ein gezielter Nackenschlag – und de Soto sank mit gebrochenem Genick zusammen. Duré band ihm eine Schlinge um den Hals, warf das Seil über den Deckenbalken und brachte es unter Einsatz aller Kraft fertig, dass der Leichnam ein oder zwei Handbreit über dem Zimmerboden schwebte. Dann brauchte er nur noch den Rest des Briefes zu entfernen, eine passende Bibelstelle aufzuschlagen und alles wie einen Selbstmord aussehen zu lassen.

Dabei war unwichtig, ob Duré wirklich vorgehabt hatte, einen Selbstmord zu fingieren, um die Untersuchung zum Abschluss zu bringen, oder ob er einfach nur eine weitere falsche und verwirrende Spur legen wollte, so wie mit dem Pflanzenbuch und der Erwähnung des unbekannten Mädchens. Sein Hauptgrund für den Mord dürfte ohnehin ein anderer gewesen sein, denn durch Johannes' Tod war das Coimbra-Komplott zwar gestört, nicht aber ein für alle Mal verhindert worden. Erst der Tod von Luis würde es zum Einsturz bringen.

»Ein Komplott hat es nicht gegeben«, sagte Carissimi, der, von Duré kommend, sich zu Forli und Angelo gesellte.

»Was heißt das?«, fragte Forli. »Wieso hat es kein Komplott gegeben?«

Carissimi sah ihn und Angelo durchdringend an, und man verstand: Es gab zwar ein Komplott, aber es durfte keines geben, und deswegen gab es auch keines.

»Aha«, sagte Forli, »also wird Duré ein Geständnis ablegen, aber das Motiv für sich behalten.«

»Nein, er wird kein Geständnis ablegen. Keines jedenfalls, das jemand als solches verstehen wird, außer uns.«

»Carissimi, Ihr quatscht schon wieder wie ein Jesuit. Blablabla. Nun redet doch endlich mal wie ein normaler Mensch. Wenn Ihr etwas sagen wollt, dann *sagt es.*«

»Er will es nicht sagen, Hauptmann, das ist es ja«, meinte Angelo. »Ich denke, er will uns schützen.«

Schützen? Wovor? Forli blickte zwischen Carissimi und Angelo hin und her. Da hatten sich ja wirklich zwei gefunden … »Wir können Duré weder die Morde an de Soto noch an Giovanna nachweisen, und wenn Duré kein Geständnis ablegt, wir aber andererseits das Coimbra-Komplott verschweigen, haben wir, auch was den Mord an Johannes angeht, wenig gegen ihn in der Hand. Carissimi, Ihr habt doch nicht etwa vor, einen dreifachen Mörder laufen zu lassen?«

»Das habe ich in der Tat nicht vor, Hauptmann. Wir sitzen hier noch eine kleine Weile zusammen – und dann gehen wir zu Duré, um ihn abzuführen.«

Nun kapierte Forli gar nichts mehr, bis Angelo sagte: »Aber es wird nicht dazu kommen. Magister Duré wird einen Weg finden…«

Forli stand plötzlich auf. Er hatte schon eine Menge in seinem Leben getan, worauf er nicht stolz war, aber einem Mörder hatte er noch nie erlaubt, sich selbst zu richten.

Er sah Carissimi an. Die meisten Leute, die er kannte, hatten entweder überhaupt keine Standpunkte und Grundsätze, oder ihre Standpunkte und Grundsätze waren festgefügt wie gepflasterte Straßen, auf denen sie tagein und tagaus spazieren gingen. Was er an Sandro Carissimi schätzte – und womit er ihn gleichzeitig aufzog –, war der Mut zur Schwäche, zum Irrtum und zur Suche. Wenn Carissimi einem Mörder erlaubte, sich selbst zu richten, würde er seine guten Gründe haben. Und trotzdem drehte sich Forli der Magen um, wenn er daran dachte, dass Giovannas Mörder nie für seine Tat angeklagt werden würde.

»Heißt das, offiziell wird de Soto als Täter gelten?«

Carissimi nickte.

»Und Duré?«

Carissimi antwortete nicht.

»Ein Herzanfall also? Ein natürlicher Tod?«

Carissimi nickte.

»Verstehe ich das richtig: Außer uns dreien erfährt keiner, dass Duré der Täter war, und mit de Sotos angeblichem Selbstmord ist der Fall abgeschlossen?«

Carissimi nickte.

»Der Gedanke, Ihr rächt Euch an Luis de Soto, indem Ihr ihm posthum den guten Ruf raubt, liegt nicht fern, Carissimi.«

Carissimi stand auf. »Wenn Ihr das glaubt, Forli…« Er

sprach den Satz nicht zu Ende, und sie standen sich einen Moment schweigend gegenüber.

Forli sagte: »Natürlich nicht. Es ist nicht die Lösung, die ich mir wünsche, aber wenn Ihr es so machen wollt, dann bin ich dabei. An Eurer Seite, Carissimi.«

Auch Angelo stand auf. »Dann haben wir jetzt ein gemeinsames Geheimnis. Ich habe das Gefühl, dass im Laufe der Jahre noch ein paar mehr daraus werden.«

Sie sahen sich an, lächelten und nickten.

Magister Duré erlag noch in derselben Stunde einem Herzanfall, als er allein in seinem Zimmer am Schreibtisch saß. Sandro beseitigte den kleinen Flakon, aus dem ein bitterer Duft aufstieg, und dann informierte er Bruder Königsteiner von dem tragischen Todesfall. Zugleich teilte er ihm mit, dass die Ermittlungen abgeschlossen waren, Luis de Soto als Täter feststehe und ein jeder von nun an tun könne, was ihm beliebte. Da der Mittagsschlaf des Ehrwürdigen noch ungefähr eine Stunde dauern würde, wollte Sandro Angelo zum Vatikan schicken, um Doktor Pinetto kommen zu lassen, für den Fall, dass Ignatius von Loyola auf die Nachricht vom Tod seines langjährigen Leibarztes mit einer weiteren Herzattacke reagieren würde. Doch dann sah er die Sänfte des Heiligen Vaters, die soeben vor dem Collegium eintraf und der Doktor Pinetto entstieg.

»Zeig ihm den Weg, Angelo«, bat Sandro. Und an den Doktor gewandt, sagte er: »Bruder Königsteiner wird dem Ehrwürdigen das Nötige mitteilen. Gebt dem Ehrwürdigen bitte ein Beruhigungsmittel und bleibt ein paar Stunden bei ihm, wenn möglich über Nacht.«

Pinettos Blick verdeutlichte, dass dieser Hinweis überflüssig gewesen war und Visitatoren ihm nicht zu erklären brauchten, wie man angeschlagene Greise behandelte. Dann folgte er Angelo ins Haus.

Sandro stieg in die Sänfte ein.

»Ist es vorbei?«

»Ja, Eure Heiligkeit. Duré ist überführt.«

»Gut.«

»Und er ist tot.«

»Was sagst du da?«

»Herzanfall. Ignatius von Loyola wird nie von dem Komplott erfahren und auch nicht davon, was Duré getan hat. Und de Soto ist ein Mörder und Selbstmörder.«

Sandro hatte unumwunden und mit großer Selbstsicherheit gesprochen. Sie saßen sich in der kleinen Sänfte gegenüber, ihre Knie stießen beinahe aneinander. Es roch angenehm nach kühlem, mit Minze aromatisiertem Wein. Die Vorhänge der Sänfte waren fast ganz zugezogen, und er konnte nur die rechte Gesichtshälfte des Papstes erkennen.

Julius nickte. »Ich habe keine Einwände. Das ist ein kluger Schachzug von dir, denn wenn de Soto als Mörder und Selbstmörder gilt, bist du mit einem Schlag seine Freunde, die deine Feinde sind, los. Keiner von denen wird de Soto betrauern, keiner wird einräumen, jemals gut bekannt mit ihm gewesen zu sein. Man wird de Soto in ungeweihter Erde bestatten und sein Andenken verleugnen.«

»Das war aber nicht der Grund, weshalb ich …«

»Natürlich nicht!«

»Aber wenn ich Euch doch sage, dass …«

»Sandro, mir musst du nichts erklären. Ich billige deine Entscheidung.«

Es ärgerte Sandro, dass sowohl Forli als auch Julius in Betracht zogen, dass er sich an Luis rächen wollte. Auch wenn beide ihm versicherten, ihm nichts zu unterstellen, und beide ihn unterstützten, so blieb doch ein schaler Nachgeschmack. Gewiss, er hatte Durés Vorschlag ziemlich schnell akzeptiert. Genau genommen – wenn er darüber nachdachte – hatte *er ihm* den Vorschlag gemacht. Aber doch nur, weil Loyola, würde er Kenntnis von einer Verschwörung seines Weggefährten Rodrigues erhalten, ein gebrochener Mann wäre. Mit Luis hatte das nichts zu tun.

Nicht das Geringste.

In diesem Moment sah Sandro durch den Spalt zwischen den Vorhängen, wie Gisbert von Donaustauf das Collegium verließ und sich von Birnbaum verabschiedete.

»Verzeiht, Eure Heiligkeit, da ist noch etwas, das ich erledigen muss.«

»Ich erwarte dich morgen zum Dienst.«

»Ja, gut.«

»Übrigens – das *Teatro* ist niedergebrannt.«

»Wurde jemand verletzt?«

»Nein, aber ... Der Brand war sicher kein Zufall. Nimm dich vor diesem Kerl in Acht, Sandro.«

»Ich werde gut beschützt. Bitte entschuldigt mich jetzt.«

Sandro stieg aus der Sänfte und lief hinter Gisbert her, der schon ein Stück entfernt war.

»Signore von Donaustauf, auf ein Wort, bitte.«

»Macht aber schnell. Ich hab's eilig.«

Sie gingen in die kleine Gasse hinter dem Collegium.

24

Glück im Unglück nannte man das. Milo hatte gehofft, Carissimi beim Collegium Germanicum anzutreffen, war sich jedoch nicht sicher gewesen. Eine ganze Weile hatte er in der Nähe des Gebäudes gelauert, ohne feststellen zu können, ob Carissimi sich darin befand. Selbst wenn er darin war – es wimmelte von Soldaten. Wie sollte er also an ihn herankommen? Und dann, als er ihn endlich aus der Ferne entdeckt hatte, war er in die Sänfte des Papstes gestiegen, und Milo hatte sich jeder Gelegenheit beraubt gesehen.

Doch der Teufel hatte ein Einsehen. Nun lief ihm Carissimi geradewegs entgegen, bog in genau jene Gasse ein, in der Milo sich hinter einem kleinen Brunnen verbarg. Die Wache begleitete Carissimi nicht, nur ein Bürschchen, mit dem er ein Gespräch begann.

Milo überlegte, ob er gleich angreifen oder noch warten sollte. Immerhin müsste er eine Strecke von ungefähr zwanzig Schritt ohne Deckung zurücklegen, in der Carissimi oder das Bürschchen auf ihn aufmerksam werden könnten. Das würde Carissimi die Möglichkeit zur Flucht geben, vielleicht würde er nach einer Wache rufen.

Milo entschied sich, nichts zu überstürzen. Aber sobald Carissimi allein wäre, oder wenn die beiden sich umdrehen würden, um die Gasse wieder zu verlassen …

Als Sandro vorhin an der Tafel des Collegiums die Andeutung gemacht hatte, dass das Mittagsmahl vielleicht für zwei der Anwesenden eine Art Henkersmahlzeit sein könnte, hatte er zum einen natürlich Duré gemeint, zum anderen Gisbert von Donaustauf. Nicht, dass der junge Mann ein Verbrechen begangen hätte – im Gegenteil, Sandro glaubte, dass Gisbert schon bald Opfer eines Verbrechens werden würde.

Nur jemand, der in Rom groß geworden war, nur jemand, der seit langer Zeit in einer Stadt lebte, die irr war vor Sonne, irr vor Sünden, konnte die Gefahr spüren, in der dieser halbflügge Junge aus der Provinz schwebte. Rosina, die ihn nicht liebte, würde ihn heiraten. Ried, den Rosina liebte, würde in Rom bleiben. Franco, der für ein paar Dukaten seine Mutter verkaufen würde, hatte den Plan ausgetüftelt. Nach der Hochzeit würden Gisbert und Rosina in Rom bleiben, und zwar bis weit ins nächste Jahr hinein, in dem Gisbert mündig würde … Ein paar Wochen später, vielleicht auch erst auf der Reise gen Norden, würde Gisbert Opfer eines Verbrechens werden, dessen Täter man nie ermitteln würde. Franco hätte gewiss ein Alibi. Der Mörder würde Tilman Ried heißen. Der Liebe wegen – und weil diese Stadt ein Höllenschlund war – würde aus einem anständigen ein schlechter Mensch werden.

Sandro bemühte sich, so deutlich wie möglich zu werden, aber Gisbert von Donaustauf lachte ihn aus.

»Rosina liebt mich nicht? Hört auf, Ihr habt ja keine Ahnung. Soll ich Euch sagen, wie sehr sie mich liebt? Soll ich Euch mal meinen Rücken zeigen? Soll ich Euch beschreiben, wie Liebe sich anfühlt? Ich spüre, dass sie mich liebt.«

»Ihr wünscht es zu spüren, daher …«

»Schweigt. Ich muss Euch nicht länger zuhören, Ihr habt mir nichts mehr zu befehlen. Da drin im Collegium konntet Ihr den großen Kommandanten mimen, aber damit ist Schluss. Was seid Ihr denn schon? Was wisst Ihr denn schon? Die Leute sind reihenweise gestorben, und hätte der Mörder sich nicht erhängt, würdet Ihr noch immer im Dunklen tappen. Was waren das für große Reden vorhin an der Tafel: Ich werde an eine Tür klopfen … Und jetzt? Jetzt ist derjenige, der sich erhängt hat, der Mörder. Eine großartige Leistung. So jemanden wie Euch nenne ich einen Versager. Und nun lebt wohl.«

Gisbert von Donaustauf machte sich auf den Weg, und Sandro sah ihm nach. Leb du auch wohl, dachte er, glaubte aber nicht daran.

Bloß keine große Sache daraus machen, dachte Milo und kam aus seiner Deckung hervor. Er war so leise, dass er seine eigenen Schritte nicht hörte. Das Pflaster war sauber und trocken. Milo spürte keine Nervosität, keine Erregung. Fast war es ihm egal, ob er die Tat nun beginge oder nicht. Doch der kleine

Machtkampf zwischen Carissimi und ihm war nun einmal entstanden und musste zu Ende gebracht werden.

Ein Schritt noch. Carissimi hatte ihn nicht bemerkt.

Das war's.

25

Julius, noch in der Sänfte auf dem Weg in den Vatikan, spürte einen Stich in der Nähe des Herzens. Das war der Tod. Nicht der sofortige Tod, nur der Einstieg, die Fahrt hinab, das hohe Alter. Seine Organe waren verbraucht, von ihm selbst geschändet. Absurd, jetzt noch in Jahren zu planen.

Eine große innere Ruhe überkam ihn, die allerdings nichts Angenehmes an sich hatte, denn es handelte sich um Lethargie und Desinteresse. Die Politik: ein langweiliges Spiel. Die Ränke: vergeblich wie die Mühsal des Sisyphos. Die Liebe: eine Sehnsucht, die sich trotzig gegen die Realität stemmte. Die Seele: zerfurcht. Er hatte gelebt. Bald war es vorbei. Ob in diesem Jahr oder im nächsten – welche Rolle spielte das?

Zeit, sein Erbe zu überdenken.

Reformen, danach verlangten die Menschen, sagte Sandro immer. Was Sandro nie sagte, aber meinte, war: Das Zeitalter eines Papsttums, das seine Augen vor den Mängeln der Kirche nicht nur verschloss, sondern diese Mängel mit verursachte, neigte sich dem Ende entgegen. Möglich, dass das stimmte, dass Julius ein Relikt war, ein Überbleibsel. Seit Wochen lagen Sandro und andere Renegaten ihm in den Ohren, eine erste Reformbulle in Auftrag zu geben, gleichsam den Schritt in eine neue Zeit zu wagen. Doch er hatte sich immer dagegen gesträubt.

Nun, unangenehm von der Lethargie berührt, war es ihm egal.

Was Sandro betraf, so galt es, energischer als bisher seine Karriere zu fördern, ihn noch stärker einzubinden.

Ein sirrendes Geräusch. Ein einzelnes, hohles Pochen. Ein Stöhnen. Der Sturz eines Menschen.

Als Sandro sich umdrehte, lag Milos lebloser Körper mit dem Gesicht nach unten auf dem Boden, und ein Messer ragte wie ein kleiner Mast aus seinem Rücken.

Verwirrt blickte Sandro sich um und entdeckte Angelo, der sich aus einem Fenster im ersten Stock des Collegiums lehnte.

»Seid Ihr wohlauf, Exzellenz?«

»Ja, ich …«

»Ist er tot?«

»Ich – glaube schon.«

Angelo stieß erleichtert die Luft aus. »Ein Glück, dass ich ein neugieriger Mensch bin. Ich wollte hören, was Ihr Gisbert von Donaustauf zu sagen hattet, und dann sah ich, wie Milo auf Euch zuschlich.«

»Und – die Waffe? Woher …?«

»Wer nachts so viel wie ich auf den Beinen ist, sollte immer ein Messer dabeihaben und wissen, wie man damit umgeht.«

»Du hast mir das Leben gerettet, Angelo.«

Angelo nickte. »Ja, was man nicht alles tut, um Karriere zu machen.«

Sie lachten einander zu.

Sandro betrachtete es als seine Pflicht, Signora A persönlich über den Tod ihres Sohnes zu informieren. Er fand sie vor den Trümmern des abgebrannten Hurenhauses. Sie war allein. Keine der Huren war bei ihr, vermutlich suchten sie bereits nach einem neuen Arbeitsplatz. Noch immer goss die Brandwehr Wasser auf die glimmenden Balken, und die Signora sah ihnen teilnahmslos zu. Ahnte sie, dass Milo diese Katastrophe zu verantworten hatte? Wenn ja, unterdrückte sie diesen Gedanken. Als Sandro ihr das Nötige mitgeteilt hatte, trat das ein, was er erwartet hatte: Sie richtete ihren Zorn gegen ihn, leugnete, dass ihr Sohn ein Mörder war, und warf Sandro vor, seine guten Beziehungen benutzt zu haben, um Milo zu verleumden. Sie schlug ihn, jagte ihn weg. Er verübelte es ihr nicht. Sie hatte an einem einzigen Tag ihr Kind und ihr Lebenswerk verloren. Das erst jüngst angetretene Erbe – das sie den Jesuiten hatte schenken wollen – würde verhindern, dass sie verarmte. Aber es ersetzte nicht die Verluste.

Es war bereits Abend, als Sandro ins Collegium zurückkehrte. Angelo sagte ihm, dass der Ehrwürdige ihn zu sprechen wünsche.

»Er ist in der Kapelle, Exzellenz. Miguel Rodrigues ist bei ihm.«

»Wie geht es dem Ehrwürdigen?«

»Doktor Pinetto sagt, er sei schwach, aber ruhig. Man hat ihm ein Beruhigungsmittel gegeben.«

Sandro betrat die Kapelle und wurde von Miguel Rodrigues, der neben Loyola auf der Bank saß, bemerkt. Rodrigues stand auf, verabschiedete sich mit einer stummen Verneigung von Loyola und wollte an Sandro, der an der Pforte stehen geblieben war, vorbeigehen. Sandro hielt ihn am Arm fest.

»Was soll das?«, flüsterte Rodrigues. »Lasst mich los.«

Auch Sandro flüsterte, damit Loyola nichts von dem Gespräch hörte. »Wir müssen reden.«

»Ihr behauptet die schlimmsten Dinge über den seligen Bruder Luis. Er sei ein Mörder! Das sind gemeine Lügen. Ich habe Euch nichts mehr zu sagen.«

»Gut, dann rede nur ich. Eines vorweg: Es ist mir ganz egal, welche Meinung Ihr von mir habt. Und jetzt zum Eigentlichen, ich mache es kurz. Erstens: Ihr, Bruder Rodrigues, werdet morgen früh verkünden, dass Ihr aus dem Orden der

Jesuiten austretet, und zwar mit der Begründung, dass Luis' Machenschaften eine zu große Enttäuschung für Euch seien, die Ihr nicht verkraften könnt.« Rodrigues wollte protestieren, aber Sandro presste ihm die Hand auf den Mund. »Gewissermaßen stimmt das sogar, denn wenngleich Luis kein Mörder war, so war er ein Intrigant und Verschwörer der schlimmsten Sorte, Ihr wisst das ganz genau. Seit Wochen ist Euer Gewissen damit belastet, trotzdem hattet Ihr Euch dafür entschieden, eher Luis als dem Orden treu zu sein. Das allein mache ich Euch nicht zum Vorwurf, denn wir alle verfügen über mehr als nur eine Loyalität. Aber Ihr habt bei dem Versuch mitgewirkt, den Orden zu zerschlagen, und das geht entschieden zu weit: Außerdem werdet Ihr Eurem Onkel mitteilen, dass er von seinem Amt als Provinzial von Coimbra zurücktritt und sich in die Altersruhe in ein Kloster zurückzieht. In einem Brief an Loyola wird er einräumen, bei der Führung der Provinz versagt zu haben.« Erneut versuchte Rodrigues, zu widersprechen, aber Sandro wandte alle Kraft auf, damit er schwieg. »Solltet Ihr oder Euer Onkel meiner Aufforderung nicht nachkommen, bleibt mir nichts anderes übrig, als dem Ehrwürdigen in aller Ausführlichkeit Bericht zu erstatten, und dann kommt die ganze Schande zutage. Für Euch und Euren Onkel wäre das Ergebnis dasselbe: Ausschluss aus dem Orden. Ihr habt die Wahl, ob Ihr vor den Augen der Welt als Verschwörer dastehen wollt oder einen ehrbaren Rückzug antretet. Denkt aber nicht nur an Euch, denkt auch an den Ehrwürdigen, der es nicht verdient, dass man alles, woran er glaubt, in Stücke schlägt.« Sandro nahm die Hand von Rodrigues' Mund. »Adios, Señor Rodrigues. Lebt wohl. Wir werden uns nicht mehr wiedersehen.«

Sandro ließ den jungen Mann stehen und setzte sich neben Loyola, der die Augen geschlossen hielt, so leise wie möglich auf die Bank. Er schwieg. Gelegentlich warf er dem Pater General einen Blick zu, musterte das aschfahle Gesicht des Greises, die ausgedörrten Hände …

Irgendwann öffnete Loyola die Augen und sah ihn an. »Du sagst ja gar nichts.«

»Ich wollte Euer Gebet nicht unterbrechen, ehrwürdiger Pater General.«

»Ich habe nicht gebetet, sondern nachgedacht. Es gibt sehr viel, worüber sich nachzudenken lohnt, und ich glaube, ein paar Dinge nun klarer zu sehen. Ich habe mich in dir getäuscht, Bruder Carissimi.«

Sandro fiel ein Stein vom Herzen. »Ehrwürdiger Pater General, ich bin sehr froh, dass Ihr das sagt, weil ich …«

»Nein, warte, lass mich ausreden. Ich dachte, du wärst ein wenig verblendet von der Nähe des Papstes, und ich dachte, du würdest aus reinem Übereifer handeln. Das war ein großer Irrtum. Deinem Tun wohnte nicht Übereifer inne, nein, es war ehrgeiziges Streben, Hunger nach Erfolg, Buhlen um billige Anerkennung. Luis de Soto hat schlimme Verbrechen begangen, und du hast ihn gejagt, wogegen ich nichts einzuwenden habe. Doch deine Motive sind nicht edel gewesen. Nicht die Wahrheit liegt dir am Herzen, sondern die Jagd und die Macht, die mit der Jagd verbunden ist. Dein Tun kennt keine Rücksichten. Der tragische Tod des Magisters, der tagelang unter deinen Verhören, Durchsuchungen und Beschuldigungen zu leiden hatte, ist der jüngste Beweis, wie wenig dir an den Folgen deines Handelns liegt. Du hoffst auf Verbrechen, damit du sie aufklären kannst, und wenn du sie aufgeklärt hast, genießt du den Ruhm und die Ehre. Der große de Soto ist zur Strecke gebracht, heißt es nun von allen Seiten, und die Leute bewundern dich für deine Schläue. Ein paar Wochen lang wird dich das befriedigen, und dann hoffst du auf das nächste Verbrechen. Hat die Nähe zur Macht des Vatikans dich so gemacht? Oder steckt dieser Samen schon immer in dir, und ist das, was nun zutage tritt, seit Jahren unter der Oberfläche herangereift? Wer vermag das zu sagen? Der Papst hat mir zu verstehen gegeben, dass er dich zu seinem Kammerherrn machen möchte, und ferner, dass er mir jegliche Maßnahme gegen dich verbietet. Ich nehme das zur Kenntnis, und ich gehorche. Ich bin nicht dein Richter, wohl aber ein Zuschauer, und als solcher darf ich mich abwenden. Ich möchte dich nicht wiedersehen, Bruder Carissimi. Gott sei mit dir.«

Loyola erhob sich und verließ die Kapelle.

Und Sandro ... Zuerst war er wie vor den Kopf gestoßen und betroffen von der Schmähung, aber dann horchte er in sich hinein und stellte fest, dass es ihm egal war, was Loyola von ihm hielt.

Antonia wusste nicht, wie sie sich fühlte. Forli hatte ihr vorhin von Milos Tod berichtet. Ihre Empfindungen waren so bizarr und in so viele Splitter geteilt wie die Fenster, die sie Tag für Tag fertigte.

Sie würde Milo nie vergessen. Ob sie ihm je vergeben konnte, ob sie je einen Grund finden würde, ihm zu vergeben, war ungewiss. Vermissen würde sie ihn nicht.

Sandro saß in der Kapelle. Die Nacht hatte ihn umschlossen, aber Antonia würde seine Silhouette jederzeit zwischen tausend anderen erkennen. Gewiss hörte er ihre Schritte, sie war nicht leise, unter ihren Sohlen knirschte Sand. Langsam tastete sie sich voran, ihm entgegen, und endlich war sie da, bei ihm. Sie setzte sich nicht neben ihn auf die Bank, sondern stellte sich vor Sandro.

Antonia spürte trotz der Dunkelheit, dass Sandro sie ansah. Seine Arme hoben sich, seine Finger tasteten nach ihr.

Ihre Hände fanden sich.

»Was ist?«, fragte Antonia.

»Hilf mir auf«, bat Sandro.

»Wieso?«

»Tu es einfach.«

Und sie half ihm auf die Beine. Stehend umarmten sie sich, beschützt von der Finsternis. Ihr Kuss dauerte lange an, der erste Kuss von vielen weiteren Küssen in ihrem Leben.

Sie wollte ihm etwas zeigen, das das Leben verändern würde, seines und ihres. Es befand sich am anderen Ende der Stadt.

»Komm mit.«

»Wohin?«

Sie drückte sich mit Absicht geheimnisvoll aus. »In die Zukunft.«

Dorthin schritten sie voran. Ihre Freude war groß und wurde weder durch eine Todesnachricht noch durch das Schicksal eines anderen Menschen getrübt, und sie schaffte es, Sandro mit ihrer Freude anzustecken. Sie lachten, ohne dass sie genau wussten, worüber. Wie die Kinder. Im Grunde waren sie das auch – in der Kindheit der Liebe.

Auf halbem Weg auf den Gianicolo ging Antonia die Luft aus, und Sandro nahm sie huckepack, mit dem Ergebnis, dass er nach hundert Schritten auch nicht mehr weiterkonnte. Sie rasteten mitten in der Nacht auf einem schmalen Weg. Dann gingen sie weiter, und nach einer Weile sagte Antonia: »Halt. Da ist es.«

»Da ist was?«

»Das Haus.« Sie deutete darauf. Es war eher ein Häuschen als ein Haus, aber in gutem Zustand und an einer besonderen Stelle gelegen, genau in der Mitte zwischen dem Sternenhimmel und den Lichtern Roms. In den Fenstern brannten Kerzen.

»Ein Geschenk des Papstes«, sagte sie.

Sandro holte Luft, genau wie sie es erwartet hatte. Sie wusste sogar, was er als Nächstes sagen würde, und Papst Julius hatte es ebenfalls gewusst.

»Das werde ich nicht annehmen.«

»Musst du auch nicht. Der Papst hat es *mir* geschenkt. *Du* bist hier nur Gast.«

»Julius ist doch wirklich …« Sandro suchte nach einem Wort. »Raffiniert.« Dann lachte er. Sie lachten beide. Das Häuschen, auch wenn es Antonia gehörte, würde *ihrer beider* Heim werden. Sandro wusste das so gut wie sie.

Dann sagte sie: »Ich möchte Clelia zu mir holen, Giovannas Tochter. Ich habe sie gestern und heute bei den Clarissen besucht, und ich glaube, sie hätte nichts dagegen. Im Gegenteil, es könnte ihr ein Trost sein.«

Antonia sah, dass Sandro die Idee gefiel.

»Du bist wunderbar, Antonia, weißt du das?«

»Ja, aber ich höre es trotzdem gern. Möchtest du hineingehen?«

»Später.« Sie legten sich auf die Wiese, um sie herum zirpten die Grillen, über ihnen flirrten die Sterne.

Es war ein Anfang. Der Anfang wovon? Nun, das wusste niemand so genau.

Man weiß nie, was kommt.

Epilog

Ein Spätsommertag kurz vor der Ernte. Er ging durch ein endloses Kornfeld, dessen Ähren sich auf Höhe seiner Knie neigten. Weit und breit war nichts als Korn. Aber auf einer Anhöhe stand ein einzelner Baum, ein Ölbaum. Plötzlich erhob sich eine Krähe vom Baum und flog krächzend auf ihn zu. Die Krähe kam näher, kam ihm nahe, machte keine Anstalten, ihm auszuweichen. Als sie fast bei ihm war, schlug er nach ihr, und sie fiel zu Boden. Vom Baum her drang Geschrei zu ihm, das nicht nur von den Krähen zu kommen schien, sondern wie ein Heulen war. Zwei weitere Krähen stiegen auf. Er lief fort. Doch so schnell er auch lief, so viele Haken er auch schlug, so verzweifelt er in alle Richtungen blickte, er fand keinen Weg. Da war nur Korn, nichts als Korn, und ein Himmel, so blass, als wolle er für immer verschwinden.

Als Julius sich umwandte, war der Baum noch immer genauso nah wie zuvor – und die Krähen stürzten auf ihn zu.

Er wehrte sich, duckte sich, schloss die Augen, schlug zu. Er traf fast bei jedem Schlag, spürte den Schmerz in der Hand, hörte den Schrei des verletzten Tieres. Doch mit jeder Krähe, die zu Boden fiel, kamen zwei neue nach, und bald war er umgeben von Schwärze und Geschrei.

Seine Hand blutete.

Er war allein, einsam, angsterfüllt, niemand half ihm.

Da spürte er eine Gestalt hinter sich.

In diesem Moment, mitten im Traum, dachte er: Das ist

Sandro, die Gestalt hinter mir. Er ist da. Er hilft mir. Gleich wache ich auf.

Tatsächlich, er sah Sandro, erkannte seinen Körper. Aber auf diesem Körper steckte der Kopf einer Krähe.

Sie trug eine Tiara.

Nachwort

In fast allen meinen Romanen gebe ich den Leserinnen und Lesern Erläuterungen, inwieweit ich historische Fakten verwertet habe und wo meine dichterische Freiheit einsetzte. Ich gebe es zu: Ich bin ein großer Anhänger der Fiktion, des Erfundenen, des Freien, und zwar auch und gerade im historischen Roman. Allerdings stelle ich dabei an mich zwei Bedingungen.

Erstens: Das Historische darf nicht entwertet werden, das heißt, dass die Rahmendaten stimmen und die Zeitumstände berücksichtigt werden müssen. Das ist bei »Der schwarze Papst« wie auch bei den Vorgängerromanen mit Sandro und Antonia, »Die Glasmalerin« und »Die Hure von Rom«, der Fall. So wurde das Collegium Germanicum tatsächlich im Jahr 1552 eröffnet, wenn auch erst im Herbst (im Roman spreche ich gegen Ende von einem »Neubeginn« des Collegiums im Herbst); der General der Jesuiten wurde damals und wird bis heute unter der Hand der »schwarze Papst« genannt; das Rom der Renaissance war tatsächlich ein großer Sündenpfuhl, wo Morde an der Tagesordnung waren. Das sind nur drei Beispiele für die Einbeziehung historischer Fakten.

Zweitens: Historische Figuren müssen dem Tenor der Überlieferungen nach agieren, und falls man Abweichungen zulässt, beispielsweise von Historikern eher ungünstig beurteilte Personen positiv darstellt, müssen diese Abweichungen im Nachwort klar benannt und begründet werden.

Der vorliegende Roman hat zwei historische Figuren: Papst Julius III. (1550–1555) sowie Ignatius von Loyola. Zu Julius III.

habe ich schon in der »Glasmalerin« einiges geschrieben, hier noch einige Ergänzungen. Wie die meisten Renaissance-Päpste war auch er ein schlechter Papst. Er gab das Kirchenvermögen mit vollen Händen für seine Vergnügungen aus (die Prunkbarke habe ich übrigens nicht erfunden). In den letzten zwei Jahren seines Pontifikats mäßigte er sich ein wenig, unter anderem gab er seine Zustimmung zur Ausarbeitung von Kirchenreformen. Ob er Morde in Auftrag gegeben hat, ist ungewiss, aber zahlreiche Päpste seiner Epoche schreckten davor nicht zurück (Alexander VI., Sixtus IV....), und Julius' ausschweifende, unfromme Lebensweise lässt den berechtigten Schluss zu, dass auch er Verbrechen beging, wenn sie ihm nützlich erschienen.

Ignatius von Loyola wurde 1622 heiliggesprochen. Die Gründung eines Ordens, der sich der Wehrlosen annimmt, ist zweifellos sein großes Verdienst. Die Jesuiten machten sich hauptsächlich bei den Herrschenden dieser Welt unbeliebt, was immer ein gutes Zeichen ist. In Südamerika gründeten sie den »Jesuitenstaat« (er umfasste ungefähr die Fläche des heutigen Paraguay), in dem es keine oder wenig wirtschaftliche Ausbeutung gab und die Ureinwohner vor den Sklavenjägern geschützt waren, was zu heftigen Protesten Spaniens und Portugals führte. Der verschwenderische, absolutistische Franzosenkönig Louis XIV., der sich einen Dreck um seine Untertanen scherte, verabscheute die Societas Jesu, und sein Nachfolger erreichte deren Verbot (nach rund vierzig Jahren wurde sie wieder zugelassen). Die Jesuiten zogen sich auch weiterhin den Zorn der Mächtigen zu und blieben dennoch standhaft; ihr Eintreten für die Menschenrechte wirkte auf so manchen Frühkapitalisten geradezu sozialistisch.

Zugleich war Ignatius von Loyola aber leider auch ein Befürworter der Inquisition, und die Mittel, die der Orden bei der Missionierung von Nichtchristen anwandte, sind sehr umstritten. Umfangreiche Kirchenreformen lehnte der Orden ab, und die Bedeutung, die der Gehorsam in der Ordenshierarchie einnimmt, wird oft kritisiert. Entsprechend zwiespältig fällt meine Darstellung des Ignatius aus.

Die Rodrigues-Verschwörung hat es tatsächlich gegeben, auch wenn das Wort »Verschwörung« vielleicht ein bisschen dramatisiert. Tatsache ist, dass Simon Rodrigues, der Provinzial von Coimbra und Freund Loyolas, in Portugal einen Sonderweg ging und sich mit seinen dortigen Jesuiten immer weiter von dem übrigen Orden entfernte. Alle Ermahnungen brachten nichts. Da ihm die überseeischen Provinzen unterstanden und seine Anhänger ihn blind verehrten, wurde die Lage gefährlich. Wie nahe sich der Orden an einer Spaltung befand, wird man nie erfahren, ebenso wenig, inwieweit Ignatius von Loyola die Vorgänge durchschaute. Hier setzt bei mir die Fiktion ein. Ich lasse Sandro nach Aufdeckung des Komplotts dafür sorgen, dass der (fiktive) Neffe Miguel und der (historische) Onkel Simon Rodrigues sich aus dem Orden zurückziehen. Historisch verbürgt ist, dass Simon Rodrigues überstürzt seine Provinz verließ und, quer durch Europa reitend, zu vermeiden suchte, Loyola unter die Augen zu treten.

Ich danke Ihnen für das Interesse an Antonia, Sandro, Carlotta, Forli und den anderen. Die müssen jetzt erst mal ohne Sie und mich zurechtkommen. Vielleicht für immer. Aber wie heißt es am Schluss des Romans: Man weiß nie, was kommt.

Personenregister

Angelo:	Assistent Sandros.
Antonia:	Glasmalerin; Geliebte Milos und Sandros.
Birnbaum:	Jesuit im Collegium Germanicum; aus Innsbruck stammend; Koch.
Carissimi, Sandro:	Sekretär und Visitator des Papstes.
Carlotta:	Verstorbene Freundin Antonias und Sandros.
Clelia:	Tochter Giovannas.
Donaustauf, Gisbert:	Schüler am Collegium; jüngerer Bruder Johannes'.
Donaustauf, Johannes:	Schüler am Collegium; älterer Bruder Gisberts.
Duré:	Magister; Leibarzt Loyolas.
Forli:	Hauptmann der Stadtwache.
Franco:	Bewohner des Armenviertels; Rosinas Bruder.
Giovanna:	Köchin im Collegium.
Giovanni del Monte:	siehe Julius III.
Ignatius von Loyola:	Gründer und Ordensgeneral der Jesuiten.
João III.:	(tritt nicht *in persona* auf) König von Portugal.
Julius III.:	Papst (1550–1555).
Königsteiner, Nikolaus:	Jesuit im Collegium; Anwärter auf den Rektorenposten; aus Hessen stammend.

Lello Volone:	Kleinkrimineller.
Loyola:	siehe Ignatius von Loyola.
Luis de Soto:	Jesuit im Collegium; Rhetoriker; früherer Mentor Sandros; aus Spanien stammend.
Massa, Laurenzio:	Kammerherr des Papstes; Feind Sandros.
Milo:	Sohn von Signora A; Geliebter Antonias; Auftragsmörder.
Pinetto:	Leibarzt des Papstes.
Ried, Tilman:	Schüler am Collegium.
Rodrigues, Miguel:	Jesuit im Collegium; Assistent Luis de Sotos; aus Portugal stammend.
Rodrigues, Simon:	(tritt nicht *in persona* auf) alter Weggefährte Loyolas; Provinzial von Coimbra.
Rosina:	Bewohnerin des Armenviertels; Francos Schwester.
Signora A:	Betreiberin des Hurenhauses *Teatro*; Milos Mutter.

Ich danke denen, die mir geholfen haben, diesen Roman zu schreiben: Maria Dürig, Ilse Wagner, Petra Hermanns, Christian und René. Eure Anregungen und eure Unterstützung geben mir sehr viel.

Herzlichen Dank!
E.